Olle Lönnaeus

Sühne deine Schuld

amazon crossing

Das Buch

Ein Muss für Fans skandinavischer Thriller: düster und packend

Als der Morgen über der Steilküste dämmert, will Kommissar Jonny Lilja aus Malmö sich umbringen. Dann wird er endlich von seinen gigantischen Pokerschulden befreit sein, mit denen ihn die Unterwelt erpresst und die ihn zu einem korrupten Polizisten gemacht haben. Doch da entdeckt er keine dreißig Meter entfernt eine tote junge Frau, blutleer, den starren Blick aufs weite Meer gerichtet. Selbstmord – oder Mord? Zusammen mit seiner Kollegin Eva Ström aus Ystad beginnt Jonny zu ermitteln. Ein Wettlauf gegen die Zeit in Jonnys verzocktem Leben beginnt …

Der Autor

Olle Lönnaeus ist seit über zwanzig Jahren als Journalist für eine schwedische Tageszeitung tätig, für die er Artikel über politische Entwicklungen in Europa und im Mittleren Osten schreibt. Seine intensiven Recherchen und Reportagen zu verschiedenen kritischen Themen verschafften ihm große Bekanntheit. Für seine Arbeit im investigativen und erzählenden Journalismus wurde der Autor mehrfach ausgezeichnet.

OLLE LÖNNAEUS

SÜHNE DEINE SCHULD

THRILLER

Aus dem Schwedischen
von Ulla Ackermann

amazon crossing

Die Originalausgabe erschien 2014 unter dem Titel »Jonny Liljas Skuld« bei
Massolit Förlag, Stockholm.

Deutsche Erstveröffentlichung bei
AmazonCrossing, Amazon Media EU S.à r.l.
5 Rue Plaetis, L-2338, Luxembourg
Juli 2017

Umschlaggestaltung: zero-media.net, München
Umschlagmotiv: © Peter Dazeley / Getty; © Jonathan Andrew / Getty
Lektorat: Verlag Lutz Garnies, Haar bei München
www.vlg.de
Printed in Germany
By Amazon Distribution GmbH
Amazonstraße 1
04347 Leipzig, Germany

ISBN 978-1-542-04656-5

www.amazon.de/amazoncrossing

Kapitel 1

Die Raben krächzten ihren Totengesang.

Er konnte es deutlich hören.

Hin und wieder sah er sie dort oben, über den Baumwipfeln. Schwarze Schatten in der Dämmerung, die sich als dunkle blaue Silhouetten vor dem Himmel abzeichneten. Ihr Krächzen galt ihm, daran bestand kein Zweifel.

Woher konnten die Raben wissen, was er vorhatte?

Er lag mit dem Rücken auf dem kalten Boden, der Tau war schon lange durch seinen Wollpullover gedrungen, doch das machte ihm nichts aus. Der Duft von Gras, Sandthymian und Schafscheiße stieg ihm in die Nase. Die Sterne waren kaum zu sehen. Über ihm breitete die Eiche ihre Äste aus wie ein riesiger Troll.

Welchen sollte er nehmen?

Unten am Steilhang hörte er das Meer, ein leises Rauschen, unbedeutende Wellen, die über Sand und Steine brachen. Er streckte die Arme aus und streichelte das Gras, vorsichtig, es kitzelte weich an seinen Handflächen.

Ein teuflisch-schöner Morgen, dachte Jonny.

Viel zu schön.

Er hatte keine Ahnung, wie lange er schon dort lag und in den Himmel starrte. Als er den Strand erreicht hatte, war es mitten in der Nacht gewesen. Das Auto hatte er oben auf dem Schotterweg geparkt. Dann war er mit dem Seil über der Schulter den Pfad zum Meer hinuntergegangen, im Licht einer dünnen Mondsichel.

Leer in der Seele.

Sein Entschluss stand bereits fest.

Schließlich gab es nichts mehr. Nichts mehr außer der Schuld.

Mühsam kam er auf die Knie und stand auf. Seine Gelenke knackten, als er sich streckte. Er blickte aufs Meer hinaus, zum hellen Streifen am Horizont.

Ihn durchfuhr es kalt.

Maria, dachte er zum tausendsten Mal.

Er hatte beschlossen, das Seil an einem dicken Ast zu befestigen, der über den Steilhang ragte. Dann würde er die Schlinge um den Hals legen und springen.

So sollte es sein.

Er nahm das Seil, knüpfte eine Schlinge und wog sie in der Hand, während er die Entfernung zum knorrigen Arm des Riesen abschätzte.

Natürlich gab es andere Methoden. Bevor er losgefahren war, hatte er darüber nachgedacht. Ein Küchenmesser. Oder seine Dienstwaffe. Er war mit den Fingern über die scharfe Klinge gefahren, hatte sogar die Pistole hervorgeholt und sie in den Mund gesteckt, aber er hatte die Waffe wieder zur Seite gelegt.

Vielleicht hatte er einfach ein bisschen Zeit schinden wollen?

Wenn das der Fall war, dann war die Zeit jetzt abgelaufen.

Er schleuderte das eine Seilende nach oben in den Baum, wo es sich über eine Astgabel legte und wie eine angreifende

Baumschlange wieder zu ihm hinunterfiel. Er zog prüfend an den Enden. Der Ast gab kaum nach. Er würde schon halten. Brennende Magensäure stieg ihm die Kehle hoch. Er schluckte hart, dreimal hintereinander.

Plötzlich merkte er, dass er langsam nüchtern wurde.

Eine letzte Zigarette, dachte er.

Er angelte eine zerknitterte Schachtel aus seiner Hemdtasche, bröselte eine Prise Tabak auf ein Blättchen und leckte es mit trockener Zunge an. Er brauchte mehrere Versuche, bis das Feuerzeug aufflammte. Der Rauch schmeckte bitter. Nach ein paar Zügen warf er die Zigarette ins Gras.

Gab es keinen anderen Ausweg?

Unvermittelt schoss ihm eine Idee durch den Kopf. Er konnte mit dem Teufel Roulette spielen!

Er benötigte nur ein paar Sekunden, um die Regeln festzulegen: Ich nehme einen dünneren Ast. Wenn er hält, sterbe ich. Bricht er, bleibe ich am Leben.

Der Gedanke stimmte ihn heiter. Als hätte er mit einem Schlag vergessen, was sein Einsatz war.

Schwungvoll zog er das Seil vom Baum und ließ seinen Blick durch die Krone schweifen. Da, ein kleines Stück oberhalb der Sanddüne entdeckte er eine kleinere Astgabel, deren Äste ungefähr so dick waren wie ein Arm. Die Chancen, dass sie halten würden, standen fünfzig zu fünfzig. Erneut schwang Jonny sein Seil, beim dritten Mal traf er. Als die Schlinge wieder auf ihn zukam, fing er sie auf. Dann befestigte er das andere Ende des Seils am Baumstamm.

In dem Moment, als er seinen Kopf durch die Schlinge stecken wollte, ging die Sonne auf und schickte ihre ersten messerscharfen Strahlen in Richtung Land.

Da sah er die Frau.

Sie saß regungslos im Gras, den Rücken an einen Baumstamm gelehnt, ungefähr dreißig Meter entfernt. Die

Szene wirkte friedlich, als hätte sie eine Wanderung gemacht und sich nur kurz hingesetzt, um sich auszuruhen.

Doch ihr Gesicht leuchtete weiß.

Er ließ die Schlinge los, die pendelnd hängen blieb und langsam vor und zurück schwang.

Peinlich berührt, dass er bei seinem armseligen Vorhaben ertappt worden war, blieb er stehen, ratlos und unschlüssig.

Sollte er sie rufen?

Langsam ging er zu ihr hinüber. Schlief sie? Die Frau war fast noch ein Kind. Sie hatte kohlschwarze Haare, ihre Augen waren nicht ganz geschlossen, sie schien ihn irgendwie anzublinzeln. Ihr Kleid war fleckig. An einem Fuß trug sie einen roten Turnschuh. Der andere war nackt.

Vorsichtig, voller Angst, sie könnte aufwachen, legte er eine Hand auf ihre Stirn.

Sie war kalt.

Über der Eiche krächzten die Raben immer noch ihren Totengesang.

Aber er gilt nicht mir, dachte Jonny. Nicht dieses Mal.

Kapitel 2

Die Augen sind der Spiegel der Seele, Augen verraten alles. Schau in sie hinein, aber lass sie niemals in dich hineinschauen.

Jonny murmelte seine Beschwörungsformel und betrachtete sich im Badezimmerspiegel.

Was sah er?

Ein Gesicht mit Sorgenfalten, tiefer, als sie bei einem Mann, der gerade dreiundvierzig geworden war, sein sollten. Bartstoppeln, die bereits grau wurden. Ein breiter Mund mit weichen, ziemlich fülligen Lippen. Die Nase war ein bisschen zu groß. Eine kleine weiße Narbe an der Stelle, wo die Stirn auf die Schläfe traf. Leicht gelockte weizenblonde Haare, die er als Jugendlicher in alle Richtungen wachsen ließ und die er auch als Erwachsener niemals hatte bändigen können.

Doch die Augen: groß, blau und klar, voller Leben und Gefühl. Man konnte sie als schön bezeichnen, aber für einen Mann, den es ständig wie ein Fluch an den Spieltisch zog, waren sie zu offen.

Jonny sah Erwartung im Spiegel. Und einen Funken Angst.

Wenn er in diesem Moment geahnt hätte, dass die

Pokerpartie, zu der er auf dem Weg war, ihn in so große Verzweiflung stürzen sollte, dass er zwei Monate später mit dem Gedanken spielen würde, sich zu erhängen, wäre er wohl zu Hause geblieben.

Aber sicher war das nicht. Denn John Harald Lilja war ein Mann, der es gewohnt war, Risiken einzugehen.

Er war kein mutiger Polizist. Im Gegenteil. Trotz seines Berufs war ihm körperliche Gewalt zuwider.

Unter Jonnys Malmöer Kollegen, vor allem unter denen, die ihn nicht kannten, und das waren die meisten, gab es einige, die sich insgeheim über ihn wunderten. Ein magerer Einzelgänger, schwach und immer ein bisschen ausweichend, warum war so jemand Polizist geworden? Erlösung, hätte er wohl selbst als Grund angegeben, wenn er es gewagt hätte, seine Motive zu hinterfragen. Manche Leute begegneten ihm mit Skepsis. Aber mit einer Kombination aus wachem Intellekt, List, einer gewissen körperlichen Zähigkeit und einem zweifellosen Talent, sich in dunklen Milieus unter Pennern, Junkies und Kriminellen als verdeckter Ermittler unbemerkt zu bewegen, hatte er es zum Kriminalkommissar und Zivilfahnder bei der Drogenfahndung gebracht.

Wann hatte sein Abstieg begonnen?

Die Frage war so unangenehm, dass Jonny sie sorgfältig verdrängt hatte.

Mittlerweile dürfte sein Privatleben von den meisten wohl als dürftig umschrieben werden: Seine nächste Verwandtschaft bestand aus einem Vater, der ihn verachtete, einer Ehefrau, die ihn verlassen hatte, und einer Adoptivtochter im Teenageralter, die ihm aus dem Weg ging.

In seiner Umgebung gab es nur wenige Menschen, die auf die Idee gekommen wären, sich als seine Freunde zu bezeichnen. Kam es doch einmal vor, wurde Jonny misstrauisch. Dieses tiefe Misstrauen hatte ihn langsam, aber sicher in ein Schattendasein, in eine Art Niemandsland geführt, in dem er ziellos umherirrte.

Wenn Jonny in dem Moment, als er mit nacktem Oberkörper in seinem Badezimmer stand und sein Spiegelbild musterte, mit Sicherheit gewusst hätte, welche Folgen diese Pokerpartie nach sich ziehen würde, dann hätte er seine Wohnung niemals verlassen.

Doch er ahnte nichts.

Also gab er Rasierschaum in seine Hand und massierte ihn langsam in seine kratzenden Wangen.

»Money! Money!«, krächzte der Beo in seinem Käfig in der Küche.

Jonny lächelte.

»Good luck! Good luck!«

Im Spiegel über dem Waschbecken glaubte er einen Sieger zu sehen. Also klappte er das Rasiermesser auf und setzte die Klinge an die Kehle.

***

»Schau in sie hinein, aber lass sie niemals in dich hineinschauen.«

Jonny flüstert seine Beschwörungsformel, ohne die Lippen zu bewegen, und hält die Augen so lange geschlossen, wie er sich traut. Ein Stuhlbein schabt über die Holzdielen, einer seiner Gegenspieler hustet.

Irgendwo im Hintergrund singt Norah Jones. Ihre Stimme klingt weich, lockend, gefährlich verführerisch. Jonny versucht, die Musik auszublenden und sich zu konzentrieren. Zu fokussieren. Das auszuklammern, was keine Bedeutung hat.

In den Fingerspitzen spürt er ein leichtes Kribbeln. Ein gutes Zeichen, normalerweise sagt es einen guten Lauf voraus.

Früher oder später ist es in jeder Partie so weit. So viel weiß Jonny. Früher oder später gibt es diesen Augenblick, in dem alle

Karten plötzlich richtig liegen und man von dem wundersamen Gefühl erfüllt wird, dass Fortuna neben einem sitzt und ihr perlendes Lachen erklingen lässt. Ihre Rehaugen leuchten, sie bietet einem an, aus ihrem Füllhorn zu trinken, sie streichelt einen zärtlich im Nacken, und man weiß: Wenn die fehlende Karte für einen Straight Flush die Herzdame ist, dann sorgt sie dafür, dass man die Herzdame bekommt.

Man muss nur bereit sein. Man darf sie nicht übersehen, nicht die kostbaren Sekunden vergeuden, in denen sie bei einem ist.

Während man auf die Göttin des Glücks wartet, ist eiskalte Mathematik gefragt. Wahrscheinlichkeit. Psychologie. Dann gilt es, das Gesicht seines Gegenspielers zu analysieren, das Aufblitzen von Glück in seinen Augen, das enttäuschte Zucken im Mundwinkel, die Lippe, die vor Verwunderung zittert.

Während man auf sie wartet, muss man seine Chancen gründlich abwägen. Wie viele Karten hat der Spieler auf der anderen Seite des Tisches getauscht? Hat er bekommen, worauf er gehofft hat? Oder verbirgt er hinter seiner arroganten Miene einen Bluff?

Geduld, die Odds berechnen, den Einsatz abwägen, stundenlang.

Dann spürt man plötzlich ihren süßen Atem an der Wange und weiß, dass sie da ist.

Jetzt, flüstert sie. Jetzt gehöre ich dir, mein Liebling.

In diesem Moment muss man aufs Ganze gehen.

***

Die Lampe wirft ein gelbliches Licht über den Spieltisch. Rauchschwaden hängen in der Luft. Im Hintergrund ist leises Stimmengemurmel zu hören, eine Flasche klirrt gegen ein Glas. An der Peripherie des Raums bewegen sich ein paar Frauen, junge Frauen. Als Jonny vor einer Weile das Zimmer verlassen hat, um seine Blase zu erleichtern, taten sie so, als würden sie sich nach ihm verzehren, aber in ihren Augen hat er nur Angst gesehen.

Die Männer an der Bar tragen Lederjacken, die an den Schultern eng anliegen und etwas zu klein sind, um ihre Schusswaffen zu verbergen.

Die Situation zerrt an den Nerven.

Jonny schüttelt den Kopf. Konzentrier dich! Auf die Spieler am Tisch kommt es an.

Der Türke ist am leichtesten zu durchschauen. Sein Spiel basiert strikt auf mathematischen Wahrscheinlichkeiten, er passt seinen Einsatz den Karten an. Geht niemals ein Risiko ein. Er heißt Mehmet. Ein großer, kräftiger Kerl mit einem üppigen Bauch in einem rosa Seidenhemd. Soweit Jonny weiß, besitzt er ein Lebensmittelgeschäft in der Södra Förstadsgatan. Der Typ strahlt wie die Sonne über Antalya, wenn er einen Drilling hat. Aber meistens sitzt er nur mürrisch mit hängenden Wangen da und murmelt resigniert irgendetwas vor sich hin, wenn er seine Karten wegwirft. Die Chipsstapel, die er pedantisch vor sich aufgeschichtet hat, werden immer kleiner.

Der Spieler links von ihm ist komplizierter. Ein Mann um die fünfzig, mit einem vagen Lächeln auf den Lippen. Er trägt einen eleganten Anzug, ein weißes Hemd, das am Hals aufgeknöpft ist. Blond und braun gebrannt, obwohl der Sommer kaum angefangen hat. Jonny weiß zufällig, dass er Adam Westin heißt, wenngleich er nur seinen Vornamen genannt hat. Ein Arzt, plastischer Chirurg genauer gesagt. Hat aus den Einkünften seiner Klinik angeblich ein Vermögen angehäuft. Vielleicht ist das viele Botox, das er um die Mund- und Augenpartie eingespritzt hat, dafür verantwortlich, dass man unmöglich erkennen kann, was er denkt.

Westin mischt die Karten gründlich mit seinen schmalen Fingern, ein leises, flatterndes Geräusch ist zu hören. In der Zwischenzeit nippt Jonny an seinem Whisky und lässt den Blick weiter um den Tisch schweifen.

Jonny gegenüber sitzt Ratko Jokovic höchstpersönlich. Ihm gehört der Klub. Ein Serbe, Veteran aus dem Bosnienkrieg, lauten die Gerüchte. Ratko selbst verliert nie ein Wort darüber. Vielleicht ist das auch nicht nötig. Es ist nicht zu übersehen, dass Jokovic ein Mann ist, an dessen Händen Blut klebt. Am Pokertisch ist er zweifellos genauso gefährlich wie im Duell Mann gegen Mann.

Sobald Jokovic merkt, dass er beobachtet wird, erstarrt sein Gesicht zu Granit. Für einen kurzen Moment sieht Jonny den Tod in seinen Augen. Welche Farbe haben sie? Grau mit einem Stich ins Grüne. Giftig. Sie leuchten auf, als er eine Bemerkung eines der Anwesenden am Tisch mit einem lauten Lachen quittiert.

Die anderen Spieler schweigen.

Jonny fröstelt.

Der Mann neben Ratko Jokovic sieht aus wie ein zu groß geratener Junge. Schlaksig und lang. Rosige Wangen, helle Wimpern und dicke Lippen, die er in regelmäßigen Abständen mit der Zunge befeuchtet. Sein ständiges Zwinkern spricht für Nervosität, doch Jonny ahnt, dass der Schein trügt. Bevor sie sich um den Tisch gruppierten, hatte Per Enström durchblicken lassen, dass er Geld mit Onlinepoker verdient, seinen Beruf hat er nicht verraten. Wirtschaftswissenschaftler oder Anwalt in irgendeiner Kanzlei, vermutet Jonny. Enström zieht mit dem Daumen Karten ab, angelt ab und zu ein zerknittertes Taschentuch aus seiner Hosentasche und wischt sich die Schweißperlen von der Stirn.

Dem letzten Spieler in der Runde ist Jonny schon einmal

während eines Diensteinsatzes begegnet. Vor ungefähr einem Jahr hatte die Polizei gegen seinen Gemüseimport in Möllevången wegen Verdachts auf Drogenhandel ermittelt, aber bei der Hausdurchsuchung waren keine Drogen gefunden worden, nur haufenweise Schwarzarbeiter ohne Papiere. Außerdem ist Ahmed Akram als Hawaladar tätig und schickt für seine Kunden Gelder in den Irak. Gerüchte besagen, er sei ein frommer Mann. Auf dem Tisch neben seinem Saftglas liegt eine Gebetskette, die er ab und zu mit den Fingerspitzen berührt. Vielleicht will er seinen Gott in der Hoffnung auf Erfolg um Vergebung bitten.

Jonny versucht, Akram ins Gesicht zu blicken, doch er weicht ihm jedes Mal aus. Der Typ ist zurückhaltend und spielt vorsichtig. Dennoch darf man ihn auf keinen Fall unterschätzen.

Ratko hat eine gute Gruppe zusammengestellt, denkt Jonny.

Dynamisch.

Um nicht zu sagen: explosiv.

Hier konnte es definitiv zur Sache gehen.

Jonny nimmt sich die Zeit, seine fünf Widersacher noch einmal zu betrachten, einen nach dem anderen. Den Serben, der tief in seinem Inneren den heuchlerischen Muslim hasst, der seinerseits die gutgläubigen Schweden verachtet. Den Arzt, der von seiner eigenen Überlegenheit überzeugt ist. Den jungen Juristen, oder vielleicht auch Wirtschaftswissenschaftler, der das Spiel mit der Gefahr liebt und so erregt ist, dass man meinen könnte, ihm würde jeden Augenblick die Hose platzen. Den mürrischen Türken. Und zu guter Letzt sich selbst: Den Polizisten, der sich pausenlos im Grenzbereich bewegt.

Wie viel wissen die anderen über mich?, fragt sich Jonny.

»Ich habe gehört, dass dein Vater Professor ist. Ein gebildeter Mann.«

Jokovics heisere Stimme bohrt sich förmlich in seinen Kopf. Kann er Gedanken lesen? Am liebsten würde Jonny ihn ignorieren. Aber das ist unmöglich.

»Ja …«

»Juraprofessor. Und sein Sohn geht los und wird Polizist. Dein Vater muss enttäuscht sein.«

Jonny presst die Kiefer zusammen.

Er nimmt die fünf Karten vom Tisch auf, drückt sie an die Brust und wirft einen Blick auf seine Chipsstapel. Heute Abend ist es gut gelaufen. Ungefähr dreißigtausend plus. Er schielt auf die erste Karte.

Herzass.

In seinen Fingern zuckt es.

»Und deine Frau, geht es ihr gut? Nein, das hatte ich ganz vergessen, sie hat dich ja rausgeschmissen. Aber das ist schon lange her, Jonny, oder etwa nicht?«

Die Frage bleibt in der Luft hängen.

Was zum Teufel hat er vor?, denkt Jonny irritiert. Er will mich ablenken, damit ich meinen Fokus verliere.

Er versucht sich zusammenzureißen.

Jemand räuspert sich vernehmlich, es ist der Türke.

Jonny deckt die zweite Karte auf: Pikass.

»Ja, sie ist abgehauen, aber lass uns einfach die Schnauze halten und spielen!«

Verdammt, das klang nicht gut. Viel zu angespannt. Schnell sieht sich Jonny sein restliches Blatt an. Zwei Vieren und eine Sieben.

Nicht schlecht. Jetzt bloß nicht die Maske verlieren.

Jokovic gluckst zufrieden, und von Enström kommt ein leises Kichern. Lachen sie ihn etwa aus?

Der Türke eröffnet die Runde. Mit einer ruckartigen Handbewegung schiebt er zwei rote Chips in die Tischmitte, wo bereits sechs liegen. Seine gewaltigen Wangen zittern erwartungsvoll.

»Tau...tausend«, stammelt er.

Jokovic lächelt aufmunternd.

»Ist deine Glückssträhne vorbei, Mehmet?«

Der Türke zuckt mit den Schultern und versucht unbekümmert auszusehen.

Die anderen ziehen wortlos mit, und als Akram signalisiert, dass er den Einsatz verdoppelt, erkennt Jonny, dass es eng für ihn wird. Er lehnt sich im Stuhl zurück, betrachtet seine beiden Paare und konzentriert sich. Ja, er kann sie ganz dicht in seiner Nähe spüren, er ist sich sicher. Ein süßliches Parfüm. Er entschließt sich zu einem Re-double.

»Tauschen kostet vier Riesen«, sagt er so gelassen wie möglich.

Mehmets Blick flackert unruhig hin und her. Er hatte wohl gehofft, endlich einen einfachen Pot nach Hause holen zu können. Immer wieder spreizt er seine Karten wie einen Fächer in der Hand, glotzt, als wollte er sich überzeugen, dass er sich nicht verguckt hat, und schiebt sie dann wieder zusammen. Schließlich macht er seinen Einsatz. Die anderen folgen seinem Beispiel. Nach kurzem Zögern, und erst nachdem er sich einen schmalen Zigarillo angezündet hat, macht Westin den Anfang. Aber vielleicht spielt er auch nur Theater. Was er denkt, lässt sich hinter seiner starren Maske nicht ausmachen.

Irgendetwas wird passieren, es liegt förmlich in der Luft. Der Sauerstoff im Raum scheint sich verdichtet zu haben, das Atmen fällt schwerer. Irgendjemand hat die Musik ausgestellt, oder sie ist von selbst ausgegangen.

Jokovic tauscht eine Karte. Enström hält zwei Finger hoch und grinst dämlich. Akram kauft ebenfalls zwei Karten. Jonny kratzt sich am Kinn und tut so, als würde er kurz nachdenken, bevor er die Sieben ablegt.

Der Türke sieht zufrieden aus. Er hat seine fünf Karten vor sich auf dem Tisch platziert und seine fette Hand darübergelegt, als hätte er Angst, jemand könnte sie stehlen.

Westin lächelt sein starres Lächeln.

»Der Geber nimmt eine Karte«, sagt er.

Wie üblich sieht sich Jonny seine neue Karte nicht sofort an. Stattdessen beobachtet er die Gesichter seiner Gegenspieler. Jokovic wirft einen hastigen Blick auf sein Blatt und verzieht keine Miene. Enström gelingt es nicht, seine Enttäuschung zu verbergen. An seinen Schläfen haben sich Schweißperlen gebildet. Akram nestelt an seiner Gebetskette herum und murmelt irgendetwas auf Arabisch, doch Jonny kann nicht sagen, ob es ein Dankgebet oder ein Fluch ist. Der Türke sitzt immer noch da und hält seine beringten Wurstfinger über die Karten, sein Gesicht leuchtet vor Spannung. Westin hebt seine neue Karte nur so weit an, dass er gerade eben daruntersehen kann, bevor er sie wieder ablegt.

Vorsichtig, fast schon ehrfürchtig, deckt Jonny seine zwei Asse, die zwei Vieren und schließlich die fünfte Karte auf, so langsam, wie er nur kann, Millimeter für Millimeter.

Karoass!

Jonny spürt, wie sein Herz einen Sprung macht. Aber er sitzt unbeweglich auf seinem Stuhl. Er darf nichts preisgeben, die anderen nicht durch den Spiegel schauen lassen. Er wagt nicht zu zwinkern, doch er spürt Fortunas süßen, warmen Atem, ihre weichen Finger, die zärtlich mit seinen Nackenhaaren spielen.

»Und deine Tochter? Kommt sie in der Schule klar?«

Jonny starrt Jokovic an. Für eine Sekunde hat er die Konzentration verloren.

Maria. Wie lange ist es her, dass er sie zuletzt gesehen hat?

»Sie ist ein Genie«, zischt er. »Wie ihr Vater.«

Niemand lacht.

Ratko Jokovic schüttelt den Kopf, väterlich, als wäre er tief bekümmert.

»Auf seine Kinder muss man aufpassen. Besonders auf kleine Mädchen.«

Der verfluchte Teufel! Wie viel weiß er?

Erst als der Türke sechs rote Chips in die Tischmitte schiebt, kann sich Jonny von Jokovic losreißen.

»Dreitau…tausend.«

Wahrscheinlich hat Mehmet eine Straße. Adam Westin scheint das Gleiche zu denken.

»Ich steige aus«, sagt er gelassen.

»Wenn das so ist …«

Mit einer unerwartet schnellen Handbewegung schiebt Ratko Jokovic zwei riesige Chipsstapel auf den Tisch, die den Türken keuchend nach Luft schnappen lassen.

»Ich glaube, wir müssen den Einsatz ein bisschen erhöhen, Mehmet. Zwanzigtausend. Damit es spannender wird.«

»Arschloch!«, ruft Enström und knallt seine Karten auf den Tisch.

Akram seufzt.

»Ich steige auch aus.«

Jetzt ist Jonny an der Reihe.

Drei verbliebene Spieler und fast fünfzigtausend im Pot.

Er hebt sein Glas, der Whisky schwappt leicht. Er gönnt sich einen ordentlichen Schluck. Es brennt angenehm in der Kehle. Am liebsten würde er sich auch eine Zigarette drehen, doch dadurch könnte er womöglich den Fokus verlieren, also lässt er es bleiben. Jonny spürt die Blicke aller Anwesenden. Die der Spieler, aber auch die der Männer und Frauen an der Bar. Irgendjemand wechselt seine Position an der Wand. Flüchtiges Absatzgeklapper auf dem Boden. Doch Fortuna sitzt dicht neben ihm, er fühlt ihren Duft und ihre Wärme ganz deutlich, und er weiß, dass sie ihn beschützt.

Der Türke ist keine Gefahr. Er hat eine Straße oder möglicherweise einen Flush. Das ist so gut wie sicher.

Jokovic hat eine Karte gekauft. Vielleicht hat er auf eine Straße oder einen Flush gesetzt. Aber selbst wenn ihm ein Full House gelingt, hat Jonny drei Asse, die jedes Full House schlagen.

Sicherheitshalber lauscht Jonny, ob er ihre Stimme hören kann, und da ist sie, so lieblich: Jetzt, mein Süßer, jetzt bin ich dein!

Entschlossen legt er die Karten auf den Tisch, platziert beide Hände hinter seinen Chipsstapeln und schiebt sie in den Pot.

»Deine zwanzig plus vierundsechzigtausendfünfhundert. Das ist alles, was ich habe. Du kannst nachzählen, wenn du willst.«

Der Türke sieht aus, als würde er jeden Moment anfangen zu heulen. Er zögert, seine Hände zittern, als er seine Chips zählt. Dann stößt er einen tiefen Seufzer aus, es klingt wie ein Reifen, aus dem Luft entweicht. Er wirft seine Karten auf den Tisch.

»Das geht nicht ...«

Jonny verschwendet keine Energie auf ihn. Sein Feind sitzt ihm direkt gegenüber.

Zuerst meint er, ein Zucken in Jokovics Augenwinkeln wahrzunehmen. Gefolgt von einem unsicheren Lächeln. Aber dann verhärtet sich sein Gesicht, und seine Stahlkugelaugen fangen an zu glühen.

Er checkt sein Blatt, denkt Jonny.

Jokovic legt seine Karten ab und zählt seine Chips nach.

»Deine vierundsechzigtausendfünfhundert ...«

Jonny fährt sich gierig über die Lippen.

Aber dann schnippt Jokovic mit den Fingern, und aus dem dunklen Hintergrund taucht ein Mann auf, der ihm eine abgenutzte Sporttasche reicht. Adidas. Ohne Jonny aus den Augen zu lassen, stellt der Serbe die Tasche mitten auf den Tisch und zieht den Reißverschluss auf.

»… plus eine Million.«

Jonny starrt auf die Scheine, sein Kopf ist völlig leer. Plötzlich flammt ein blutroter Zorn in ihm auf.

»Das ist nicht fair …!«, protestiert er, seine Stimme steigert sich zu einem schrillen Schreien.

Jokovic sieht ihn kalt an.

»Kein Limit. Das ist mein Klub. Ich mache die Regeln.«

Jonny fühlt sich, als ob sein Herz auf Ballongröße anschwillt und seine Brust kurz vor dem Zerspringen ist. Die anderen Spieler sind totenstill.

»Du weißt, dass ich nicht so viel habe.«

»Das ist dein Problem. Sehen kostet eine Million.«

Jonny blickt die anderen hilflos an, begreift, dass er keine Unterstützung erwarten kann. Der Türke, Westin, Enström und dieser verdammte scheinheilige Hawaladar glotzen ihn an, als wären sie Zuschauer bei einem Gladiatorenkampf. Noch vor einer Minute war sich Jonny sicher, dass er gewinnen würde, jetzt ahnt er, dass er derjenige ist, dem die Kehle durchgeschnitten wird.

Unglücklich starrt er auf sein Full House mit Assen.

»Ich bin großzügig und komme dir entgegen«, hört er Jokovic sagen. »Du kriegst eine Chance. Du kannst einen Schuldschein unterschreiben.«

Bevor Jonny auch nur blinzeln kann, hat derselbe Handlanger, der eben die Tasche mit den Geldscheinen übergeben hat, ein leeres Blatt Papier und einen Stift vor ihn hingelegt.

»Du musst nur deinen Namen schreiben.«

Ohne nachzudenken, kritzelt Johnny seinen Namen auf den Schuldschein.

»Okay, verdammt! Zeig, was du hast!«

Jonny umklammert seine Karten. Er spürt, wie ihm der Schweiß auf dem Rücken klebt, feucht und kalt. Auf einmal ist es eiskalt im Raum, er kann den Atem des Serben auf der anderen Seite des Tisches sehen, oder vielleicht bildet er sich das auch nur ein, doch Jonny kann nicht verhindern, dass eine Kältewelle durch seinen Körper fährt.

Und plötzlich ist er allein.

Wo ist sie hin?

Er wirft einen Blick über die Schulter, sie ist weg.

Gelähmt sieht er zu, wie Ratko Jokovic seine Karten auf den Tisch legt. Vier gottverdammte Zweien.

***

Vielleicht ist eine Stunde vergangen, vielleicht zwei.

In Jonnys Kopf dreht sich alles, er muss einige große Whiskys gekippt haben. Ihm ist schlecht.

Ratko Jokovics Stimme ist erstaunlich sanft. Doch seine Hand liegt schwer auf Jonnys Nacken, sie ist hart. Daumen und Zeigefinger, die den Druck um seinen Hals ab und zu erhöhen, fühlen sich wie eine Klaue an.

Vor ihnen sitzt eine junge Frau. Sie hat schwarze Haare und trägt Glitzerohrringe, aber ihre Augen sind merkwürdig stumpf. In der Hand hält sie eine Zigarette. Als sie einen Zug nimmt, sieht Jonny, dass einer ihrer rot lackierten Fingernägel abgebrochen ist.

»Das ist Elena«, sagt Jokovic. »Sie kommt aus Rumänien.«

Mit seiner freien Hand streichelt er ihr väterlich über die Wange, doch sie zuckt zurück, als hätte er sie geschlagen.

»Sie gehört mir, Jonny. Verstehst du?«

Er lacht leise.

»Ich kann dich mit ihr machen lassen, was du willst. Nicht wahr, Elena?«

Die Frau nickt, sieht aber nicht aus, als hätte sie verstanden.

»Mach dir keine Sorgen, Jonny. Wir können dein Problem lösen. Wir können uns gegenseitig helfen. Verstehst du?«

Jonny sieht ihn mit trüben Augen an.

»Ich habe Geld«, sagt Jokovic. »Aber du hast etwas anderes. Ewas sehr Kostbares …«

Die junge Frau bläst eine Rauchwolke in die Luft, und als sie versucht zu lächeln, fällt Jonny auf, dass an einem ihrer Vorderzähne eine Ecke fehlt.

»Du hast Informationen.«

Jonny fühlt sich, als müsse er sich übergeben. Die heisere Stimme dicht an seinem Ohr, die Hand, die seinen Nacken umklammert, und die Frau, die er wie im Nebel vor sich sieht. Jonny will fliehen, doch er kann sich nicht bewegen.

»Sieh Elena an«, flüstert Jokovic. »Sieh alle meine Mädchen an. Sie gehören mir. Genauso, wie du mir von jetzt an gehörst, Jonny-Boy.«

Kapitel 3

Ratko Jokovic sitzt Jonny im Nacken. Fast täglich hinterlässt er ihm zur Erinnerung kurze Nachrichten auf dem Handy.

Seine Schuldenuhr tickt.

Die Abzahlung kann nicht länger auf sich warten lassen.

Auf der Tür vor Jonny klebt ein Pappschild. *Lina Andersson* in blauen Buchstaben. Um den Namen ist ein rosa Herz gemalt.

Runesson klingelt und hämmert mit den Fäusten gegen die Wohnungstür. Er flucht wütend. Schließlich hat er es satt und reißt die Tür auf, sie ist nicht abgeschlossen.

Sie sitzt zusammengekauert auf einer Matratze in der Ecke des Raums und hat ihre Arme um ihre knochigen Knie geschlungen. Als sie in die Wohnung eindringen, hebt sie kaum den Blick, sie zittert, als würde sie frieren.

Durch das Fenster fällt fahles Sonnenlicht. Über der Gardinenstange hängt ein halb heruntergerutschtes Laken.

Der Gestank, der ihnen entgegenschlägt, ist so intensiv, dass Jonny übel wird. Der Fußboden ist voller Müll. Essensreste, schmutzige Töpfe, verfaulte Bananenschalen, ausgetrunkene Milchpackungen, leere Dosen, Plastiktüten, schmutzige Kleidung. Auf einem Untersetzer brennt ein einsames Teelicht.

Es riecht nach Urin.

Jonny starrt auf die dünnen weißen Arme der Frau. Sie sind mit blauen Flecken übersät. Die Venen treten deutlich hervor, sie sehen wund und entzündet aus. Die Haare sind strähnig und hängen leblos an den Schläfen herunter. Ihre Füße sind schmutzig. Sie trägt nur einen Slip und ein T-Shirt mit der Aufschrift »Singha Beer«.

»Hallo, Lina!«, sagt Runesson fröhlich.

Er geht zu ihr, hockt sich vor sie hin und gibt ihr eine Ohrfeige.

»Zeit aufzuwachen!«

Jonny zuckt zusammen, als hätte ihn der Schlag getroffen. Aber er schweigt. Blickt sich in dem Ein-Zimmer-Apartment um.

Die Kochplatte ist mit einer gräulichen, eingetrockneten Pampe verklebt. An einem Küchenschrank, der mit einem fettigen Film überzogen ist, hat sie eine aus einer Zeitschrift ausgerissene Seite festgeklebt. Das Bild zeigt eine glückliche junge Mutter. Die Kronprinzessin mit ihrem neugeborenen Baby. Er sieht in den Schrank. Eine Packung Makkaroni und eine Dose mit Teebeuteln. Das Brot ist vor lauter Schimmel grün und pelzig. Aus dem Badezimmer dringt das Geräusch einer laufenden Toilettenspülung. Der Kühlschrank ist leer, abgesehen von drei Eiern und einer säuerlich riechenden Milchpackung. Im untersten Fach: ein Karton mit kleinen Plastiktütchen, die weißes Pulver enthalten.

»Bingo!«, sagt Jonny ohne Enthusiasmus.

Mit einem der Tütchen in der Hand dreht er sich um.

»Wie viele?«

Jonny zählt nach.

»Zweiundzwanzig.«

Runesson grinst.

»Wir teilen sie wie üblich auf. Zweiundzwanzig als

Beschlagnahme. Zweiundzwanzig Striche in der Statistik. Da freut sich der Chef.«

Jonny stellt den Karton auf die Spüle und hebt eine ausgefranste Jeans vom Boden auf. Er wirft sie quer durch den Raum.

»Zieh dich an, Lina. Damit du nicht frierst.«

Zuerst reagiert sie nicht, sondern lässt die Hose auf der Matratze liegen. Ihre dünnen Arme scheinen um die Knie herum festgewachsen zu sein. Doch dann lockert sie ihren Klammergriff und zieht die Jeans an. Anschließend wirft sie ihnen einen apathischen Blick zu, Entzugsangst pur.

Jonny wendet sich ab.

Dann hört er Runesson sagen: »Dir ist doch klar, dass wir einen Namen haben wollen, oder?«

Sie stöhnt laut.

»Du weißt, dass mit mir nicht zu spaßen ist, Lina.«

Mehrere Sekunden lang ist es still. Draußen im Treppenhaus knallt eine Tür, danach läuft jemand schnell die Treppe hinunter. Durch die halb geöffnete Badezimmertür sieht Jonny eine schwarze Katze. Er schaut hinein und riecht den beißenden Gestank von Katzensand, der lange nicht gewechselt wurde.

»Zum Teufel, Lina!« Runessons Stimme wird lauter. »Du hast zweiundzwanzig Tütchen mit Amphetamin im Kühlschrank. Das ist mehr, als du für dich brauchst, um auf den Strich zu gehen. Du dealst, oder? Ich will wissen, von wem du das Zeug hast. Jetzt!«

Er schlägt ihr zum zweiten Mal ins Gesicht, und Jonny muss gegen den Impuls ankämpfen, aus dem Apartment zu laufen.

»Gib mir dein Handy!«

Als Jonny sich wieder umdreht, hat Runesson ihr Handy aus einer Tasche geangelt. Er drückt auf ein paar Tasten und ruft dann: »Hier! Lasse Nordin. Klar und deutlich. Den kennen wir. Hast du das Amphetamin von ihm?«

Sie nickt müde.

»Perfekt!«, sagt Runesson über die Schulter zu Jonny. »Lasse Nordin arbeitet für Ratko Jokovic. Da bin ich mir so gut wie sicher. Jetzt muss der Chef den Mistkerl abhören lassen.«

Er steht hastig auf, nimmt den Karton mit den Plastiktütchen und geht auf die kaputte Wohnungstür zu.

»Pass auf dich auf, Lina!«, ruft er im Hinausgehen.

Jonny bleibt. Eine Weile schaut er Lina an, die in Embryohaltung zusammengerollt auf der Matratze liegt, das Gesicht zur Wand gedreht.

»Hau ab!«, sagt sie. »Ich will schlafen.«

Er verlässt ihre Wohnung und betrachtet das Pappschild. *Lina Andersson*. Es hat etwas Kindliches. Er lässt sie allein, geht mit zögernden Schritten die Treppe hinunter zum Auto, wo Runesson ungeduldig wartet.

»Sollen wir sie nicht mitnehmen?«

»Warum, zum Teufel?«

Jonny zuckt mit den Schultern. Er blickt an der verwitterten Hausfassade hoch. In einem der oberen Stockwerke meint er, hinter einer Gardine ein Gesicht auszumachen. Die Straße ist so gut wie ausgestorben, nur ein Junge ist auf seinem Skateboard unterwegs.

Ein Stück entfernt steht ein großer Amischlitten, doch Jonny kann nicht erkennen, ob jemand darin sitzt.

»Kümmer du dich um das Amphetamin«, murmelt er. »Ich mache einen Spaziergang.«

Ohne eine Antwort abzuwarten, geht er davon.

Hinter sich hört er, wie Runesson die Autotür zuknallt, den Motor anlässt und losfährt. Schön, den widerlichen Typen für eine Weile los zu sein. Jonny atmet die frische Luft ein. Muss den Gestank loswerden. Er holt tief Luft, dreht das Gesicht zur Sonne. Die Luft ist kühl, obwohl der Juni schon halb vorbei ist.

Er geht durch die Straßen, bleibt an einem kleinen Spielplatz stehen und zündet sich eine Zigarette an. Eine Schaukel baumelt verlassen an ihren Seilen. Das Klettergerüst ist komplett mit Graffiti beschmiert. Der Mülleimer quillt über, und das einzige lebendige Wesen in der Nähe ist eine Krähe, die im Abfall herumwühlt.

Wo sind alle Menschen?

Das mulmige Gefühl im Bauch will nicht verschwinden. Jonny weiß, was er zu tun hat. Ihm bleibt keine Wahl, er muss es tun. Gierig zieht er ein letztes Mal an der Zigarette, bevor er die Kippe wegwirft und auf dem Bürgersteig austritt. Er nimmt sein Handy aus der Jackentasche und wählt. Es klingelt viermal, dann hört er Jokovics Stimme.

»Jonny-Boy, das wurde auch langsam Zeit.«

»Ich habe … Ich glaube, ich habe etwas für dich.«

Seine Stimme ist kurz vor dem Versagen. Er setzt sich auf eine Bank.

»Was kann das wohl sein?«, erkundigt sich Jokovic amüsiert, heiser wie immer.

Jonny sieht sich um, wartet einen Moment, bis eine Frau in einem Hidschab mit ihrem Kinderwagen an ihm vorbeigegangen ist.

»Lasse Nordin ist doch dein Mann, oder?«

»Warum fragst du?«

»Wir haben einen Tipp bekommen. Er wird in Kürze abgehört werden. Die Info könnte nützlich für dich sein.«

»Wer hat ihn verpfiffen?«

Die Frage kommt schnell wie ein Peitschenhieb, und Jonny zuckt auf der Bank unfreiwillig zusammen.

»Das kann ich nicht sagen. Du musst dich damit zufriedengeben. Dir ist doch wohl klar, was ich für ein Risiko eingehe? Betrachte es als fette Schuldentilgung.«

In der Leitung bleibt es lange still.

Aus einer Haustür kommt ein gebeugter alter Mann mit Baskenmütze und grauem Bart. Er wirft Jonny einen verängstigten Blick zu und stolpert dann mit seinem Rollator den Gehweg hinunter.

»Bist du noch dran?«, fragt Jonny ungeduldig.

»Es war Lina, oder?«

Verdammt! Jonny fängt an zu schwitzen. Innerhalb von wenigen Sekunden ist sein Hemd unter der Jacke komplett nass.

»Diese kleine Hure«, zischt Jokovic. »Ich wusste, dass ich ihr nicht vertrauen kann.«

»Welche Lina?«, versucht es Jonny.

In der Leitung knistert es. Dann hört er, wie Jokovic lacht, als hätte jemand gerade einen urkomischen Witz erzählt. Jonny weiß nicht, was er sagen soll, also wartet er unsicher ab.

»Dein Glück, dass du angerufen hast.«

Plötzlich klingt Jokovic beinahe freundlich.

»Sonst hätte ich jemanden nach dir schicken müssen, der ein ernstes Wörtchen mit dir redet. Ein Mann in meiner Position kann eine Schuld niemals vergessen. Du verstehst, Jonny. Das sieht nicht gut aus. Man muss sich Respekt verschaffen.«

Jokovic legt auf.

Jonny starrt das Mobiltelefon in seiner Hand an. Er zittert. Das mulmige Gefühl im Bauch ist zu einem harten Klumpen erstarrt. Das Einzige, was er vor sich sieht, sind ihre Augen, schwarze Schatten, und zwei magere Arme um knochige Knie.

Kapitel 4

Wenn John Harald Lilja die Wahrheit nicht förmlich ins Gesicht geschleudert bekommen hätte, dann wäre er vermutlich niemals auf die Idee gekommen, sich zu erhängen.

Ein feiger Polizist. Gibt es etwas Erbärmlicheres?

Er fuhr sich mit der Zunge über die trockenen Lippen und blickte dem Mann hinter dem Schreibtisch in die Augen. Was er sah, gefiel ihm nicht: Graue Unerbittlichkeit hinter einer Brille mit Stahlbügeln. Bleiche, feuchte Haut. Nicht die geringste Andeutung von Verständnis.

Kriminalkommissar Georg Svedin war ein kräftiger Typ, der zweifellos den langen Weg gegangen war.

Die Chancen stehen schlecht, dachte Jonny. Höchstens vierzig zu sechzig.

Was in aller Welt stellt ein miserabler Polizist, der gefeuert wird, mit seinem Leben an?

Sie seufzten beinahe gleichzeitig. Der eine ein bisschen gekünstelt, beinahe angestrengt. Jonny voller Angst.

»Ich will ehrlich zu dir sein, Jonny. Es sieht nicht gut für dich aus.«

»Wenn du vorhast, mir den Todesstoß zu geben, dann mach es sofort.«

Draußen vor dem Fenster fiel trostloser Regen von einem Himmel, der dicht über glänzenden Hausdächern hing. Dünne Rinnsale liefen die Scheibe hinunter. Schwere Tropfen trommelten auf das Fensterblech. Von der Straße drangen gedämpfte Verkehrsgeräusche zu ihnen herauf, als würden die Autos unter Wasser fahren.

Der Kommissar stand langsam auf, zog eine Grimasse und griff sich ins Kreuz. Er blickte ziellos in den Regen und ballte seine knochigen Hände zu Fäusten, als wollte er jemanden schlagen. Sein Sakko war am Rücken zerknittert. Ein Duft von Rasierwasser umgab ihn.

»Hexenschuss«, erklärte er ungefragt. »Die vielen Jahre im Streifenwagen machen sich bemerkbar.«

Jonny zuckte mit den Schultern.

»Tut mir leid, Georg, aber dein Rücken und deine Hämorrhoiden gehen mir am Arsch vorbei.«

Als der Kommissar sich wieder vom Fenster abwandte, hatte er seine Brille abgenommen. Er hauchte die Brillengläser an und wischte sie sorgfältig mit seinem Taschentuch ab, bevor er die Brille wieder aufsetzte. Und dann, als hätte er am Fenster Kraft gesammelt, schleuderte er eine Anschuldigung heraus, die sich scharf wie ein Pfeil direkt in Jonnys Herz bohrte. Nicht, weil es sich um eine Lüge handelte, sondern ganz allein aus dem Grund, weil es die Wahrheit war.

»So gottverdammt feige!«

Jonny rutschte noch ein Stück tiefer in den Besucherstuhl. Zur Abwechslung bekam er keinen Ton heraus. Er massierte seine Brust, um den Schmerz zu betäuben.

Dreißig zu siebzig, war das Einzige, was er denken konnte.

»Einen Kollegen im Stich zu lassen … Das ist das Allerletzte!«

Mit einer Miene, die deutlich machte, dass es im Zimmer

stank, hob der Kommissar mit Zeigefinger und Daumen ein Blatt Papier hoch und ließ es vor Jonny auf den Schreibtisch segeln.

Ein kurzer Blick genügte, um Jonnys Befürchtungen zu bestätigen. Er schloss die Augen. Er hatte bis zum Schluss gehofft, dass Runesson nichts sagen würde. Schließlich hatte Jonny Blumen gekauft, rote und gelbe Tulpen, und sie mit ins Krankenhaus genommen. Er hatte gelächelt und sich entschuldigt, obwohl es ihm widerstrebte. Runesson hatte natürlich mit seinem eingegipsten Bein dagelegen und sich quergestellt. Die Brieftasche zu zücken, war ein Fehler gewesen, das war Jonny im Nachhinein klar. »Als Wiedergutmachung«, hatte er geflüstert und ein paar Tausend-Kronen-Scheine unter das Kopfkissen gesteckt. Runesson war ausgerastet, hatte ihm die Scheine ins Gesicht geworfen und gebrüllt, dass er zur Hölle gehen solle.

Die Typen hatten ihn ziemlich übel zugerichtet. Zwei ausgeschlagene Zähne, vier gebrochene Rippen und ein gebrochenes Bein. Er könne von Glück sagen, dass er nicht fürs Leben gezeichnet bleiben würde, hatte der Arzt gesagt. Da war es kaum verwunderlich, dass er den Vorfall zur Anzeige gebracht hatte.

»Hast du etwas zu deiner Verteidigung zu sagen?«

Verteidigung … Jonny weigerte sich, die Augen zu öffnen. Dass er Angst hatte, eine solche Scheißangst, dass er kurz davor war, sich in die Hose zu machen, konnte das als Verteidigung durchgehen?

Kaum.

Seit zwei Monaten waren sie hinter ihm her, seit dieser verfluchten Pokerpartie im Juni. Sie hatten immer mehr verlangt. Sein Tipp, dass die Polizei plante, Lasse Nordin abhören zu lassen. Er zitterte beim Gedanken daran. Jokovic hatte gleich begriffen, dass es Lina gewesen war, die ihn verpfiffen hatte.

Dreimal hatte sich Jonny heimlich in die Fahndungsliste der Polizei eingeloggt. Jokovic schien mit den Informationen, die er bekam, zufrieden zu sein. Aber Jonnys Gewissen war immer weiter ausgehöhlt worden, bis er das Gefühl hatte, sein Brustkorb habe sich in ein leeres, hallendes Gewölbe verwandelt.

Vor einer Woche hatte er das letzte Mal mit Jokovic gesprochen. Dabei war es um eine Lieferung aus Kopenhagen gegangen. »Du musst sie annehmen, Jonny. Einen Bullen kontrolliert niemand.« Als er sich geweigert hatte, war der Serbe wütend geworden, und die Kraft in seinem heiseren Gebrüll hatte Jonny vor Schreck zusammenzucken lassen: »Du kleine, miese Pissratte! Du gottverdammte Obernull! Du bist nichts weiter als ein kleiner Wurm! Glaubst du, du kannst mir eine Abfuhr erteilen? Ich kann dich jederzeit unter meinem Absatz zerquetschen!«

Dann etwas ruhiger, doch die unterschwellige Drohung war unüberhörbar: »Vergiss nicht, was ich gesagt habe, Jonny: Du gehörst mir. Du schuldest mir eine Million. Wenn du mich enttäuschst, muss ich die ganze Summe auf einmal eintreiben. Verstehst du?«

Sie müssen es auf mich abgesehen haben, dachte Jonny, als er mit geschlossenen Augen in Georg Svedins Besucherstuhl hing.

Aber Verteidigung …

Ohne eine Miene zu verziehen, durchforstete er seine Erinnerung von der Nacht am Sankt Knuts torg, in der Hoffnung, irgendwelche mildernden Umstände zu finden, irgendein Detail, das ihn zumindest geringfügig in einem besseren Licht dastehen ließ. Es hatte geregnet, genau wie heute. Ein dünner, nicht enden wollender Regen, der den Asphalt zum Glänzen gebracht und das Licht der Autoscheinwerfer in den Wasserpfützen reflektiert hatte.

***

Runesson ist wie üblich schweigsam und mürrisch. Er sitzt am Steuer. Grunzt irgendetwas zwischen den Bissen, während Jonny versucht, Small Talk zu machen. Im Babylon Grill auf der anderen Straßenseite haben sie sich Kebab und Joghurt geholt. Runesson hat seinen Kebab zur Hälfte aufgegessen, als er plötzlich erstarrt und den Mercedes fixiert, der ein Stück vor ihnen am Straßenrand parkt.

»Hast du den Typen gesehen, der gerade eingestiegen ist? Ich erkenne ihn wieder! Milan irgendwas … Er dealt. Komm schon, Jonny! Jetzt verdammt!«

Ohne zu warten, knüllt er seinen Kebabrest im Papier zusammen und reißt die Autotür auf.

»Warte …«, protestiert Jonny lahm.

Runesson scheint ihn nicht zu hören.

Er hat den Mercedes fast erreicht, als alle vier Türen auffliegen.

***

Jonny hörte, wie Svedin seufzte.

Aber er wagte nicht aufzuschauen.

Noch nicht.

Am Fenster surrte eine Fliege. Jedes Mal, wenn sie gegen die Glasscheibe stieß, war ein schwacher Aufprall zu hören.

Dieser verfluchte Regen, den ganzen Sommer über hatte es wie aus Eimern gepisst. Warum konnte es nicht aufhören?

Jonny hatte Nieselregen nie leiden können. Davon bekam er schlechte Laune. Dieses Wetter machte ihn schwermütig. Es war nicht leicht, sich dagegen zu wehren. Das Gefühl, dass der Tod hinter der nächsten Ecke lauerte, konnte ihn in einem Moment erschrecken, im nächsten war es ihm wieder völlig gleichgültig.

Kein leiser, sanfter Regen. Aber gerne Blitz und Donner, die einen reinigenden Wolkenbruch vorhersagten.

***

Die Straßenlaterne taucht den Gehweg in bleiches Licht. Die vier Männer nähern sich schnell, bedrohliche Schatten in der Nacht. Durch die Regentropfen auf der Windschutzscheibe sieht er, wie Runesson nach seiner Dienstwaffe greift.

Jemand schreit, doch Jonny kann keine Wörter ausmachen.

Er ist vor Angst wie gelähmt.

Unfähig, sich zu bewegen, sieht er zu, wie die Männer Runesson so heftig stoßen, dass er taumelt. Eine von Jonnys Gehirnhälften schreit: Tu was! Die andere, die seine Muskeln steuert, hat ihren Dienst versagt. Er sieht alles wie in einem Film vor sich. Er hört den unheimlichen Knall, als der erste Faustschlag Runessons Hinterkopf trifft und ihn zu Boden schickt. Dann fallen sie über ihn her, schlagen und treten auf ihn ein. Jonny hört dumpfe Stiefeltritte, die einen Menschenkörper malträtieren, und er hört die erregten Flüche der Männer, doch er tut absolut gar nichts.

Dann halten sie inne. Runesson liegt reglos auf dem Bürgersteig.

Ist er tot?

Plötzlich drehen sie sich zu Jonny um, der immer noch wie gelähmt im Auto sitzt. Einer der Männer zeigt auf ihn. Er hört sie murmeln. Sieht, wie sie näher kommen.

In dem Moment bemerkt er, dass Runesson sich auf die Ellenbogen stützt, sein Gesicht ist blutverschmiert, er ruft irgendetwas. Aber anstatt auszusteigen und seine Pistole zu ziehen, nutzt Jonny die erbärmlichen Kräfte, die er hat sammeln können, um sich auf den Fahrersitz zu hieven und den Knopf zu drücken, der alle Türen gleichzeitig verriegelt.

Dann sieht er, wie einer der Männer zu Runesson zurückgeht und ihm noch einen weiteren Tritt verpasst.

Eine Kofferraumhaube wird geöffnet und wieder zugeknallt. Zwei der Männer halten jetzt Baseballschläger in den Händen. Es dröhnt, als der erste Schlag das Autodach über Jonnys Kopf trifft. Er drückt die Hände auf die Ohren. Glas zersplittert, Blech wird eingedellt.

Plötzlich nähert sich Sirenengeheul. Jemand muss die Polizei alarmiert haben. Die Schläge hören auf. Die Männer rufen. Davonlaufende Schritte, ein Automotor, der gestartet wird, quietschende Reifen auf Asphalt.

Als die Kollegen endlich die Autotür aufbekommen, klammert Jonny sich immer noch an seinen Sitz. Er zittert wie Espenlaub und kneift die Augen so fest zusammen, wie er nur kann.

***

Erst als sich Svedin vernehmlich räusperte und zum dritten Mal seine Frage wiederholte, schaffte Jonny es, die Augen zu öffnen.

»Ich sagte gerade: Warum hast du deinem Kollegen nicht geholfen?«

Jonny blinzelte nervös.

»Ich weiß nicht, ich …«

»Warum hast du ihm keine Deckung gegeben? Er war dabei, eine Straftat zu verhindern. Es war Eile geboten.«

»Ich habe es nicht geschafft. Runesson hat einfach die Autotür aufgerissen und ist aus dem Wagen gestürzt. Ich war der Meinung, dass wir noch warten und vielleicht Verstärkung rufen sollten.«

»Warum hast du das dann nicht gemacht? Du hättest über Funk Hilfe anfordern können.«

»Es ging alles so schnell …«

»Also bist du einfach im Auto sitzen geblieben? Ohne einen Finger krumm zu machen? Hast dabei zugesehen, wie dein Kollege zusammengeschlagen wurde?«

»Ich dachte, dass ...«

»Was hast du gedacht? Dass er alleine klarkommt? Logisch, Runesson ist groß und stark, und du ... Du verdammter Hund! Begreifst du es nicht? Ein Polizist darf niemals einen Kollegen im Stich lassen. Du hättest ihm mit deiner Dienstwaffe Deckung geben müssen. Sie stoppen müssen. Aber du warst zu feige!«

Jonny schwieg. Runesson war selbst schuld, dachte er. Der Idiot hatte schließlich nicht auf ihn gehört.

Betont langsam faltete der Kommissar seine großen Hände auf dem Schreibtisch, beugte sich vor und senkte die Stimme. Jonny starrte mit leerem Blick auf den Ehering, der stramm an der feisten Hand des Kommissars saß.

»Die Kollegen von der Streife sagen, dass der Wagen, in dem du gesessen hast, verriegelt war, als sie eingetroffen sind.«

Jonny wurde rot.

»Verbeult«, fuhr Svedin fort. »Kaputte Scheiben. Aber verriegelt ... von innen.«

Jonny massierte sich das Gesicht. Wich dem wässrigen Blick aus, der voller Verachtung war. Trotzdem empfand er die Anschuldigung als ungerecht. Was hätte ich tun sollen?, dachte er. Niemandem wäre geholfen gewesen, wenn Jokovics Gorillas mich auch zusammengeschlagen hätten.

»Hast du eine Erklärung dafür?«, fragte der Kommissar sanft.

»Vielleicht ist der Schließmechanismus von selbst ausgelöst worden, als sie mit ihren Baseballschlägern auf das Auto eingeschlagen haben?«

»Glaubst du das wirklich?«

»Es sind schon merkwürdigere Dinge vorgekommen. Ich kenn mich mit Autos nicht aus, aber ich habe einmal in einem

Technikmagazin gelesen, dass die neuen elektronischen Systeme unberechenbar sind. Also ist es durchaus möglich, dass …«

Jonny brach mitten im Satz ab.

Als wäre ihm die Luft ausgegangen.

Warum Kraft vergeuden, wenn es sowieso sinnlos war? Es spielte keine Rolle, welche Entschuldigungen er vorbrachte, das begriff er jetzt. John Harald Lilja war in den Augen der gesamten schwedischen Polizei bereits verurteilt. Die Chancen, dass er seinen Job behalten würde, standen schlechter als eins zu zehn.

Mein Vater wird sich freuen, dachte er.

Für einen Moment sah er dessen höhnisches Grinsen vor sich. Der endgültige Sieg des Vaters über den Sohn.

Aber gerade als Jonny sein Schicksal akzeptiert hatte und bereit war, das Urteil entgegenzunehmen, sah er eine winzige Veränderung im Gesicht des Kommissars. Ein Zucken im Augenwinkel, einen Blick, der für eine Sekunde den Fokus verlor. Eine vage Andeutung, dass der Chef Jonny nicht nur zu sich zitiert hatte, um ihm einen Anschiss zu verpassen.

Einen Gegenspieler, der blufft, konnte Jonny erkennen. Schließlich war er immer noch ein Spieler.

Als Svedin weiterredete, schwang Unsicherheit in seiner Stimme.

»Verflucht, Jonny … Du warst mal ein guter Polizist. Ich kann mich noch daran erinnern, wie du in unsere Abteilung gekommen bist. Du warst hungrig. Clever. Störrisch wie ein Esel. Es hat dir nicht gereicht, kleine Fische auf der Straße zu fangen. Erinnerst du dich noch an die Pizzeria in der Norra Gränsbergsgatan? Die Polenliga? Du hast dich da Tag und Nacht rumgetrieben. Hast jede Ratte überprüft, die ihre Nase in das Loch gesteckt hat. Das hast du monatelang gemacht. Ich weiß noch, dass du Witze darüber gerissen hast, dass du diese Gangster besser kennst als deinen eigenen Vater, was das auch immer bedeuten sollte. Aber wir haben sie gekriegt. Es was dein Verdienst, dass wir die ganze Bande mit der Amphetaminküche in Danzig in Verbindung bringen konnten und alle verurteilt worden sind.«

»Danach konnte ich keine Calzone sehen, ohne mich zu übergeben …«, murmelte Jonny.

Svedin lachte, wurde aber gleich wieder ernst.

»Du warst nie ein Teamplayer«, fuhr er fort. »Hast immer dein eigenes Ding gemacht. Aber in letzter Zeit hast du komplett die Kontrolle verloren. Was zum Teufel ist passiert?«

Jonny schwieg und sah auf seine Hände. Das Kribbeln in den Fingern, wie sollte er davon erzählen. Die Verführerin, die ihre Lügen in sein Ohr flüsterte. Sie, die ihn ins Verderben gelockt hatte.

Svedin schüttelte resigniert den Kopf.

»Die Dienstvorschrift lässt mir keine Wahl. Eine solche Angelegenheit muss der Reichspolizeibehörde für Disziplinarverfahren übergeben werden. Du kannst davon ausgehen, dass es die Kollegen der internen Ermittlungsgruppe nicht bei einer Verwarnung belassen werden. Mit einer Suspendierung kommst du da noch glimpflich davon.«

»Aber du hast nicht vor, dich an die Dienstvorschrift zu halten?«

Der Kommissar kratzte sich am Kinn.

»Das hängt davon ab …«

»Wovon?«

Svedin betrachtete Jonny schweigend, als würde er bis zum letzten Moment überlegen, welche Karte er ausspielen sollte.

Schließlich zuckte er mit den Schultern.

»Ach, zum Teufel. Ich will nicht, dass diese Arschlöcher in meiner Abteilung herumschnüffeln. Wir lassen die Sache vorerst auf sich beruhen. Aber betrachte unser Gespräch als informelle Warnung. Und verlass dich nicht darauf, dass es die letzte war.«

»Was ist mit Runessons Anzeige?«

»Wir werden einen Weg finden, ihn zu entschädigen. Es wird sich irgendwie lösen lassen. Ich hab diesen Kerl nie richtig leiden können. Irgendwas an ihm … ich weiß auch nicht.«

Langsam stand Jonny auf. Er war plötzlich unglaublich müde. Ich will schlafen, dachte er. Richtig lange schlafen.

»Nimm ein paar Tage Urlaub«, sagte Svedin und wandte seine Aufmerksamkeit den Unterlagen auf seinem Schreibtisch zu.

Doch dann blickte er noch einmal auf.

»Ach, übrigens, noch eine Sache …«

Jonny blieb stehen.

»Lina Andersson. Du kennst sie doch?«

Der Name versetzte Jonny einen Stich. Voller dunkler Vorahnungen griff er nach der Stuhllehne.

»Ja?«

»Diese Amphetaminhure in Holma. Du und Runesson habt ihr doch vor einem Monat einen Besuch zu Hause abgestattet, oder?«

Jonny nickte.

»Sie wurde heute Morgen tot aufgefunden.«

Auf einmal hatte Jonny das Gefühl, als ob jeglicher Sauerstoff im Raum verschwunden wäre. Er umklammerte die Lehne des Stuhles fester und sah seinen Chef an.

»Überdosis?«, hörte er sich fragen.

»Möglicherweise Selbstmord … Die Sache wird untersucht. Was glaubst du?«

»Keine Ahnung …«

Svedin betrachtete ihn lange mit seinem feuchten Blick. Jonny stand stocksteif da und fror.

Nie wieder, nahm er sich vor. Niemals wieder.

Plötzlich wechselte der Kommissar das Thema: »Heute Abend findet doch das Derby in Jägersro statt.«

Auf einmal klang er fast aufgeregt. Er blinzelte gierig.

»Stimmt ...«

»Hast du einen Tipp?«

»Also das willst du? Tipps fürs Pferderennen? Von einem feigen Polizisten?«

Zum ersten Mal lächelte der Kommissar.

»Immerhin besser als überhaupt kein Tipp, oder etwa nicht?«

»Lucky Star, einen Tausender auf Sieg.« Jonny spuckte die Wörter förmlich aus. »Gib nicht mir die Schuld, wenn es in die Hose geht.«

Er machte Anstalten, aus dem Zimmer zu gehen. Aber in dem Moment, als er die Hand auf die Türklinke gelegt hatte, hielt ihn die Stimme des Kommissars zurück. Jetzt klang er aufrichtig verwundert.

»Es gibt da noch etwas, das ich seltsam finde: Du behauptest, dass du keinen der Männer identifizieren kannst, die Runesson zusammengeschlagen haben. Aber du hattest den absoluten Logenplatz. Trotzdem sind deine Personenbeschreibungen absolut nutzlos.«

Jonny sah ihn kalt an.

»Es hat geregnet. Alles, was ich durch die Windschutzscheibe gesehen habe, war verschwommen.«

***

In den folgenden Stunden traf Jonny genauso viele Entscheidungen, wie er wieder verwarf. Er schwankte zwischen einem Gefühl von absoluter Leere und einem manischen Wunsch nach Revanche. In seiner Wohnung in der Kristianstadsgatan warf er sich der Länge nach aufs Sofa und starrte die Glühbirne an, die von der Decke baumelte. Er legte eine alte CD von The Clash ein und drehte die Lautstärke voll auf, um auf andere Gedanken zu kommen, bekam aber sofort Kopfschmerzen und stellte die Musik wieder aus. Im Küchenschrank über der Kaffeemaschine fand er eine Schachtel mit Kopfschmerztabletten. Er schluckte gleich mehrere und spülte sie mit kaltem Kaffee hinunter.

Der Beo krächzte wie üblich in seinem Käfig.

»Good luck! Good luck!«

Ausnahmsweise hatte Jonny keine Lust zu antworten. Stattdessen hob er den Brief vom Gerichtsvollzieher auf, der auf der Türmatte lag, zerriss ihn und warf ihn in den Mülleimer. Dann schaute er in den Kühlschrank und starrte eine Weile auf eine verschrumpelte Gurke, bis er einsehen musste, dass er nichts zu trinken im Haus hatte.

Als er wieder draußen auf der Straße stand, war es bereits dämmrig. Mit einer Rastlosigkeit, die wie Säure in seinen Beinen ätzte, joggte er quer über den Möllevångstorget, wo die Menschen vor den Lokalen unter Markisen und Heizstrahlern saßen. Ein paar Straßenzüge entfernt schlüpfte er durch den Hintereingang in einen illegalen Szeneklub und kaufte beim Barkeeper, mit dem er seit Längerem bekannt war, ein paar billige Flaschen Wein.

Anschließend setzte er sich ins Auto und fuhr los.

Die Nacht war Jonnys Element. Die Dunkelheit, die ihn wie Samt umgab, in den Sommermonaten warm und feucht, kalt wie die Freiheit, wenn der Herbst Einzug gehalten hatte. Die Straßenlaternen, die Neonlichter und die Scheinwerfer der Autos. Fremde Gesichter, Schatten und Dunkelheit. Wenn er nicht schlafen konnte, hatte er die Angewohnheit, sich stundenlang in der Stadt herumzutreiben und ihrem Rhythmus zu folgen: Die anständigen Kneipengänger, die sich gegen Mitternacht zurückzogen. Die illegalen Klubs, die in den frühen Morgenstunden Kriminelle, Jugendliche und abenteuerlustige Angestellte anzogen wie ein Stück Zucker die Fliegen. Und dann die Dämmerung, die blaue Dämmerung, wenn die

Straßen verlassen dalagen, Stimmen und Schritte zwischen den Häusern hallten und die einsamen und übrig gebliebenen Gestalten nach der nächtlichen Jagd nach Hause taumelten, begleitet vom fernen Sirenengeheul eines Krankenwagens.

Unbewusst ließ Jonny die Stadt hinter sich und fuhr nach Osten. Es hörte auf zu regnen und die Wolken verschwanden, ohne dass er es bemerkte. Wirre Gedanken kreisten in seinem Kopf. Einen kurzen Moment lang hatte er das Gefühl, etwas zu verstehen. Doch als die Weinflaschen leer waren, spürte er, wie ihm der Strohhalm wieder aus der Hand glitt und er erneut von der Sinnlosigkeit übermannt wurde.

Es gab keinen Ausweg.

Seine Schuld war zu groß.

Er konnte nur noch eine einzige Schlussfolgerung ziehen: Es war höchste Zeit für Jonny Lilja, den Pokertisch zu verlassen, bevor er noch mehr Schaden anrichtete.

Da fiel ihm das alte Seil ein, das in seinem Kofferraum lag.

Der Ort stand bereits fest.

Kapitel 5

Die Sonne stand hoch am Himmel und hatte die Raben in die Flucht geschlagen.

Unten am Steilhang glitzerte das Meer hellgrün auf dem Sandboden, und am Horizont, wo ein Öltanker auf dem Weg nach Süden war, ging es in ein intensives Tiefblau über.

Ein schwacher Wind fuhr durch die Eichen und brachte das Laub zum Prasseln, unschuldig, als wäre der Tod nicht mehr länger anwesend.

Aber die Frau saß immer noch an den Baumstamm gelehnt da.

Das Mädchen.

Jonny hatte sie lange angesehen.

Zuerst hatte er gedacht, dass ihm ihr Gesicht bekannt vorkam. Schwarze Haare, eine hohe Stirn und dunkle Schatten unter den Augen. Die Lippen dünn, irgendwie blutleer. Er hatte das Gefühl, ihr einmal begegnet zu sein, als sie noch am Leben gewesen war, vielleicht hatte er sogar mit ihr geredet. Doch an ihre Stimme konnte er sich nicht erinnern. Hatte sie möglicherweise eine andere Sprache gesprochen?

Aus irgendeinem Grund hatte er ihr eine Haarsträhne aus dem Gesicht gestrichen, ihr Ohrläppchen gestreift und sich über die deutlich hervortretenden Venen an ihren Schläfen gewundert. Nur eine dünne, durchsichtige Hautschicht überdeckte die Blutgefäße.

Sonderbarerweise bemerkte er den Blutgeruch erst, nachdem er ihr Gesicht schon eine ganze Weile betrachtet hatte.

Er hatte einen leblosen Arm angehoben und die Schnitte im Handgelenk entdeckt. Das Messer, ein normales Brotmesser. Das Gras war braun. Der sandige Boden musste das meiste Blut aufgenommen haben, während das Leben langsam aus ihrem Körper gewichen war.

Es hatte über zwei Stunden gedauert, bis jemand auftauchte. Als Erstes erschien ein Streifenwagen, der schaukelnd über die Wiese fuhr. Kurz darauf kam ein Krankenwagen und schließlich eine Ermittlungsgruppe in den blau-gelben Farben der Polizei.

Jetzt wärmte die Sonne den Rücken. Von den Raben war keine Spur zu sehen. An der Eiche untersuchten ein paar Sanitäter die Tote. Zwei Kriminaltechniker krochen in dem Bereich, den die Polizisten mit blau-weißem Flatterband abgesperrt hatten, im Gras herum.

Jonny schaute ihnen eine Weile zu, dann schüttelte er langsam den Kopf.

»Ich glaube, ihr irrt euch«, murmelte er halb zu sich selbst. »Ich glaube nicht, dass sie sich umgebracht hat.«

Wer sollte das wissen, wenn nicht ich, dachte er.

Die Kriminalkommissarin, die seine Worte aufgeschnappt hatte, sah ihn skeptisch an. Ihrem Gesichtsausdruck nach zu urteilen, hatte sie kein großes Vertrauen in Jonnys Fähigkeit, die Todesursache des Mädchens zu beurteilen.

»Wir werden sehen«, sagte sie. »Vieles deutet auf Selbstmord hin. Die Schnitte an den Handgelenken. Der Zeitpunkt. Der Ort …«

Sie blickte aufs Meer, in Richtung Stenshuvud-Nationalpark, die Landspitze weiter südlich, die sich mit ihrer dunkelgrünen Vegetation wie ein Pottwal am Horizont abzeichnete.

»Ein schöner Ort, um sich das Leben zu nehmen.«

»Ja …«

Jonny schielte beschämt auf das Seil, das immer noch im Gras unter der Eiche lag. Er hatte nie erfahren, ob der Ast sein Gewicht getragen hätte. Niemand schien es bemerkt zu haben. Ein abgenutztes, ausgefranstes Seil. Vielleicht war es von einem Wintersturm an Land gespült worden. Oder ein Kind hatte es mitgebracht, das sich eine Schaukel bauen wollte und es sich plötzlich anders überlegt hatte.

Jonny schüttelte unwillig den Kopf, um seinen Kater zu vertreiben. Sich erhängen, dachte er. Du verdammter Idiot!

Er wartete, bis die verräterische Röte aus seinem Gesicht verschwunden war, bevor er sich wieder zu seiner Kollegin umdrehte.

Sie hatte sich als Eva Ström vorgestellt. Ihr Handschlag war fest gewesen. Eine kräftige, etwas untersetzte Frau mit asiatischen Gesichtszügen. Ihre Lederjacke hatte sie ins Gras gelegt. Unter den Armen hatte sie ein paar Schweißflecken.

»Warum glaubst du nicht an einen Selbstmord?«, fragte sie plötzlich, als hätte sie erst jetzt den Sinn seiner Bemerkung verstanden.

Er zuckte mit den Schultern.

»Nur so ein Gefühl. Aber mein Gefühl liegt meistens richtig. Sie sieht nicht aus wie eine Selbstmordkandidatin.«

»Weißt du, wer sie ist?«

»Nein, keine Ahnung …«

»Wir müssen sie natürlich identifizieren. Aber das wird vermutlich nicht leicht.«

Sie nickte zur Eiche hinüber.

»Der Bereich bleibt eine Weile abgesperrt, damit die Jungs Zeit haben, den Ort gründlich zu untersuchen«, sagte Eva Ström. »Sicherheitshalber.«

Dann schien ihr plötzlich etwas einzufallen.

»Ich habe von dem Kollegen gehört, der neulich Nacht in Malmö zusammengeschlagen wurde. Scheußliche Geschichte.«

Jonny sah sie an, konnte aber keine Spur von Boshaftigkeit entdecken.

»Was hast du noch gehört?«

»Nichts Besonderes. Was meinst du?«

»Nichts …«

Das Gerücht von seinem feigen Verhalten hatte vielleicht trotz allem noch nicht die Runde gemacht. Was angesichts der Tatsache, dass Polizisten mit Vorliebe Klatsch und Tratsch verbreiteten, merkwürdig war. Doch es war wohl nur eine Frage der Zeit, bis die bösen Zungen auch Österlen erreichen würden.

Eva Ströms Lächeln war schwer zu deuten.

***

Erst als Jonny das Geräusch eines Dieselmotors hörte und den Militärjeep sah, der oben vom Schotterweg abbog und über die Wiese fuhr, fiel ihm auf, dass keine Tiere auf den Feldern weideten. Im Sommer grasten hier normalerweise Tausende Schafe. Und Pferde, die über die Weiden galoppierten, dass der Boden vibrierte.

Jonny wusste, was das bedeutete: Manöverübung.

Vor der Absperrung bremste der Jeep, und ein Mann in grüner Uniform stieg aus. Er hatte ein rotes Gesicht, unter seiner Oberlippe klemmte ein Portionsbeutel Kautabak.

»Was geht hier vor?«, rief er barsch.

»Wir haben eine tote Frau gefunden«, antwortete Eva Ström. »Was passiert ist, wissen wir noch nicht.«

Der Offizier sah sich unschlüssig um. Er wirkte gestresst. Der Dieselmotor tuckerte im Leerlauf.

»Haben Sie hier das Kommando?«

Er starrte Eva Ström misstrauisch an.

»Ja, so kann man es ausdrücken.«

»Wie sind Sie auf das Feld gekommen? Wir haben die rote Fahne gehisst und an den Gattern Wachen postiert!«

»Als wir eingetroffen sind, stand dort niemand.«

»Wann war das?«

»Heute Morgen gegen sieben.«

Er blickte hastig auf die Uhr.

»Handelt es sich um einen Selbstmord?«, fragte er gereizt.

»Möglicherweise …«

»Irgendein Junkie oder eine Nutte, die vom Leben genug hatte?«

Eva Ström musterte ihn kalt.

»Jedenfalls wird hier jetzt eine Manöverübung abgehalten«, fuhr er fort. »Ihr müsst zusammenpacken und verschwinden. Wir fangen in einer Viertelstunde an.«

Er machte auf dem Absatz kehrt und war schon mit einem Bein im Jeep, als die Kommissarin ihn zurückhielt.

»Daraus wird nichts.«

»Was?«

»Daraus wird nichts. Sie müssen Ihre Übung absagen.«

Mit hochrotem Gesicht stieg der Offizier wieder aus dem Wagen. Er spuckte braunen Speichel aus.

»Oben am Waldrand stehen acht Leopard-Kampfpanzer bereit. Die deutsche Bundeswehr will hier eine Manöverübung abhalten. Zielschiffe draußen in der Bucht. Haufenweise Soldaten im Feld. Wissen Sie, was die Vorbereitungen zu so einer Übung kosten?«

»Nein, aber das ist mir auch scheißegal. Hier findet keine

Manöverübung statt, bevor wir unsere Tatortuntersuchung abgeschlossen haben.«

Seelenruhig fischte Eva Ström ein Paket Kaugummi aus ihrer Hosentasche und stopfte sich eins in den Mund.

»Sie haben doch gesagt, dass es sich um Selbstmord handelt«, zischte der Offizier. »Da müssen Sie doch nur die Leiche abtransportieren.«

»Ich sagte ›möglicherweise‹ … Wir wissen es nicht mit Bestimmtheit. Aber wir werden es herausfinden.«

»Sie weigern sich also?«

»So könnte man es formulieren.«

»Wer ist Ihr Vorgesetzter?«

»Sein Name ist Björn Bernhardsson. Sie können ihn gerne anrufen.«

Der Offizier starrte sie zornig an. Eine Weile stand er nur da und kaute schmatzend seinen Tabak; er stand so dicht vor Eva Ström, dass sich ihre Körper berührten. Schließlich fluchte er, warf sich in den Jeep und raste mit aufheulendem Motor davon.

»Gut gemacht«, murmelte Jonny. Militärangehörige hatte er noch nie ausstehen können.

Sie hielt ihm die Kaugummipackung hin.

»Möchtest du?«

Eine Weile kauten sie schweigend. Es schien ein heißer Tag zu werden. Die Sonne brachte das Gras zum Dampfen. Jonny blickte in den Himmel hinauf, wo eine kleine flauschige Wolke gemächlich dahinglitt.

»Warum hast du deine Meinung geändert?«

»Was?«

»Du hast gesagt, du glaubst, dass es sich um Selbstmord handelt.«

»Ach«, schnaubte sie. »Mir gehen nur diese Militärheinis gegen den Strich.«

Sie lachte auf, als würde sie sich gerade an etwas Lustiges erinnern, wurde aber gleich wieder ernst.

»Wie das Mädchen wohl hierhergekommen ist?«, sagte sie und betrachtete die Leiche.

»Vielleicht ist sie hergelaufen«, schlug Jonny vor. »Von Kivik oder Vitemölla. Oder von Juleboda. Das ist nicht weit.«

»Was hast du eigentlich mitten in der Nacht hier draußen gemacht?«

Obwohl er mit dieser Frage hatte rechnen müssen, überrumpelte sie ihn. Erst vor wenigen Stunden, als er auf dem Rücken unter dem Sternenhimmel gelegen und das nasse Gras gestreichelt hatte, war ihm sein Vorhaben als einzig möglicher Ausweg erschienen, dem Elend ein Ende zu bereiten. Aber er hatte gezögert. Er hatte sich selbst eine letzte Chance gegeben. Hatte mit dem Teufel Roulette gespielt. Hatte die Kugel in den Zylinder geworfen und ihren hüpfenden Tanz verfolgt. Aber er hatte nie erfahren, ob sie auf Schwarz oder Rot liegen geblieben oder auf wundersame Weise aus dem Zylinder herausgeschleudert worden und in den Himmel emporgestiegen war. Vielleicht hatte sie sogar die Atmosphäre durchbrochen, sich von der Erdanziehung losgerissen und ihren Weg ins Weltall fortgesetzt, für alle Zeiten befreit.

Und jetzt, als die Sonne über die Wiese flutete, schienen alle dunklen Gedanken mit der Morgendämmerung verschwunden zu sein.

Doch das war nicht der einzige Grund.

Die tote junge Frau hatte irgendetwas in ihm ausgelöst. Ihr Anblick hatte etwas in ihm zum Leben erweckt.

»Ich habe hier an dieser Stelle geheiratet«, sagte Jonny.

Er drehte sich zu Eva Ström um.

»Vor achtzehn Jahren. Lena wollte lieber im Dom in Lund heiraten. Das war das einzige Mal, dass ich meinen Willen bekommen habe.«

In dem Moment, als er es aussprach, bereute er seine Worte. Die Kriminalkommissarin sah ihn mit zusammengekniffenen Augen an, und Jonny ahnte, dass er ihre Neugier geweckt hatte.

»Nostalgie?«

»Sozusagen …«

Es war so lange her. Einfach sollte es sein, das hatte er sich gewünscht. Nur sie beide und der Pfarrer, an diesem Ort, den er so sehr liebte. Und natürlich noch seine Großmutter Hanna. Jonny hatte gedacht, dass die alte Dame vor Glück strahlte, als sie dort mit ihrem Strohhut stand, aber im Nachhinein hatte sich etwas an diesem Bild verändert. In ihrem faltigen Gesicht konnte man etwas Unheilvolles erahnen. Hatte sie damals schon gewusst, dass diese Ehe zum Scheitern verurteilt war? Manchmal hatte Jonny sich eingebildet, dass seine Großmutter hellseherische Fähigkeiten besaß.

»Das muss…«, setzte Eva Ström an.

Jonny fiel ihr abrupt ins Wort.

»Es hat nicht gehalten«, sagte er hart.

Die Sanitäter schienen die Untersuchung des toten Mädchens beendet zu haben. Die hinteren Türen des Krankenwagens standen weit offen. Der Körper lag jetzt in einem Leichensack, den sie auf eine Trage gehoben hatten. Gerade als einer der Männer den Reißverschluss zuziehen wollte, überkam Jonny eine Eingebung. Er wollte sie noch ein letztes Mal sehen. Sie und er – wenn Ström recht hatte, dann hatten sie beide den Weg zu diesem schönen Platz unter den Eichen mit den gleichen düsteren Gedanken im Kopf gefunden.

Auf irgendeine Weise verband sie das.

»Einen Moment noch!«, rief er.

Die Sanitäter hielten inne und sahen ihn fragend an. Mit einem Gefühl von Ehrfurcht trat Jonny an die Trage mit dem Leichensack, als handelte es sich um einen mit Blumen geschmückten Sarg.

Seit er sie in der Dämmerung entdeckt hatte, schien die junge Frau noch blasser geworden zu sein. Er ging in die Hocke. Ihre schwarzen Haare erinnerten ihn an Schneewittchen. Es sah aus, als würde sie in einem Schlafsack liegen. Aber dass sie tot war, ließ sich nicht länger leugnen. Ihre Haut war leblos, der Unterkiefer ein wenig nach unten gerutscht, sodass die Lippen leicht offen standen.

Plötzlich fiel Jonny auf, dass an einem Vorderzahn eine Ecke fehlte.

Sie war es! Die junge Frau aus dem Klub, die er im Juni bei Ratko Jokovic nach dieser unglückseligen Pokerpartie gesehen hatte.

Der Moment flackerte vorbei, als sie dort an der Bar gesessen hatte, mit dem schweren Arm des Serben auf der Schulter. Seine Kopfschmerzen. Das ausgehöhlte Gefühl im Bauch, verursacht durch die Erkenntnis, eine Schuld auf sich geladen zu haben, die er niemals zurückzahlen konnte. Eine Million, die Zinsen liefen bereits.

Wie hatte sie geheißen? Elena, hatte Jokovic sie genannt. Aber war das ihr richtiger Name?

Sie hatte verletzbar ausgesehen, unter der Schminke saß die Angst. Jokovics heisere Stimme: »Sie gehört mir. Genauso, wie du mir von jetzt an gehörst.« Die Erinnerung verursachte Jonny Übelkeit. Er widerstand dem Impuls, ihre Wange zu streicheln, und stand langsam auf.

Eva Ström stand dicht neben ihm. In ihren Katzenaugen funkelte etwas.

»Sie ist verdammt jung. Fast noch ein Kind.«

»Ja.«

»Kennst du sie?«

Jonny schüttelte den Kopf und sah an ihr vorbei aufs Meer.

»Nein, das habe ich doch schon gesagt. Ich habe sie noch nie vorher gesehen.«

Die Lüge brannte auf seiner Zunge. Aber wie sollte er erzählen, was er über das Mädchen wusste, ohne seine Verbindung zu Ratko Jokovic zu erwähnen? Das war unmöglich. Und was hatte das schon für eine Bedeutung? Schneewittchen war tot. Kein Prinz auf der Welt würde sie wieder zum Leben erwecken.

Die Türen des Krankenwagens wurden mit einem lauten Knall zugeschlagen. Die beiden Männer nickten ihnen zu und stiegen ein. Jonny blieb stehen und blickte dem Krankenwagen nach, der schaukelnd über die Wiese zum Schotterweg hinauffuhr. Über den Baumwipfeln am Waldrand konnte er die Raben ausmachen, einen Moment lang glaubte er ihr Krächzen zu hören.

»Ich verschwinde«, murmelte Jonny, ohne sich umzudrehen.

Als ihn niemand zurückhielt, ging er langsam zu seinem Auto hoch. Die Tote war weg, es gab keinen Grund mehr zu bleiben. Das Seil konnte weiter dort liegen, wo es lag. Aus irgendeinem Grund war er ziemlich sicher, dass es nicht noch einmal zur Anwendung kommen würde.

Aber die Unruhe zerrte an ihm. Und tief im Innern wusste Jonny, woher sie kam. Es lag nicht nur daran, dass er die Tote aus dem Klub erkannt hatte. Sie hatte ihn an Maria erinnert.

Kapitel 6

Jonny hatte gerade den Autoschlüssel ins Zündschloss gesteckt, als ihn ein Weinkrampf übermannte. Er spürte ein Stechen in der Nasenwurzel, und kurz darauf liefen ihm die Tränen auch schon über die Wangen.

Schniefend sank er hinter dem Lenkrad zusammen, unfähig, sich zu bewegen. Von den leeren Weinflaschen, deren letzte Tropfen ausgeflossen waren und auf der Fußmatte eine kleine Lache bildeten, ging ein säuerlicher Geruch aus. In der Pfütze kroch eine Wespe herum, schwerfällig und torkelnd, als würde sie niemals wieder hoch in die Luft fliegen.

Er saß völlig regungslos da, erschöpft und leer. Dann schwirrten ihm erneut die Gedanken durch den Kopf: Die Augen sind der Spiegel der Seele.

Jonny massierte sich das Gesicht und kippte den Rückspiegel nach unten.

Angst und Schuld starrten ihm entgegen.

Aber da war auch noch etwas anderes: Die Verzweiflung, die ihn in der Morgendämmerung dazu gebracht hatte, mit dem Tod Roulette zu spielen – ob Gott oder der Teufel dahintersteckte, konnte er nicht sagen –, war verschwunden. Plötzlich erschien es ihm unbegreiflich, dass er vor ein paar Stunden noch kurz davor gewesen war, sich an der grünen Eiche am Steilhang am Meer zu erhängen.

Jonny drehte den Zündschlüssel.

Zwar starrte ihn aus dem Rückspiegel ein verängstigter Polizist mit geröteten Augen an, doch keinesfalls ein Mann, der auf dem Weg in sein eigenes Grab war. Sondern ein Mann, der sich entschlossen hatte zu leben, ganz egal, wie sich sein Leben auch gestalten würde. Schließlich gab es jemanden, trotz allem musste es jemanden geben, der ihn brauchte.

An diesem Punkt seiner Überlegungen richtete Jonny den Rückspiegel und kurbelte die Seitenfenster runter. Dann legte er den ersten Gang ein und rollte langsam den Hügel in Richtung Haväng hinab. Die Reifen knirschten auf dem Schotterweg. Ein lauwarmer Wind blies ihm ins Gesicht.

Ohne nachzudenken und ohne ein konkretes Ziel zu haben, fuhr er ins Tal zur Schaffarm und bog in die asphaltierte Serpentinenstraße ein, die landeinwärts zur Brücke über den Verkeån führte, wo die Sonnenstrahlen durch die Baumkronen fielen und das rauschende Wasser zum Glitzern brachten wie Silber in der Dunkelheit. Oben auf der Landstraße an der Kirche von Ravlunda fuhr er in südlicher Richtung weiter. Nach ein paar Kilometern verließ er die Landstraße ein weiteres Mal und fuhr zum Meer hinunter, zum Fischerdorf am Hang.

Das Haus seiner Großmutter lag fast auf dem höchsten Punkt des Hügels. Ein weiß getünchtes altes Steinhaus, dessen Giebel zur Seeseite zeigte, um Wind und Wetter besser trotzen zu können. Jonny parkte auf dem Rasenstreifen am Gartentor. Der Ortgang und die Fassade hatten einen neuen Anstrich bitter nötig, aber in den Beeten leuchteten rote Rosen um die Wette. Neben dem Brunnen wuchs wie eh und je Wermut. Der Fliederstrauch weiter hinten im Garten hatte eine stattliche Höhe erreicht und rankte sich an der Hauswand bis fast zur Regenrinne empor. Die dünnen Baumwollgardinen im Küchenfenster waren ihm nur allzu vertraut. In der Küche konnte er einen Schatten ausmachen. Vielleicht saß sie wie üblich mit ihrer Kaffeetasse am Küchentisch und blickte in die Zukunft.

Er stieg aus dem Auto.

Jonny fiel auf, dass der Nachbar seiner Großmutter seit seinem letzten Besuch nicht nur ein paar Renovierungsmaßnahmen vorgenommen, sondern auch angebaut hatte. In der gepflasterten Auffahrt standen zwei blitzblanke Stadtjeeps. Der Rasen leuchtete so grün wie ein Golfgreen. Auf der Holzterrasse standen ein paar Sonnenliegen und ein großer Gasgrill. Selbst der Briefkasten wirkte neben dem selbst gebauten, mit Blumen und Ornamenten verzierten kleinen Holzbriefkasten seiner Großmutter protzig.

Hanna Bordin las er.

Bei diesem Namen wurde ihm warm ums Herz.

Wann war er zum letzten Mal hier gewesen? Es musste mindestens ein Jahr her sein, wenn nicht länger. Im Frühling hatte er sie einmal angerufen und eine Weile mit ihr gesprochen. Während Jonny am Gartentor stand, versuchte er sich zu erinnern, wie alt seine Großmutter mittlerweile sein musste, doch er konnte es nicht mit Bestimmtheit sagen. Plötzlich bekam er Angst. Was, wenn sie nicht zu Hause war! Was, wenn sie krank geworden war und im Krankenhaus lag? Möglicherweise hatte sie einen Herzinfarkt erlitten oder sich den Oberschenkelhals gebrochen. Oder noch schlimmer: Vielleicht war sie eines Abends eingeschlafen, nicht wieder aufgewacht und lag jetzt tot in ihrem Bett!

Allein die Vorstellung versetzte ihn in Panik.

Mit einem Gefühl, dass die nächsten Sekunden über Leben und Tod entschieden, stieß er das Gartentor auf, rannte den

Weg zum Haus hoch, nahm die Vordertreppe mit einem Satz und riss die Tür so heftig auf, dass sie in den Angeln quietschte.

»Jesus, Maria und Josef!«, rief seine Großmutter erschrocken und starrte ihn an, als hätte sie einen Geist gesehen.

»Du lebst!«, keuchte Jonny.

»Ja, natürlich. Warum sollte ich denn tot sein?«

Genau wie er gehofft hatte, saß sie neben dem Fenster am Küchentisch, vor ihr stand eine blau geblümte Kaffeetasse. Er stürzte auf sie zu und umarmte sie.

»Au!«, protestierte sie, als er ihr Gesicht gegen seine Brust drückte.

»Entschuldige …«

Jonny setzte sich ihr gegenüber auf einen Küchenstuhl.

»Was ist passiert?«, fragte seine Großmutter mürrisch.

Er musterte sie, während sich sein Puls langsam wieder normalisierte. Sie schien keinen Tag älter geworden zu sein. Ihr weißes Haar war immer noch so dicht und kräftig, dass sie es zu einem Dutt im Nacken zusammenstecken konnte. Vom Körperbau her war sie schon immer zäh gewesen, diese Eigenschaft hatte sie sowohl ihrem einzigen Kind als auch ihrem Enkel vererbt. Im Gesicht war sie schrumpelig wie eine Rosine, und am Kinn wuchs vielleicht das eine oder andere Haar mehr, doch ihre Augen waren lebhaft und klar wie eh und je.

»Wie alt bist du, Großmutter?«

»Bist du den ganzen Weg hier herausgefahren, um mich das zu fragen?«

Als sie lächelte, fiel ihm auf, dass ihr im Unterkiefer ein Zahn fehlte.

»Einundneunzig«, sagte sie. »Aber heute ist nicht mein Geburtstag, das weißt du doch, oder?«

Sie sahen sich an. Jonny stieg der herb-süßliche Duft von ofenfrischem Gebäck in die Nase. Im Wohnzimmer lief der Fernseher. Über dem Küchensofa hing das Ölgemälde mit

Goldrahmen, das sein Großvater kurz vor seinem Tod gemalt hatte. Es zeigte die beiden Frauen, die er über alles in der Welt geliebt hatte: seine Frau und seine Tochter – Hanna und Anna.

Seine Großmutter folgte seinem Blick.

»Deine Mutter ist viel zu jung gestorben.«

Sie beugte sich über den Tisch und tätschelte ihm die Wange, ihre Hand fühlte sich wie Pergament an.

Jonny spürte, dass ihm wieder die Tränen in die Augen stiegen. Schnell stand er auf, riss von der Küchenrolle bei der Spüle ein Blatt ab und schnäuzte sich.

»Möchtest du mir etwas erzählen?«, fragte seine Großmutter.

Er setzte sich, aber er schwieg.

»Als du klein warst und uns in den Sommermonaten besucht hast, hast du immer alles erzählt, was dir grade in den Kopf kam.«

Sie lachte heiser.

»Du warst eine richtige Quasselstrippe. Dein Mund stand keine Sekunde lang still. Ich glaube, dir hat es hier auf dem Land am besten gefallen. War es nicht so? Aber sobald dein Vater zu Besuch kam, wurdest du still. Als wären dir die Worte mit einem Mal ausgegangen. Wie geht es ihm eigentlich ...?«

Ihre Lippen wurden schmal, und als sie seinen Namen aussprach, bekam ihr Blick etwas Hartes.

»... Professor Magnus Lilja.«

Jonny zuckte mit den Schultern.

»Keine Ahnung. Ich gehe ihm möglichst aus dem Weg.«

»Ich werde ihm nie verzeihen, dass er deine Mutter in den Tod getrieben hat.«

»Aber Großmutter, wir wissen nicht, ob ...«, protestierte Jonny lahm. »Es kann ein Unfall gewesen sein. Vielleicht hat sie aus Versehen zu viele Tabletten genommen. Ich glaube nicht, dass sie sterben wollte.«

Die alte Frau ballte ihre Hände so hart zusammen, dass die

Fingerknöchel weiß hervortraten. Wie geschwollen und grau ihre Venen sind, dachte Jonny.

»Du warst noch ein Kind. Du konntest es nicht verstehen. Aber ich weiß, was ich weiß.«

Sie griff nach ihrem Stock und stand mit wackligen Beinen auf.

»Aber was sollen die alten Geschichten? Wir können es nicht mehr ändern. Wo du schon einmal hier bist, möchtest du bestimmt eine Tasse Kaffee und ein paar Brote?«

»Ja, danke, gerne.«

Jonny holte Tabak und Zigarettenpapier aus seiner Hemdtasche.

»Ich darf doch rauchen?«

Seine Großmutter hatte den Kühlschrank bereits geöffnet und drehte sich zu ihm um, in der einen Hand den Käse, in der anderen eine Packung Butter.

»Natürlich, das weißt du doch. Anton, dein Großvater, hat mit seiner Pfeife das ganze Haus vollgequalmt. Zu seinen Lebzeiten hätte man hier in der Küche Heringe räuchern können. Der Rauch sitzt immer noch in den Wänden. Ich liebe diesen Geruch.«

Als sie Brot und Aufschnitt auf den Tisch gestellt und ihm eine Tasse Kaffee eingeschenkt hatte, setzte sie sich stöhnend wieder an den Tisch und lächelte ihn an.

»Du kannst mir ruhig den Rauch ins Gesicht blasen. Das erinnert mich an meinen Anton.«

Jonny leckte über die Gummierung des Blättchens, zündete die Zigarette mit seinem Feuerzeug an und kam ihrer Aufforderung nach. Die alte Frau schloss die Augen. Atmete tief ein und stöhnte voller Wohlbehagen.

»Er war der beste Mann, der jemals auf Gottes Erdboden gewandelt ist«, murmelte sie.

Sie machte die Augen wieder auf.

»Glücklicherweise kommst du mehr nach ihm als nach deinem Vater«, konstatierte sie.

Jonny lachte nervös auf. Er griff nach dem Messer, schnitt ein paar dicke Scheiben Brot ab, bestrich sie mit Butter und legte Käse darauf. Der Kaffee schmeckte dünn und wässrig, doch irgendwie musste das so sein. Er schlürfte und kaute schweigend.

»Dein Nachbar hat sein Anwesen aber ganz schön aufgemotzt«, sagte er, als er den Bissen heruntergeschluckt hatte.

Seine Großmutter schnaubte und fuhr sich mit einer zerknitterten Serviette über die Oberlippe.

»Verkauft trifft es eher. Tor ist diesen Winter gestorben, und Linnea ist in ein Altersheim in Kivik gezogen. Ihre Kinder wohnen im Ausland. Also haben sie das Haus an einen Vorstandschef von Ericsson verkauft, der im Juli für drei Wochen aus Stockholm kommt und wie ein Wahnsinniger mit seinem Motorboot über das Meer rast. In Vitemölla gibt es so gut wie niemanden mehr, der das ganze Jahr über hier draußen wohnt.«

»Das ist schade.«

»Ja, das ist es.«

Als sie alle Butterbrote aufgegessen hatten, schlug die Wanduhr zwölf. Die Schläge hallten in dem kleinen Haus fast so laut wider wie eine Turmuhr in der Kirche. Danach war der Fernseher wieder zu hören. Schrille Werbestimmen. Jonny stand auf, ging ins Wohnzimmer und stellte den Apparat aus. Bevor er wieder in die Küche ging, betrachtete er die Fotografien im Bücherregal. Das Hochzeitsfoto seiner Großeltern. Sie in weißer Spitze, er, stolz und gut aussehend, im dunklen Anzug mit Fliege. Beide waren noch sehr jung, doch die Hand, die auf ihrer Schulter lag, war von der Plackerei auf See bereits knochig und rau. In den Bilderrahmen daneben befanden sich Fotos, auf denen seine Mutter Anna in verschiedenen Altersstufen zu sehen war. Es gab auch ein Bild von Jonny, das ihn als kleiner Junge am Strand zeigte. Aber kein einziges Bild jüngeren Datums.

Sie lebt in der Vergangenheit, dachte er. Die Erinnerungen halten sie am Leben.

Als er sich wieder an den Küchentisch setzte, hatte seine Großmutter Kaffee nachgeschenkt. In der nächsten Stunde redeten sie über alles Mögliche, ohne etwas Wesentliches zu berühren.

Jonny hörte zu und steuerte hin und wieder eine nichtssagende Bemerkung bei, doch seine Gedanken waren woanders.

Konnte er sich seiner Großmutter anvertrauen?

Er lächelte aufgesetzt und tat so, als würde er über irgendetwas, was sie gesagt hatte, lachen.

Konnte er seine Ängste dem einzigen Menschen auf der Welt offenbaren, dem er voll und ganz vertraute?

Konnte er von der Schuld erzählen, die ihn immer tiefer und tiefer ins Verderben gezogen hatte? Vom Verrat? Von dem Augenblick, der weniger als zehn Stunden zurücklag, als er mit dem Seil in der Hand am Steilhang am Meer gestanden und den Entschluss gefasst hatte, das Schicksal darüber entscheiden zu lassen, ob das Leben lebenswert ist?

Er dachte an Lina und Schneewittchen. Und er dachte an Maria.

Geistesabwesend schüttelte er den Kopf.

»Es geht nicht«, sagte er laut.

Seine Großmutter sah ihn erstaunt an.

»Was geht nicht?«

Jonny wurde rot, seine Wangen brannten.

»Ach, nichts. Ich habe nur laut gedacht. Ich muss wohl geträumt haben.«

»Du wirkst überarbeitet.«

»Ja, das bin ich wohl auch.«

Widerwillig stand er auf. Obwohl ihm die Unruhe in den Beinen saß, wollte ein Teil von ihm in dieser Geborgenheit bleiben. Der Duft von Kaffee und Gebäck, der Geruch von WC-Reiniger in der Toilette unter der Treppe. Das Bild mit den Seemannsknoten im Wohnzimmer. Der Tabakrauch, der noch von seinem Großvater stammte. All die Dinge, die seine Kindheit ausgemacht hatten.

Als er schon fast aus der Tür war, griff seine Großmutter nach seinem Arm und sah ihn besorgt an.

»Du hast gar nichts von Maria erzählt«, sagte sie.

Jonny zuckte zusammen. Warum musste sie fragen? Er räusperte sich und spürte, dass sich die Tränen erneut ankündigten.

»Sie will mich nicht sehen«, antwortete er mit belegter Stimme.

»Warum nicht? Als sie klein war, hat sie dich regelrecht vergöttert. Und du sie. Ich kann mich noch daran erinnern, dass sie immer Angst vor dem Meer hatte. Aber du hast nicht aufgegeben, bevor du ihr das Schwimmen beigebracht hattest. Und danach war sie wie ein Fisch im Wasser. Du bist mit ihr auf den Rummel in Kivik gegangen. Ihr seid Geisterbahn und Kettenkarussell gefahren, immer wieder. Als ihr abends nach Hause gekommen seid, hatte Maria so viele Ballons und Zuckerstangen im Arm, dass sie sie kaum tragen konnte. Du hast ihr seltsame Spielsachen gekauft. Polizeiautos und Pistolen für ein Mädchen. Aber sie war ja so stolz, dass ihr Vater Polizist war … Wird sie nicht bald sechzehn?«

Jonny nickte.

»Lena tut alles, damit Maria mich verachtet.«

Die alte Frau griff wieder nach seinem Arm, hart und unvermittelt, die Kraft in ihren knochigen Armen überraschte ihn. Er spürte, wie sich ihre Nägel in seine Schulter gruben.

»Lena!«, zischte sie. »Du hast etwas viel Besseres verdient!«

Jonny drückte seine Großmutter fest an sich, schniefte in ihren Scheitel und tat, als würde er lachen.

»Großmutter, du bist die einzige Person auf der Welt, die der Meinung ist, dass ich etwas wert bin.«

Als sie sich aus ihrer Umarmung gelöst hatten und eine Armlänge entfernt voneinander standen, um sich noch ein paar Sekunden zu betrachten, ergriff Jonny ein sehnlicher Wunsch: Sie darf niemals sterben!

Sie begleitete ihn nach draußen auf die Vordertreppe.

»Mach bloß keine Dummheiten, Jonny«, hörte er sie sagen, als er ins Auto stieg.

***

In dem Moment, in dem Jonny den Motor anließ, bereute er es auch schon. Es war noch zu früh, um in die Stadt zurückzukehren. Statt nach oben auf die Landstraße zu fahren, rollte er das letzte Stück den Hügel hinunter und stellte das Auto am Hafen neben ein paar kleinen Booten ab, die übereinandergestapelt und mit dem Kiel nach oben auf ein paar alten Autoreifen lagen.

Obwohl es mitten am Tag war, herrschte im Hafen kein Betrieb. Es war mehr als deutlich, dass die Touristensaison vorbei war.

Das Meer glitzerte blau in der Sonne, leichter Wind kräuselte es zu kleinen Wellen. An Holzgestellen am Pier hingen Fischernetze zum Trocknen. Es roch nach Tang und Teer. Am Kai waren mehrere kleinere Fischerboote vertäut. Mitten im Hafenbecken dümpelte ein Fischkasten, und ein Stück hinter der Hafeneinfahrt konnte man wie an einer Perlenkette aufgereihte rote Bojen ausmachen, die die Stellen markierten, an denen die Fischer ihre Reusen ausgelegt hatten.

Langsam ging Jonny den Pier hinunter. Eine Silbermöwe erhob sich in die Luft und flog unter beleidigtem Gekreisch davon. Als er die weiß gekalkte äußerste Kante des Piers erreicht hatte, drehte er sich um und blickte landeinwärts. Danach folgte er dem Sandstrand in nördlicher Richtung, der sich am Truppenübungsplatz Ravlunda vorbei bis hoch nach Åhus erstreckte.

Wie lange war es her, dass er hier mit seinem Großvater Flundern geangelt hatte? Oder mit ihm in der Morgendämmerung mit dem Boot aufs Meer rausgefahren war, um die Lachsnetze zu kontrollieren? Wie viele Sommer waren vergangen, seit er im Sand nach schönen Steinen gesucht hatte? Seit er auf flinken, braun gebrannten Beinen den Strand entlanggeflitzt war, bis er fast umfiel, um sich dann in das eiskalte Wasser zu werfen und voller Spannung den Schockmoment abzuwarten.

Das Meer, vielleicht war es das Einzige, vor dem er niemals Angst gehabt hatte.

Mindestens dreißig Jahre.

Eine Ewigkeit.

Großvater hatte ihm die Geschichte der Aale erzählt.

Eines Morgens, als sie mit dem Boot draußen waren, gerade die Reuse geleert hatten und sich auf dem Boden um ihre Gummistiefel Dutzende gelb-schwarze Aale herumschlängelten, hatte Großvater von dem rätselhaften Fisch erzählt, der aussah wie eine Schlange.

»Kein Mensch hat je gesehen, wie er geboren wird«, begann er und zwinkerte verschmitzt. »*Anguilla anguilla.* Das ist sein lateinischer Name, verstehst du, Jonny. Niemand weiß, wie alt der Aal wird. Nicht ein Mensch auf der Welt.«

Während Jonny andächtig zuhörte, erzählte Großvater von Aristoteles, dem alten Griechen, der davon überzeugt war, dass die Aale in den Tiefen des Meeres aus Schlamm entstünden. Jonny erfuhr die Geschichte vom Brunnenaal in Brantevik, der von dem achtjährigen Samuel Nilsson im Jahr 1859 in den Dorfbrunnen geworfen worden war und der mittlerweile weit über hundert Jahre alt sein musste.

Außerdem lernte Jonny von Großvater, dass der Aal vier Leben hat.

»Als ich noch zur See fuhr, waren wir einmal in der Sargassosee unterwegs. Wenn man nachts ganz genau hinhörte, konnte man die Aale auf dem Meeresgrund schlüpfen hören. Milliarden Aallarven, die in den Tangwäldern unten in der Tiefe frei und unbehindert ihre Wanderung begannen.«

Immer wieder musste Großvater erzählen, wie die kleinen Larven, flach wie Weidenblätter, sich vom Golfstrom über den Atlantik treiben ließen. Diese Reise dauerte drei Jahre. An den europäischen Küsten verwandelten sich die Larven in Glasaale, die durch Bäche, Flüsse und Seen aufwärts zogen und zu Gelbaalen heranwuchsen. Dort verbrachte der Aal sein Leben schließlich in Einsamkeit. Ernährte sich von Insekten, kleinen Fischen und Fröschen, bis ihn eines Tages, vielleicht nach dreißig Jahren, der Fortpflanzungstrieb packte. An diesem Punkt durchlief er seine letzte Metamorphose zum Blankaal und trat seine Rückwanderung an. Er begann den Abstieg durch die Gewässer hinaus ins offene Meer, um den langen Weg zurück in die Sargassosee zurückzulegen. Auf seiner letzten Reise hörte der Aal auf zu fressen. Zehrte von seinem Fett. Sein Maul wuchs zusammen, und seine Verdauungsorgane verkümmerten. Als er sein Geburtsgewässer erreicht hatte, entleerte er seine letzten Kraftreserven, laichte oder ergoss seine Milch, um daraufhin still und leise in mehreren Tausend Metern Tiefe zu sterben.

Jonny konnte sich noch erinnern, dass er vor lauter Fragen fast geplatzt war.

»Warum ist der Aal so einsam?«

»Woher weiß er, wann er seine Wanderung beginnen muss?«

»Kümmert er sich nicht um seine Kinder?«

Großvater hatte gelacht und versucht, seine Fragen, so gut er konnte, zu beantworten. Als er nicht mehr weiterwusste, seufzte er: »Es ist wohl ganz einfach Gottes Wille.«

Danach hatte Jonny immer wieder an den Aal denken müssen.

An eine göttliche Vorsehung glaubte er nicht. Hatte es vermutlich nie getan, auch wenn ihn seine Großmutter hin und wieder mit in die Kapelle von Kivik geschleppt hatte. Doch die Geschichte seines Großvaters über das einsame Leben der Aale hatte sich in seiner Erinnerung festgesetzt.

Das Vorherbestimmte. Das Sinnlose.

»Eigentlich geht es uns Menschen genauso«, hatte Großvater erklärt. »Wir werden geboren. Wir leben. Und wir sterben.«

Einsam, hatte Jonny gedacht. Aber laut ausgesprochen hatte er es nie.

Das Tuckern eines Bootsmotors riss ihn aus seinen Gedanken. Jonny blickte auf und sah aufs Meer hinaus. Ein weiß gestrichener Holzkutter mit einem winzigen Steuerhäuschen nahm Kurs auf den Hafen, umringt von einem kreischenden Möwenschwarm. Den Mann im orangefarbenen Overall kannte er nur zu gut.

»Hallo, Eskil!«, rief er, als das Boot die Hafeneinfahrt passierte.

Als Antwort flog ihm durch die Luft eine Trosse entgegen. Er fing sie auf und legte sie in mehreren Schlingen um einen Poller. Erst als der Mann sein Boot ordentlich vertäut hatte, sah er auf.

»Ach Jonny, du bist's«, begrüßte er ihn. »Lange nicht gesehen.«

Er fuhr sich über die Bartstoppeln, spuckte ins Wasser und starrte schlecht gelaunt vor sich hin. Seine Augen lagen in tiefen Höhlen und waren von buschigen Brauen umgeben.

»Hast du was gefangen?«

»Nicht eine einzige Makrele …«

Eskil trat so wütend gegen einen Plastikkorb, dass er bis vorne an die Reling schlitterte.

Zwei zerfetzte Lachse. Von dem einen waren fast nur noch das Rückgrat und die Schwanzflosse übrig.

»Diese verdammten Seehunde! Sie vermehren sich wie die Aasgeier. Bedienen sich in unseren Netzen, als wären sie das reinste Büfett. Und wenn die Seehunde den Fang nicht fressen, dann tun es die Kormorane. Man sollte sie alle abknallen.«

Mit einem erstaunlich gelenkigen Satz sprang Eskil auf den Kai.

»Willst du eine Zigarette, um dich zu beruhigen?«

Jonny gab ihm eine Zigarette, die er beim Warten gedreht hatte. Eskil nahm einen tiefen Zug. Dann setzte er sich auf einen Stapel Fischkästen und grinste verdrießlich.

»Ein Fischer aus Åhus hat vor ein paar Tagen drei Seehunde erschossen. Aber das sollte ich einem Bullen wohl besser nicht erzählen.«

»Keine Sorge. Ich sag's nicht weiter.«

»Nein, nein …«

Sie schwiegen eine Weile. Gedankenverloren beobachteten sie eine Silbermöwe, die sich im Boot über die Überreste der Lachse hermachte. Dann schien dem Alten plötzlich etwas einzufallen. Er fuhr sich über die Glatze und sah Jonny an.

»Bist du dienstlich hier?«

»Nein, warum fragst du?«

»Na ja, sie haben doch oben auf dem Truppenübungsplatz dieses tote Mädchen gefunden.«

Er nickte in Richtung des kleinen Wäldchens, das sich ein paar Kilometer weiter nördlich über dem Sandstrand vor dem Himmel abzeichnete.

»Es heißt, dass sie sich das Leben genommen hat.«

Also hat es sich schon herumgesprochen, dachte Jonny. Das Gerücht über Elenas Tod.

»Hast du etwas beobachtet?«, erkundigte er sich.

»Nicht viel.«

»Aber du hast was gesehen?«

Es war mehr als deutlich, dass Eskil etwas sagen wollte. Aber er zögerte. Schnalzte ein bisschen mit der Zunge, als könnte er nicht die richtigen Worte finden.

»Ich bin heute Nacht mit dem Boot draußen gewesen«, sagte er schließlich. »Ich wollte die Seehunde im Auge behalten. Aber diese Tiere sind schlau, ich habe keine gesehen. Aber dafür ist mir etwas anderes aufgefallen.«

»Was denn?«

»Licht«, erwiderte der Alte und blinzelte aus den Tiefen seiner Augenhöhlen. »Licht landeinwärts. Scheinwerfer. Nicht von einem Auto. Irgendetwas Größeres. Ein Lastwagen. Kann auch ein Wohnwagen oder Van gewesen sein. Es kommt nicht grade häufig vor, dass solche Fahrzeuge mitten in der Nacht auf dem Truppenübungsplatz herumfahren.«

Jonny warf seine Kippe ins Wasser.

»Dann habe ich einen Schrei gehört. Es war eine Frau. Sie schrie, als wäre ihr der Leibhaftige begegnet.«

Plötzlich erkannte Jonny, dass das, was er in Eskils Blick sah, Angst war.

»Ich meine, das ist doch merkwürdig«, sagte der Fischer. »Warum sollte sie schreien, wenn sie vorhat, sich umzubringen?«

Kapitel 7

Endlich fasste Jonny Mut und nahm das Telefon in die Hand.

Er hatte lange am Küchentisch gesessen und in die Stille gelauscht. Das Fenster stand offen, der Haken klapperte leicht in seiner Öse. Hin und wieder drang ein leichter Windstoß durch den Spalt und wirbelte Staubkörner auf, die schwerelos durchs Zimmer schwebten. Es war ein warmer Nachmittag, und der Abend versprach mild zu werden. Unten auf dem Hof sang eine Amsel, die ihren Aussichtsposten oben auf einem Gebüsch bezogen hatte.

Der Beo saß stumm in seinem Käfig. Blinzelte lediglich ein bisschen, als würde er überlegen, ob er Jonny nachahmen sollte.

Jonny war mit seinen Gedanken woanders.

Er hatte versucht, sich einzureden, dass sich Maria über seinen Anruf freuen würde. »Na klar, Papa! In einer Viertelstunde bin ich fertig!« Wenn er sie vor der Villa in Bunkeflorstrand abholte, würde sie am Gartentor auf ihn warten, die Haare frisch gewaschen und mit leuchtenden Augen. Sie würde ihn umarmen, ihm vielleicht sogar einen Kuss auf die Wange geben. »Hallo! Papa, ich habe einen Riesenhunger. Wollen wir zum Chinesen oder lieber eine Pizza essen?« Und sie würde lachen, vor Lebensfreude übersprudeln und ihm erzählen, was sie in der letzten Zeit alles erlebt hatte, alle Gedanken, die ihr durch den Kopf gingen, alle sonderbaren Träume, die sie gehabt hatte; so, wie sie es als Kind immer gemacht hatte.

Aber das war lange her.

Er rief ihren Namen in seiner »Kontakte«-Liste auf. Sein Daumen zitterte leicht, als er die Anruftaste drückte. Unruhig hörte er, wie es klingelte. Ich bin nervös, wenn ich meine eigene Tochter anrufe, dachte er traurig.

Dann hörte er ihre Stimme.

»Ja …«

»Hallo, hier ist Papa. Jonny!«

»Hallo.«

»Wie geht's dir, Kleines?«

Er biss sich auf die Lippe.

»Gut.«

»Sicher?«

»Was willst du?«

Es klang, als würde sie seufzen. Oder war es der Wind? Vielleicht war sie irgendwo im Freien.

»Ja, also … Ich wollte dich fragen, ob du Lust hast, mit mir essen zu gehen. In der Ystadsgatan hat ein neues Chinarestaurant aufgemacht. *Der Gelbe Fluss*. Gebackene Bananen mit Eis? Ich kann dich sofort abholen.«

Jetzt seufzte sie wirklich. Jonny spürte, wie sich sein Magen zusammenzog.

»Papa, ich bin sechzehn. Ich esse schon lange keine gebackenen Bananen mehr.«

»Wie wär's mit Pizza?«

»Es geht nicht. Ich habe schon was vor. Göran hat Mama und mich in ein Restaurant im Westhafen eingeladen.«

Als er seine Tochter den Namen aussprechen hörte, flammte in seiner Brust ein unbändiger Zorn auf. Göran!

Schwarze Gedanken, triefend vor Eifersucht, brachen über ihn herein. Sein ganzer Körper wurde von Hass auf den Mann erfüllt, der Jonnys Meinung nach seinen Platz im Leben gestohlen hatte. Dieses selbstgefällige Arschloch mit seinen Kreditkarten, seinem protzigen Auto, seinem stinkenden Rasierwasser, seiner widerwärtigen Kotelettenfrisur, seinen sauteuren Anzügen, seinen albernen Golfhosen und seinen lächerlichen weißen Schuhen mit diesen kindischen kleinen Quasten! Das falsche Schwein, bei dem Lena gurrte wie eine wollüstige Taube und das nicht davor zurückschreckte, Jonnys Tochter mit Einkaufsbummeln und teuren Restaurants zu bestechen! Was die drei für Augen machen würden, wenn er in dieses Schickimickirestaurant stürmen und dem Scheißkerl seine Dienstwaffe ins Maul stecken würde! Dann würden sie endlich einsehen, dass …

Plötzlich ließ seine Wut nach. Er hatte das Gefühl, aus einer Ohnmacht zu erwachen.

Er räusperte sich verlegen.

»Ach so …«

»Papa, ich hab's eilig.«

»Warte …«, beeilte er sich. »Geht es dir gut?«

»Ja, aber ich muss jetzt wirklich los. Wir können uns ein andermal unterhalten.«

»Wie läuft's beim Reiten?«, machte Jonny einen neuen Versuch. »Wie heißt dein Lieblingspferd noch mal?«

Sie stöhnte genervt.

»Ich reite schon seit einem Jahr nicht mehr. Hast du das vergessen?«

Er schwieg.

Im Hintergrund hörte er eine Frauenstimme rufen: »Mit wem sprichst du?«

In der Leitung knisterte es, und die Antwort klang dumpf, wie aus weiter Ferne:

»Niemand Wichtiges.«

Dann kam Maria wieder an den Hörer, klar und entschlossen.

»Göran und Mama stehen im Flur und warten auf mich. Ruf an einem anderen Tag an. Nächste Woche oder so. Bis dann!«

Sie legte auf.

»Tschüss …«, murmelte Jonny ins Nichts.

Er legte das Telefon auf den Küchentisch. War das alles, was sie ihrem Vater zu sagen hatte? Ruf an einem anderen Tag an. Als wäre er irgend so ein verdammter Telefonverkäufer. Er schniefte kläglich und sah aus dem Fenster. Die Amsel unten auf dem Hof hatte aufgehört zu singen. Am Himmel waren dunkle Wolken aufgezogen, fast schon unnatürlich schnell. Mit einem Mal erschien ihm die Luft stickig. Der Beo zupfte ungeduldig an seinem Gefieder. Ein Gewitter lag in der Luft. Jonny steckte einen Finger zwischen die Gitterstäbe. Der Vogel knabberte leicht daran, ein Kitzeln als Trost.

»Bist du mein einziger Freund?«

»Jackpot! Jackpot!«, antwortete der Beo fröhlich.

Jonny schnaubte.

Ein nervtötender Vogel, den er beim Pokern gewonnen hatte. War das alles, was er hatte?

In der Ferne war ein leises Grollen zu hören. Ein ohrenbetäubendes Naturschauspiel mit Blitz und Donner, das wäre jetzt befreiend, dachte er.

Er hatte die Tränen satt. Er hatte es satt, sich selbst zu bemitleiden. Lieber ließ er sich wie eben vom Zorn übermannen, als diese lähmende Hilflosigkeit zu spüren, die ihn so häufig überkam.

Einer plötzlichen Eingebung folgend, stand er auf.

Auf einmal hatte er Lust, seine Fäuste zu gebrauchen.

Der Sandsack lag ganz hinten in seinem begehbaren

Kleiderschrank, hinter Schmutzwäsche und Umzugskartons. Es war lange her, dass er zum Einsatz gekommen war. Doch der Haken, den er bei seinem Einzug vor fünf Jahren in den Dachbalken geschraubt hatte, saß immer noch an seinem Platz. Er zog einen Stuhl heran, fasste den Sack in der Mitte wie ein Ringkämpfer an, hob ihn hoch und befestigte die Kette am Haken. Anschließend zog er Pullover, Jeans und Strümpfe aus, bis er nur noch in Unterhose dastand.

Draußen vor dem Fenster türmten sich schwarze Wolken auf. Die Nacht schien sich bereits über die Stadt herabgesenkt zu haben. Der Raum, von einer einzigen Glühbirne erleuchtet, spiegelte sich in der Scheibe. In der Mitte stand eine magere, sehnige Gestalt, mutterseelenallein.

Jonny machte das Fenster sperrangelweit auf und holte tief Luft. Schwefliger Geruch stieg ihm in die Nase. Er ballte die Fäuste.

In derselben Zehntelsekunde, in der sein erster Schlag den Sandsack traf, blitzte es. Ein kreideweißer Strich durchschnitt den Himmel, gefolgt von einem lauten Knall wie Kanonendonner. Jonnys Fingerknöchel brannten, er spürte, wie sich der Rückstoß durch die Arme bis hoch ins Schultergelenk fortpflanzte. In der darauffolgenden Stille schlug er zuerst eine rechte Gerade, dann eine linke und schließlich ein paar schnelle Haken, die dumpf auf den Sandsack einprasselten. Er tänzelte auf den Zehenspitzen zurück, keuchte und fixierte seinen Gegner.

Der Sandsack schwang gemächlich hin und her.

Als es zum zweiten Mal blitzte, so nah, dass er das Gefühl hatte, das ganze Haus würde wackeln, ging er wieder nach vorne, diesmal mit noch größerer Wut. Hämmerte eine Serie rechter und linker Haken auf den Sandsack und zog sich erst zurück, als seine Muskeln vor Milchsäure zu platzen schienen.

Schweiß lief ihm über Stirn und Rücken, draußen begann

es zu regnen. Zuerst fielen nur ein paar zaghafte Tropfen, dann verdichtete sich der Regen, bis der Himmel seine Schleusen öffnete und das gesamte Wasservorkommen des Universums auf die Erde herabzustürzen schien.

Jonny startete einen neuen Angriff.

»Schwein!«, zischte er und landete einen linken Haken auf der Wange seines Gegenübers. Durch den Schlag wurde der Kopf seines Gegners zurückgeschleudert, auch dessen Kotelettenfrisur geriet in Mitleidenschaft. Und noch bevor er sich erholt hatte, brachte Jonny die Nase seines Kontrahenten mit einer platzierten rechten Geraden zum Bluten. Abschließend servierte er ihm noch einen Uppercut aufs Kinn, der den selbstgefälligen Scheißkerl endgültig zu Boden schickte.

Vor dem Fenster stürzte weiter die Sintflut vom Himmel.

Jonny ignorierte das Rauschen.

Denn jetzt stand Runesson vor ihm, ohne Gips und völlig unverletzt, dafür aber aufgeblasen und angriffslustig wie ein Stier, schnaubend vor Wut. Jonny ließ ihm keine Chance. Ein blitzschneller Kung-Fu-Tritt auf die Kniescheibe brachte ihn direkt aus dem Gleichgewicht. Danach brauchte es nur noch einen Faustschlag in den Solarplexus, damit er sich nach vorne krümmte und er ihm sein Knie mitten in die Fresse rammen konnte.

Aber es blieb ihm keine Zeit, den Anblick seines zu Boden sinkenden Gegners zu genießen. Ein neuer Opponent erwartete ihn, ein weitaus gefährlicherer. Seine Stahlaugen glänzten. Und er lachte, sein Lachen war lauter als der Donner draußen vor dem Fenster. Und als er endlich aufhörte zu lachen, stand er da, ohne eine Spur von Angst, und zischte: »Du gehörst mir, Jonny-Boy.«

Jonny ging wieder in die Offensive und ließ eine wutentbrannte Schlagfolge nach der anderen auf seinen Widersacher niederfahren. An seine Deckung dachte er schon lange nicht mehr. Alles, was er wollte, war töten. Und Jonny schlug und schlug, doch sosehr er sich auch anstrengte, es schien seinem Gegenüber nicht das Geringste auszumachen.

Mit einem Gefühl von Machtlosigkeit ging er zum Nahkampf über und teilte Schläge und Kopfstöße aus, während das höhnische Gelächter seines Gegners im Zimmer widerhallte.

»Du elender Erpresser!«, schrie Jonny. »Ich gehöre dir nicht!«

Mit einem Mal war es nicht mehr Jokovic, den er vor sich sah, sondern ein älterer Mann. Kein kraftloser Greis, sondern ein Herr mit aufrechter Haltung, etwas über siebzig, mit lockigem grauem Haar und einer lila Brille auf der Nase. Er trug einen maßgeschneiderten Anzug, über die Schultern hatte er einen Trenchcoat gelegt, und er lächelte herablassend, so, wie nur ein allmächtiger Vater sein Kind anlächeln kann.

»Ich gehöre dir nicht!«, brüllte Jonny. »Ich habe dir nie gehört, und ich werde dir nie gehören!«

Er mobilisierte seine schwindenden Kräfte für einen letzten Angriff, wusste aber, dass er verloren war. Mit beiden Fußsohlen fest auf dem Boden, schaffte er nur noch ein paar schwache Schläge, die kläglich auf den Sandsack trafen. Er fing ihn mit den Armen auf und umklammerte den Sack wie ein erschöpfter Ringkämpfer, bis er keuchend zu Boden sank, schweißüberströmt, das Gesicht mit Rotz und Tränen verschmiert.

Eine ganze Weile lag er der Länge nach mit dem nackten Rücken auf den Dielenbrettern und horchte auf das Pochen seines Herzens, das der Ewigkeit entgegeneilte: dunk-dunk-dunk-dunk …

Dann hob er einen zitternden Arm zur Glühbirne an der Decke und merkte, dass seine wundgescheuerten Knöchel bluteten.

Er leckte über die Wunden und bekam einen salzigen Geschmack im Mund.

Draußen vor dem Fenster hatte es aufgehört zu regnen.

***

Als Jonny das Haus verließ und auf die Straße trat, warf er unwillkürlich einen Blick über die Schulter. Das war ein Reflex, den er sich angewöhnt hatte, eine Vorsichtsmaßnahme, die ihm selbst gar nicht mehr auffiel. Der Asphalt glänzte schwarz. Die Scheinwerfer der Autos spiegelten sich in den Pfützen; wenn Reifen hindurchfuhren, spritzte Wasser auf.

Augustdunkelheit, dachte er.

Auf den Bürgersteigen bewegten sich Schatten, murmelnd und lachend, irgendjemand schrie. Die Szenerie hatte etwas Gespenstisches. Dann fiel ihm auf, dass die Straßenlaternen nicht brannten. Vielleicht waren sie durch das Gewitter ausgefallen. Nichtsdestotrotz fühlte sich die Luft frischer an, kühler nach der reinigenden Wirkung des Unwetters, ein wenig freier. Er zündete sich eine Zigarette an und ging los. Nach ein paar Schritten entdeckte er in einem Hauseingang ein zusammengekauertes Bündel. Eine Frau, völlig durchnässt, die Haare hingen ihr strähnig ins Gesicht. Hatte sie vor dem Platzregen Schutz gesucht? Als er vorbeiging, hob sie den Kopf, murmelte etwas Unverständliches und gestikulierte müde mit einer Hand, in der sie eine Zigarette hielt. Jonny blieb stehen, nahm sein Feuerzeug aus der Jackentasche und gab ihr Feuer. Dankbar nahm sie einen tiefen Zug. Gleich darauf versank die Frau wieder in sich selbst.

Jonny hatte kein konkretes Ziel. Einen Teil seiner angestauten Wut hatte er am Sandsack abreagiert. Aber in seinem Kopf herrschte ein heilloses Durcheinander, das er sortieren musste.

Ich bin wie ein Hai, dachte er. Ich muss in Bewegung sein, damit mein Gehirn Sauerstoff bekommt.

Er schnaubte verächtlich.

Eher wie ein Aal, der tief unten im Schlamm in einem morastigen See herumschwimmt.

Jonny ging langsam. Gewohnheitsgemäß achtete er genau auf die Menschen, die ihm begegneten. Versuchte, so gut es ging, ihre Körperhaltung und ihren Gesichtsausdruck in der Dunkelheit zu deuten, sie nach ihrem Erscheinungsbild zu kategorisieren und zu analysieren, ob eine Gefahr von ihnen ausging.

Ihm kamen ein paar gut gelaunte Hipster entgegen, die vermutlich auf dem Weg zu einer Party waren. Junge Männer mit Schirmmützen und spärlichen Bärten. Schwarz gekleidete Frauen. Potenziell ungefährlich.

Eine Junggesellinnen-Abschiedstruppe zog an ihm vorbei, die zukünftige Braut als Ballerina ausstaffiert, in Spitze und mit Glitzerkonfetti, umringt von einer Schar überdrehter, albern kichernder Freundinnen. Küsse zu verkaufen! Jonny lächelte, ohne es zu merken.

Er blieb an einer roten Ampel stehen, während ein glänzender Sportwagen mit heruntergekurbelten Fenstern an ihm vorbeifuhr. Dröhnende Technobeats in voller Lautstärke. Hinter dem Lenkrad eine dunkle Sonnenbrille.

Als er die Straße überquert hatte, lief er ein paar angetrunkenen Fußballfans mit rasierten Schädeln in die Arme. Nichts Falsches sagen, bloß nicht unnötig provozieren, dachte Jonny. Aber eigentlich sahen sie vor allem müde aus.

An einer Straßenecke ein Stück weiter vor ihm standen zwei Männer, die ihn wachsam werden ließen. Kurze Lederjacken. Jogginghosen. Sneakers. Etwas in ihren Blicken brachte ihn dazu, so weit wie möglich an der Bürgersteigkante an ihnen vorbeizugehen. Sie warten auf irgendeinen Säufer, den sie abziehen können, dachte er.

Allmählich dämmerte Jonny, dass er doch nicht völlig ziellos in der Stadt herumirrte: die Gesichter, die an ihm vorüberzogen, sekundenschnell oder in Zeitlupe. Er suchte jemanden. Obwohl er wusste, dass das unmöglich war, suchte er in der Dunkelheit nach ihr. Ein blasses, fast weißes Gesicht. Eine hohe Stirn, umrahmt von kohlschwarzem Haar. Und ein paar dünne Lippen, die, als er sie geöffnet hatte, in Gefahr und voller Angst, einen lädierten Zahn entblößten.

Schneewittchen, woher war sie gekommen?

Und weshalb war sie gestorben?

Das Einzige, was er von ihr wusste, war, dass sie Elena hieß, oder sich zumindest so nannte, und dass sie für Ratko Jokovic gearbeitet hatte. Doch er hatte das bestimmte Gefühl, dass sie vom Schicksal zusammengeführt worden waren.

Sie beide in der Gewalt desselben Mannes.

Jonny dachte an ihre erste Begegnung, die einzige, bei der sie am Leben gewesen war. Sie hatte so ängstlich ausgesehen.

»Ich werde herausfinden, warum sie gestorben ist«, murmelte er im Gehen leise vor sich hin. »Das bin ich ihr schuldig.«

Dann sah er zwei zerstochene magere Arme vor sich, die mit blauen Flecken übersät waren. Knochige Knie. Lina Anderssons müde Augen, die er verdrängt hatte, bis ihm vor vierundzwanzig Stunden die Wahrheit ins Gesicht geschleudert worden war.

»Ich bin es Lina schuldig«, sagte Jonny leise.

Er blieb vor einem Schaufenster stehen und betrachtete eine nackte Schaufensterpuppe mit blauschwarzen Haaren.

»Und ich bin es Maria schuldig.«

Mit diesem Versprechen im Kopf blieb er lange auf dem regennassen Gehweg stehen und starrte das tote Lächeln der Puppe an.

»Ich bin schuldig ...«, murmelte er.

Plötzlich hatte er das Gefühl, aus einer Hypnose zu erwachen. Verwirrt blickte er sich um.

Ohne sich dessen bewusst zu sein, war er im Kreis gelaufen. Er nahm sein Handy aus der Hosentasche und sah auf die Uhr. Halb elf. Drei Stunden lang war er durch die Stadt gestreift. Jetzt war er fast wieder an seinem Ausgangspunkt angelangt. Auf einmal merkte er, dass er Hunger hatte.

***

Die Pizzeria *La Gondola* gehörte nicht zu den eleganteren Restaurants des Viertels. Aber für Jonnys Geschmack machten die günstigen Preise die Dosenchampignons und den fettigen Weißkrautsalat mehr als wett. Durch die Holzmöbel wirkte das Lokal düster, was häufig seiner Gemütslage entsprach. Der Geruch von all den Dingen, die in all den Jahren auf den Dielenbrettern verschüttet worden waren, gab ihm ein Gefühl von Zuhause. Außerdem drängte sich so gut wie nie jemand auf, wenn man alleine sein und seinen Gedanken nachhängen wollte.

Der Erste, den er sah, als er zur Tür hereinkam, war Gollum. Er saß auf seinem Stammplatz in der hintersten Ecke, ganz von seinem Laptop eingenommen. Bevor Jonny seinem Impuls nachgeben konnte, auf der Stelle kehrtzumachen, blickte der kleine Mann auf.

»Jonny!«

Das kreisrunde Gesicht verzog sich zu einem breiten Grinsen. Mit einer schnellen Handbewegung klappte er seinen Computer zu und winkte einladend.

»Setz dich, mein Freund.«

Jonny nickte reserviert und überlegte noch ein paar Sekunden, ob er den Rückzug antreten sollte. Gleichzeitig ließ er den Blick durch die Pizzeria schweifen. An einem Fenstertisch saß ein junges Paar und hielt Händchen, ganz in seine Zweisamkeit versunken, ohne Augen und Ohren für das, was um sie herum vorging. Der Barkeeper Ove, der Ähnlichkeit mit einem Pferd hatte, war damit beschäftigt, ein Bierfass an die Zapfhähne anzuschließen. Ihm direkt gegenüber hing ein Säufer an der Theke. Drei abgerissene Typen saßen in einer Ecke und starrten in die Glotze. Jonny kam zu dem Schluss, dass von keinem der Anwesenden eine Gefahr ausging. Er ließ die Tür hinter sich ins Schloss fallen.

»Die Presse schläft nie.«

Er zog einen Stuhl heran und setzte sich.

»Du weißt, dass die Arbeit meine Berufung ist«, entgegnete Gollum feierlich und streichelte den Laptop mit seinen schmalen Fingern.

Jonny konnte sich ein Lachen nicht verkneifen.

»Was hast du heute Abend für Dreck zusammengelogen?«

»Ich meine es ernst. Du und ich, wir beide sind Diener des Volkes. Ohne uns wäre die Gesellschaft der reinste Dschungel.«

»Ist sie das nicht schon längst?«

»Nein, noch nicht. Aber der Firnis der Zivilisation ist dünn. Es ist unser Verdienst, dass er nicht vollständig abgeblättert ist und die Barbarei die Herrschaft ergriffen hat. Der Gesetzeshüter und das freie Wort. Wir sind es, die den ganzen Müll zusammenhalten.«

Jonny lächelte.

Gollum einen Freund zu nennen, wäre übertrieben. Doch von allen Menschen, die in der Stadt lebten, war er einer der wenigen, mit denen Jonny so etwas wie Zusammengehörigkeit empfand. Vielleicht ahnte er, dass sie beide ähnlich einsam waren.

Gottfried Lundmark war trotz seines altertümlichen Vornamens erst knapp über vierzig. Doch aufgrund seines

Äußeren und seiner antiquierten Sprache schätzten ihn die Leute nicht selten auf über sechzig. Auf seinem großen, runden Kopf hatte er kein einziges Haar mehr. Aber er trug seine Glatze mit Stolz. Nicht einmal im strengsten Winter setzte er eine Mütze auf. Den Spitznamen »Gollum« hatte er ganz zu Beginn seiner Journalistenlaufbahn bekommen, als er in der *Kvällsposten* Feuilletonartikel unter einem Pseudonym veröffentlichte, das sich aus den ersten Buchstaben seines Vor- und Nachnamens zusammensetzte. Allerdings hätte sich dieser Spitzname niemals so verselbstständigt, wenn er nicht so gut mit seiner gesamten Erscheinung übereinstimmen würde, was nicht zuletzt an seinen dünnen Gliedern und seinen großen Augen lag, die von einer Sekunde auf die nächste den Ausdruck wechseln konnten. Von kindlicher Unschuld zu schmalen Schlitzen voller List und Tücke.

Nachdem Jonny ein Bier und eine Capricciosa bestellt hatte, stellte er sich Gollums neugierigem Blick.

»Gibt es was Neues?«, erkundigte sich der Reporter routinemäßig.

»Nichts Besonderes. Heute Morgen habe ich versucht, mich zu erhängen.«

Gollum lachte, wurde aber sofort wieder ernst.

»Du verarschst mich, oder?«

Jonny zuckte mit den Schultern.

»Klar.«

Gollum wirkte nicht völlig überzeugt.

»Heutzutage kann man nie wissen. Die Leute machen so viel dummes Zeug.«

»Was du nicht sagst …«

Die Tür ging auf. Ein Typ in schwarzer Lederjacke betrat das Lokal und setzte sich an die Theke. Er fuhr sich mit der Hand über seinen kahl rasierten Schädel, sagte etwas zu dem Barkeeper, der nickte und ein Bier vor ihn hinstellte. Irgendetwas an dem Neuankömmling kam Jonny bekannt vor. Ein dünner Oberlippenbart und ein kleiner Glitzerstein im Ohr. Am Nacken schlängelte sich eine blaugraue Tätowierung entlang und verschwand unter dem Hemdkragen. Unwillkürlich lief Jonny ein Schauer über den Rücken.

»Es geht das Gerücht, dass dein geschätzter Kollege Runesson neulich Nacht eine gewaltige Tracht Prügel einstecken musste«, sagte Gollum vorsichtig.

Jonny drehte sich zu ihm um.

»Wer sagt das?«

»Meine Quellen bei der Polizei.«

»Die Leute reden …«

»Entspricht es nicht den Tatsachen?«

»Doch …«

Die Bedienung kam mit seiner Pizza. Jonny kaute schweigend, gleichzeitig behielt er den Mann an der Theke im Auge.

Sie beschatten mich, dachte er.

»Wer waren die Kerle, die ihn zusammengeschlagen haben?«, fragte Gollum.

»Keine Ahnung.«

»Aber du warst dabei, oder?«

Jonny räusperte sich verlegen. Wie viel wusste Gollum? Gottfried Lundmark hatte den Ruf, der mit Abstand bestinformierte Kriminalreporter von ganz Malmö zu sein.

»Es ging alles so schnell. Sie waren zu viert. Plötzlich lag er einfach auf der Erde, und da sind die Typen blitzschnell abgehauen.«

Jonny stopfte sich ein Stück Pizza in den Mund und versuchte, ungerührt zu wirken, musste aber bald einsehen, dass Gollum ihn durchschaut hatte.

»Ich hatte keine Chance«, entschuldigte er sich halbherzig.

»Entspann dich … Ich weiß, dass du kein Held bist, Jonny.«

Die Hand, die Gollum auf seine legte, war kalt, aber seine großen Augen blickten freundlich.

»Das weiß jeder.«

»Tatsächlich?«

Jonny hörte selbst, wie trotzig seine Stimme klang.

»Hör zu«, sagte Gollum. »Wenn ich die Wahl zwischen einem mutigen Schwein und einem gutherzigen Angsthasen habe, für wen entscheide ich mich?«

Jonny blickte ihn mürrisch an.

»Ich würde jederzeit, ohne zu zögern, den Feigling nehmen! Verstehst du? Kein Clint Eastwood zu sein, ist noch lange kein Grund, sich aufzuknüpfen. Nicht einmal, wenn man Polizist ist.«

Blitzschnell zog Jonny seine Hand zurück und starrte den Journalisten an.

»Was zum Teufel weißt du darüber?«, zischte er.

Gottfried Lundmark hob einen Zeigefinger und klopfte auf seinen kahlen Schädel.

»Dein Gehirn«, sagte er. »Dein Gehirn hat dich zu einem guten Polizisten gemacht, Jonny. Deine praktisch nicht vorhandenen Muskeln haben dazu keinen Beitrag geleistet.«

»Gemacht? Du benutzt die Vergangenheitsform. Ich nehme an, dass du mir damit etwas sagen willst?«

Gollum sah ihn unschuldig an.

»Ich habe keine Ahnung, worauf diese verdammten Gorillas aus waren«, sagte Jonny. »Nicht den blassesten Schimmer.«

»Runesson muss sich im Verlauf seiner Karriere zahlreiche Feinde gemacht haben. Er soll nicht gerade eine weiße Weste haben. Kein Wunder, wenn ihm jemand eine Lehre erteilen wollte. Er hat garantiert das bekommen, was er verdient hat.«

»Dann hätte er nicht überlebt.«

Als Gollum erneut in ein blökendes Lachen ausbrach, musste auch Jonny grinsen. Er stopfte sich ein letztes Pizzastück in den Mund und warf die Gabel auf den Tisch.

»Gottfried, weißt du, dass du wie ein Schaf klingst, wenn du lachst?«

»Weißt du, dass ich gestern auf der Rennbahn in Jägersro zwanzigtausend Reichstaler gewonnen habe?«

»Im Ernst?«

»Ja! Ein Tausender auf Lucky Star. Auf Sieg. Der Gaul ist gelaufen, als hätte er Raketentreibstoff im Blut gehabt«, gluckste Gollum.

»Vielleicht hatte er das ja …«

Gollum hörte abrupt auf zu lachen und kniff die Augen zusammen.

»Was willst du damit sagen?«

Jonny dachte an den Tipp, den er Svedin gegeben hatte. Er war völlig aus der Luft gegriffen gewesen. Ob der Kriminalkommissar wohl auch eine nette Summe mit nach Hause genommen hatte?

»Ach, nichts. Ich hab nur einen Witz gemacht.«

»Die nächste Runde geht auf mich«, sagte Gollum und gab dem Barmann ein Zeichen.

Sie blieben noch eine Weile sitzen und redeten über alles Mögliche. Zwischenzeitlich konnte Jonny ein wenig entspannen. Etwas später sah er aus den Augenwinkeln, dass der Mann in der Lederjacke einen Schein auf die Theke legte und die Pizzeria verließ. In der Tür drehte er sich unvermittelt um und warf ihnen einen Blick zu. Aber vielleicht war das auch nur ein Zufall.

Erst nach Mitternacht, und nachdem der Barmann zum zweiten Mal angedeutet hatte, dass er schließen wollte, zückte Gollum seine Brieftasche und machte eine abwehrende Geste in Jonnys Richtung, der in einem lahmen Versuch, zu demonstrieren, dass er seinen Teil der Rechnung begleichen wollte, die Hand in seine Jackentasche gesteckt hatte.

Auf dem Gehweg vor der Pizzeria sog Jonny die kühle Nachtluft ein. Er war so müde, dass es in den Knochen wehtat.

»Es gibt noch eine Sache, die ich dich fragen wollte«, sagte Gollum.

»Was willst du wissen?«

»Ich habe gehört, dass sich eine Frau heute Nacht auf dem Truppenübungsplatz Ravlunda das Leben genommen hat. Sie soll sich die Pulsadern aufgeschnitten haben.«

Jonny sah ihn an. Das Licht vom Neonschild über der Tür tauchte sein Gesicht in einen grünlichen Schimmer.

»Dann weißt du ja garantiert auch, dass ich dort war.«

»Ja«, bestätigte Gollum. »Und deswegen wollte ich dich fragen: Bist du sicher, dass es Selbstmord war?«

Jonny schüttelte den Kopf.

»Wirklich sicher kann man wohl nie sein …«

Gollum betrachtete gedankenverloren eine lärmende Gruppe, die auf der anderen Straßenseite vorbeizog.

»Und niemand weiß, woher sie gekommen ist …?«, fragte er.

Mit einem Mal war Jonnys Müdigkeit wie weggeblasen. Schlagartig wurde ihm bewusst, dass das Bier und das Plauderstündchen in der Pizzeria ihm nur eine kurze Flucht aus der eiskalten Wirklichkeit gewährt hatten.

Als Gollum ihn erneut mit seinen großen fragenden Augen ansah, war Jonny nur den Bruchteil einer Sekunde davon entfernt, seiner Angst Luft zu machen und ihm von Schneewittchen, der Bedrohung und der Schuld zu erzählen. Aber dann sah er einen Funken Berechnung in diesen unbeständigen Augen.

Also schwieg er.

Und in der Dunkelheit trennten sich ihre Wege.

Kapitel 8

Der Wind fuhr raschelnd durch die Kastanie an der Hausecke. Als sie allmählich aus den Tiefen ihres Schlafs auftauchte, lauschte sie dem Prasseln der Blätter. Draußen vor dem Schlafzimmerfenster krakeelte eine Elster. Vielleicht sammelte sie Zweige für ein Nest. Die Tür des Holzschuppens schlug auf und zu. Und in der Ferne, irgendwo auf der Höhe des Nachbarhofs, meinte sie einen Hund bellen zu hören.

Aber da war noch ein anderes Geräusch, deutlich näher.

Ein Scharren, gefolgt von einem Aufprall.

Dann war es still.

Eva Ström schlug die Augen auf, plötzlich war sie hellwach. Sie hielt die Luft an und versuchte, unter der Decke keine Bewegung zu machen.

Der Raum war in graue Dunkelheit gehüllt. Auf den heruntergelassenen Jalousien zeichneten sich die Fensterstreben als schwarzes Kreuz ab. Die Sonne musste schon aufgegangen sein. Wie spät mochte es sein?

In diesem Augenblick hörte sie das Geräusch erneut.

Sie sah zur geschlossenen Schlafzimmertür hinüber.

Es klang, als würde jemand im Haus herumgehen. Vielleicht

im Wohnzimmer. Oder in der Küche. Tock-tock-tock. Dann war es wieder still, als hätte auch der andere innegehalten, um zu lauschen.

Vorsichtig schob sie ihre Decke zur Seite und setzte die Füße auf die Holzdielen. Sofort bekam sie Gänsehaut. Suchend sah sie sich nach ihrem Handy um, konnte es aber nirgendwo entdecken. Fröstelnd stand sie auf und streifte so geräuschlos wie möglich Slip, Jeans und einen Strickpulli über, der am Rücken kratzte. Danach fiel ihr Blick auf den Schürhaken am Kachelofen. Das Eisen wog schwer in der Hand.

Mit klopfendem Herzen und hoch erhobenem Schürhaken stieß sie die Schlafzimmertür auf. Wieder ertönte ein dumpfer Aufprall, lauter diesmal und mehrfach und hintereinander, als fühlte sich jemand ertappt und versuchte, sich in Windeseile zu verstecken.

Das Geräusch kam jedenfalls aus der Küche, so viel stand fest.

Sie schaute sich im Wohnzimmer um. Das Regal mit den vielen Büchern, der Computer auf dem Couchtisch, der alte Kastenfernseher auf der Kiefernkommode unter dem Bild mit dem großen Segelschiff, das sie im Frühjahr auf dem Flohmarkt erstanden hatte, das achtlos auf der Fensterbank neben der roten Geranie abgelegte Handy, die seit gestern Abend noch ein paar Blütenblätter mehr verloren hatte.

Soweit sie sehen konnte, war alles unverändert.

Auf nackten Füßen schlich sie zur Küche, blieb stehen und horchte wieder. Sie schob die Tür auf, den Schürhaken jederzeit einsatzbereit.

Im ersten Moment sah sie nichts.

Dann hörte Eva, wie etwas an die Bodenleiste unter dem Küchentisch stieß; sie schaute hin: eine Ratte.

Eine große, fette Wanderratte mit schwarzen Knopfaugen und einem langen Schwanz, der auf die Dielenbretter peitschte. Das Tier fiepte kläglich. Es war mit der Schnauze in eine Mausefalle geraten, die es mit heftigen Bewegungen abzuschütteln versuchte.

Evas erster Gedanke war, die Küchentür zuzuschlagen und zu fliehen. Der zweite, in die Offensive zu gehen und die Ratte mit dem Schürhaken zu erschlagen. Doch dann fiel ihr ein, dass sie nach einer solchen brutalen Maßnahme den Rest des Tages damit verbringen würde, Rattenblut vom Küchenfußboden zu schrubben. Stattdessen öffnete sie den Schrank unter der Spüle und holte einen Plastikeimer hervor, ohne den Eindringling aus den Augen zu lassen. Die Ratte schien zu ahnen, dass Gefahr drohte. Blitzschnell zog sie sich in einen Spalt unter der Speisekammer zurück. In die hinterste Ecke gedrückt, versuchte die Ratte verzweifelt, sich mit den Pfoten von der Mausefalle zu befreien.

Vergeblich.

»Gut so, mein kleiner Freund. Hab keine Angst«, flüsterte Eva falsch.

Gegen einen Brechreiz ankämpfend, legte sie den Eimer auf die Seite und stupste ihn mit dem Fuß zur Ratte hinüber, Zentimeter für Zentimeter. Die ganze Zeit hatte sie eine panische Angst, das Mistvieh könnte sich bewegen und ihr bei einem letzten Fluchtversuch ins Gesicht springen. Die Ratte fauchte wütend. Im selben Moment machte Eva eine schnelle Bewegung mit dem Schürhaken und bugsierte den zappelnden Nager in den Eimer. Ohne eine Sekunde Zeit zu verlieren, rannte sie zur Spüle, drehte den Wasserhahn auf und ließ den Eimer volllaufen. Die Ratte paddelte mit den Pfoten, fiepte herzzerreißend und schlug so heftig mit ihrem langen Schwanz, dass das Wasser über die Spüle spritzte.

»Verdammt!«

Eva spuckte in den Ausguss.

Sie drehte den Wasserhahn zu, starrte verzweifelt auf die schwimmende Ratte und sammelte Mut. Schließlich fasste sie den Schürhaken mit sicherem Griff, platzierte ihn auf dem Rücken der Ratte und drückte das zappelnde Tier unbarmherzig unter Wasser.

Der Todeskampf der Ratte dauerte länger, als sie erwartet hatte. Ein paar kleine Luftblasen stiegen an die Oberfläche. Sicherheitshalber wartete sie noch eine Minute, bevor sie den Schürhaken wegnahm. Dann sah sie zu, wie das ertrunkene Nagetier langsam nach oben trieb, tot und schwerelos in dem rosafarbenen Wasser.

Ich bin eine Mörderin, dachte sie.

Mit dem schwappenden Eimer in der Hand schloss sie die Haustür auf und lief zum Komposthaufen, wo sie Wasser und Rattenkadaver entsorgte. Wie jämmerlich das Tier aussah! Nass, zerzaust und leblos, die Mausefalle immer noch über der Schnauze.

Sie ging in die Küche zur überschwemmten Spüle zurück und stürzte eine Tasse kalten Kaffee hinunter, der über Nacht in der Maschine gestanden hatte. Mit dem Becher in der Hand setzte sie sich auf die Vordertreppe und ließ den Blick über die steinigen Äcker und Felder schweifen, die sich bis zum Horizont erstreckten. Der Weizen wogte sanft im Wind. Höchste Zeit für die Ernte, dachte sie.

Über der Kastanie schwebte ein Milan.

Sie trank noch einen Schluck von dem kalten Kaffee und hatte das Gefühl, Rattenblut zu schmecken.

***

Als sie, von heißem Wasserdampf umgeben, in der Dusche stand, kam ihr das Bild der toten Frau wieder in den Sinn.

Sie hatte so friedlich am Eichenstamm gelehnt. Als hätte sie gerade eben ein Buch neben sich ins Gras gelegt und würde nur dasitzen, sich ausruhen und dem Spiel der Wellen zuhören.

Und dieser Kollege, dieser Jonny.

Ein seltsamer Typ.

Eva hielt ihr Gesicht in den Wasserstrahl, ließ das Wasser das Shampoo aus den Haaren spülen und massierte ihre Mundpartie.

Zuerst hatte sie daran gezweifelt, dass er wirklich Polizist war. Es hatte irgendwie an seiner Haltung gelegen, der Art und Weise, wie er seinen schlaksigen Körper bewegte. Ruckartig, eher wie ein Junkie als ein Bulle. Aber als er seine Brieftasche gezückt und seinen Dienstausweis vorgezeigt hatte, hatte sie ihm glauben müssen.

Was hatte er dort draußen auf dem Truppenübungsplatz gemacht?

Diese Geschichte, die er ihr aufgetischt hatte, dass er seiner Frau vor vielen Jahren unter den Eichen am Steilhang das Jawort gegeben hatte und aus Nostalgie mitten in der Nacht dort hinausgefahren war. Konnte man dem Glauben schenken? Na ja, es sind wohl schon merkwürdigere Dinge vorgekommen, dachte sie.

Aber aus einer Sache wurde sie nicht schlau. Er hatte so verloren gewirkt. Übernächtigt, als hätte er dort auf der Wiese gelegen und geschlafen. Außerdem hatte er nach Alkohol gerochen.

Sie drehte die Dusche ab und tastete sich durch den Wasserdampf zum Handtuch. Als sie das Fenster öffnete, drang kühle Morgenluft ins Badezimmer. Sie rubbelte sich so kräftig ab, dass der Frotteestoff ihre Haut reizte.

Er hat mir nicht in die Augen gesehen, dachte sie.

Irgendetwas hatte Jonny Lilja zu verbergen.

***

Erst nachdem sie sich ein üppiges Frühstück aus frischem Kaffee, drei Salamibroten und zwei hartgekochten Eiern mit Kalles

Kaviar gegönnt hatte, fiel ihr ein, dass sie Urlaub hatte. Mit einem Seufzer warf sie den Autoschlüssel ihres altersschwachen Renault wieder auf den Küchentisch.

Der erste Tag eines späten Augusturlaubs, von dem sie schon jetzt befürchtete, dass ihr die Zeit viel zu lang werden würde.

Es kam ihr vor, als hätte sich die Sonne hinter einer Wolke versteckt.

Ich stehe mitten im Leben, ich habe keine Familie, ich habe fünf Wochen Urlaub, und ich habe keinen einzigen Plan gemacht, dachte sie. Abgesehen davon, dass ich die Fenster neu kitten will. Und eventuell den Ortgang an den Stellen streichen, an denen die Farbe abgeblättert ist.

Wie armselig.

Ich sollte verreisen. Aber wohin? Und mit wem? Britt kann sich ja nie von ihren Kühen losreißen.

Allein beim Gedanken an den letzten Sommer, den sie alleine auf den Kanaren verbracht hatte, brach ihr der Schweiß aus.

Lustlos warf sie sich auf die wackelige Gartenliege unter dem Apfelbaum und starrte ins Blattwerk hinauf. Hoch oben am Himmel konnte sie einen glänzenden kleinen Punkt ausmachen, ein Flugzeug, das einen langen weißen Streifen hinter sich herzog. Mit einem leisen Plumpsen fiel ein Apfel ins Gras.

Warum versuche ich, mir selbst etwas vorzumachen?, dachte sie. Verreisen ist das Letzte, was ich will. Ich habe mich doch darauf gefreut, nur Zeit für mich zu haben. Die Dinge zu erledigen, die erledigt werden müssen. Den Garten auf Vordermann zu bringen. Musik zu hören. Haufenweise Bücher zu lesen. Und … na ja.

Ein paar Minuten später saß sie im Auto in Richtung Ystad. Es kann nicht schaden, dass ich nach dem Rechten sehe, bevor ich ins Urlaubskoma falle, dachte sie.

Auf der Landstraße herrschte kaum Verkehr. Die Sonne ergoss sich über weiß gekalkte Kirchtürme und Höfe, die in der welligen Ackerlandschaft verstreut dalagen. Im Norden verrichtete ein Mähdrescher, in eine gelbbraune Wolke gehüllt, seine Arbeit. Ein Turmfalke im Rüttelflug. Nach weniger als einer Viertelstunde hatte sie das flache Polizeipräsidium an der Ausfahrt nach Tomelilla erreicht.

Sie traf ihren Chef in seinem Büro an. Zurückgelehnt, mit geschlossenen Augen, saß er in seinem federnden Schreibtischstuhl, die akribisch geputzten Schuhe auf dem polierten Schreibtisch. Aus den Lautsprechern im Bücherregal dröhnte klassische Musik. Pauken, Streicher, Blasinstrumente und schicksalsschwere Stimmen brachten die Wände zum Vibrieren. Björn Bernhardsson war ein schmächtiger Mann, normalerweise immer tadellos gekleidet. Doch jetzt hatte er sein Jackett auf einen Kleiderbügel gehängt, die Krawatte gelockert und den obersten Knopf seines blütenweißen Hemds geöffnet. Eva musste lächeln. Sie fand, dass er mit seinem kahlen, leicht rauen Schädel, der trotz seiner geringen Größe zu klein für den Rest des Körpers war, einer Schildkröte ähnelte.

Erst als Eva die Musik leiser drehte, fuhr er zusammen und starrte sie an, als hätte er einen Geist gesehen.

»Was machst du hier?«

Sie zuckte mit den Schultern.

»Ach, ich habe nur ein paar Unterlagen vergessen.«

»Du hast Urlaub.«

»Ja, ich weiß …«

Eva setzte sich auf den Besucherstuhl.

»Habt ihr viel zu tun?«

»Nicht besonders. Gauner und Ganoven scheinen ebenfalls Urlaub zu machen.«

Sie nickte.

»Was hörst du da?«

»*Götterdämmerung*, den letzten Teil vom *Ring des Nibelungen*. Das großartigste Werk der Musikgeschichte. Richard Wagner hat sich von der altnordischen Mythologie inspirieren lassen. Das kann man bei den …«

Mitten im Satz brach Bernhardsson ab und sah sie misstrauisch an.

»Hast du schon Probleme, die Zeit totzuschlagen?«, erkundigte er sich.

»Wie kommst du darauf?«

Sie erhielt keine Antwort, nur eine ungeduldige Grimasse, die deutlich machte, dass der Kommissar an ihrem aufrichtigen Musikinteresse zweifelte und am liebsten wieder mit seinem Wagner alleine gewesen wäre.

»Ich dachte, ich frage kurz nach, wenn ich schon einmal hier bin«, sagte Eva vorsichtig. »Das Mädchen auf dem Truppenübungsplatz in Ravlunda. Wissen wir schon etwas?«

Bernhardsson seufzte resigniert, nahm die Füße von seinem aufgeräumten Schreibtisch und beugte sich zu ihr vor.

»Ich habe Pelle Tedin darauf angesetzt. Er hat bei der Einwanderungsbehörde nachgefragt. Es gibt keine Vermisste, auf die diese Beschreibung zutrifft. Sie hatte weder einen Ausweis noch einen Reisepass bei sich. Kein Portemonnaie, keine Kreditkarten. Niemand weiß, wer sie ist. Wie zum Teufel sollen wir die Identität aller Menschen kennen, die in dieses Land kommen?«

Eva schnaubte.

Zwei Minuten. Länger dauerte es nie, bis ihr Bernhardsson auf die Nerven ging.

Er lächelte.

»Sie ist auf dem Weg nach Lund, in die Rechtsmedizin. Fingerabdrücke und DNA-Proben haben wir sichergestellt, wie du weißt. Aber ich glaube, dass wir nicht davon ausgehen können, in irgendeiner Datenbank einen Treffer zu bekommen.«

»Wurde Sperma in ihrer Scheide gefunden?«

»Ja, laut dem vorläufigen Bericht des Rechtsmediziners. Und vermutlich hatte sie Heroin im Blut. Aber keinerlei äußerliche Anzeichen von Gewalt, abgesehen von ein paar Nadeleinstichen in der Armbeuge und einem kleinen blauen Fleck, den sie sich überall geholt haben kann. Und natürlich den Schnitten am Handgelenk.«

»Was glaubst du?«

»Dass sie Geschlechtsverkehr hatte, bedeutet nicht, dass sie ermordet wurde. In Anbetracht ihres Drogenkonsums bin ich fest davon überzeugt, dass die Dame sich das Leben genommen hat. Tragisch, in so jungen Jahren … Wirklich tragisch.«

Eva sah ihn an, konnte aber nicht erkennen, ob er es ironisch meinte.

»Aber wie ist sie dorthin gekommen?«

»Keine Ahnung. Vielleicht zu Fuß. Oben auf der Landstraße an der Kirche von Ravlunda gibt es eine Bushaltestelle.«

»Habt ihr die Busse überprüft?«

»Lass die Sache auf sich beruhen, Eva. Du hast Urlaub. Entspann dich. Wir gehen den Hinweisen nach, die wir haben.«

Eva stand auf.

»Kannst du mir Bescheid geben, sobald du mehr über das Mädchen weißt?«

»Natürlich!«

Als sie das Büro verließ, hörte sie, wie er die Musik wieder lauter drehte.

»Nazimusik!«, murmelte sie.

Im Foyer wurde sie von der Empfangsdame aufgehalten.

»Eva! Was machst du denn hier? Ich dachte, du hast Urlaub.«

»Hallo, Gunvor.«

Die blondierte Frau hinter der Rezeption lächelte und formte ihre roten Lippen zu einem Schmollmund. Ihr wogender Busen wurde von einer Leinenbluse kaschiert, und um ihren Hals hing an einem knallbunten Band eine rosa Brille.

»Du musst dir unbedingt das neue Lied von Lasse Stefanz anhören«, zwitscherte sie begeistert und wedelte mit ihrem Headset, das sie gerade abgenommen hatte. »Einfach unglaublich. Es geht einem förmlich unter die Haut.«

»Wenn das so ist …«, antwortete Eva mürrisch.

Voll mütterlicher Fürsorge blickte Gunvor sie an.

»Genießt du deinen Urlaub?«, erkundigte sie sich freundlich.

»Ich habe eine Ratte getötet«, sagte Eva. »Bis jetzt habe ich nur eine Ratte getötet.«

***

Auf dem Heimweg überkam sie eine plötzliche Sehnsucht nach dem Meer. Bei Kabusa fuhr sie in südöstlicher Richtung weiter und nahm die Küstenstraße am Löderuper Strandbad entlang. Nach ein paar Kilometern verließ sie die Straße und fuhr durch ein Kiefernwäldchen runter an den Badestrand Sandhammaren. Als sie das Auto abgestellt hatte, zog sie die Schuhe aus, knotete sie an den Schnürsenkeln zusammen und warf ihren Rucksack über die Schulter.

Der Sand brannte unter ihren nackten Füßen. Schnell lief sie ans Wasser, um sie abzukühlen. Nach kurzer Zeit hatte sie die Sonnenanbeter mit ihren Decken und Kühltaschen hinter sich gelassen und war ganz alleine mit dem breiten Sandstrand und den Wellen, die an Land schäumten. Sie machte längere Schritte, sprang über ein paar trockene Tanghaufen und genoss das Gefühl, ins Schwitzen zu kommen. Über dem Meer hing eine Seeschwalbe in der Luft, völlig reglos, bis sie die Flügel anwinkelte und im Sturzflug ins Wasser tauchte. Weiter draußen war ein Öltanker Richtung Süden unterwegs, und am Horizont zeichnete sich Bornholm wie ein Schatten ab.

Gut eine halbe Stunde ging sie zügig weiter, ohne in ihren Gedanken etwas anderes zuzulassen als das, was sie um sich herum sah: das Meer, den Sand, das bleiche trockene Treibholz, den Strandhafer, die mit Kiefern und Eichen bewachsenen Sanddünen.

Als sie stehen blieb, war weit und breit kein Mensch zu sehen. Sie warf den Rucksack in den Sand, zog sich splitternackt aus und rannte ins Wasser. Über die erste Welle sprang sie hinweg, in die zweite tauchte sie mitten hinein und ließ sich in der schäumenden Gischt treiben. Immer wieder kam sie auf die Füße, lief in die Brandung und ließ sich von der Strömung wieder an Land spülen. Zum Schluss taumelte sie aus dem Wasser, völlig zermürbt und so gut wie schwerhörig.

Ein älteres Paar stand am Strand und starrte sie mit großen Augen an, als hätten sie ein seltenes Tier gesehen. Beide hatten kleines Marschgepäck dabei, trugen Kakishorts und einen Stoffhut, den sie unter dem Kinn zusammengebunden hatten. Der Mann hielt einen kläffenden Pudel an der Leine. Er lächelte und fummelte an seiner Kamera herum, die vor seinem Bauch hin und her baumelte.

»Schäm dich, so ungeniert zu glotzen!«, fauchte seine Frau und zog ihn am Hemdsärmel.

»Aber Liebes, der Hund will sein Geschäft verrichten …«, rechtfertigte sich der Mann, während er sich widerwillig davonführen ließ.

Eva kicherte innerlich und schlenderte ein Stück den Strand hoch. Fröstelnd breitete sie ihr rot gestreiftes Badetuch im Sand aus und legte sich auf den Rücken.

Urlaub, dachte sie.

Die Sonne wärmte und schien ihr angenehm auf die Haut. Ein Schmetterling flatterte vorbei. Sie schloss die Augen. Hörte auf die Möwen und das Brausen des Meeres.

Aber es dauerte nicht lange, bis die Gedanken zurückkamen. Die junge Frau unter der Eiche. Hatte sie wirklich Selbstmord begangen?

Und dann dieser Jonny Lilja …

Plötzlich hatte sie eine Eingebung. Ich muss mehr über ihn herausbekommen!

Sie griff nach ihrer Jeans und angelte ihr Handy aus der Hosentasche. Suchte im Telefonbuch, bis sie den Namen des Mannes fand, der ihr in den Sinn gekommen war. Klas Wester war ein Kollege von der Polizeihochschule. Und er hatte mehrere Jahre als Drogenfahnder in Malmö gearbeitet.

Es klingelte dreimal, bevor er abnahm.

»Yes! Klas Wester speaking!«

»Hallo, hier ist Eva Ström.«

»Was? Ich verstehe kein Wort. Die Verbindung ist grottenschlecht.«

Eva rollte sich auf den Bauch und zog ihr Handtuch wie ein kleines Zelt über den Kopf.

»Ist es jetzt besser?«, fragte sie in die rote Dunkelheit hinein.

»Ja! Wer ist da?«

»Eva. Wir haben uns lange nicht mehr gesprochen. Eva Ström aus Ystad.«

»Ach so … Hi Eva! Long time no see …«

»Bist du immer noch bei der Drogenfahndung in Malmö?«

»No, sister. I'm on my own now.«

»Wie das?«

»Ich hab mich selbstständig gemacht. Mit einer Sicherheitsfirma. Eine richtige Goldgrube.«

»Toll … Glückwunsch! Hast du gerade erst angefangen?«

»Ich habe die Firma seit fast einem Jahr. Warum?«

»Ich mach's kurz: Jonny Lilja. Was weißt du über ihn?«

»Der Aal?«

»Wird er so genannt?«

Sie hörte, wie er schnaubte.

»Von einigen. Warum fragst du nach ihm?«

»Es gibt eine Sache, die ich überprüfen muss. Kennst du Jonny?«

Er lachte, und sie meinte einen sarkastischen Unterton zu hören.

»Niemand kennt Jonny.«

»Was soll das heißen, keiner?«

»He's a lone wolf.«

»Sag mir einfach, was du weißt.«

»Nicht gerade viel, obwohl wir mehrere Jahre in derselben Abteilung gearbeitet haben. Jonny war ein Einzelgänger. Ein bisschen glatt, wenn du mich fragst. Schwer zu fassen. Deswegen auch der Spitzname. Aber gleichzeitig hatte er den Ruf, ein guter Polizist zu sein, eben auf seine Art. Clever. Ich glaube, er hatte so einige zwielichtige Kontakte. Ein paar Kollegen haben immer Witze darüber gerissen, dass er auf der Straße besser klarkam als im Polizeipräsidium. Aber wenn man bei der Drogenfahndung arbeitet, ist das ja nicht unbedingt ein Nachteil.«

Wester dachte eine Weile nach.

»Manchmal hatte man den Eindruck, dass er den harten Typen absichtlich gespielt hat. Ich glaube, dass er dadurch seinen sensiblen Kern kaschieren wollte. Soweit ich weiß, hatte er zu keinem der Kollegen privaten Kontakt. Er war ein notorischer Gambler.«

»Er hat gezockt?«

»Ja. Ich glaube, er hatte seine Finger bei vielen Sachen im Spiel. Poker. Roulette. Pferde. You name it. Er hing ständig auf der Rennbahn in Jägersro rum. Weiß der Teufel, ob er nicht schon süchtig war.«

»Keine gute Idee, wenn man Polizist ist.«

»Nicht direkt.«

»Aber bei der Arbeit gab es keine Probleme?«

»Nein …«

Klas zögerte.

»Ich glaube, er ist irgendwie auf die schiefe Bahn geraten.«

»Inwiefern?«

»Am Anfang ist es für ihn ganz gut gelaufen, bis vor fünf, sechs Jahren ungefähr. Danach schien es bergab zu gehen. Seine Frau hat ihn verlassen. Ob seine Zockerei der Grund war, kann ich nicht sagen. Ich glaube, sie hatten eine Adoptivtochter. Aus Rumänien, wenn ich mich recht erinnere.«

»Oh ...«

Die Erinnerung überfiel sie ohne Vorwarnung. Eva schloss in dem warmen Sand die Augen. Das Waisenhaus in Saigon. Sie hatte einen blau-gelben Teddybären geschenkt bekommen, den sie fest an sich drückte. Er roch stark, aber sein Fell kitzelte an ihrer Wange. Vor ihr standen eine fremde Frau und ein fremder Mann, die lächelten und komisch redeten. Sie wollten sie mit in ein weit entferntes Land nehmen, so viel hatte sie verstanden. Eva hatte Angst, obwohl die Hausmutter ihr befohlen hatte, zu lachen und fröhlich zu sein.

»Bist du noch dran?«

»Ja, red weiter ...«

»Zufälligerweise habe ich erst gestern etwas über Jonny gehört.«

»Schieß los!«

»In den letzten Jahren hatte er einen Partner. Der Typ heißt Sven Runesson. Aber neulich nachts hat Jonny buchstäblich den Schwanz eingezogen. Es ist nicht ganz klar, was passiert ist. Sie sollten wohl ein paar bad guys hoppnehmen. Es endete zumindest damit, dass Runesson ordentlich eins auf die Fresse bekommen hat. Als die Kollegen von der Streife vor Ort eintrafen, hatte Jonny sich im Dienstwagen eingeschlossen. Irgendjemand hat gesagt, dass er sich vor lauter Angst in die Hose gepisst hat.«

»Jeder kann mal Panik bekommen.«

»Ja klar. Aber für den Partner, der es ausbaden muss, ist das nicht gerade lustig.«

Leicht verwirrt versuchte sie, das Gehörte zu verarbeiten. Nach einer Weile redete Wester weiter, seine Stimme klang ungeduldig.

»Tja, mehr kann ich dir auch nicht sagen. Ich hoffe, ich habe dir damit weitergeholfen?«

»Ja, ein ganzes Stück. Das nächste Mal, wenn ich in Malmö bin, lade ich dich auf ein Bier ein.«

»Just give me a call, sister!«

Nachdem sie aufgelegt hatten, begann Eva unter ihrem Handtuch zu schwitzen. Sie zog es vom Kopf und blinzelte ins Sonnenlicht. Wischte sich Stirn und Schläfen ab und rieb die Haut zwischen den Brüsten trocken. Mit zusammengekniffenen Augen sah sie hinaus auf das glitzernde Wasser und ließ ihren Blick über den Sandstrand schweifen. Abgesehen von ein paar entfernten Punkten, die in der flimmernden Luft wie Ameisen aussahen, war sie immer noch alleine.

Einen kurzen Moment spielte sie mit dem Gedanken, sich wieder in die Wellen zu werfen, aber dann gewann die Müdigkeit Oberhand. Sie zog ihr Badelaken ein weiteres Mal über den Kopf und schmiegte in ihrer roten Grotte die Wange in den Sand.

Die warme Sonne auf ihrem Rücken, hin und wieder ein kühler Windstoß, der den Weg zwischen die Sanddünen gefunden hatte. Das Rauschen des Meeres. Der Duft von Tang. Die Möwen, die hoch oben in der Luft kreischten.

Erneut drifteten ihre Gedanken ab.

Das Mädchen mit den blutigen Handgelenken tauchte wieder vor ihr auf, den Rücken an die knorrige Eiche gelehnt. Einsam. Und weit, weit entfernt eine Kindheit.

***

Sie will ihn töten.

Beide haben sie im Stich gelassen.

Sie liegt wach im Bett in ihrem Zimmer. Horcht und starrt auf die Schatten, die sie umgeben. Die Lampe ist aus, doch durch die Jalousien fällt Mondlicht. Auf der Tapete mit Blumenborte, die sie in der Dunkelheit nicht erkennen kann, zeichnet sich ein schwarzer Umriss ab. Buddha steht am Fenster. Sie weiß, dass er auf seine typische überhebliche Art lächelt. An der Wand wird er zu einem Riesen, dick und gewaltig. Es ist schon vorgekommen, dass sie die Hände gefaltet und gebetet hat, dass er sie beschützt. Manchmal hofft sie, dass er es tun wird, obwohl sie eigentlich ganz genau weiß, dass er machtlos ist.

Sind da Schritte auf der Treppe?

Nein, noch nicht. Unter der Decke umklammert sie das Messer.

Wann hat es angefangen? Sie kann es nicht mit Bestimmtheit sagen. Sicher nicht direkt, als sie zu ihnen gekommen war. Vielleicht als ihre Brüste und Hüften sich allmählich rundeten. Ab da merkte sie, dass er sie so seltsam ansah.

Papa.

Sie hat aufgehört, ihn so zu nennen.

Ich bin fünfzehn. Ich komme alleine klar. Wenn er noch einmal kommt, bringe ich ihn um und laufe weg.

Aber fast noch schlimmer ist das Leugnen. Morgens, wenn Mama das Frühstück gemacht hat, Toast und Erdbeermarmelade, und plappert, als sei nichts geschehen. Aber ich höre ihr an, dass sie es weiß. Manchmal bleiben ihr die Wörter eine Sekunde lang im Mund stecken, als sei sie kurz davor, in Tränen auszubrechen, und dann wendet sie sich ab. Natürlich weiß sie es. Ihre erdrückenden Zärtlichkeiten.

Der blau-gelbe Teddybär liegt mit aufgeschlitzter Brust neben ihr. Eva kann die Holzwolle riechen, die sie herausgerissen hat. Falls er kommt, wird sie ihm den Teddy zeigen. Ihm ins Gesicht schreien, dass sie mit ihm das Gleiche machen wird wie mit seinem verdammten Teddy, wenn er ihr auch nur einen

Schritt zu nahe kommt. Sie hofft beinahe, es tun zu können.

Im Zimmer ist es warm. Stickig. Die Sonne hat den ganzen Tag auf das schwarze Hausdach geschienen. Es ist völlig windstill. Das geöffnete Fenster bringt keine Linderung.

Sie schiebt die Decke zur Seite, geht auf Zehenspitzen zum Fenster und macht es zu. Es ist besser, wenn die Nachbarn nichts mitkriegen.

Der Vollmond sieht sie mit unergründlicher Miene an.

Der Mann im Mond.

Obwohl sie gelesen hat, dass die Amazonas-Indianer den Mond für eine Frau halten.

Sie ist gerade weit weg.

Eva legt sich wieder aufs Bett.

Habe ich schon immer so geheißen?

In Vietnam haben sie mich bestimmt nicht Eva genannt. Komisch, dass ich darüber nicht schon früher nachgedacht habe.

Irgendwann muss ich dorthin zurückkehren. Vielleicht finde ich meinen richtigen Vater und meine richtige Mutter.

Jetzt knarren die Treppenstufen!

Schnell unter die Decke.

Ihr Herz hämmert wie wild in der Brust.

Vor der Tür ist kein Laut zu hören. Vermutlich steht er da und lauscht. Dann hört sie, wie die Klinke langsam nach unten gedrückt wird. Sie quietscht wie eine miauende Katze.

Sein Schatten füllt die Türöffnung aus. Groß und schwarz. Sie kann ihn atmen hören. Er keucht schwer.

Und Buddha ist verschwunden.

Natürlich ist er das, der Verräter.

Der, der sich Papa nennt, riecht nach Deodorant. Axe Instinct steht auf dem Roller im Badezimmerschrank. Sie ahnt, dass er sich über seine dicken Lippen leckt.

»Eva, mein Schatz. Bist du wach?«, flüstert er sanft.

Sie umklammert das Messer mit festem Griff und macht sich bereit.

Niemals wieder, kein einziges Mal.

Als er sich auf die Bettkante setzt, sodass sich das Laken strafft und die Matratze unter seinem Gewicht nachgibt, weiß sie, dass sie es tun muss. Und sie zögert nicht. Sie stößt die Decke weg und sticht zu. Spürt, wie das Messer in seinen Oberschenkel dringt, bis es auf etwas Hartes stößt. Sie schreit schrill und hört, wie er vor Schmerz aufbrüllt und zu Boden sinkt. Und obwohl sie kaum Luft bekommt, schreit sie noch lauter, um ihn zu übertönen. Sie schreit, bis sie einen Druck auf den Ohren spürt und ihr Kopf von einem unerträglichen Dröhnen erfüllt ist, das niemals wieder aufhören wird.

***

Mit einem Ruck setzte sich Eva im Sand auf, warf das Handtuch zur Seite und sah sich wild um.

Hatte jemand den Schrei gehört?

Unten am Wasser joggten zwei junge Männer entlang, doch sie schienen keine Notiz von ihr zu nehmen.

Sie blinzelte in die Sonne.

Wie lange hatte sie gedöst?

Das Meer rauschte. Ihr Kopf tat weh. Sie hatte Durst.

Sie angelte eine PET-Flasche aus ihrem Rucksack, trank ein paar Schlucke lauwarmes Wasser und stand mit zittrigen Beinen auf. Sand klebte ihr am Bauch. Sie spuckte ein paar Körner aus. Langsam ging sie ans Wasser. Ließ ihre Füße, Waden und Oberschenkel kalt umspülen. Eine kräftige Welle donnerte an Land und warf sie beinahe um. Sie taumelte in der Gischt.

Eva ließ sich fallen.

Tauchte ins Wasser, schwerelos schwebend wie eine Tote, in der eiskalten Klarheit.

Kapitel 9

Als er vor dem grün gestrichenen Tor des Gefängnisses Kirseberg stand, dehnte sich die Unruhe wie Quecksilber in seinem Körper aus. Jonny blickte an den Mauern hoch, die in den Himmel emporragten. Stacheldraht. Kanonen, wie zur Abwehr bereit.

Über dem Dach zogen ein paar Krähen ihre Kreise und genossen höhnisch ihre Freiheit. Er spürte, wie sich sein Magen zusammenzog.

Jonny verabscheute Gefängnisse zutiefst. Doch irgendetwas an ihnen zog ihn an.

Der schwere Steinkomplex war wie ein lebendiges Wesen. Früher oder später würde es ihn verschlucken.

Nicht, dass Jonny an höhere Mächte glaubte. Und wenn er es täte, würde er es niemals zugeben. Aber seit er Polizist geworden war, hegte er die Befürchtung, dass er bei seiner Berufswahl einen Fehler gemacht hatte. Im letzten Jahr hatte dieses Gefühl immer mehr zugenommen, war fast zu einer Einsicht gereift. In dunklen Stunden konnte Jonny auf den Gedanken kommen, dass das Schicksal eigentlich eine Verbrecherkarriere für ihn vorgesehen hatte und dass es nur eine Frage der Zeit war, bis man ihn entlarvte und hinter Schloss und Riegel brachte, zusammen mit den Schurken und Banditen, die er in seinem Beruf gejagt und ausgenutzt hatte.

Die schwarzen Augen der Kamera starrten ihn ausdruckslos an. Jonny zögerte, obwohl er wusste, dass sie ihn beobachteten. Die Wachen. Einen kurzen Augenblick dachte er daran umzukehren. Unschlüssig sah er zum Kiesplatz hinüber, auf dem ein paar kleine Jungs Fußball spielten. Die Straße war menschenleer. Der Asphalt rissig. In den Bäumen, die die kleine Sackgasse säumten, raschelte es. Die Windböen brachten das eintönige Rauschen der Autobahn mit. Jonny fasste Mut und drückte auf den Knopf der Gegensprechanlage.

Im Lautsprecher knisterte es.

»Wer ist da?«

»Jonny Lilja. Ich bin Polizist. Bei der Drogenfahndung.«

»Haben Sie einen Termin?«

»Nein, es geht um eine dienstliche Angelegenheit. Es eilt.«

»Halten Sie Ihren Ausweis in die Kamera!«

Jonny kam der Aufforderung nach. Das Schloss klickte, und er öffnete die schwere Eisentür.

»Lennart Myrberg. Ich muss ihn verhören. Es ist dringend.«

Die Frau hinter dem dicken Panzerglas musterte ihn misstrauisch. Starrte seinen Ausweis an, den er ihr hingeschoben hatte, und sagte etwas zu einem Kollegen im Hintergrund. Schließlich wies sie mit dem Kopf in Richtung der elektronischen Sicherheitskontrolle, wo ein Mann in zerknitterter Uniform stand und wartete. Ein deutlich wahrnehmbarer Schweißgeruch ging von ihm aus.

»Medikamente, Drogen oder Waffen?«

Der Sicherheitsbeamte tastete ihn unter den Armen und innen an den Oberschenkeln bis hoch zum Schritt ab.

»Eigentlich hättest du vorher ein Formular einschicken müssen.«

Jonny warf einen Blick auf sein Namensschild.

»Du weißt doch, wie das ist, Kjell. Wenn wir die Gauner dingfest machen wollen, müssen wir die Bürokratie ab und zu umgehen. Uns gegenseitig unterstützen, oder findest du nicht?«

Er legte seine Dienstwaffe ab, die er gegen die Vorschrift die letzten vierundzwanzig Stunden mit sich herumgetragen hatte. Der Wachmann schien zu zögern. Er fuhr sich über die Lippen und zupfte sich leicht am Ohrläppchen. Dann grinste er.

»Dein letzter Tipp war Gold wert. Der Gaul hat das Geld siebenfach reingeholt. Moonbeam. Ein unglaubliches Finish!«

Jonny lächelte.

»Man hat so seine Quellen. Wenn du dafür sorgst, dass ich mich mit Lennart eine halbe Stunde lang ungestört auf dem Freiganghof unterhalten kann, bekommst du noch einen Tipp. In euren verdammten Besuchsräumen bekomme ich Platzangst.«

Kurz darauf stand er auf dem von einer Mauer umgebenen Innenhof und rauchte. An einem verwitterten Pfosten hing ein Basketballkorb. Am südlichen Ende des Hofs hatte sich Löwenzahn durch den Asphalt gezwängt, als hätte er versucht, einen Tunnel in die Freiheit zu graben, und sich in der Richtung geirrt. Der Gefängniskomplex warf einen schweren, kalten Schatten.

Plötzlich stand er da. Hochgewachsen wie ein Gespenst. Das graue Haar fiel ihm lang über die Schultern. Er trug eine verwaschene Hose in der typisch grünen Anstaltsfarbe und Plastiksandalen. In seinen Augen brannte Überzeugung.

»Jonny«, sagte er tonlos und nickte selbstvergessen. »John Harald Lilja. Wir haben uns lange nicht gesehen.«

Jonny ging auf ihn zu und legte seine Hand in seine gewaltige Pranke. Die Tätowierung am Unterarm stellte eine Sonne dar, die zur Hälfte von einer graugrünen Wolke verdeckt wurde. »Gott erhört Gebete«, stand dort in zierlichen Buchstaben.

»Schön, dich zu sehen, Lennart!«

Der große Mann blickte auf ihn hinunter.

»Alles in Ordnung?«, fragte Jonny.

»Wem einmal die Gnade zuteil geworden ist, der wird ihrer nie wieder verlustig gehen. Der Herr und ich haben uns versöhnt, das weißt du.«

Während Jonny überlegte, wie er sein Anliegen vorbringen sollte, holte er seine Dose mit fertig gedrehten Zigaretten hervor.

»Zigarette?«

Das Feuerzeug klickte zweimal, bevor es aufflammte. Lennart Myrberg beugte sich zu Jonny vor, der ihm mit den Händen Windschutz gab, und sog den Rauch ein. Dann blickte er zu den weißen Wolken empor, die am Himmel entlangzogen, und ließ den Rauch in Kringeln aus seinen großen Nasenlöchern entweichen.

»Ich nehme an, dass du etwas Bestimmtes willst, Jonny«, sagte er. »Wie immer.«

»Ja …«

Jonny betrachtete das markante Profil seines Gegenübers. Er war für einen bestialischen Mord verurteilt worden. Eifersucht, Wahnsinn, unbändige Rache. Natürlich war eine Frau im Spiel gewesen. Das Urteil lautete lebenslänglich. Wie lange war das her? Eigentlich hatte es keine Bedeutung. Soweit Jonny wusste, hatte Lennart Myrberg nie auch nur einen einzigen Gedanken darauf verschwendet, bei der schwedischen Gerichtsbarkeit ein Gnadengesuch einzureichen; es sei denn, der Messias wäre ihm erschienen und hätte ihm befohlen, seine Botschaft in die Welt hinauszutragen. Obwohl er bekehrt worden war und sich seit Jahren durch gute Führung auszeichnete, sah es so aus, als würde Lennart bis zu seinem Lebensende hinter Gittern sitzen.

Aber auch wenn sein Körper eingesperrt war, schien sein Geist auf mystische Weise frei über den Mauern zu schweben. Wenn ein Gerücht die Runde machte oder jemand irgendein Ding drehen wollte, dann konnte man mit hundertprozentiger

Sicherheit davon ausgehen, dass Lennart Myrberg davon gehört hatte.

»Wie lange kennen wir uns jetzt, Lennart?«

Die Antwort kam ohne Zögern.

»Siebzehn Jahre und zweiundneunzig Tage. Das solltest du wissen, Jonny. Es war der Tag, an dem ich meinem sündigen Leben abgeschworen habe. Du warst kaum trocken hinter den Ohren …«

»Die Zeit vergeht …«

»In dem Moment, in dem ich dich sah, wusste ich, dass du geschickt worden warst.«

»Das klingt, als hieltest du mich für einen Erlöser.«

Lennart schüttelte ernst den Kopf.

»Nicht für einen Erlöser. Für einen Apostel. Du selbst hast es nicht gewusst. Aber du kamst wie ein Apostel mit einer Botschaft.«

»Mit welcher?«

»Dass es Zeit für mich war, aus der Dunkelheit aufzusteigen. Ich habe dir doch das Messer mit dem Schaft zuerst entgegengestreckt, oder etwa nicht? Das hätte ich nicht tun müssen. Doch ich habe den Ruf gespürt. Dich hat ein Schein umgeben.«

Die Erinnerung war in scharfes weißes Licht getaucht, als hätte damals gerade ein Blitz den Himmel erhellt. Die Frau auf dem Boden, ihre Kehle ist durchgeschnitten, die Wunde sieht wie ein zweiter Mund aus. Überall Blut. Und der gewaltige Mann sitzt einfach nur da. Seine Haare sind schwarz und wuchern wild in alle Richtungen. Jonny weiß nicht, was er machen soll. Er ist ganz frisch dabei, er hat noch nie einen Mord gesehen. Und der riesenhafte Hüne, der auf den Knien in der Blutlache auf dem Boden hockt, starrt Jonny an, als hätte er eine Offenbarung erfahren.

Jonny konnte nie verstehen, warum Lennart Myrberg ausgerechnet ihn ausgewählt hatte. Vermutlich aus purem Zufall. Als der Notruf einging, waren er und sein Kollege gerade am nächsten dran.

Jonny hatte im Prozess als Zeuge ausgesagt. Nach dem Urteil hatte Lennart Myrberg den Kontakt zu ihm gesucht, um sich zu bedanken. Irgendwie war dieses erste Treffen ein Wendepunkt für sie beide gewesen. Das Band, das sie knüpften, basierte auf gegenseitigem Geben und Nehmen. Wenn Lennart für seine Erlösung einen Apostel brauchte, okay. Für Jonny war ein Informant im Knast Gold wert. Doch im Lauf der Zeit wurde Lennart mehr als nur ein Informant.

»Viele Neuzugänge?«, erkundigte sich Jonny.

Er machte eine unbestimmte Geste mit der Zigarette.

»Einige …«

Lennart Myrberg blinzelte durch den Rauch.

»Du weißt, wie es läuft. Ich tue mein Bestes, um ihnen zu helfen. Vor allem den Jüngeren. Ich höre ihnen zu. Das tun nicht viele. Verkünde ihnen die Worte des Herrn. Aber ich zwinge niemanden.«

»Und sie hören dir zu?«

»Meistens. Zurzeit sind viele Muslime hier. Eigentlich sind es nette Jungs. Ein bisschen verloren. Meistens verstehen sie, was ich ihnen sagen will. Gottes Wort ist doch im Grunde genommen ein und dasselbe.«

»Und die Gangs? Wer hat mittlerweile das Sagen im Revier?«

Lennart lachte, fuhr sich mit der Hand wie mit einer Harke durch seine langen Haare und lächelte wie ein Jesus, von Mitleid erfüllt.

»Es gibt so viele. Original Gangsters. Outlaws. Fucked for Live, und wie sie alle heißen. Ich lasse sie in Ruhe. Aber manchmal kommen sie zu mir und bitten um Rat und Trost.

Natürlich heimlich. Wenn sie glauben, dass keiner zuguckt, kommt es vor, dass sie weinen.«

Er hielt sich demonstrativ einen Finger an sein Ohr, das unter den grauen Haarsträhnen hervorlugte.

»Ich habe große Ohren, und ich höre viel. Gestern habe ich etwas über dich gehört.«

»Über mich?«

Myrberg nickte.

»Über dich und deinen Kollegen Sven Runesson. Er hat wohl auf dem Sankt Knuts torg mächtig Prügel kassiert. Aber du bist mit heiler Haut davongekommen.«

Jonny schwieg.

»Ich kenne mindestens einen Kerl hier im Knast, der Beifall geklatscht hat.«

»Wer war das?«

»Die meisten nennen ihn Bolzen. Lass es uns einfach dabei belassen. Ein junger Typ aus Sjöbo. Nett, aber nicht besonders hell. Runesson war vor ein paar Jahren sein Bewährungshelfer. Doch er hat sich wie ein Schwein verhalten. Nach dem, was Bolzen mir erzählt hat, hat Runesson ihn dazu gezwungen, in Wohnhäuser einzubrechen und Computer zu stehlen. Runesson hatte irgendeinen Kanal, über den er die Sachen vertickt hat. Als Bolzen sich weigerte, hat Runesson ihm gedroht, in seinem Bericht zu schreiben, dass er sich nicht an die Auflagen hielte, und dann wäre er schneller wieder im Knast, als er bis drei zählen könnte.«

»Oh, verdammt. Ist das nie rausgekommen?«

Lennart Myrberg schüttelte langsam den Kopf.

»Bolzen hat nie gewagt, ihn zu verpfeifen. Aber du kannst mit dem Wissen vielleicht etwas anfangen.«

»Ganz sicher.«

Jonny dachte darüber nach, was er gerade erfahren hatte. Die Information war neu für ihn, könnte aber in der Zukunft nützlich werden. Er zögerte einen Moment. Dann stellte er die Frage, wegen der er ins Gefängnis gekommen war.

»Was hast du in letzter Zeit über Ratko Jokovic gehört?«

Myrberg sah ihn an. Schnippte seine Kippe auf den Boden und trat die Glut sorgfältig aus. Dann legte er die Hände auf den Rücken und ging langsam an der Mauer entlang, als hätte er plötzlich Lust bekommen, einen Spaziergang zu machen. Nach ein paar Schritten blieb er stehen.

»Warum fragst du?«

Jonny zuckte mit den Schultern, ohne zu antworten. Stattdessen holte er wieder seine Zigarettendose hervor. Myrberg betrachtete seine wundgescheuerten Knöchel.

»Also warst du doch in eine Prügelei verwickelt?«

»Mit dem Sandsack«, erwiderte Jonny. »Manchmal muss ich mich abreagieren. Dampf ablassen.«

»Hat das mit Jokovic zu tun?«

»Möglicherweise. Aber du hast meine Frage nicht beantwortet.«

Myrberg lächelte wieder sein heiliges Lächeln, und als er weiterredete, klang es beinahe prophetisch: »›Ich aber sage euch: Jeder, der seinem Bruder auch nur zürnt, (…) soll dem Feuer der Hölle verfallen sein‹«. (Matthäus 5,22 EU)

»Aha.«

»Matthäus, fünftes Kapitel.«

»Also die Hölle, kommt Jokovic daher?«

»Er hat zumindest das Feuer gesehen. Es heißt, dass kein Mensch böse geboren wird. Aber nach allem, was ich gehört habe, hat er im Jugoslawienkrieg wie der leibhaftige Teufel gewütet. Ich habe mehrere Augenzeugen getroffen. Und hier drin gibt es einige Jungs, die über seine derzeitigen Machenschaften im Bilde sind.«

»Ein Mädchen ist tot«, sagte Jonny.

Lennart Myrberg zog eine buschige Augenbraue in die Höhe.

»Sie hat für ihn gearbeitet. Ihr Name war Elena. Jedenfalls hat sie sich so genannt. Ich habe sie mit aufgeschnittenen Pulsadern draußen auf dem Truppenübungsplatz in Ravlunda gefunden. Nach dem jetzigen Ermittlungsstand geht man von Selbstmord aus. Aber ich glaube, dass sie umgebracht wurde.«

»Warum interessierst du dich für sie?«

Einen Moment lang sah Jonny ihre blassen Wangen vor sich und die schwarzen Haare, die sie umgaben.

Schneewittchen.

»Lass uns einfach sagen, dass ich sie kannte ...«

Myrberg sah ihn an, sein Blick bohrte sich förmlich in seinen Kopf. Danach wandte er das Gesicht zum Himmel.

»Ich weiß, dass Jokovic seine Finger im Frauenhandel hat. Er holt sie aus Rumänien. Moldawien. Aus allen Ländern, in denen die Leute so arm sind, dass sie sich verkaufen. Drogen und Prostituierte. Waffen, glaube ich, auch, und das nicht zu knapp.«

»Wer sind seine Abnehmer?«

»Männer, die Macht wollen. Jokovic soll seine Edelnutten in ganz Südschweden einsetzen. Sobald sie ausgedient haben, lädt er sie wieder in ihren Heimatländern ab. Wenn sie Glück haben, können sie ein paar Tausender mit nach Hause nehmen.«

»Falls sie überleben ...«, murmelte Jonny.

»Für eine Hure ist im Himmelreich immer Platz.«

Der Mann hatte etwas Unergründliches an sich. Das hatte Jonny schon oft gedacht. Obwohl Lennart Myrberg über alles informiert zu sein schien, was in den schmutzigen Winkeln der Gesellschaft vor sich ging, schien er selbst in einer Art Traumwelt zu leben. Tief in seinem Inneren fragte sich Jonny, ob er in all den Jahren in der sterilen Gefängnisumgebung verrückt geworden war – oder ob er Theater spielte.

»Eine Elena kenne ich nicht«, sagte Myrberg. »Aber ich kann mich natürlich umhören. Den Mauern zuhören. Komm in ein paar Tagen wieder, vielleicht habe ich dann etwas für dich.«

Im selben Moment ging eine Tür auf und der Justizvollzugsbeamte in der zerknitterten Uniform kam auf den Hof. Er klapperte mit seinem Schlüsselbund und winkte sie zu sich.

»Ich glaube, der Chef überprüft den Grund deines Besuchs, Jonny. Das wollte ich dir nur sagen, damit du Bescheid weißt …«

Jonny nickte zum Dank.

»Ich wollte mich sowieso gerade auf den Weg machen, Kjell.«

Schweigend gingen sie durch den Korridor, ihre Schritte hallten zwischen den kahlen Wänden wider.

Als der Wärter noch eine Gittertür aufgeschlossen hatte und es Zeit war, sich zu verabschieden, griff Lennart Myrberg plötzlich nach Jonnys Hand und drückte sie herzlich zwischen seinen riesigen Pranken.

»Ich denke an deine Tochter.«

Mit einem Mal fühlte sich Jonny komplett nackt.

»Wenn ich mich recht entsinne, kommt sie doch aus Rumänien? Habt ihr zurzeit Kontakt?«

Unschlüssig starrte Jonny ihn an, während die Bilder in seinem Kopf vorbeiblitzten. Marias blasse Haut, ihre schwarzen Haare und ihre zarten Glieder, ihre großen dunklen Augen. Und Schneewittchen, blutlos, ruhend unter der großen Eiche am Steilhang zum Meer hinunter.

Er schniefte und wandte den Blick ab.

»Es fühlt sich an, als ob sie dein eigen Fleisch und Blut wäre, oder?«

Wie zum Teufel konnte er das wissen?

Habe ich ihm etwas erzählt?, dachte Jonny. Irgendwann, völlig unbewusst?

»Wir sehen uns in ein paar Tagen, Lennart …«

Das Letzte, was er durch die Gitterstäbe sah, war Lennart Myrbergs Blick. Er brannte wie Feuer.

***

Er stand auf dem Bürgersteig, als sein Handy in der Jackentasche vibrierte.

Der Chef, dachte Jonny.

Verdammt!

Er angelte das Telefon heraus und nahm das Gespräch an. Wenn es sich bei dem Anrufer um Georg Svedin gehandelt hätte, wäre dieser ohne Umschweife zur Sache gekommen und hätte direkt angefangen zu toben und zu rasen. Das Display gab keinen Hinweis. Vermutlich eine Prepaidkarte.

Irgendjemand beobachtet mich, fuhr es Jonny durch den Kopf. Jonny entfernte sich aus dem Radius der Überwachungskameras am Gefängnistor. Erst als er am Auto stand, wagte er zu fragen.

»Wer ist da?«

Das Lachen klang heiser und irgendwie entfernt.

»Das weißt du …«

»Ratko?«

»Du machst dich rar, Jonny-Boy.«

»Was willst du?«

»Wir müssen uns treffen, Jonny. Über unsere Geschäfte reden.«

»Du und ich haben keine Geschäfte mehr miteinander! Das ist vorbei!«

Als Jonny merkte, dass er fast schrie, bekam er Angst. Er kniff die Augen zusammen und lehnte sich an das warme Metall des Autos. Eine Radfahrerin warf ihm einen neugierigen Blick zu.

Gerade als er etwas sagen wollte, um seinen Ausbruch abzuschwächen, begriff er, dass Ratko aufgelegt hatte.

Sie werden hinter mir her sein, dachte er. Früher oder später.

***

Unschlüssig setzte sich Jonny ins Auto, fuhr in die Stadt, hielt am Hauptbahnhof, kaufte eine Abendzeitung und setzte seine Fahrt dann in südlicher Richtung auf dem Limhamnsvägen fort. Durch das offene Seitenfenster blies ein warmer Wind. Er wischte sich den Schweiß von der Stirn.

Am äußersten Ende des Ribersborgs-Strands bog er zum Freizeitbootshafen Lagunen ab und parkte das Auto neben der Rasenfläche. Die Pistole legte er ins Handschuhfach. Dann schlenderte er zu den Badestegen hinunter, Handtuch und Badehose hatte er in einer Plastiktüte über der Schulter. Auf dem langen Kiesweg, der am Wasser entlangführte, blieb er stehen und sah sich um. Im Südwesten senkte sich die Sonne auf die Öresundbrücke, deren mächtige Betonpfeiler in den Himmel ragten. Auf der anderen Seite des Sundes lag Kopenhagen. Wenn er nach Osten blickte, konnte er das altehrwürdige Kallbadhuset erkennen, hinter dem sich der Turning Torso wie ein riesiger Korkenzieher über das wohlhabende Mittelklasseviertel des Westhafens erhob.

Ich stehe mitten in der Welt, schoss es ihm durch den Kopf.

Auf dem Grasstreifen am Wasser hatten sich kleinere Grüppchen niedergelassen und genossen die Wärme. Sonnenanbeter, deren Haut vor lauter Sonnenmilch glänzte. Ein paar Jungs mit Fußbällen und Frisbees. Familien aus Rosengård, Lindängen und Holma, die ihre Decken ausgebreitet hatten. Rauchende Kohlegrills. Der Geruch von verbranntem Grillfleisch. Die Luft war von Lachen und Musik erfüllt. Ein Muskelpaket in roten Shorts joggte vorbei.

Zwei ältere Herren gingen mit krummen Rücken und auf ihre Stöcke gestützt langsam den Weg hinunter. Ein Mädchen in einem Sommerkleid radelte über die Strandpromenade, hielt ihr Handy in der Hand und telefonierte eifrig mit jemandem, den sie liebte; ihre Haare flatterten im Wind.

Jeder gehört irgendwo dazu, dachte Jonny.

Als er dastand und die glücklichen Menschen um sich herum betrachtete, verspürte er ein so starkes Gefühl von Eifersucht, dass es wehtat. Der Gedanke ging ihm nicht aus dem Kopf: Jeder gehört irgendwo dazu, nur ich nicht.

Hinter einem Busch wickelte er sich das Handtuch um den Körper, zog Jeans und Hemd aus und schlüpfte in seine geblümten Badeshorts, die ihm Maria irgendwann einmal zu Weihnachten geschenkt hatte. Nachdem er seine Kleidung in die Plastiktüte gestopft hatte, ging er auf den Steg hinaus.

Sahen ihm die Leute nach?

Er blickte auf seine Füße. Wackelte unsicher mit den Zehen. Das Wasser musste kalt sein. Er konnte keine einzige Person entdecken, die badete. Vorsichtig kletterte er die Leiter hinunter. Das Wasser an seinen Beinen war eisig. Langsam glitt er ins kalte Nass und machte ein paar Schwimmzüge.

Die Eingebung kam aus dem Nichts.

Eine Wette.

So lange, wie ich es schaffe, nahm er sich vor. So lange, wie ich es schaffe, ohne zu ertrinken.

Ungefähr dreißig Meter weiter draußen schaukelte eine rote Boje auf den Wellen. Ich muss es schaffen, dachte er und blinzelte in die Sonne. Das ist meine letzte Chance.

Er holte tief Luft und tauchte unter. Seine ersten Schwimmzüge waren kraftvoll; von Tangfäden und anderen Wasserpflanzen, die sich um seine Beine schlangen, ließ er sich nicht stören. Seine Augen brannten, alles um ihn herum war in einen gelblichen Dunst getaucht. Ganz in der Nähe spürte er einen Fischschwarm. Und da, an einem großen Stein, schlängelte sich etwas durch das Seegras.

Ein Aal?

Hier bin ich zu Hause, dachte Jonny.

Auf dem Grund.

Er hatte das Gefühl, dass seine Lungen auf wundersame Weise durch Kiemen ersetzt worden waren. Als sollte er sich bis in alle Ewigkeit unter Wasser halten können. Einfach in der Tiefe bleiben. Niemals wieder auftauchen, sondern immer weiterschwimmen, sein Blut mit Sauerstoff anreichern und als Fisch leben. Sich von Insekten und Larven ernähren, vielleicht Dorsche jagen oder wie ein Wal einen ganzen Krabbenschwarm verschlucken. Dann würde er hinabtauchen und die dunklen Tiefen der Ozeane erkunden. Und wenn er all das gesehen hatte, was kein Mensch vor ihm je gesehen hatte, dann würde er irgendwo an einem kunterbunten Korallenriff, wo das Wasser warm und klar war, wieder den Weg ans Licht finden. Dort würde er in irgendeiner Grotte wohnen, mit Tintenfischen und Muränen in Eintracht leben, und zusammen könnten sie sich von den Wellen an den Strand tragen lassen, als würden sie spiegelverkehrt auf einem Surfbrett stehen, nie oberhalb der Wasseroberfläche.

Niemals.

Dann ging ihm allmählich die Luft aus.

In der Lunge spürte er es zuerst, dann in den Armen und Beinen, die immer schwerer wurden. Ein Pfeifen in den Ohren. Und bei jedem Schwimmzug wurde der explosionsartige Schmerz in seiner Brust stärker. Sein Kopf dröhnte vor Sauerstoffmangel.

Verzweifelt suchte er in dem gelben Dunst nach der Leine, an der die Boje hängen musste.

Aber wohin er auch blickte: überall nur Seegras, Tang und Steine.

Noch drei Schwimmzüge!

Drei Schwimmzüge schaffe ich noch!

Mit allerletzter Kraft schwamm er noch ein paar Meter unter Wasser weiter und schoss dann wie ein prustender Schwertwal an die Oberfläche. Seine Lunge schmerzte, die Luftröhre brannte, und er hatte das Gefühl, nur den Bruchteil einer Sekunde vor dem Ertrinken gewesen zu sein.

Erst als er eine Weile auf dem Wasser gelegen und keuchend nach Atem gerungen hatte, hatte er sich so weit erholt, dass er sich orientieren konnte.

Wo war die Boje?

Dort lag sie und schaukelte zehn Meter landeinwärts auf den Wellen. Er hatte sie verpasst, er war zu weit geschwommen.

Mit Armen und Beinen voll von Milchsäure schwamm er zum Steg zurück und überlegte, was das für den Ausgang der Wette bedeutete, die er mit sich selbst eingegangen war.

Hatte er gewonnen oder verloren?

***

Nachdem Jonny sich abgetrocknet und wieder angezogen hatte, setzte er sich auf eine Bank und schlug die Abendzeitung auf.

Lenk dich ab, beschwor er sich. Komm eine Weile auf andere Gedanken. Vertief dich in Banalitäten.

Die Topmeldung des Tages handelte von einem Fernsehstar, von dem er noch nie gehört hatte. Der arme Teufel hatte offenbar erkannt, dass er sexsüchtig war, und suchte sein Seelenheil nun in einem Kloster. Auf der nächsten Seite erfuhr Jonny, dass die Hitzewelle, die das Land überrollt hatte, noch eine Weile anhalten sollte. In einem groß aufgemachten ganzseitigen Artikel wurde über einen nicht namentlich genannten »Weltstar« berichtet, der sich wegen Kleptomanie vor Gericht verantworten musste. Und weiter hinten in der

Zeitung ließ der Pressesprecher des Königshauses verlauten, dass der König wegen des Klimawandels besorgt sei. Nicht zuletzt der Enkelkinder wegen.

Jonny ging zum Sportteil über. Überflog die Prognosen für die kommenden Pferderennen und die Fußballtabellen. Zlatan hatte mal wieder einen Hattrick erzielt. Seufzend warf er die Zeitung auf die Bank.

Als er gerade aufstehen wollte, blieb sein Blick an einem Foto hängen. Ein kreisrunder Kopf mit großen Augen.

Malmös Unterwelt mit Gottfried Lundmark, lautete die Bildunterschrift.

Die Überschrift erregte unwillkürlich seine Aufmerksamkeit: *Frauenhandel – der Sklavenhandel der Moderne.*

Neugierig begann er zu lesen.

In der Einleitung berichtete Gollum von einem Prostitutionsring, der in Hamburg ausgehoben worden war und dessen Netzwerk sich laut Polizeiangaben vermutlich bis nach Schweden und Dänemark erstreckte. Zwei Männer waren zu langjährigen Gefängnisstrafen verurteilt worden, nachdem man ihnen schwere Zuhälterei in über fünfzig Fällen nachgewiesen hatte. Die Frauen stammten aus der Ukraine, aus Moldawien, Rumänien und anderen Balkanländern. Sie waren wie Sklaven eingesperrt, vergewaltigt und misshandelt worden.

Anschließend referierte Gollum einen Bericht der europäischen Strafverfolgungsbehörde Europol, dem zufolge jedes Jahr Tausende Menschen nach Westeuropa verschleppt wurden, um sexuelle Zwangsdienste zu verrichten. Wie viele Frauen nach Schweden kamen, sei nicht bekannt, so Gollum. Der abschließende Kommentar stimmte Jonny nachdenklich.

Wir wissen, dass vielen dieser Frauen, denen die Zuhälter schnelles Geld versprechen, ein schlimmes Schicksal zuteil wird. Am Dienstag wurde auf dem Truppenübungsplatz Ravlunda die Leiche einer jungen Frau gefunden. Niemand weiß, wer sie ist.

Aller Wahrscheinlichkeit nach ist sie von Menschenschmugglern nach Schweden geschleust worden. Laut ersten Polizeiermittlungen handelt es sich um Selbstmord. Aber immer mehr Indizien sprechen für Mord.

Und sie ist bei Weitem nicht die einzige namenlose Frau ohne Papiere, die in den letzten Jahren in Schonen tot aufgefunden wurde.

Was hatte dieser letzte Satz zu bedeuten?

Nicht die Einzige?

Jonny legte die Zeitung zur Seite und blickte auf den Sund hinaus.

Wen gab es noch außer Elena?

Gollum musste seinen Artikel gestern Abend geschrieben haben, bevor sie sich in der Pizzeria über den Weg gelaufen waren. Entweder wusste er viel mehr, als er zugegeben hatte, oder es handelte sich um pure Spekulation.

Jonny beschloss, der Sache auf den Grund zu gehen.

***

Das Licht im Treppenhaus funktionierte nicht, doch das beunruhigte ihn nicht weiter. Jonny wohnte seit fünf Jahren in dieser Mietskaserne und war daran gewöhnt, dass Säufer und Obdachlose ins Haus eindrangen, um ein Dach über dem Kopf zu haben. Der Vermieter kümmerte sich weder darum, Graffiti von den Wänden zu entfernen, noch beseitigte er Abfälle oder Kotze oder reparierte Dinge, die kaputtgegangen waren.

Jonny ließ sein Feuerzeug aufflammen, griff nach dem Treppengeländer und tastete sich in dem flackernden Schein die Treppe hinauf. Im zweiten Stock drangen aufgebrachte Stimmen durch eine verschrammte Tür. Eine Frau schimpfte und schrie. Ein Mann jaulte wie ein Werwolf. Dann war ein Aufprall zu hören, Glas zerschepperte. Vor seiner eigenen Tür blieb Jonny stehen. Aus irgendeinem Grund hielt er den Atem an.

In der Wohnung war es still.

Im Briefschlitz seines Nachbarn steckte noch die Zeitung. Vielleicht war er verreist. Ein seltsamer Typ mit Zottelbart und ängstlichen Kaninchenaugen. Vermutlich im vorzeitigen Ruhestand. Menschenscheu und versoffen. Meistens roch er nach Urin. Murmelte ständig vor sich hin und drehte sich um, wenn sie sich zufällig begegneten.

Als Jonny den Schlüssel ins Schloss steckte, merkte er, dass die Tür nicht abgeschlossen war.

Merkwürdig, dachte er. Habe ich vergessen abzuschließen?

Mit dem unbestimmten Gefühl, dass etwas nicht in Ordnung war, drückte er die Klinke herunter und tastete nach dem Lichtschalter bei der Tür. Nichts passierte.

Der Strom schien im ganzen Haus ausgefallen zu sein. Er hielt das Feuerzeug höher und leuchtete in den Flur.

»Jonny!«, kreischte jemand laut in der Küche.

Sein Herz machte einen Satz.

»Jonny!«

Er seufzte erleichtert.

Der Beo, natürlich.

»Du Mistvogel, du hast mich zu Tode erschreckt!«

Er legte das Schlüsselbund auf die Flurkommode und ging in die Küche. Auch dort funktionierte das Licht nicht. Aber durch das Fenster fiel ein schwacher gelblicher Schein. Auf der Tapete tanzten Schatten.

»Jonny! Jonny!«, krächzte der Beo unermüdlich.

Jonny ging zum Käfig und steckte einen Finger durch die Gitterstäbe.

»Was ist los mit dir, Jackpot? Warum bist du so unruhig?«

Der Vogel rutschte auf seiner Stange hin und her. Seine Augen leuchteten in der Dunkelheit.

»Gleich bekommst du frisches Wasser.«

Plötzlich nahm Jonny einen Geruch wahr.

Er schnupperte.

Rauch.

Vielleicht hätten an diesem Punkt sämtliche Alarmglocken bei ihm klingeln sollen. Wenn Jonny dem Geruch mehr Aufmerksamkeit geschenkt hätte, hätte er gemerkt, dass es sich nicht um den alten, abgestandenen Zigarettenrauch handelte, der seit ewigen Zeiten in Gardinen, Möbeln und Wänden hing, sondern um den Geruch einer kürzlich angezündeten, glühenden Zigarette. Und er kam aus dem Wohnzimmer.

Ohne nachzudenken, stürzte Jonny durch den Flur, und im selben Moment, als er in dem Sessel neben dem Fenster die Umrisse eines Mannes wahrnahm, strahlte ihm ein Lichtkegel direkt ins Gesicht.

Blind griff er nach seiner Pistole.

Verdammt!

Sie lag immer noch im Auto.

Irgendjemand lachte, dann hörte er eine heisere Stimme.

»Willkommen zu Hause, Jonny-Boy. Wir haben auf dich gewartet.«

Ein harter Schlag traf ihn im Nacken. Jonny stürzte zu Boden.

Eine Sekunde lang wurde ihm schwarz vor Augen, vielleicht hatte er das Bewusstsein verloren. Doch einen Augenblick später spürte er die Holzdielen an seiner Wange. Sein Kopf dröhnte. Der Zigarettengeruch war jetzt intensiver. Schuhe, direkt vor seinen Augen. So vorsichtig wie möglich hob Jonny den Kopf und versuchte, an den Beinen hinaufzuschauen.

Der Mann im Sessel hatte die Taschenlampe auf sein Kinn gerichtet. Ein Gesicht, verzerrt von messerscharfen schwarzen Schatten, eine groteske Geistermaske, blickte auf Jonny herab. Die grünen Augen funkelten.

»Wir haben ein paar Sicherungen rausgedreht«, gluckste Ratko Jokovic.

Er schaltete die Taschenlampe aus.

»Du weißt doch, warum wir hier sind, Jonny-Boy?«

Die Zigarette glühte, ein heller Punkt in der Dunkelheit. Die unsichtbare Rauchwolke verursachte Jonny Übelkeit. Er spürte, dass er kurz davor war, sich zu übergeben.

»Was willst du?«, stöhnte er und stützte sich auf die Ellenbogen.

Sofort trat ihn jemand ins Schulterblatt, sein Kinn schlug wieder schmerzhaft auf die Dielen. Eine schwere Fußsohle drückte ihn zu Boden. Irgendetwas Klebriges floss aus seinem Mundwinkel.

»Lass ihn atmen, Radovan.«

Der Druck auf seinem Rücken ließ nach, doch Jonny machte keine weiteren Anstalten aufzustehen. Er spuckte ein bisschen Blut aus und versuchte zu atmen, während sein Gehirn fieberhaft nach einem Ausweg suchte. Ein dumpfes Knurren erklang. Noch ein fremder Geruch im Zimmer. Ein Hund. Irgendwo in der Dunkelheit lag ein Hund und knurrte drohend. Aber das Tier hatte kein einziges Mal gebellt. Vermutlich war es hart abgerichtet worden.

»Ich will einen Freund bei der Polizei, dem ich vertrauen kann, Jonny«, klagte Jokovic. »Aber du hast mich enttäuscht.«

»Zum Teufel, Ratko!«, keuchte Jonny. »Gib mir eine Chance!«

Er ahnte, wie der Serbe in der Dunkelheit den Kopf schüttelte.

»Du hast selbst gesagt, dass du keine Geschäfte mehr mit mir machen willst. Also kann ich dir nicht mehr vertrauen.«

Die Polsterfedern im Sessel knarrten, als Jokovic sich nach vorn beugte. Er seufzte bekümmert.

»Respekt, Jonny. Ich werde dir etwas über Respekt erzählen.«

Er zog an seiner Zigarette, bevor er fortfuhr.

»In meiner Branche muss man auf seinen Ruf achtgeben. Verstehst du? Seine Ehre. Zu Hause in Jugoslawien galt ich als harter Mann. Hart, aber gerecht. Und konsequent. Das hat mich viel gekostet. Doch es hat sich ausgezahlt.«

Er war jetzt so nahe, dass Jonny seinen Atem riechen konnte.

»Hier in Schweden weiß jeder, wie die Dinge laufen. Man bezahlt seine Schulden bei Ratko Jokovic. Man zeigt Respekt. Wie würde das aussehen, wenn ich einen Typen plötzlich davonkommen lasse, nur weil ich ihn mag? Das würde sofort die Runde machen. ›Hast du gehört? Ratko Jokovic ist alt geworden. Hat keine Eier mehr in der Hose.‹ Das würde nicht funktionieren. Keiner würde mehr bezahlen. Kapierst du?«

Es klang nicht, als würde er eine Antwort erwarten, und Jonny schwieg.

»Also, was machen wir jetzt?«

Die Antwort ließ nicht auf sich warten und kam von dem Mann, der Jonny niedergeschlagen hatte und der jetzt irgendwo in der Dunkelheit hinter ihm stand. Die Stimme klang erwartungsvoll.

»Ihn beseitigen?«

Jokovic brach in dröhnendes Gelächter aus, wurde aber sofort wieder ernst.

»Benutz dein Gehirn, Radovan. Wenn wir ihn beseitigen, verliere ich mein Geld. Wir müssen Jonny-Boy eine Chance geben.«

»Soll ich ihm ins Knie schießen?«

»Verdammt, Ratko!«, keuchte Jonny auf dem Boden. »Eine Million. So viel habe ich nicht.«

Jokovic schnaubte verächtlich.

»Nein, aber du hast einen reichen Vater. Er wohnt in einer schicken Villa in Lund. Die ist viele Millionen wert. Wenn sein Bankkonto das nicht hergibt, dann musst du ihn eben überreden, eine Hypothek aufs Haus aufzunehmen.«

»Mein Vater hasst mich, Ratko.«

»Niemand hasst seinen eigenen Sohn.«

Ohne Vorwarnung stand Jokovic aus dem Sessel auf.

»Gib mir den Bolzenschneider, Radovan!«

Jonnys Rückgrat knackte, als der schwere Schuh ihm erneut die Luft aus den Lungen presste. Im Hintergrund knurrte der Hund. Pfoten auf dem Holzfußboden, eine hechelnde Zunge.

»Warte, verdammt!«, schrie Jonny. »Ich habe etwas für dich.«

»Was?«

»Milan, oder wie der Typ heißt. Ich glaube, Runesson hat ihn erkannt. Du musst ihn aus dem Verkehr ziehen.«

»Meinst du etwa, das weiß ich nicht? Milan ist längst zu Hause in Belgrad. Ich fand, dass er einen Urlaub nötig hatte.«

Auf einmal klang Jokovic beinahe freundlich.

»Du musst das hier nicht persönlich nehmen, Jonny. Verstehst du? Ich mag dich. Aber hier geht es ums Business. Wir wollen nicht mehr versauen, als wir müssen. Du darfst selbst entscheiden.«

Als Jonny spürte, dass ihn niemand daran hinderte, kam er vorsichtig auf die Knie.

»Entscheiden …?«

Jokovic machte mit dem Bolzenschneider ein paar Schnitte in der Luft und nickte.

»Welchen Finger?«

»Aber …«

»Ich will dir nichts Böses, Jonny. Doch ich habe meine Regeln. Also? Welchen Finger? Oder ziehst du es vor, dass Radovan dein Knie kaputt schießt?«

Jonny zitterte am ganzen Körper. Er hatte das Gefühl, dort am Boden vor einem Altar zu knien, und spürte, wie sich sein

Magen verkrampfte. Verzweifelt blickte er zwischen den beiden Männern hin und her, die in seine Wohnung eingedrungen waren. Beide lächelten.

»Verflucht, ich kann nicht …«

»Mach keine Schwierigkeiten, Jonny. Denk einfach nach, welchen Finger du am ehesten entbehren kannst.«

»Bitte … Gib mir wenigstens ein bisschen Zeit«, flehte Jonny.

Jokovic schüttelte den Kopf.

»Das geht nicht. Aber wir können dir einen Gummischlauch um den Arm binden. Wir wollen schließlich nicht, dass du verblutest.«

Durch einen Tränenschleier sah Jonny, wie Jokovic einen Gegenstand aus der Tasche holte. Er spürte, wie etwas um seinen Arm gezurrt wurde.

»Okay, nimm den kleinen Finger!«, keuchte er und legte die Hand auf den Couchtisch. »Aber mach es schnell, zum Teufel!«

»Gut, dann sind wir uns einig.«

Jokovic tätschelte Jonny väterlich die Wange.

»Denk an dein kleines Mädchen«, flüsterte er ihm ins Ohr.

Dann sah er den Bolzenschneider. Scharfe Metallklingen um seinen kleinen Finger. Jonny kniff die Augen so fest zusammen, wie er nur konnte.

»Du hast fünf Tage Zeit. Genau fünf Tage. Dann nehme ich alles.«

In diesem Moment explodierte ein gewaltiger Schmerz in seiner Hand und durchflutete seinen Körper wie ein Waldbrand. Das Letzte, was Jonny hörte, bevor sich die Dunkelheit über ihn senkte, war ein lauter Schrei, der von ihm selbst gekommen sein musste.

Kapitel 10

Jonny läuft völlig geräuschlos. Er fliegt so schnell über den Asphalt, dass seine Füße kaum den Boden berühren.

Wie hatte ihm nur entgehen können, dass er diese Fähigkeit besaß!

Und es geht so leicht. Er muss sich kaum anstrengen.

Obwohl er seine Beine ganz gemächlich bewegt, wirbeln Menschen und Häuser in rasender Fahrt an ihm vorbei.

Seltsamerweise scheint ihn niemand zu sehen, ihn, den schnellsten Mann der Welt. Sie sollten sich umdrehen und vor Verwunderung den Mund nicht mehr zukriegen. Aber alle gehen ihren eigenen Beschäftigungen nach, als sei er ein unsichtbarer Geist.

Oder ein Engel?

Ja, jetzt fliegt er wirklich. Zuerst dicht über dem Boden, dass er sich zwischen Menschen und Autos hindurchmanövrieren muss. Doch dann gewinnt er an Höhe und steigt über die Dächer in die Wolken empor, wo er auf seinen Flügeln dahingleitet. Schöne weiße Federn, die sich im Wind sanft bewegen.

Die Sonne scheint, zwischen den grauen Betonfassaden blitzen ab und zu Glas und Metall auf. Menschen, kaum größer als Punkte, irren ziellos durch die Straßen. Er kann den Möllevångstorg mit seinen Gemüsehändlern, Tauben und dem hässlichen Denkmal sehen. Da sind das Shoppingcenter Triangeln und das ultramoderne Wolkenkratzerhotel. Und wie groß und grün der Pildammspark von hier oben wirkt! Er fliegt über das neue Fußballstadion, ein schwarzer Diamant. Bei Limhamn klafft der kreideweiße Kalksteinbruch wie eine riesengroße eitrige Wunde in der Landschaft. Die Straßen schlängeln sich zur Öresundbrücke über den Sund und weiter nach Kopenhagen.

Jonny genießt das Fliegen, trotzdem nagt in ihm eine Unruhe, als hätte er etwas vergessen.

Er steigt noch etwas höher in den Himmel hinauf, wendet das Gesicht der Sonne zu und spürt ihre Wärme.

In dem Moment hört er eine freundliche Stimme.

Flieg nicht zu nah heran, du kannst dich verbrennen!

Großmutter hat ihm die Geschichte von Ikarus und seinen Wachsflügeln erzählt.

Doch es ist zu spät. Die Flügel fangen schon an zu schmelzen. Es riecht verbrannt und brodelt und zischt.

Sein Federschmuck, eben noch blütenweiß, nimmt ein immer dunkleres Gelb an. Er ist von Rauch umhüllt, und der verbrannte Gestank wird immer aufdringlicher. Aber die Flügel fallen nicht ab, sie verkohlen langsam. Und Jonny merkt, dass er die Fähigkeit zu fliegen verliert.

Wo ist sie?

Er wollte doch nach ihr suchen.

Deswegen ist er in die Luft gestiegen. Um sich einen Überblick zu verschaffen, um zu verstehen, wie alles zusammenhängt.

Die Sonne ist hinter den Wolken verschwunden, und plötzlich liegt die Stadt unter ihm in tiefster Dunkelheit. Aber es spielt keine Rolle. Nicht einmal ein Platzregen könnte seine Flügel noch retten. Sie sind unwiederbringlich zerstört.

Und Jonny fällt.

Immer schneller stürzt er ab.

Vergeblich schlägt er mit seinen mickrigen Flügelstumpen. Er kann nicht mehr fliegen. Dächer, Straßen und Autos rasen auf ihn zu, der Luftzug reizt seine Augen, die Tränen fallen als Regen auf die Erde.

Und Jonny hört, wie er schreit: Wo bist du?

***

Er sah sie wie durch einen Nebelschleier und glaubte, ein Lächeln zu erkennen.

Schneewittchen?

Das Gesicht blass, die Haare schwarz. Die Augen groß und klar.

Sie lächelte doch, oder etwa nicht?

Seine Arme taten höllisch weh. Wahrscheinlich habe ich sie mir beim Absturz geprellt, dachte er. Ein Wunder, dass ich noch lebe.

»Ihre Tochter ist hier, Jonny.«

Die Stimme, ruhig und bestimmt, kam irgendwo aus dem Hintergrund.

Er drehte den Kopf.

»Sie haben Morphium bekommen«, sagte die Krankenschwester. Sie stand breit und kräftig am Fußende des Bettes,. »Möglicherweise hat die Wirkung bereits nachgelassen. Wollen Sie mehr?«

»Ja«, hörte er sich murmeln.

Dann kam die Erinnerung zurück. Jokovic und sein verfluchter Bolzenschneider.

Als er den Arm hob und versuchte, die Finger zu bewegen, durchzuckte ihn ein höllischer Schmerz, der sich bis in die Schulter fortpflanzte.

Er starrte auf seine Hand, ein unförmiger bandagierter Klumpen.

»Sie haben viel Blut verloren«, informierte ihn die Krankenschwester. »Den Finger konnten wir leider nicht retten. Die Kollegen haben ihn nicht gefunden. Ich glaube, dass der Arzt wissen möchte, was eigentlich passiert ist, sobald es Ihnen besser geht …«

Der Hund, dachte Jonny. Ich könnte meinen Arsch darauf verwetten, dass er ihn dem Hund gegeben hat.

»Ein Unfall«, murmelte er.

Die Krankenschwester ging aus dem Zimmer, und Jonny blickte zu Maria hinüber.

»Hallo, Papa …«

Die Hand auf seiner Wange fühlte sich kühl an. Jonny wünschte, dass Maria sie dort liegen lassen würde, aber sie zog sie hastig zurück.

»Maria … ich freu mich so, dich zu sehen.«

»Was ist passiert?«

Erneut hob er den Arm, vorsichtiger diesmal.

Der Beo hatte versucht, ihn zu warnen. Hatte wie ein Irrer krakeelt, als er in die Wohnung gekommen war.

»Ich kann mich nicht richtig erinnern. Ich glaube, ich wollte eine tiefgefrorene Packung Hackfleisch zerteilen. Dabei muss ich mit dem Messer abgerutscht sein.«

Sie sah ihn misstrauisch an.

»Kochen war noch nie deine Stärke.«

Jonny versuchte zu lachen, brachte aber nur eine Grimasse zustande.

Dann kam die Krankenschwester zurück. Ohne zu fragen, stellte sie das Kopfende des Bettes hoch und schüttelte sein Kissen auf. Sie hielt eine Spritze in der Hand.

»Das ist die letzte. Danach müssen Sie sich mit Schmerztabletten begnügen. Sonst werden Sie abhängig.«

Er spürte ein Stechen im Arm.

»Wie bin ich hergekommen?«, wollte Jonny wissen.

»Sie haben uns selbst angerufen. Die Sanitäter haben gesagt, dass Ihre Wohnungstür offen stand und Sie bewusstlos auf dem Boden lagen. Sie haben wohl das ganze Wohnzimmer und die Küche vollgeblutet.«

»Die Küche?«

Sie nickte.

»Bevor Sie das Bewusstsein verloren haben, müssen Sie in der Wohnung umhergelaufen sein. Das hätte richtig böse enden können. Wenn man die Blutung nicht rechtzeitig stoppt, kann eine solche Verletzung tödlich sein.«

Kaum hatte sie die Kanüle herausgezogen, breitete sich eine angenehme Wärme in seinem Körper aus. Das schmerzhafte Pochen in seiner Hand ließ nach, die Übelkeit verschwand, und er hatte das Gefühl, in ein Daunenkissen zu sinken.

»Wie lange bin ich schon hier?«

»Sie sind gestern Abend eingeliefert worden. Wir möchten Sie sicherheitshalber bis morgen hierbehalten«, sagte die Krankenschwester abschließend und verließ den Raum.

Jonny sah auf die Uhr über der Tür. Viertel vor zwei. Erst jetzt fiel ihm auf, dass noch drei weitere Betten im Zimmer standen. Hinter einem gelben Vorhang hustete jemand. Ein schwacher Geruch von Urin und Desinfektionsmittel lag in der Luft. Rote Tulpen auf der Fensterbank. Im Radio lief leise Schlagermusik. *»Lass uns die letzten schönen Jahre zu den besten in unserem Leben machen«* Durch die Jalousien fielen Sonnenstrahlen, die den Kunststoffboden in helle und dunkle Partien unterteilten.

Das Morphium machte alles so viel schöner.

Maria hatte ein rot kariertes Hemd an, um ihren schmalen Hals trug sie eine Silberkette. Wie erwachsen sie aussieht, dachte Jonny. Eine junge Frau. Als sie den Mund öffnete, sah er, dass ihre Zähne vollkommen in Ordnung waren.

Er seufzte erleichtert.

»Das Krankenhaus hat Mama angerufen und uns informiert, dass du dich verletzt hast. Ich soll dich von ihr grüßen.«

»Wirklich?«

Sie lachte.

»Nein.«

»Das dachte ich mir.«

»Hast du Schmerzen?«

»Darüber habe ich mir noch gar keine Gedanken gemacht.«

Sie zog die Stirn kraus.

»Ist er komplett weg? Also der ganze Finger …?«

Jonny nickte.

»Scheint so.«

»Wie soll das gehen? Ich meine …«

Sie beendete den Satz nicht, sondern sah ihn nur besorgt an.

»Zum Nasebohren werde ich in Zukunft wohl einen anderen Finger nehmen müssen. Und mit Stäbchen essen. Dazu braucht man nur eine Hand.«

»Red keinen Quatsch! Ich meine bei der Arbeit und so?«

»Ach, da wird sich schon irgendeine Lösung finden. Dein Vater hat schon schlimmere Dinge überstanden.«

Er sah ihr an, dass sie ihn durchschaut hatte. Trotzdem lächelte sie ein wenig. Dann griff sie in ihren Rucksack und deponierte eine Tüte mit Süßigkeiten auf seiner Bettkante.

»Ich hab dir salzige Heringe mitgebracht.«

Sie stand auf.

»Sonntag feiern wir meinen Geburtstag. Mit der Familie und allen. Willst du kommen?«

»Bei euch zu Hause …?«

»Ja.«

Einen kurzen Moment lang sah er sie allesamt in der großen Villa vor sich, und nicht einmal das Morphium konnte verhindern, dass ihm bei diesem Bild unwohl wurde.

»Was sagt Lena dazu?«

Maria zuckte mit den Schultern und strich sich eine widerspenstige Haarsträhne hinters Ohr.

»Es ist mein Geburtstag. Ich möchte, dass du kommst.«

»Wenn das so ist, komme ich!«

Sie beugte sich hastig vor, und für eine Sekunde berührten ihre Lippen seine Stirn. Sie waren so weich, als wäre sie immer noch ein kleines Kind. Im nächsten Augenblick war sie verschwunden.

***

Er musste eingeschlafen sein. Als er die Augen wieder aufschlug, war es draußen vor dem Fenster dunkel.

Ein gelbes Nachtlicht tauchte das Zimmer in schwaches Licht. Die Frau im Bett neben ihm schnarchte rhythmisch. Wie sie so dalag, konnte man beinahe denken, sie sei einbalsamiert. Geöffneter Mund, markantes Profil, schneeweißes Haar. Von ihrem Arm führte ein Schlauch zu einem Tropf. Draußen auf dem Flur waren Schritte zu hören.

Vorsichtig setzte sich Jonny im Bett auf. Ihm wurde schwindelig. Seine Hand pochte wieder schmerzhaft.

Fünf Tage.

Diese Frist hatte Ratko ihm gewährt.

Plötzlich fielen ihm die letzten Worte wieder ein, die er gehört hatte, bevor sie ihm den Finger abgeschnitten hatten: »Denk an dein kleines Mädchen.«

Dieser verfluchte Teufel! Plötzlich stand es wie mit Flammenschrift geschrieben vor seinen Augen. Jokovic hatte gedroht, Maria etwas anzutun!

Rasend vor Wut warf Jonny die Decke zur Seite und stand auf. Als er auf die Füße kam, wurde ihm erneut schwindelig. Mit seiner gesunden Hand hielt er sich am Kopfende des Bettes fest und schluckte krampfhaft, um sich nicht zu übergeben.

Ich muss hier weg, dachte er.

Während er darauf wartete, dass das Schwindelgefühl nachließ, sah er zu der einbalsamierten Frau hinüber. Sie hatte aufgehört zu schnarchen. Sie atmete nicht mehr! Nicht ein Laut kam über ihre aufgesprungenen Lippen. War sie tot? Hatte sie sich in einen echten Geist verwandelt? Jonny blickte sich suchend nach einem Klingelknopf um. Da hustete sie wie ein alter Außenbordmotor mit einer defekten Zündkerze, schmatzte leicht mit den Lippen und verfiel wieder in ihr monotones Schnarchen.

Im selben Moment kam die Krankenschwester ins Zimmer.

»Na also, Sie sind auf den Beinen! Wie fühlen Sie sich?«

»Wackelig.«

Er deutete auf die alte Frau.

»Ich dachte, sie würde sterben.«

»Bewegung tut Ihnen gut«, erwiderte die Krankenschwester, als hätte sie ihn nicht gehört. »Ihr Kreislauf muss wieder in Schwung kommen.«

»Ich will nach Hause«, sagte Jonny.

»Sie müssen noch bis morgen warten.«

»Können Sie mir nicht einfach ein Rezept für diese Schmerztabletten ausschreiben?«

Sie schüttelte entschieden den Kopf.

»Sie müssen von einem Arzt entlassen werden. Nach der Visite morgen früh können Sie gehen.«

»Sie können mich, verflucht noch mal, nicht zwingen zu bleiben!« Jonny hörte, wie seine Stimme laut und schrill wurde, aber er konnte nichts dagegen tun.

»Das hier ist doch kein gottverdammtes Gefängnis?«

»Schhh … Sie stören die anderen Patienten!«

Die Krankenschwester warf einen besorgten Blick auf die Geisterfrau. Hinter einem der vorgezogenen gelben Vorhänge ertönte ein verschlafener Jammerlaut.

»Tut mir leid …«

Jonny setzte sich wieder auf die Bettkante und sah auf seine nackten Füße hinunter. Mit einem Mal fühlte er sich in seinem verwaschenen Krankenhausnachthemd völlig hilflos.

»Ich kann Ihnen jetzt eine Schmerztablette geben. Aber wenn Sie zu Hause sind, brauchen Sie dafür ein Rezept«, sagte die Krankenschwester. »Glauben Sie mir.«

Er nickte müde und schluckte die Tablette mit etwas lauwarmem Wasser hinunter. Als die Krankenschwester aus dem Zimmer gegangen war, wankte er zur Toilette, knöpfte sein Hemd mit seiner gesunden Hand auf und pinkelte. Seine Sachen hingen in einem Metallspind, sie waren mit eingetrockneten Blutflecken übersät. Aber als er in Unterhose, Jeans und sein eigenes Hemd geschlüpft war, fühlte er sich ein bisschen weniger verwundbar.

Sein Handy steckte in der Hosentasche. Zwei neue Nachrichten. Die erste war von Maria. Ihre Stimme klang besorgt. »Hallo, Papa! Ich habe gehört, dass du dich verletzt hast. Äh … ich komme zu dir ins Krankenhaus.«

Die zweite war vom späten Nachmittag und stammte von Georg Svedin, der lautstark schnaubte: »Was zum Teufel hast du angestellt, Jonny? Ich will mit dir reden!« Dann brach er abrupt ab, und als der Kommissar weitersprach, klang es beinahe so, als hätte er es sich anders überlegt. »Ach, übrigens. In Anbetracht der Ereignisse der letzten Zeit ist es für alle das Beste, wenn du vorläufig weiter krankgeschrieben bleibst. Wir hören voneinander …«

Nachdenklich steckte Jonny das Handy in die Hosentasche zurück. Wie viel wusste Svedin eigentlich?

Er schob die Tür auf und ging in den Flur hinaus. Dort war es friedlich und still, schwacher Lampenschein fiel auf den Linoleumboden. Keine Seele weit und breit. Irgendwoher kam Kaffeeduft. Im Aufenthaltsraum lief ein Fernseher. Nachrichten.

Seine Fluchtpläne hatte Jonny verworfen. Es war Abend, und im Augenblick konnte er sowieso nicht viel mehr ausrichten, als die Gedanken, die in seinem Kopf herumschwirrten, zu ordnen.

Das Erste und Offensichtlichste: Er hatte jetzt exakt vier Tage Zeit, um eine Million zu beschaffen.

Da er keine Sicherheiten bieten konnte, war ein Bankkredit ausgeschlossen. Stattdessen hatte er einen Haufen alter Schulden, die längst beim Gerichtsvollzieher gelandet waren.

Gab es eine Chance, dass Jokovic auf sein Geld und seinen gottverdammten Respekt verzichtete? Wohl kaum. Seine halb kaschierte Drohung in Bezug auf Maria war blutiger Ernst. Und es bestand kein Zweifel daran, dass Ratko Jokovic jedes Mittel recht war, um seine Ziele zu erreichen.

Jonny dachte an Elena, eingeschlafen mit aufgeschnittenen Handgelenken unter der Eiche am Steilhang zum Meer. Natürlich war Jokovic in ihren Tod verwickelt, auf irgendeine Weise hatte er seine Finger im Spiel.

Und Lina Andersson, die sich in ihrer verdreckten Wohnung in Holma eine Überdosis gespritzt hatte. Sie hatte geplaudert. Und es war Jonny gewesen, der dafür gesorgt hatte, dass Ratko davon erfuhr, wenn auch unabsichtlich. Es war nicht ausgeschlossen, dass bei ihrem letzten Schuss nachgeholfen worden war. Und wenn das zutraf, zu was machte ihn das?

Die Gedanken schnitten ihm in die Seele, scharf wie Rasierklingen, während er den Krankenhausflur hoch und runter wanderte.

Egal, wie Jonny die Dinge auch drehte und wendete, er sah sich immer wieder mit demselben Dilemma konfrontiert: Es galt, sich so weit wie möglich von Ratko Jokovic fernzuhalten. Aber gleichzeitig musste er einen Weg finden, näher an ihn heranzukommen, um die Wahrheit über Elena herauszufinden – und um sich selbst aus der Zwickmühle zu befreien, in der er seit der Pokerpartie steckte, bei der er sich von Fortuna hatte verführen lassen.

Ein Husten riss ihn aus seinen Gedanken.

Geradeaus vor ihm, in einem Rollstuhl vor dem Flachbildschirmfernseher im Aufenthaltsraum, erblickte er einen ihm wohlbekannten Nacken. Ein ausrasierter Stiernacken mit zwei fleischigen Ohren. Hinter dem linken klebte ein durchsichtiges Pflaster über ein paar frischen Operationsnarben, und um die Stirn trug der Mann einen weißen Verband. Über Sven Runessons kräftigen Schultern lag eine Krankenhausdecke.

Jonny sah sich verwirrt um. Er wäre nie auf die Idee gekommen, dass sie auf derselben Station liegen könnten.

Möglicherweise hatten die Nachwirkungen des Morphiums seine Überlebensinstinkte beeinträchtigt. Vielleicht lag es an der starken Schmerztablette, die er eben von der Krankenschwester bekommen hatte. Oder es war einfach nur eine vorübergehende geistige Verwirrtheit, die Jonnys Urteilsvermögen so weit außer Kraft setzte, dass er sich neben seinen Kollegen in einen Sessel fallen ließ.

»'n Abend, Sven!«

Als Runesson ihn erkannte, stieß er ein dumpfes Knurren aus. Er stützte sich an seinem Rollstuhl ab, um sich hochzustemmen, wurde aber durch sein Gipsbein, das ausgestreckt und festgeschnallt auf einer Metallschiene lag, an diesem Vorhaben gehindert. Stattdessen ballte er die Fäuste, warf seinen Oberkörper nach vorne und holte zu einem Schlag aus, der Jonny weit verfehlte. Doch sein Aktionismus schien seinen gebrochenen Rippen nicht gut zu bekommen, denn im selben Moment brüllte er: »Au, verfluchte Scheiße!«

Resigniert sank er in seinen Rollstuhl zurück.

»Du verdammter Aal!«, keuchte er. »Was zum Teufel machst du hier?«

Jonny hob seine bandagierte Hand und lächelte gezwungen.

»Ein Haushaltsunfall.«

»Was du nicht sagst …«

Runesson wandte seine Aufmerksamkeit wieder dem Fernseher zu. Er atmete schwer. Eine Augenbraue zierte eine verpflasterte Wunde. Seine Wangenknochen schillerten blauschwarz, und seine Nase war rot und geschwollen. Mit dem Handrücken wischte er sich ein bisschen Speichel aus dem Mundwinkel. Zornig betrachtete er die Bilder von verzweifelten Menschen in den Ruinen eines Gebäudekomplexes in Kabul, den ein Selbstmordattentäter in die Luft gesprengt hatte.

»Eines Tages schlage ich dich tot«, murmelte er leise.

»Vielleicht«, antwortete Jonny. »Wir werden sehen.«

Er gähnte demonstrativ.

»Ich soll dich übrigens von Bolzen grüßen. Ich habe ihn dieser Tage im Knast getroffen.«

Der Rollstuhl geriet wieder in Bewegung. Runesson starrte ihn mit blutunterlaufenen Augen an.

»Eigentlich ein netter Typ«, fuhr Jonny fort. »Aus Sjöbo. Schade nur, dass er so ein Pech im Leben haben musste. Er hat mir erzählt, dass du sein Bewährungshelfer warst. Du hast ihm offensichtlich dabei geholfen, Computer zu verkaufen …«

Als eine mollige Krankenschwester mit blonden Strähnchen in den Aufenthaltsraum kam und eine Thermoskanne Kaffee und einen Teller mit Keksen vor ihnen auf den Tisch stellte, hielt er inne.

»Ihr habt euch also gefunden, Jungs«, zwitscherte sie. »Wie nett. Glück im Unglück, seine Kollegen hier zu treffen. Soll ich euch einschenken?«

»Gerne«, antwortete Jonny. »Ja, wir sitzen hier und tauschen Erinnerungen aus, Sven und ich. Von Polizist zu Polizist.«

»Dienstgeheimnisse?«

Jonny lachte aufgesetzt.

»Erwischt. Das eine oder andere sollte nicht unbedingt in

der *Kvällsposten* landen.«

»Dann will ich nicht länger stören«, erwiderte die Krankenschwester und ließ sie augenzwinkernd alleine.

»Verdammter Schleimer«, murmelte Runesson.

Jonny trank einen Schluck Kaffee, bevor er weiterredete.

»Wir waren gerade bei Bolzen. Traurige Geschichte, wenn man so ausgenutzt wird. Von seinem eigenen Bewährungshelfer, der noch dazu Polizist ist. Man kann sich vorstellen, was passiert, wenn die Aufsichtsbehörde davon erfährt. Oder ein Staatsanwalt. Es gibt genug Leute, die auf korrupte Polizisten gar nicht gut zu sprechen sind. Und es ist nicht ausgeschlossen, dass …«

»Halt's Maul, zum Teufel!«

Runesson sah aus, als würde er eine Gehirnblutung erleiden. Er umklammerte seinen Becher so fest, dass die Fingerknöchel weiß hervortraten.

»Ich hab's kapiert … Du kannst jetzt aufhören.«

»Gut, dass wir uns verstehen«, sagte Jonny leise.

Eine ganze Weile saßen sie schweigend da. Die Nachrichtensprecherin berichtete, dass die Regierung vorhatte, die Steuern zu senken. Jonny aß einen Keks und konnte sich eine gewisse Schadenfreude nicht verkneifen. Plötzlich ertönte im Flur Alarm, gefolgt von schnellen Schritten.

Gerade als Jonny aufstehen wollte, murmelte Runesson: »Lina Andersson.«

Er drehte sich zu Jonny um.

»Die Amphetaminhure in Holma. Sie ist tot. Ich nehme an, dass du davon gehört hast?«

»Ja …«

Sven Runesson glotzte vor sich hin, müde und lädiert. Unter seinen Stieraugen lagen dunkle Ringe. Doch der resignierte Ausdruck in seinem Blick war verschwunden. Er sah aus, als würde er über etwas nachgrübeln.

»Sie hat ihren Dealer verpfiffen, weißt du noch? Lasse Nordin. Danach wurde er abgehört. Aber es ist nichts dabei rausgekommen.«

»Nein?«

Runesson schüttelte den Kopf und grinste perfide.

»Absolut gar nichts. Und das ist merkwürdig. Schließlich ist Nordin einer von Ratko Jokovics Männern.«

Plötzlich hatte Jonny das Gefühl, dass das Gespräch eine Wendung nahm, auf die er nicht vorbereitet gewesen war. Jetzt hatte Runesson ihn in die Defensive gedrängt.

»Worauf willst du hinaus?«

»Es heißt, dass sie an einer Überdosis gestorben ist. Aber seit dieser Sache frage ich mich, ob Jokovic einen Tipp bekommen hat.«

Die Anschuldigung lag klar auf der Hand.

»Vielleicht hat irgendjemand Lina auf die Sprünge geholfen«, sagte Runesson.

Jonny versuchte, sich nichts anmerken zu lassen. Langsam stand er aus dem Sessel auf. Erst als er die Tür zu seinem Krankenzimmer öffnete, fiel ihm ein, was er hätte sagen sollen: Vielleicht warst du ja derjenige?

Doch er hatte kein einziges Wort herausgebracht.

Kapitel 11

Es war später Nachmittag, als Eva ihren alten Renault vor dem roten Backsteinhaus in der Kristianstadsgatan parkte. Die Sonne stand tief am Himmel und warf lange Schatten. Vor dem orientalischen Lebensmittelgeschäft an der Ecke standen ein paar Männer und rauchten. Sie nahm den Zettel aus der Hosentasche und kontrollierte die Adresse.

Schon im Treppenhaus dröhnte ihr die Musik entgegen. Rockige Punkmusik, wütende Gitarrenriffs. Im dritten Stock entdeckte sie seinen Namen auf einem Pappschild über dem Briefschlitz in der Tür.

Ob sich wohl die Nachbarn beschweren?, dachte sie und lächelte. Es kam nicht häufig vor, dass sie einen Bullen traf, der denselben Musikgeschmack hatte wie sie.

Die Klingel schepperte leise. Sicherheitshalber klopfte sie an. Nichts tat sich. Sie sah sich um. Die gegenüberliegende Wohnungstür war abgestoßen und zerschrammt. Graffiti an den Wänden. Stiefel auf einer vergilbten Zeitung. Es roch muffig.

Nach einer Weile legte sie ein Ohr an die Tür und lauschte.

Schlief er vielleicht?

Vorsichtig drückte sie die Klinke herunter. Es war nicht

abgeschlossen. Sie stieß die Tür auf. Ohrenbetäubender Lärm schlug ihr entgegen. Und der Geruch von Reinigungsmitteln. Sie ging in den Flur und warf einen Blick in die Küche.

Mit einer Scheuerbürste in der Hand und einem roten Plastikeimer neben sich kniete er auf dem Fußboden.

»Machst du Frühjahrsputz?!«, schrie sie über die Musik hinweg.

Blitzschnell fuhr er herum, verlor das Gleichgewicht und landete auf dem Hosenboden. Völlig perplex starrte er sie an.

»Verdammt, hast du mich erschreckt!«

Über eine Hand hatte er eine Supermarkttüte gezogen und sie mit einem Gummiband am Handgelenk festgezurrt.

»Sex Pistols!«, brüllte sie. »Anarchy in the UK. Deine Musik gefällt mir!«

Langsam kam er auf die Füße. Seine Socken und Knie waren komplett durchnässt. Er wirkte ein bisschen verlegen. Obwohl die Sonne durch das schmutzige Fenster schien, hatte er Licht angemacht. Auf dem Küchentisch lag eine fleckige Tischdecke. Ein paar Tassen und eine angebrochene Packung Schmerztabletten. Der Vogel, der in einem Käfig auf der Arbeitsfläche saß, schien in dem Getöse seelenruhig zu schlafen. Wahrscheinlich ist er daran gewöhnt, dachte sie.

»Moment, ich mach nur eben die …«

Er zwängte sich an ihr vorbei in den Flur, und einen Moment später hörte sie, wie er die Musik leiser drehte.

Dann kam er zurück und streckte ihr seine nasse Hand entgegen.

»Eva Ström, stimmt's?«

»Ja, richtig.«

Sie deutete auf die Plastiktüte über seiner Hand.

»Hast du dich verletzt?«

Sein Gesichtsausdruck hatte etwas Unentschlossenes. Dann streifte er Gummiband und Tüte ab und lächelte.

»Sozusagen ein Haushaltsunfall. Ich wollte eine Packung Hackfleisch zerteilen, die ich gerade aus dem Eisschrank genommen hatte. Dabei bin ich mit dem Messer abgerutscht.«

»Autsch!«

»Ich habe wie ein Schwein geblutet. Die Wunde musste im Krankenhaus genäht werden. Sie haben mich über Nacht dabehalten. Jetzt versuche ich gerade, klar Schiff zu machen.«

Er machte eine unbestimmte Geste mit den Armen und blinzelte unsicher.

»Einen schönen Vogel hast du da.«

»Jackpot! Jackpot!«, krakeelte der Beo, der jetzt, als die Musik nicht mehr so laut dröhnte, wieder munter geworden zu sein schien.

Eva lachte verblüfft.

»Er hat verstanden, dass ich ihn bewundert habe?«

»Er will sich vorstellen«, sagte Jonny. »Er heißt Jackpot.«

Jonny öffnete den Käfig, steckte die Hand hinein und ließ den Vogel auf seinen Verband klettern.

»Das ist ein Beo«, erklärte er. »Aus Indien. Diese Vögel sind unglaublich sprachbegabt.«

Der Beo blinzelte neugierig. Im Sonnenlicht schimmerte sein schwarzes Gefieder grün, violett und silber. Eva streichelte ihm vorsichtig über den Rücken.

»Ich habe ihn vor ein paar Jahren beim Poker gewonnen«, erzählte Jonny. »Jackpot war das erste Wort, das aus seinem Schnabel kam. Also habe ich ihn so genannt.«

»Woher weißt du, dass es ein Männchen ist?«

Jonny fuhr sich durch die Haare.

»Er hat zumindest noch keine Eier gelegt. Vielleicht ist es ein Zwitter.«

Als er den Beo wieder in seinen Käfig gesperrt hatte, sah er sie mit seinen blauen Augen fragend an.

»Entschuldige, dass ich dich so überfalle«, sagte Eva. »Aber ich habe über eine Sache nachgedacht. Es geht um das Mädchen auf dem Truppenübungsplatz in Ravlunda.«

Obwohl sie ihn genau beobachtete, konnte sie keine Spur von Verwunderung entdecken. Bluffte er? Schließlich hatte er den Ruf, ein Spieler zu sein.

»Willst du eine Tasse Kaffee?«, fragte er.

»Gerne.«

Jonny sah sich in der zur Hälfte geputzten Küche um und rümpfte die Nase. Er griff nach dem Eimer und goss das Schmutzwasser in den Ausguss, danach zog er die fleckige Tischdecke vom Tisch und wischte mit ihr ein paarmal über den Boden.

»Das ist nur Blut«, entschuldigte er sich, warf die Decke in den Eimer und stellte seine Putzutensilien in den Schrank unter der Spüle.

Als er Kaffeepulver in den Filter gefüllt hatte und die Kaffeemaschine gurgelte, nahm er zwei Becher aus dem Geschirrstapel auf der Spüle und wusch sie mit seiner brauchbaren Hand etwas ungeschickt ab.

In der Zwischenzeit versuchte Eva, sich den Morgen auf dem Truppenübungsplatz ins Gedächtnis zu rufen. Als sie eingetroffen war, hatte Jonny Lilja auf einem Baumstumpf gesessen und gewartet. Er hatte ein bisschen seltsam gewirkt, irgendwie geistesabwesend. Dann hatte er erzählt, dass er und seine Frau in dem Eichenwäldchen am Meer vor vielen Jahren geheiratet hatten. Irgendeine plausible Erklärung, was er dort in der Morgendämmerung eigentlich machte, hatte er nicht gegeben.

Vielleicht gab es auch keine.

Schließlich tun Menschen manchmal Dinge, ohne zu wissen, warum.

Trotzdem. Sie hatte ihn beobachtet, als er das tote Mädchen ein letztes Mal betrachtet hatte, kurz bevor der Sanitäter den Reißverschluss des Leichensacks zugezogen hatte. Es hatte fast so ausgesehen, als hätte er Abschied nehmen wollen.

»Ich habe darüber nachgedacht, was du auf dem Truppenübungsplatz gesagt hast«, sagte Eva. »Dass das Mädchen vielleicht ermordet wurde.«

Jonny goss Kaffee in die Becher und setzte sich ihr gegenüber an den Küchentisch.

»Habe ich das gesagt?«

»Ja, das hast du. Wie kommst du darauf?«

»Das war nur so ein Gefühl.«

»Ich hatte den Eindruck, dass es mehr war als nur ein Gefühl.«

»Nein, ich fand nur, dass sie nicht wie jemand aussah, der sich das Leben nimmt.«

Er trank einen Schluck Kaffee und strich sich nachdenklich über seine Bartstoppeln.

»Allerdings geht mir dieses Mädchen auch nicht aus dem Kopf. Habt ihr unten bei euch in Ystad eigentlich eine Voruntersuchung eingeleitet?«

Sie schüttelte den Kopf.

»Die Leiche wird natürlich obduziert. Mein Vorgesetzter Björn Bernhardsson hat versprochen, dass sie alles versuchen werden, um ihre Identität festzustellen. Aber für ihn scheint bereits festzustehen, dass es sich um Selbstmord handelt. So ist es einfacher. Es gibt keine Vermisste, auf die die Beschreibung des Mädchens zutrifft. Und sie hatte keine Ausweisdokumente bei sich.«

»Aber du bist anderer Ansicht als dein Chef?«

»Ja, aber ich habe Urlaub.«

Sie sah, wie es in seinen Mundwinkeln zuckte.

»Und ich bin krankgeschrieben. Hier sitzen wir also, zwei Bullen, die, anstatt ihre freie Zeit zu genießen und sich zu entspannen, über einen Selbstmord diskutieren, von dem sie glauben, dass es ein Mord war.«

»Ja, so in etwa …«

Eva blickte aus dem Fenster. Die Sonne war verschwunden, und der Innenhof lag mittlerweile im Schatten.

»Eigentlich weiß ich gar nicht, warum mir das so wichtig ist. Ich sollte eigentlich am Strand liegen und faulenzen. Ein gutes Buch lesen. Aber irgendetwas an diesem Mädchen hat mich berührt. Richtig tief berührt. Sie hat so … schutzlos gewirkt. Verstehst du, was ich meine?«

Als sie sich wieder zu ihm umdrehte, meinte sie, ein Aufblitzen in seinen großen, klaren Augen wahrzunehmen. Wie kann er ein Spieler sein, fuhr es ihr durch den Kopf. Er muss sich doch verraten.

»Ich verstehe sehr gut«, erwiderte er ernsthaft.

»Wirklich?«

Er nickte.

Einen Moment lang wollte Eva ihn nach seiner Adoptivtochter fragen. Dann sah sie ein, dass das nichts mit der Sache zu tun hatte. Stattdessen nahm sie einen Schluck von ihrem Kaffee.

»Ich habe einen Freund, der Journalist ist«, sagte Jonny nachdenklich. »Er veröffentlicht Kriminalreportagen in der *Kvällsposten*. Vor ein paar Tagen hat er über die Frau auf dem Truppenübungsplatz in Ravlunda berichtet. Aber er hat auch noch etwas anderes geschrieben.«

»Was denn?«

»Das sie nicht die Einzige ist. Dass hier in Schonen noch mehr namenlose Frauen ohne Papiere tot aufgefunden worden sind.«

»Wie hat er das gemeint?«

Jonny zuckte mit den Schultern.

»Ich weiß nicht, vielleicht hat er nur spekuliert. Das macht er hin und wieder. Aber ich habe vor, ihn danach zu fragen.«

»Gute Idee«, sagte Eva.

***

Gottfried Lundmark saß an seinem Stammtisch in der hintersten Ecke des dunklen Lokals, genau wie Jonny es vorausgesehen hatte.

Als er ihn anrief, hatte Eva Ström das Telefonat mitverfolgt. Gollum hatte gezögert und eher widerwillig zugestimmt, sie zu treffen. Auf dem Weg zur Pizzeria *La Gondola* hatte Eva gefragt: »Gollum, so heißt er doch nicht wirklich, oder?«

»Nein.«

Mehr hatte er nicht gesagt, bevor sie am Restaurant angekommen waren.

Als sie hineingingen, registrierte Eva, dass sich Jonny schnell im Lokal umblickte. Er hatte etwas Gejagtes an sich. Das war ihr schon während des kurzen Spaziergangs aufgefallen. Immer wieder warf er einen Blick zurück über die Schulter, als hätte er Angst, jemand würde sie verfolgen. Jonny Liljas Körpersprache erinnerte eher an die eines Verbrechers als an die eines Polizisten.

Als Eva Gollum gegenüberstand, begriff sie, woher er seinen Spitznamen hatte. Der Journalist stand höflich auf, um sie zu begrüßen. Seine Augen traten auf eine merkwürdige Art aus ihren Höhlen hervor.

»Gottfried Lundmark. Sehr erfreut.«

Seine schmalen Finger waren genauso kalt, wie sie aussahen. Sie drückte seine Hand und stellte sich vor.

Dann fiel Gollums Blick auf Jonnys Verband.

»Oh, du musst dir die Hand aber ordentlich verbrannt haben.«

»Im Gegenteil. Ich bin mit dem Messer an einer tiefgefrorenen Packung Hackfleisch abgerutscht.«

»Typisch«, grinste der Journalist. »Bei deinem Anblick kommt mir eine Miniserie in den Sinn, die ich vor vielen Jahren in der Zeitung veröffentlicht habe. Sie hieß *Peinliche Haushaltsunfälle*. Wir haben die Leser aufgefordert, uns ihre peinlichsten Erlebnisse zu schreiben. Ganz alltägliche Missgeschicke. Gewonnen hat eine Frau aus Trelleborg, die unglaublich neugierig war. Bei ihr stand eine Yuccapalme im Fenster. Und als sie ihre Nachbarn vom Fenster aus beobachtet hat, hat sie sich an einem der scharfen Blätter ein Auge ausgestochen. Aber deine Hackfleischstory schießt den Vogel ab. Wie kann man nur so ungeschickt sein.«

»Vergiss es«, murmelte Jonny.

»Mm … Ja, das war wohl ein eher kläglicher Versuch, das Thema zu wechseln … Setzt euch, zum Teufel!«

Abgesehen vom Barmann, einem mürrischen Kerl mit Pferdezähnen, befand sich nur eine Handvoll Gäste im Lokal. Die Frau am Fenstertisch sah abwechselnd aus dem Fenster und auf die Uhr, als würde sie auf jemanden warten. Drei dicke Männer mampften Erdnüsse und glotzten in den Fernseher. Hinten bei den Toiletten spielten ein paar bärtige Jugendliche Dart.

»Jonny sagte mir, dass du Informationen für uns hast«, begann Eva, als alle drei ein Bier vor sich stehen hatten.

»Ja …«

Gollum kratzte sich an seinem kahlen Schädel.

»Die Situation ist ein wenig ungewohnt für mich. Normalerweise bin ich derjenige, der dem Auge des Gesetzes Informationen entlockt, nicht umgekehrt.«

Er zupfte sich am Ohrläppchen und blickte sie an, als wollte er sich gerne noch ein bisschen länger bitten lassen.

»Komm schon, Gollum!«, rief Jonny. »Du hast es bei unserem letzten Treffen doch selbst gesagt: der Gesetzeshüter und das freie Wort. Wir sind es, die den ganzen Müll zusammenhalten.«

Gollum lächelte Eva entschuldigend an.

»Hin und wieder habe ich die Angewohnheit, ein wenig hochtrabend zu sein.«

Dann bückte er sich und hob eine abgewetzte Ledertasche auf seine Knie, aus der er einen Laptop und einen dunkelblauen Aktenordner nahm.

»Heutzutage sieht es die Chefetage am liebsten, wenn man über Stars schreibt, die an sonderbaren Krankheiten leiden. Oder über irgendeinen Spinner aus einer dieser Doku-Soaps. Ganz egal was, Hauptsache, es bringt Auflage. Der seriöse Kriminaljournalismus ist nur noch eine Ausnahme. Mit diesem Projekt befasse ich mich schon seit einiger Zeit sozusagen nebenbei.«

Er schlug den Aktenordner auf.

»Wenn ich Jonny richtig verstanden habe, dann interessiert ihr euch beide für das tote Mädchen auf dem Truppenübungsplatz in Ravlunda, wenngleich aus leicht unterschiedlichen Motiven?«

Jonny und Eva nickten gleichzeitig.

»Dann haben wir etwas gemeinsam«, sagte Gollum.

Er leerte sein Bierglas in wenigen Zügen, und Eva konnte nicht vermeiden, auf seinen Adamsapfel zu starren, der in dem blassen Schwanenhals auf und ab hüpfte. Bevor Gollum weiterredete, gab er dem Barmann ein Zeichen, sein Glas neu zu füllen.

»Bei dem Projekt geht es um Trafficking. Moderner Sklavenhandel. Ein ausgesprochen widerliches Geschäft.«

Gerade als er wieder etwas sagen wollte, erstarrte er und stand abrupt vom Tisch auf.

»Bitte entschuldigen Sie mich für einen Augenblick, meine Damen und Herren. Ich muss mir die Nase pudern«, erklärte er und verschwand in Richtung der Toiletten.

Jonny seufzte.

»Gollum hat eine schwache Blase …«, sagte er und warf

einen Blick über die Schulter.

»Warum schaust du dich die ganze Zeit um?«, fragte Eva.

Die Worte flossen einfach so aus ihr heraus, und sie bereute sie sofort.

»Was?«

Jonny sah aus, als hätte sie ihn bei etwas Verbotenem erwischt.

»Du siehst andauernd über die Schulter. Als würde dich jemand verfolgen.«

Er lachte mechanisch und trank einen Schluck Bier. Spielte nervös mit seinem Feuerzeug herum und steckte es dann wieder in die Hosentasche.

»Das ist nur so eine Angewohnheit … eine Berufskrankheit gewissermaßen.«

Einen Augenblick später kam Gollum wieder an den Tisch.

»Okay, wo waren wir stehen geblieben?«

»Trafficking«, half Jonny ihm auf die Sprünge.

»Ach ja, genau.«

Gollum faltete die Hände über dem Aktenordner.

»Als Polizisten seid ihr natürlich über die Fakten im Bilde. Mittellose Frauen aus armen Ländern werden unter Vorspiegelung falscher Tatsachen nach Westeuropa gelockt oder verschleppt. Sie glauben, dass sie reich und berühmt werden. Als Fotomodelle entdeckt werden. Einige wissen vermutlich schon von vornherein, worum es tatsächlich geht. Nichtsdestotrotz werden sie auf infame Weise ausgebeutet.«

Er schlug eine Seite auf und drehte sie so, dass Eva und Jonny sie lesen konnten. Eine Karte mit Zahlen und Pfeilen.

»Das hier ist eine Kopie aus einem Bericht von Europol. Daten über Menschenhandel und Zwangsprostitution in Europa. Die Karte basiert natürlich auf Schätzwerten. Aber im Großen und Ganzen kann man davon ausgehen, dass sie die Realität abbildet. Jedes Jahr werden Tausende Frauen in die westlichen Länder verfrachtet. Ich benutze absichtlich das Wort ›verfrachten‹, denn es trifft die Sache auf den Punkt: Frauen als Handelsware. Einige kommen auch nach Schweden. Die Strippenzieher und Nutznießer, die ihren Profit aus der Sache schlagen, sind natürlich richtige Gangster. Doch damit das Geschäft überhaupt funktioniert, braucht es einen Markt. Eine Nachfrage. Und wer gewährleistet die Nachfrage?«

Gollum sah sie auffordernd an und malte dann mit vier Fingern Anführungszeichen in die Luft.

»Ganz gewöhnliche ehrbare Männer. Solche, die der Meinung sind, sie hätten das Recht, die Körper anderer Menschen zu kaufen.«

»Ich wusste gar nicht, dass du Feminist bist«, sagte Jonny.

Idiot, dachte Eva und warf ihm einen wütenden Blick zu. Dann fiel ihr ein, dass er es vielleicht gar nicht ironisch gemeint hatte.

Gollum überging Jonnys Kommentar.

»Ich habe schon vor ein paar Jahren begonnen, Material zu sammeln. Alles von Forschungsberichten bis hin zu winzigen Meldungen in der Lokalpresse. Diverse Gerichtsurteile. Menschenschmuggler, Zuhälter und Freier, die hinter Schloss und Riegel gewandert sind. Allerdings sind das nicht gerade viele.«

»Komm zur Sache«, sagte Jonny ungeduldig. »Was hast du über tote Frauen?«

Der Journalist runzelte irritiert die Stirn.

»Na gut«, fuhr er fort. »Ich muss zugeben, dass ich mein Material lange ziemlich unsystematisch zusammengetragen habe. Aber neulich Abend bin ich alles noch einmal durchgegangen. Und da sind mir ein paar Zeitungsausschnitte aufgefallen. Ich bin der Meinung, dass sie ein Muster bilden. Seht euch das hier an!«

Eifrig hielt er ein Blatt Papier hoch, auf das er drei kurze Zeitungsartikel geklebt hatte, allesamt mit Ort und Datum versehen. Der erste stammte aus dem *Kristiansbladet*.

Furuboda, 20. August hatte Gollum in geschwungener Schrift daruntergeschrieben.

In dem Artikel ging es um eine junge Frau, deren Leiche am Sandstrand oberhalb des Kiefernwalds gefunden worden war.

> *Die Frau wurde in den frühen Morgenstunden von einem Ferienhausbesitzer entdeckt. Polizeiangaben zufolge ist sie ertrunken. In der Nacht herrschte starker Seewind. Aller Wahrscheinlichkeit nach wurde die Frau von Unterströmungen ins Meer hinausgezogen und anschließend an Land gespült. Die Leiche konnte noch nicht identifiziert werden.*

Eva machte die Augen zu und versuchte, sich die Szene vorzustellen. Vielleicht war es eine sternenklare Nacht gewesen. Ein kurzer Spaziergang vom Ferienhaus ans Wasser hinunter. Mondlicht über dem Meer, Wind in den Haaren und Wogen, die an Land donnerten. War sie an den Strand gegangen, um zu schwimmen, oder wollte sie sich das Leben nehmen? Oder hatte sie etwas anderes dort hinausgelockt?

Eva öffnete die Augen und las den zweiten Artikel, den Gollum aus dem *Skånska Dagbladet* ausgeschnitten und mit *Barsebäckshamn, 26. April* datiert hatte. In diesem Fall schien die Polizei davon überzeugt zu sein, dass es sich um Selbstmord handelte, auch wenn es nicht eindeutig gesagt wurde.

> *Am Strand nördlich von Barsebäckshamn wurde gestern die Leiche einer jungen Frau gefunden. Ein Camper vom nahe gelegenen Zeltplatz entdeckte die tote Frau. Ihre Identität konnte noch nicht festgestellt werden. Die Polizei vermutet hinter dem Todesfall kein Verbrechen.*

Das muss ein paar Kilometer von dem stillgelegten Kernkraftwerk entfernt gewesen sein, dachte Eva. Bei den sumpfigen Strandwiesen nördlich des Fischerdorfs.

Sie ging zu dem dritten Artikel über, der aus dem Malmöer Lokalteil der *Sydsvenskan* stammte. *Ribersborg, 5. Mai* lautete Gollums Datierung. Und hier hatte die Polizei einen Namen herausgefunden.

> *Die Frau lag unter einem Badesteg tot im Wasser. Die Todesursache ist noch unklar, doch die Polizei konnte keine Spuren äußerlicher Gewaltanwendung feststellen. In die Jacke der Frau war ein rumänischer Pass eingenäht. Vermutlich handelte es sich um eine Urlauberin, so der diensthabende Polizeichef Erik Olsson.*

Als Eva die kurzen Meldungen gelesen hatte, blickte sie auf.

»Okay, Gottfried. Und was ist deine Theorie?«

Gollums Antwort kam wie aus der Pistole geschossen. »Dass die Todesfälle zusammenhängen, natürlich. Diese drei und die vierte Frau. Das ist die einzige logische Schlussfolgerung.«

»Truppenübungsplatz Ravlunda, 18. August 2012«, murmelte Eva leise.

»Denkt nach!«, rief Gollum. »Vier tote Frauen an verschiedenen Orten in Schonen. Aber sie weisen einige Gemeinsamkeiten auf. Sie sind jung. Alle wurden am Meer gefunden. Und keine von ihnen scheint als vermisst gemeldet worden zu sein. Das deutet darauf hin, dass es sich um Ausländerinnen handelt. Ich bin bereit, meine schwarze Seele darauf zu verpfänden, dass es Zwangsprostituierte waren.«

Plötzlich hörte Eva, wie sich Jonny räusperte. Auf einmal sah er ein bisschen zerknirscht aus.

»Es gibt eine Sache, die ich vergessen habe, euch zu erzählen«, gab er zu. »An diesem Morgen draußen auf dem Truppenübungsplatz bin ich anschließend zum Hafen in Vitemölla gefahren und habe dort mit einem alten Fischer gesprochen, den ich kenne. Er heißt Eskil. Er hat mir erzählt, dass er in der fraglichen Nacht mit seinem Boot draußen gewesen war und dass er eine Frau im Eichenwäldchen schreien gehört hat. Meiner Meinung nach spricht das nicht gerade für Selbstmord.«

Eine Weile saßen sie schweigend da.

»Vier tote Frauen innerhalb von zwei Jahren«, sagte Eva schließlich. »Gottfried, du glaubst also, dass sie von ein und demselben Mörder umgebracht wurden?«

Gollum nickte.

»Jemand, der Rumäninnen tötet«, murmelte Jonny.

Urplötzlich sah Eva Angst in seinen Augen.

Kapitel 12

An die Kälte erinnerte sie sich am deutlichsten. An den eisigen Klammergriff des Winters, der bis ins Knochenmark drang. Das Schnüffeln an der Klebstofftüte war die einzige Linderung.

Es hätte dort enden können, ihr kurzes Leben. In der Kanalisation unter der Straße, wo sie sich mit den anderen Jugendlichen um die Warmwasserrohre drängte. Der Gestank von Schmutz und Erniedrigung. Die Angst, die ihr Herz zusammenschnürte.

Niemand hätte sie vermisst.

Andrea wirft sich im Bett hin und her. Vielleicht hat sich die ganze Schnüffelei schon auf ihr Gehirn ausgewirkt?

Die Kopfschmerzen kommen und gehen. Rastlosigkeit und Unruhe.

Sie horcht auf Schritte im Flur, aber vor der Tür ist es still. Drei Tage sind vergangen, seit Elena verschwunden ist. Sie hätte sich mittlerweile melden müssen. Wenn sie daran denkt, was ihr alles zugestoßen sein könnte, krampft sich ihr Magen zusammen. Sie kneift die Augen fest zu und schüttelt heftig den Kopf, um die furchtbaren Bilder zu vertreiben.

Noch nie hat sie sich so sehr nach Hause gesehnt wie in diesem Moment. Sie, die eigentlich niemals ein Zuhause gehabt hat, nach dem sie sich sehnen konnte.

Wie sehr sie es bereut, dass sie sich von Elena hat überreden lassen mitzukommen!

»Man verdient gutes Geld«, hatte sie immer wieder gesagt. »Es ist ein Abenteuer, Andrea.«

Wie naiv sie gewesen war.

Jetzt hört sie Schritte. Der Boden knarrt. Andrea hält die Luft an. Hoffentlich rufen sie nicht nach ihr. Sie hat Glück, die Schritte entfernen sich und werden leiser.

Was soll sie tun?

Jokovic scheint lebensgefährlich zu sein. Seine Augen sind kalt wie Stahl, schon beim Gedanken an seinen Blick fängt sie an zu zittern. Er weiß ganz sicher, was Elena zugestoßen ist. Aber wie kann sie es wagen, nach ihr zu fragen?

Sosehr sie sich auch den Kopf zerbricht, sie findet keinen Ausweg. Den Pass, den sie teuer bezahlt hat, haben sie ihr weggenommen, sobald sie die Brücke nach Schweden überquert hatten. Geld hat sie keins. Andrea weiß nicht einmal genau, wo sie überhaupt ist.

Und sie will nicht mehr. Kann keinen einzigen Freier mehr ertragen. Ihr wird schlecht, wenn sie nur an die schweren, verschwitzten, keuchenden Körper denkt. Zwischen den Beinen und im Unterleib spürt sie einen stechenden Schmerz.

Sie sollte sich an die Polizei wenden. Aber konnte man den Leuten da vertrauen? Zu Hause in Bukarest waren die Polizisten nicht selten selbst in kriminelle Machenschaften verwickelt. Und Jokovic würde mit Sicherheit ausrasten vor Wut.

Elena!, denkt sie verzweifelt. Wir haben niemanden auf der Welt, der uns helfen kann.

Andrea faltet in der Dunkelheit die Hände, um zu einem Gott zu beten, mit dem sie schon lange nicht mehr gesprochen hat. Nicht mehr, seit sie das Waisenhaus verlassen hat. Doch sie findet keine Worte. Sie schnaubt irritiert und nimmt stattdessen ihr Handy aus der Tasche, die sie neben das Bett gestellt hat. In der vergeblichen Hoffnung, dass es ihr einen rettenden Ausweg eröffnet, drückt sie darauf herum. Aber das Guthaben auf ihrer Prepaidkarte ist aufgebraucht. Andrea hat immer wieder angerufen, doch Elena hat sich nie gemeldet.

Sie wirft sich auf die andere Seite und boxt in ihr Kopfkissen.

Ich muss etwas tun!

Plötzlich fällt es ihr wieder ein. Das Letzte, worüber Elena vor ihrem Verschwinden gesprochen hat. Sie wollte sich mit einem Mann treffen. »Ich glaube, er kann uns helfen. Du erinnerst dich vielleicht an ihn? Der Pokerabend im Klub vor ein paar Monaten? Er war da.« Danach hatte sie Elena nicht mehr gesehen.

Er muss bei der Polizei sein, dachte Andrea. Aus irgendeinem Grund war ihr der magere Mann mit den unglücklichen Augen plötzlich in den Sinn gekommen. Sie behaupten, dass er Polizist sei. Er hatte an dem Abend einen Haufen Geld verloren. Und Elena hatte mit ihm geredet. Oder genauer gesagt, Jokovic hatte Elena zu sich gerufen und mit dem Polizisten über sie gesprochen. Andrea war dagewesen und hatte es mit eigenen Augen gesehen. Die Worte hatte sie nicht verstanden. Das Einzige, was sie verstanden hatte, war sein Name: Jonny.

Sie erinnerte sich, wie verzweifelt er ausgesehen hatte. Jokovics Tonfall hatte leise und freundlich geklungen, doch die unterschwellige Drohung war für alle Anwesenden nicht zu überhören gewesen.

Draußen auf dem Flur erklingen Stimmen.

Andrea wagt nicht zu atmen.

Dröhnendes Lachen, es klingt, als hätte jemand einen Fernseher angemacht.

Schritte, der Boden knarrt.

Andrea faltet die Hände ein zweites Mal unter der Decke, bleibt aber stumm.

Jonny, denkt sie.

Vielleicht weiß er, was mit Elena geschehen ist?

Kapitel 13

Nach einer langen, traumlosen Nacht, gesegnet durch eine gehörige Dosis Schmerztabletten, schlug Jonny die Augen auf, erfüllt von dem Gefühl, dass sich das Blatt endlich gewendet hatte.

In seinen neun Fingern kribbelte es.

Ohne dem Zweifel auch nur den Hauch einer Chance zu geben, Wurzeln zu schlagen, zog er Jeans und Hemd an, schlüpfte in ein paar abgetragene Sneaker, ließ die Wohnungstür knallend hinter sich ins Schloss fallen und rannte die Treppe hinunter.

Der grelle Sonnenschein draußen auf der Straße schmerzte in den Augen. Er schwankte, geblendet von dem weißen Licht, und blinzelte die Straße entlang. Als er keine Gefahr entdecken konnte, schlenderte er am orientalischen Lebensmittelgeschäft an der Ecke vorbei und schlug den Weg zum Möllevångstorg ein, wo bergeweise Obst und Gemüse nach dem letzten Wochenmarkt vor sich hin faulten.

Der kurdische Tabakhändler pries auf giftgrünen Plakaten seine günstigen Getränke- und Zigarettenpreise an. Jonny grüßte hastig. Zwanzig Rubbellose und weiße Briefumschläge. Er hielt dem Kurden seine Geldkarte hin, leicht beunruhigt, sein Konto könnte nicht gedeckt sein.

»Hast du dich verletzt, Jonny?«

Hassan, der Tabakhändler, deutete auf seinen Verband.

»Nur ein kleiner Unfall.«

»Du Gauner festnehmen wollen?«

»Nein, ich wollte Hackfleisch zerteilen.«

»Hackfleisch?«

Hassan runzelte misstrauisch die Stirn.

»Du wurdest nicht angeschossen?«

Jonny schüttelte den Kopf.

»Nix.«

»Aber wie konntest du …«

»Das Hackfleisch war tiefgefroren.«

»Aha, du bist mit Messer abgerutscht?«

»So ungefähr …«

Mit bekümmerter Miene gab ihm Hassan die Karte zurück und stellte einen Karton mit Rubbellosen auf den Tresen.

»Du brauchst Glück«, sagte er ernst.

»Wenn du wüsstest«, murmelte Jonny und verließ das Geschäft.

Ein paar Minuten später saß er mit zwei Rubbellos-Stapeln am Küchentisch und betrachtete sie andächtig. Sie leuchteten so schön gelb und rot, wie ein Schatz. Er spürte ein Kribbeln im Bauch. Seine Finger juckten erwartungsvoll. Nicht einmal der Beo traute sich, die magische Stimmung zu stören.

Jonny zog den ersten Rubbellos-Stapel zu sich heran, küsste die Lose eins nach dem anderen und steckte sie dann in einen Briefumschlag. Er klebte den Umschlag sorgfältig zu und schrieb so ordentlich er konnte: *Herzlichen Glückwunsch zum 16. Geburtstag, Maria! Von Jonny*.

Als er den Umschlag gerade zur Seite legen wollte, überlegte er es sich anders. Irgendetwas an dem Text störte ihn. Er klang nicht richtig. Er zögerte ein paar Sekunden, bevor er das Kuvert wieder öffnete und den Inhalt auf den Tisch schüttete. Er nahm einen neuen Briefumschlag und schrieb stattdessen *Von Papa*. Daneben zeichnete er eine kleine Blume und malte die Blütenblätter mit blauer Tinte aus.

Nachdem er das Geburtstagsgeschenk beiseitegelegt hatte, fiel sein Blick auf den zweiten Stapel. Seine eigenen Lose. Von ihnen ging ein Leuchten aus, daran bestand kein Zweifel! Sie schienen von einem magischen Magnetfeld umgeben zu sein. In seiner fieberhaften Erregung stellten diese zehn Coupons für Jonny nicht nur einen möglichen Riesengewinn in Aussicht, sondern sie schienen ihn geradezu zu garantieren. Da war er sich sicher. Die Frage war eigentlich nur, welches der Lose seine Rettung sein würde. Voller Erwartung nahm er ein Ein-Krone-Stück in die Hand und begann, die Felder freizurubbeln.

Das erste Los war eine Niete.

Egal!

Er warf es auf den Boden und nahm sich das nächste. Als auch die folgenden Lose nicht die erhofften Symbole zeigten, ließ Jonnys Enthusiasmus ein wenig nach. Doch er biss sich auf die Unterlippe und machte weiter.

Zu guter Letzt lag nur noch ein einziges Los vor ihm auf dem Tisch.

Ab dem Moment konnte er sich nicht mehr länger gegen den Verdacht wehren, dass auch dieses letzte Los möglicherweise trügerisch glänzte. Ohne auch nur eine Sekunde zu zögern, hielt er den Coupon mit seiner bandagierten Hand fest und rubbelte hektisch.

Verflucht!

Er warf die Münze weg. Im selben Augenblick machten sich die Schmerzen in seiner Hand wieder bemerkbar. Irritiert nahm er eine Tablette und spülte sie mit einem Schluck kaltem Kaffee hinunter. Dann lehnte er sich im Stuhl zurück und starrte mit leerem Blick an die Decke.

Am Haken der Küchenlampe hatte eine Spinne ein feinmaschiges Netz gesponnen, das im Luftzug vom Fenster her leicht schaukelte. Eine Fliege drehte unbekümmert ihre Kreise, gefährlich nahe an der tödlichen Falle.

Die Spinne wartete geduldig.

Jonny gähnte.

Er stand auf und ging in der Küche umher. Das Kribbeln in seinen Fingern war immer noch da. Jonny blieb vor dem Vogelkäfig stehen und starrte den Beo wütend an.

»Warum sagst du nichts?«

Doch der Vogel rutschte auf seiner Stange nur ein Stück tiefer in den Käfig hinein und blinzelte ihn an. Auf dem Tisch lag immer noch der weiße Umschlag. *Herzlichen Glückwunsch zum 16. Geburtstag, Maria! Von Papa.*

Auf einmal wirkte sein Geschenk lächerlich. Ein paar armselige Lose. War das alles, was er seiner Tochter zu bieten hatte?

Sie werden mich auslachen, dachte Jonny in einem Anfall von Klarsicht. Die ganze Geburtstagsgesellschaft. Ihn schauderte, als er sie vor sich sah. Maria schmollend und unzufrieden. Magnus höhnisch. Lena, die Beherrschtheit in Person. Aber ihre Miene, diese strammen Fältchen in ihren Mundwinkeln, würde alles sagen. Und auf einmal begriff Jonny, dass es unmöglich war. Sie alle würden nur ein weiteres Mal bestätigt bekommen, was für ein hoffnungsloser Loser er war.

Wie zum Teufel konnte ich auf die Idee kommen, meiner Tochter ein paar mickrige Lose zu schenken?

Jonny schämte sich für seinen bescheuerten Einfall. Doch jetzt, wo er sich in einem deutlicheren Licht sah, irgendwie von außen, nahm gleichzeitig ein Gedanke in seinem Kopf Gestalt an, der etwas Endgültiges hatte: Lena wird mich niemals wieder lieben. Das Beste, worauf ich hoffen kann, ist, dass sie mich nicht verachtet.

Ohne Vorwarnung kam Leben in den Beo.

»Good luck!«, krakeelte er. »Good luck!«

Jonny funkelte den Vogel zornig an. Dann griff er nach dem Briefumschlag und riss ihn auf. Wutentbrannt rubbelte er die Lose frei, und keine zwei Minuten später saß er keuchend und verschwitzt vor einem Berg wertloser Nieten.

Nicht ein einziger Gewinn. Nicht einmal dreißig Kronen und den Einsatz zurück. Wie hoch war die Wahrscheinlichkeit für einen solchen Ausgang?

Er lehnte den Kopf in den Nacken und starrte erneut auf die Spinne in ihrem Netz am Haken an der Decke. Einen Moment lang meinte er, funkelnde Augen und ein paar genüsslich kauende Fänge zu erkennen.

Worauf wartest du?, dachte Jonny. Ich sitze doch schon in der Falle.

***

Die Zeiger der alten hölzernen Wanduhr, die er von seiner Großmutter bekommen hatte, krochen lautlos über das Zifferblatt. Aber jede einzelne Sekunde durchzuckte Jonnys Kopf wie ein Stromschlag: ticktack – ticktack. Sie tickt dem Tod entgegen, dachte Jonny düster.

Er lag auf dem Sofa. Die Energie, die er beim Aufwachen gespürt hatte – das Gefühl, einen Wendepunkt erreicht zu haben –, war wie weggeblasen.

Seine Hand brachte ihm die Drohung schmerzlich in Erinnerung.

Fünf Tage hatte Jokovic ihm gegeben. Am Donnerstag. Heute war Sonntag. Und die Uhr an der Wand ließ die Zeit, die ihm noch blieb, unerbittlich schrumpfen.

Eine Million, um sich freizukaufen.

Er setzte sich mühevoll auf und ließ den Blick durch seine Wohnung schweifen. Wie viel würde er zusammenkratzen können, wenn er alles verkaufte, was er besaß?

Die Wanduhr war schön, aber kaum eine Antiquität. Sein Großvater hatte sie eigenhändig aus einem Stück dunklem Eichenholz in seinem Tischlerschuppen geschnitzt. Im Haus seiner Großeltern hatte sie lange über dem Sofa in der guten Stube gehangen. Als Kind hatte Jonny das von langen wogenden Haaren umgebene Frauengesicht über dem Zifferblatt fasziniert. »Das ist Ran«, hatte Großvater ihm erklärt. »Die Göttin des Meeres, die über die Tiefen des Ozeans herrscht. Mit ihr muss man sich gut stellen, wenn die Stürme auf dem Meer toben«, pflegte er zu sagen, wenn er das Glasgehäuse öffnete und die Zeiger richtig stellte.

Das einzig Wertvolle, dachte Jonny.

Die Stereoanlage und der Fernseher im Bücherregal hatten bereits viele Jahre auf dem Buckel. Die Möbel hatte er nach der Scheidung gebraucht im Internet gekauft. Sie würden höchstens ein paar Hunderter einbringen. Sein einziger Wandschmuck war ein altes Wanted-Poster von den Ramones. *Vivos o Muertos.* Und sein Auto, der alte Ford Mondeo, der unten auf der Straße stand, hatte ein paar ordentliche Kratzer im Lack.

Seufzend klappte er seinen Laptop auf, ebenfalls ein älteres Modell, und loggte sich im Onlinebanking seiner Bank ein. Das Konto, mit dem er seine Spielerei finanzierte, war leer. Auf seinem Gehaltskonto befanden sich exakt 967 Kronen. Es war sinnlos, auszurechnen, wie viele Tage es noch bis zur nächsten Gehaltszahlung dauerte. Und noch weniger Sinn machte es, zur Bank zu gehen und um einen Kredit zu bitten.

Ratko Jokovics Worte, die er inzwischen beinahe erfolgreich verdrängt hatte, kamen ihm wieder in den Sinn: »Du hast einen reichen Vater.«

War das eine Möglichkeit?

Maria hatte gesagt, dass der Alte zu ihrer Geburtstagsfeier kommen würde. Der Gedanke, sich gezwungenermaßen zu erniedrigen, verursachte Jonny Übelkeit. Er stand vom Sofa auf, ging in die Küche und setzte Kaffee auf. Während er wartete, griff er nach seiner Zigarettendose und steckte sich die letzte gedrehte Zigarette zwischen die Lippen. Ich muss mir eine Schachtel kaufen, dachte er düster. Auf dem Küchentisch lagen immer noch die frei gerubbelten Lose und die beiden zerknüllten Briefumschläge, die ihn an seinen morgendlichen Misserfolg erinnerten.

Was geht in meinem Kopf vor?

Er inhalierte den Tabakrauch. Was passiert, wenn ich vom Boden abhebe und ins Blaue emporschwebe?

»Jackpot!«, krächzte der Beo fröhlich.

»Du kannst Gedanken lesen«, murmelte Jonny.

Er öffnete die Käfigtür, füllte frisches Wasser in die Schale und streute ein paar Sonnenblumenkerne auf den Boden. Gedankenverloren trank er seinen Kaffee und rauchte, während er den Beo beobachtete, der sich hungrig über die Kerne hermachte.

Anschließend stellte er den Becher auf die Spüle und ging ins Wohnzimmer zurück, wo er vorsichtig die geschnitzte Uhr seines Großvaters von der Wand nahm.

***

Auf dem Weg nach Bunkeflo stellte er sich auf den bitteren Geschmack der bevorstehenden Demütigung ein und versuchte, sein Bettelgesuch zu formulieren:

»Vater, ich habe von einer fantastischen Investitionsmöglichkeit gehört. Aber das Geschäft muss schnell über die Bühne gehen.«

Er schüttelte den Kopf.

Das klang wie eine dieser E-Mails der Nigeria-Connection.

»Ich möchte mir ein bisschen Land in Thailand kaufen. In Phuket werden günstige Grundstücke angeboten. Ein Bombengeschäft.«

Hohl.

»Ja, also, ein guter Freund von mir hat mir angeboten, Teilhaber in seiner IT-Firma zu werden. Tolle Softwareprogramme. Die Chinesen haben schon Interesse angemeldet. Mit allergrößter Wahrscheinlichkeit werden sie fusionieren, und die Aktien werden in die Höhe schnellen.«

Jonny musterte sich im Rückspiegel.

Seine Augen, so verhängnisvoll offen. Schau in sie hinein, aber lass sie niemals in dich hineinschauen.

Der Alte würde ihm nur höhnisch ins Gesicht lachen.

Der selbstgefällige Scheißkerl würde haufenweise Details verlangen. Und wenn Jonny ins Stottern geriet, würde er grinsen. Vor allen anderen würde er sich darüber auslassen, wie bescheuert Jonny sein müsse, wenn er glaube, dass Magnus Lilja eine Million lockermachen würde, weil sein spielsüchtiger Sohn Geld bei Pferderennen, beim Kartenspiel oder irgendwelchen anderen illegalen Aktivitäten verjubelte.

Jonny presste die Kiefer aufeinander.

Wahrscheinlich war es das Beste, die Fakten klar auf den Tisch zu legen.

»Ich schulde einem verrückten Jugoslawen eine Million. Und wenn ich ihm das Geld bis Dienstag nicht zurückzahle, macht er mich kalt!«

In diesem Moment bog Jonny in die Seitenstraße ein, in der die rote Backsteinvilla lag. Das Haus stand in einem großen Garten mit prachtvollen Rosenbüschen. An der Fahnenstange an der Vorderseite war die Fahne gehisst. Am Eisentor hingen gelbe und blaue Ballons. Auf der Garagenauffahrt standen ein silbergrauer Mercedes und ein sportlicher kleiner blau glänzender Alfa Romeo.

Jonnys Magen verkrampfte sich.

Er parkte seinen rostigen Mondeo am Straßenrand hinter einem riesigen Volvo-SUV, der seinem Vater gehören musste. Bevor er ausstieg, nahm er eine Schmerztablette. Mit der Wanduhr unter dem Arm, die er mit verknittertem Geschenkpapier umwickelt hatte, öffnete er das Tor. Als er den gepflasterten Gartenweg zur Hälfte hinaufgegangen war, hörte er von der Rückseite des Hauses Stimmen.

Er war kaum um die Ecke gebogen, als ihm wütendes Gebell entgegenschallte. Ein großer schwarzer Hund stürzte auf ihn zu. Erschrocken sah Jonny, wie die Bestie über den Rasen galoppierte. Die Menschen erahnte er nur vage irgendwo im Hintergrund. Gestochen scharf, mitten in seinem Blickfeld, sah er einzig und allein den pechschwarzen Hund. Angespannte Muskeln. Augen voller Blutdurst. Entblößte Reißzähne und Fänge, die nach Fleisch verlangten.

Jonny konnte nicht einmal schreien.

In dem Moment, als das Tier zum entscheidenden Sprung an seine Kehle ansetzte, blieb es abrupt stehen. Ein Kommando hatte Jonny nicht gehört. Doch plötzlich saß der Hund einfach ein paar Meter von ihm entfernt da und winselte enttäuscht, die nasse Zunge hing ihm aus dem Maul. In der verschwommenen Hintergrundkulisse lachten alle.

»Jonny, herzlich willkommen! Du musst keine Angst haben. Devil tut dir nichts, auch wenn er wie ein Teufel klingt.«

Göran kam ihm mit ausgestreckter Hand entgegen. Er trug ein Poloshirt mit hochgestelltem Kragen und karierte Shorts. Die Sonnenbrille hatte er in die Stirn geschoben. Widerwillig lockerte Jonny seinen krampfhaften Griff um die Wanduhr und begrüßte ihn.

»Setz dich, wir wollten gerade anfangen«, sagte Göran und ließ seinem Händedruck ein freundschaftliches Schulterklopfen folgen.

Mitten auf dem Rasen stand ein Tisch, auf dem Kaffeetassen, Champagnergläser und eine Vase mit gelben Tulpen standen. Maria saß am Kopfende. Sie trug ein geblümtes Kleid und hatte einen Kranz aus Margeriten in ihrem schwarzen Haar. So blass und dünn, aber trotzdem so erwachsen. Maria stand auf und umarmte ihn hastig.

»Herzlichen Glückwunsch zum Geburtstag«, sagte Jonny hastig, aus Angst, sie könne bemerken, dass ihm die Knie immer noch zitterten.

Maria lächelte zweideutig.

»Ist das für mich?«

Sie nahm das Paket entgegen.

»Das ist nichts Besonderes … Großvater hat es gebaut. Mein Großvater, meine ich.«

Erst als sie anfing, das Geschenk auszupacken, wagte Jonny einen Blick in die Runde der Geburtstagsgäste. Professor Magnus Lilja saß mit seiner neuen Frau Ingrid neben sich an der einen Längsseite des Tisches. Aufrecht, die Wangen etwas geröteter als bei ihrer letzten Begegnung, das gelockte Silberhaar ein wenig dünner.

Ansonsten immer noch derselbe.

»Jonny hatte schon als Kind eine Heidenangst vor Hunden«, sagte er zu den anderen, während er ihn mit trockenem, festem Handschlag begrüßte.

Lena lachte ein bisschen gekünstelt. Sie war schöner als jemals zuvor, blond und braun gebrannt in einer blauen Blümchenbluse. Wie merkwürdig, dass sie einmal Teil seines Lebens gewesen war, schoss es Jonny durch den Kopf. Schon als sie sich vor zwanzig Jahren begegnet waren, hatte er es für unwahrscheinlich gehalten, dass sie sich ausgerechnet für ihn entscheiden würde. Vielleicht hatte er damals bereits geahnt, dass die Zeit diesen Zufall früher oder später nicht bestehen lassen würde. Jetzt war ihr Händedruck kühl, eine flüchtige Umarmung, der Form halber.

»Hallo, Jonny.«

Bedauern oder Sehnsucht konnte er nicht in ihren Augen entdecken. Auf der Gartenbank saßen ihre Eltern, Seite an Seite und genauso überflüssig wie eh und je. Jonny hatte sie nie wirklich kennengelernt, gerade konnte er sich nicht einmal an ihre Namen erinnern.

Die hölzerne Wanduhr wirkte in Marias Händen plötzlich groß und klobig. Er sah, wie sie vorsichtig über die wogenden Haare der Meeresgöttin strich, als wollte sie mit den Fingerspitzen eine Erinnerung wachrufen.

»Das ist Ran, die Göttin des Meeres«, sagte Jonny. »Mein Großvater hat mir immer von ihr erzählt. Sie bringt Glück.«

Unruhig sah er zu seinem Vater hinüber.

»Dann solltest du die Uhr vielleicht behalten, Jonny. Du scheinst sie nötiger zu haben als Maria.«

Magnus Lilja blickte sich um, erntete für seine boshafte Bemerkung jedoch keinen unmittelbaren Beifall.

Er weiß, dass ich ihn hasse, dachte Jonny. Dass ich ihm die Schuld gebe.

»Sie ist schön«, sagte Maria leise.

Behutsam wickelte sie die Uhr wieder in das Papier ein und stellte sie ins Gras.

»Ich finde, dass es an der Zeit ist, dem Geburtstagskind ein Ständchen zu bringen und auf sein Wohl anzustoßen!«, rief Göran. »Her mit den Gläsern!«

Geübt öffnete er die Champagnerflasche, ließ den Korken knallen und füllte die Gläser. Dann stimmte er an: »Hoch soll sie leben …«

Beim Singen fiel Jonny auf, wie ähnlich sich Göran und Magnus sahen. Die Frisur, das Herrenparfüm, sie hatten sogar den gleichen selbstbewussten Tonfall in der Stimme. Es kam ihm vor, als seien sie beide Vater und Sohn und er selbst irgendjemand anderes. Als Kind hatte sich Jonny immer vorgestellt, dass seine Mutter früher einmal einen Liebhaber gehabt hatte, der sein richtiger Vater war. Einen zuverlässigen Matrosen, der immer zuhörte und Verständnis hatte. Der eine Zeit lang zur See fahren musste, aber bald zurückkommen würde.

»Herzlichen Glückwunsch!«

Sie stießen an und setzten sich an den Tisch. Jonny sank auf den einzigen freien Platz am Kopfende, direkt gegenüber von Maria, die die Kerzen ausblies und die Himbeertorte anschnitt.

»Was ist mit deiner Hand passiert?«, erkundigte sich Lena, als sie ihm einen Teller mit einem Tortenstück reichte.

»Ach, nur ein kleiner Küchenunfall.«

»Maria hat gesagt, dass du dir einen kompletten Finger abgeschnitten hast?«

Er nickte und wurde rot.

»Ich wollte eine Hackfleischpackung zerteilen, die ich aus dem Gefrierschrank genommen hatte, und bin mit dem Messer abgerutscht.«

Eine Sekunde lang meinte er, einen Funken Besorgnis in ihren Augen wahrzunehmen.

Dann begegnete er dem Blick seines Vaters. Kein Wunder, dass sie dich verlassen hat, sagten seine Augen unbarmherzig. Jonny wandte sich ab.

»Hast du schöne Geschenke bekommen?«, fragte er Maria.

Sie sah ihn an.

»Ja …«

»Erzähl!«, forderte Göran sie auf.

»Einen neuen Mac von Mama und Göran. Einen Gutschein für H&M von Oma und Opa. Ein neues Golfset von Großvater und Ingrid.«

»Wow! Nicht schlecht!«

»Maria wird mal ein Profi, da bin ich ganz sicher. Sie hat Ballgefühl und Geschäftssinn, genau wie ihr Großvater«, sagte

Magnus selbstgefällig und blickte Jonny von der Seite an.

»Im Herbst haben wir vor, zum Golfspielen nach Portugal zu fahren«, erzählte Göran. »Vielleicht habt ihr ja Lust mitzukommen, du und Ingrid?«

»Klingt verlockend!«

»Es wäre schön, dem ungemütlichen Schmuddelwetter zu entkommen«, sagte Ingrid. »Vielleicht bleibt ja auch Zeit für einen Einkaufsbummel in Lissabon. Was sagst du, Lena?«

»Ja, warum nicht …«

Während Jonny dort am Tisch saß, Torte und Kaffee vor sich, Maria ein Stückchen zu weit weg, um ihr nah zu sein, merkte er, wie seine Gedanken abschweiften, das Gemurmel und Gelächter der Geburtstagsgäste immer schwächer wurden und zu einer entfernten Geräuschkulisse verschmolzen, wie ein Radio, das jemand vergessen hatte auszuschalten.

Maria, ihm direkt gegenüber, lachte ab und zu, schwieg aber die meiste Zeit.

Göran und Ingrid und Lenas farblose Eltern, Statisten ohne jegliche Bedeutung.

Heimlich betrachtete er Lenas Lippen und versuchte, sich an ihren Geschmack zu erinnern. Süß, jedoch immer ein wenig salzig. Als feststand, dass sie keine Kinder bekommen würden, hatte Lena rational gehandelt. Die Adoption aus Rumänien hatte nur ein halbes Jahr gedauert. Maria war ein Wunschkind gewesen, daran bestand kein Zweifel. Jonny hatte versprochen, nie wieder zu spielen. Und in den ersten Jahren hatte er sein Versprechen gehalten. Vielleicht waren sie damals wirklich glücklich gewesen, alle drei.

Er trank einen Schluck Kaffee und versuchte sich zu erinnern, wann sie zurückgekehrt war, die Verführerin, die ihm ins Ohr flüsterte: »Komm, Jonny! Ich bin dein. Du musst aufs Ganze gehen.« Der Absturz war schnell gegangen, ohne dass er es bemerkt hatte. Als Lena ihm die Wahrheit ins Gesicht schleuderte, hatte er erst gar nicht begriffen, was sie meinte: »Du bist krank, Jonny. Ich kann mit dir nicht leben.«

Auf einmal sah er, dass sie lachte und den Kopf so schwungvoll nach hinten warf, dass ihre Haare flogen. Einen Moment lang glaubte er, dass ihr Lachen ihm galt. Aber dann hörte er die anderen ebenfalls. Eine lustige Geschichte.

»Ein Zweihundert-Meter-Drive!«, gab Magnus dröhnend zum Besten. »Mitten ins Schwarze. Meine Güte, wie die Kuh galoppiert ist!«

Jonny betrachtete seinen Vater. Sah ihm in die Augen, die nur den Bruchteil einer Sekunde flackerten. Sah auf seine sonnengebräunte Haut und seine weißen Zähne, die ab und zu zwischen den Lippen aufblitzten, wenn er in ein charmantes Lachen ausbrach.

Hatte er ihn schon immer verabscheut?

Die Verachtung hatte er früh gespürt. Die Kälte in seiner Stimme, als ob sich Magnus Lilja für seinen eigenen Sohn schämte. »Heulsuse«, zischte er, als Jonny nicht für die Jungenmannschaft aufgestellt wurde. »Erbsenhirn«, als er schlechte Noten bekam. »Jonny Ratte«, als er seine alte Sex-Pistols-Platte auflegte und in seinem Zimmer ein Poster von Johnny Rotten an die Wand hängte.

Doch das war nicht das Ausschlaggebende gewesen.

Dieser Morgen, dachte Jonny.

Wie alt war er damals gewesen?

Sechzehn, genau wie Maria jetzt.

Seine Mutter hatte im Bett gelegen, die Haut blass im staubigen Licht des Fensters.

Es war früher Morgen, und sie waren allein in dem großen Haus. Und sie war tot. Jonny musste nur einen Blick auf sie werfen, um zu begreifen. Eine angebrochene Tablettenschachtel und ein leeres Weinglas auf dem Nachttisch. Als er zu ihr hinging, sah er die Spuren von Erbrochenem zwischen den

Brüsten auf dem Nachthemd. Sie musste sich übergeben haben, aber nicht genug. Er hatte lange dagestanden und sie angesehen, hatte versucht, den letzten Rest ihrer Wärme in sich aufzusaugen. Sie anzufassen, wagte er nicht.

Wollte sie sterben oder nur schlafen?

Von Kindheit an hatte er gehört, dass seine Mutter an schwachen Nerven litt. Doch an diesem frühen Sommermorgen begriff Jonny, wer sie unglücklich gemacht hatte. Und er nahm sich vor, niemals zu verzeihen.

Plötzlich lief ihm eine Träne über die Wange. Er wischte sie hastig weg und sah sich um. Niemand schien etwas bemerkt zu haben. Maria hatte ihre iPhone-Stöpsel in die Ohren gesteckt und hörte verträumt Musik. Die anderen unterhielten sich über Golf und Shoppingtouren, als sei nichts geschehen.

Der Wind war inzwischen komplett abgeflaut. Die Sonne brannte kreideweiß vom Himmel. Auf einmal kam ihm der farbenprächtige Garten wie eine Wüste vor. Und als Jonny spürte, wie ihm der Schweiß die Stirn hinunterlief, bekam er Panik.

Schatten, dachte er.

Er stand so abrupt vom Tisch auf, dass das Porzellan klirrte. Auf wackeligen Beinen ging er zum großen Apfelbaum an der Mauer. Er lehnte sich mit dem Rücken an den Stamm und schaute ins Blattwerk hinauf, wo die Äpfel rot und reif hingen, wie kleine Planeten in einem grünen Universum.

Dann war Maria neben ihm.

»Wie geht es dir, Papa?«

Er schüttelte den Kopf, versuchte, das Schwindelgefühl zu vertreiben.

Schneewittchen, dachte er verwirrt.

»Ich weiß nicht. Mir ist plötzlich schwindelig geworden. Es liegt an der Hand, sie tut höllisch weh.«

Sie gab ihm ein Glas Wasser, und er trank.

»Das geht sicher gleich vorbei. Aber ich sollte nach Hause fahren und mich ein bisschen hinlegen.«

»Kommst du klar?«

»Ja, es ist schon wieder besser.«

Maria griff nach seiner gesunden Hand. Jonny sah auf den Boden und murmelte eine undeutliche Entschuldigung. Er machte sich erst gar nicht die Mühe, die Blicke in seinem Rücken zu deuten.

Als sie am Auto standen, sagte Maria: »Die Uhr ist sehr schön. Ich hänge sie in meinem Zimmer auf.«

Sie umarmte ihn.

»Was hältst du davon, wenn wir demnächst mal in dieses Chinarestaurant gehen?«, fragte Jonny.

»Klar, warum nicht.«

Von dem Wunsch erfüllt, so weit zu fliehen, wie er nur konnte, zog er die Autotür zu und fuhr los.

Eine Million, dachte Jonny.

Er begriff, dass er es niemals über sich bringen würde, seinen Vater um Geld zu bitten.

Auf dem Nachhauseweg kam ihm ein Gedanke in den Sinn, der ihn beschämte: Wenn er doch nur einen Herzinfarkt bekäme. Oder auf dem Weg nach Portugal in seinen verfluchten Golfurlaub zusammen mit Ingrid mit dem Flugzeug abstürzen würde.

Dann könnte ich mich freikaufen.

Kapitel 14

Die Ratte war wieder da, sie war sich fast sicher. Auch in dieser Nacht hatte es wieder in dem Schrank unter der Spüle gescharrt und gepoltert. Aber dieselbe konnte es doch wohl nicht sein?

Heute Morgen war Eva direkt vom Bett zum Komposthaufen in dem dichten Gestrüpp hinten im Garten gegangen, um nachzusehen.

Sie war weg.

Ich habe sie doch richtig ertränkt?

Schließlich hatte sie die kleinen Luftblasen gesehen, die an die Oberfläche gestiegen waren, als sie die Ratte mit dem Schürhaken unter Wasser gedrückt hatte. Und danach hatte der Kadaver da zwischen den Abfällen gelegen, zerzaust und schlaff. Zumindest in dem Moment musste das Tier tot gewesen sein.

Bestimmt hat ein Raubvogel die Ratte geholt, dachte sie. Einer der Milane, die immer über dem Haus kreisten. Oder ein Mäusebussard.

Aber nachts hatte es definitiv wieder unter der Spüle gescharrt und gepoltert. Und als sie heute Morgen in den Keller gegangen war, hatte sie das Loch gefunden, das die Ratte von unten in den Holzfußboden der Küche genagt hatte. Es mussten zwei gewesen sein. Mindestens. Vielleicht hatte es sich bei dem nächtlichen Besucher um den Ehemann gehandelt, der zurückgekommen war, um nach seiner Frau zu suchen?

Sie öffnete den Kofferraum und nahm die Tragetasche mit den Sachen heraus, die sie im Baumarkt in Hammenhög gekauft hatte. Den Holzklotz klemmte sie unter den Arm. Vom Nachbarhof, auf der anderen Seite des Feldes, erklang lautes Muhen. Sie blickte hinüber. Britt schien die Kühe auf die Weide gelassen zu haben. Allerdings ungewöhnlich spät. Britt liebte ihre Kühe über alles. Sie waren auf jedem ihrer Aquarelle zu sehen, für die sie nie einen Käufer fand. Eva wurde warm ums Herz, als sie an ihre nächste Nachbarin dachte. Im Garten war es heiß. Die Luft stand fast still. Nicht einmal die dünnen Blätter des Perlmuttstrauchs bewegten sich. Über dem Lavendel kreiste träge eine Hummel. Eva stellte ihre Papiertüte auf den weiß gestrichenen Tisch neben dem Brunnen und wischte sich den Schweiß aus der Stirn.

Selbst ist die Frau.

Sie lächelte zufrieden und packte ihre Einkäufe aus: Nägel und Brett, um das Loch im Boden zu reparieren. Eine Packung Kobra-Rax-Rattengift. Kitt, Öl und Farbe für die Fenster. Und dann noch eine zusätzliche Dose Falunrot, um dem verwitterten Ortgang einen neuen Anstrich zu verpassen.

Meine Güte, heute Morgen muss ich ja ein richtiges Energiebündel gewesen sein, dachte sie.

Nun gut, das Wichtigste zuerst.

Ausgerüstet mit Hammer, Nägeln und Brett, hob sie die Kellerluke hoch, schaltete das Licht an und ging hinunter. Es roch nach Schimmel und Nagetier. Im Keller befanden sich nur verrostetes Werkzeug und eine alte Destillieranlage zum Schnapsbrennen mit Röhrchen und Schläuchen, die der ehemalige Hauseigentümer dagelassen hatte. Die sollte ich eigentlich entsorgen, dachte Eva. Schließlich bin ich Polizistin.

Das Loch zwischen Keller und Küche war fast so groß wie eine Faust. Der Holzklotz passte perfekt. Sie drückte ihn in das Loch und nagelte das Brett mit ein paar dicken Nägeln darüber fest.

Anschließend holte sie das Rattengift und las die Gebrauchsanweisung durch. Sie schnitt der Ratte auf der gelben Verpackung eine Grimasse und verteilte das Pulver auf drei alte Heringsdosen, die sie auf den Fußboden stellte.

Jetzt herrscht Krieg, dachte Eva.

Nach einer schnellen Tasse Kaffee, die sie im Stehen hinunterstürzte, entschloss sie sich, als Nächstes die Fenster zu kitten. An den Fenstersprossen im Schlafzimmer war der Kitt an den meisten Stellen eingetrocknet und zerbröselt. Die letzten Überreste konnte sie mit einem Schraubenzieher entfernen. Die Sonne brannte ihr auf dem Rücken, als sie die sauber gekratzten Holzrillen mit einem Lappen einölte. »Schöne alte Fenster muss man pflegen«, hatte der Verkäufer im Baumarkt gesagt. Wie fleißig ich bin, dachte Eva. So verbringt man seinen Urlaub sinnvoll.

Als sie mit dem ersten Fenster fertig war, war ihr T-Shirt komplett durchgeschwitzt. Sie zog es aus und warf es über einen Ast im Apfelbaum, holte sich eine neue Tasse Kaffee aus der Küche und sank in den ramponierten Liegestuhl.

Das Öl musste bestimmt erst einziehen und trocknen, bevor sie den neuen Kitt anbringen konnte.

Sie schloss die Augen und lauschte dem Gezwitscher der Vögel.

Es waren nicht mehr so viele wie noch zu Beginn des Sommers. Aber im Flieder sang ein Rotkehlchen. Irgendwo über ihr kreischte ein Mäusebussard. Auf dem Schornstein saßen Elstern. Und in dem Wäldchen hinter Britts Kuhweide hämmerte ein Grünspecht.

So friedlich, dachte Eva.

Ob das Mädchen vom Truppenübungsplatz wohl auch Vögel gehört hatte?

Der Gedanke kam ihr wie aus dem Nichts. Fast so, als hätte er im Gebüsch auf der Lauer gelegen und darauf gewartet, dass sie die Augen zumachte, damit er sich anschleichen konnte.

Falls die junge Frau wirklich Selbstmord begangen hatte, hatte sie den Vögeln vielleicht zugehört. Als sie sich die Pulsadern aufgeschnitten hatte und das Blut in den Sand sickerte, hatte sie womöglich den Nachtvögeln gelauscht. Der Nachtigall. Der Nachtschwalbe.

Wenn man sich zum Sterben entschließt, dann möchte man bestimmt unter Vogelgesang ins Jenseits hinübergleiten.

In dem Moment, in dem Eva dieser Gedanke durch den Kopf schoss, sah sie ein, wie abwegig er war. Ich könnte nie Selbstmord begehen. Niemals. Ich bin kein Mensch, der aufgibt. Nie im Leben.

Aber war die junge Frau ein solcher Mensch gewesen?

Sie, die so friedlich an dem Stamm der Eiche gelehnt und auf das Meer hinausgeblickt hatte. Hatte sie aufgegeben?

Jonny war sich seiner Sache ziemlich sicher. Und dieser Gollum mit seinen Nachforschungen. Er hatte von einem Serienmörder gesprochen. Außerdem hatte Jonny etwas über Rumäninnen gesagt, was merkwürdig war. Eines der Opfer hatte einen rumänischen Pass bei sich gehabt. Aber die anderen?

Eva hatte ihn gefragt, was er gemeint hatte, als sie in Malmö in der Pizzeria gesessen hatten, aber er war ihr schnell ausgewichen. »Das ging mir nur spontan durch den Kopf.« Doch sein Blick hatte geflackert.

Warum hatte er so verängstigt gewirkt?

Er verschweigt etwas, dachte Eva. Warum hat er nicht von Anfang an von dem Fischer in Vitemölla erzählt? Ich frage mich, ob Jonny nicht deutlich mehr weiß, als er zugibt.

Sie erhob sich steif und ging ins Haus. Die Kopie der

Zeitungsartikel, die sie von Gottfried Lundmark bekommen hatte, lag immer noch auf dem Küchentisch. Sie nahm das Blatt mit hinaus in den Sonnenschein. Der Liegestuhl knarrte, als sie sich wieder setzte.

Drei tote Frauen. Furuboda, Barsebäckshamn und Malmö. Vier mit dem Mädchen in Ravlunda. Vor ihrem inneren Auge zeichnete Eva eine Karte von Schonen. Zwei Leichen im Westen, zwei im Osten. Alle am Meer.

Sie sind gleichmäßig verteilt, dachte sie. Es gibt kein deutliches Muster. Aber zwei wurden ganz in der Nähe voneinander gefunden.

Sie las noch einmal den ersten Artikel durch. *Furuboda, 20. August,* hatte Gollum notiert.

> *Die Frau wurde in den frühen Morgenstunden von einem Ferienhausbesitzer entdeckt. Polizeiangaben zufolge ist sie ertrunken. In der Nacht herrschte starker Seewind. Aller Wahrscheinlichkeit nach wurde die Frau von Unterströmungen ins Meer hinausgezogen und anschließend an Land gespült. Die Leiche konnte noch nicht identifiziert werden.*

Vielleicht war es nur ein Unfall, dachte Eva. Es ist nicht ungewöhnlich, dass Leute an der Ostküste ertrinken, wenn kräftiger Wind von der See landeinwärts drückt. Selbst der beste Schwimmer kann von Unterströmungen erfasst und ins Meer gezogen werden.

Wie weit war die Entfernung zwischen Furuboda und Ravlunda?

Sie stand abrupt auf und lief ins Haus, um ihren Laptop zu holen. Einen Moment später hatte sie ein Satellitenbild von Schonen auf dem Bildschirm und zoomte das kleine Eichenwäldchen über dem Steilhang näher heran. In nördlicher

Richtung erstreckte sich der Truppenübungsplatz mehrere Kilometer. Danach kamen einige Feriendörfer an der Küste. Bis Furuboda konnten es nicht mehr als fünf, sechs Kilometer sein.

»Vielleicht sollte ich dort anfangen«, murmelte sie.

Eva nahm ihr Handy aus der Hosentasche und rief die Nummer ihres Chefs auf. Björn Bernhardsson nahm erst nach dem achten Klingeln ab.

Von Wagner gefesselt, dachte Eva. Tut mir leid, dass ich störe.

»Hallo, hier ist Eva. Habt ihr was Neues über das Mädchen in Ravlunda?«

»Hast du nicht Urlaub?«, entgegnete Bernhardsson ungehalten.

»Doch, aber ich bin neugierig.«

Er seufzte tief. Eva sah deutlich vor sich, wie ihr Chef in seinem großen Drehstuhl saß, die akribisch geputzten Schuhe auf dem Schreibtisch, den Kopfhörer in die Stirn geschoben.

»Wir haben nichts Neues. Fingerabdrücke und DNA haben nichts ergeben. Die Einwanderungsbehörde weiß nichts. Tedin hat E-Mails an Interpol und die polnische Polizeibehörde geschickt, aber ich glaube nicht, dass uns das weiterhelfen wird. Das Einzige, was wir haben, ist das rechtsmedizinische Gutachten, dem zufolge sie in den letzten vierundzwanzig Stunden ihres Lebens Drogen genommen und Geschlechtsverkehr hatte.«

»Und wie ist sie zum Truppenübungsplatz gekommen?«

»Keine Ahnung. Aber so, wie ich das sehe, deuten die meisten Indizien darauf hin, dass sie Selbstmord begangen hat.«

»Nicht alle.«

»Was meinst du?«

»Habt ihr die Leute in der näheren Umgebung befragt? In Vitemölla zum Beispiel. Ob jemand etwas gehört oder gesehen hat?«

»Ja, Pelle Tedin hat an ein paar Türen geklopft, aber die Befragungen haben nichts ergeben.«

»Und dir ist das auch scheißegal, sie war ja nur eine kleine Nutte!«

Als Eva die Beleidigung herausgeschleudert hatte, bereute sie sie sofort. Auf einmal klang Bernhardssons Stimme eiskalt.

»Das habe ich nicht gehört.«

»Entschuldige! Ich wollte nicht … Es ist nur … Ich habe mit einem Fischer aus Vitemölla gesprochen. Er hat in der fraglichen Nacht gehört, wie jemand auf dem Truppenübungsplatz geschrien hat.«

»Verflucht, Eva! Was treibst du eigentlich? Du sollst Urlaub machen und nicht auf eigene Faust ermitteln.«

»Ich war zufällig in der Gegend … Der Zeuge, der den Schrei gehört hat, heißt Eskil.«

Bernhardsson schwieg und Eva wartete. Warum sage ich nicht die ganze Wahrheit?, dachte sie. Dass Jonny derjenige war, der mit dem Fischer gesprochen hat.

»Okay, ich schicke Tedin noch einmal los. Er soll mit dem Fischer reden«, sagte Bernhardsson schließlich. »Aber beschäftige dich nicht weiter mit der Sache, Eva. Du hast verdammt noch mal Urlaub. Du musst dir ein Privatleben zulegen.«

Eva spürte, wie ihre Wangen zu glühen begannen.

»Ich habe ein Privatleben!«, fauchte sie. »Ich kitte gerade meine Fenster neu!«

Sie legte auf und murmelte aufgebracht vor sich hin. Eigentlich hatte sie Bernhardsson fragen wollen, ob er sich noch an die tote Frau in Furuboda vor zwei Jahren erinnerte. Aber das musste erst einmal warten. Und vielleicht machte es auch keinen großen Unterschied. Eva warf wieder einen Blick auf das Satellitenbild auf dem Computerbildschirm. Ich frage mich, ob das in den Zuständigkeitsbereich der Polizei von Kristianstad fällt, dachte sie.

Sie suchte die Nummer heraus, wählte und bat darum, mit dem Dezernat für Gewaltverbrechen verbunden zu werden. Nachdem sie mit drei verschiedenen Personen gesprochen hatte, landete sie schließlich bei dem richtigen Ansprechpartner. Kriminalinspektor Leif Jönsson hatte die Ermittlung im Fall der toten Frau in Furuboda geleitet. Er klang mürrisch und erschöpft, doch als er Evas Anliegen verstanden hatte, kam Leben in ihn.

»Merkwürdig, dass Sie gerade heute fragen. Heute Morgen hat ein Journalist angerufen, der sich nach demselben Fall erkundigt hat. Und der liegt schließlich schon zwei Jahre zurück.«

»Wie hieß der Mann?«

»Gottfried Lundmark. Schreibt für die *Kvällsposten*. Riecht eine Leiche schneller als ein Leichenhund. Kennen Sie ihn?«

»Nein«, log Eva.

»Ja, ich konnte ihm nicht viel sagen. Wir sind in der Angelegenheit von Anfang an nicht richtig vorwärtsgekommen.«

»War es Selbstmord?«

»Davon gehe ich aus. Oder ein Unfall. Dieser Küstenstreifen ist tückisch. Gefährliche Unterströmungen. Besonders bei starkem Seewind. Und in dieser Nacht tobte ein heftiger Sturm, wenn ich mich recht entsinne.«

Sie hörte, wie Leif Jönsson einen Schluck trank. Aus irgendeinem Grund hatte sie das Bild von einem grauhaarigen rundlichen Mann vor Augen, der gemütlich in seinem Schreibtischstuhl saß und einen schmutzigen Kaffeebecher in der Hand hielt.

»Hatte sie irgendwelche Substanzen im Blut? Wurden bei der Obduktion Alkohol oder Drogen festgestellt?«

»Ja, da bin ich mir sicher. Ich glaube, es war Heroin.«

Jönsson schwieg, und es klang, als trinke er aus diesem Becher.

»Aber warum dieses plötzliche Interesse an einem alten Fall?«, fragte er.

»Ach, ich wollte nur etwas nachprüfen … Die Frau wurde nie identifiziert?«

»Nein, wie hätten wir das machen sollen? Wir hatten nichts in der Hand. Niemand hat das Mädchen vermisst. Vermutlich war sie Ausländerin. Außerdem mussten wir gleichzeitig auch noch in einem anderen Fall ermitteln. Einer tödlichen Schießerei auf offener Straße hier in Kristianstad. Da konnten wir unsere Zeit nicht mit einem Unfall durch Ertrinken in Furuboda verschwenden.«

Er klang gekränkt. Eva wartete einen Augenblick, damit er sich fassen konnte.

»Das verstehe ich gut«, sagte sie. »Uns geht es hier in Ystad genauso. Man schafft es kaum, einen Mordfall abzuschließen, bevor die nächste Leiche auftaucht.«

Sie seufzten fast gleichzeitig. Aber Leif Jönsson schien sich doch seine Gedanken gemacht zu haben.

»Es gab natürlich Fragezeichen«, murmelte er widerstrebend. »Ehrlich gesagt sind wir der Sache wohl nie ordentlich auf den Grund gegangen.«

»Inwiefern?«

»Das Mädchen war nackt, als es gefunden wurde. Ein älteres Paar hatte die Leiche auf seinem Morgenspaziergang entdeckt. Sie lag zwischen Tangalgen in der Brandung, ihre Kleidung befand sich etwas weiter oben am Strand. Kein Portemonnaie, keine Karten, kein Pass, überhaupt keine Papiere. Aber auf ihrem Unterarm stand eine Telefonnummer, mit Tinte geschrieben. Oder genauer gesagt sah es aus wie eine Telefonnummer. Die Ziffern waren verwischt, und mindestens eine war komplett weg.«

»Wurde die Nummer überprüft?«

»Ja, ein Kollege hat herumtelefoniert. Weil eine Ziffer fehlte, hatten wir im Endeffekt zehn mögliche Telefonanschlüsse. Aber es hat nichts ergeben. Niemand konnte irgendwelche Angaben über eine vermisste Frau machen.«

»Und weiter wurde nichts unternommen?«, fragte Eva enttäuscht.

Als Jönsson nicht direkt antwortete, ahnte sie, dass das noch nicht alles gewesen war.

Der Kriminalinspektor räusperte sich leicht verlegen.

»Es gab da eine Sache, die mir im Nachhinein aufgefallen ist, die aber irgendwie im Sand verlief, als wir uns um die Schießerei kümmern mussten. Der Kollege, der die Telefonnummer nachgeprüft hat, war ein unerfahrener junger Bursche. Doch er fand heraus, dass eine der zehn Nummern zu einem Anschluss in Lövestad gehörte, der auf den Namen Raymond Nygren lief. So einen Namen vergisst man nicht so leicht. Er hatte eine Firma und produzierte dort draußen auf dem Land Pornofilme. Nygren hat behauptet, nichts über die Tote in Furuboda zu wissen. Und wir konnten nichts Handfestes gegen ihn herausbringen. Aber mir kam das Ganze irgendwie sonderbar vor.«

Jönsson schwieg.

»Scania Magic Movies«, murmelte Eva.

»Wie bitte?«

»Ich kenne den Typen. Raymond Nygren ist ein alter Veteran in der Pornobranche. Seine Firma heißt *Scania Magic Movies*.«

»Oh, verdammt!«

Plötzlich hatte Eva es eilig.

»Vielen Dank für Ihre Hilfe, Leif!«

»Gern geschehen. Eins noch: diese Telefonnummer und Raymond Nygren …«

»Ja?«

»Davon habe ich dem Journalisten, der mich angerufen hat, nichts erzählt.«

»Nicht?«

»Nein, Zeitungsschmierer, die Leichen riechen, konnte ich noch nie leiden.«

***

Das Haus mit der schmutzig grauen Faserzementfassade lag abgeschieden am Ende eines Schotterwegs ein paar Kilometer außerhalb des Dorfs, umgeben von drei düsteren Fichten und einer abgestorbenen Ulme, die ihre kahlen Äste in den Himmel reckte.

Schon von Weitem hörte sie die Krähen.

Als sie in den Hof einbog, sah sie gerade noch, wie eine graue Katze hinter einer baufälligen Scheune verschwand.

Eva stieg aus dem Auto und schaute sich um. Am Wohnhaus stand ein Pick-up mit platten Reifen, ein alter Dodge, der schon bessere Tage gesehen hatte. Dahinter ein Wohnwagen, aufgebockt auf Ziegelsteinen und mit einem grünlichen Belag überzogen. Der rote Chevrolet daneben schien ungefähr das gleiche Baujahr zu sein. Die Sonne brannte heiß vom Himmel. Die Hitzewelle, die der Wetterbericht im Autoradio angekündigt hatte, schien bereits angekommen zu sein. Eine überquellende Mülltonne verströmte einen säuerlichen Geruch.

Eva wischte sich mit dem Hemdsärmel den Schweiß von der Stirn. Abgesehen von den krächzenden Krähen in der Ulme war es still und ruhig.

Wie lange ist es her, dass ich das letzte Mal hier war?, dachte sie. Ein paar Jahre. Vielleicht drei.

Sie hatten den Tipp bekommen, dass Raymond Nygren Pornofilme mit Minderjährigen drehte. Aber als sie zuschlugen, konnten sie ihm nichts nachweisen. Schon damals war das Anwesen heruntergekommen gewesen. Und es machte nicht den Anschein, als hätte sich *Scania Magic Movies* seitdem in eine

Goldgrube verwandelt. An der Haustür hing ein verwittertes Schild mit dem Logo der Filmgesellschaft. Eva klopfte entschlossen. Wartete einen Moment ungeduldig ab und klopfte erneut. Aber nichts rührte sich. Sie verließ die Vordertreppe und versuchte, durch das Küchenfenster einen Blick ins Innere des Hauses zu werfen. Alles, was sie sehen konnte, waren ein paar verwelkte Topfpflanzen und eine übervolle Spüle.

Auf einmal hatte sie das Gefühl, doch nicht alleine zu sein. Ein unbestimmtes Kribbeln im Rücken. Jemand beobachtete sie.

Sie ließ ihren Blick erneut über den Hof schweifen. Auch in den übrigen Fenstern des Wohnhauses war es dunkel. In die Luken des Wohnwagens konnte sie nicht hineinsehen, die Vorhänge schienen von innen vorgezogen zu sein. Das Tor der Scheune stand halb offen und quietschte jedes Mal leise, wenn ein leichter Windstoß es berührte.

Ich hätte meine Dienstwaffe mitnehmen sollen, dachte Eva.

Vorsichtig schlich sie zum Scheunentor hinüber. Ein Brett hatte sich von seinen rostigen Nägeln gelöst und hing locker herunter. Sie schob das Tor auf. Im Innern der Scheune war es stockfinster. Einen Moment lang war sie vollständig blind. Sie blinzelte hilflos. Es roch nach warmem Heu und wurmstichigen alten Möbeln. Und nach etwas Herbem. Öl vielleicht.

Als sich ihre Augen an die Dunkelheit gewöhnt hatten, bemerkte sie einen Lichtstrahl, der durch ein Loch hoch oben im Dach fiel. Auf dem Zementboden stand ein Traktor. Direkt daneben ein paar alte Sofas. Eine Kommode, ein Bücherregal, ein paar Betten und Stühle konnte sie ebenfalls erkennen.

Wohnte hier jemand?

Sie atmete leise und lauschte. Raschelte dort hinten in der Ecke etwas? Unsinn, das bilde ich mir nur ein, dachte sie. Das einzige Geräusch, das sie hörte, waren die Krähen, die draußen auf dem Hof lärmten.

»Hallo! Ist hier jemand?«

Keine Antwort.

Mit dem unbestimmten Gefühl, dass sie besser wieder hinaus ans Tageslicht gehen sollte, wagte sie sich weiter in die dunkle Scheune hinein. Als sich ihre Pupillen geweitet hatten, erahnte sie ein paar alte Fahrräder, die an einer Bretterwand lehnten. Außerdem gab es noch mehr Möbel als die, die sie am Eingang gesehen hatte. Sie tastete das Bücherregal ab. Eine unsichtbare Staubwolke wirbelte auf. Eva hustete. Auf einem der Sofas lag eine Decke. Aus irgendeinem Grund setzte sie sich hin, nahm die Decke in die Hand und roch daran.

Katzenpisse, dachte sie.

Im selben Moment erklang ein wütendes Fauchen. Aus den Augenwinkeln sah Eva einen schwarzen Schatten, der vom Bücherregal herunterschoss. Messerscharfe Krallen bohrten sich in ihren Arm, mit einem Schrei sprang sie auf.

»Au, verdammt!«

Wütend trat sie nach dem Tier, verfehlte es aber um Längen.

Die Katze fauchte sie wütend vom Sofa an, irgendetwas leuchtete in der Dunkelheit. Eva holte keuchend Luft, hielt sich den Arm, fluchte und verließ die Scheune.

Das grelle Sonnenlicht war blendend weiß. Für ein paar Sekunden kniff sie die Augen zusammen. Im Handschuhfach ihres Autos fand sie eine Klopapierrolle. Sie riss ein paar Blätter ab und drückte sie auf die Wunde an ihrem Arm. Es blutete ein wenig, aber die Kratzer waren nicht so tief, wie sie zunächst angenommen hatte.

»Verfluchtes Mistvieh!«, murmelte sie und dachte an die Ratten zu Hause in ihrem Keller.

Sie warf das blutige Papier weg und blickte wütend zum Wohnhaus hinüber. Die aggressive Katze hatte ihre Vermutung nur noch bestärkt. Ich bin mir hundertprozentig sicher, dass jemand hier ist, dachte Eva.

Lauter als beabsichtigt knallte sie die Autotür zu und ging mit entschlossenen Schritten auf das struppige Gebüsch an der Frontseite des Hauses zu. Als sie sich durch die Sträucher gezwängt hatte, lag ein großer verwilderter Garten vor ihr, der mit morschen Planken eingezäunt war. Das Gras war kniehoch und wucherte unkontrolliert. In der Mitte der Rasenfläche wuchs ein knorriger Apfelbaum. Im Schatten seiner ausladenden Äste stand eine auf ein Stativ montierte Videokamera. Ein schmächtiger Mann lag in einem gestreiften Liegestuhl in der prallen Sonne und schlief. In der Hand hielt er eine Bierdose, die schon einige Zentimeter nach unten gerutscht war und jeden Moment auf den Boden zu fallen drohte.

Eva betrachtete den schlafenden Mann. Raymond Nygren war seit ihrer letzten Begegnung älter geworden. In seinem Haar, das er straff nach hinten gegelt trug und das sich bis auf seine knochigen Schultern lockte, zeigten sich erste graue Strähnen. Den goldenen Ohrring hatte er immer noch, ebenso wie den funkelnden Eckzahn, der jedes Mal zum Vorschein kam, wenn er im Schlaf grunzte und die Lippen leicht öffnete. Von einer blau gestreiften Badehose abgesehen, war er nackt. Seine Haut war von der Sonne gerötet, und er schwitzte stark. Im Gras neben ihm lagen drei leere Bierdosen. *Pripps Blå Export*. Nygren stöhnte unruhig.

»Zeit zum Aufwachen, Raymond!«, rief Eva schnell.

Der kleine Mann reagierte nicht. Erst als sie ihm die Bierdose aus der Hand genommen und den letzten Rest über den Bauch geschüttet hatte, zuckte er zusammen, als sei er von einer Hornisse gestochen worden, drehte sich ruckartig um und kippte mit dem Liegestuhl ins Gras. Mühsam kam er wieder auf die Knie. Danach schien es, als sei ihm die Luft ausgegangen, denn er blieb einfach mit angewinkelten Beinen auf dem Boden sitzen.

»Hallo, Raymond! Hast du in letzter Zeit einen Oscar gewonnen?«

Der Filmproduzent schüttelte verwirrt den Kopf und murmelte undeutlich vor sich hin.

»Erkennst du mich nicht wieder? Eva Ström. Von der Polizei in Ystad. Wir haben dir hier draußen vor ein paar Jahren einmal einen Besuch abgestattet.«

»Verdammt«, murmelte Nygren.

»Bist du allein zu Hause?«

Er schielte unruhig zu der halb zugewucherten Terrasse hinüber, wo die Schiebetür einen Spaltbreit offen stand.

»Ich glaube schon.«

Nygren griff sich an die Stirn.

»Scheiße, mir brummt der Schädel.«

Er stand mit Leidensmiene auf, taumelte zur Terrassentür und verschwand im Haus. Eine Minute später kam er zurück, eine neue Bierdose in der Hand und ein aufgeknöpftes Hemd über den Schultern. Es zischte und schäumte, als er das Bier öffnete. Er trank gierig. Als die Dose leer war, drückte er sie zusammen und rülpste. Dann sah er Eva an mit glänzenden Augen, die früher bestimmt jede Menge Herzen gebrochen hatten.

»Warum könnt ihr einen ehrlichen Kleinunternehmer wie mich nicht einfach in Ruhe seine Arbeit machen lassen?«, klagte er.

»Keine Sorge, Raymond. Ich möchte mich nur ein bisschen unterhalten.«

»Und über was …?«

»Komm, wir setzen uns in den Schatten.«

Er folgte ihr gehorsam. Sie setzten sich in zwei Gartenstühle neben dem Apfelbaum. Nygren stank penetrant nach Alkohol.

»Es geht um eine Frau, mit der du vor ein paar Jahren Kontakt hattest«, begann Eva.

Der Filmproduzent seufzte unglücklich.

»Vor ein paar Jahren? Bist du verrückt? Hast du eine Ahnung, wie viele Frauen ich in meinem Beruf treffe?«

»Es war keine x-beliebige Frau. Man hat sie kurz darauf in Furuboda am Strand gefunden. Tot.«

Nygren blickte Eva unter schweren Augenlidern an, dann sah er zur Baumkrone hoch, die ihre Äste über ihnen ausstreckte.

»Ich kann mich noch daran erinnern, dass mich irgend so ein Bulle angerufen hat«, sagte er nachdenklich. »Das ist vielleicht zwei Jahre her. Ich meine, er hätte irgendwas von Furuboda geschwafelt. Aber ich wusste ja nichts und konnte ihm nicht weiterhelfen.«

»Es ist keiner vorbeigekommen und hat mit dir geredet?«

»Nein, sie haben mich nur angerufen.«

Eva fluchte innerlich. War das alles? Hatten sie nichts weiter unternommen, als einen unerfahrenen Assistenten ein paar Anrufe machen zu lassen? So viel zu dieser Ermittlung.

»Hast du Leute bei dir wohnen?«

»Was?«

»Ich meine deine Pornodarsteller. Wohnen die während des Drehs bei dir?«

Nygren zuckte mit den Schultern.

»Manchmal. Aber das ist doch nicht verboten, verdammte Scheiße noch eins!«

»Draußen in der Scheune?«

»Nein, verflucht.«

»Da stehen ziemlich viele Möbel.«

»Aha, du warst also da drin und hast rumgeschnüffelt? Das ist nur alter Plunder, den ich auf Flohmärkten kaufe und wieder verramsche.«

»Bringen die Filme nicht genug ein?«

Raymond Nygren blickte sie gekränkt an.

»Du ahnst nicht, wie schlecht die Einnahmen in dieser

Branche sind. Die Leute laden heutzutage jeden Mist aus dem Netz runter. Keiner will mehr für Qualität bezahlen.«

»Ja, das ist wirklich ein Jammer …«

Ungeduldig stand Eva auf und umrundete den Apfelbaum. Bei der Videokamera blieb sie stehen.

»Machst du momentan einen Film?«

»Ja, heute Vormittag haben wir ein paar Naturszenen gedreht.«

»Wer sind wir?«

»Ein paar Darsteller, mit denen ich zurzeit arbeite. Sie wohnen im Wohnwagen. Aber sie sind grade nicht hier. Sie sind nach Tomelilla gefahren, um Alkohol zu kaufen, wenn du es genau wissen musst.«

»Ausländische Mädchen? Die sollen im Unterhalt billiger sein, habe ich gehört.«

Nygren schnaubte irritiert.

»Kent und Kitten aus Borlänge. Richtige Profis. Was Besseres musst du erst einmal finden. Und das lass dir gesagt sein: Die beiden sind verdammt noch mal so viel effizienter als alle Bräute, mit denen ich jemals gearbeitet habe! Wenn du mir nicht glaubst, kannst du warten, bis sie zurückkommen. Guck uns beim Drehen zu, wenn du willst, damit du weißt, wie das bei uns abläuft. Bei mir ist alles legal, da kannst du Gift drauf nehmen!«

Nygren atmete schwer. Eva konnte nicht sagen, ob seine Empörung echt war. Als er sich ein wenig beruhigt hatte, ging sie vor ihm in die Hocke und sah ihn eine Weile schweigend an. Schließlich entschloss sie sich, alles auf eine Karte zu setzen. Sie legte eine Hand auf sein knochiges Knie.

»Hör gut zu, Raymond«, flüsterte sie. »Wir wissen beide, dass ich dir das Leben zur Hölle machen kann.«

»Bist du sicher?«

Er blickte sie trotzig an.

Eva nickte.

»Du hast in deinem Leben kaum eine Krone an den Fiskus gezahlt. Ein Anruf von mir genügt, und du hast die Steuerfahndung am Hals. Willst du, dass die Steuergeier bei dir aufkreuzen und das ganze Haus auf den Kopf stellen? Außerdem habe ich mehrere Quellen, die sagen, dass einige der Bräute, die hier vor deiner Kamera gevögelt haben, noch minderjährig waren.«

Nygren drehte das Gesicht zur Seite, aber Eva griff ihm unters Kinn und zwang ihn, ihr in die Augen zu sehen.

»Ich würde mal schätzen, dass dich das alles mit Sicherheit für fünf, sechs Jahre hinter Gitter bringt. Hältst du das aus? Für mich spielt das keine Rolle. Alles, was mich interessiert, ist die ertrunkene Frau in Furuboda. Sie hatte eine Telefonnummer auf dem Arm. Mit Tinte geschrieben. Das war deine Nummer, oder?«

Auf einmal spürte sie, dass Nygrens Knie zitterte. Schlagartig wirkte er weder müde noch betrunken. Nur verängstigt. Sein Blick flackerte. Hoffentlich kommt jetzt niemand, dachte Eva. Sie sprach lauter.

»Lüg mich nicht an, Raymond! Du wirst es nicht bereuen!«

Nygren kniff die Augen zusammen.

»Sie war hier, oder?«

Er nickte beinahe unmerklich.

»Wie ist sie nach Furuboda an den Strand gekommen?«

»Ich habe keine Ahnung, ich schwöre. Es stimmt, sie war hier, aber das war über eine Woche, bevor sie gestorben ist.«

»Wo kam sie her?«

»Keinen Schimmer …«

»Du weißt verdammt gut, wer sie hergeschickt hat!«, brüllte Eva.

Nygren floss der Schweiß in Strömen über das Gesicht. Er rieb sich die Augen. Es war ihm deutlich anzusehen, dass er fieberhaft nach einem Ausweg suchte.

»Du hast die Wahl«, fuhr Eva unbarmherzig fort. »Entweder fördern wir jeden Schweinkram und jede noch so kleine Schummelei ans Tageslicht, die du hier draußen veranstaltet hast, oder du gibst mir einen Namen. Wenn du dich für Letzteres entscheidest, werde ich mein Möglichstes tun, um dich aus der Sache rauszuhalten.«

Sie gab ihm einen Augenblick Bedenkzeit. Nygren kratzte sich nachdenklich an der Nase. Immer wieder öffnete er den Mund, doch das Einzige, was er zustande brachte, waren kurze, trockene Schmatzgeräusche. Zu guter Letzt stammelte er einen Namen.

»Jokovic …«

»Wer?«

»Ratko Jokovic. Ein Jugoslawe in Malmö. Es heißt, dass er ein paar illegale Klubs betreibt. Bräute importiert. Er hat sie geschickt. Aber um Gottes willen, nenn nicht meinen Namen. Wenn er erfährt, dass ich ihn verpfiffen habe, bin ich tot.«

»Wie hieß sie?«»Nicole. Oder Nicoleta. So hat sie sich genannt. Irgendetwas in der Art. Mehr weiß ich auch nicht über sie.«

»Wo ist sie anschließend hingegangen?«

»Ich schwöre, ich habe keine Ahnung.«

Nygren schaute sich verzweifelt um. Auf einmal klang seine Stimme flehentlich, und es sah fast so aus, als würde er anfangen zu weinen.

»Du musst mir glauben. Das war das einzige Mal, dass ich mit diesem Jugoslawen Kontakt hatte, und ich bereue es bis heute. Doch wir brauchten für einen Dreh schnell ein paar Mädchen, und irgendjemand hat Jokovics Namen genannt. Ich habe nur einmal mit ihm gesprochen, mir war sofort klar, dass der Typ lebensgefährlich ist. Er hat Nicoleta hergeschickt. Sie hat mich eine Menge Kohle gekostet, aber ich hatte es eilig. Allerdings hat es mit ihr nicht funktioniert. Also habe ich nach ein paar Tagen wieder angerufen, und irgendeiner seiner Handlanger hat sie abgeholt. Das ist alles, was ich weiß.«

»Zweimal.«

»Was?«

»Du hast zweimal mit Jokovic gesprochen.«

»Ja, okay. Einmal, um die Sache mit ihm zu besprechen. Und dann ein weiteres Mal, um sie wieder loszuwerden.«

»Hast du die Telefonnummer noch?«

»Nein, verdammt! Die habe ich sofort weggeschmissen. Ich wollte mit diesem Typen nichts mehr zu tun haben.«

»Und du weißt nicht, wo man ihn finden kann?«

»Nein, nicht den blassesten Schimmer.«

Langsam stand Eva auf. Irgendetwas sagte ihr, dass Raymond Nygren alles erzählt hatte, was er wusste.

»Weshalb hat es nicht funktioniert?«

»Was?«

»Du hast gesagt, dass es mit ihr nicht funktioniert hat. Warum nicht?«

Nygren fuhr sich mit der Hand über das Gesicht.

»Sie war keine Schauspielerin. Man hat ihr angemerkt, dass sie nicht wollte. Außerdem war es unmöglich, ihr irgendwelche Regieanweisungen zu geben. Sie hat nicht verstanden, was man ihr sagte. Sie hat nur irgend so ein Kauderwelsch gesprochen. Ich glaube, es war Rumänisch …«

Eva fixierte ihn.

»Hast du gerade Rumänisch gesagt?«

»Ja, ich glaube, das war die Sprache …«

Eva nahm eine Visitenkarte aus ihrer Hemdtasche und ließ sie ihm in den Schoß fallen.

»Ruf mich an, wenn dir noch etwas einfällt.«

Als sie den verwilderten Garten verließ, blieb Raymond Nygren im Schatten unter dem Apfelbaum sitzen, schmächtig und erbärmlich.

Im Auto war es heiß wie in einem Backofen. Sie kurbelte beide Seitenfenster herunter und drehte den Zündschlüssel. Während sie langsam vom Hof fuhr, dachte sie wieder daran, was Jonny an dem Abend in der Pizzeria gesagt hatte. Hinter ihr krächzten die Krähen in der toten Ulme.

Kapitel 15

Auf dem Foto sah sie so ernst aus. Als er es zum ersten Mal in den Händen gehalten hatte, hatte ihn das beunruhigt. Und wie blass sie war, so dünn und zerbrechlich. Die schwarzen Locken zu adretten Zöpfen mit roten Seidenbändern geflochten.

Irgendjemand hatte ihr eine altmodische weiße Bluse mit Spitzenkragen angezogen. Um den Hals trug sie eine kleine Kette aus Plastikperlen.

Jonny erinnerte sich, dass ihn das misstrauisch gemacht hatte, das Bild, das sie in einem Briefumschlag aus Bukarest geschickt hatten.

»Maria«, hatten sie auf die Rückseite geschrieben. »Two years old.«

Wie lange war das her? Vierzehn Jahre. Seit damals trug er das Foto in seiner Brieftasche mit sich herum. Mittlerweile war es verknittert und an den Ecken ausgefranst.

Aber die Augen waren dieselben.

So traurig.

Sie war doch erst zwei Jahre alt.

Jonny griff nach dem Weinglas, das er auf den Fußboden vor dem Sofa gestellt hatte. Jetzt begannen sie zu wirken, die letzten Tabletten, die er genommen hatte. Der Schmerz ließ langsam nach, das höllische Pochen in seiner Hand ließ nach. Er hob den Kopf und trank, verschüttete ein paar Tropfen, die am Kinn hinunterliefen.

Dann nahm er das Foto von Maria wieder in die Hand und betrachtete es. Es war erst ein paar Stunden her, dass er sie verlassen hatte, dass er vor all dem geflohen war, was während der Geburtstagsfeier im Garten auf ihn eingestürmt war. Jonny versuchte, ihrem Blick standzuhalten, doch seine Augen begannen zu tränen. Die Umrisse verflossen und wurden unscharf. Er hatte das Gefühl, dass das Sofa unter ihm schaukelte, als würde er in einer kleinen Jolle auf einem großen Meer umhersegeln. Er kniff die Augen zusammen und blinzelte, bemühte sich zu fokussieren.

Dass ihn das Foto beunruhigt hatte, war nicht verwunderlich. Sie hatten die erschütternden Fernsehbilder von den fürchterlichen Zuständen in den rumänischen Waisenhäusern nach dem Sturz des Ceaușescu-Regimes gesehen. Zwar lag das damals schon neun Jahre zurück, aber wie wahrscheinlich war es, dass sich alles verändert hatte? Verlassene Kinder, eingesperrt und nackt, hilflos im eigenen Kot sitzend? Kinder, die man wie Tiere behandelte und die sich in Tiere verwandelt hatten. Sollten sie »Maria, two years old« an einem solchen Ort abholen? Was, wenn die Mitarbeiter eines der Kinder nur anständig hergerichtet hatten – mit sauberen Sachen und roten Seidenbändern im Haar –, um ein ansprechendes Foto nach Schweden schicken zu können? Mit diesen gemischten Gefühlen hatte Jonny das Bild zum ersten Mal betrachtet.

Wenn sie ihre ersten zwei Lebensjahre tatsächlich unter derart erniedrigenden Umständen verbracht hatte – was hatte das mit dem blassen Mädchen gemacht, das seine Tochter werden sollte?

Auf dem Flug nach Bukarest war ihm vor lauter Angst übel geworden. Die Tage im Hotel, bis sie sämtliche Formalitäten erledigt hatten, waren die reinste Tortur gewesen. Es war Spätherbst, und die letzten Blätter fielen von den Bäumen. Die Luft war kühl, und über der Stadt hing ein Geruch von verbrannter Braunkohle. Jonny und Lena versuchten, sich die Zeit, so gut es ging, mit Museumsbesuchen und Spaziergängen zu vertreiben. Sie hatten sich den wahnwitzigen Parlamentspalast des Diktators angesehen, sich über seine Gier und Grausamkeit ereifert und sich darüber gewundert, dass trotz alledem jemand Blumen auf sein Grab auf dem versteckten Friedhof gelegt hatte.

Sie hatten die herrenlosen Hunde gesehen, die durch die Stadt streunten.

Und die vielen Straßenkinder.

Sie standen an den Paradestraßen, schmutzig und zerlumpt, und wenn die Ampeln auf Rot sprangen, klopften sie an die Autofenster und versuchten, eine Hand ins Wageninnere zu stecken. An einem Morgen war Jonny früh aufgewacht, hatte sich aus dem Hotel geschlichen und war rastlos durch die Stadt gelaufen. Hinter einem Bahnhof lagen sie wie unförmige Bündel. Einige schliefen. Andere fingen gerade an, sich zu rühren, streckten Arme und Beine und blinzelten verschlafen mit glasigen Augen. Ein Kind hatte die Nase schon in seine Klebstofftüte gesteckt, um die Kälte zu verdrängen. Sein Atem gefror in der Luft zu kleinen Wolken.

Um Gottes willen! Die Kleinsten waren höchsten vier, fünf Jahre alt!

Als die Kinder Jonny entdeckten, zeigten sie auf ihn und begannen zu rufen. Ein paar Ältere krabbelten aus ihren Lumpen. Sie sahen wütend aus.

Entsetzt lief er davon. Jonny hatte sich lange geschämt, dass er vor ein paar verwahrlosten Straßenkindern geflohen war, aber vor allem dafür, dass er gedacht hatte, sie würden wie Tiere stinken.

Am nächsten Tag erhielten sie die Nachricht, dass sie mit dem Taxi zum Kinderheim kommen sollten. Es dauerte nur eine halbe Stunde. Als sie das Waisenhaus betraten, war es bei Weitem nicht so schlimm, wie Jonny befürchtet hatte. Natürlich roch es in den Fluren nach Urin und Desinfektionsmittel. Und in den Schlafsälen reihten sich die Etagenbetten dicht an dicht aneinander. Aber die Kinder waren gesund und sauber, wenngleich sie verwaschene Kleidung mit Schriftzügen trugen, die verrieten, dass die Sachen aus Altkleidercontainern aus Deutschland, Frankreich oder Schweden stammten. Und auf einmal stand Maria vor ihnen, klein und dünn.

Sie hatte den Daumen im Mund und hielt die kleine Stoffpuppe im Arm. Die Puppe mit den feuerroten Pippi-Langstrumpf-Zöpfen, die sie in einem Paket aus Schweden geschickt hatten. Als die Vorsteherin sie dazu aufforderte, machte sie einen Knicks, obwohl sie erst zwei war. Jonny fand das seltsam.

Er dachte an die Traurigkeit, die er in ihren Augen gesehen hatte.

Ob sie wohl jemals verschwinden würde?

Als er das kleine Mädchen, das seine Tochter werden sollte, zum ersten Mal auf den Arm nahm, fand er, dass sie fremd roch.

***

Kurz darauf saß Jonny im Auto. Vielleicht war er auf dem Sofa eingedöst, vielleicht hatte er sich nur in seinen Erinnerungen verloren.

Jetzt konnte er das Jaulen der Hunde hören, die hinter ihm her waren. Blut hatten sie schon geleckt. Aber sie wollten mehr und hatten seine Witterung aufgenommen.

Konnte er sich darauf verlassen, dass Jokovic ihm volle fünf Tage Zeit ließ?

Jonny erschauerte.

Er legte wahllos irgendeine CD ein und drehte die Lautstärke so hoch auf, dass es im Auto dröhnte. The Clash, live. Raue Gitarrenklänge, trockene Trommelwirbel und Joe Strummers heisere Stimme, die direkt ins Herz drang:

»Somebody got murdered
His name cannot be found
A small stain on the pavement
They'll scrub it off the ground.«

Tot und vergessen.

Die Digitaluhr im Armaturenbrett zeigte 17:48. Die Sonne sank langsam auf die Hausdächer, und die Straßen waren in ein gelbbräunliches Licht getaucht, wie auf einer alten Sepiafotografie. Jonny hatte nicht die blasseste Ahnung, wo er eigentlich hinfuhr.

Wo findet man in einer Stadt, in der so viele Menschen unterhalb des Existenzminimums leben, eine Million?

Er dachte an die Wechselstuben in Möllevången, wo dicke Dollarbündel den Besitzer wechselten, ohne dass jemand nach einer Quittung fragte. An die illegalen Spielklubs, in denen man sich ohne ein astronomisches Startgeld erst gar nicht sehen lassen musste. Und er dachte an die Edelmetallhändler, die Gold und Silber verkauften und deren Safes mit Sicherheit gut gefüllt waren.

Verdammt noch mal, ein Bulle konnte doch nicht anfangen, Leute auszurauben!

Seine Pistole lag immer noch im Handschuhfach. Er brauchte nur noch Löcher in eine Mütze zu schneiden, sie übers Gesicht zu ziehen, brüllend in irgendein Geschäft zu stürzen, ein paar Schüsse an die Decke zu feuern, um den Leuten Angst einzujagen, und schon könnte er seine Beute zusammenraffen. Er würde nur Bargeld nehmen, nichts, was schwer wieder zu verticken war. Dann schnell weg. Unkompliziert und schmerzfrei. Er musste nur das richtige Opfer wählen. Jonny kannte die ein oder andere zwielichtige Gestalt, die ganz bestimmt nicht zur Polizei gehen würde, um ihre eigenen Machenschaften nicht zu gefährden.

Scheiß drauf, ich mach's!, beschloss er am Steuer seines Autos.

Als er ein kleines gelbes Neonschild sah, bremste er und parkte an der gegenüberliegenden Straßenseite.

Er drehte die Musik leiser.

Habib Exchange.

Die Ladenfenster waren vergittert, aber die Tür war offen. Auf der Schwelle stand ein bärtiger Mann in Jeansjacke und rauchte, während er die Straße entlangsah, als würde er auf jemanden warten. Jonny klappte die Sonnenblende herunter und sank etwas tiefer in den Fahrersitz. Vorsichtig öffnete er das Handschuhfach. Die Pistole lag auf dem roten Straßenatlas. Er nahm die Waffe heraus, klemmte sie zwischen die Knie und zog das Magazin heraus.

Geladen mit acht Patronen.

Lange saß er mit dem warmen Stahl in der Hand reglos da und horchte auf sein klopfendes Herz. Es fühlte sich an, als hätte es sich von Venen und Arterien losgerissen und würde wie ein lebendiges Tier in seiner Brust wüten.

Wenn nur das Schwindelgefühl verschwinden würde. Wenn diese Benommenheit nachlassen würde, die ihn so kraftlos und lethargisch machte, als hätte er gekifft. Wenn er nur klar denken könnte.

Dann sah er, wie der Mann auf dem Bürgersteig seine Zigarette wegwarf, sich umdrehte und etwas ins Geschäft hineinrief. Offenbar war er nicht alleine. Es schien, als sei er auf irgendjemanden da drinnen wütend. Plötzlich blickte er sich um und sah direkt über die Straße zu Jonny hinüber, nur ein flüchtiger Blick, doch er genügte, damit Jonny der Mut verließ.

Was zum Teufel soll ich tun, wenn sie Widerstand leisten?, dachte er. Sie erschießen?

Er warf die Pistole wieder ins Handschuhfach, ließ den Motor an und fädelte sich in den Verkehr ein.

»Was für eine dämliche Idee«, murmelte er und warf einen verschwommenen Blick in den Rückspiegel.

Er murmelte noch eine Weile vor sich hin, bis ihm die Worte ausgingen. Schweigend kurvte er durch die Straßen, meistens völlig ziellos. Aber wie üblich betrachtete er die Menschen, die auf den Gehwegen vorübergingen, versuchte, ein Gesicht aus der Menge herauszupicken und es zu deuten. Doch alle hasteten so schnell an ihm vorbei, dass ihm dazu gar keine Zeit blieb. In seinem Kopf schwirrten die Gedanken umher, unruhig wie sterbende Schmetterlinge im Spätsommer.

Joe Strummers heisere Stimme war schon lange verstummt. Stattdessen stellte Jonny das Radio an und schaltete zwischen den Sendern hin und her. In rascher Folge erklangen Discobeats, quasselnde Radiomoderatoren und aggressive Werbejingles. Und dann urplötzlich eine glasklare Stimme: *»Sie brauchen schnell Geld? Fünftausend auf Ihrem Konto in nur wenigen Minuten. Ohne Sicherheit. Schicken Sie eine SMS an Monero Sofortkredit!«*

Warum nicht?

Natürlich hatte Jonny von den horrenden Zinsen bei SMS-Krediten gehört. Aber im Augenblick war das seine geringste Sorge.

Er hielt am Straßenrand und stellte den Motor ab. Obwohl er Schwierigkeiten hatte, sich auf das Display seine Handys zu konzentrieren, dauerte es nicht lange, bis er fünf Firmen gefunden hatte, die Kredite anboten. Ein paar Tasten gedrückt, und schon waren die Anträge auf dem Weg.

Auf einmal stand sein Plan fest: Jetzt, wo er ein Startkapital zur Verfügung hatte, musste er nur noch dafür sorgen, dass sich das Geld in Windeseile vermehrte.

***

Der Pferdegeruch ließ Jonny unweigerlich zusammenzucken.

Nicht, dass er ein großer Pferdeliebhaber gewesen wäre.

Für Fische und Vögel hatte er etwas übrig, manchmal fühlte er direkt eine Art Verbundenheit mit ihnen. Pferde waren viel zu groß und unberechenbar. Wenn er Maria in den Reitstall begleitet hatte, hatte er jedes Mal einen respektvollen Abstand zu ihrem Pony eingehalten.

Nein, die Verlockung, die von diesem herben Geruch aus Pferdescheiße und dampfenden Tierleibern ausging, war eine andere.

Es ging um Möglichkeiten.

Reich zu werden.

Für ihn war der Geruch von Pferden verknüpft mit heißen Würstchen und wässrigem Kaffee, mit Spielscheinen und Geld, mit den Prognosen unter den Starterlisten in den Abendzeitungen und mit erwartungsvollen Männern, immer Männern, die hinter vorgehaltener Hand Tipps murmelten und sich um die Wettkassen drängelten, um die Einsätze zu platzieren, die sie reich machen sollten.

Jonny hatte sein Auto auf dem riesigen Parkplatz abgestellt, der sich zwischen den Großmärkten und der Pferderennbahn in Jägersro erstreckte. Nachdem er sein Konto kontrolliert und festgestellt hatte, dass vier von fünf SMS-Krediten überwiesen worden waren, schlenderte er in die Stallgasse. Bis zum ersten Rennen dauerte es noch über eine Stunde.

Draußen vor dem Stallkomplex herrschte rege Betriebsamkeit. Stallmädchen hatten alle Hände voll zu tun, wiehernde Pferde im Zaum zu halten, die ungeduldig an ihren Zügeln rissen, die Muskeln vollgepumpt mit Adrenalin. Hufe stampften auf den Boden, und in den Boxen im Innern des Stalls polterte es. Tierärzte, Pferdebesitzer und notorische Spieler auf der Jagd nach Tipps bewegten sich kreuz und quer zwischen den Gebäuden. Bunt gekleidete Jockeys spannten ihre Pferde vor die Sulkys. Vom Übungsplatz erklang das Geräusch von Gespannen beim Heatfahren.

Jonny ließ sich Zeit. Nickte Leuten zu, denen er begegnete, wechselte hier und da ein paar Worte. Ging in der Wetthalle an der Haupttribüne vorbei, wo er an einem Automaten Geld abhob.

Cash is king, dachte er.

Das Pochen in seiner Hand spürte er nicht mehr, einzig und allein ein ungeduldiges Kribbeln in den Fingern, das Großes vorhersagte.

Zwanzigtausend.

Wenn ich das Fünfzigfache gewinne, habe ich eine Million.

Auf dem Rückweg in die Stallgasse blieb er stehen und schnupperte. Jetzt roch es eindeutig nach Pferden. Und nach Möglichkeiten.

Als er das Tagesprogramm überflogen und sich mit etlichen Rennbahnbesuchern unterhalten hatte, ohne auf einen brandheißen Tipp zu stoßen, fiel sein Blick auf eine gebeugte Gestalt, die er nur zu gut kannte. Der Mann stand ganz für sich, lehnte an einem Pfosten bei den Stallungen und betrachtete ein Pferd, das hinkend über ein Laufband lief. Als er Jonny entdeckte, verzog sich sein entstelltes Gesicht zu einem breiten Lächeln.

Es existierten unterschiedliche Versionen darüber, wie Klas Bogren die groteske Narbe erhalten hatte, die sein Kinn und seine Lippen förmlich in der Mitte spaltete und es aussehen ließ, als sei seine Nase mit Fäden angenäht worden. Eine Variante besagte, dass er als Jugendlicher in eine Messerstecherei in Marseille verwickelt gewesen war. Eine andere, dass ihm eine Geliebte das Gesicht mit einer kaputten Flasche aufgeschlitzt hatte. Eine dritte Erklärung, und vermutlich die wahrscheinlichste, war ein Pferdetritt.

Solange Jonny zurückdenken konnte, hatte Bogren sich auf der Rennbahn herumgetrieben. Wovon er lebte, war unklar. Hin und wieder hatte er vorübergehend Arbeit, doch die meiste Zeit war er auf Sozialhilfe angewiesen. Böse Zungen nannten ihn »Frankenstein«. Und viele machten den Fehler, zu glauben, dass dieser Pferdetritt ihn zu einem Idioten gemacht hatte, nur weil er undeutlich sprach. Er spielte nie. Aber im Laufe der Jahre hatte Jonny begriffen, dass Klas Bogren einer derjenigen war, die fast alles über die Pferde in Jägersro wussten.

»Jonny!«

»Grüß dich, Klas. Wie ist die Lage?«

»Kann nicht klagen …«, lispelte Bogren und streckte ihm eine Hand mit Trauerrändern unter den Nägeln entgegen.

Jonny holte seine Zigarettenschachtel hervor und bot ihm eine Zigarette an.

»Schade um den Gaul«, nuschelte Bogren und nickte zu dem Pferd hinüber, das über das Laufband hinkte. »Die Stute wird nie wieder gesund. Sie sollten sie einschläfern. Sie direkt zu Wurst verarbeiten.«

»Oder Pferdelasagne«, grinste Jonny.

»Was?«

»Ach, ich hab nur einen Witz gemacht.«

Bogren sah ihn mit großen Augen an.

»Man sollte das Tier nicht unnötig quälen!«

»Nee«, sagte Jonny und schaute auf die Uhr.

Diskret nahm er einen Hunderter aus seiner Brieftasche und steckte ihn in Bogrens Brusttasche.

»Willst du spielen?«

Jonny nickte.

»Hast du was für mich?«

Klas Bogren kratzte sich nachdenklich an der Stirn, und Jonny sah, wie sein Gehirn das Tagesprogramm abspulte, das mit hundertprozentiger Sicherheit unter dem wilden Haarschopf gespeichert war.

»Der fünfte Lauf«, sagte er schließlich.

»Ja …?«

»Silver Stream gilt als Favorit. Aber ihr Bein ist nicht in Ordnung. Ich habe den Tierarzt heute Morgen in ihrer Box gesehen. Sie bekommt ziemlich viele Medikamente.«

»Du willst damit sagen …?«

»Setz dein Geld auf Loppan. Auf Sieg. Sie ist gestern im Training so wunderbar gelaufen. Die Quoten sind super.«

Jonny klopfte ihm auf die Schulter.

»Danke für den Tipp, Klas. Wir müssen uns irgendwann mal auf ein Bier treffen und uns länger unterhalten«, log er und eilte in Richtung Wetthalle davon.

Auf der Tafel neben der Wettkasse kontrollierte er die Quoten. Wenn Loppan als Erste durchs Ziel ging, würde sie ihm fast das Zwanzigfache einbringen. Das war keine Million, aber Jonny würde ein ansehnliches Startkapital bekommen, das er ausbauen konnte. Voller Zuversicht schob er der Frau am Schalter sein Geldbündel hin.

»Fünfter Lauf. Pferd Nummer acht. Loppan. Zwanzigtausend auf Sieg.«

Als er seine Quittung erhalten und sie sicher in seiner Brieftasche verwahrt hatte, kaufte er sich einen Kaffee im Plastikbecher, den er mit nach draußen nahm. Die Trabrennbahn wurde mittlerweile von Scheinwerfern erleuchtet, obwohl die Sonne noch nicht untergegangen war. Langsam füllten sich die Tribünen. Es war ein milder Abend. Und irgendwo, dicht in seiner Nähe, spürte er sie, die Göttin mit dem lieblichen Atem.

Jonny lehnte sich an das Geländer und genoss den Augenblick. Das hier ist die beste Zeit, fuhr es ihm durch den

Kopf. Die Spannung vor der Entscheidung.

Dass er noch vor wenigen Stunden kurz davor gewesen war, eine Wechselstube zu überfallen, hatte er für den Moment verdrängt.

Plötzlich merkte er, dass ihn jemand ansah.

Ungefähr zehn Meter von ihm entfernt, halb verdeckt durch ein paar Zuschauer, entdeckte er Georg Svedin. Hinter der Brille mit Stahlbügeln war der Blick des Kommissars grau und kalt. Auf dem Kopf trug er ein kariertes Basecap. Zunächst hatte es den Anschein, als wollte er sich wegdrehen, doch dann schien er es sich anders zu überlegen und drängelte sich zu Jonny durch.

»Du bist also wieder fit?«, begrüßte er ihn säuerlich und warf einen Blick auf Jonnys bandagierte Hand.

Jonny zuckte mit den Schultern.

»Fit und fit … Irgendwie muss man sich ja die Zeit vertreiben, wenn man krankgeschrieben ist.«

Er warf seinen leeren Kaffeebecher in einen Mülleimer und fischte stattdessen die Zigarettenschachtel aus der Tasche, zündete sich eine an und füllte seine Lunge mit Rauch.

»Hast du gewonnen? Mit Lucky Star, meine ich?«

Svedin funkelte ihn an.

»Ich habe nicht gesetzt.«

»Also hast du mir nicht vertraut«, konstatierte Jonny, ohne seine Schadenfreude zu verbergen.

Der Kommissar schwieg. Aber dann schien er über etwas nachzudenken, was er nicht recht in Worte fassen konnte.

»Ich habe gehört, dass du im Krankenhaus auf derselben Station gelandet bist wie Runesson«, sagte er ein wenig zögernd.

»Wer hat das gesagt?«

»Runesson selbst. Ich habe ihn heute Morgen zu Hause besucht. Er ist mittlerweile entlassen worden.«

Jonny schnaubte.

»Ich dachte, du könntest den Kerl nicht leiden.«

»Das kann ich auch nicht. Aber wir mussten ein paar Dinge besprechen.«

»Was denn?«

»Die Anzeige zum Beispiel. Gegen dich. Ich glaube, die ist aus der Welt.«

»Dann soll ich wohl auch noch dankbar sein?«

Svedin sah ihn kalt an.

»Das bleibt dir überlassen.«

Plötzlich ging durch die Reihen auf der Tribüne ein Raunen. Die Gespanne für das erste Rennen des Tages fuhren ein. Der Boden erzitterte unter den Hufen der Pferde. Jonny hörte zu, während der Stadionsprecher die Startnummern bekannt gab.

»Wir haben auch noch über etwas anderes gesprochen«, sagte Svedin, als die Stimme im Lautsprecher verstummt war.

»Ach ja …«

»Na ja, eigentlich war es Runesson, der die meiste Zeit geredet hat. Über Lina Andersson. Die Amphetaminhure in Holma, du weißt. Sie hat einen von Ratko Jokovics Männern verpfiffen. Runesson meint, dass sie dafür bezahlen musste. Dass irgendjemand bei dieser Überdosis nachgeholfen hat.«

Svedin starrte ihn an, ohne auch nur den Versuch zu machen, sein Misstrauen zu verbergen. Jonny hatte das Gefühl, als würde der Boden unter seinen Füßen schwanken. Auf einmal fiel es ihm schwer, dass gräulich-blasse Gesicht unter der Schirmmütze zu fixieren.

»Runesson redet einen Haufen Scheiße!«, zischte er.

»Vielleicht …«

Erst nach einer Ewigkeit wandte der Kommissar seine Aufmerksamkeit der Rennbahn zu, wo sich die Pferde schnaubend und stampfend der Startlinie näherten.

»Hast du ein paar Tipps für heute?«, fragte er. »Ich meine, wenn du möchtest, dass ich dir vertraue.«

Jonny warf seine Kippe auf den Boden und trat die Glut mit dem Absatz aus.

»Nein«, sagte er schroff und ließ Svedin stehen.

***

Seltsamerweise verließ ihn die Zuversicht, bevor das Rennen überhaupt angefangen hatte. Vermutlich lag es an der Begegnung mit Svedin.

Entmutigt setzte sich Jonny auf die Tribüne. Seine Hand schmerzte wieder. Er hatte keine Tabletten mehr. Und die nagende Ungewissheit in seinem Kopf: Wussten sie etwas über seine Kontakte zu Ratko Jokovic?

Auf der Bahn trieben die Jockeys ihre Pferde mit der Peitsche an, die Tiere stürmten vorwärts, dass die Erdklumpen nur so flogen. Um Jonny herum brandeten Jubel und Applaus auf, als die Gespanne in die Zielgerade einbogen. Suchend ließ er seinen Blick über die Menschenmenge schweifen. Aber eine Verbündete, die ihm süße Versprechungen ins Ohr flüsterte, konnte er weder sehen noch hören. Überall waren nur Männer. Alte und junge, arme und reiche, mit Bart, ohne Bart, Schweden, Jugoslawen und Araber, alle mit den gleichen gierigen Mienen.

Als der fünfte Lauf angesagt wurde, nahm Jonny seine Quittung aus der Brieftasche. Er streichelte den dünnen Zettel und strich ihn glatt, versuchte, die Hoffnung nicht aufzugeben.

»Die Augen sind der Spiegel der Seele«, murmelte er. Doch das Einzige, was er vor sich sah, war Svedins wässriger Blick.

Dann standen die Gespanne in dem Bereich hinter dem Startauto bereit. Beim Kommando »Start frei« beschleunigte das Auto und klappte seine Gitterflügel ein.

Das Rennen hatte begonnen.

Genau wie Bogren es vorausgesagt hatte, machte Loppan von Anfang an einen guten Eindruck. Silver Stream übernahm schnell die Führung, aber auf der hinteren Geraden wurde deutlich, dass etwas nicht in Ordnung war. Die Bewegungen des Favoriten wurden schwerfällig und ruckartig.

Jonny straffte auf seinem Platz ein wenig den Rücken.

Nach der ersten Runde fiel Silver Stream weit zurück, die Zuschauer murmelten unruhig. Ein paar der anderen Favoriten holten auf, doch plötzlich stürmte Loppan durch das Feld nach vorne, und zu Beginn der letzten Runde hatte sie sich bis auf die zweite Position vorgekämpft. Jonny hielt die Luft an und umklammerte seine Quittung.

Und einen Moment später lag sie an der Spitze!

Jubelnd sprang er auf und brüllte, bis ihm die Augen tränten und seine Stimme nur noch einem rasselnden Pfeifen glich.

»Ja! Ja! Jaaaaaaaaaaaa …!«

Durch einen glückseligen Schleier sah er, wie Loppan mit deutlichem Vorsprung in die Zielgerade einlief. Die Zuschauer um ihn herum schrien und gestikulierten, es bahnte sich eine Sensation an, und Jonny tastete blind nach seiner Begleiterin. Sie musste doch da sein! Sah sie denn nicht, was gerade passierte?

In dem Moment, in dem er wieder auf die Rennbahn sah, ereignete sich die Katastrophe. Der Mistgaul galoppierte!

Völlig grundlos, mit einem Vorsprung von gut zwanzig Metern, begann Loppan zu tänzeln und zu bocken. Der Fahrer riss verzweifelt an den Zügeln, doch das Pferd stieg nur in die Höhe und wieherte. Die anderen Gespanne zogen vorbei und überquerten die Ziellinie.

Am Boden zerstört, sank Jonny auf die Bank und weinte wie ein kleines Kind. Die Tränen strömten ihm über die Wangen. Mit letzter Kraft zerknüllte er die wertlose Quittung. Und der einzige Gedanke, der in seinem erschöpften Gehirn Platz hatte, war der, dass er Georg Svedin einen Tipp hätte geben sollen.

Kapitel 16

Die Nacht war mild gewesen, doch jetzt war sie vorbei, und Jonny wünschte sich, dass die Morgendämmerung für immer anhalten würde. Er wollte einfach dort liegen bleiben, auf dem Rücken im weichen Gras unter der großen Eiche, und den Krähen zuhören.

Die erste Windböe vom Meer raschelte in der Baumkrone.

Dann war es wieder still.

Vorsichtig streckte er den Arm aus und fuhr über die taunassen Grashalme, ganz leicht, so, dass es in der Handfläche kitzelte, genau wie beim letzten Mal. Und als sich die ersten Sonnenstrahlen ihren Weg landeinwärts bahnten, erwartete er förmlich, dass sie friedlich dort drüben am Baumstamm lehnen würde, als mache sie einen Ausflug und habe gerade ein Buch aus der Hand gelegt und kurz die Augen zugemacht.

Aber natürlich war er allein.

Er setzte sich auf und blickte sich um. Das blau-weiße Absperrband der Polizei war weg. Der einzige Hinweis, der davon zeugte, was sich hier erst vor wenigen Tagen ereignet hatte, war ein ausgefranstes Seil, das ein paar Meter von ihm entfernt im Gras lag.

Sie muss die ganze Zeit da gesessen haben, dachte Jonny.

Schneewittchen, leblos und kalt.

Es muss passiert sein, bevor ich gekommen bin, unabhängig davon, ob sie sich die Pulsadern aufgeschnitten hat oder ob sie ermordet wurde. Eskil hat einen Schrei gehört. Ich muss ihn fragen, ob er sich noch an die Uhrzeit erinnern kann.

Jonny stand mühsam auf, seine Gelenke waren steif, er hob das sandige Seil auf.

Die Zeit wurde langsam knapp.

Zum tausendsten Mal zählte er die Stunden, die ihm noch blieben. Fünf Tage, hatte Jokovic gesagt, und es gab keinen Grund anzunehmen, dass er in diesem Punkt mit sich handeln lassen würde. Das bedeutete, dass Jonny nur noch einen Tag hatte. Vierundzwanzig Stunden. Er gab den Versuch auf, auszurechnen, wie viele Minuten und Sekunden das waren.

Wenn ich das Geld bis morgen nicht auftreibe, kann ich mich genauso gut erhängen, dachte er.

Scham erfasste ihn. Gibt es etwas Feigeres, als sich das Leben zu nehmen?

Als einfach zu fliehen?

Jonny erschauerte, brachte es aber nicht über sich, das Seil wegzuwerfen. Er schämte sich nicht nur für seine erbärmlichen Selbstmordgedanken, sondern auch für das, was er im Begriff war zu tun.

Jonny warf einen Blick auf die Uhr seines Handys. Großmutter Hanna war doch immer früh auf den Beinen? Oder war das eine Gewohnheit, die sich im Alter änderte?

Plötzlich bekam er eine Eingebung. Er nahm das Seil in der Hand zusammen, ließ es wie ein Lasso einige Male über dem Kopf kreisen und schleuderte es dann, so weit er konnte, über den Steilhang hinaus. Schwer von Feuchtigkeit und Sand, landete es auf halbem Weg den Abhang hinunter, ringelte sich wie eine fliehende Schlange weiter zum Strand hinab und blieb in der Brandung liegen.

Mit der aufgehenden Sonne im Rücken schlenderte Jonny über die Wiese zu seinem Auto, das oben am Schotterweg stand.

Es gab noch einen weiteren Grund, warum er erneut mitten in der Nacht an die Küste gefahren war, benommen und niedergeschlagen nach seiner enttäuschenden Niederlage auf der Trabrennbahn. Er wollte seine Großmutter um Hilfe bitten. Das war das Einzige, was ihm jetzt noch übrig blieb.

Natürlich war sie nicht reich. Seine Großeltern hatten ein bescheidenes Leben geführt. Aber das Haus im Fischerdorf am Hang war, soweit Jonny wusste, mit keiner Hypothek belastet. Und in den letzten Jahren musste es erheblich im Wert gestiegen sein.

Er spürte, wie er errötete.

Vielleicht wollte er sich selbst bestrafen, als er den Rückspiegel herunterkippte und sich in die Augen schaute. Das, was er sah, erfüllte ihn mit Abscheu.

***

Weil es immer noch früher Morgen war, beschloss er, die unausweichliche Begegnung mit seiner Großmutter hinauszuzögern und als Erstes mit Eskil zu sprechen. Er müsste wie üblich auf seinem Boot sein.

Jonny parkte sein Auto auf einem Grasstreifen neben den verwitterten alten Gestellen, auf denen die Fischernetze hingen. Das Wasser im Hafenbecken war schwarz und vollkommen ruhig. Das Geschrei der Möwen hallte trostlos in der Luft. Vom Tang zwischen den Booten stieg ein modriger Geruch auf. Am Kai lagen drei vertäute Fischkutter. Auf dem äußersten sah er Eskil.

Jonny blinzelte in die Sonne.

An der Kaikante stand ein Mann und unterhielt sich mit dem Fischer. Jonny konnte nicht hören, worüber sie sprachen. Aber etwas an dem Mann kam ihm bekannt vor. Als Jonny den Pier hinunterging, sah er, dass der Mann eine Plastiktüte entgegennahm, die Eskil ihm vom Boot hinabreichte. Als Gegenleistung drückte er dem Fischer etwas in die Hand, vermutlich einen Geldschein. Die beiden lachten und nickten sich zum Abschied zu. Der Mann ging wieder in Richtung Hafen und kam direkt auf Jonny zu.

Da fiel es ihm ein.

Ein Irrtum war ausgeschlossen. Schließlich hatte er eine ganze Nacht lang versucht, dieses glatte Gesicht zu deuten. Eine Nacht, die verhängnisvolle Folgen nach sich gezogen hatte.

Adam Westin trug ein hellblaues Poloshirt und Shorts. Er war braun gebrannt, sein blondes Haar ein wenig feucht. Der plastische Chirurg schien im Urlaub zu sein und nicht die geringste Sorge zu haben. Die Lippen hatte er ein bisschen gespitzt, als würde er eine Melodie vor sich hin pfeifen, die zerknitterte Plastiktüte schwang er hin und her. Seine nackten Füße steckten in Segelschuhen.

Jonny begann zu schwitzen. Die Erniedrigung, die er in dieser unglückseligen Nacht erfahren hatte, schien wieder über ihn hereinzubrechen.

Sollte er fliehen?

Er warf einen Blick über die Schulter. Allerdings würde es merkwürdig aussehen, wenn er jetzt kehrtmachte, wo er schon so weit auf den Pier hinausgegangen war. Stattdessen tat Jonny so, als habe er plötzlich den alten Fischkasten entdeckt, der oben auf dem Kai lag. Er drehte Westin den Rücken zu und betrachtete ihn. Hinter sich hörte er Schritte. Jonny machte die Augen zu und zählte sie. Doch in dem Moment, als ein Hauch von Westins Parfüm an ihm vorüberzog, gewann Jonnys

Neugier die Oberhand. Instinktiv drehte er den Kopf, und für eine Sekunde, die eine Ewigkeit dauerte, blickten sie sich geradewegs in die Augen.

Nicht eine Falte im Gesicht. Nicht die leiseste Andeutung von Erstaunen oder Unbehagen. Nicht eine Gefühlsregung war zu erkennen.

Dann war er vorbei, und kurz darauf verschwand Adam Westins durchtrainierte Gestalt in einer Gasse zwischen den Häusern.

Er muss mich doch wohl erkannt haben?, dachte Jonny.

Eskil saß in seinem Boot und säuberte Flundernetze. Mit geübten Handgriffen befreite er die Flundern und Schollen aus den Maschen und warf sie in eine Kiste, wo sie wild zappelten, bis sie aufgaben und mit den Kiemen nach Luft schnappten. Immer wieder musste Eskil verhedderte Tangbüschel entfernen, die er mit einer irritierten Grimasse über Bord warf. Der Boden war voller Fischschleim und modrigem Wasser.

»Dich sieht man ja momentan ständig hier draußen«, begrüßte ihn der Fischer griesgrämig.

»Wer war das?«, fragte Jonny, ohne Zeit mit Höflichkeiten zu verschwenden.

»Wer?«

»Der Mann, der eben bei dir Fisch gekauft hat.«

»Warum? Wird nach ihm gefahndet?«

Eskil blinzelte unter seinen buschigen Augenbrauen.

»Nein, es interessiert mich nur …«

»Was zum Teufel hast du eigentlich mit deiner Hand angestellt?«

»Nichts Schlimmes. Ich habe mir einen Finger abgeschnitten.«

Der Alte zuckte mit den Schultern.

»So was kommt vor … Solange es nicht der Daumen ist, kommst du klar.«

»Es war der kleine Finger. Aber du hast meine Frage nicht beantwortet.«

»Der Mann heißt Adam Westin. Hat vor fünf, sechs Jahren eines der größten Häuser oben am Hang gekauft. Ein Trottel, wenn du mich fragst. Eine Landratte. Der Mensch hat zwei linke Hände. Riecht wie ein Frauenzimmer und macht nichts anderes, als hier am Hafen herumzulaufen und daherzureden, als sei er der größte Seebär auf Gottes Erdboden. Letzte Woche hatte er auf seinem Luxusboot einen Motorschaden, und ich musste ihn nach Kivik in den Hafen schleppen. Aber er bezahlt gut für meine Flundern. Da will ich nichts gesagt haben.«

Er warf eine zappelnde Flunder in die Kiste und hielt in seiner Arbeit inne.

»Weiß du, was ich über ihn gehört habe?«

Jonny schüttelte den Kopf und wartete, während der Alte geheimnisvoll lächelte.

»Er sieht doch ein wenig merkwürdig aus, findest du nicht?«

»Ich weiß nicht, darüber habe ich mir keine Gedanken gemacht …«

»Ja, also«, sagte Eskil. »Ich habe gehört, dass er einer dieser Chirurgen ist, die den Damen die Möpse operieren. Wenn sie größere wollen. Oder auch kleinere. Hintern soll er auch machen. Manchmal Nasen. Oder irgendeinen anderen Körperteil. Das hat Gullvi erzählt. Sie arbeitet beim Pflegedienst. Fährt durch die Gegend und hilft den Alten. Sie kennt jeden und weiß alles. Ich wollte ja nicht fragen, aber Gullvi glaubt, dass er bei sich selbst auch Hand angelegt hat. Im Gesicht. Deswegen sieht er wie eine Puppe aus.«

Jonny zündete die Zigarette an, die er beim Zuhören aus der Schachtel genommen hatte.

»Mag sein …«

»Aber erzähl nicht weiter, dass du das von mir hast. Man

will ja schließlich kein dummes Geschwätz verbreiten. Hast du eine Kippe für mich?«

»Klar.«

Jonny setzte sich auf die Kaikante. Die Sonne hatte den Stein aufgewärmt. Auf dem Wasser trieben Spiegelbilder, die sich verzerrten oder auflösten, wenn ein Windstoß die Oberfläche kräuselte. Jonny zündete an seiner Zigarette eine zweite an und reichte sie über die Reling. Eine Scholle begann zu zappeln, als hätte der Rauch sie wieder zum Leben erweckt.

»Ein guter Fang«, sagte Jonny.

»Ja, Plattfische gibt es haufenweise. Aber Dorsche und Forellen sind heutzutage Mangelware. Das Gleiche gilt für Aale.«

»Es gibt da eine Sache, die ich dich fragen wollte, Eskil.«

»Ach ja …?«

»Es geht um die Nacht, in der die Frau auf dem Truppenübungsplatz gestorben ist. Du hast mir erzählt, dass du einen Schrei gehört hast?«

»Wenn ich das gesagt habe, dann muss es wohl so gewesen sein.«

»Und Licht. Du hast gesagt, dass du da draußen Autoscheinwerfer gesehen hast?«

Eskil blies einen Rauchkringel durch die Nasenlöcher und hielt die Zigarette anschließend zwischen Zeigefinger und Daumen.

»Also bist du doch dienstlich hier?«

»Nein. Oder das hängt davon ab. Das Ganze ist ein bisschen kompliziert …«

»Klingt so …«

»Kannst du dich noch daran erinnern, um welche Uhrzeit das gewesen ist?«

»Gestern waren ein paar richtige Bullen hier und haben das Gleiche gefragt. Ich meine, solche in Uniform.«

»Tatsächlich?«

»Ja, sie sind mit ihrem Auto bis fast auf den Pier rausgefahren. Ohne Blaulicht, aber ich bin trotzdem ein bisschen nervös geworden. Dachte, sie hätten vielleicht einen erschossenen Seehund gefunden, der an Land gespült wurde.«

»Was hast du ihnen erzählt?«

»Ich habe gesagt, wie es war. Dass ich mitten in der Nacht einen Schrei gehört habe, als ich mit meinem Boot draußen war. Aber dass ich nicht mit Sicherheit sagen kann, was es war. Man hört nachts so viele Geräusche. Tiere zum Beispiel. Es könnte ein Bussard oder ein Fischadler gewesen sein. Und da oben weiden ja auch Pferde. Die können die merkwürdigsten Laute von sich geben.«

Er warf die Zigarette ins Wasser. An der Stelle bildeten sich kleine Kreise. Einen Moment hatte Jonny den Eindruck, dass Eskils Blick abschweifte. Dann fing er wieder an, sich seinen Netzen zu widmen und über die Algenbüschel zu fluchen, die sich in den Maschen verheddert hatten.

»Beim letzten Mal warst du dir sicher, dass es eine Frau war, die geschrien hat«, sagte Jonny.

»War ich das? Nein, daran kann ich mich nicht erinnern. Aber manchmal bildet man sich ja auch Sachen ein. Vor allem während der Aaldunkelheit. Das weißt du selbst, Jonny. Ende August ist es nachts so finster wie in einem Grab.«

Als Eskil wieder aufsah, hatte sein Blick etwas Unruhiges.

»Diese beiden Polizisten schienen das auf jeden Fall nicht merkwürdig zu finden«, sagte er.

»Und das Licht? Die Scheinwerfer?«

Der Fischer zuckte mit den Schultern. Es war deutlich, dass er nicht mehr sagen wollte.

»Kannst du dich an die Uhrzeit erinnern? Wenigstens ungefähr?«

Auf einmal sah Eskil alt und müde aus. Unglücklich schüttelte er den Kopf.

»So gegen Mitternacht, vielleicht. Aber du kennst das ja. Draußen auf dem Wasser fließt nachts alles irgendwie zusammen. Die Zeit, die Himmelsrichtungen und alle Geräusche, die man hört. Hinterher findet man sich erst gar nicht mehr richtig zurecht. Vielleicht war es auch ein paar Stunden später, was weiß ich.«

Jonny seufzte. War es möglich, dass Schneewittchen sich zu guter Letzt doch selbst die Pulsadern aufgeschnitten hatte, in dieser dunklen Nacht, die sie und ihn irgendwie miteinander verband?

Er stand auf und ging in Richtung Hafen.

»Wir sehen uns, Eskil.«

»Willst du Hanna nicht ein paar Flundern mitbringen?«

Ohne seine Antwort abzuwarten, wählte der Alte zwei fette Flundern aus und steckte sie in eine Plastiktüte, die er auf den Kai warf.

»Grüß deine Großmutter von mir!«

Jonny hob die gelbe Tüte auf, aus der ein bisschen Fischblut tropfte.

»Das mache ich, Eskil. Und falls dir doch noch etwas aus dieser Nacht einfallen sollte, dann ruf mich bitte an.«

»Klar …«

Mit schweren Schritten ging Jonny den Hang hinauf.

***

Seine Großmutter stand über ein Rosenbeet gebeugt im Garten, an den Füßen ein Paar große Gummistiefel und auf dem Kopf den alten chinesischen Strohhut, den ihr Großvater vor vielen Jahren von einer seiner Seefahrten mitgebracht hatte. An einer Stelle, an der die geflochtenen Halme im Laufe der Jahre brüchig geworden waren, lugte ein weißes Haarbüschel hervor.

Jonny blieb am Briefkasten stehen.

Solange er zurückdenken konnte, hatte sie diesen Hut getragen, wenn sie sich um ihre Rosen gekümmert oder Kartoffeln aus der Erde geholt hatte. Dass sie noch die Kraft hat, dachte er. Als sie den Rücken streckte, sah er, dass sie eine Gartenschere in der Hand hielt. Unwillkürlich spürte er einen stechenden Schmerz in der Hand.

»Kommst du mich etwa schon wieder besuchen, Jonny?«

Ihre Augen waren offensichtlich immer noch einwandfrei. Obwohl ihr Gesicht von der Hutkrempe überschattet wurde, ahnte er, dass sie lächelte. Er öffnete das Gartentor, ging mit schnellen Schritten den gepflasterten Gartenweg hoch und umarmte sie. Sie roch nach irgendeiner altmodischen Seife, Lavendel vielleicht. Nachdem sie sich aus ihrer Umarmung gelöst hatten, hielt er die tropfende Plastiktüte in die Höhe.

»Ich habe Eskil unten im Hafen getroffen. Er hat mir ein paar Flundern für dich mitgegeben.«

»Danke, das ist nett. Dann musst du zum Essen bleiben, Jonny. Gebratene Flunder war dein Lieblingsessen, als du klein warst.«

»Ich weiß nicht …«

»Um Gottes willen! Was hast du denn mit deiner Hand gemacht?«

Seine Großmutter griff nach seinem Arm und starrte entsetzt auf den Verband. Für den Bruchteil einer Sekunde war er versucht, ihr sein Herz auszuschütten und die Wahrheit zu sagen. Doch dann fiel sein Blick wieder auf die Gartenschere, die ihr aus der Hand ins Gras gefallen war.

»Ich bin mit dem Messer abgerutscht«, murmelte er. »Zu Hause in der Küche …«

»Du solltest dir eine Frau suchen und heiraten«, sagte seine Großmutter bestimmt.

»Das ist beim letzten Mal nicht gerade gut gelaufen.«

»Ach was! Lena war sowieso nicht die Richtige für dich.«

»Das sagst du nur, um mich zu trösten. Du weißt, dass ich Lena geliebt habe. Und sie mich … bis ich alles vermasselt habe.«

»Du darfst nicht glauben, dass du allein an allem schuld bist, Jonny. Manchmal kann man nichts dafür, wenn sich die Dinge falsch entwickeln. Wir haben weiß Gott alle unsere Fehler und Schwächen.«

Sie beugte sich hinunter und hob die Gartenschere auf.

»Das Wichtigste ist, dass man niemals aufgibt. Dass man niemals aufhört, sein Bestes zu geben.«

»Du sagst so kluge Dinge, Großmutter.«

»Ja, das tue ich. Und was Lena betrifft, hatte ich meine Vorahnungen. Das lass dir gesagt sein.«

»Du hättest mich warnen können«, sagte Jonny halb im Scherz.

»Als ob du darauf gehört hättest!«, schnaubte die alte Frau. »In der Küche steht Kaffee. Leg die Flundern in den Kühlschrank und nimm dir eine Tasse mit nach draußen. Ich schneide in der Zwischenzeit noch ein paar verwelkte Blätter ab.«

Im Haus roch es wie üblich nach Kaffee und Gebäck. Ein wenig abgestanden, aber vertraut. Er öffnete den Kühlschrank und legte die Tüte mit den Flundern ins oberste Fach, neben ein Glas mit eingelegten Gurken, das seine Großmutter mit einem Etikett versehen und fein säuberlich beschriftet hatte. An dem Tag, an dem sie nicht mehr arbeiten kann, stirbt sie, dachte Jonny. Auf dem Küchentisch stand eine Schale mit Kartoffeln, an denen noch die Erde klebte, als seien sie gerade erst geerntet worden.

Als er sich eine Tasse Kaffee eingegossen hatte, blieb er vor dem Ölgemälde über dem Küchensofa stehen. Der Goldrahmen glänzte. Im Sonnenlicht, das durch das Fenster hereinfiel, wirbelten ein paar Staubkörner.

Was soll ich sagen?, dachte Jonny.

Wie zum Teufel soll ich ihr erklären, dass ich hergekommen bin, um sie zu bitten, das Einzige zu beleihen, was ihr im Leben geblieben ist?

Er betrachtete das Bild. Großvater hatte durchaus Talent gehabt. Die beiden Frauen standen an einem Strand, das Meer im Hintergrund. Jede hielt einen Strauß mit Kornblumen und Margeriten im Arm. Vielleicht hatten sie sie auf den Wiesen oberhalb der Sanddüne gepflückt, auf der der Strandhafer wuchs. Hanna trug ein hellblaues Kleid. Anna ein rotes, aber die Farben auf dem Bild waren gedämpft. Mutter und Tochter. Am Himmel schwebten Wolken mit dunklen Rändern.

Jonny konnte sich noch genau an den Tag erinnern, an dem Großvater das Bild aufgehängt hatte, stolz wie ein Pfau. Weil der Rahmen schwer war und an die Wand gedübelt werden musste, hatte er ein großes Loch gebohrt.

»Die zwei schönsten Frauen in ganz Schonen, und beide gehören mir«, hatte er gekichert und war vor Stolz beinahe geplatzt.

Aber Jonny hatte in der Küche gestanden und das Bild beklommen betrachtet. Etwas in den Augen seiner Mutter beunruhigte ihn. Für eine kurze Sekunde trafen sich ihre Blicke, während Großvater damit beschäftigt war, das Bild anzubringen, und Großmutter aufpasste, dass es gerade hing. Und Jonny erkannte, dass seine Mutter verstand, was er sah. Die Trauer, die unendliche Einsamkeit.

Ob Großvater wohl erkannt hat, was er in die Augen seiner Tochter hineinmalte?, dachte Jonny und trank einen Schluck von seinem Kaffee.

Als er wieder in den Garten kam, hatte Großmutter Hanna sich auf die weiße Holzbank unter dem Pflaumenbaum gesetzt. Sonnenstrahlen fielen durch die Blätter und breiteten eine Decke über den Rasen, fleckig wie Leopardenfell. Das Fallobst verströmte einen süßlichen Geruch, der Wespen und Hummeln anlockte.

»Du hast deinen Vater um einen Tag verpasst«, sagte Hanna, als er sich auf einen Stuhl neben sie gesetzt hatte.

»Wie bitte?«

»Magnus war gestern Morgen hier. Habe ich dir das nicht schon erzählt?«

»Nein.«

»Kurz nach dem Frühstück stand er vor der Tür.«

»Was wollte er?«

»Mich in ein Altersheim bringen, nehme ich an.«

In Jonny brodelte ein unbändiger Zorn auf. Er spürte, wie die Adern an seinen Schläfen pulsierten.

»Beruhige dich«, sagte Großmutter und legte eine Hand auf sein Knie. »Ich bin nicht so leichtgläubig, wie man meinen könnte.«

»Erzähl!«

In aller Seelenruhe nahm sie ihre Brille ab und putzte sie mit einem zerknitterten Taschentuch.

»Er war nicht alleine. Ein Herr hat ihn begleitet. Magnus hat mir Honig ums Maul geschmiert. Hat mich Schwiegermutter genannt, als ob ihn das jemals interessiert hätte. Diesen anderen Mann hat er vorgestellt, als sei's der König höchstpersönlich. Aber an seinen Namen kann ich mich nicht erinnern. Wie dem auch sei, der feine Herr interessierte sich jedenfalls für ein Objekt hier in Österlen.«

Sie schnaubte wütend.

»Objekt! Als würde ich in einem Objekt wohnen!«

»Wollten sie das Haus kaufen?«

»Ja, genau das wollten sie, obwohl sie es nicht von Anfang an gesagt haben. Magnus behauptete, dass er in der letzten Zeit häufig an mich gedacht habe. Dass der Unterhalt des Hauses für einen so alten Menschen wie mich doch ganz schön anstrengend sein müsse. Er hatte sogar mit der Gemeinde gesprochen, die ihm bestätigt hat, dass im Altersheim in Simrishamn ein Platz frei ist. ›Hanna, da wirst du es viel besser haben‹, sagte er. ›Dort gibt es Menschen, die sich um dich kümmern.‹ Als würde ich bereits mit einem Fuß im Grab stehen.«

Sie schwieg und atmete stoßweise. Jonny ahnte, wie ihr betagtes Herz mühevoll in der Brust schlug. Er rückte mit seinem Stuhl ein bisschen näher an sie heran.

»Du musst dir keine Sorgen machen, Jonny«, sagte sie und tätschelte ihm beruhigend das Knie.

»Was hast du zu ihm gesagt?«

Die alte Frau lächelte.

»Ich habe gefragt, wie viel sie zahlen wollen.«

»Und?«

»Da haben sie sich gewunden und gemeint, wir würden uns bestimmt auf eine angemessene Summe einigen.«

»Und dann?«

»Dann habe ich auf das Gartentor gezeigt und zu ihnen gesagt: ›Wenn ihr auf meinem Grab tanzen wollt, dann müsst ihr schon warten, bis ich darin liege!‹ Daraufhin sind sie wie zwei begossene Pudel davongeschlichen, das kannst du mir glauben.«

Sie lachte heiser auf, aber es klang freudlos. Jonny kochte vor Wut. Magnus' Gier war wirklich grenzenlos.

»Ich hasse ihn.«

Hanna schwieg eine Weile, sah ihren Enkel nur liebevoll an.

»Du bist nicht wie er«, sagte sie schließlich.

Dann erhob sie sich steif und schlurfte ins Haus.

»Ich fange mit den Flundern an. Ruh du dich so lange im Garten aus, Jonny. Du siehst müde aus. Dann können wir später zusammen essen.«

Die Haustür ließ sie angelehnt.

Unschlüssig blieb Jonny sitzen. Einen längeren Besuch hatte er nicht eingeplant. Die Zeit tickte unerbittlich. Gleichzeitig war er mit seinen Kräften am Ende. Die ganze Nacht hatte er kaum ein Auge zugemacht. Er stand auf und drehte eine Runde über den Rasen. Warf über die Hecke einen Blick auf das Anwesen von Großmutters neuen Nachbarn, die verreist zu sein schienen. Das Haus wirkte unbewohnt, und die Stadtjeeps in der Auffahrt waren verschwunden. Dann suchte er sich ein schattiges Plätzchen auf dem Rasen, streckte die Glieder, um die Rastlosigkeit aus den Beinen zu schütteln, machte die Augen zu und lauschte auf das Summen der Hummeln.

Nur einen kurzen Moment, dachte er.

Gönn mir ein wenig Ruhe.

Irgendwo in der Ferne sang eine Amsel. Es klang einsam. Verlassen und voller Sehnsucht.

Plötzlich überfiel ihn eine Kälte, als hätte sich die Sonne hinter einer Wolke versteckt. Jonny erschauerte, und wie im Nebel glitt er in den Schlaf hinüber.

***

Die Straßenlaterne vor dem Hotelfenster ist von einem Dunstschleier umgeben. Es ist Nacht, und der Braunkohlegeruch dringt förmlich durch alle Ritzen. Er hat sich in den Möbeln und dem dicken dunklen Teppich auf dem Boden festgesetzt.

Jonny kann nicht schlafen.

Er zieht die Decke übers Kinn und drückt sie gegen die Nase, doch es hilft nichts. Jonny friert so stark, dass es ihn schüttelt.

Er sehnt sich fort.

Nach Hause.

Neben ihm im Bett bewegt sich jemand. Ist sie wach?

Ja, es scheint so. Erst murmelt sie leise, als würde sie langsam aus dem Schlaf auftauchen. Dann ist sie ganz nahe, er spürt die Hitze ihres Körpers, aber merkwürdigerweise kühlt sie eher, als dass sie wärmt.

Ihre Hände gleiten über seinen Körper, und Jonny merkt, dass er steif wird. Der Braunkohlegeruch brennt ihm in der Nase. Und der verfluchte Nebel, der ins Zimmer sickert, ist wie schwebendes Eis.

Auf einmal ist sie über ihm. Die Silhouette ihrer Haare und Schultern. Er hält ihre Brüste in seinen Händen.

Sie bewegen sich beide, heftig, fast verzweifelt.

Warum verspürt er eine solche Wut?

Sie schwitzt stark, von ihrer Stirn tropft der Schweiß auf seinen Körper, die Laken winden sich feucht und kalt wie Seegras. Jonny keucht, und ihm ist so furchtbar kalt.

Sie ist dünn und mager.

Plötzlich fällt der Schein von der Straßenlaterne vor dem Fenster auf ihr Gesicht. Da sieht er es. Ihre Haare sind schwarz, die Stirn weiß, und als sie die Lippen öffnet, merkt er, dass an einem Vorderzahn eine Ecke fehlt.

Um Gottes willen, sie ist doch noch ein Kind!

Verzweifelt stößt er sie zur Seite und stürzt aus dem Bett. Ohne sich anzuziehen, läuft er in den Flur hinaus, die Treppe hinunter und raus auf die Straße. So schnell, wie er nur kann, rennt er durch die Nacht.

Kurz darauf steht er auf einem verlassenen Platz.

Der Nebel klebt kalt auf seiner Haut.

Vor ihm liegt eine dunkle Gasse. Sie sieht gefährlich aus, doch Jonny weiß, dass er hineingehen muss.

Vorsichtig geht er ein Stück näher. Die Pflastersteine fühlen sich unter seinen Fußsohlen wie Eisblöcke an. Dunstschleier und Braunkohleschwaden schweben über dem Boden.

Als sich seine Augen an die Dunkelheit gewöhnt haben,

sieht er dreißig Meter vor sich eine einsame Gestalt. Es ist Maria. Sie trägt einen Regenmantel, der fast bis zur Erde reicht, und Gummistiefel, die ihr viel zu groß sind. Ihre Schritte sind ziellos, als würde sie nach etwas suchen.

Jonny versucht zu rufen, doch er hat keine Luft in der Lunge.

Das Schlimmste ist, dass sich die Häuser an den Straßenseiten auf Maria herabneigen. Sie sieht so klein aus. Etwas weiter hinten in der Gasse sind ein paar Fenster erleuchtet, ein flackernder Lichtschein, als würden hinter den Fenstern unzählige Kerzen brennen.

Irgendetwas bewegt sich.

Schatten.

Und Jonny weiß, er spürt es genauso intensiv wie das Eis in seinem Herzen, dass Maria in dieser Gasse eine furchtbare Gefahr erwartet.

Während er am Pflaster festgefroren dasteht, sieht er zu, wie sie sich immer weiter entfernt und schließlich aus seinem Blickfeld verschwindet.

***

Als Jonny die Augen aufschlug, hörte er die Amsel wieder, und einen Moment lang glaubte er fast, er sei tot.

Dann hörte er das Ticken.

Die Zeit.

Ich bin immer noch am Leben, dachte er und stand mühsam vom Rasen auf.

Sein Hemd war schweißnass. Er zog es aus und hängte es zum Trocknen über einem Stuhl in die Sonne. Benommen schüttelte er den Kopf.

»Du bist bleich wie ein Gespenst«, erklang eine Stimme hinter seinem Rücken.

Großmutter Hanna hatte eine karierte Schürze umgebunden. Aus der Küche wehte der Duft von gebratenem Fisch in den Garten.

»Und mager wie ein Hering. Man kann deine Rippen sehen. Du hast doch Hunger?«

»Ich muss eingeschlafen sein«, erwiderte Jonny unbestimmt.

Hanna lachte ihn an.

»Ja, das habe ich gehört. Du hast geschnarcht wie ein Walross. Außerdem hast du im Schlaf geschrien. Es hat geklungen, als wäre jemand hinter dir her.«

»Wie spät ist es?«

»Kurz vor zwei. Zieh dich an, dann können wir essen.«

Er zupfte sich ein paar Grashalme aus den Haaren und zog widerwillig das feuchte T-Shirt über. Als er sich an den Küchentisch gesetzt hatte, fiel ihm ein, dass er schon lange nichts mehr in den Magen bekommen hatte.

»Knusprig gebraten, so, wie du es magst«, verkündete seine Großmutter zufrieden und legte ein paar Kartoffeln neben die Flunder auf seinem Teller.

»Zum Glück habe ich Bier im Haus. Aber einen Schnaps bekommst du um diese Uhrzeit nicht.«

Sie aßen und unterhielten sich über dies und das. Die Kälte aus seinem Traum saß ihm immer noch in den Knochen, aber Jonny tat sein Bestes, es sich nicht anmerken zu lassen.

»Keiner brät Flundern so wie du, Großmutter«, lobte er und sah, wie die Augen der alten Frau vor Stolz aufleuchteten.

Hin und wieder fiel sein Blick auf das Ölgemälde an der Wand hinter ihr.

»Du hast dich nicht verändert«, sagte er, als er Messer und Gabel beiseitegelegt und sein Glas ausgetrunken hatte.

Sie verzog amüsiert den Mund.

»Außen bin ich runzlig wie eine Rosine, aber innen bin ich immer noch dieselbe. Zumindest fühlt es sich so an.«

In der Schachtel war noch eine Zigarette. Er sah seine Großmutter an, die ihm zustimmend zunickte. Dann schloss sie mit einem leisen Lächeln in den Mundwinkeln die Augen und wartete. Ich bin ein Schamane, dachte Jonny. Einer, der Geister heraufbeschwört. Er zündete die Zigarette an und füllte seine Lunge mit Rauch. Dann beugte er sich über den Küchentisch und blies seiner Großmutter eine dicke Wolke ins Gesicht. Ihre Nasenflügel bebten. Sie saß völlig reglos da. Mit langen, genussvollen Zügen atmete sie den Rauch ein.

Ist sie jetzt bei ihm?, dachte Jonny.

Als er seine Großmutter betrachtete, verspürte er einen Anflug von Neid, obwohl es umgekehrt hätte sein sollen.

Ob sie jetzt Seite an Seite irgendwo durch die Welt der Geister schweben?, überlegte er. Anton und Anna, voller Liebe.

Wie kann ich sie bitten, ihr geliebtes Haus aufs Spiel zu setzen? Wenn ich das tue, bin ich kein bisschen besser als Magnus, der hergekommen war, um auf ihrem Grab zu tanzen.

Je länger Jonny darüber nachdachte, desto klarer wurde ihm, dass es völlig unmöglich war.

Er schämte sich.

Dann öffnete seine Großmutter die Augen.

»Hatte Maria nicht gestern Geburtstag?«

»Ja.«

»Ich habe ihr eine Karte mit ein bisschen Geld geschickt. Hoffentlich ist sie rechtzeitig angekommen.«

»Das war lieb von dir.«

»Und du?«

»Ich war da. Sie hat mich zum Kaffeetrinken eingeladen, zu Hause bei Lena und … Ich habe ihr Großvaters alte Wanduhr geschenkt.«

»Ran«, murmelte Hanna. »Die Meeresgöttin. Ich hoffe, sie hat sich gefreut. Anton hat viel Liebe in diese Uhr gesteckt.«

»Ich bin mir sicher, dass sie sich gefreut hat.«

Er stand auf und schob den Stuhl unter den Tisch. In seinen Beinen machte sich die Rastlosigkeit wieder bemerkbar.

»Danke für das Essen, Großmutter. Ich muss jetzt leider los.«

Im selben Augenblick brummte sein Handy in der Hosentasche. Voller böser Vorahnungen nahm er es in die Hand. Eine unbekannte Nummer. Er traute sich kaum, das Gespräch anzunehmen.

»Ja?«

»Hallo, hier ist Eva!«

Es dauerte einen Moment, bis er sie einordnen konnte.

»Ach so … Hallo, Eva«, sagte er und drehte sich zur Seite.

»Es gibt da eine Sache, über die ich mit dir sprechen möchte. Wo bist du gerade?«

»In Vitemölla. Bei meiner Großmutter.«

»Perfekt. Dann bist du ganz in meiner Nähe. Ich wohne ein Stück außerhalb von Hammenhög.«

Sie gab ihm eine kurze Wegbeschreibung, und bevor Jonny protestieren konnte, hatte sie aufgelegt.

Seine Großmutter sah ihn an.

»Ein Mädchen?«, erkundigte sie sich neugierig.

Jonny schüttelte den Kopf.

»Eine Kollegin«, antwortete er. »Ich muss jetzt wirklich los.«

Kapitel 17

Der Phantomschmerz ließ ihm keine Ruhe. Jonny schielte auf seine Hand, die nutzlos auf dem Lenkrad lag. Der Verband war schmutzig. Schwarze Flecken an den Stellen, wo das Blut durchgesickert war.

Und er roch ein wenig eigenartig.

Langsam fuhr er den Schotterweg entlang, die Kieselsteine knirschten unter den Reifen. Die Sonne brannte aufs Autodach. Durch die Fenster drang heiße, staubige Luft ins Wageninnere. Bei der Vorstellung, wie die Bakterien in der Wunde unter der schmuddeligen Mullbinde wimmelten, wurde ihm übel.

Wie idiotisch!, dachte er. Ein abgetrennter Nerv, der hartnäckig Impulse von einem Finger ans Gehirn sendet, der nicht mehr existiert. Der Hund hatte ihn gefressen. Jokovics verdammter Dobermann hat meinen Finger gefressen, er muss ihn schon lange wieder ausgeschissen haben, und trotzdem tut dieser Finger immer noch höllisch weh.

Wie eine Erinnerung.

Sie sitzen mir im Nacken.

Die Hunde.

Dann sah er das Haus. Ein weiß getünchtes, lang gezogenes

Gebäude mit Eternitdach, das mit Moos bewachsen war. Es lag etwas abgeschieden am Ende des Wegs, umgeben von Kornfeldern und Weideland, auf dem gelb-weiße Kühe grasten. Eine Kastanie warf ihren Schatten über eine Giebelseite. Der Garten, in dem ein Apfelbaum stand, war von einer Trockenmauer umgeben.

Es sieht nicht gerade aus wie ein Haus, in dem eine Polizistin wohnt, fuhr es ihm durch den Kopf.

Auf der Fahrt hierher hatte er über sein Versagen nachgedacht: Zweimal wollte ich um Geld betteln und habe mich nicht getraut. Zuerst bei der Person, die ich hasse. Dann bei der Person, die ich liebe.

Was blieb ihm jetzt noch übrig?

Morgen würde Jokovic seine Million einfordern.

Er hielt am Wegrand an und blickte auf das Haus, konnte aber kein Anzeichen von Leben entdecken. Neben der Mülltonne stand ein rostiger Renault. Das Gras wucherte bis an die Vordertreppe, die nicht aussah, als würde sie häufig benutzt. Vorsichtig machte er die Autotür zu und ging an der Hecke entlang um die Hausecke. Das Gartentor stand offen. Hoffentlich hat sie keinen Hund, dachte er. Als er den Garten betrat, sah er eine Gestalt, die mit einem Blecheimer in der Hand aus dem Keller kam. Erst als sie den Rasen zur Hälfte überquert hatte, fuhr sie ruckartig herum und starrte ihn an.

»Jonny! Hast du mich erschreckt!«

Eva Ström sah aus, als hätte er sie bei einer peinlichen Aktion ertappt.

»Ich hätte vielleicht anklopfen sollen. Oder rufen. Aber ich hatte nicht den Eindruck, dass …«, begann Jonny sich zu entschuldigen.

Er schielte auf den Eimer, den sie hinter ihrem Rücken verbarg. Sie folgte seinem Blick.

»Ich befinde mich im Krieg.«

Sie stellte den Eimer ab und streckte ihm die Hand zur Begrüßung entgegen, zog sie aber rasch wieder zurück und rieb die Handfläche an ihrer Jeans trocken.

»Das ist ein bisschen eklig.«

Im Eimer lag eine tote Ratte, nass und mit zerzaustem Fell. An der Nase klebte ein wenig Blut.

»Kobra Rax«, erklärte Eva. »Sie sterben an inneren Blutungen. Effektiv, aber vermutlich nicht gerade schmerzfrei.«

Jonny schluckte ein paarmal. Die Ratte tat ihm leid. Doch Eva zuckte mit den Schultern. »Ich entsorge dieses Exemplar nur eben schnell«, murmelte sie und ging mit dem Eimer zu einem Gebüsch im hinteren Teil des Gartens, wo sich am Rand des Weizenfelds offensichtlich ein Komposthaufen befand. Sie kippte die tote Ratte auf den Kompost und schüttete einen Rest Wasser aus, bevor sie den Eimer wegstellte.

»Die Raubvögel werden sie sich holen …«

Sie deutete auf ein paar Milane, die über dem einsamen Baum an der Ecke des Grundstücks kreisten.

»Ein Krieg …?«, sagte Jonny.

»Die reinste Invasion. Das war die dritte, die ich getötet habe. Aber ich gehe davon aus, dass es damit noch nicht vorbei ist.«

»Ich hatte eine Ratte, als ich klein war«, erzählte Jonny. »Zahm, in einem Käfig. Wenn man sie erst einmal kennengelernt hat, sind diese Tiere eigentlich gar nicht so eklig.«

»Mir wird schon schlecht, wenn ich nur eine Ratte sehe. Daran ist die Rattenmörderin von Önslunda schuld.«

»Die Rattenmörderin …?«

»Das war eine alte Frau, die ihren Mann die Kellertreppe hinuntergestoßen hat. Du weißt, einer dieser alten Keller unter der Küche mit Bodenklappe. Da unten wimmelte es nur so von Ratten. Der Alte brach sich ein Bein. Sie hat ihn in dem Loch verhungern lassen. Und nach ein paar Tagen haben die Ratten angefangen, an ihm zu nagen. Als wir ihn gefunden haben, war von dem armen Teufel nicht mehr viel übrig. Ich kam gerade frisch von der Polizeihochschule. Ich weiß noch, dass ich mich in ein Rosenbeet an der Hauswand übergeben habe.«

»Wie kann man nur auf so eine Idee kommen?«

»Die Nachbarn haben ausgesagt, dass der Alte ein richtiger Tyrann war. Seine Frau geschlagen hat und auch sonst reizbar und cholerisch war. Aber trotzdem …«

»Was ist mit der Frau geschehen?«

»Sie wurde freigesprochen. Sie behauptete, dass der Alte die Kellertreppe heruntergefallen sei, ohne dass sie es mitbekommen habe. Die Luke müsse von selbst zugefallen sein. Sie habe sich gewundert, wo er abgeblieben sei. Sie war ziemlich verwirrt und hörte schlecht. Ich vermute, dass sie ein bisschen Theater gespielt hat. Auf jeden Fall konnte nicht nachgewiesen werden, dass sie ihn vorsätzlich hinuntergestoßen hat. Viele waren der Meinung, dass der Alte das bekommen hat, was er verdient hat.«

»Und jetzt gibst du deinen Ratten das, was sie verdienen?«

Eva lächelte ihn an.

»Ich habe doch gesagt, dass ich mich im Krieg befinde.«

»Worüber wolltest du mit mir sprechen?«

»Setz dich«, erwiderte sie und wischte sich mit dem Hemdsärmel ein bisschen Dreck von der Wange. »Ich geh mich nur kurz waschen. Möchtest du ein Bier?«

Er nickte. Als sie im Haus verschwunden war, setzte er sich in einen Liegestuhl, dessen Stoff schon ziemlich ausgebleicht war, zündete sich eine Zigarette an und beobachtete die Milane, die am Himmel ihre Kreise zogen. Sie schienen die Beute auf dem Komposthaufen entdeckt zu haben, wagten aber noch nicht, sich ihr zu nähern. Merkwürdige Frau, dachte Jonny. Raubvögel füttern … Können sie das Rattengift überhaupt vertragen? In der Wärme kribbelten seine Beine. Er fühlte sich gleichzeitig müde und rastlos. Eigentlich hatte er gar keine Zeit. Aber einen sinnvollen Plan brachte er alleine sowieso nicht zustande.

Dann war sie zurück, mit nassen Haaren und in jeder Hand ein Dosenbier.

»Ich bin dabei, das Haus ein bisschen auf Vordermann zu bringen. Die Fenster kitten und dergleichen. Sachen, die Leute im Urlaub eben so machen.«

Sie öffnete eine Dose und reichte sie Jonny. Er schlürfte den Schaum und trank mit großen Schlucken, während Eva einen zweiten Liegestuhl holte und sich neben ihn setzte.

»Du hast Urlaub«, sagte Jonny. »Aber Schneewittchen lässt dir keine Ruhe?«

»Schneewittchen?«

Sie sah ihn verblüfft an.

»Ja, also … Ich nenne sie so.«

Verdammt!, dachte Jonny. Ich muss einen klaren Kopf bewahren. Ich kann es mir nicht leisten, mich zu verraten. Spiel das Spiel, verflucht. Ich brauche schließlich ihre Hilfe.

Er blinzelte in die Sonne, als würde ihm das helfen. Versuchte, normal zu wirken, während er die Packung Schmerztabletten aus der Tasche nahm und eine Tablette auf die Zunge legte, die er mit einem Schluck Bier hinunterspülte.

»Ich finde nur, dass sie Ähnlichkeit mit Schneewittchen hat«, erklärte er. »Schwarze Haare und irgendwie zerbrechlich. Ihre Haut war ja beinahe durchsichtig.«

Etwas in Evas Blick brachte Jonny auf den Gedanken, ob sie wohl Poker spielte. Ihre Katzenaugen sendeten schwer zu deutende Reflexe aus.

»Es gibt eine Sache, die ich dir erzählen will«, sagte sie. »Und eine Sache, die ich dich fragen möchte.«

»Erzähl am besten zuerst«, forderte Jonny sie auf.

Eva nickte.

»Ich habe ein bisschen auf eigene Faust nachgeforscht. Mein Chef in Ystad ist nicht besonders interessiert an dem

Fall … Aber egal. Ich habe wegen der Frau, die vor zwei Jahren tot am Strand von Furuboda aufgefunden wurde, ein bisschen herumtelefoniert. Sie stand auf der Liste von deinem Freund Gollum, wenn du dich erinnerst. Die Kollegen in Kristianstad haben einen richtigen Scheißjob gemacht. Sie haben sich kein bisschen Mühe gegeben. Eine Schande, so was bringt die ganze Polizeiarbeit in Verruf. Aber es gab auf jeden Fall eine Spur zu einem Pornofilmproduzenten außerhalb von Lövstad, den ich von früher kenne. Also habe ich ihm gestern einen kleinen Besuch abgestattet.«

»Pornofilme …?«

»Genau. Raymond Nygren. Eigentümer, Produzent und Regisseur von *Scania Magic Movies*. Die Drehbücher schreibt er wohl auch, nehme ich an. Jedenfalls stellte sich heraus, dass die Frau in Furuboda eine seiner Darstellerinnen war, oder wie man das in dieser Branche nennt. Sie hieß Nicoleta. Kam aus Rumänien. Zuerst wollte Raymond nicht mit der Sprache herausrücken, wie er sie bekommen hat. Er behauptete, dass sie von einem Jugoslawen in Malmö hergeschickt worden sei. Ratko Jokovic. Sagt dir der Name irgendwas?«

Jonny schüttelte langsam den Kopf und ließ seinen Blick an der Trockenmauer entlangschweifen, während er so tat, als würde er sein Gedächtnis durchforsten.

»Jugoslawische Mafia, glaube ich. Aber das sind größtenteils nur Gerüchte. Ich weiß nichts Genaues.«

»Raymond hatte eine Scheißangst. Seiner Ansicht nach ist dieser Jokovic lebensgefährlich.«

»Ich kann mich natürlich umhören …«, sagte Jonny vorsichtig.

Er sah Gollums Zeitungsartikel vor sich. Mindestens drei der toten Frauen waren also Rumäninnen. Nicoleta in Furuboda. Und die Frau, die sie unter einem Badesteg in Ribersborg gefunden hatten und in deren Jacke ein Pass eingenäht gewesen war. Und dann Schneewittchen. Elena mit dem lädierten Zahn.

Sie konnten das Muster nicht mehr länger außer Acht lassen. Jonny trank seine Bierdose aus und drückte sie zusammen, aggressiver, als er beabsichtigt hatte. Auf einmal überkam ihn eine unbändige Lust, sich zu betrinken, sein Gehirn in Alkohol und den betäubenden Substanzen der Tabletten zu ertränken und sich in den Schlaf zu flüchten, weg von Schmerz und Angst. Seltsamerweise schien Eva zu verstehen, was er brauchte.

Sie stand hastig auf und ging ins Haus. Kurz darauf war sie mit zwei neuen Bierdosen zurück.

»Ich habe auch noch eine Frage«, sagte sie.

Jonny öffnete die Dose und trank gierig.

»Es geht um etwas, was du in der Pizzeria in Malmö gesagt hast, als wir uns mit Gollum getroffen haben.«

»Was habe ich denn gesagt?«

»Wir haben darüber spekuliert, ob es sich um einen Serienmörder handeln könnte. Da hast du irgendetwas von Rumäninnen gesagt.«

Jonny unterdrückte einen Rülpser.

»Habe ich das?«

Unruhig rutschte er im Liegestuhl hin und her. Er hatte immer mehr das Gefühl, zu einem Verhör vorgeladen worden zu sein. Verdammt, warum starrt sie mich so an? Ist mir das an dem Abend wirklich rausgerutscht?

Seine Erinnerung war viel zu verschwommen.

»Ja, das hast du. Ich frage mich, weshalb? Zu dem Zeitpunkt wussten wir lediglich, dass eine der Toten einen rumänischen Pass bei sich hatte.«

Jonny fummelte in der Hemdtasche nach seinen Zigaretten, musste aber einsehen, dass die Schachtel leer war, und zerknüllte sie in der Hand.

»Tut mir leid, aber daran kann ich mich nicht erinnern«,

murmelte er. »Du kennst das doch selbst, manchmal schießt einem plötzlich einfach so ein Gedanke durch den Kopf.«

»Ja …«

Er sah das Misstrauen in ihren Augen. Im Garten war es still. Hinter der Trockenmauer, weit draußen auf den Äckern, stieg eine Staubwolke auf. Wahrscheinlich ein Mähdrescher, der sich durch ein Weizenfeld arbeitete. Die Entfernung war zu groß, um irgendwelche Geräusche zu hören.

Eva beugte sich zu ihm vor.

»Weißt du irgendetwas über das Mädchen in Ravlunda? Etwas, was du vor mir verheimlichst?«

Der Vorwurf traf ihn genau an seinem verwundbarsten Punkt.

»Was zum Teufel meinst du?«, zischte Jonny und fuhr aus dem Liegestuhl hoch. Im selben Moment wurde ihm schwarz vor Augen, er taumelte, und für ein paar Sekunden hatte er das Gefühl, in einem Karussell herumgeschleudert zu werden, durch die Geschwindigkeit erblindet. Er hörte ein Pfeifen in den Ohren. Er blinzelte und versuchte, Eva durch den Tränenschleier zu erkennen.

»Du blutest«, sagte sie.

»Was?«

Sie griff nach seiner bandagierten Hand.

»Die Wunde scheint aufgegangen zu sein. Die Mullbinde ist schon ganz blutig.«

Hilflos sah er auf seine Hand. Um das schwarze geronnene Blut breitete sich ein dunkelroter Fleck aus.

»Ich glaube, du brauchst einen frischen Verband«, sagte Eva und stand auf.

Widerstandslos ließ er sich ins Haus führen. Sie deutete auf den Küchentisch.

»Setz dich!«, befahl sie.

Er befolgte ihre Anweisung. Eva kletterte auf einen Stuhl und holte aus einem Hängeschrank eine Stofftasche mit einem roten Kreuz.

»Du hast Glück. Ich war eine Weile bei der Heimatschutztruppe, wo ich eine ziemlich solide Sanitäterausbildung bekommen habe. Leg die Hand auf den Tisch.«

Mit entschlossener Miene schnitt sie den schmutzigen Verband auf. Ein süßlich-fauliger Geruch drang aus der Wunde.

»Pfui Teufel!«, rief sie und rümpfte die Nase.

Die Naht war mit Blutresten und einer schleimigen gelben Flüssigkeit verklebt, die umgebende Haut war rot und geschwollen. Jonny sah auf seine Hand, konnte jedoch nicht begreifen, dass es seine eigene war, obwohl sie pochte und schmerzte.

»Das wird ein bisschen wehtun«, sagte Eva.

»Hast du nicht irgendeine Art von Betäubungsmittel?«, fragte er kläglich.

»Kannst du kein Blut sehen?«

Aber dann ging sie an einen Schrank und schraubte den Verschluss von einer halb vollen Flasche Grants. Jonny setzte die Flasche an den Mund und trank. Der Whisky brannte im Magen. Er hörte, wie sie schnaubte.

»Weichei.«

Mit erstaunlich sanften Fingern begann sie die Wunde zu säubern. Es tat höllisch weh, und Jonny biss die Zähne zusammen, doch die Berührung und der Schmerz hatten auch etwas Angenehmes.

»Die Wunde hat sich ein wenig geöffnet«, murmelte Eva. »Aber die Fäden sind noch da, wo sie sein sollen. Acht Stiche haben sie genäht. Es wird wieder verheilen, ich muss die Wunde nur richtig säubern. Trink noch ein bisschen Whisky, du Feigling. Jetzt desinfiziere ich mit Alkohol!«

Er schaffte es gerade, einen Schluck zu nehmen, bevor sie aus einer Plastikflasche eine Flüssigkeit auf die Wunde spritzte, die seinen ganzen Arm zum Brennen brachte.

»Au, verfluchte Scheiße noch eins!«

Eva lachte ihn aus. Ein paar Minuten später hatte sie seine Hand wieder ordentlich verbunden. Als sie fertig war, tätschelte sie ihm mütterlich die Wange. Es sah aus, als lächelte sie, aber Jonny war sich nicht sicher.

»Ich verstehe nicht, wie man so ungeschickt sein und sich den eigenen Finger abschneiden kann«, sagte sie.

Dann spürte er erneut ihre Hand an seiner Wange, tastend, als sei sie blind und wollte sein Gesicht erforschen.

»Leg dich aufs Sofa und ruh dich eine Weile aus«, murmelte sie.

***

Als er aufwachte, war es draußen bereits dunkel. Vor dem Fenster, jenseits der roten Geranie, herrschte tiefschwarze Finsternis. Auf der Kommode brannte eine einsame Kerze. Ihr Schein fiel auf das Bild mit dem großen Segelschiff, das über eine stürmische See glitt.

Jonny betrachtete das Bild verschlafen. Das Schiff hatte etwas Wildes und Unbezwingbares an sich, als würde es von Piraten gesteuert, die absichtlich ihrem Untergang entgegensegelten. Einen Moment lang stellte er sich vor, selbst Teil der Besatzung zu sein.

»Fünfzig Kronen auf dem Flohmarkt. Gefällt es dir?«

Eva stand mit einem Glas Wein in der Hand in der Tür, aber ihre Gesichtszüge konnte er in dem schwachen Licht nicht entschlüsseln.

Wie lange hat sie mich schon beobachtet?, dachte Jonny.

»Du hast im Schlaf geredet.«

»Habe ich das?«

»Mhm …«

»Was habe ich gesagt?«

»Du hast Maria gerufen. Mehrere Male. Du schienst panische Angst zu haben.«

Jonny versuchte, sich an den Traum zu erinnern, aber die Bilder waren zu diffus. Irgendjemand war dabei zu ertrinken, jemand, den er retten musste.

»Das ist meine Tochter«, murmelte er. »Sie heißt Maria.«

»Ein schöner Name.«

»Sie ist adoptiert. Aus Rumänien.«

»Vielleicht hast du dir um sie Sorgen gemacht, als du in der Pizzeria von Rumäninnen gesprochen hast?«, schlug Eva vor.

»Vielleicht … Ich träume häufiger, dass ihr etwas zustößt. Und dass ich sie nicht beschützen kann.«

»Weshalb sollte ihr etwas zustoßen?«

Jonny schob die Decke beiseite, die sie über ihn gelegt haben musste, während er schlief, und setzte sich im Sofa auf. Schlaftrunken schüttelte er den Kopf und wich ihrem Blick aus, so gut es ging. Ich öffne mich vor ihr, dachte er. Das ist gefährlich.

»Die Fantasie geht mit mir durch … Ich weiß nicht.«

»Wie fühlt sich deine Hand an?«

»Sie tut weh … Aber danke für deine Hilfe.«

Er stand auf, doch ihm wurde sofort wieder schwindlig.

»Wie spät ist es?«, fragte er unsicher. »Ich sollte mich auf den Weg machen …«

»Kurz nach neun. Ich habe uns etwas zu essen gemacht.«

Unfähig zu protestieren, folgte er ihr in die Küche. Auf einer karierten Tischdecke standen zwei Teller und Gläser. Im Fenster brannte eine Petroleumlampe. Er setzte sich schwerfällig. Eva stellte einen Eintopf auf den Tisch, von dem ihm ein würziger Geruch in die Nase stieg.

»Vietnamesischer Rindereintopf mit viel Chili. Seine Wurzeln soll man schließlich pflegen.«

Sie häufte eine große Portion Reis, Fleisch und Gemüse auf seinen Teller und schenkte ihm Wein ein.

»Du kommst aus Vietnam?«, fragte Jonny.

»Ja.«

»Wurdest du adoptiert?«

Sie nickte, doch bevor er weiterfragen konnte, wechselte sie das Thema.

»Warum bist du eigentlich Polizist geworden, Jonny?«

»Das ist eine gute Frage …«, antwortete er vage.

»Ich wundere mich nur. Du entsprichst nicht gerade dem typischen Bild eines Polizisten, um es mal so auszudrücken.«

»Nicht?«

»Nein.«

Jonny probierte den Eintopf. Er brannte auf der Zunge. Dann antwortete er mit einer Ehrlichkeit, die ihn selbst überraschte.

»Ich habe mich für eine Seite entschlossen.«

»Inwiefern?«

Jonny dachte an das Kribbeln in den Fingern. Er hatte es schon früh gespürt. Und die falsche Verführerin hatte ihn umgarnt, solange er zurückdenken konnte. Die dunklen Kräfte hatten an ihm gezerrt.

»Versprich mir, nicht zu lachen!«

»Ich verspreche es.«

»Es klingt wahrscheinlich merkwürdig, aber als Jugendlicher bin ich auf die schiefe Bahn geraten. Ich war dabei, ein richtiger Gangster zu werden. Im Nachhinein habe ich verstanden, dass es an meinem Vater lag. Er ist Juraprofessor, musst du wissen. Hat mir immer das Gefühl gegeben, wertlos zu sein. Also habe ich in jungen Jahren viel Scheiße gebaut. Gesoffen und Drogen ausprobiert. Geklaut habe ich auch, aber eigentlich nur, um zu provozieren. Doch irgendwann habe ich gemerkt, dass ich drauf und dran war, die Kontrolle zu verlieren.«

»Und da hast du dich für eine Seite entschieden?«

Jonny nickte und fürchtete, dass er schon zu viel erzählt hatte.

»Ich habe mir gesagt: Wenn ich Polizist werde, muss ich mich auf dem schmalen Weg halten.«

Eva sah ihn mit unschuldiger Miene an.

»Hat es funktioniert?«, fragte sie.

Er nahm einen Bissen von seinem Rindereintopf.

»Ja, hat es«, erwiderte er mit vollem Mund. »Im Großen und Ganzen jedenfalls.«

Eva trank einen Schluck Wein.

»Und du?«, erkundigte sich Jonny. »Warum bist du Polizistin geworden, Eva?«

Einen Moment lang schien sie zu zögern.

»Es ist etwas passiert … als ich klein war.«

»Willst du es mir erzählen?«

»Man kann wohl sagen, dass ich mit meinem Adoptivvater nicht so viel Glück hatte wie deine Maria. Meiner hat mich vergewaltigt. Hat nicht aufgehört, bis ich ihm ein Brotmesser in den Oberschenkel gerammt habe.«

»Wie kannst du das …«

»So kalt hinnehmen? Das tue ich nicht, glaub mir. Aber ich habe mich früh dazu entschlossen, allen die Wahrheit zu erzählen, die sie hören wollten. Das war meine Art, es zu verarbeiten, es zu überwinden. Die Dämonen zu beschwören, gewissermaßen.«

Jonny sah sie an, erstaunt über ihre Stärke. Ohne nachzudenken, streckte er seine Hand über den Tisch und legte sie auf ihre.

»Das ist furchtbar …«

»Ich bin Polizistin geworden, weil ich die Welt von allen Dreckskerlen befreien will, die andere Menschen unterdrücken und ausnutzen«, sagte Eva. »Zugegebenermaßen ein ziemlich ehrgeiziges Ziel.«

Dann lachte sie und wechselte das Thema.

»Ich habe über deinen Freund nachgedacht. Gottfried Lundmark.«

»Gollum?«, fragte Jonny verwirrt. »Was ist mit ihm?«

»Ich weiß nicht … Aber ich frage mich, warum ihn diese Trafficking-Geschichte so sehr interessiert.«

»Was ist daran merkwürdig? Schließlich ist er Journalist.«

»Trotzdem. Diese Zeitungsartikel. Wie kommt es, dass ausgerechnet er einen Zusammenhang zwischen ihnen entdeckt hat?«

Jonny kaute schweigend. Worauf wollte sie hinaus?

»Wie gut kennst du ihn?«, fragte Eva.

Nachdem er eine Weile nachgedacht hatte, musste sich Jonny eingestehen, dass er nicht die geringste Ahnung von Gottfried Lundmarks Privatleben hatte.

»Uns als Freunde zu bezeichnen, ist ein bisschen übertrieben. Wir haben uns über die Jahre häufiger mal getroffen, meistens in Kneipen, und sozusagen Dienstleistungen ausgetauscht. Glaubst du, dass er irgendwelche zwielichtigen Motive hat?«

Eva nippte an ihrem Wein.

»Was weiß ich?«

Die Andeutung verblüffte Jonny. Weshalb sollte Gollum seine Theorien zwei Polizisten darlegen, wenn er selbst in krumme Geschäfte verwickelt war? Er verscheuchte den Gedanken. Trotzdem hatte Eva es geschafft, einen Hauch von Zweifel in ihm zu wecken. Warum hatte Gollum nicht schon bei ihrem ersten Treffen in der Pizzeria in Malmö von seinen Nachforschungen erzählt? Jonny dachte an die sonderbaren

Augen, die von einer Sekunde auf die andere den Ausdruck wechseln konnten, von kindlicher Unschuld zu tückischer List.

Ich habe ihm noch nie an einem Pokertisch gegenübergesessen. Könnte ich erkennen, was in seinen Augen vorgeht?

»Ach, ich bilde mir Sachen ein«, sagte Eva. »Das war nur so ein Gedanke. Vergiss, was ich gesagt habe.«

Sie drehte sich um, nahm ihre Kopie von Gollums Notizen aus dem Wandregal und legte sie auf den Tisch, damit sie beide sie lesen konnten.

»Lass uns lieber noch einmal durchgehen, was wir wissen.«

Plötzlich klang sie geschäftsmäßig, als hätten sie die stillschweigende Übereinkunft getroffen, gemeinsam zu ermitteln. Jonny betrachtete das Blatt Papier. An den obersten Artikel, den über den Todesfall am Strand in Furuboda, hatte sie geschrieben: *Nicoleta*. Und unter den drei kurzen Meldungen hatte sie einen vierten Punkt hinzugefügt: *Frau X, Truppenübungsplatz Ravlunda, 18. August 2012*.

»Vier tote Frauen«, sagte sie. »Wir wissen, dass zwei von ihnen aus Rumänien stammen. Was tun wir als Nächstes?«

Drei, dachte Jonny.

»Die dritte überprüfen?«

Eva nickte nachdenklich.

»Bist du wie Gollum der Meinung, dass es sich um einen Serienmörder handelt?«

Jonny zögerte. Er dachte an Ratko Jokovic, an dessen graugrüne Stahlaugen, und sofort machte sich der Phantomschmerz wieder bemerkbar. Dass Jokovic ein Psychopath war, daran bestand kein Zweifel. Doch in seiner Bosheit und Niederträchtigkeit schien es irgendeine Art von Rationalität zu geben. Geld und Respekt. Warum sollte er ein Interesse daran haben, Frauen zu ermorden, die ihm Profit einbrachten und die er extra nach Schweden geholt hatte?

»Es gibt einige Hinweise, die dafür sprechen«, erwiderte er ausweichend.

Sie sah ihn mit ihren Katzenaugen an.

»Was treibt einen solchen Menschen an?«

Plötzlich klang ihre Stimme wieder verletzlich.

»Hass vielleicht …«, murmelte Jonny hilflos.

»Ich glaube eher, dass es Macht ist«, sagte sie überzeugt. »Die Macht zu erniedrigen.«

Eine ganze Weile saßen sie schweigend da. Obwohl er betrunken war, glaubte Jonny, etwas zu erkennen. Evas Schmerz. Ihr Seufzen klang resigniert.

»Mach's dir auf dem Sofa bequem, ich setze Kaffee auf«, sagte sie und stellte das Geschirr zusammen. »Du kannst sowieso nicht mehr Auto fahren. Du kannst heute Nacht hier schlafen.«

Jonny nickte, stand auf und nahm so diskret wie möglich die Whiskyflasche mit ins Wohnzimmer. Hier draußen auf dem Land wird mich Jokovic schon nicht finden, dachte er und ließ sich in die Sofakissen sinken.

Nachdem er den Inhalt der Flasche deutlich dezimiert und eine Weile die verschwommenen kleinen Geister auf dem Piratenschiff betrachtet und überlegt hatte, wer sie wohl waren, erschien Eva mit zwei Kaffeebechern.

»Ich stelle mir vor, dass es ein Geisterschiff ist«, sagte Eva. »Und frage mich, welches Ziel es wohl ansteuert.«

Sie stellte die Becher auf den Tisch und zündete eine neue Kerze an. Jonny stellte die Flasche auf den Boden.

»Ich stelle mir vor, dass sie auf der Suche nach etwas sind«, sagte Jonny. »Und man ahnt eine bevorstehende Katastrophe, weil sie niemals rechtzeitig ankommen werden. Sie haben sich auf dem Meer verirrt.«

Die Polsterfederung knarrte, als sie sich aufs Sofa setzte, ganz dicht neben ihn.

»Wonach bist du auf der Suche, Jonny?«

Er sah sie an.

Das Schwindelgefühl hatte immer noch nicht nachgelassen, es war eher noch schlimmer geworden, doch das machte ihm nichts aus. Das war schließlich genau das, was er wollte. Loslassen. Ein bisschen Wärme bekommen. Sich in der Nähe eines anderen Menschen verlieren. Er atmete den Duft ihres Apfelshampoos ein, in den sich leichter Essensgeruch gemischt hatte. Jonny lehnte sich zurück und verlor sich in seiner Sehnsucht.

»Keine Ahnung«, nuschelte er.

Sie rückte ein Stück näher an ihn heran.

Bilde ich mir das ein?, dachte Jonny.

Dann ahnte er ihren Atem, süß und warm.

Vorsichtig rutschte er ein bisschen tiefer in die Kissen, sodass sein Kopf ihre Schulter streifte. Weicher Baumwollstoff an seiner Wange. Als sie einen Schluck aus ihrem Kaffeebecher trank, öffnete sich der Ausschnitt ihres Hemds ein wenig, und für einen kurzen Moment meinte er, einen Blick auf eine dunkle Brustwarze zu erhaschen.

Eva lächelte ihn an, oder etwa nicht?

In dem flackernden Kerzenlicht verschwammen ihre Gesichtzüge, oder vielleicht war es der Alkohol. Aber verzog sie nicht den Mund wie eine verschmuste Katze?

Sie sehnt sich genauso wie ich mich, fuhr es Jonny durch den Kopf, und plötzlich spürte er, wie tief in seinem Innern etwas zum Leben erwachte. Das Blut kochte in seinen Adern. Sein ganzer Körper schien vor Verlangen zu schreien. Einem Verlangen, das sich in all den Monaten angestaut hatte, seitdem er das letzte Mal eine Frau dicht neben sich gehabt hatte. Voller Zuversicht und Kraft beugte er sich über sie. Evas Katzenaugen waren so nahe, ihre Wangen so heiß und ihre Lippen so feucht. Sein Körper auf ihrem, so warm, so weich und willig.

Plötzlich drückte sie ihre Hände gegen seine Schultern und stieß ihn von sich.

»Was tust du da?«

Sie sah verblüfft aus. Wischte sich mit der Hand über den Mund.

Verwirrt starrte Jonny sie an.

»Ich dachte …«

Auf einmal war ihm eiskalt, und ihn überkam eine panische Angst, dass sie wütend sein könnte.

»Entschuldige …«, murmelte er.

Dann merkte er erleichtert, dass ihre Verwunderung eher in eine Art Amüsiertheit überging. Sie lachte, und Jonny kam sich einfach nur unglaublich dumm vor.

»Dachtest du, ich würde dich anmachen, als ich gesagt habe, dass du hier schlafen kannst?«

Jonny errötete.

Müde, betrunken und nicht mehr das kleinste bisschen erregt.

»Nimm's nicht so schwer«, sagte sie. »Aber ich bin schon vergeben. An jemanden vom Nachbarhof.«

Eva tätschelte ihm nachsichtig die Wange.

»Sie heißt Britt.«

***

Vielleicht war er einen Moment auf dem Sofa eingedöst, nur ein paar Minuten oder länger. Aber einen Augenblick später lag er mit einer Decke über dem Körper da und blickte zu dem Gesicht empor, das über ihm schwebte.

Die Kerze war fast heruntergebrannt, ihre Augen von schwarzen Haaren umschattet.

Jonny wurde schlecht, als er an das Gemisch aus Schmerztabletten, Whisky, Wein und vietnamesischem Rindereintopf dachte, das in seinem Magen herumschwamm.

»Wenn du heute Nacht ein paar merkwürdige Geräusche hörst, dann sind das die Ratten«, sagte Eva und lächelte. »Hast du Angst vor Ratten?«

Jonny versuchte ein Lächeln als Antwort.

»Kein bisschen«, murmelte er. »Ratten sind wohl das Einzige, vor dem ich keine Angst habe.«

»Das Einzige?«

»Im Großen und Ganzen.«

Er holte zu einer Erklärung aus.

»Ich hatte eine zahme Ratte, als ich klein war. Weiß mit roter Schnauze. Meine Großmutter hat sie mir geschenkt. Ich habe sie Jonny genannt, nach mir. Jonny Ratte, wenn du verstehst …«

Sie lächelte wieder.

»Johnny Rotten?«

»Mein Vater hat die Ratte gehasst, genau wie er Punk gehasst hat. Und er verachtete alles, was von meinen Großeltern kam. Irgendwann bin ich von der Schule nach Hause gekommen, und die Ratte war weg. Er sagte, dass er sie in ein Tierversuchslabor gebracht hatte.«

Als sie ihm erneut über die Wange strich, fand er es angenehm, auch wenn es nicht das bedeutete, was er sich erhofft hatte.

»Dann nutz die Gelegenheit, um heute Nacht mit meinen Ratten zu kuscheln«, flüsterte sie und blies die Kerze aus.

Sobald sie weg war, wurden seine Augenlider schwer. Die Wärme kam schleichend. Der Geruch der letzten Rauchspirale, die sich über dem Docht der Kerze auflöste. Der Wind musste abgeflaut sein, das Piratenschiff segelte auf stiller See in die Nacht hinein. Jonny wurde müde und glitt langsam davon.

Plötzlich hörte er kleine, trippelnde Schritte auf dem Fußboden. Scharfe Krallen, die über die Dielen kratzten. Sie kamen näher.

Irgendetwas lief über seine Decke. Erst über die Oberschenkel, dann über den Bauch zur Brust.

Jonny lächelte.

Als die Schnurrhaare seine Wange streiften, öffnete er die Augen. Die Ratte blinzelte ihn gutmütig an. Drehte sich im Kreis und schlug mit ihrem Schwanz leicht gegen Jonnys Hals. Es kitzelte.

Doch als Jonny die Hand ausstreckte, um das graubraune Fell der Ratte zu streicheln, stellte sie sich auf die Hinterbeine und fauchte.

Auf einmal schien die Ratte, die eben noch so weich und niedlich ausgesehen hatte, zu wachsen. Sie wurde fett und schwer. Ihre Krallen bohrten sich durch Jonnys Decke und Hemd und gruben sich in seine Brust. Die Ratte fauchte und starrte ihn mit ihren schwarzen Augen zornig an.

Dann griff sie ihn an und schlug ihre Zähne in seine Kehle.

Kapitel 18

Als Eva die Augen aufschlug, begriff sie, dass Jonny nicht mehr da war. Irgendwann hatte sie in der Dämmerung im Haus Geräusche gehört, war aber nicht richtig aufgewacht. Sie hatte sich an die Ratten gewöhnt.

Jetzt schien die Morgensonne auf die rote Geranie im Wohnzimmer. Die Sofadecke war auf den Fußboden gerutscht. Auf dem Tisch standen immer noch die leeren Gläser. Die Flasche hatte er mitgenommen.

Sie zupfte ein paar verwelkte Blätter aus der Pflanze im Fenster und ging in die Küche. Die Wanduhr zeigte fünf vor neun. Es ist lange her, dass ich so lange geschlafen habe, dachte Eva. Sie sah aus dem Fenster. Das Auto war natürlich weg.

Hoffentlich war er nicht mehr betrunken, als er gefahren ist, fuhr es ihr durch den Kopf. Diese Mischung aus Alkohol und Tabletten kann nicht gesund sein. Ich hätte ihn aufhalten müssen. Ihm wenigstens ein ordentliches Frühstück aufzwingen sollen.

Dann entdeckte sie das Blatt Papier, das auf der karierten Decke lag. Die Nachricht schien in aller Eile geschrieben worden zu sein.

Hatte plötzlich Hummeln im Hintern. Danke für Deine Hilfe mit der Hand. Und entschuldige.

Die Unterschrift war noch krakeliger.

Jonny Ratte.

Sie lächelte. Er schämte sich bestimmt. Wie konnte er nur auf die Idee kommen, dass ich mit ihm geflirtet habe?, dachte sie.

Und dann: Hoffentlich habe ich ihn nicht verschreckt.

Als sie das Blatt hochhob, merkte sie, dass Jonny auf die Rückseite von Gollums Kopie gekritzelt hatte.

Viel Neues hatte sie nicht über die Todesfälle erfahren. Jonny Lilja schien sich mindestens genauso unsicher zu sein wie sie selbst. Gab es überhaupt irgendeinen Zusammenhang zwischen diesen Frauen? Oder hatte dieser wunderliche Kriminalreporter ihnen nur einen Haufen Grillen in den Kopf gesetzt?

Einen Moment lang erwog sie, das Ganze zu verdrängen und den Vormittag damit zu verbringen, die Fenster zu kitten. Zu relaxen. Mit den Händen statt mit dem Kopf zu arbeiten. Dann überlegte sie es sich wieder anders. Es lässt mir ja sowieso keine Ruhe. Sie goss sich kalten Kaffee aus der Kanne ein und trank ein paar Schlucke.

Jonny verheimlicht mir etwas, dachte sie.

Sie versuchte, ihn vor sich zu sehen. Die widerspenstigen Haare, die Bartstoppeln und die etwas zu große Nase. Die Lippen, die versucht hatten, sie zu küssen. Und die blauen Augen, die so offen waren und die sich immer weiter öffneten, je betrunkener er wurde.

Ich sollte in ihnen lesen können, dachte sie. Aber jedes Mal, wenn ich zu ahnen beginne, was in seinen Augen vorgeht, sagt er irgendetwas, das mich wieder in die Irre führt.

Sie blickte auf das Blatt mit den Zeitungsausschnitten und las die Anmerkungen am Rand. Was hatte Jonny gesagt, als sie gefragt hatte, wie sie weiter vorgehen sollten? Den dritten Todesfall überprüfen.

Chronologisch betrachtet, war Nicoleta in Furuboda die Erste. Sie war vor zwei Jahren gestorben, im August 2010. Das zweite Opfer wurde ungefähr ein Jahr später gefunden, Ende April 2011, am Campingplatz nördlich von Barsebäckshamn.

Quer durch ganz Schonen, dachte sie. Zwischen den beiden Fundplätzen müssen mindestens zehn Meilen liegen. Falls es sich wirklich um einen Serienmörder handelt, dann schlägt er jedenfalls nicht immer an derselben Stelle zu.

Sie machte es wie beim letzten Mal, schaltete ihren Computer an und rief ein Satellitenbild vom Küstenstreifen am Öresund auf. Am äußersten Rand der Landspitze lagen ein paar graue Klötze. Das musste das stillgelegte Kernkraftwerk sein. Wenn man der Küste in nördlicher Richtung folgte, am Fischereihafen vorbei und ungefähr einen Kilometer weiter an den Strandwiesen entlang, kam man an den Campingplatz. Als sie den Ausschnitt weiter heranzoomte, konnte sie ein paar weiße Rechtecke erkennen, vermutlich Wohnwagen. Der Strand war flach und mit Seetang übersät. Im April muss es da draußen ziemlich trostlos sein, dachte Eva.

Nachdenklich nahm sie ihren Kaffeebecher mit hinaus in den Garten. Es war schon warm. Der Frühtau war verdunstet und das Gras trocken. Das Thermometer am Holzschuppen zeigte im Schatten dreißig Grad an. Am Himmel war keine einzige Wolke zu sehen. Die Milane waren verschwunden, genau wie der Rattenkadaver, den sie gestern auf den Kompost geworfen hatte.

Aber diese Ratten …

Als sie die Tür zur Kellertreppe aufzog, schlug ihr ein kalter, feuchter Windstoß entgegen. Sie schaltete das Licht an. Die mit

Gift präparierten Heringsdosen waren unberührt. Die einzigen Spuren, die sie von ihren Feinden entdecken konnte, war ein bisschen Rattenkot auf dem Boden und Nagespuren an der Holzlatte, die sie über das Loch zur Küche genagelt hatte.

Ich habe sie besiegt, dachte sie mit einem Anflug von Triumph.

Oder hatte Jonny sie weggelockt?

Bei dem Gedanken musste sie lächeln. Der Rattenfänger von Malmö. Ein betrunkener Polizist, der auf seiner Flöte die wundersamsten Töne hervorbringt und spielend und tanzend die Straße hinunterwandert, dicht gefolgt von einer ganzen Rattenschar.

Als sie Jeans und Pulli angezogen hatte, stand ihr Entschluss fest.

Nach einem schnellen Frühstück, bestehend aus ein paar Löffeln kaltem vietnamesischem Rindereintopf und einem Glas Leitungswasser, ging sie zu ihrem Auto. Bevor sie sich hinters Steuer setzte, sah sie zu Britts Hof hinüber. Die Kühe weideten auf der Wiese. Alles wirkte friedlich.

Britt, das Kuhmädchen, dachte Eva und kicherte leise vor sich hin.

Sie kurbelte die Seitenfester herunter und ließ den Motor an. Als sie sich dem Nachbarhof näherte, wurde die Tür des Wohnhauses geöffnet. Mit entschlossenen Schritten ging Britt zum Briefkasten unten an der Straße. Ihre einzigen Kleidungsstücke waren ein verwaschener Pullover, ein Slip und ein paar große Gummistiefel. Sie entdeckte das Auto erst, als sie schon halb an der Straße war. Sie blieb abrupt stehen und kam dann zögernd näher. Ihre roten Haare leuchteten wie Feuer. Die Wangen waren von zu viel Sonne gerötet. Bei ihrem Anblick zuckte Eva vor Freude zusammen. Sie begann zu schwitzen. Aber Britt lächelte nicht wie sonst.

»Du hattest heute Nacht Besuch«, sagte sie und blieb ein paar Meter vor dem Auto stehen.

»Ja, das war ein Kollege.«

»Bulle?«

»Genau. Aus Malmö.«

»Er sah nicht aus wie ein Bulle«, murmelte Britt und nahm die Zeitung aus dem Briefkasten.

»Was willst du damit sagen?«

»Nichts.«

»Bist du etwa eifersüchtig?«, fragte Eva verblüfft.

»Warum sollte ich das sein?«, fauchte Britt. »Du kannst vögeln, mit wem du willst. Das ist mir scheißegal.«

Plötzlich fand Eva, dass sie aussah wie ein unglückliches kleines Mädchen. Die schöne, starke Britt, die den ganzen Hof mit achtzig Kühen und fünfzig Hektar Weideland alleine bewirtschaftete, seit ihr Vater vor über zehn Jahren gestorben war. Sie, die immer alles bewältigte. Jetzt stand sie da in ihren großen Stiefeln, die Augen ganz schwarz, und umklammerte die Zeitung, als wollte sie jemanden damit erschlagen.

»Aber Britt! Du glaubst doch wohl nicht, dass ich …?«

»Er hatte es heute Morgen verdammt eilig. Er hätte fast meine Katze überfahren. Und jetzt kannst du ihm gar nicht schnell genug hinterherfahren.«

»Wie kannst du glauben, dass ich …?«

»Lüg mich nicht an, Eva!«, fiel ihr Britt ins Wort und sah aus, als sei sie kurz davor zu töten. »Ich habe es selbst gesehen!«

»Was hast du gesehen?«

»Alles!«, zischte Britt.

»Wie alles?«

»Ihr habt auf dem Sofa gesessen und euch geküsst!«

»Was?«

Britts Wut verschlug Eva die Sprache.

»Ich wollte dich gestern Abend besuchen, weil ich dachte, wir könnten … Ich habe euch durchs Fenster gesehen!«

»Nein, du verstehst das völlig falsch«, sagte Eva verzweifelt und öffnete die Autotür, um ihre Freundin zu umarmen.

Aber bevor sie auch nur einen Fuß auf die Erde setzen konnte, stieß Britt sie zurück und schrie:

»Fahr zur Hölle!«

Dann stürmte sie zum Haus hoch und ließ die Tür mit einem lauten Knall hinter sich zufallen.

Benommen sank Eva auf den Fahrersitz. Hinter Britt herzulaufen, kam nicht infrage. Wenn sie das Schwarze übermannte, kam man nicht an sie heran, das wusste Eva. Schweren Herzens drehte sie den Zündschlüssel.

Ich werde sie nicht verlieren, nahm sie sich fest vor.

***

Auf dem Weg nach Barsebäck erledigte Eva ein paar Anrufe. Zu guter Letzt erreichte sie den Kriminalinspektor in Landskrona, der für die Ermittlung zuständig gewesen war. Er hieß Anders Nilsson und wirkte nicht sonderlich interessiert. Eher wachsam.

Widerwillig erinnerte er sich, dass die tote Frau frühmorgens aufgefunden worden war. Ein Camper hatte mit seinem Hund einen Spaziergang am Wasser gemacht. Die Leiche war nackt gewesen, aber ihre Kleider hatten auf einem Haufen am Strand gelegen. Wie sie dorthin gekommen war, hatten sie nie klären können. Ebenso wenig wie ihre Identität. Niemand hatte sie als vermisst gemeldet. Bei der Obduktion war in ihrem Blut Heroin nachgewiesen worden. Im Endeffekt wird es wohl ganz einfach so gewesen sein, dass eine drogenabhängige Zwangsprostituierte, die ihr Dasein nicht mehr ertragen hat, freiwillig aus dem Leben geschieden ist, resümierte Nilsson.

Eva musste sich auf die Lippen beißen, um ihn am Telefon nicht anzuschreien. Sie bedankte sich kühl und legte auf.

Vielleicht ist es sinnlos, sich nach über einem Jahr einen möglichen Tatort anzuschauen, dachte sie. Aber als erfahrene

Kriminalpolizistin wusste Eva nur allzu gut, dass Spuren nicht so schnell verwischen, wie man meinen könnte. Nichts war so wichtig, wie einen Tatort mit eigenen Augen zu sehen. Details konnten plötzlich Bedeutung gewinnen. Gerüche. Geräusche. Ein vergessener Gegenstand. Ein zufälliges Wort von irgendjemandem. Das Unerwartete, das nicht Vorhersehbare, das niemals aus einer Karte oder einem Satellitenbild hervorgeht.

Der Campingplatz lag neben einem stillgelegten alten Tanzboden, halb versteckt in einem lichten Tannenwald. Viele der Fensterscheiben waren zerbrochen, und die gelb gestrichene Holzfassade war verwittert und morsch. Auf einer vertrockneten Rasenfläche standen ungefähr fünfzig Wohnwagen und bunte Familienzelte. Auf dem kleinen Spielplatz tobten ein paar Kinder, und vom Strand drangen Geschrei und Lachen zu Eva hoch. Die Erwachsenen schienen sich im Schatten aufzuhalten. In der Luft hing ein Geruch von Brennspiritus und Grillwürstchen.

Unschlüssig schlenderte Eva ans Wasser hinunter. In den Sund führte ein Badesteg hinaus, an dessen äußerstem Ende einige Jugendliche mit Saltos ins Wasser sprangen. Es ging kein Wind, und das Platschen war deutlich zu hören. In Strandnähe stelzten ein paar Senioren mit Streichholzbeinen und krebsroten Bäuchen im flachen Wasser umher wie Watvögel auf der Jagd nach Insekten. Halb verfaulte Tanghaufen gärten in der Sonne.

Hier muss sie also irgendwo gelegen haben, dachte Eva.

Als sie nach Süden über die sumpfigen Wiesen blickte, konnte sie das Fischerdorf sehen. In der Ferne erhob sich das Kernkraftwerk in den Himmel. Obwohl es schon seit vielen Jahren nicht mehr in Betrieb war, ging von den grauen Kolossen etwas Bedrohliches aus. Ein Möwenschwarm kreiste hungrig über einem Fischkutter, der auf dem Weg in den Hafen war. Auf der anderen Seite des Sundes lag Dänemark.

Langsam ging Eva zum Campingplatz zurück. In einem Liegestuhl vor dem kleinen Büro saß ein junger Mann mit nacktem Oberkörper und blau karierten Shorts. Er war braun gebrannt und muskulös. Auf den Ohren hatte er einen großen Kopfhörer. Ein tätowierter Drache schlängelte sich rhythmisch auf seinem Oberarm, während er den Takt seiner lautlosen Musik auf den Knien trommelte.

»Sind Sie für den Campingplatz zuständig?«, fragte Eva.

Sie erhielt keine Antwort.

Kurz entschlossen beugte sie sich zu ihm herunter und sprach lauter.

»Arbeiten Sie hier?«

Der junge Mann zuckte zusammen und riss sich erschrocken den Kopfhörer vom Schädel.

»What the fuck!«

Er starrte sie an.

»Was wollen Sie?«, zischte er wütend.

»Ich würde gerne wissen, ob Sie für den Campingplatz zuständig sind.«

»Ja, natürlich! Sonst würde ich wohl kaum hier sitzen!«

»Gut, dann können Sie mir vielleicht weiterhelfen?«

Er schielte auf seine silbrig glänzende Taucheruhr, schüttelte den Kopf und setzte den Kopfhörer wieder auf.

»Ich habe Mittagspause. Kommen Sie in einer halben Stunde wieder«, sagte er und angelte eine Sonnenbrille aus der Hosentasche, die er aufsetzte, bevor er es sich wieder im Liegestuhl bequem machte.

Eva betrachtete ihn eine Weile, leicht verdutzt über seine Arroganz. Dann verwandelte sich ihre Verstimmung, die sie seit der morgendlichen Begegnung mit Britt mit sich herumgeschleppt hatte, in Zorn. Sie riss ihm den Kopfhörer vom Kopf und warf ihn ins Gras.

»Shit, bitch! Was fällt dir ein, zum Teufel!«, brüllte der Mann und sprang auf, mit rotem Gesicht und geballten Fäusten.

Bevor er weiter reagieren konnte, hielt ihm Eva ihren Polizeiausweis unter die Nase.

»Mach jetzt bloß keine Dummheiten, Freundchen. Hat dir niemand beigebracht, dass man zu erwachsenen Frauen höflich ist?«

»Sie sind Bulle?«, keuchte er.

»Na, also! Sie sind also doch nicht ganz so dumm, wie Sie aussehen.«

Missmutig trottete der junge Mann auf den Rasen, hob seinen Kopfhörer auf, schloss das Kabel wieder an und testete, ob er noch funktionierte.

»Das Ding hätte kaputtgehen können«, murmelte er. »Haben Sie eine Ahnung, wie viel der gekostet hat?«

»Wie lange arbeiten Sie schon hier?«

»Fuck, ich könnte Sie anzeigen …«

»Antworten Sie einfach auf meine Frage, sonst kann ich ziemlich unangenehm werden.«

Er zuckte mit den Schultern.

»Das ist mein dritter Sommer.«

»Den Rest des Jahres sind Sie nicht hier?«

»Nein, das ist nur ein Sommerjob. Manchmal auch an den Wochenenden.«

»Letztes Jahr im Frühjahr, im April, wurde hier in der Nähe des Campingplatzes eine tote Frau gefunden. Erinnern Sie sich daran?«

»Klar, die Leute haben darüber geredet. Aber damals war ich nicht hier. Ist an der Sache irgendetwas faul? Soweit ich weiß, ging die Polizei von Selbstmord aus.«

Plötzlich wirkte der junge Mann interessiert.

»Wir prüfen die Fakten nur noch einmal nach, sicherheitshalber«, sagte Eva vage. »Gibt es ein Verzeichnis über die Campingplatzgäste, die zu der Zeit hier waren?«

»Nein! So etwas heben wir nicht auf. Wenn die Gäste bezahlt

haben und abgereist sind, löschen wir sie aus unserem System. Aber im April sind hier natürlich nicht so viele Camper.«

»Wissen Sie noch, welcher Kollege Dienst hatte, als die Frau gefunden wurde?«

Er schüttelte langsam den Kopf.

»Nee, aber das kann ich nachsehen. Obwohl ich mir nicht vorstellen kann, dass es Ihnen viel nützen wird. Soweit ich mich erinnere, wurde die Leiche am frühen Morgen gefunden. Und um die Zeit ist das Büro nie besetzt.«

Eva unterdrückte einen Fluch. Der Campingplatz schien eine Sackgasse zu sein. Sie nickte und machte Anstalten zu gehen.

»Aber Sie könnten mit Torkel reden …«

Als sie sich wieder zu ihm umdrehte, sah sie, dass er grinste.

»Torkel?«

»Er lebt das ganze Jahr über hier draußen. Er wohnt mit seiner Alten und seinem Dackel in dem kleinen, runden Wohnwagen direkt am Wasser. Er hat die Leiche gefunden.«

»Was haben Sie gesagt?«

»Es war Torkel, der sie gefunden hat. Aber ich muss Sie warnen …«

Er machte mit dem Zeigefinger eine kreisende Bewegung an der Schläfe.

»Torkel ist friedlich, aber komplett durchgedreht.«

»Direkt am Wasser …?«

Der junge Mann nickte.

»Sie können den Wohnwagen nicht verfehlen!«, rief er ihr nach. »Torkel wollte einen Stellplatz mit Aussicht auf das Kernkraftwerk. Er behauptet, dass er es bewacht.«

Eva musste nicht lange suchen. Etwas abseits, halb verdeckt hinter einem Gebüsch, stand ein eiförmiger alter Wohnwagen. Über das halbe Dach bis zu einem blauen Volvo, der mindestens ebenso viele Jahre auf dem Buckel hatte wie der Wohnwagen, war ein Armeetarnnetz gespannt. Auf der Vordertreppe saß eine Frau und strickte. Die Tür hinter ihr stand offen. Zu ihren Füßen lag ein Dackel, der neugierig den Kopf hob und kurz bellte, als Eva näher kam.

Die Frau blickte auf. Sie trug eine Schirmmütze und eine geblümte Bluse. Ihre Lippen waren rot geschminkt. Auf einem kleinen Tablett neben ihr standen eine Kaffeetasse und eine Plastikdose mit Plätzchen.

»Ich bin auf der Suche nach Torkel«, sagte Eva.

»Er macht gerade seinen Rundgang.«

Die Frau legte ihr Strickzeug zur Seite und lächelte freundlich.

»Aber er müsste gleich zurück sein. Setzen Sie sich zu mir und nehmen Sie sich ein paar Plätzchen, während Sie warten.«

Sie hielt Eva die Dose entgegen.

Eva steckte sich ein Marmeladenplätzchen in den Mund. Dann klappte sie einen der Campingstühle auf, die am Wagen lehnten, und setzte sich.

»Macht er täglich mehrere Rundgänge?«

»Morgens, mittags und abends. Mein Torkel überlässt nichts dem Zufall. Und das ist auch gut so.«

Im Wohnwagen lief ein Radio. Schlagermusik.

»Meistens begleitet Svipp ihn. Aber er ist heute ein bisschen schlapp, deshalb darf er bei Frauchen bleiben und sich ausruhen.«

Sie nahm ein Marmeladenplätzchen aus der Dose und hielt es dem Dackel unter die Nase, der so tat, als würde er es nicht sehen. Erst als die Frau eine Weile auffordernd mit dem Plätzchen herumgewedelt hatte, schnappte er es sich und verschluckte es mit einem Happs, woraufhin sein Kopf wieder müde auf die Vorderpfoten sank.

»Hab ich's nicht gesagt? Er hat überhaupt keinen Appetit.«

Mit besorgter Miene nahm sie wieder ihr Strickzeug in die Hand.

»Wohnen Sie hier?«, erkundigte sich Eva. »Ich meine, das ganze Jahr über?«

»Ja. Frische Luft, und die Miete ist niedrig. Und außerdem muss Torkel sich ja um seinen Auftrag kümmern.«

Sie hielt inne und legte Eva vertraulich eine Hand aufs Knie.

»Das ist ein Geheimnis«, flüsterte sie und zwinkerte mit einem Auge.

»Aber wir bauen Kartoffeln und Mohrrüben an. Wir legen uns einen Vorrat zu. Man weiß ja nie, wann so etwas mal nützlich sein kann.«

Aus den Augenwinkeln sah sie zu einem kleinen Beet neben dem Gebüsch.

»Wer sind Sie eigentlich?«, fragte sie plötzlich.

»Ich heiße Eva Ström«, antwortete Eva leicht verwirrt. »Ich bin von der Polizei. Wie gesagt, möchte ich gerne mit Ihrem Mann sprechen.«

»Nur zu«, sagte die Frau und deutete auf die Wiese. »Da kommt er gerade.«

Eine kleine, sehnige Gestalt marschierte über den unebenen Boden auf sie zu. Er trug die Uniform der Heimatschutztruppe. Barett, grüne Feldhose und ein Hemd mit hochgekrempelten Ärmeln. Sein Kinn zierte ein struppiger Ziegenbart, der im Takt seiner Schritte hin und her wippte. Um seinen Hals hing ein großes Fernglas. Als er Eva erblickte, blieb er abrupt stehen und musterte sie misstrauisch, bevor er weiterging.

»Wir senken die Alarmstufe von Rot auf Gelb, Lilian«, erstattete er seiner Frau mit schriller Stimme Bericht. »Der Araber scheint verschwunden zu sein.«

Die Frau, die offenbar Lilian hieß, lächelte Eva verbindlich an.

»Gestern Abend hat hier unten am Hafen ein Araber geparkt. Natürlich haben wir uns da unsere Gedanken gemacht«, erklärte sie.

»Ein Araber?«

»Jawohl, ein fetter Gauner in einem großen Mercedes«, bestätigte Torkel. »Ich habe ihn selbst gesehen, als er angekommen ist. Er ist in die große Villa am Ende der Strandpromenade gegangen. Aber jetzt habe ich ihn auf dem Radar, falls er irgendetwas im Schilde führt.«

Er klopfte auf seine Brusttasche, aus der ein kleines schwarzes Notizbuch hervorlugte.

»Vielleicht hat er nur jemanden besucht«, schlug Eva vor. »Oder er wohnt da?«

Torkel kniff die Augen zusammen.

»Sind Sie Koreanerin?«

»Wie bitte?«

»Aus Nordkorea? Sie sehen wie eine Spionin aus.«

»Eva ist Polizistin«, erklärte Lilian und tätschelte ihrem Mann den Arm.

Torkel schnaubte.

»Du darfst nicht alles glauben, was du hörst, Lilian. Ich habe dir doch von dem kleinen, dicken Kommunisten erzählt. Das Schlitzauge, das nach seinem Vater und Großvater ans Ruder gekommen ist. Die tun alles, um ihre eigene Bombe zu bauen. Schicken in der ganzen Welt ihre Spione umher, um spaltbares Material zu beschaffen …«

Er brach mitten in seinen Ausführungen ab und starrte enttäuscht auf Evas Ausweis, den sie ihm entgegenhielt.

»Ist Kaffee da?«, fragte er säuerlich.

»In der Kaffeekanne. Bring Eva auch eine Tasse mit. Sie scheint ein nettes Mädchen zu sein.«

Torkel wirkte nicht überzeugt, hörte aber auf seine Frau. Einen Moment später war er mit einem Becher zurück, den er Eva reichte, bevor er sich mit seiner Kunststoff-Guksi in einen Campingstuhl setzte. Er trank einen Schluck. Der Dackel wackelte gemächlich zu ihm hinüber und machte es sich zu seinen Füßen bequem.

»Man muss wachsam sein«, murmelte er.

»Es ist gut, wenn Sie die Augen offen halten«, sagte Eva. »Wir Polizisten wissen das zu würdigen. Und ich weiß, dass unsere Streitkräfte freiwillige Helfer wie Sie ebenfalls hoch schätzen. In der heutigen Zeit brauchen wir Patrioten.«

»Ja, weiß Gott …«

Er kniff die Augen zusammen, immer noch ein wenig misstrauisch, doch seine Haltung wurde deutlich aufrechter.

»Es gibt noch etwas anderes, über das ich gerne mit Ihnen reden möchte«, sagte Eva. »Über die Frau, die Sie letztes Frühjahr tot am Strand gefunden haben.«

»Diese Drogenabhängige?«

»Sie waren doch derjenige, der die Tote entdeckt hat, oder etwa nicht?«

»Ja.«

»Wie war das genau?«

Torkel kraulte den Hund im Nacken.

»Ich war auf meinem morgendlichen Rundgang. Es war schweinekalt, das weiß ich noch. Plötzlich zerrte Svipp wie wild an seiner Leine, als hätte er etwas gewittert. Sie lag in der Brandung, völlig nackt, die Arme.«

»Sie haben sie nicht wiedererkannt?«

»Ich habe die Frau noch nie vorher gesehen. Aber das habe ich der Polizei alles noch am selben Tag erzählt, an dem ich sie gefunden habe. Habt ihr die Ermittlung neu aufgerollt?«

»Sozusagen … Was haben Sie getan, nachdem Sie die Leiche entdeckt hatten?«

»Die Polizei angerufen.«

»Sie haben an dem Morgen nichts Auffälliges beobachtet?«

Torkel schüttelte so entschieden den Kopf, dass sein Ziegenbart von einer Seite zur anderen schwankte.

»Nicht morgens …«

Er sah aus den Augenwinkeln zu seiner Frau hinüber und starrte dann störrisch in seinen Kaffee. Eine Weile sagte niemand ein Wort. Eine dicke Fliege surrte umher. Der Hund machte einen lethargischen Versuch, nach ihr zu schnappen, gähnte dann gelangweilt und machte die Augen zu.

»Willst du es nicht erzählen, Torkel?«, ermahnte Lilian ihren Mann schließlich. »Du warst immerhin ziemlich aufgebracht.«

Sie wandte sich vertraulich an Eva.

»Das ist ein wunder Punkt für Torkel, müssen Sie wissen. Die Polizisten, die hier waren, haben sich ziemlich unverschämt verhalten. Obwohl mein Torkel doch so viel für unser Land getan hat. Ohne Torkel hätte es im Kernkraftwerk eine Katastrophe geben können.«

Eva sah die beiden erstaunt an, unschlüssig, was sie glauben sollte.

»Das waren Flegel, noch grün hinter den Ohren«, schnaubte Torkel. »Aber wenn man meine Hilfe nicht will, dränge ich mich nicht auf.«

»Sie haben ihm eine Standpauke gehalten«, flüsterte Lilian. »Torkel kann es nicht leiden, wenn man ihn zurechtweist.«

»Ich verstehe nicht …«, setzte Eva an.

»Dann werde ich es Ihnen erklären!«

Auf einmal sah Torkel kampfbereit aus. Er schüttete den letzten Rest Kaffee ins Gras und beugte sich in seinem Stuhl vor.

»Nachdem ich die Polizei angerufen hatte, habe ich eine eigene Tatortuntersuchung durchgeführt. Schließlich war Eile geboten. Ich konnte nicht nur einfach dasitzen und abwarten. Deswegen sind diese Rotzblagen aus Landskrona sauer geworden. Aber ich weiß, dass bei jedem Verbrechen Zeit der ausschlaggebende Faktor ist. Sie haben doch bestimmt gehört, was GW Persson im Fernsehen gesagt hat? Und ich bin kein Amateur. Ich bin nicht umsonst in der Heimatschutztruppe. Also habe ich Svipp an der Leiche schnuppern lassen, solange die Spuren noch frisch waren. Und er hat eine Fährte aufgenommen.«

»Eine Fährte?«

»Jawohl!«

»Wohin hat sie geführt?«

Eva blickte auf den beleibten Dackel, der im Gras döste.

»Den Pfad hoch über die Strandwiese. Zu einem etwas höher gelegenen Tannenwald. Er ist etwas ab vom Schuss, und das Unterholz ist da ziemlich dicht. Da endete die Fährte.«

»Was haben Sie dort gesehen?«

»Nichts. Nicht an dem Tag.«

»Aber …«

»Am Tag vorher bin ich auf meiner Abendrunde am Tannenwald vorbeigegangen. Da stand dort ein Van. Ein großer weißer Chevrolet. Er sah ziemlich alt und rostig aus. Ich fand es merkwürdig, dass er in diesem Gestrüpp stand und nicht auf dem Campingplatz. Ich dachte, dass jemand das Kernkraftwerk ausspioniert. Aber als ich am nächsten Morgen das tote Mädchen entdeckte, war mir klar, dass möglicherweise etwas anderes dahintersteckte.«

»Haben Sie das der Polizei erzählt?«

»Selbstverständlich. Als sie endlich aufgetaucht sind. Das hat über eine Stunde gedauert. Und dann sind sie sauer geworden, weil Svipp an der Leiche geschnüffelt hat. Dilettanten! Haben mich wie einen verdammten Idioten behandelt.«

»Sie waren wirklich nicht freundlich«, bestätigte Lilian und tätschelte ihrem Mann erneut den Arm.

»Die waren faul! Inkompetent. Für die stand sofort fest, dass das Mädchen Selbstmord begangen hat. Sie haben behauptet, dass es zum üblichen Verhalten von Selbstmordkandidaten gehört, sich nackt auszuziehen, wenn sie vorhaben, sich zu ertränken.«

»Aber Sie glauben nicht, dass es Selbstmord war?«

Torkel strich sich über seinen Bart.

»Ich glaube gar nichts. Ich konstatiere Fakten. Svipp hat an diesem Morgen eine Fährte aufgenommen, das kann ich beschwören.«

Der Hund schien seinen Namen gehört zu haben. Er hob den Kopf, schnaufte leise und wackelte zu seinem Frauchen zurück, die ihn mit einem weiteren Marmeladenplätzchen aus der Plastikdose anlockte. Es war schwer, sich den Dackel als Fährten witternden Spürhund vorzustellen, der einem Mörder hinterherjagt.

»Das war dann erst einmal alles. Vielen Dank für den Kaffee«, sagte Eva.

Als sie aufstand, fiel ihr Blick auf das schwarze Notizbuch, das in Torkels Brusttasche steckte.

»Sie haben nicht zufälligerweise Aufzeichnungen von dem fraglichen Morgen?«

»Selbstverständlich habe ich das. Lassen Sie uns im Archiv nachsehen. Kommen Sie mit rein.«

Im Wohnwagen war es eng, aber sauber und ordentlich. Auf dem Bett, das aussah, als wäre es viel zu klein für zwei Personen, lag eine straffe Tagesdecke. In einem Regal stand ein kleiner Fernseher. Die Kochplatte war blitzblank, und an der Wand hing eine Borte mit Blumen und einer schwedischen Fahne in Kreuzstickerei: *Tu deine Pflicht – liebe dein Vaterland* lautete der Begleitspruch. Den meisten Platz nahm ein Metallschrank ein, auf dem eine alte Remington-Schreibmaschine thronte.

»Nach jedem Rundgang überführe ich meine Notizen ins Archiv«, erklärte Torkel und zog eine Schublade auf. »Wie war noch mal das genaue Datum?«

»Der 26. April, letztes Jahr«, murmelte Eva.

Torkel suchte fieberhaft zwischen den Hängemappen.

»Hier ist es!«

Mit triumphierender Miene förderte er ein paar dicht beschriebene DIN-A4-Seiten zutage, die mit einer Büroklammer zusammengeheftet waren.

»An dem Tag habe ich einen Sonderbericht geschrieben. Das mache ich immer, wenn etwas wirklich Außergewöhnliches vorgefallen ist. Ich bin nach Landskrona gefahren und habe bei der Polizei eine Kopie meines Berichts abgegeben. Aber sie haben sich nie gemeldet.«

Ereignisprotokoll, 26. April 2011 lautete die Überschrift.

Eva überflog die drei Seiten. Die Schreibmaschine schien schon ziemlich abgenutzt zu sein, viele Buchstaben saßen ein wenig schief in den Zeilen. Die Sprache war unzusammenhängend und wirr und wimmelte von Hetzattacken gegen unfähige Polizisten. Aber im Großen und Ganzen gab der Bericht das wieder, was ihr Torkel gerade erzählt hatte.

»Haben Sie irgendjemanden in dem Chevrolet gesehen?«, fragte Eva, als sie das Protokoll zu Ende gelesen hatte. »Jemanden, den Sie wiedererkannt haben?«

»Ja, ich habe eine Person gesehen, die ins Auto eingestiegen ist. Sah aus wie ein hochgewachsenes Frauenzimmer. Falls es nicht ein Kerl war, der sich aufgerüscht hat. Heutzutage gibt es ja so viele perverse Typen. Allerdings war es dunkel, ich konnte es also nicht genau erkennen. Aber wie Sie sehen, habe ich mir das Autokennzeichen notiert. Sie können eine Kopie des Protokolls bekommen. Ich habe gleich zwei gemacht, als ich ein Exemplar bei der Polizei eingereicht habe.«

Eva faltete die Seiten zusammen und steckte sie in die Tasche. Draußen vor dem Wohnwagen holte sie tief Luft.

»Rufen Sie mich an, falls Ihnen noch etwas einfällt«, sagte sie zu Torkel und gab ihm ihre Visitenkarte.

»Nehmen Sie ein Marmeladenplätzchen als Wegzehrung mit«, nötigte Lilian sie ein letztes Mal, bevor sie sich wieder ihrer Strickerei zuwandte.

Torkels Handschlag war fest und entschlossen.

Auf halbem Weg zum Parkplatz drehte sich Eva noch einmal um und blickte zu dem kleinen eiförmigen Wohnwagen neben dem Gebüsch zurück. Torkel hielt sein Fernglas vor die Augen und beobachtete das stillgelegte Kernkraftwerk, das sich in südlicher Richtung am Horizont abzeichnete.

Kapitel 19

Lennart Myrberg sah müde aus. Er saß im Schatten der Gefängnismauer auf einer Bank, ein zusammengesunkener Riese. Auf seinem Schoß lag ein Buch mit Ledereinband und Goldschnitt. Sein Haar war nass und hing ihm strähnig über die Schultern. Als Jonny näher kam, blickte er auf. Die dunklen Ringe unter seinen Augen erweckten mehr denn je den Eindruck, als sei er von den Toten auferstanden.

»Was liest du?«

»Über die Schuld … Sie ist schwer zu tragen.«

Jonny setzte sich neben ihn.

»Wer unter euch ohne Schuld ist, der werfe den ersten Stein. Hat Jesus es nicht so ausgedrückt? Wer zum Teufel ist ohne Schuld?«

»Niemand.«

Jonny lehnte den Kopf an die raue Mauer und schloss die Augen. Er fühlte sich komplett ausgelaugt und erschöpft.

Die Schuld.

Seit er gehört hatte, dass Lina Andersson tot war, ließ ihr Bild ihn nicht mehr los. Ihre blassen, mageren Arme und knochigen Knie. Blaue Flecken und Einstichstellen. Jedes Mal, wenn die Erinnerung wieder in ihm hochkam, hatte er versucht, sie zu verdrängen.

»Ist etwas passiert?«, fragte er.

»Einer von meinen Jungs hat sich das Leben genommen«, sagte Lennart.

Seine Stimme war schwer von Trauer.

Jonny war heute Morgen mit einem Ruck aufgewacht und hatte sich an den Hals gefasst. Die Ratte hatte doch ihre Zähne in seiner Kehle versenkt! Unter der Decke war er schweißgebadet. Aber an seinem Körper konnte er weder Blut noch Kratz- oder Bisswunden entdecken. Nachdem er seinen Schreck überwunden hatte, hatte er sich mühsam vom Sofa aufgerappelt und sich davongestohlen. Bevor er zu seinem Auto schlich, hatte er noch irgendetwas Belangloses auf einen Zettel gekritzelt, voller Scham über seine Albträume und seinen missglückten Eroberungsversuch.

Erst als er die halbe Strecke nach Malmö zurückgelegt hatte, fiel ihm auf, dass die Schmerzen in seiner Hand abgeklungen waren. Der Verband war trocken und immer noch weiß, keine neuen Blutflecken. Doch sein Kopf platzte förmlich. Sein Gaumen fühlte sich pelzig an. Er hatte einen widerlichen Geschmack im Mund. Und die Angst nagte an ihm, schlimmer als eine ausgehungerte Ratte.

Heute lief die Frist ab. Und Jokovic hatte Maria bedroht.

Lennart Myrberg schlug die Bibel zu.

»Ich habe geahnt, dass das passieren würde. Und ich gebe mir die Schuld, dass ich es nicht verhindern konnte«, sagte er.

»Wie hieß er?«

»Sein Name war Mario. Er war erst etwas über zwanzig. Hat wegen bewaffneten Raubüberfalls und Drogendelikten gesessen. Er hat zehn Jahre bekommen. Die Dunkelheit hat ihn erfasst.«

Lennart seufzte niedergeschlagen.

»Mario ist zu mir gekommen und wollte reden. Das war vor ungefähr einem Jahr. Ich habe ihm von der Gnade erzählt. Von der Vergebung, die jedem zuteil wird. Ich habe versucht, ihn zum Licht zu führen. Wir waren auf einem guten Weg. Ich habe geglaubt, dass er es entdecken würde. Aber gestern Abend haben ihn die Schließer unten in der Turnhalle gefunden. Irgendwie hat er sich ein Stromkabel besorgt. Er hat sich an der Sprossenwand erhängt. Ich durfte ihn nicht sehen.«

Er verstummte.

»Was hast du mit deiner Hand gemacht?«, fragte er plötzlich.

Jonny schaute zur Seite. Hinter einem vergitterten Fenster im dritten Stock meinte er ein Gesicht zu erkennen. Es sah aus, als würde jemand am Fenster stehen und sie beobachten. Er blickte zum Dach hinauf, wo eine Krähe saß und sie von oben herab betrachtete. Sie waren alleine auf dem Freiganghof. Weit weg erklang ein Schrei.

»Ein Unfall …«

»Lüg mich nicht an, Jonny!«

Myrberg sah ihn ausdruckslos an.

Wie konnte er davon wissen?

Um Zeit zu gewinnen, fummelte Jonny die Zigarettenschachtel aus seiner Brusttasche. Er zündete zwei Zigaretten an. Der Rauch schmeckte bitter. Er hustete. Konnte das Gerücht, dass Jokovic ihm einen Finger abgeschnitten hatte, bis hinter die Gefängnismauern gelangt sein?

»Wie lange kennen wir uns jetzt?«, fragte Lennart.

Jonny lachte freudlos.

»Du bist derjenige, der den Überblick behält.«

»Siebzehn Jahre und neunundsiebzig Tage. Du warst für mich immer einer meiner Jungs. Seit dem Tag, an dem wir uns zum ersten Mal begegnet sind. Schon damals hattest du Hilfe nötig.«

Jonny schnaubte.

»So, wie ich das in Erinnerung habe, warst du derjenige, der Hilfe nötig hatte. Ich meine mich zu erinnern, dass du bei unserem letzten Treffen gesagt hast, ich sei ein Apostel, entsendet zu deiner Erlösung. Hast du es nicht genau so ausgedrückt?«

»Doch …«

Myrberg zog an seiner Zigarette, und mit einem Mal war seine alte Glut wieder da, diese Glut, die Jonny noch nie ganz geheuer gewesen war.

»Gott verfolgt mit jedem Menschen einen Plan«, sagte er. »Er hat dich geschickt, um mir meine Erlösung vorherzusagen. Mein Auftrag ist ein anderer. Ich soll die Jungs retten. Und dich. Nicht zuletzt dich.«

»Hör auf!«, fauchte Jonny. »Du verdammter Möchtegern-Jesus!«

Lennart Myrberg lächelte nachsichtig.

»Du musst nicht glauben, dass ich einen Ersatzvater brauche, nur weil ich dir irgendwann einmal von meinem Scheißleben erzählt habe«, fuhr Jonny wütend fort.

Die Hand auf seiner Schulter wog schwer wie Blei. Er starrte auf den aufgerissenen Asphalt zu seinen Füßen. Einen Moment lang wollte er nur noch weg, weg von den Mauern, dem Stacheldraht und dem massiven Steinbau, der einzustürzen und ihn unter seinen Trümmern zu begraben drohte. Doch wo sollte er hin? Es gab keinen Ort, an den er hätte fliehen können.

»Du hast Angst, Jonny. So eine verfluchte Angst, dass deine Seele bebt.«

»Scheiße!«

Jonny wischte sich mit dem Hemdsärmel den Rotz von der Nase und blickte in den Himmel, der blau und leer war.

Dann gewann die Müdigkeit Oberhand, die vollständige Erschöpfung, und plötzlich brach alles aus ihm heraus, was er so lange mit sich herumgetragen hatte: die Angst, die Schuld und die Panik, weil die Zeit allmählich ablief. Mit Tränen in den Augen erzählte Jonny, wie er sich an Ratko Jokovic verkauft hatte, von den verdammten Hunden, die ihm schon den ganzen Sommer über im Nacken saßen, und von seiner Angst, er könnte am Tod von Lina Andersson schuld sein. Und zu guter Letzt erzählte er Lennart Myrberg, dass er vor einer knappen Woche drauf und dran gewesen war, sich an einer Eiche auf dem Truppenübungsplatz in Ravlunda zu erhängen, es sich aber anders überlegt hatte, als er Elena entdeckte.

Schneewittchen.

»Ich habe das Gefühl, auch ihr etwas schuldig zu sein«, schniefte Jonny.

Eine ganze Weile saß Lennart Myrberg schweigend da, ohne eine Miene zu verziehen. Dann nickte er nachdenklich.

»Das erklärt eine Menge«, murmelte er.

»Das Schlimmste ist, dass Jokovic Maria bedroht hat. Kurz bevor er mir den Finger abgeschnitten hat, hat er gedroht, meiner Tochter etwas anzutun. Sie ist das Einzige, was ich habe!«

»Deine Lage ist ernster, als ich angenommen habe.«

Jonny wischte sich hastig über das Gesicht. Verdammt!, dachte er. Ich sitze hier und lege bei einem verrückten Mörder eine Beichte ab.

Aber tief in seinem Inneren wusste er, dass es nicht das erste Mal war.

»Du musst dich um deine Tochter kümmern«, sagte Myrberg.

»Darin war ich bisher nicht gerade gut.«

»Jeder kann sich bessern. Es ist nie zu spät. Das gilt auch für dich.«

Jonny schwieg.

»Willst du über deinen inneren Glücksspieldämon reden? Du bist ihm wieder einmal verfallen, das ist offensichtlich. In welcher Gestalt zeigt er sich dir diesmal?«

»Sie – ich spüre sie nur«, murmelte Jonny leise. »Sie ist ganz in meiner Nähe und flüstert ihre verdammten Lügen.«

Myrberg nickte bestätigend.

»Du hast mir einmal von ihr erzählt, als du mich vor einigen Jahren hier im Gefängnis besucht hast. Wie sie dich schon als Jugendlicher verführt hat und dich Tag und Nacht in die Spielspelunken gelockt hat. Als du blank warst, hat sie dich zum Klauen angestiftet und letzten Endes sogar zu Einbrüchen.«

Jonny sah den großen Mann, der da neben ihm auf der Holzbank saß, verwirrt an.

»Aber schließlich hast du sie doch aus deinem Kopf vertreiben können«, fuhr Lennart fort. »Du hast mir erzählt, dass das der Grund war, weshalb du dich entschieden hast, Polizist zu werden. Um widerstehen zu können. Damit sie sich nicht wieder in deinen Kopf schleichen und dich hinüber auf die dunkle Seite locken konnte.«

»Habe ich das gesagt?«

»Ja, und noch mehr. Deine Frau Lena, du hast sie wirklich geliebt. Sie hat dich die Verführerin viele Jahre vergessen lassen. Und euer Mädchen, das ihr aus Rumänien geholt habt. Ich glaube, dass ihr eine Zeit lang eine glückliche kleine Familie wart. Nach allem, was ich gehört habe, warst du ein fähiger Polizist. Aber dann, Jonny, was ist dann passiert? Wann bist du den Verführungskünsten der Dämonin wieder verfallen?«

Jonny kniff die Augen fest zusammen. Die Worte taten weh. Lennart Myrbergs und seine eigenen.

»Ich weiß nicht«, murmelte er. »Eines Tages stand ich plötzlich wieder draußen auf der Rennbahn in Jägersro. Ich hatte keine Ahnung, wie ich dort hingekommen war. Aber ich weiß noch, dass es regnete. Es war Herbst, schlammig und kalt. Es roch so gut. Und ich gewann! Mit dem ersten Wettschein nach so vielen Jahren habe ich gleich mehrere Tausend Kronen gewonnen. Und in dem Augenblick, als ich mir meinen Gewinn an der Wettkasse abgeholt habe, habe ich gespürt, dass sie wieder an meiner Seite war. Ich hatte das Gefühl, mich neu verliebt zu haben.«

»Hast du deiner Frau davon erzählt?«

»Nein.«

»Warum nicht?«

»Ich kann mich noch erinnern, dass ich Lena in ein schickes Restaurant eingeladen habe. Für Maria hatte ich einen Babysitter organisiert. Teures Essen, mit Champagner und allem Drum und Dran.«

»Hat sie sich gefreut?«

Jonny dachte nach. Aber alles, woran er sich erinnern konnte, war das Misstrauen in Lenas blauen Augen. Langsam schüttelte er den Kopf.

»Sie hat mich angesehen, als hätte ich sie betrogen.«

»Und dann?«

Jonny versuchte zurückzudenken.

»Ein paar Jahre lang ging es gut. Dann hatte sie genug und hat mich verlassen.«

Lennart Myrberg wartete geduldig, bis er weiterredete.

»Verdammt, Lennart! Ich hatte alles im Griff. Alles lief rund. Klar, hin und wieder hatte ich ein paar Nieten. Aber ich habe auch gewonnen. Und ich habe nie Schulden gemacht. Jedenfalls keine großen Summen. Nicht damals …«

»Hast du schon einmal darüber nachgedacht, dass Lena vielleicht der Meinung war, dass du derjenige warst, der sie verlassen hat?«, unterbrach ihn Lennart.

Jonny schwieg. Der Gedanke war ihm noch nie gekommen. Er rieb sich mit den Fingerknöcheln die Augen.

Als Myrberg fortfuhr, hatte sein Tonfall etwas Unheilvolles.

»Bei deinem letzten Besuch hast du mich gebeten, etwas über Ratko Jokovic in Erfahrung zu bringen. Ich nehme an, dass du wissen willst, was ich herausgefunden habe. Deshalb bist du doch hier?«

Jonny nickte.

»Lass mich dir zuerst eine Frage stellen: Wann hattest du das erste Mal Kontakt zu ihm?«

»Vor ungefähr einem Jahr.«

»Wie ist das abgelaufen?«

»Ich wurde eingeladen, nach einer Pokerpartie in einem Keller draußen in Lindängen. An dem Abend war es ganz gut für mich gelaufen. Irgendwann ist ein Typ aufgetaucht und hat angefangen zu quatschen. Ein Jugoslawe, den ich noch nie vorher gesehen hatte. Nach einer Weile hat er gefragt, ob ich an höheren Einsätzen interessiert sei.«

»Und das warst du natürlich?«

»Ja …«

»Hast du schon einmal daran gedacht, dass Jokovic dich vielleicht schon von Anfang an aus einem bestimmten Grund eingeladen hat?«

»Wie meinst du das?«

Lennart strich sich über das Kinn.

»Er wusste natürlich, wer du warst. Für einen Mann wie Jokovic ist es wie ein Geschenk des Teufels, einen Polizisten in der Hand zu haben.«

Myrberg blickte sich um, als wollte er sich vergewissern, dass sie alleine waren. Dann beugte er sich zu Jonny und flüsterte ihm ins Ohr.

»Sie sind dir auf der Spur. Das Gerücht verbreitet sich. Viele reden davon, dass Jokovic einen Informanten bei der Polizei hat. Jemand, der ihm Dienste erweist.«

Jonny spürte, wie sich sein Magen verkrampfte.

Aber Lennart Myrberg hatte noch mehr zu berichten: »Einige behaupten, dass er nicht nur einen Bullen auf seiner Gehaltsliste hat, sondern zwei. Das solltest du im Hinterkopf behalten.«

Zwei?

In Jonnys Kopf wirbelte es. Gab es noch einen Polizisten, der sich an Jokovic verkauft hatte?

»Was dieses Mädchen betrifft, das du Schneewittchen nennst, soll Ratko Jokovic außer sich vor Wut sein.«

»Hat er sie umgebracht?«

Lennart schüttelte den Kopf.

»Kaum. Ich habe gehört, dass er ein Kopfgeld auf den Mörder ausgesetzt hat.«

»Was?«

»Hör mir zu, Jonny! Ratko Jokovic kann über Leichen gehen. Aber er ist ein Geschäftsmann. Das Mädchen auf dem Truppenübungsplatz in Ravlunda war nicht die Erste, die gestorben ist. Und Jokovic holt seine Frauen nach Schweden, um mit ihnen Geld zu verdienen. Nicht, damit sie jemand tötet.«

Der große Mann stand auf, und auf einmal bekam Jonny Angst, dass er das Gespräch beenden wollte. Aber stattdessen schlenderte Myrberg nachdenklich im Schatten an der Mauer entlang. Nach ungefähr zehn Metern machte er kehrt. Als er wieder vor Jonny stand, fuhr er sich mit den Fingern durch sein langes Haar und setzte sich wieder auf die Bank.

»Was zum Teufel soll ich nur machen?«, jammerte Jonny kläglich.

Ohne ihm eine Antwort zu geben, nahm Lennart wieder seine Bibel zur Hand und blätterte in ihr, als würde er eine bestimmte Stelle suchen. Dann überlegte er es sich anders und schlug sie zu.

»Ich werde dir eine Geschichte erzählen, Jonny. Damit du deinen Gegner kennenlernst.«

Er trat sich die Kunststoffsandalen von den Füßen und wippte ein bisschen mit einem behaarten großen Zeh, bevor er den Rücken an die Mauer lehnte und die Augen schloss, als wollte er eine alte Erinnerung heraufbeschwören.

»Vor zwanzig Jahren, bevor mir das Licht offenbart worden ist, habe ich eine Reise unternommen. Ich bin nach Bosnien gefahren. In den Krieg. Im Nachhinein habe ich viel über meine damaligen Beweggründe nachgedacht. Vielleicht war ich auf der Suche nach Abenteuer, vielleicht habe ich Blut gewittert. Damals hat mich das Böse angezogen. Jedenfalls habe ich mich kroatischen Freischärlern angeschlossen. Wir haben gegen serbische Verbände gekämpft, und wir waren beileibe keine Engel. Aber es gab Schlimmere als uns.«

Lennart atmete schwer.

Worauf wollte er hinaus?

»Es gab einen Mann, der Željko Ražnatović hieß«, fuhr er fort. »Sein Rufname war Arkan. Vor dem Krieg wurde er hier in Schweden, in Deutschland und in Belgien wegen Banküberfällen gesucht.«

»Ich habe von ihm gelesen …«

»Es wurde gemunkelt, dass er für den jugoslawischen Sicherheitsdienst arbeitete. Ich weiß nicht, ob das stimmt. Bei Kriegsausbruch versammelte er eine Schar hartgesottener serbischer Nationalisten um sich. Sie nannten sich Tiger. Arkans Tiger. Im Frühjahr 1992 haben sich meine Wege mit ihren in der Gegend um Bijeljina und Zvornik gekreuzt. Ich kam in ein Dorf, in dem sie gerade gewütet hatten. Ethnische Säuberung, hieß das. Sie hatten geplündert und brutal gemordet. Männer, Frauen und Kinder. Seinen Namen habe ich zum ersten Mal von einigen Überlebenden gehört. Ratko Jokovic. Sie behaupteten, dass er einer der Allerschlimmsten sei. Es klang, als würden sie vom Teufel höchstpersönlich sprechen.«

Er verstummte wieder.

»Du warst dort im Krieg …?« Jonny sah ihn zweifelnd an. »Das hast du nie erzählt.«

Lennart Myrberg öffnete die Augen und lächelte wie ein kleines Kind.

»Es gibt vieles, was du nicht weißt.«

»Sicher.«

»Weißt du zum Beispiel, warum die Waldarbeiter in der russischen Taiga Gesichtsmasken aus Pappe über den Hinterköpfen tragen, wenn sie draußen sind und Bäume fällen?«

Jonny schüttelte verwirrt den Kopf.

»Wegen der Tiger«, erklärte Lennart. »Tiger greifen immer von hinten an. Wenn man einem Tiger begegnet, soll man ihm in die Augen sehen und niemals fliehen. Wenn man flieht, stirbt man.«

»Was willst du mir damit sagen?«

»Ist das nicht offensichtlich?«

»Nein.«

»Du redest von Hunden, die dir im Nacken sitzen. Aber Jokovic ist kein Hund. Er ist ein Tiger. Du musst aufhören zu fliehen und ihm ins Gesicht sehen.«

»Das ist also der Rat, den du für mich hast? Dass ich zu ihm gehen soll? Du hast sie doch nicht mehr alle!«

Abrupt stand Jonny auf.

»Hast du eine Wahl?«, fragte Lennart ruhig.

»Er wird mich umbringen.«

Lennart Myrberg antwortete nicht, sondern saß an die Wand gelehnt da und sah Jonny pharisäerhaft an. Es war schwer, aus ihm schlau zu werden. Hatte er wirklich in Bosnien gekämpft? Oder hatte er eine Geschichte zusammengeschustert, die auf Fakten basierte, die er im Internet gefunden hatte, nur um einmal mehr die Chance zu haben, eine Predigt zu halten? Myrbergs Gesicht lag immer noch im Schatten der Mauer.

»Hast du Jokovic in Bosnien persönlich getroffen?«

Lennart schüttelte den Kopf.

»Nie von Angesicht zu Angesicht. Er war wie ein Geist. Sein Ruf war wie eine tödliche Seuche.«

»Und Arkan?«

»Er hat den Krieg überlebt. Ist reich geworden. Wie so viele von diesen Mördern. Aber letzten Endes hat ihn das Schicksal eingeholt. Fünf Jahre nach Kriegsende wurde er in Belgrad ermordet.«

»Aber Jokovic hat überlebt …«

Myrberg stand langsam von der Bank auf.

»Du musst zu ihm gehen, Jonny. Aber ich kann nicht sagen, dass ich dich darum beneide. Manchmal, wenn ich in der Zelle auf meiner Pritsche liege und an die Decke starre, denke ich, dass es auf der anderen Seite der Mauer verdammt kalt ist.«

Plötzlich schien er Angst zu haben.

Sein Blick flackerte. Der große Verkünder, der bärenstarke Seelenretter, der alles wusste, zeigte Schwäche.

Da kam Jonny ein Gedanke.

»Hast du nie ein Gnadengesuch gestellt? Du sitzt doch schon so lange ein, dass deine Chancen auf eine Bewilligung gar nicht schlecht stehen.«

Mit einem schweren Seufzer legte Lennart Myrberg den Arm um Jonnys Schultern und drückte sie mit seiner großen Pranke.

»Siehst du den Löwenzahn da drüben?«, sagte er und deutete auf eine Stelle an der Mauer, wo ein paar große Pflanzen durch den Asphalt gebrochen waren. »Er hat versucht, sich einen Weg in die Freiheit zu graben. Aber ich glaube, dass er es sich anders überlegt hat. Im Juni, als er geblüht hat, haben sich die Pflanzen hier an der Mauer gesonnt. Gelb und schön. Ich fand, dass sie aussahen, als würden sie sich wohlfühlen.«

Das ist also die Lösung, dachte Jonny.

Seine Freiheit aufzugeben, um keine Angst haben zu müssen.

Aber war ein solches Dasein lebenswert?

»Ich finde, dass sie aussehen, als würden sie verwelken«, murmelte er.

Mit einem Mal wurde die Luft stickig. Die Mauern schienen sich nach innen über den Hof zu neigen. Gleich würde das Sonnenlicht verschwunden sein. Warum zwitscherten die Vögel nicht mehr?

Mit dem Gefühl, dass er das Gefängnis so schnell wie möglich verlassen musste, schob Jonny Lennarts Arm von seiner Schulter.

Ohne sich für den Rat zu bedanken, ging er zur Tür und klingelte, damit der Wärter ihm öffnete. Bevor er Lennart Myrberg auf dem Freiganghof stehen ließ, rief er über die Schulter: »Falls du hoffst, dass ich erlöst werde, kannst du das vergessen. Ich glaube nicht an so einen Hokuspokus.«

Kapitel 20

Die Hitze raubte der Stadt den Atem. Von den Straßen stieg ein Gestank von Gewalt und Angst auf. Die Luft schien förmlich von Nerven zu vibrieren, die bis zum Zerreißen gespannt waren. Jonny sehnte sich weit weg.

Ich bin auf dem besten Weg, verrückt zu werden, dachte er.

Schließlich war das hier Malmö. In dieser Stadt war es immer windig und kalt, hier fror man die ganze Zeit.

Aber an den Hauswänden sprachen die Schlagzeilen der Zeitungsaushänge von einer Hitzewelle, der wärmsten seit Jahren.

Es sitzt in meinem Kopf, dachte Jonny. Genau da wird es hässlich und gefährlich.

Er saß auf einer Bank im Schatten unter einem Baum am Rand des Jesusparks. Auf der anderen Seite der Rasenfläche verkaufte ein hagerer Dealer mit Pferdeschwanz und kaputter Jeansjacke ein paar Mädchen Drogen.

Er hörte, wie sie begeistert kicherten.

Maria.

Könnte sie es gewesen sein?

In der Malmöer Drogenszene wurde erzählt, dass der Park

nach einem Heroinjunkie benannt worden war, der sich eine Überdosis gespritzt hatte. Er hatte schon tot auf einer Bank gelegen, war aber plötzlich wieder zum Leben erwacht und auferstanden. Vielleicht war es nur ein Gerücht, wie so vieles andere auch. Doch woher sollte man wissen, was die Wahrheit war und was nicht? Den offiziellen Namen auf dem Stadtplan verwendete zumindest niemand mehr.

Müde und unschlüssig stand Jonny auf und schlurfte den Nobelvägen hinunter.

Es herrschte nur wenig Verkehr. Selbst die Autos bewegten sich bei der Wärme langsamer. Ein Mann und eine Frau gingen an ihm vorbei, beide hatten ein Softeis in der Hand. Lachend blieben sie stehen und leckten sich gegenseitig das heruntergetropfte Eis von den Fingern. In Jonny flammte Neid auf. An einem Laternenpfahl wühlten ein paar Elstern im Abfall des überquellenden Mülleimers.

Seit Jonny am Morgen das Gefängnis verlassen hatte, trieb er sich auf den Straßen herum und dachte nach. Mittlerweile war es spät geworden. In seine Wohnung in der Kristianstadsgatan wagte er sich nicht. Sie könnten dort auf ihn warten.

Er warf einen Blick über die Schulter.

Vielleicht hat Lennart Myrberg recht, dachte er. Ich gehe unter, wenn ich weiter davonlaufe. Ich muss meinem Jäger ins Gesicht sehen.

Bei dem Gedanken fröstelte er.

Die Backsteinkirche, die an der Straße lag, war quadratisch, modern und nicht besonders einladend. Vermutlich beschloss er deshalb hineinzugehen. Oder vielleicht wollte er sich einfach nur ein bisschen abkühlen. *Herzlich willkommen in der Kirche der heiligen Maria* begrüßte ihn ein Schild im Eingangsbereich. Einen Moment lang bildete er sich ein, dass das etwas zu bedeuten hatte. Im Chor flackerten ein paar Kerzen. Der Geruch von Wachs schwebte durch das Dämmerlicht im Kirchenschiff.

Die Bänke waren leer. Das Altarbild an der Wand zeigte einen ausgemergelten Jesus, wie er am Kreuz hing.

Plötzlich stand die Pastorin vor ihm. Eine rundliche kleine Frau mit einem schrägen Pony über ihrer großen Brille. Ihr Talar schleifte über den Boden. Im Arm hielt sie einen Stapel Gesangbücher.

»Suchen Sie jemanden?«

»Nicht direkt …«

»Sie können sich gerne hinsetzen und die Ruhe und Stille genießen.«

Sie lächelte freundlich.

»Ich habe leider zu tun«, entschuldigte sie sich. »Heute Nachmittag kommt eine Konfirmandengruppe.«

Jonny setzte sich in eine Bank. Die Pastorin blieb stehen und betrachtete ihn einen Moment. Dann drehte sie sich um und verteilte weiter die Gesangbücher in den Reihen, während sie eine leise Melodie vor sich hin summte. Das Lied kam Jonny irgendwie bekannt vor, doch er konnte es nicht einordnen. Es war kein Kirchenlied. Eher ein altes Kinderlied, das er vor langer Zeit gehört, aber vergessen hatte. Durch die schmalen Fenster oben in der Decke fiel Sonnenlicht herein und warf Lichtsäulen ins Kirchenschiff.

Sieh das Licht, hatte Lennart Myrberg gesagt.

Jonny wünschte, dass er wenigstens einen kleinen Schimmer erhaschen könnte. Nach einer Weile fiel sein Blick wieder auf das Altarbild. Der Erlöser am Kreuz. Mager und knochig. Dunkle Ringe unter den Augen. Aus den Wunden unter der Dornenkrone floss Blut über seine Wange. Wahrscheinlich hatte der Künstler dem Gesicht des Gekreuzigten mit seinen Pinselstrichen einen leicht leidenden Ausdruck verleihen wollen. Doch Jonny erinnerte es vor allem an den Dealer im Jesuspark.

»Sie sehen müde aus.«

Die Pastorin hatte sich wieder genähert, ohne dass er es gemerkt hatte.

»Ja …«

Sie legte den Kopf zur Seite.

»Nehmen Sie es mir nicht übel, aber Sie sehen gehetzt und mitgenommen aus. Gibt es etwas, über das Sie reden möchten?«

Ihre Wangen waren rot und ihre Brillengläser beschlagen. An einem Ohrläppchen baumelte ein kleines silbernes Kreuz. Mit einem Mal fror Jonny. Sein Hemd war durchgeschwitzt und klebte kalt am Rücken. Sie will, dass ich eine Beichte ablege, dachte er. Da ist sie heute schon die Zweite.

»Sie haben vor irgendetwas Angst, habe ich recht?«

Die Pastorin setzte sich neben ihn in die Bank und legte eine pummelige Hand auf sein Knie. Sie sah glücklich aus. Als gäbe es auf der ganzen Welt nichts, über das man sich Sorgen machen müsste.

Jonny dachte an Lennart und dessen Angst vor der Freiheit. Das Gefängnis war für ihn zu einem Ort der Geborgenheit geworden. Das Gefängnis und die Erlösung.

»Glauben Sie, dass Sie mich retten können?«, murmelte er.

»Vielleicht kann es Gott …«

Die Augen der Pastorin leuchteten.

»Ich habe ein Mädchen getötet«, sagte Jonny leise. »Und ein wahnsinniger Mörder ist hinter mir her, der mich umbringen will.«

»Sie müssen sofort zur Polizei gehen!«, keuchte die Pastorin entsetzt.

»Ich bin, verflucht noch mal, selbst Polizist«, zischte er.

Er drängte sich an ihr vorbei, stürzte durch das Kirchenschiff und schlug die Kirchentür hinter sich zu.

***

Als Jonny draußen auf der Straße stand, hatte er seine Entscheidung getroffen. Entweder klappte es, oder es klappte nicht. Doch er durfte keine Zeit verlieren. Mit entschlossenen Schritten setzte er sich in Bewegung.

Zum Teufel mit Licht und Erlösung. Hier kam ein Vertreter des Gesetzes, einer der wagte, um Gnade zu bitten!

Eine halbe Stunde später hatte er sein Ziel fast erreicht, außer Atem und verschwitzt.

An der Straße lagen verfallene Abbruchhäuser, alte Werkstätten und Lagerhallen, umgeben von Zäunen und Stacheldraht, Schrotthaufen, Betonstahl und verrottenden Autoreifen. Mehrere Häuser schienen verlassen zu sein. Ein staubiger Fernlaster stand am Straßenrand und lief im Leerlauf. Die Sonne brannte immer noch auf den Asphalt, doch die Schatten wurden allmählich länger. Ein Stück entfernt waren ein paar Männer dabei, Kisten aus einem Van zu laden. Bei dem verrammelten Fabrikgebäude blieb Jonny stehen und blickte an der Fassade empor. Er sah kaputte Scheiben, vernagelte Fenster und leere Fensterhöhlen. Wieder hatte er das unangenehme Gefühl, dass ihn jemand beobachtete.

Zwei Monate, dachte er.

So lange jagt der Teufel mich schon.

Er tastete unter seinem Hemd nach der Pistole. Dann fiel ihm ein, dass sie immer noch im Handschuhfach im Auto lag, das er am Gefängnis hatte stehen lassen, als er in der Hitze seinen Kreuzweg angetreten hatte.

Verdammt!

Eine Sekunde lang wollte er einfach nur davonlaufen. Doch dann bekam er seine Nerven wieder in den Griff. Ich habe ja nicht vor, ihn zu erschießen, beruhigte er sich. Jonny machte eine schnelle Überschlagsrechnung im Kopf. Die Chancen, lebend aus dem Klub wieder herauszukommen, standen fünfzig zu fünfzig. Seine Beine schienen ihren Dienst zu versagen.

Er klingelte an der Gegensprechanlage. Als sich nichts rührte, drückte er ein zweites Mal auf den Knopf und drehte sein Gesicht in das Kameraauge über der Tür. Im Lautsprecher knackte es, aber danach erklang lediglich ein leises Rauschen. Er beugte sich zum Mikrofon.

»Ich muss mit Ratko Jokovic sprechen.«

Das Schloss klickte.

Hinter der äußeren Tür befand sich eine schwere Panzertür. Ein neuer Klick, und auch diese Tür öffnete sich.

Nachdem sich Jonnys Augen an die Dunkelheit gewöhnt hatten, sah er, dass am Ende des Gangs ein groß gewachsener Mann in einem Sessel saß. Er trug ein enges Unterhemd, in seinem Schulterholster steckte ein Revolver. Auf dem kleinen Tisch neben ihm lagen ein Handy und ein paar Zeitschriften. Ein höhnisches Grinsen ging über Radovans Gesicht, als er Jonny mit dem kleinen Finger zu sich winkte.

»Cool, dich zu sehen, Kleiner …«

»Wo ist Ratko?«

Jonnys Stimme klang dünner, als er gehofft hatte.

»Im Keller. Er erwartet dich.«

Radovan formte zwei Finger seiner rechten Hand zu einem Pistolenlauf und hielt sie sich an die Schläfe.

»Peng!«, sagte er und lachte.

Dann stand er auf.

»Arme und Beine ausstrecken!«

Er tastete Jonny mit geübten Handgriffen ab, wobei er die Gelegenheit nutzte, ihm besonders gründlich in den Schritt zu fassen. Vergeblich bemühte sich Jonny, ein Stöhnen zu unterdrücken.

»Richtig toller Job, den du da hast, Radovan!«, schnaubte er, als er sich erholt hatte. »Wirklich. Hier zu sitzen und den ganzen Tag Pornos zu lesen, bis du irgendeinem Typen die Eier quetschen kannst. Wirst du gut dafür bezahlt?«

Das Gesicht des großen Mannes verfinsterte sich, und Jonny beeilte sich, die Treppe hinunterzugehen.

Der Keller war nur schwach beleuchtet. Tabakrauch hing in rötlichen Schwaden in der Luft, genau wie beim letzten Mal. Der Barmann mit dem fettigen Zopf polierte Gläser. Er sah auf und nickte kurz, machte dann aber weiter, als sei nichts geschehen. An der Theke saßen drei Männer und tranken Bier. Keiner von ihnen schien zu bemerken, dass ein neuer Gast gekommen war. In der hintersten Ecke des Raums zockten ein paar Typen an den Jack-Vegas-Automaten. Jonny hielt inne. Einer der Rücken kam ihm irgendwie bekannt vor. Die Frauen in der pompösen Sitzgruppe starrten apathisch auf einen Flachbildfernseher, auf dem Schirm flimmerten lautlose Musikvideos. Lady Gaga, registrierte Jonny. Der Pokertisch stand mitten im Raum. Eine kegelförmige Lampe brachte den grünen Filz zum Leuchten.

Sechs leere Stühle.

Als Jonny die Stühle sah, holte ihn die Pokernacht wieder ein. Fortuna, die ihm so zärtlich im Nacken gestreichelt und in sein Ohr geflüstert hatte. Drei Asse und drei Vieren auf der Hand. Und seine Gegenspieler: der Türke, der Chirurg, der schwitzende Jurist und Akram, der Gemüsehändler. Einer nach dem anderen waren sie ausgestiegen. Das wunderbare Gefühl, unschlagbar zu sein, das seinen ganzen Körper durchströmt hatte.

Dann die Eiseskälte, als sie urplötzlich verschwunden war. Als nur noch Ratko und er übrig waren.

Und schließlich der tödliche Schlag: vier verfluchte Zweien.

»Jonny-Boy.«

Die heisere Stimme ließ Jonny zusammenzucken, als hätte er einen elektrischen Schlag bekommen. Er fuhr herum.

Jokovic stand in der Tür zu seinem Büro. Eine Lampe tauchte den Schreibtisch hinter ihm in gelbes Licht. Sein Jackett hatte er über den Stuhl gehängt. Als er ein paar Schritte auf

Jonny zumachte, sah er, dass sein Hemd dunkle Flecken unter den Armen hatte. Sein Bauch hing ihm über dem Gürtel.

Was hatte Lennart Myrberg noch mal über Jokovics Ruf gesagt? »Sie haben über ihn gesprochen, als sei er der Teufel persönlich.«

Vielleicht fing das Alter an, sein Recht zu fordern? Auf den ersten Blick sah Jokovic nicht besonders gefährlich aus. Er roch nach Schweiß und billigem Herrenparfüm. Doch dann sah Jonny wieder den grünlichen Stahl, der ganz hinten in den Augen des Jugoslawen glühte, und seine Hoffnung erlosch. Irgendwo im Hintergrund knurrte ein Hund.

»Du traust dich also tatsächlich her …«

»Wir müssen reden, Ratko.«

»Ich dachte, wir hätten uns unterhalten. Wenn du hergekommen bist, um deine Schuld zu begleichen, dann ist es höchste Zeit. Ich habe dir fünf Tage gegeben.«

Jokovic steckte die Daumen in den Gürtel und machte keinen Versuch, seine Verachtung zu verbergen. Plötzlich tauchte neben ihm der Hund auf, der eifrig an Jonny schnüffelte, als hätte er eine vertraute Witterung aufgenommen. Jonny konnte seine Reißzähne sehen.

»Was zum Teufel!«, schrie Jonny und zog panisch seine Hand zurück.

Jokovic lachte amüsiert.

»Arkan hat Hunger. Er glaubt, dass er sein Mittagessen bekommt.«

Er schnipste laut, der Hund trottete davon und legte sich in eine Ecke. Jonny hörte, wie sich die Männer an der Bar unruhig bewegten. Jemand hustete, ein anderer lachte leise und erwartungsvoll.

»Arkan mag dich, Jonny.«

Jonny schluckte, damit er sich nicht übergab. Dieser verdammte Phantomschmerz! Auf einmal wurde Jokovics Gesicht hart.

»Also, was willst du?«

»Du musst mir mehr Zeit geben ...«

Die Ohrfeige kam blitzschnell und brannte wie Feuer. Jonny taumelte und griff sich erstaunt an die Wange.

»Respekt, Jonny!«

Bevor er reagieren konnte, traf ihn ein zweiter harter Schlag im Gesicht. Seine Augen tränten.

»Was habe ich dir über Respekt erzählt?«

Jokovic hielt einen drohenden Zeigefinger unter Jonnys Nase.

»Du kommst in meinen Klub und erzählst mir, was ich tun muss! Nennst du das etwa Respekt?«

Zum dritten Mal hob Jokovic den Arm. Jonny sah die Bewegung, hatte aber weder die Kraft noch den Mut, sich zu schützen. Gelähmt nahm er den wuchtigen Schlag entgegen und fiel zu Boden. Im Fallen riss er einen Barhocker um und schlug mit dem Nacken auf dem Boden auf, wo er liegen blieb. Es kam ihm vor, als wäre ihm der Kopf beinahe von den Schultern gerissen worden. Als er schließlich wagte, die Augen zu öffnen, stand Jokovic über ihm. Irgendjemand wimmerte, vielleicht er selbst. Seine Ohren dröhnten. Sein Körper zitterte. Jonny rollte sich wie ein Embryo zusammen.

»Steh auf, du Lusche!«

Jonny kniff die Augen fest zusammen und machte sich auf weitere Schläge gefasst. Doch die Tritte blieben aus. Nach einer Weile sah er vorsichtig nach oben.

»Ich bin gekommen, um über Elena zu reden«, nuschelte er, sein Mund war voller Blut.

»Elena ...?«

Jokovics fleischiges Gesicht zeigte eine Spur von Unsicherheit.

»Komm mit in mein Büro!«, sagte er brüsk und drehte sich um.

Mühsam kam Jonny auf die Füße. Er klopfte sich ein bisschen Staub von der Hose. Die Männer an der Bar grinsten. Aber der Barkeeper riss ein Stück Küchenpapier von einer Rolle und gab es ihm. Jonny schnäuzte sich und wischte sich irgendein klebriges Zeug von der Wange.

Als er das kleine Büro betrat, saß Jokovic hinter seinem Schreibtisch und hatte eine Flasche Smirnoff hervorgeholt. Wortlos goss er zwei Gläser ein, leerte das eine zur Hälfte und stellte das andere vor Jonny hin. Dann richtete er die Schreibtischlampe auf seinen Besucher. In seinem Rücken hörte Jonny, wie jemand die Tür schloss.

»Trink!«, forderte Jokovic ihn barsch auf.

Jonny blinzelte in das grelle Licht. Das Dröhnen in seinem Kopf war von einem schrillen Pfeifgeräusch in den Ohren abgelöst worden. Das Schwein hat mir das Trommelfell zertrümmert, dachte er. Der Alkohol brannte ihm im Mund.

»Was weißt du über Elena?«, kam Jokovics Stimme aus der Dunkelheit hinter der Lampe.

»Sie ist tot.«

»Ich weiß.«

»Ich habe sie draußen auf dem Truppenübungsplatz in Ravlunda gefunden.«

Seinem Schweigen nach zu urteilen, war Jokovic dieser Umstand neu. Es flammte kurz auf, als er ein Streichholz anstrich und sich eine Zigarre anzündete. Der Rauch, den er durch die Nase ausblies, färbte sich im Schein der Lampe gelblich-braun.

»Warum bist du hier?«

»Ich will wissen, wer sie getötet hat.«

»Weshalb?«

Jonny räusperte sich und trank noch einen Schluck Wodka.

»Lass uns einfach sagen, dass ich ihr das schuldig bin.«

»Glaubst du, dass ich es war?«

Jonny antwortete nicht. Versuchte nur so auszusehen, als hätte er die Situation unter Kontrolle, obwohl sein Herz wie verrückt hämmerte. Wenn nur nicht der verdammte Hund irgendwo da draußen in der Dunkelheit gelegen hätte. Er konnte ihn riechen, und hin und wieder hörte er ihn knurren.

Plötzlich beugte sich Jokovic über den Schreibtisch und richtete das Licht der Lampe auf die Tischplatte, um es dann zu sich herüberzudrehen und sein Kinn anzustrahlen, sodass sein Gesicht von grotesken Schatten verzerrt wurde.

Die Totenmaske, die er Jonny bereits einmal zuvor gezeigt hatte.

»Sieh mich an, Jonny-Boy«, zischte er. »Jeder weiß, dass an meinen Händen Blut klebt. Das ist nichts, wofür ich mich schäme. Im Gegenteil. Darauf bin ich stolz. Warum, glaubst du, gehorchen mir die Idioten da draußen? Weil sie Angst haben. Sie haben Respekt.«

Er kippte den letzten Rest Wodka hinunter und knallte das Glas auf den Tisch.

»Aber ich glaube an Gott! Und wenn ich schwöre, dass ich dieses Mädchen nicht getötet habe, dann ist das die Wahrheit!«

Als Jokovic die Lampe endlich von sich wegdrehte, hatte Jonny das Gefühl, dem Teufel persönlich ins Gesicht gestarrt zu haben.

»Wenn ich glauben würde, dass du sie getötet hast, wäre ich nicht hergekommen«, sagte er vage.

»Du hast Mut …«

»Wohl kaum.«

Jonny schüttelte langsam den Kopf.

»Es gab noch ein anderes Mädchen«, begann er zögernd. »Ihr Name war Nicoleta. Sie kam auch aus Rumänien, genau wie Elena. Ihre Leiche wurde vor ein paar Jahren am Strand von Furuboda gefunden.«

Jokovic nickte kurz.

»Dann weißt du ja bestimmt, dass sie auch eines meiner Mädchen war. Wer hat es dir erzählt?«

»Das kann ich nicht sagen.«

Jonny hob das Glas an den Mund, während er nachdachte, befeuchtete mit dem Alkohol aber lediglich die Lippen.

»Meine Quelle glaubt, dass du mindestens noch zwei weitere Mädchen verloren hast. Die eine wurde letztes Jahr im Juni am Strand in Barsebäckshamn gefunden, die andere dieses Jahr im Mai unter einem Badesteg in Ribersborg. Mit Elena und Nicoleta sind das vier. Irgendetwas sagt mir, dass du darüber ziemlich ungehalten bist.«

Es klirrte im Glas, als Jokovic sich noch einen Wodka eingoss.

»Hör zu, Jonny! Ich hole meine Mädchen nach Schweden, damit sie für mich arbeiten. Da geht es ums Business. Es kostet einen Haufen Geld, sie hierher zu bekommen. Dieses Geld will ich zurückhaben. Mit Zinsen. Kriege ich es zurück, wenn sie sterben? Nein! Irgendein perverses Schwein da draußen zerstört meine Geschäfte und meinen Ruf.«

»Hast du eine Ahnung, wer es ist?«

»Dann würde ich jetzt nicht hier mit dir sitzen und quatschen.«

Er leerte sein Glas in einem Zug.

»Aber eins weiß ich: Wenn ich das Schwein erwische, werde ich ihm den Schwanz abschneiden.«

Jokovic starrte ihn mit roten Augen an. Wurde er langsam betrunken? Ein bestimmtes Gefühl sagte Jonny, dass sich die Chancen trotz allem eine Winzigkeit zu seinen Gunsten verschoben hatten. Er beschloss, seine einzige Karte auszuspielen.

»Dein Problem ist, dass du ihn nicht finden kannst. Aber in dem Punkt kann ich dir möglicherweise behilflich sein.«

»Du?«

Jokovic spuckte das Wort aus, als hätte er eine Fliege im Mund. Er sah Jonny zweifelnd an.

»Ich bin trotz allem immer noch Polizist.«

»Bist du?«

Jonny zuckte mit den Schultern.

»Sie haben mich jedenfalls noch nicht gefeuert.«

Eine vage Veränderung in Jokovics Gesicht verriet, dass es nicht völlig ausgeschlossen war, dass er auf das Angebot einging.

»Ich kann mich ein bisschen umhören«, fuhr Jonny fort. »Zeugen verhören. Verzeichnisse überprüfen. Die Kollegen, die in den Todesfällen ermittelt haben, sind ja davon ausgegangen, dass die Mädchen Selbstmord begangen haben. Oder sich aus Versehen eine Überdosis gespritzt haben. Vier tote Frauen an unterschiedlichen Orten in Schonen. Aber niemand hat einen Zusammenhang hergestellt. Ich weiß, dass sie ermordet wurden. Das macht einen großen Unterschied. Jetzt gibt es ganz andere Voraussetzungen, eine umfassende Ermittlung einzuleiten.«

Er zögerte eine Sekunde.

»Mein Angebot an dich ist ganz einfach. Ich finde heraus, wer der Mörder ist. Sobald ich es weiß, gehört er dir.«

Jokovic atmete schwer.

»Drei«, murmelte er leise.

»Was?«

»Die Tote in Barsebäck war auch eines meiner Mädchen. Sie hieß Florica. Über die andere weiß ich nichts.«

»Rumänin?«

Jokovic nickte.

»Bis Elena verschwunden ist, habe ich auch geglaubt, dass sie es selbst gemacht haben. Nicoleta und Florica. Selbstmord. Oder eine Überdosis. Aber nicht Elena. Als sie starb, habe ich begriffen, dass es da irgendeinen Zusammenhang geben muss.«

Er fixierte Jonny.

»Was willst du als Gegenleistung?«

»Das Versprechen, dass du niemals jemandem erzählst, dass wir einander kennen.«

»Mehr nicht?«

Jonny schüttelte langsam den Kopf.

»Du verstehst schon ...«

Er wartete, bis die Stille unerträglich wurde, bevor er es wagte, seine Bedingung zu stellen.

»Den Schuldschein. Ich will, dass du ihn zerreißt.«

»Ich soll dir also eine Million schenken, damit ich einem Schwein, das meint, es könnte mir in meine Geschäfte pfuschen, die Eier zerquetschen kann?«

»Ganz genau.«

»Du bekommst drei Tage. Und deine Schuld ... ich werde es mir durch den Kopf gehen lassen.«

»Ich will ein Abkommen.«

»Drei Tage.«

»Aber ich kann nicht ...«, protestierte Jonny.

»Du hast keine Wahl«, fiel ihm Jokovic ins Wort.

Dann hielt er eine Hand ans Ohr und lächelte boshaft.

»Hörst du es nicht? Die Zeit! Sie tickt schon. Unerbittlich. Hau jetzt ab und such diesen Schweinehund für mich.«

Langsam stand Jonny vom Stuhl auf. Es war offensichtlich, dass die Geduld des Klubbesitzers am Ende war. Doch eine Frage gab es noch, die er stellen musste.

»Was ist mit Lina Andersson passiert?«

Jokovics Gesicht schien noch eine Spur röter zu werden. Einen Moment lang glaubte Jonny, er würde ihn angreifen. Aber dann drückte er seine Zigarre nur ungestüm im Aschenbecher aus.

»Sie hat einen meiner Dealer verpfiffen. Du hast mich doch selbst angerufen und mir den Tipp gegeben. Hast du das vergessen?«

»Nein.«

»Du glaubst, dass ich sie getötet habe?«

Jonny wagte nicht zu antworten.

Doch Jokovic zuckte nur mit den Schultern.

»Das habe ich nicht. Ehrlich gesagt, weiß ich nicht, was passiert ist. Vielleicht hatte sie das Leben einfach nur satt.«

Eine ganze Weile starrten sie sich an. Dann hatte es den Anschein, als würde etwas in Jokovic erlöschen.

»Hattest du das Leben noch nie satt, Jonny?«, fragte er mit einem Seufzer.

»Nein.«

In dem Moment, als er es aussprach, begriff er, dass es die Wahrheit war. Von Angst erfüllt, mit Sicherheit. Verlassen und einsam. Verzweifelt und entmutigt. Aber nicht einmal an dem Morgen, als er mit dem Seil in der Hand unter der Eiche auf dem Truppenübungsplatz gestanden und mit dem Teufel eine Wette eingegangen war, hatte er das Leben so satt gehabt, dass er aufgeben wollte.

Plötzlich sah er klar: Dass er am Leben war, hatte er nicht Elena zu verdanken. Selbst wenn er mutterseelenallein in dem Eichenwäldchen gewesen wäre, hätte er niemals den letzten Schritt gemacht und wäre mit der Schlinge um den Hals in den Abgrund gesprungen.

»Und du?«, fragte er kühn. »Hast du das Leben satt, Ratko?«

Jokovic stöhnte. Dann sank er in der Dunkelheit hinter seinem Schreibtisch regelrecht in sich zusammen. Und so, wie Jonny eben noch in sich selbst hineingeblickt hatte, meinte er nun, einen winzigen Schimmer von der Seele seines Feindes zu erhaschen. Einen Tiger sah er nicht. Eher einen alternden Säufer, grau und langweilig. Jokovics Finger zitterten so stark, dass sie auf die Tischplatte schlugen. Seine Augen waren wässrig, seine Wangen eingefallen und blass. Er fuhr sich über den Bauch und zog eine Grimasse.

»Man bezahlt einen Preis«, murmelte er.

Jonny schwieg.

»Ein gefürchteter Mann ist ein einsamer Mann. So sind die Regeln.«

»Du hast es doch selbst so gewollt! Wer zwingt dich?«

Jokovic rieb zerstreut an einem Fleck auf seinem Ärmel und blickte Jonny unglücklich an.

»Manchmal habe ich mich schon gefragt, wie es wäre, jemand anderes als Ratko Jokovic zu sein. Irgendeine gottverdammte Null, vor der niemand Angst hat. Wie würde man …«

Er brach mitten im Satz ab.

»Du kennst nichts anderes«, sagte Jonny. »Leute zu Tode ängstigen, das ist das Einzige, was du kannst.«

»Ich hatte ein kleines Mädchen, Jonny. Genau wie du. Eine kleine Prinzessin. Aber sie war mein eigen Fleisch und Blut.«

»Hatte? Ist sie tot?«

Jokovic griff sich an die Brust.

»Ihre Mutter hat sie mitgenommen, als sie abgehauen ist. Ich habe überall gesucht, aber nicht einmal ich konnte sie finden. Das ist viele Jahre her. Aber seitdem … Sie hat mir das Herz gebrochen.«

Jonny sah ihn kalt an.

»Ich hätte nie gedacht, dass du mal etwas hattest, das dir etwas bedeutet.«

Jokovic zuckte mit den Schultern, als wollte er eine Last abschütteln, und goss sich Wodka nach.

»Was nützt es, wie ein altes Weib zu heulen. Getan ist getan. Das Blut an meinen Händen lässt sich nicht mehr abwaschen. Ich weiß, was mich erwartet, wenn ich sterbe. Aber noch habe ich, verflucht noch mal, keine Lust, in der Hölle zu schmoren.«

Jonny schüttelte erstaunt den Kopf.

»Du hast das Leben satt, aber gleichzeitig eine solche Scheißangst vor dem Tod, dass du dich nicht traust, es zu beenden?«

»Verschwinde jetzt, Jonny. Wenn einer der Jungs da draußen mitbekommen hätte, dass du mich für ängstlich hältst, hätte ich dich auf der Stelle kaltmachen müssen.«

Kaum hatte Jonny sich umgedreht und die Hand auf die Türklinke gelegt, als er erneut Jokovics heisere Stimme hörte.

»Ich habe nachgedacht, Jonny-Boy.«

»Und worüber?«

»Dieser perverse Dreckskerl, der meine Geschäfte ruiniert ...«

»Ja?«

»Vielleicht bist du es?«

So leise, wie er nur konnte, verließ Jonny den Klub, erstaunt, dass er seine Angst überwunden hatte.

Kapitel 21

Lady Gaga schlängelt sich in Lack und Glitter auf dem Fußboden, umringt von Körpern, die zu entfesselten Tanzbeats herumwirbeln. Sie bewegt die Lippen, doch ihr Gesang ist lediglich ein Flüstern. Jemand hat den Fernseher so leise gestellt, dass die Musik kaum zu hören ist. Drums und Synthesizer klingen wie Geräusche von kleinen Insekten.

Aber das macht nichts. Andrea kann die Songs auswendig, und sie singt sie in ihrem Kopf.

I want your love and
I want your revenge
You and me could write a bad romance

Die Männer in dem Video trinken Wodka. Sie tragen seltsame Masken, die ihr halbes Gesicht verdecken, und sie starren mit finsteren Mienen auf die schlangenähnliche Frau, die auf sie zukriecht.

Andrea gähnt und schielt zu den anderen Mädchen auf dem Sofa hinüber. Sie sehen genauso blass aus wie sie selbst, genauso müde und kaputt, nicht einmal die rötliche Dunkelheit kann das verbergen. Sie kennt sie nicht näher. Elena war ihre einzige Freundin. Drei Jahre jünger, aber ihre einzige Freundin auf der Welt, und jetzt ist sie seit einer Woche verschwunden.

Beinahe ist es so, als hätte Andrea die Hoffnung bereits aufgegeben.

Es ist noch gar nicht so lange her – bevor sie mit nach Schweden gegangen war –, da hatte sie immer geträumt, Lady Gaga zu sein. So sexy, so cool mit ihren weißen Haaren und ihren roten Lippen. Wie herrlich musste es sein, jeden x-beliebigen Typen um den kleinen Finger wickeln zu können. Und dieser ganze Luxus. Doch heute fühlte es sich anders an. Als Andrea da auf dem Sofa sitzt und ihrem Idol dabei zusieht, wie es sich auf dem Boden windet, geht es ihr nur noch schlechter. Der impulsive Tanz, die Beats und die Musik, die in ihrem Kopf dröhnen, sind kein Traum mehr, in dem sie sich verlieren kann. Das, was sie auf dem Fernsehbildschirm sieht, erinnert sie viel zu sehr an ihr eigenes Leben.

So, wie es geworden war.

Den ganzen Tag hat sie schon Schmerzen im Unterleib. Sie fühlt sich, als würde sie Fieber bekommen. Ihre Stirn ist so heiß. Sie hat sich erst im Bett und dann auf dem Sofa vor dem Fernseher mit den anderen zusammengekauert, versucht, sich so klein wie möglich zu machen, und gehofft, dass sie sie vielleicht vergessen. Und sie hat die Hände gefaltet und gebetet, sie, die in ihrem ganzen Leben noch nie an einen Gott geglaubt hat: Lieber Gott, bitte mach, dass sie mich verschonen!

Ich kann nicht mehr, dachte sie. Ich muss hier weg.

Plötzlich hört sie, wie hinten an der Bar gelacht wird.

Sie wendet den Blick vom Fernseher ab und sieht Jokovic. Er ist aus seinem Büro gekommen und steht breitbeinig mit den Daumen im Gürtel vor jemandem, dessen Gesicht sie nicht erkennen kann. Anspannung liegt in der Luft. Die Männer an der Bar sehen wie ein Schwarm Geier aus.

Und der grässliche Hund ist da und schnüffelt. Ein schwarzer Schatten, ebenso unheilvoll wie sein Herrchen. Jedes Mal, wenn sie ihn sieht, muss Andrea an die streunenden Straßenköter in Bukarest denken. Nachts, wenn sie sich in einem Park oder in irgendeiner Gasse in ihre Lumpen gewickelt hatte, kamen sie immer angeschlichen, sabbernd vor Tollwut und Ungeziefer. Nur in der Kanalisation unter der Straße hatte man Ruhe vor ihnen.

Plötzlich geschieht etwas.

Ohne Vorwarnung verpasst Jokovic dem Neuankömmling zwei schallende Ohrfeigen, sodass er nach hinten taumelt. Andrea sieht, wie er sich an die Wange greift und wie ihm Jokovic drohend den Zeigefinger vors Gesicht hält. Dann schlägt der Klubbesitzer ein drittes Mal zu. Warum schützt er sich nicht?, denkt Andrea noch, bevor der Mann umfällt und im Fallen einen Barhocker mit sich reißt.

Auf dem Boden rollt er sich wie ein Embryo zusammen und wimmert. Jokovic steht über ihm. Der Hund knurrt. Andrea hält die Luft an. Sie ist sich sicher, dass die Misshandlung noch nicht zu Ende ist.

Jokovic zischt irgendeine Drohung auf Schwedisch.

Im Lokal herrscht Totenstille.

Andrea spitzt die Ohren. Sie ist sich fast sicher, dass der Mann am Boden etwas von »Elena« murmelt.

Sie spürt einen Stich in der Brust.

Und als der Typ mühsam vom Boden aufsteht und sich ungeschickt Staub von der Hose klopft, erkennt sie ihn!

Der Polizist mit den unglücklichen Augen.

Über den es hieß, er hätte in dieser Pokerpartie zu Beginn des Sommers so viel Geld verloren. Den sie gesehen hatte, als er hier unten im Klub mit Elena und Jokovic geredet hatte. Von dem Elena geglaubt hatte, er könnte ihnen helfen, und den sie heimlich an dem Tag treffen wollte, an dem sie verschwunden ist.

Jonny hatten sie ihn am Spieltisch genannt.

Als er für eine Sekunde das Gesicht in Andreas Richtung dreht, sieht sie, dass Angst in seinen Augen leuchtet.

Das ist meine Chance, denkt sie.

Ihr Herz hämmert plötzlich wie wild. Sie folgt ihm mit dem Blick, als er hinter Jokovic in dessen Büro verschwindet. Jemand schließt die Tür hinter ihnen. Und irgendjemand muss den Fernseher wieder lauter gestellt haben, auf dem Bildschirm rappt ein schwarzer Mann. Die Musik ist so laut, dass der Bass in Andreas Kopf dröhnt.

Die Männer an der Bar und die Frauen auf dem Sofa scheinen den kurzen Zwischenfall schon vergessen zu haben. Für sie war es nur eine unterhaltsame kleine Abwechslung. Aber in Andreas Gehirn wirbeln die Gedanken kreuz und quer durcheinander. Er musste wissen, was mit Elena passiert war.

Dann im nächsten Augenblick: Was, wenn er ein Mörder ist!

Ohne sich wirklich dazu entschlossen zu haben, steht sie vom Sofa auf und streckt apathisch den Rücken. Schlendert durch den Raum und hofft, dass sich niemand für sie interessiert. Die Toilette ist im Flur neben der Treppe. Andrea schlüpft hinein, macht kein Licht an und lässt einen schmalen Türspalt offen stehen, damit sie hinaus in den Gang sehen kann. Sie rafft ihr Kleid hoch, zieht den Slip nach unten und setzt sich. Dann wartet sie.

Hoffentlich muss keiner von den anderen auf die Toilette!

Sie hat das Gefühl, eine Ewigkeit dort zu sitzen. Gleichzeitig müde und angespannt wie eine Stahlfeder. Fiebrig. Sie ist das reinste Nervenwrack.

Gerade als sie der Mut verlassen will, sieht sie einen Schatten, der an der Tür vorbei zur Treppe rennt. So schnell sie kann, zieht sie den Slip hoch, spült und läuft die ersten Treppenstufen hoch, bevor ihr einfällt, dass sie sich bremsen muss.

Radovan sitzt wie üblich mit seinem großen Revolver und seinen Pornos im Sessel. Andrea gähnt demonstrativ und seufzt gelangweilt.

»Ich will nur ein bisschen frische Luft schnappen.«

»Lust auf Gesellschaft?«, grinst er und greift sich in den Schritt.

Hoffentlich kommt er nicht mit, denkt sie.

»Später«, sagt sie und lächelt so verführerisch, wie sie nur kann. »Ein bisschen später kannst du mir vielleicht Gesellschaft leisten.«

Radovan murmelt etwas Unverständliches, drückt auf den Türöffner und vertieft sich wieder in seine Zeitschrift.

Als Andrea nach draußen auf die Straße kommt, sieht sie gerade noch den Rücken, der hinter der nächsten Ecke verschwindet. Sie zieht ihre Schuhe aus und beginnt zu laufen.

Kapitel 22

Als Jonny die Tür zu seiner Wohnung aufschloss, schlug ihm der Geruch von vergammeltem Abfall entgegen. Auf der Matte im Flur lag ein Stapel Zeitungen und Reklame. Ein Fensterbriefumschlag lächelte ihm höhnisch entgegen. Er trat ihn zur Seite, ging in die Küche und machte das Fenster weit auf.

»Jackpot!«, krakeelte der Beo in seinem Käfig.

Der Vogel blinzelte ihn an und zupfte ein bisschen übertrieben an seinem Gefieder, als wollte er Jonny zu verstehen geben, dass er sich vernachlässigt fühlte.

Das Zeitungspapier auf dem Boden des Käfigs war voller Kot.

»Armer Kerl!«, murmelte Jonny.

Er öffnete den Käfig und steckte die Hand hinein. Widerwillig kletterte der Beo auf seinen Finger, krächzte beleidigt und sah ihn an, als versuchte er herauszufinden, was er meinte.

»Du solltest dich in der Welt umsehen«, seufzte Jonny und hob den Arm wie ein Falkner.

Aber der Beo flatterte nur ein paarmal ungeschickt mit den Flügeln und hüpfte auf den Küchentisch, wo er anfing, in den Essensresten auf einem Teller zu picken.

Jonny zuckte die Schultern.

Anstatt weiter zu versuchen, den Freiheitsdrang des Vogels zu wecken, nahm er die Futterschale aus dem Käfig, entfernte das verschmutzte Zeitungspapier und stopfte es in den Mülleimer. Auf dem Herd standen eine dreckige Bratpfanne und ein Topf mit Nudeln und einer stinkenden roten Pampe, von der er sich gar nicht erinnern konnte, dass er sie gekocht hatte. In den letzten Tagen hatte er sich nicht in seine Wohnung getraut. Er kratzte den Topf unter dem Wasserhahn, so gut es ging, mit einer Hand aus und ließ Wasser hineinlaufen. Dann schüttete er die Milchpackung aus, die in der Wärme auf der Spüle gestanden hatte. Ein vertrocknetes Stück Käse, eine schrumpelige Gurke und ein paar verschimmelte Apfelsinen landeten in der Mülltüte, bevor er sie zuknotete. Gerade als er den Beutel vor die Wohnungstür ins Treppenhaus gestellt hatte und sich an den Abwasch machen wollte, klingelte das Telefon.

Zitternd nahm er es in die Hand, drückte auf die Annahmetaste und horchte in die Leitung, ohne ein Wort zu sagen.

»Hallo, hier ist Eva.«

Jonny spürte, dass ihm der Schweiß auf der Stirn stand. So unendlich peinlich. Wie hatte er sich nur einbilden können, dass er sie verführen könnte? Sie hatte ihm wie einem kleinen Kind die Wange getätschelt. Er dachte an die Ratte, die ihre Zähne in seine Kehle gegraben hatte. Und an seinen feigen Abgang in der Morgendämmerung. Gleichzeitig war er trotzdem auf irgendeine Art froh, dass sie die Anruferin war und nicht jemand anderes. Aber alles war so verdammt verschwommen. Die Schmerztabletten und Jokovics Wodka. Das war keine gesunde Mischung.

Zumindest hatten sie ein Abkommen geschlossen, er und Jokovic. Das war das Wichtigste.

Jonny hatte eine neue Frist bekommen.

Aber das durfte er unter keinen Umständen irgendeinem Außenstehenden verraten. Vor allem nicht Eva Ström, egal, wie sehr er ihre Hilfe brauchte, um herauszufinden, was mit Schneewittchen und ihren Schwestern passiert war.

»Hallo! Bist du da?«

»Ja … Danke für gestern Abend, oder was man so sagt. Ich komme mir ein bisschen dumm vor. Entschuldige.«

Er hörte, wie sie lachte.

»Du bist nicht der Erste, dem es nicht gelingt, eine lesbische Polizistin zu verführen.«

Jonny hörte genau hin, versuchte herauszufinden, ob sie sich über ihn lustig machte, doch zu seiner Erleichterung konnte er keine Spur von Hohn oder Spott in ihrer Stimme entdecken.

»Ich habe von deinen Ratten geträumt«, murmelte er.

»Sie sind weg. Ich dachte, du hättest sie mitgenommen, als du dich heute Morgen aus dem Staub gemacht hast.«

Sie lachte wieder.

»Meine Freundin war übrigens nicht gerade begeistert von deiner Don-Juan-Nummer …«

»Deine Freundin?«

»Ich glaube, ich habe dir von ihr erzählt. Britt. Meine Nachbarin. Das Kuhmädchen. Sie hat alles durchs Fenster gesehen.«

Jonnys Wangen brannten.

»Vergiss es«, sagte Eva. »Sie ist schnell eifersüchtig. Aber ich werde ihr schon noch verklickern, dass du kein Rivale bist.«

»Verdammt, ich schäme mich so. Tut mir leid.«

»Du hast dich schon entschuldigt. Warum bist du heute Morgen so früh abgehauen? Ich hätte dir Frühstück gemacht. Ich hoffe, du bist in keine Alkoholkontrolle geraten.«

»Manchmal werde ich einfach rastlos. Dann kribbelt es mir förmlich in den Beinen.«

»Bist du bei deinen Nachforschungen weitergekommen? So langsam fühlt es sich an, als wären wir ein Team, du und ich.«

Was für ein schlechtes Team, dachte Jonny. Wenn du wüsstest, was ich dir alles nicht erzählen kann.

Ein bestimmtes Gefühl sagte ihm, dass Eva ausrasten würde, wenn sie erfuhr, was für ein Spiel er mit ihr spielte. Er räusperte sich und versuchte, so natürlich wie möglich zu klingen.

»Nicht wirklich. Ich bin im Kirseberg-Gefängnis gewesen und habe da eine meiner Quellen angezapft. Du kennst das ja. Die Gauner wissen oft mehr als wir, obwohl sie hinter Mauern sitzen. Aber es hat nichts gebracht.«

Sie schwiegen eine Weile. Im Hintergrund meinte er Stimmen zu hören. Vielleicht lief der Fernseher. Aus irgendeinem Grund musste er an das Piratenschiff an der Wand denken. Er hatte ja auch noch etwas anderes geträumt, als er auf ihrem Sofa geschlafen hatte.

Irgendjemand war dabei zu ertrinken.

»Ich bin noch einmal einem der anderen Todesfälle nachgegangen«, sagte Eva. »Das Mädchen, dessen Leiche in Barsebäck gefunden wurde.«

Florica, dachte Jonny.

»Sie hatte Heroin im Blut, genau wie die anderen.«

Jonny nickte stumm.

»Ich bin hingefahren und habe mit dem Typen gesprochen, der sie entdeckt hat«, fuhr Eva fort. »Ein richtiger Spinner. Zuerst schien es vielversprechend. Torkel, so heißt er, bewacht das Kernkraftwerk und …«

»Was hast du gesagt?«

»Ich habe doch gesagt, dass er spinnt. Jedenfalls hat er am Abend, bevor die Frau starb, einen mysteriösen Chevrolet gesehen. In einem Gebüsch versteckt, behauptet er. Und am nächsten Morgen hat sein fetter Dackel eine Fährte dorthin verfolgt. Aber da war das Auto weg.«

»Na ja, das ist ja nicht gerade hilfreich.«

»Die Sache ist die, dass Torkel Logbuch führt. Er hat sich das Autokennzeichen des Chevrolet notiert.«

»Und?«

»Ich habe die Nummer überprüft. Leider hat sich herausgestellt, dass sie zu einem alten Volvo gehört. Der Besitzer wohnt in Linköping.«

»Dann können wir das wohl vergessen. Du sagst ja selbst, dass dein Freund Torkel ein Spinner ist.«

»Vielleicht … Ich weiß nicht. Er mag zwar verrückt sein, aber ich hatte dennoch den Eindruck, dass hinter seiner Verrücktheit ein System steckt.«

Unsicher, was er antworten sollte, tastete Jonny über seine geschwollene Wange.

»Was machen wir jetzt?«

»Was meinst du?«

Eva klang ein bisschen enttäuscht.

»Wie geht es eigentlich deiner Hand?«, fragte sie.

Er sah auf den Verband, der mittlerweile wieder schmutzig geworden war.

»Gut. Danke, dass du sie neu verbunden hast.«

»Okay«, sagte Eva. Mit einem Mal wirkte sie ungeduldig und schien das Gespräch beenden zu wollen. »Dann macht halt jeder von uns alleine weiter. Bis dann!«

»Warte!«

»Ja?«

Jonny sah zu dem Beo hinüber, der immer noch auf dem Küchentisch saß und ihn mit seinen schwarzen Augen fragend anschaute.

»Ich … Ich wollte nur sagen, dass … Ich meine, wir können uns doch weiter gegenseitig helfen. Schließlich scheint keiner von uns etwas Besseres zu tun zu haben. Du mit deinem Urlaub und ich mit meiner … Hand.«

Er lachte nervös.

Die Antwort kam schnell.

»Na klar. Wie ich gesagt habe: Wir sind ein Team, Jonny. Du und ich.«

Nachdem sie aufgelegt hatte, blieb er stehen und starrte das Telefon mit einem mulmigen Gefühl im Bauch an. Wie hatte sie ihre letzte Bemerkung gemeint? Ihre Stimme hatte seltsam geklungen. Unnatürlich. Jonny dachte daran, wie sie sich um ihn in ihrem Haus auf dem Land gekümmert hatte. Seine Hand verbunden und ihn zum Abendessen eingeladen hatte. In dem Moment hatte es sich gut angefühlt, ihre Aufmerksamkeit tat ihm gut. Bei ihr hatte er sich entspannen können. Aber vielleicht war genau das ihre Absicht. Je länger er darüber nachdachte, desto stärker wuchs sein Misstrauen. Warum vergeudete Eva ihren Urlaub damit, ein paar weit hergeholten Spuren nachzugehen, an die offenbar kein anderer Polizist glaubte und die wahrscheinlich im Nichts enden würden?

Was hatte sie eigentlich für Motive?

Er schaltete das Licht im Badezimmer an und betrachtete sich im Spiegel.

Sein Wangenknochen war stark geschwollen, die Haut aufgeschürft und blauschwarz verfärbt. Jokovic hatte harte Fingerknöchel.

Jonny drehte den Wasserhahn auf und wischte sich vorsichtig ein bisschen eingetrocknetes Blut aus seinen Bartstoppeln. Als er ins Waschbecken spuckte, wurde es rot.

Dann sah er wieder in den Spiegel. Die Augen, die ihm entgegenblickten, waren klar und blau.

Schau in sie hinein, aber lass sie niemals in dich hineinschauen.

Er schüttelte den Kopf und versuchte, Ordnung in seinen Schädel zu bringen. Der Gedanke, der ihm gerade eben gekommen war, beunruhigte ihn zutiefst. Vielleicht galt Evas Interesse überhaupt nicht den vier toten Frauen. Vielleicht arbeitete sie für irgendein hohes Tier in der Polizeiführung und hatte den Auftrag, Jonny Liljas Verbindung zu Ratko Jokovic auffliegen zu lassen.

Was, wenn sie ihn beschatteten …

Er erschauerte und hielt sich am Waschbecken fest.

Sie hatten alle Zeit der Welt gehabt, sich Zutritt zu seiner Wohnung zu verschaffen und herumzuschnüffeln. Wanzen anzubringen. Und das Handy! Verdammt, ein Handy konnte man kinderleicht abhören! Er spürte, wie Adrenalin durch seinen Körper schoss.

Fluchend warf er das Handtuch ins Waschbecken, stürzte in die Küche, wo er das Telefon abgelegt hatte, und fummelte die SIM-Karte heraus. Anschließend stellte er sich auf einen Küchenstuhl und tastete fieberhaft die staubige Oberfläche der Küchenschränke ab. Nichts! Küchenlampe, Herd und Kühlschrank, Leisten und Abstellkammer. Raus mit dem Geschirr! Noch einmal widmete er sich dem Vogelkäfig, der Beo kreischte panisch. Außer Atem lief Jonny ins Schlafzimmer, kroch unter das Bett, riss die Kleiderschränke auf und schmiss Unterhosen und Strümpfe auf den Boden. Dann Flur und Wohnzimmer in rasender Fahrt, unter Teppichen, hinter Bildern und Postern, Sofa und Sessel. Und das Bücherregal! Keuchend und schwitzend fegte er sämtliche Bücher heraus und durchsuchte Regale und Schränke. Erst als er auch das Badezimmer überprüft, den Wäschekorb durchwühlt und den Deckel der Toilettenspülung angehoben hatte, gab er auf.

Wieder betrachtete er sich im Spiegel, nach Luft ringend und rot. Auf einmal fühlte er sich schmutzig.

Es gurgelte in der Leitung, als er den Wasserhahn der Badewanne aufdrehte. Kaltes Wasser, dachte er. Eiskalt.

Er zog Jeans, Unterhose und Pullover aus, warf sie auf den Kleiderhaufen auf dem Boden und machte das Licht aus. Als die Badewanne voll war, ließ er sich ins Wasser gleiten. Im ersten Moment fühlte es sich an wie ein kalter Schlag im Gehirn, wie ein Elektroschock, während der Rest seines Körpers taub wurde. Sein Puls, der eben noch bei gefühlten hundertachtzig gelegen hatte, beruhigte sich allmählich, bis er fast völlig verschwand. Dann kehrte das Gefühl allmählich zurück. Er legte die Arme auf den Badewannenrand und schloss die Augen.

Es ist so leicht, einfach zu ertrinken.

Während Jonny im Dämmerschlaf in der Dunkelheit lag, dachte er an Schneewittchen, die so friedlich im Gras gesessen hatte, den Rücken an den Eichenstamm gelehnt, in einem Wäldchen am Meer, und ausgesehen hatte, als würde sie dem Spiel der Wellen unten am Abhang lauschen. Und an Nicoleta, die in Furuboda ertrunken war.

Beide hatten Heroin im Blut gehabt. Wer hatte sie damit versorgt?

Jonny versuchte sich vorzustellen, wie sie gestorben waren.

Elena, unter Drogeneinfluss und benommen, außerstande, sich zu verteidigen. Jemand hebt sie hoch. Ist er allein, der Mörder? Das Mädchen wiegt nicht viel. Ihr Kleid ist schmutzig, er hat sich eben erst an ihr vergriffen. Er geht über die Wiese hinunter zum Eichenwäldchen. Vielleicht verliert sie in diesem Moment ihren roten Turnschuh? Der Mann, der sie trägt, schaut aufs Meer hinaus, in den Himmel zu den Sternen. Möglicherweise hört er das Geräusch eines Fischkutters. Er setzt sie mit dem Rücken gegen einen Baum im Gras ab, schlitzt ihre schmalen Handgelenke auf und sieht dabei zu, wie sie verblutet und die Farbe langsam aus ihrem Gesicht weicht.

Schneewittchen, woran denkt sie?

Ihr Schrei hallt über das Meer.

Und Nicoleta. Er trägt sie an den Strand, sie hängt schlaff und willenlos in seinen Armen. Er geht ein Stück ins Wasser, legt sie ab und hält sie fest, wartet darauf, dass ihre Lunge sich füllt. Vielleicht bleibt er noch eine Weile stehen, nass und frierend vor Erregung, und beobachtet, wie die Wellen sich der Leiche annehmen.

Florica in Barsebäck, auch sie hatte Heroin im Blut.

Und die vierte Frau, die in Ribersborg gefunden wurde.

Warum hat er es getan?

Was hat diesen Hass ausgelöst?

Wahrscheinlich hatten sie sich an ihn verkauft. Oder waren verkauft worden. Hatte er von Anfang an vorgehabt, sie zu töten?

Langsam glitt Jonny tiefer ins Wasser. Unter die Oberfläche. Seine Schläfen dröhnten. Die bandagierte Hand ausgestreckt, wie der letzte Versuch eines Ertrinkenden, um Hilfe zu rufen.

Ich bin nie auf die Idee gekommen, mich zu ertränken, dachte er, als er mit weit geöffneten Augen, ohne zu sehen, auf dem Boden der Badewanne lag.

Vielleicht, weil ich den Atem so lange anhalten kann.

Wie ein Aal auf dem Weg in die Sargassosee.

Allein.

Einen Moment lang war er versucht, unter Wasser zu bleiben, bis er alles verstand. Die Kälte würde ihm Klarheit verschaffen. Er kniff die Augen zusammen. Wenn er den Sauerstoff in der Lunge nur lange genug aufsparen könnte, dann würden die Linien und Konturen allmählich hervortreten.

Erst dann wäre er rein.

***

Als er die Augen öffnet, scheint sich die Badewanne zu einem großen Becken mit kristallklarem Wasser erweitert zu haben.

Oder ist es ein See oder ein Meer? Er kann weder den Grund noch das Ufer sehen.

Vielleicht schwebt er im Weltall?

Jonny macht ein paar zögernde Schwimmzüge. Es geht leicht, als hätte er Schwimmflossen an den Füßen.

Das Wasser ist kalt und klar, wie Luft oder Leere. Doch egal, wo er sich hinwendet, er sieht absolut nichts. Keine Sterne oder Planeten, kein Meeresgetier, nichts, an dem sein Blick sich festhalten könnte.

Die Unendlichkeit nimmt buchstäblich kein Ende.

Seltsam, denkt er. Bin ich im Himmel gelandet? Ich, der nicht einmal an einen Gott glaubt?

Die totale Leere, ist sie das Himmelreich?

Um ihn herum ist es still. Er lässt ein bisschen Luft aus seinem Mund entweichen und sieht zu, wie ein paar lautlose Blasen emporsteigen. Jonny bewegt sich mit den Schwimmflossen durchs Wasser, folgt den Luftblasen. Früher oder später müssen sie eine Oberfläche erreichen. Aber er spürt keine Druckveränderung, und plötzlich lösen sich die Bläschen einfach auf.

Unschlüssig sieht er sich um. Versucht eine Rolle, einzig und allein aus dem Grund, weil er es kann, doch es bereitet ihm keine Freude.

Was macht es für einen Sinn, frei zu sein, wenn es keinen Zusammenhang gibt, von dem man frei sein kann?

Auf einmal erfasst ihn eine verzweifelte Sehnsucht nach etwas, an dem sein Blick hängen bleiben kann, ein einziger Beweis, dass er nicht ganz allein im Universum ist.

Irgendetwas!

Ein Stein, ein Fisch, ein Vogel, ein Meteorit – einfach irgendwas!

Könnte er unter Wasser oder im Weltraum – oder wo auch immer er sich gerade befindet – weinen, dann würde er es tun.

Verzweifelt windet er sich wie ein Aal, der versucht, einen Weg aus der Reuse zu finden, aber um Jonny gibt es keine Netzmaschen, keine Löcher und keine Fluchtwege.

Erschöpft lässt er sich treiben.

Oder vielleicht schwebt er auch.

Dann sieht er in der Ferne endlich einen Schatten.

Tatsächlich sind es mehrere, und sie kommen näher, wie in einem Traum.

Im ersten Moment findet er, dass sie Ähnlichkeit mit Meerjungfrauen haben. Vielleicht ist es die Meeresgöttin Ran mit ihrem Gefolge, sie, die Großvater in die alte Uhr geschnitzt hat. Doch dann erkennt er, dass sie eher fliegen als schwimmen. Sie scheinen Flügel zu haben.

Es sind Engel!

Freudig überrascht winkt er ihnen zu.

Kommt her, ich bin hier!, will er rufen.

Sie scheinen ihn zu hören, denn sie kommen immer näher. Ihre Haare umgeben sie schwerelos wie Seegras.

Es werden immer mehr, es müssen Hunderte sein.

Aber als Jonny in ihren Gesichtern nach Anzeichen von engelsgleichem Lächeln sucht, findet er keine.

Ihre Münder sind zusammengewachsen, genau wie bei den Blankaalen auf dem Weg in die Sargassosee. Und nicht nur das. Ihre Augen sind verwischt und die Nasen verkümmert. Die nackten Körper, die ihn umzingeln und blind nach ihm greifen, haben sämtliche Gesichtszüge verloren. Sie sind wie willenlose Schaufensterpuppen, deren Fleisch sich langsam auflöst. Und Jonny weiß, dass sie schon lange tot sind.

***

Entsetzt fuhr er hoch, das Wasser schwappte über den Badewannenrand. Wer hatte geschrien? Er jedenfalls nicht. Jonny wusste genau, dass es kein Traum gewesen war, nur Fantasien, in die er hinabgeglitten war.

Aber seine Lunge verlangte nach Sauerstoff. Er holte tief Luft und lauschte.

Er hatte ein Geräusch gehört.

In derselben Sekunde, in der seine Ohren wieder oberhalb der Wasseroberfläche waren, hatte er es gehört: Jemand öffnete die Wohnungstür!

Ich habe vergessen abzuschließen, als ich die Mülltüte ins Treppenhaus gestellt habe, schoss es ihm durch den Kopf.

Plötzlich fühlte er sich genauso nackt, wie er war.

Er horchte wieder. Blickte auf die halb geöffnete Badezimmertür, die sich in einem leichten Luftzug bewegte.

Ja, da war es wieder. Ein kaum hörbares Klicken, als die Wohnungstür ins Schloss fiel.

Jemand trat auf den Zeitungs- und Reklamestapel auf der Flurmatte, es raschelte leise.

Ich muss mich verteidigen, dachte Jonny.

Doch das kalte Wasser schien ihn gelähmt zu haben. Sein Körper gehorchte nicht.

Drei Tage. Jokovic hat mir drei Tage gegeben, dachte er verwirrt. Das ist erst ein paar Stunden her. Hat er es sich schon anders überlegt?

Warum macht der Beo keinen Krach und warnt mich? Ist er durch das offene Fenster davongeflogen?

Jonny konnte keine Schritte im Flur hören. Der Eindringling musste die Schuhe ausgezogen haben.

Mit klopfendem Herzen saß er in der Badewanne und wartete. Die bandagierte Hand hing über dem Rand. Wie durch ein Wunder war der Verband nach seinen Drehungen und Wendungen im unendlichen Weltenmeer immer noch trocken. Falls Jokovic sich entschlossen hatte, ihr Abkommen zu brechen, dann würde er sich dieses Mal nicht mit einem

Finger zufriedengeben. Er konnte jede Sekunde vor ihm stehen. Jonny fror so stark, dass sämtliche Körperteile wie bei einem Greis zusammenschrumpften.

Dann nahm er einen Schatten wahr.

Die Badezimmertür knarrte leise.

Und dann stand sie vor ihm: Schneewittchen.

Jonny verspürte den Drang zu schreien. Sie war doch tot!

Sie hatte mit aufgeschnittenen Pulsadern an den Eichenstamm gelehnt dagesessen, er hatte ihre dünne Haut gesehen, den Geruch von Blut im Sand wahrgenommen, er hatte sogar den Zahn, an dem eine Ecke fehlte, zwischen ihren leblosen Lippen gesehen, bevor sie den Reißverschluss des Leichensacks über ihrem Gesicht zugezogen hatten.

Ein Geist!

Sie musste eine Wiedergängerin sein.

Aber nicht einmal jetzt konnte Jonny schreien.

Dann öffnete sie den Mund: »I'm searching for Elena.«

Die Stimme klang angespannt, sie stolperte über die paar Silben, als seien die Worte ungewohnt. Als sie einen vorsichtigen Schritt näher kam und sich an den Türpfosten lehnte, erkannte Jonny, dass es nicht Elena war. Die Frau sah ihr nicht einmal besonders ähnlich. Ungefähr die gleiche Größe, der gleiche zierliche Körperbau, das gleiche schwarze Haar, doch ein völlig anderes Gesicht.

»She is dead«, murmelte er leise.

Ohne die geringste Ahnung, was er tun sollte, sah er ihr direkt in die müden Augen.

»Dead?«, flüsterte sie.

Jonny nickte.

Er sah, wie ihr große Tränen über die Wangen liefen.

Dann drehte sie sich hastig um und verschwand. Einen kurzen Moment erwartete Jonny, die Wohnungstür ins Schloss fallen zu hören. Doch das Geräusch blieb aus.

Wo war sie hingegangen?

Er stieg aus der Badewanne, trocknete seinen durchgefrorenen Körper ab und schlüpfte in seinen verwaschenen alten Bademantel.

Als er ins Wohnzimmer kam, lag sie dort auf dem Sofa. Verschmierte schwarze Mascara um die Augen. Ihre Füße waren schmutzig, und sie zitterte, als hätte *sie* im eiskalten Wasser gelegen.

»The bird«, murmelte sie und sah ihn mit fiebrigem Blick an. »It escaped from the cage.«

Ohne einen anderen Gedanken im Kopf, als dass er sie wärmen musste, lief Jonny ins Schlafzimmer und riss die Decke vom ungemachten Bett. Als er ins Wohnzimmer zurückkam, war sie bereits in einen unruhigen Dämmerschlaf gesunken. Vorsichtig breitete er die Decke über sie, zog sie ihr bis zum Kinn hoch und fühlte ihre Stirn. Sie war heiß. Die junge Frau wimmerte leise, murmelte etwas, das er nicht verstand, und zuckte zusammen, bevor sie wieder still liegen blieb, nur ihr flaches, stoßweises Atmen war zu hören.

Jonny sank unschlüssig in den Sessel.

Wer bist du?, dachte er.

Vielleicht eine Freundin von Elena.

Das Einzige, was sie gesagt hatte, bevor sie einschlief, war, dass der Vogel abgehauen war.

»Vor wem bist du abgehauen?«, flüsterte Jonny, obwohl er die Antwort ahnte.

Er betrachtete das blasse Gesicht, das über der Decke hervorguckte. Sollte er einen Arzt rufen oder sie in ein Krankenhaus bringen?

Unmöglich. Es gab so vieles, das er nicht erklären konnte.

Draußen war es dunkel geworden. Das Licht einer Straßenlaterne fiel in den Raum. Von der Straße drangen Stimmen herauf, jemand rief, dann fuhr ein Auto mit aufheulendem Motor und quietschenden Reifen davon.

»Ich bin selbst einmal abgehauen«, murmelte Jonny.

Die Erinnerung überfiel ihn ganz unvermittelt, wie so oft in den vergangenen Jahren. Jonny hatte an diesen Morgen mindestens tausend Mal daran gedacht. Die Bilder gewendet und gedreht, hatte versucht zu verstehen, was er sah, und sie dann wieder verdrängt, jedes Mal mit der gleichen Sorgfalt.

Jetzt hatte er das Gefühl, es erzählen zu müssen.

Dass das Mädchen ihn nicht verstand, selbst wenn sie zuhörte, machte ihm nicht das Geringste aus. Vielleicht machte es die Sache sogar leichter.

»Meine Mutter ist gestorben«, begann er. »Es war früher Morgen. Ich war sechzehn, und wir waren allein in diesem großen, trostlosen Haus.«

Er sah sie vor sich, wie sie in ihrem Bett lag. Das Gesicht ganz weiß. Das Nachthemd mit den Flecken auf der Brust. Ein leeres Weinglas und eine angebrochene Tablettenschachtel auf dem Nachttisch. Das staubige Sonnenlicht, das durch das Fenster hereinfiel.

Jonny lehnte den Kopf an die Nackenstütze, starrte an die Decke und hörte seiner eigenen Stimme zu.

»Ich habe verstanden, vor wem sie geflohen ist. In dem Moment habe ich begriffen, dass ich ihn hasse. Meinen Vater. Magnus, so heißt er.«

Er schnaubte verächtlich in seiner Einsamkeit.

»Ein geachteter Mann. Professor und Geschäftsmann. Beliebt in den Kreisen der Gesellschaft, das haben wir immer wieder gehört. Aber ich habe gesehen, was er mit meiner Mutter gemacht hat. Er hat sie mit seiner Kälte zerstört. Das ist schwer zu erklären. Ich glaube nicht, dass er sie geschlagen hat. Doch in jedem einzelnen Augenblick, in dem die beiden alleine waren, in jedem einzelnen Moment, in dem wir als Familie unter uns waren, hat er seine Verachtung demonstriert. Ich habe gesehen, wie er sie zugrunde gerichtet hat, obwohl ich noch ein Kind war. Am selben Morgen, an dem meine Mutter starb, bin ich abgehauen.«

Fast war ihm, als könnte er dort im Sessel den Geruch seines Vaters wahrnehmen. Herrenparfüm und Tabak. Seine Kleidung hing ordentlich in akkuraten Reihen im Schrank. Jacketts und Anzüge von exklusiven Marken. Jonny hatte die Hand in eine Innentasche gesteckt und die Brieftasche seines Vaters herausgezogen. Mit einem Geldbündel in der Hosentasche und ein paar auf die Schnelle eingepackten Dingen im Rucksack zog er die Haustür hinter sich zu, fest entschlossen, niemals zurückzukehren.

In Kopenhagen hatte es vier Tage lang ununterbrochen geregnet. Ein trostloser Nieselregen von einem grauen Himmel. Das Hotelzimmer in der Istedgade war schäbig, in den Fluren stank es nach Urin, und der Portier war rund um die Uhr betrunken. In Hauseingängen und Seitenstraßen hockten ausgemergelte Junkies mit gierigen Augen.

Rote Lampen in einem Fenster. Schmutzige Laken in einem Bett. Ein süßer Atem und stumpfe schwarze Augen. Eine Frau rittlings auf ihm. Strähnige Haare, weiße Haut und blaue Flecken. Angst, Schrecken und Verlangen. Worte, die nichts bedeuteten.

Wie alt war sie?

Jonny schüttelte den Kopf. Bevor sie verschwunden war, hatte sie ihm sein letztes Geld aus der Hosentasche geklaut.

Die Fähre zurück über den Sund. Der Zug ab Malmö. Dann stand er in der Tür dieses verfluchten großen Hauses in der Universitätsstadt.

Und natürlich wartete Magnus.

Der Vater.

Er hatte ihn nur angesehen, voller Verachtung. Nicht ein Wort. Nicht einmal eine Ohrfeige. Er drehte sich einfach um und schloss die Tür zu seinem Arbeitszimmer hinter sich.

»Ich kam mir so erniedrigt vor«, murmelte Jonny und betrachtete das Mädchen auf dem Sofa. »So unsagbar feige.«

Ihr Atem hatte sich etwas beruhigt. Leise, um sie nicht zu wecken, stand er auf, machte die Lampe aus und ging in die Küche. Das Fenster war immer noch offen. Auf der gegenüberliegenden Hofseite brannte in einer Wohnung Licht. Über dem Dach schien eine blasse Mondsichel, und weiter oben in der Unendlichkeit des Universums funkelten die Sterne.

Der Beo saß wieder in seinem Käfig. Aus irgendeinem Grund machte Jonny das traurig.

***

Der Mann steht im Schatten und sieht zum Fenster im dritten Stock empor. Dort muss es sein, denkt er.

Gerade eben hat in der Wohnung noch Licht gebrannt, er meint, jemanden gesehen zu haben. Erst den Bullen. Dann die kleine Hure.

Er hat keine Ahnung, wie lange er schon da steht und wartet. Ein Schritt in den Hauseingang hinein. Im Schatten von Mond und Straßenlaterne. Niemand hat ihn bemerkt. Ich bin gut im Warten, denkt er.

Aber ausnahmsweise ist er ein bisschen unentschlossen.

Es ging so schnell.

Plötzlich war dieser Bulle aus dem Nichts aufgetaucht, völlig ohne Vorwarnung, und hatte von Jokovic eine Runde Prügel bezogen. Doch dann hatte er ihren Namen gesagt: »Elena.«

Der Gedanke an sie erregte ihn. Diese Schlampe. Sie hat bekommen, was sie verdient hat. Nur schade, dass er es nicht geschafft hat, sie zu ertränken, wie die anderen. Doch der Fischkutter da draußen in der Dunkelheit hatte ihn nervös gemacht. Jemand könnte ihren Schrei gehört haben.

Er schlägt sich ein paarmal auf die Wange. Nicht die Kontrolle verlieren. Bis jetzt ist alles so gut gelaufen.

Aber worüber haben sie in Jokovics Büro gesprochen? Das würde er zu gerne wissen.

Sie konnten ihm doch nicht auf der Spur sein?

Der Bulle war ziemlich nervös, als er den Klub verlassen hatte, das war offensichtlich gewesen. Und dann die rumänische Hure, die ihm gefolgt war. Sie wird auch noch ihren Teil bekommen, denkt er. Erneut fühlt er Erregung in sich aufsteigen.

Er blickt die Straße entlang, dann schaut er wieder zum Fenster hoch.

Ich darf nichts überstürzen, denkt er. Ich muss erst nach Hause und fragen. Einen Plan zurechtlegen. Das ist unsere Stärke.

Kapitel 23

Im Blindboden scharrte es wieder. Vorsichtig stellte sie ihren Kaffeebecher auf den Küchentisch und lauschte. Ja, da war es wieder. Das Geräusch von kleinen scharfen Krallen unter den Bodendielen.

Dann wurde es still.

Und ich habe geglaubt, ich hätte sie besiegt, dachte Eva.

Sie schnaubte.

Oder dass Jonny sie mitgenommen hätte.

Die Ratten müssen neue Löcher in die Bretter genagt haben, dachte sie. War das möglich? Natürlich hatte ein solch altes Haus lauter Ritzen und Fugen. Was, wenn sie überall in der Isolierung ihre Nester gebaut hatten, sich vermehrten und es dort unten von Ratten schon wimmelte?

In einem Anfall von Panik überkam sie der Impuls, in den Keller zu stürzen und noch mehr von diesem widerlichen Rattengift auszulegen. Doch der Gedanke an die Feuchtigkeit und Dunkelheit und Rattenschwänze, die sich um ihre Beine schlängelten, brachte sie davon ab. Das musste warten. Und jetzt war es dort unten sowieso still.

Eva spitzte die Ohren und hielt den Atem an.

Sie wollte schon erleichtert seufzen, als sie es erneut hörte.

Kurze, scharfe Kratzgeräusche. Geraschel unter den Dielen. Sie erschauerte, trank einen Schluck Kaffee, doch der schmeckte nur kalt und bitter.

Die Ratten werden langsam zu einer fixen Idee, dachte sie.

Um das Geräusch nicht länger hören zu müssen, ging sie ins Wohnzimmer und schaltete den Fernseher an. In Malmö hatte sich eine Schießerei ereignet. Ein Mann, der Polizeiangaben zufolge ein langes Vorstrafenregister aufwies, war vor einem Lebensmittelgeschäft niedergeschossen worden. Hinweise auf Motiv und Täter gab es noch nicht. Niemand wollte aussagen. In einem Stockholmer Vorort hatten Autos gebrannt. Die Feuerwehrmänner hatten den Einsatz abbrechen müssen, weil Jugendliche mit Steinen warfen. Der Wetterbericht versprach Hochdruck und anhaltende Wärme.

Zerstreut blätterte Eva in der Zeitung, die auf dem Tisch lag. In der *Ystads Allehanda* stand keine einzige Zeile über das Mädchen auf dem Truppenübungsplatz. Soweit sie wusste, hatte die *Sydsvenskan* ebenfalls nichts gebracht. Wahrscheinlich hatten sie sich mit der Aussage der Polizei, dass es sich um Selbstmord handelte, zufriedengegeben. Die einzige öffentliche Aufmerksamkeit, die der Todesfall bekommen hatte, war Gollums Artikel in der *Kvällsposten* vor ein paar Tagen.

Eva stand auf und schaute aus dem Fenster. Alles, was sie sah, war ihr eigenes Spiegelbild. Als sie das Deckenlicht ausschaltete und stattdessen die Außenbeleuchtung anmachte, ergoss sich bis hinten zum Apfelbaum ein gelber Lichtschein über Rasen und Gartenmöbel. Jenseits der Trockenmauer dehnte sich die Dunkelheit aus. Aber in der Glasscheibe konnte sie immer noch ihren Umriss erahnen.

Jeder hat das Recht auf einen Namen, dachte sie. Ein Gesicht. Eine Identität.

Wer war ich, bevor ich zu Eva wurde?

Soweit sie sich erinnern konnte, hatten sie ihr das nie erzählt. Nicht, als sie klein war und sie sie gerade aus dem Kinderheim in Vietnam geholt hatten. Nicht, als sie älter wurde. Manchmal hatte sie sich diese Frage gestellt.

Ich wurde als Niemand geboren, dachte sie.

Das Blatt mit den kopierten Zeitungsartikeln war mittlerweile zerknittert und voller Kaffeeflecken. Sie las die anonymen Zeilen ein weiteres Mal, obwohl sie sie beinahe auswendig konnte.

»Sie sind als Niemand gestorben«, murmelte Eva.

Der einzige Name, den sie herausgefunden hatte, war Nicoleta. Das Mädchen, das in Furuboda ertrunken war, zumindest laut Aussage von Raymond Nygren, dem Pornofilmproduzenten. Aber die anderen?

Ich werde ihnen ihre Namen zurückgeben, dachte Eva. Das ist das Mindeste, was ich für sie tun kann.

Ihre Hoffnung, dass Torkel, der verrückte Kernkraftwerkwächter, sie auf die richtige Spur führen würde, war erloschen, als sie herausgefunden hatte, dass das Autokennzeichen, das er sich notiert hatte, nicht zu einem Chevrolet gehörte, sondern zu einem Volvo in Linköping. Eva war enttäuscht. Aber Torkel war vermutlich wirklich nur ein verwirrter Spinner, wie Jonny gesagt hatte.

Die Identität der Frau in Barsebäck war immer noch ein Rätsel. Ebenso wie die des Mädchens in Ravlunda. Doch die Tote, die man im Frühjahr in Ribersborg bei Malmö unter einem Badesteg gefunden hatte, musste einen Namen haben.

Eva las die Zeitungsmeldung erneut:

In die Jacke der Frau war ein rumänischer Pass eingenäht.

Wie viel Uhr war es? Halb zwölf. Fast Mitternacht. Viel zu

spät, um einen Kollegen in Malmö aufzutreiben, der mit dem Fall vertraut war. Aber vielleicht wusste Gollum mehr? Er hatte gesagt, dass er den Schicksalen der Frauen weiter nachgehen wollte. Eva klappte ihren Laptop zu und suchte seine Telefonnummer heraus. Gottfried Lundmark. Ein Reporter, der für eine Abendzeitung arbeitete, war um diese Zeit doch bestimmt noch wach. Sie zögerte eine Sekunde, bevor sie seine Nummer wählte.

Es klingelte sieben Mal, und Eva wollte gerade aufgeben, als er sich mit einem mürrischen Grunzen meldete.

»Hallo, hier ist Eva Ström. Von der Polizei in Ystad. Störe ich?«

Er räusperte sich.

Hatte er geschlafen?

»Für die Hüter des Gesetzes habe ich immer ein offenes Ohr …«

Er verstummte, und Eva hörte, dass er etwas tippte. Sie konnte seine streichholzdünnen Finger förmlich über die Tastatur fliegen sehen.

»Na also!«, rief er. »Jetzt ist er auf dem Weg.«

»Was?«

»Der Artikel. Ich habe gerade meinen Bericht über die Schießerei in Seved eingeschickt. Diese Stadt ist schlimmer als Chicago. Wenn sie keine Autos in Rosengård abfackeln, erschießen sie in einem anderen Stadtteil Leute auf offener Straße. Vor ein paar Jahren hatten wir diesen Rassisten, der nachts immer Rambo gespielt hat. Er wurde mehrfach wegen Mordes verurteilt. Doch damit war es nicht vorbei. Jetzt sind es die Gangs, die sich bekriegen. Viele sind der Meinung, dass es dabei um Geld und Marktanteile geht. Drogen. Aber ich glaube, dass es ebenso sehr daran liegt, dass diese vor Adrenalin strotzenden Gockel so bis oben hin voll sind mit einem Haufen Mist über Ehre und Respekt, dass sie vergessen haben, was ein Menschenleben wert ist.«

»Verdienst du damit nicht dein Geld? Mit den Verbrechen anderer?«

»Damit bestreite ich meinen Lebensunterhalt«, erwiderte er geschraubt. »Aber das bedeutet nicht, dass ich es gutheiße.«

Eva bereute ihren Kommentar sofort.

»Tut mir leid, damit wollte ich nicht sagen …«

»Mich interessiert die menschliche Natur«, fiel ihr Gollum ins Wort. »Die Psyche. Die dunklen Kräfte, die wir in uns tragen. Die uns dazu bringen, bestialische Dinge zu tun. Natürlich, manchmal ist es Geld. Manchmal Eifersucht. Oder Hass. Aber wir haben auch etwas in uns, das unzugänglicher ist. Das Böse. Eine Kraft, die uns Genuss dabei empfinden lässt, andere Menschen zu quälen und zu erniedrigen. Glaubst du zum Beispiel, dass jeder zum Mörder werden kann?«

Die Frage überrumpelte Eva. Bevor sie antworten konnte, fuhr Gollum scharf fort: »Könntest du töten, Eva?«

Eva war erleichtert, dass er nicht im selben Zimmer war und sie mit seinen seltsamen Augen fixieren konnte.

»Nein«, entgegnete sie ohne Überzeugung. »Könntest du?«

Er lachte.

»Wer weiß … Ich glaube, dass niemand das mit Sicherheit sagen kann. Die Dunkelheit kann uns überfallen, wenn wir es am wenigsten ahnen.«

In der Leitung wurde es still. Irgendwo im Äther knisterte es leise. Im Fernsehen fielen sich aufgebrachte Menschen gegenseitig ins Wort. Eva beschloss, das Thema zu wechseln.

»Weiß man, wer es war?«

»Wer?«

»Der, der den Typen in Seved erschossen hat.«

»Die Polizei sagt, es gebe vielversprechende Hinweise. Das sagen sie immer, wenn sie nicht den Hauch einer Spur haben, oder nicht?«

»Damit hast du sicher nicht ganz unrecht«, erwiderte Eva. »Aber deswegen habe ich dich nicht angerufen, wie du dir sicher denken kannst.«

»Die toten Frauen am Meer?«

»Genau.«

»Du hast eingesehen, dass an meinen Theorien etwas dran ist, nicht wahr? Es gibt einen Zusammenhang.«

»Vielleicht …«

»Na? Zu welchem Schluss bist du gekommen?«

Plötzlich zögerte Eva. Sie sprach immer noch mit einem Journalisten. Bernhardsson in Ystad würde alles andere als begeistert sein, wenn ihm zu Ohren kam, dass sie in ihrem Urlaub gemeinsam mit einem Zeitungsschmierer und einem zwielichtigen Kollegen aus Malmö privat ermittelte.

»Hast du ein Aufnahmegerät laufen?«

»Nein.«

»Kann ich mich darauf verlassen, dass wir off the record miteinander reden?«

»Ich werde dich nicht zitieren. Oder dich als Quelle auffliegen lassen, wenn du etwas erzählst. Aber früher oder später werde ich über das, was ich erfahre, schreiben. Damit verdiene ich, wie gesagt, mein Geld.«

Sie überlegte noch ein paar Sekunden, bevor sie sich entschied, ihm zu vertrauen.

»Okay, ich habe ein Puzzleteilchen. Aber du musst mir zuerst eine Frage beantworten.«

»Wenn ich kann …«

»Die Frau unter dem Badesteg in Ribersborg im Frühjahr. Sie hatte doch einen Pass bei sich.«

»Viorela Dumitrescu.«

»War das ihr Name?«

»Jedenfalls stand es so in ihrem Pass.«

»War der echt?«

»Ich glaube. Warte, einen Augenblick …«

Sie hörte, wie er mit ein paar Unterlagen raschelte.

»Hier ist es … Von den vier toten Frauen scheint dieser der einzige Fall zu sein, in dem sich deine Kollegen wenigstens ein bisschen angestrengt haben. Viorela Dumitrescu, geboren am 2. April 1990 in Slatina. Das liegt zwischen Craiova und Bukarest, ich habe eine Karte zurate gezogen.«

»Zweiundzwanzig Jahre«, murmelte Eva leise.

Gollum schien nicht gehört zu haben, dass sie etwas gesagt hatte.

»Der Kriminalinspektor, der für den Fall zuständig war, hatte die Freundlichkeit, mir zu erzählen, dass er ihretwegen Verbindung zu den rumänischen Behörden aufgenommen hatte, die mit ihrer Mutter gesprochen haben. Eine arme Frau, arbeitslos. Viorela hatte sie nicht mehr gesehen, seit das Mädchen ein paar Jahre zuvor von zu Hause verschwunden war. Aber es hat ihr natürlich das Herz gebrochen, als sie gehört hat, was passiert ist.«

»Wie ist Viorela nach Schweden gekommen?«

»Laut Angaben der Grenzpolizei ist sie mit der Fähre von Rostock nach Trelleborg eingereist, ein paar Wochen, bevor sie starb. Aber da hören ihre Spuren auf.«

»Mehr gibt es nicht?«

»Sie hatte Heroin im Blut, genau wie die anderen. Die Polizei ging davon aus, dass sie an einer Überdosis gestorben ist oder Selbstmord begangen hat. Meine Quelle war alles andere als sicher, dass es sich wirklich so zugetragen hat. Doch es gab keine anderen Hinweise. Niemand hat sie vermisst, niemand schien überhaupt zu wissen, dass sie sich in Schweden aufhielt.«

Eva nickte gedankenverloren. Noch eine Sackgasse. Wie war es möglich, dass Menschen in diesem Land lebten, um die sich niemand kümmerte? Schatten in einer Art Grenzland, in dem keine Gesetze oder Regeln galten und das weder Schutz noch Geborgenheit bot?

Dann fiel ihr etwas ein.

»Kennst du einen Ratko Jokovic?«

»Ich habe von ihm gehört … Es kursieren Gerüchte.«

Gollum klang ausweichend, als wüsste er nicht, wie er sich ausdrücken sollte.

»Man hört so einiges über Ratko Jokovic. Es heißt, dass er im Bosnienkrieg ein Schlächter gewesen sein soll. Dass er in Drogengeschäfte und Menschenhandel verwickelt ist. Aber sobald man anfängt, Fragen über ihn zu stellen, bekommen die Leute Todesangst. Die Polizei konnte ihm nie etwas nachweisen.«

»Ich habe etwas über ihn erfahren«, sagte Eva.

»Und das ist das Puzzleteil, das du mir versprochen hast?«

»Ja!«

»Lass hören!«

»Das Mädchen, das in Furuboda ertrunken ist. Sie hieß Nicoleta und kam aus Rumänien. Offenbar war sie eins von Jokovics Mädchen.«

Gollum stieß einen anerkennenden Pfiff aus.

»Alle Achtung! Wie hast du das herausgefunden?«

Eine Sekunde lang sah Eva die Angst in Raymond Nygrens Augen vor sich. Es bestand kein Zweifel daran, dass der Pornofilmproduzent um sein Leben gefürchtet hatte.

»Das kann ich nicht sagen.«

»Nein, natürlich nicht …«

Gollum gluckste und schien nicht allzu enttäuscht zu sein. Plötzlich begann er vor sich hin zu summen: *»Da-da-da-daaa-da-da-da-dadada … Ich sage, weeem auf der Welt kann man schooon vertrauen?«*

Eva hörte verblüfft zu. Aus Gottfried Lundmark wurde man wirklich nicht schlau. In einem Moment konnte er sich aus tiefster Seele über die Bösartigkeit der Menschen ereifern, um im nächsten so zu tun, als sei alles nur ein Spiel.

»Hoola Bandoola«, erklärte er und lachte ein bisschen verlegen. »Tut mir leid, aber die Melodie kam mir auf einmal in den Sinn. Eigentlich ist das nicht meine Art Musik. Wenn ich wählen darf, entscheide ich mich für Jazz. Dizzy Gillespie. Charlie Parker. Miles Davies. Die alten Helden, du weißt schon. Ich sage immer, dass …«

»Wie gut kennst du Jonny?«, unterbrach ihn Eva.

»Jonny?«

»Ja.«

Gollum seufzte.

»Niemand kennt Jonny. Nicht richtig. Er ist ein Einzelgänger. Wir haben uns über die Jahre öfter in der Kneipe getroffen. Eine Hand wäscht die andere, wenn du verstehst, was ich meine.«

»Einzelgänger.«

Jonnys ehemaliger Kollege Klas Wester, der Drogenfahnder, der seine eigene Firma gegründet hatte, hatte genau denselben Ausdruck verwendet. A lone wolf.

»Warum fragst du?«

»Es gibt da eine Sache, die ich etwas seltsam finde«, sagte Eva. »Als ich Jonny gefragt habe, ob er Jokovic kennt, hat er ziemlich ausweichend geantwortet. Ist das nicht merkwürdig? Sollte ein Malmöer Drogenfahnder nicht etwas mehr über Jokovic wissen?«

»Vielleicht. Ich habe über eine andere eigenartige Sache nachgedacht, die unseren Freund Jonny betrifft.«

»Und was?«

»Kannst du dich daran erinnern, als wir uns in der Pizzeria *La Gondola* in Malmö getroffen haben? Ich habe von meinen Nachforschungen über die toten Frauen erzählt. Wir haben darüber spekuliert, ob es sich um einen Serienmörder handeln könnte. Da hat Jonny urplötzlich gesagt: ›Jemand, der Rumäninnen tötet.‹ Kannst du dir erklären, warum er das gesagt hat? Zu dem Zeitpunkt wussten wir lediglich, dass eine der Frauen einen rumänischen Pass bei sich hatte. Dass sie Viorela Dumitrescu heißt, habe ich erst später herausgefunden.«

Für ein paar Sekunden wirbelten Eva ihre Treffen und Gespräche mit Jonny im Kopf herum. Sie hatte in den gleichen Bahnen gedacht wie Gollum. Doch bevor sie ihren Verdacht aussprechen konnte, kam ihr der Journalist zuvor.

»Ich glaube, dass unser Freund Jonny uns etwas verschweigt.«

***

Als sie sich die Zähne geputzt und ihr Nachthemd angezogen hatte, ging sie nach draußen in den Garten und sah wie üblich über die Felder hinaus. Das war eine Angewohnheit – eine Art Ritual –, die sie sich anstelle eines Abendgebetes zugelegt hatte, im Sommer wie im Winter, im Frühjahr wie im Herbst.

Der Nachthimmel war schwarz, aber der Mond und die Sterne leuchteten klar und hell. Auf der anderen Seite der Trockenmauer duftete der Weizen, trocken und reif. Ein lauer Windstoß kitzelte ihre Wange. Sie meinte im Getreide eine Bewegung wahrzunehmen. Die Geräusche der Nacht umgaben sie. In der Ferne rief eine Eule. Ein Nagetier gab ein letztes Quieken von sich, als ein Raubvogel lautlos vom Himmel herabstürzte und seine Krallen in den Rücken des Tiers schlug. Auf Britts Weide muhten die Kühe. Weit hinter dem Hof, auf der Landstraße, entfernte sich ein Auto.

Dann war es eine Weile still.

Eva fröstelte leicht. Dieses unbefriedigende Gefühl, das sie nach dem Gespräch mit Gottfried Lundmark gespürt hatte, wollte nicht verschwinden. Weshalb hatte er davon angefangen, dass jeder Mensch zum Mörder werden könne?

Und warum in aller Welt hatte er dieses Lied gesummt: *Wem auf der Welt kann man schon vertrauen?*

Unwillig schüttelte sie den Kopf.

Gollum jedenfalls nicht. So viel stand fest.

Jonny?

Fraglich.

Sie schlang die Arme um ihren Körper.

Irgendwo da draußen gibt es einen Mörder, dachte sie. Jemand, der einen großen Hass verspürt.

Sie versuchte sich vorzustellen, wie er wohl aussah, der Mann, der drei Frauen ertränkt und der vierten die Pulsadern aufgeschlitzt hatte. Aber sosehr sie sich auch bemühte, sie konnte sich kein Bild von ihm machen. Alles, was sie sah, war ein vager Umriss, ein bedrohlicher Schatten.

Möglicherweise ist er trotz allem doch nur ein Hirngespinst, redete sie sich ein.

Vielleicht gibt es gar keinen Mörder. Diese Frauen können freiwillig aus dem Leben geschieden sein, es muss nicht zwangsläufig ein Zusammenhang bestehen.

Doch zum ersten Mal, seit sie aufs Land gezogen war, wurde Eva bewusst, wie abgeschieden ihr Haus hier draußen lag.

Sie spitzte wieder die Ohren.

War das Rascheln dort hinten im Weizenfeld nicht lauter geworden? Sie blinzelte in das weiße Mondlicht. Wogten die Ähren in Anbetracht des kaum vorhandenen Windes nicht unnatürlich stark? Da, ungefähr dreißig Meter von der Trockenmauer entfernt. Die Halme bewegten sich, als würde jemand über den Boden kriechen. Dann wurde es wieder still. War es ein Reh? Oder ein Wildschwein, das sich hingelegt hatte?

Eva drehte sich um und ging schnell ins Haus zurück. Bevor sie die Tür schloss, sah sie sich noch einmal um. Als sie die Jalousien heruntergelassen hatte und unter die Decke gekrochen war, fielen ihr die Ratten wieder ein. Hoffentlich fingen sie jetzt nicht auch noch an, Radau zu machen.

Plötzlich hörte sie ein anderes Geräusch: Schritte im Schotter.

Ja, da näherte sich jemand vom Weg, sie war sich sicher. Wer kam zu Fuß mitten in der Nacht zu ihr?

Vor dem Schlafzimmerfenster huschte ein Schatten vorbei, sie konnte ihn durch die Jalousien deutlich erkennen. Die Schritte verstummten. Der ungebetene Gast schien zu zögern. Versuchte er, einen Blick in das dunkle Haus zu werfen?

Wütend schob Eva die Decke zur Seite.

»Nein, jetzt reicht's!«

Ohne zu zögern, griff sie nach dem Schürhaken, rannte durch das Wohnzimmer in den Flur und riss die Haustür auf.

Und da stand sie, auf der Treppe, mit ihren feuerroten Haaren, schöner als jemals zuvor.

»Britt!«

Trotz Evas zorniger Attacke sah sie kein bisschen erstaunt aus, nur ihre Wangen waren leicht gerötet. Um ihre Lippen spielte ein amüsiertes Lächeln.

»Hast du Angst im Dunkeln?«, fragte sie.

Auf der Steintreppe schepperte es, als Eva den Schürhaken fallen ließ.

»Nein … es ist nur … diese verdammten Ratten lassen mich nicht schlafen«, antwortete sie verlegen.

Als Britt auf der letzten Treppenstufe stand, stieg Eva ein vertrauter Duft von Zitrone und leichtem Kuhgeruch in die Nase.

»Möchtest du, dass ich reinkomme und dich wärme?«

»Ja«, sagte Eva. »Das möchte ich sehr gerne.«

Kapitel 24

Er wurde vom Klang einer fremden Stimme geweckt. In der Küche redete jemand. Dann hörte er, wie der Beo krächzend antwortete: »Good luck! Good luck!«

Jonny setzte sich im Bett auf und rieb sich die Augen.

Das Mädchen!, fiel es ihm wieder ein.

Verwirrt sah er sich um. Dem Sonnenlicht nach zu urteilen, das ins Schlafzimmer fiel, musste es bereits später Vormittag sein.

Sie musste krank sein, schließlich war sie auf dem Sofa bewusstlos geworden.

Er erinnerte sich, dass er ihr noch einmal die Hand auf die Stirn gelegt hatte, bevor er ins Bett gegangen war. Sie war nicht mehr glühend heiß gewesen, das hatte ihn ein bisschen beruhigt. Das Fieber schien zumindest nicht gestiegen zu sein. Als er sie betrachtete, hatte er ein schwaches süßlich duftendes Parfüm gerochen. Sie hatte gewimmert und sich unruhig unter der Decke hin und her geworfen. Aber ihr Atem ging etwas ruhiger.

Unschlüssig hatte er sie angesehen. Wer war sie? Und warum war sie ausgerechnet zu ihm gekommen?

Bevor sie eingeschlafen war, hatte sie nach Elena gefragt. Das Mädchen war betroffen gewesen, als Jonny erzählte, was passiert war. Vielleicht hatte sie eine Ahnung, wie Elena unter die Eiche im Wäldchen am Meer gekommen war.

Als Jonny sie eine Weile gemustert hatte, ohne sich darüber klar zu werden, was er tun sollte, überwältigte ihn seine eigene Erschöpfung. Er hatte von Jokovic gewaltig Prügel bezogen. Und die Unterhaltung im Büro des Klubbesitzers hatte an seinen Nerven gezerrt.

Müde an Körper und Seele, hatte er die Decke um ihre schmutzigen Füße festgesteckt und war ins Schlafzimmer gewankt, wo er sofort eingeschlafen war.

Jetzt hörte er sie wieder.

Ein paar wenige Worte, die er nicht verstand. Und dann das Gekrächze des Beos: »Good luck! Good luck!«

Vorsichtig stand er auf und zog sich an. Als er in die Küche kam, hockte sie zusammengekauert auf einem Stuhl, mit zerzausten Haaren und eingewickelt in eine Decke, als ob sie immer noch fror. An ihrem Ohrläppchen baumelte ein kleiner silberner Anhänger. Sie bemerkte ihn sofort, ein ängstlicher Ausdruck huschte über ihr Gesicht, und sie starrte ihn mit dunklen Ringen unter den Augen an.

Ihr Englisch war holprig und gebrochen.

»Ich versuche, dem Vogel meinen Namen beizubringen«, sagte sie mit leiser Stimme.

»Wie heißt du?«

»Andrea. Aber er will es nicht sagen.«

Jonny nickte.

»Das ist ein dummer Vogel. Ich habe ihn beim Pokern gewonnen.«

Sie lachte nervös; er sah, dass sich in ihren Wangen kleine Grübchen bildeten. Sie putzte sich die Nase mit einem Stück

Toilettenpapier, das sie von der Rolle auf dem Küchentisch abgerissen hatte.

»Du hattest heute Nacht Fieber«, sagte Jonny.

»Es ist schon besser.«

»Hast du Hunger?«

Sie warf einen unruhigen Blick aus dem Fenster und zuckte dann die Schultern. Jonny beschloss, das als Ja zu deuten. Er sah sich in der Küche um und wurde an seinen paranoiden Anfall erinnert. Er hatte in der Wohnung wie ein Berserker gewütet und auf der Suche nach versteckten Kameras und Mikrofonen alles auf den Kopf gestellt. Die Schränke standen immer noch offen. Fast alle waren leer. Er schaute in den Kühlschrank. Eine Packung Eier und ein Rest Knäckebrot war alles, was er zusammenkratzen konnte. Es musste reichen. Schnell rührte er einen Omeletteig an und goss ihn in die Pfanne. Als der Kaffee fertig war, stellte er die dürftige Mahlzeit auf den Tisch.

Das Mädchen sah ihn fragend an.

»Du bist arm?«

»Sehr arm.«

»Sie haben gesagt, dass du Polizist bist.«

»Ja, aber … Das ist ein bisschen kompliziert.«

Er teilte das Omelett mit einer Gabel in der Mitte und legte die Hälften auf zwei Teller, während er überlegte, wie er sich ihr nähern sollte. Das Mädchen aß einen Bissen, blies in den warmen Kaffee und trank. Jonnys Kiefer schmerzte beim Kauen.

»Warum hat Jokovic dich geschlagen?«, fragte sie plötzlich.

»Das hast du gesehen?«

Sie nickte.

»Ich habe mich schon gefragt, wie du mich gefunden hast. Du bist mir vom Klub aus gefolgt, habe ich recht?«

»Ja.«

»Wie bist du ins Haus gekommen?«

»Ein Mann kam aus der Tür. Ich habe so getan, als wollte ich jemanden besuchen. Dann bin ich runter in den Keller gegangen und habe gewartet. Konnte mich nicht entscheiden. Als ich hochgekommen bin, war die Wohnungstür nicht abgeschlossen.«

Sie tat ein Stück Zucker in ihren Kaffee, rührte langsam um und sah ihn dunkel an.

»Ich hätte dich töten können …«

Jonny zuckte so heftig zusammen, dass sein Becher gegen den Tellerrand klirrte. Sie hatte recht. Nackt und verfroren in der Badewanne. Er hätte sich nie im Leben verteidigen können.

»Warum solltest du das tun wollen?«

Sie schwieg lange. Dann wiederholte sie nur ihre Frage:

»Warum hat Jokovic dich geschlagen?«

»Ich schulde ihm Geld. Sehr viel Geld. Aber ich kann nicht bezahlen. Wie du gesagt hast: Ich bin arm.«

Sie runzelte die Stirn. Es war deutlich, dass sie versuchte, alle Puzzleteile in ihrem Kopf zusammenzufügen.

»Aber du bist Polizist … Wie kann er dich schlagen?«

Jonny wurde rot.

»Arbeitest du für ihn?«, fragte sie.

»Nicht mehr«, antwortete Jonny schnell.

Als er ihr ansah, dass ihr diese Antwort nicht reichte, wurde er deutlicher.

»Er hat mich in eine Falle gelockt. Ich habe beim Pokern einen Haufen Geld an ihn verloren. Dann hat er mich gezwungen, zu … lauter Sachen zu machen.«

»Schlimme Sachen?«

»Sehr schlimme. Aber damit ist es jetzt vorbei.«

Sie legte die Gabel weg, zog wieder die Füße auf den Stuhl und schlang sich die Decke enger um die Schultern.

»Hast du Elena getroffen?«, fragte sie leise.

»Was meinst du?«

»Warst du der Mann, den sie treffen wollte, bevor sie verschwunden ist?«

Verblüfft schüttelte Jonny den Kopf.

»Nein, ich habe sie nur ein einziges Mal lebend gesehen. Vor zwei Monaten, nach dieser Pokerpartie in Jokovics Klub.«

»Aber gestern hast du im Klub mit Jokovic über sie gesprochen?«

»Ja, ich habe ihm erzählt, dass ich ihre Leiche gefunden habe.«

»Was ist passiert?«

»Ich weiß es nicht. Vor fünf Tagen bin ich nachts nach Österlen gefahren. Es gibt eine schöne Stelle am Truppenübungsplatz in Ravlunda. Pferde und Schafe grasen da am Meer. Wo die Wiese zum Sandstrand hin abfällt, liegt ein kleines Eichenwäldchen. Da habe ich sie gefunden. Sie saß mit dem Rücken an einen Eichenstamm gelehnt, als hätte sie sich hingesetzt, um aufs Meer hinauszublicken. Ihre Pulsadern waren aufgeschnitten, und das Gras war blutig. Zuerst habe ich gar nicht gemerkt, dass sie tot war.«

Jonny verstummte und blickte das Mädchen an. In ihrem Augenwinkel bildete sich eine Träne und lief langsam an der Nase hinunter. Sie fuhr sich hastig über die Oberlippe und wischte sich mit einem Zipfel der Decke über das Gesicht.

Er schien schon so unendlich lange her zu sein, der Moment in der Morgendämmerung, als er sich entschloss, mit dem Teufel Roulette zu spielen.

»Hat Jokovic Elena getötet?«, fragte das Mädchen.

Jonny schüttelte den Kopf.

»Nein, das glaube ich nicht.«

»Wer war es dann?«

»Ich weiß es nicht. Aber ich versuche, es herauszufinden.«

»Wo ist sie jetzt?«

»In der Leichenhalle, nehme ich an. Ein Krankenwagen ist gekommen und hat sie abgeholt.«

Andrea schluchzte auf und wandte den Blick ab.

»Die Polizisten vor Ort sind von einem Selbstmord ausgegangen«, sagte Jonny. »Alles sah danach aus. Aber ich hatte ein anderes Gefühl …«

»Ich weiß, dass sie ermordet wurde!«, rief das Mädchen mit Nachdruck.

Dann stand sie vom Stuhl auf und ging zum Vogelkäfig hinüber, der immer noch offen stand. Vorsichtig steckte sie die Hand hinein und murmelte etwas. Als der Beo sich auf ihren Finger setzte, nahm sie ihn aus dem Käfig.

»Warum bist du dir da so sicher?«, wollte Jonny wissen.

»Elena war meine beste Freundin.«

Andrea drehte sich zu ihm um.

»Sie hatte ein bisschen Geld gespart. Elena wollte nicht sterben. Sie wollte nach Hause.«

Behutsam strich sie dem Vogel über seinen schwarz glänzenden Kopf. Dann setzte sie sich wieder auf den Küchenstuhl, wickelte die Decke um sich und begann zu erzählen, als wäre es der Vogel, mit dem sie sprach.

***

Meine einzige Freundin, dachte Andrea.

Der Klub, in dem sie sich zum ersten Mal begegnet waren, gehörte nicht zu den elegantesten in Bukarest. Im Gegenteil. Eine Seitenstraße, nicht weit vom Bahnhof, wo sie als Kind häufiger geschlafen hatte. Sie sollten Männer bedienen, die Bier und Wodka tranken. Sie auf eines der schäbigen Zimmer in der oberen Etage begleiten, falls sie es verlangten. Elena war so jung, aber die Einzige, mit der Andrea gerne geredet hatte.

Sie hatten alles gemeinsam.

Das Kinderheim, in dem sie als kleines Kind von Eltern abgegeben worden war, deren Namen sie nie erfahren hat. Die

Armut mit Brei und abgetragener Kleidung, die Disziplin, die Läuse und Etagenbetten in den nach Urin stinkenden Räumen, vor denen sie davongelaufen war. All die Nächte in der Kanalisation unter der Stadt. Die Kälte im Winter, die Hitze und der Gestank im Sommer. Die Plastiktüten mit Klebstoff, die Linderung und Kopfschmerzen brachten. Das ständige Betteln an den Paradestraßen. Die Erniedrigung, die sich bis ins Knochenmark fraß. Und die Angst vor den streunenden Hunden, die durch die Straßen streiften.

All das hatten sie beide erlebt.

Als sie sich zum ersten Mal begegneten, hatten sie das Gefühl, einander schon ihr ganzes Leben zu kennen.

Elena hatte als Erste angefangen, von Europa zu reden. Als ob Rumänien nicht dazugehörte.

»In Europa kann man Geld verdienen«, hatte sie gesagt, und die Sehnsucht in ihrem Blick war ansteckend gewesen.

Die Sehnsucht nach einem anderen Leben.

Elena hatte von London und Paris gesprochen. Von Berlin und Barcelona. Dort gab es Geld, dort gab es Männer, die nicht nur schnelle Ficks auf fleckigen Matratzen wollten, sondern Abenteuer und Romantik. Vielleicht sogar Liebe.

Am Anfang hatte Andrea sie ausgelacht, sie nicht ernst genommen. Aber nach einer Weile hatte auch sie angefangen zu träumen.

Warum nicht?

Weshalb sollten sie sich mit dem dürftigen Leben, das sie führten, zufriedengeben?

Gemeinsam hatten sie sich ausgemalt, wie viel Geld sie verdienen würden, hatten sich die schicken Restaurants vorgestellt, in denen sie essen, die Theater, in die sie gehen würden, die Reisen, die sie machen, und die Kleider, die sie kaufen würden. Elenas Augen hatten vor Begeisterung geleuchtet, und ihre blassen Wangen hatten Farbe bekommen. In Europa war alles anders, darüber waren sie sich einig.

Eines Tages war sie außer Atem angerannt gekommen und hatte erzählt, dass es so weit sei. Sie hatten ein Angebot bekommen, und sie wären Idioten, wenn sie diese Chance nicht nutzten.

London?

Elena hatte den Kopf geschüttelt.

Paris.

Noch ein Kopfschütteln.

»Okay, es klingt nicht so toll. Schweden. Wir können in einer Stadt arbeiten, die Malmö heißt. Das liegt ganz in der Nähe von Kopenhagen. Und es gibt eine Brücke, über die man mit dem Zug von Malmö nach Kopenhagen fahren kann, wenn man will.«

Andrea hatte viele Fragen gehabt.

»Wer? Warum ausgerechnet wir? Wann fahren wir?«

Elenas Antworten waren vage. Nicht, weil sie etwas verschweigen wollte, sondern eher, weil sie nicht viel wusste.

»Ein Typ aus Belgrad. Er scheint haufenweise Kontakte zu haben. Er leiht uns das Geld für die Reise. Dann bezahlen wir es mit unserem Lohn zurück. Was sagst du? Wir können es doch ausprobieren?«

Zum Schluss hatte Andrea zugestimmt. Was hatten sie zu verlieren?

Der Mann, der sie durch Ungarn, Tschechien, Deutschland und Dänemark gefahren hatte, war schweigsam gewesen. Er rauchte so viel, dass es Andrea im Auto schlecht geworden war. Ab und zu hatte er etwas in schlechtem Englisch gegrunzt. Aber erst nachdem sie die Brücke überquert hatten und er erklärte, dass er ihre Pässe für sie aufbewahren würde, begann sie zu ahnen, dass etwas nicht stimmte.

***

Als Andrea ihre Erzählung beendet hatte, küsste sie den Beo leicht auf den Kopf und ging mit ihm ans offene Fenster.

»Flieg, du bist frei!«

Doch der Vogel zupfte sich nur ein bisschen im Gefieder und blinzelte verständnislos.

»Ich glaube nicht, dass er weiß, was das bedeutet«, sagte Jonny. »Frei zu sein.«

Sie zuckte mit den Schultern und ließ den Beo auf seine Stange im Käfig klettern.

»Meine Tochter ist in Rumänien geboren«, erzählte Jonny. »Wir haben sie in einem Kinderheim in Bukarest abgeholt, als sie zwei war.«

Andrea sah ihn an, als sei sie sich nicht ganz sicher, ob er die Wahrheit sagte. Sie setzte sich wieder an den Tisch.

»Wie heißt sie?«

»Maria. Sie ist vor ein paar Tagen sechzehn geworden.«

»Sie hatte Glück …«

»Ich habe mich oft gefragt, was sie in den ersten zwei Jahren ihres Lebens mitgemacht hat«, sagte Jonny.

»Sie kann sich nicht daran erinnern …«

»Ich hoffe, dass sie das nicht kann.«

»Dann ist es so, wie ich gesagt habe: Sie hatte Glück. Es zu vergessen, ist das Beste.«

»Ist es so schlimm?«

»Vielleicht nicht für alle. Jetzt nicht mehr. Aber viele von uns sind abgehauen und auf der Straße gelandet.«

»Wie alt bist du?«

»Im Dezember werde ich dreiundzwanzig. Ich wurde mitten in der Revolution geboren. Meine Mutter hat mich an dem Tag im Kinderheim abgegeben, an dem Nicolae und Elena Ceaușescu hingerichtet wurden. Die Leute vom Personal haben mir das später erzählt. Sie haben behauptet, dass meine Mutter eine Denunziantin sei und für das Regime gearbeitet habe. Dass es das Beste für mich sei, wenn ich nichts mit ihr zu tun hätte.«

Sie verstummte und wickelte sich wie ein kleines Mädchen eine Haarsträhne um den Finger.

»Aber ich weiß nicht, ich habe sie ja nie getroffen …«

Als Jonny an all das dachte, was sie durchgemacht hatte, an all die Dinge, zu denen man sie gezwungen hatte, ergriff ihn Verzweiflung. Wenn er sich getraut hätte, hätte er sie wie ein kleines Kind in den Arm genommen.

»Und Elena, wie alt war sie?«

»Neunzehn.«

»Um Gottes willen!«

Andrea schniefte, die Decke hatte sie bis zum Kinn hochgezogen. Ihre Augen glänzten immer noch fiebrig.

»Du bist mir gefolgt«, sagte Jonny. »Wie konntest du dich das trauen?«

Sie lächelte müde.

»Mir ist nichts anderes eingefallen.«

»Aber …«

»Ich musste herausfinden, was Elena zugestoßen ist. Wer sie umgebracht hat.«

»Und was, wenn ich es gewesen bin?«

Die Worte rutschten Jonny einfach so heraus, und als er sah, wie sie zusammenzuckte, beeilte er sich hinzuzufügen: »Ich meine, du bist ein großes Risiko eingegangen.«

Dann begriff er, dass sie diese Möglichkeit längst in Betracht gezogen haben musste.

»Du sahst nett aus«, murmelte sie. »Außerdem gab es niemand anderen, zu dem ich hätte gehen können. Wenn du mir etwas Böses wolltest, dann hättest du es bestimmt schon getan.«

Plötzlich hatte Jonny einen Einfall.

»Zeig mir deine Arme!«, bat er.

Andrea blickte ihn trotzig an. Dann schob sie die Decke zur

Seite und drehte ihre Unterarme. Graue Venen schimmerten durch blasse Haut. Doch Jonny konnte weder Einstiche noch blaue Flecken sehen.

»Glaubst du, dass ich ein Junkie bin?«

»Bist du?«

»Schau hin, überzeug dich selbst!«

Mit einer heftigen Handbewegung schob sie die Teller und Becher beiseite, raffte ihr Kleid über den Oberschenkeln zusammen und legte ihre schmutzigen Füße auf den Tisch, erst den einen, dann den anderen.

»Siehst du? Hier ist auch nichts! Glaubst du mir jetzt?«

»Und Elena?«

»Was meinst du?«

»War sie auch clean?«

»Ja!«

»Als ich sie gefunden habe, hatte sie frische Einstiche in den Armen. Und der Rechtsmediziner hat in ihrem Blut Heroin gefunden.«

»Das ist unmöglich!«

Jonny sah sie forschend an. Doch Andreas Empörung war zweifellos echt.

»Ich schwöre! Sie hat Kleber geschnüffelt, wie so viele Straßenkinder. Gras geraucht. Hin und wieder ein paar Pillen. Aber keine Spritzen. Da bin ich mir ganz sicher. Sie hatte panische Angst davor, Aids zu bekommen. Oder Gelbsucht oder irgendeinen anderen Scheiß. Wenn sie Heroin gespritzt hätte, hätte ich das gewusst. Sie war meine Freundin!«

»Ich glaube dir. Aber das bedeutet, dass der Mörder ihr gewaltsam Heroin injiziert haben muss, bevor er sie getötet hat.«

»Warum?«

»Vielleicht wollte er es wie Selbstmord aussehen lassen. Oder wie eine versehentliche Überdosis.«

»Wer sollte so etwas tun?«

»Ein kranker Mensch. Jemand, der übermächtigen Hass verspürt.«

Sie starrte ihn mit großen Augen an. Eine ganze Weile saßen sie schweigend da. Plötzlich fiel Jonny etwas ein, was sie gesagt hatte.

»Weshalb hast du gefragt, ob ich der Mann bin, den Elena an dem Abend treffen wollte, an dem sie verschwunden ist?«

»Weil sie mir das bei unserem letzten Gespräch erzählt hat. Danach habe ich sie nicht mehr gesehen.«

»Dass sie mich treffen wollte?«

Andrea schüttelte den Kopf.

»Nein, sie hat nur gesagt, dass sie sich mit jemandem treffen wollte, den sie im Juni im Klub getroffen hatte. Jemand, der wieder mit ihr Kontakt aufgenommen hatte und ihr helfen könnte. Uns helfen, vielleicht. Sie klang ziemlich geheimnisvoll. Aber ich hatte den Eindruck, dass sie dich gemeint hat. Du bist Polizist, und ich hatte ja gesehen, dass ihr in dieser Nacht nach der Pokerpartie miteinander gesprochen habt: du, Elena und Jokovic.

Ihre Worte erstaunten Jonny. Einen Moment stand sein Kopf vollkommen still. Dann traten die Umrisse der Gesichter am Spieltisch langsam hervor. Die Gesichter der Männer, denen er in dieser verhängnisvollen Nacht begegnet war. Einen nach dem anderen sah er sie durch den Rauchschleier vor sich.

Der grüne Tisch, erleuchtet von einer kegelförmigen Lampe. Schweißperlen, die sich an Schläfen bilden, und nervöse Finger, die mit Chips spielen. Verstohlene Blicke. Siegesgewissheit, die sich in Enttäuschung und Verzweiflung verwandelt. Hinter dem Spieltisch Finsternis. Ein Husten an der Bar, Stuhlbeine, die über den Boden schaben. Musik, die verstummt ist. Fortunas Flüstern in seinem Ohr. Dann plötzlich Einsamkeit.

Jonny konnte sie sehen, seine fünf Gegenspieler in der Tischrunde.

»Wenn du nicht derjenige warst, mit dem sich Elena treffen wollte, dann muss es jemand anderes gewesen sein, der an dem Abend da war«, hörte er Andrea murmeln.

Er nickte.

»Nicht ich und nicht Jokovic.«

»Vielleicht einer von den anderen?«, sagte Andrea leise.

Jonny antwortete nicht. Denn jetzt drängte sich eines der Gesichter durch die Rauchschleier über dem Spieltisch in den Vordergrund. Eines, das er erst vor zwei Tagen gesehen hatte, wenn auch nur im Vorübergehen. Ein Gesicht ohne Falten und Unebenheiten, ein Gesicht, das niemals eine einzige Gefühlsregung offenbarte.

Kapitel 25

In dem ruhigen Wasser neben der Badeleiter am Ende des Piers ließ sich eine Frau auf dem Rücken treiben. Sie hatte die Augen geschlossen. Ihr blondes Haar wogte wie Seegras um ihr Gesicht. Ihre schimmernde Haut bildete einen Kontrast zu ihrem rot geblümten Badeanzug. Einen Moment lang dachte Jonny, sie sei tot. Dann bewegte sie sich, schwamm auf die Leiter zu, kletterte auf den Pier und zog einen Bademantel über, woraufhin sie in Richtung Hafen ging und schließlich in einer Gasse zwischen den Häusern verschwand.

Jonny setzte sich auf einen leeren Fischkasten und zündete sich eine Zigarette an. Die Sonne brannte heiß vom Himmel. Im Fischerdorf war kein Mensch zu sehen. Das Meer war spiegelblank, und das Tuckern des Dieselmotors von Eskils Boot war deutlich zu hören, obwohl er noch ein gutes Stück vom Land entfernt war. Ein Schwarm Möwen kreiste um den Mast.

Jonny wartete geduldig.

Sicherheitshalber hatte er sich die Nummer der Klinik in Malmö rausgesucht und dort angerufen. Ein automatischer Anrufbeantworter hatte ihm mitgeteilt, dass Doktor Westin bis

Ende August im Urlaub sei. In dringenden Fällen solle man sich bitte an das Universitätskrankenhaus wenden.

Bevor Jonny Richtung Osten gefahren war, hatte er einen Abstecher nach Limhamn gemacht. In der großen Villa hinter der Mauer waren die Jalousien heruntergelassen. Im Garten arbeiteten ein paar Männer, die Polnisch sprachen. Als er sich nach dem Besitzer des Hauses erkundigte, hatten sie die Köpfe geschüttelt. »Not at home.«

Es schien, als würde Adam Westin immer noch seine sonnengebräunte Haut pflegen und das Leben in Österlen genießen.

Ein Spieler, dachte Jonny.

Ein Mörder.

Für einen kurzen Moment hatte er erwogen, Georg Svedin anzurufen und die Karten auf den Tisch zu legen, damit sie eine Polizeistreife schickten konnten, um Westin festzunehmen. Aber wie sollte er seinen Verdacht erklären, ohne seine eigene Verbindung zu Ratko Jokovic einzugestehen? Und dasselbe galt für Eva Ström. Auch wenn sie behauptete, dass sie beide »ein Team« bildeten, gab es eine deutliche Grenze. Sie war trotz allem Polizistin, noch dazu eine ehrliche, und sie würde sicher nicht zögern, Jonny anzuzeigen, wenn sie erfuhr, dass er sich mit einem Mafioso eingelassen hatte.

Ich muss das hier alleine machen, dachte er, während er auf dem Pier saß und rauchte. Es gibt niemanden, der mir helfen, niemanden, dem ich vertrauen kann.

Als der kleine Fischkutter ins Hafenbecken tuckerte, schnippte er die Kippe ins Wasser und machte sich bereit, die Trosse aufzufangen. Als er sie um den Poller gelegt hatte, merkte er, dass Eskil ihn argwöhnisch musterte.

»Dreimal in einer Woche«, sagte der Alte. »Du musst glauben, dass ich dieses Mädchen auf dem Truppenübungsplatz umgebracht habe.«

Jonny lachte gekünstelt auf.

»Nein, ich habe nur hier gesessen und nachgedacht. Und da habe ich gesehen, dass du auf dem Weg in den Hafen warst.«

»Arbeitest du nie?«

»Ich bin krankgeschrieben.«

Er wedelte mit seiner bandagierten Hand in der Luft herum.

Eskil schnaubte misstrauisch.

»Was willst du diesmal?«

Er setzte sich mit einem Netz und einer Kiste zwischen den Knien breitbeinig auf einen Hocker und begann, Tang und Flundern aus den Maschen zu befreien. Der Fischschleim glänzte an seinen Fingern. Nach einer Weile fuhr er sich mit dem Ärmel seines Overalls über das Gesicht.

»Als ich das letzte Mal hier war, hast du einem Mann am Kai Flundern verkauft, erinnerst du dich daran?«

»Nee …«

»Doch, er heißt Westin. Du hast mir ziemlich viel über ihn erzählt.«

»Ach so, der. Der Tittendoktor. Was ist mit ihm?«

Der Alte blinzelte unter seinen buschigen Augenbrauen. Seine Neugier hatte deutlich zugenommen.

»Siehst du ihn täglich?«

»Na ja, das kann ich nicht gerade sagen.«

Eskil ließ das Netz auf den Boden fallen, schob die Kiste zur Seite und deutete an, dass er nichts gegen eine Raucherpause einzuwenden hatte. Jonny warf ihm über die Reling seine Schachtel zu. Eskil zündete sich eine Zigarette an, nahm einen Zug und spuckte einen Tabakkrümel aus. Dann steckte er die Schachtel in seine eigene Brusttasche, bevor er fortfuhr.

»Aber er kommt hin und wieder hier vorbei. Er muss verdammt lange Urlaub haben. Als ob das bei seiner Arbeit nötig ist. Das war übrigens seine Frau, die hier gerade gebadet hat. Ihr Gesicht ist auch so glatt wie eine reife Aprikose. Um einiges jünger als er, würde ich meinen.«

Die Blondine im geblümten Badeanzug. Jonny blickte zu der Gasse hinüber, in der sie vor ein paar Minuten verschwunden war. Eine schöne Frau. Vielleicht hatte sie ihr Mann noch nicht unter dem Messer gehabt.

»Erinnerst du dich daran, ob Westin hier war, als das Mädchen auf dem Truppenübungsplatz gestorben ist?«

»Ja, ich glaube schon.«

»Ich meine, hast du ihn gesehen?«

»Wann war das noch mal genau?«

»In der Nacht auf Mittwoch, vor einer Woche. Du warst mit dem Boot draußen und hast nach Seehunden Ausschau gehalten. Du hast sie doch schreien gehört.«

»Ich habe etwas schreien gehört. Das habe ich dir auch so gesagt. Es könnte ebenso gut ein Tier gewesen sein.«

»Aber das ist nicht das, was du glaubst, oder irre ich mich da?«

Eskil zuckte mit den Schultern und starrte verdrießlich vor sich hin.

»Glauben und glauben. Was zum Teufel spielt es für eine Rolle, was man glaubt?«

»Das kann wichtig sein. Denk nach!«

Er spuckte ins Wasser.

»Ich meine, dass Westin an dem Tag am Hafen war. Das muss kurz nach deinem ersten Besuch hier gewesen sein …«

»Hat er sich irgendwie merkwürdig verhalten? Anders als sonst?«

»Nicht, dass ich mich erinnern könnte. Aber das kann man auch gar nicht sagen. Der Kerl ist im Gesicht ja starr wie eine Schaufensterpuppe.«

Eskil griff wieder nach dem Netz, schien es sich dann aber anders zu überlegen.

»Meinst du, dass er in der Lage wäre …«

Als Jonny keine Antwort gab, stieß der Alte einen scharfen Pfiff durch die Vorderzähne aus.

»Da hol mich doch der Teufel!«

Er sah den Hügel hinauf.

»Was hast du jetzt vor?«, fragte Eskil.

Jonny zögerte. Aber das konnte doch kein Zufall sein? Noch einmal ging er alle Indizien durch, die auf Westin hindeuteten: Elena hatte Andrea erzählt, dass sie sich mit jemandem treffen wollte, den sie in dieser Nacht im Juni im Klub getroffen hatte. Jemand, der ihnen helfen könnte. Adam Westin war einer der sechs Männer am Pokertisch gewesen. Mit seiner Weltgewandtheit, seinem offensichtlichen Reichtum und seinem attraktiven Äußeren konnte er ein junges Mädchen mit Sicherheit beeindrucken. Nicoletas und Elenas Leichen wurden beide innerhalb eines Radius von fünf Kilometern von Vitemölla gefunden, wo der Chirurg ein Haus besaß und sich auch aufgehalten hatte, zumindest zum Zeitpunkt von Elenas Tod. Und zu guter Letzt war er Arzt. Also konnte er Heroin besorgen.

»Ich muss mit ihm sprechen«, murmelte Jonny.

Er beobachtete die Möwen, die sich ein Stück entfernt vom Kai niedergelassen hatten und gierige Blicke auf die Schollen in Eskils Kiste warfen. Draußen über dem Meer waren seit Langem die ersten Wolken aufgezogen. Eine schmale grauschwarze Gewitterfront am Horizont. Die Hitze wurde immer drückender. Das Wasser des Hafenbeckens sah schwarz und trübe aus. Das Atmen fiel zunehmend schwerer.

»Da hast du deine Chance«, sagte Eskil und nickte in Richtung Dorf.

***

Der Läufer, der aus der Gasse kam, war blond und braun gebrannt. Er trug glänzende schwarze Shorts und ein eng anliegendes T-Shirt, das seinen Oberkörper betonte. Als er den Hafen erreicht hatte, bog er in Richtung Norden ab, vorbei an den Fischerhütten und den Gestellen zum Trocknen der Netze, und lief in schnellem Tempo auf die Strandwiesen zu.

»Was für ein Idiot«, gluckste Eskil. »In dieser Hitze.«

Jonny hörte nicht mehr zu. Ohne ein weiteres Wort bewegte er sich landeinwärts, wie ein Spürhund, der eine Witterung aufgenommen hat. Endlich bin ich der Jäger und nicht der Gejagte, dachte er, als er hinter dem schwarz gekleideten Jogger her auf die Wiesen zuhielt.

Schon als er den ersten Betonbunker erreichte, war er komplett nassgeschwitzt. Er keuchte und schnaufte. Die Jeans klebte an seinen Oberschenkeln. Aber das Einzige, was er spürte, war die brodelnde Wut auf den Mann, dessen Rücken sich zwischen Sanddünen und Hagebuttensträuchern entfernte.

Endlich …

Adam Westin war ein guter Läufer. Er machte in seinen neongrünen Turnschuhen immer längere Schritte, und obwohl Jonny sein Bestes tat, den Anschluss nicht zu verlieren – jeden Augenblick bereit, in Deckung zu gehen –, wurde der Abstand zwischen ihnen zusehends größer. Schließlich sah er seine Beute zwischen den Tannen verschwinden, die dort, wo ein kleiner Bach ins Meer floss, bis hinunter an den Sandstrand wuchsen.

Als Jonny ein paar Minuten später den Waldabschnitt erreichte, musste er stehen bleiben, um sich zu orientieren. Im Schatten war die Luft etwas kühler. Er verscheuchte ein paar Insekten. Der Bach rieselte durch Moos und Unterholz. Jonny überquerte einen schmalen Steg, an dessen Ende sich der Pfad teilte. Ein Weg führte den Hügel hinauf landeinwärts, der andere verlief in nördlicher Richtung am Meer entlang. Er entschied sich, sein Glück mit Letzterem zu versuchen.

Während Jonny dem mit Tannennadeln übersäten Pfad folgte und nervös durch die Baumstämme lugte, sah er wieder die toten Frauen vor sich. Drei von ihnen hatte Westin im Meer ertränkt, die vierte hatte er verbluten lassen. Doch die entscheidende Frage war immer noch unbeantwortet: Warum?

Vielleicht waren sie freiwillig mitgekommen. Ein Kunde, wie so viele andere. Das Heroin hatte er ihnen vermutlich gewaltsam injiziert. Sie waren ihrem Schicksal hilflos ausgeliefert gewesen, benommen, nicht in der Lage, sich zu verteidigen. Jonny versuchte sich die Angst vorzustellen, die sie gehabt haben mussten, als sie begriffen, dass sie sterben würden. Die Panik, als sie keine Luft mehr bekamen, als sie verzweifelt versuchten, sich an die Oberfläche zu kämpfen, aber von ihm unerbittlich unter Wasser gedrückt wurden. Hatten sie am Ende aufgegeben? Als ihnen klar wurde, dass sie niemand retten würde, dass sie ertrinken würden, dass das Blut aus ihrem Körper rinnen und vom Sand aufgesogen werden würde?

Sie waren so jung, hatten ihr ganzes Leben noch vor sich gehabt.

Jonny dachte daran, was Andrea über sich und ihre einzige Freundin Elena erzählt hatte, die seiner Tochter so sehr ähnelte.

Was wäre passiert, wenn Westin Maria in die Hände bekommen hätte?

Der Gedanke war so unerträglich, dass Jonny schwarz vor Augen wurde, als hätte eine Sonnenfinsternis den Himmel verdunkelt. Er stolperte und wäre fast gestürzt. »Ich bring dich um, du krankes Schwein!«, zischte er und lief schneller.

Kurz darauf lichtete sich der Tannenwald, und vor ihm breitete sich wieder die Strandwiese aus, bis hinunter zur Mündung des Verkeån bei Haväng. Schwer atmend blieb er stehen. Weiter vorne konnte er einige Sonnenschirme und badende Menschen erkennen. In der näher gelegenen Steinbucht schwammen ein paar weiße Schwäne. Oben auf dem Hügel weidete eine Kuhherde. Aber nirgendwo konnte Jonny einen schwarz gekleideten Läufer entdecken.

Wo war er abgeblieben?

Direkt am Pfad lag eine alte Fischerhütte mit Steinboden und roten Giebeln. Es roch nach Teer. Im Strandhafer lag ein ausgedienter Holzkahn. Auf einem Holzgerüst hingen Flundernetze zum Trocknen. Anscheinend wurde die Hütte immer noch genutzt.

Plötzlich meine Jonny, dass sich hinter einem der staubigen Fenster etwas regte. Es war nur eine hastige Bewegung, aber er war sich sicher. Jemand hatte nach draußen gesehen und schnell den Kopf geduckt.

Vorsichtig näherte er sich dem trockenen Gras.

Die Balken in der Bretterwand waren warm und morsch. Er legte das Ohr ans Holz und lauschte. In der Hütte war es still. Jonny schwitzte. Unten in der Bucht kreischten die Möwen. Das Wasser war schwarz und völlig ruhig. Nicht ein Windstoß bewegte das Gras. Eine nahezu unwirkliche Stille umgab ihn.

Er hält den Atem an, dachte Jonny. Wartet darauf, dass ich den ersten Schritt mache.

Ein Adrenalinkick durchflutete ihn. Er sah um die Hausecke. Die schwarz gestrichene Holztür stand einen Spalt offen.

Jetzt, du verfluchter Dreckskerl!

Mit dem Rücken an der Bretterwand zählte er bis drei. Dann schoss er um die Ecke und trat die Tür auf.

Der Schrei durchschnitt sein Trommelfell wie ein Messer. Jonny blinzelte. Als sich seine Augen an die Dunkelheit gewöhnt hatten, sah er einen Mann und eine Frau, die auf Campingstühlen hinten in der Hütte saßen. Auf einem kleinen Tisch standen Brote und Kaffeebecher. Der Mann starrte ihn mit offenem Mund an. Die Frau schrie, schrill und gellend, als würde die Luft in ihren Lungen ewig reichen.

Dann verstummte sie.

Jonny blickte sich schnell im Raum um. Fischereibedarf, ein paar Bojen, Ölfässer und ein alter Außenborder, der auf einem Holzklotz aufgebockt war.

»Haben Sie ihn gesehen?«

»Wen?«, fragte der Mann.

»Hier ist niemand außer uns«, versicherte die Frau und sah aus, als hätte sie immer noch panische Angst.

Ohne ein Wort verließ Jonny die Hütte.

Entmutigt schlenderte er in nördlicher Richtung am Wasser entlang. Die Wut, die seinen Jagdinstinkt geweckt und den Adrenalinkick durch seinen Körper geschickt hatte, war verflogen. Sein erneutes Scheitern ließ ihn alles wieder infrage stellen. Was hatte er eigentlich für Beweise, dass Adam Westin ein Mörder war? Elena hatte gesagt, dass sie sich mit jemandem aus der Pokerrunde im Juni treffen wollte. Und Westin besaß ein Sommerhaus, das in der Nähe der Stellen lag, wo zwei der Mädchen ums Leben gekommen waren. Je länger er darüber nachdachte, desto fragwürdiger wurden seine sogenannten Beweise.

Als er die Mündung des Verkeån fast erreicht hatte, blickte er zerstreut den Strand entlang, wo ein paar erwachsene Männer mit ihren Kindern Dämme in den Sand bauten. Ihre Körper glänzten vor Schweiß. So verdammt sinnlos, dachte Jonny. Der Wasserstand im Bach war niedrig. Aber sobald das Wasser an einer Stelle am Fließen gehindert wurde, suchte es sich einen anderen Weg und floss hinaus ins Meer.

Gerade als er zurückgehen wollte, hielt er inne.

Dort drüben war Westin!

Er stand in seinem schwarzen Jogging-Outfit hoch oben auf dem Hügel auf der anderen Bachseite und hielt mit der Hand über der Stirn Ausschau. Im ersten Moment dachte Jonny, dass er aufs Meer hinaussah. Am Horizont zeichnete sich ein Frachter auf dem Weg zum Bornholmsgatt ab. Dann begriff er, dass Adam Westin den Blick genau auf den Punkt gerichtet hatte, an dem er sich selbst gerade befand. Plötzlich drehte sich der Chirurg um und joggte in nördlicher Richtung weiter. Ein paar Sekunden später war er hinter einer Wegbiegung verschwunden.

Mit einem Mal waren Jonnys Zweifel wie weggeblasen. Voll neuer Energie lief er zum Steg zurück, tauchte in den Schatten der Bäume, gelangte auf die andere Seite, zwängte sich durch die Hagebuttensträucher und kletterte den Hügel hinauf. Als er die Gabelung erreichte, zögerte er nicht. Den Weg hoch zur Jugendherberge, auf dem ihm ein junges Paar mit Kinderwagen entgegenkam, hatte Westin natürlich nicht genommen. Er musste zum Schlagbaum an der Zufahrt zum Truppenübungsplatz gelaufen sein.

Und jetzt begriff Jonny: Der Mörder hatte ihn dort draußen unter den Eichen am Steilhang zum Meer zu einem Treffen bestellt.

Er hatte vor, an den Tatort zurückzukehren.

Es dauerte nicht länger als zehn Minuten, um den Schlagbaum und das unbesetzte kleine Wachhäuschen zu erreichen und von dort das letzte Stück zum Eichenwäldchen zurückzulegen. Kurz vor den Bäumen ging Jonny langsamer und näherte sich vorsichtig. Hinter den Eichen erstreckte sich das Feld etliche Kilometer, bis zum Fichtenwald bei Juleboda. Da und dort grasten Pferde und Schafe. Oben am Schotterweg parkten ein paar Autos. Aber Menschen waren keine zu sehen.

Vielleicht war Westin doch den Hang hinuntergesprungen und war am Strand weitergelaufen?

Unter den Bäumen roch es nach Gras und Schafscheiße. Schatten und Sonnenlicht warfen Muster auf den Boden. Langsam ging Jonny zu der Eiche, deren Tragkraft er nie getestet hatte. Er legte die Hand auf die borkige Rinde und folgte mit dem Blick den Ästen, die sich über dem Steilhang erstreckten. Er hörte Kinderlachen und sah zum Strand hinunter. In der Brandung rannte ein Junge, der ein sandiges langes Seil wie eine angreifende Schlange hinter sich her zog. Ein kleines Mädchen jagte ihn lachend und schreiend und versuchte vergeblich, ihn einzuholen.

Also hat es doch Verwendung gefunden, dachte Jonny.

Plötzlich veranlasste ihn etwas dazu – vielleicht ein Geräusch oder ein Geruch in der Luft –, sich umzudrehen. Westin stand dreißig Meter von ihm entfernt, an jener Eiche, an der Elena gelehnt hatte, als sie starb.

»Verfolgst du mich?«

Er sprach so leise, dass Jonny ihn kaum verstand. Im Schatten unter dem Baum war er kaum zu sehen, sein schwarzes Jogging-Outfit tarnte ihn. Nur seine Haare leuchteten blond.

Mit klopfendem Herzen ging Jonny auf ihn zu. Als er so nahe war, dass er Westins Parfüm riechen konnte, fiel ihm auf, dass der Chirurg nach seiner Laufrunde in der Hitze kaum schwitzte. Lediglich seine muskulösen Schultern glänzten ein wenig. In einer Hand, halb hinter dem Rücken verborgen, hielt er einen Stein, den er vom Boden aufgehoben haben musste. Ein leises Lächeln lag auf seinem braun gebrannten Gesicht, das so schwer zu deuten war.

»Warum hast du sie getötet?«

Das Lächeln verschwand, aber ansonsten verzog er keine Miene.

Er ist ein Spieler, dachte Jonny.

»Kennen wir uns?«

Westin sprach immer noch leise, doch in seinem Ton schwang jetzt eine deutliche Schärfe mit.

»Spiel kein Theater«, zischte Jonny.

Als er merkte, dass sich seine Stimme überschlug, redete er leiser: »Du weißt ganz genau, worum es geht!«

Westin starrte ihn eine Weile ausdruckslos an. Dann lachte er höhnisch.

»Natürlich! Jetzt erkenne ich dich wieder. Du bist doch dieser gescheiterte Polizist. Wir haben zu Beginn des Sommers Poker gespielt. Für dich ist es an dem Abend nicht gerade gut gelaufen, oder?«

Er wog den Stein in der Hand.

»Als sie erzählt haben, dass du Polizist bist, habe ich über dich nachgedacht. Bei deinem Job ist es doch bestimmt nicht gerade angemessen, sich in einem solchen Umfeld blicken zu lassen. Vor allem, wenn man so ein miserabler Spieler ist.«

»Was willst du damit sagen?«

»In dir kann man lesen wie in einem Buch. Es ist kinderleicht. Kein Wunder, dass du verlierst.«

Jonny wurde rot. Er hatte das Gefühl, bereits die Kontrolle über die Situation zu verlieren.

»Aber meine Frage bleibt …«, fuhr Westin fort. »Warum in aller Welt rennst du hier draußen hinter mir her? Ich war nicht derjenige, der dich um dein Geld betrogen hat.«

»Wieso betrogen?«

Westin lächelte wieder und gab keine Antwort. Einen kurzen Moment lang saß Jonny wieder von rötlichen Rauchschwaden umgeben an dem Spieltisch im Klub. Fünf Gesichter um grünen Filz. Hatte Jokovic gemogelt, und waren alle anderen am Tisch darin eingeweiht gewesen?

Er will mich in die Irre führen, dachte Jonny.

»Du hast mich an der Eiche erwartet, an der sie gesessen hat«, sagte er.

Westin schnaubte.

»Ich habe dich schon im Hafen gesehen, als du mit Eskil geredet hast. Und es war kaum zu überhören, wie du durch den Tannenwald getrampelt bist. Ich frage mich natürlich, warum du mich verfolgst.«

»Aber du hast genau diesen Treffpunkt gewählt.«

»Was meinst du?«

»Du hast sie hier getötet! Hier an diesem Baumstamm hast du ihr die Pulsadern aufgeschnitten und sie verbluten lassen.«

Westin umklammerte den Stein.

»Nein, jetzt reicht es …«

»Warum hast du das getan?«, fiel ihm Jonny ins Wort. »Hast du dich an ihrer Qual ergötzt? Genau wie bei den anderen drei?«

Jonny spürte, wie sein Gehirn förmlich pulsierte. Er ging einen Schritt auf Westin zu und zischte zwischen zusammengepressten Zähnen: »Es gibt nur eine Sache, die ich nicht verstehe: Warum hasst du ausgerechnet rumänische Frauen?«

Er hatte die Frage kaum ausgesprochen, da nahm er eine Regung in dem glatten Gesicht vor sich wahr. Es war nur eine winzige Veränderung, eine hastige Bewegung mit den Augen. Aber es genügte, damit er sie sah. Westin fühlte sich gar nicht in die Enge getrieben, wie Jonny zuerst angenommen hatte. Er hatte keine Angst, er war nicht einmal besonders aufgebracht. Nur erstaunt. War es möglich, dass er sich so gut verstellen konnte?

Als Westin wieder sprach, tropfte seine Stimme vor Verachtung.

»Du bist krank. Du solltest professionelle Hilfe in Anspruch nehmen.«

Plötzlich fühlte sich Jonny völlig verloren und hilflos.

»Ihr Name war Elena …«, murmelte er verwirrt.

»Ich nehme an, dass du von dem Mädchen redest, das hier auf dem Truppenübungsplatz gefunden wurde. Und du beschuldigst mich, ihren Tod verursacht zu haben?«

»Ich habe sie gefunden …«

»Unerfreulich für dich. Und für sie. Aber ich kann dir versichern, dass ich nicht mehr über diesen Todesfall weiß als das, was im Hafen herumerzählt wird. Unter anderem von deinem Freund Eskil. Falls ich richtig informiert bin, war sie eine Prostituierte. Wenn du dein kleines Polizistengehirn mal ein bisschen anstrengst, dann wirst du sicher einsehen, dass ich mich mit solchen Frauen nicht abgebe.«

Jonny sah ihn an, ohne ein Wort herauszubringen.

»Außerdem war ich zusammen mit meiner Frau und ein paar Freunden im Golfurlaub auf Mallorca, als diese Frau starb. *Sunwing*. Wir sind einen Tag nach ihrem Tod zurückgekommen. Das solltest selbst du nachprüfen können.«

Westin drehte Jonny den Rücken zu. Er lockerte seine Muskeln, als hätte er im Schatten gefroren und wollte sich aufwärmen, bevor er weiterlief. Offenbar schien er nicht noch mehr Zeit mit einem unbedeutenden Polizisten verschwenden zu wollen. Doch dann überlegte er es sich plötzlich anders. Mit ein paar federnden Schritten stand er wieder dicht vor Jonny und hob drohend den Zeigefinger. Jetzt brannten die Augen hinter der Maske.

»Du beschuldigst … mich!«, stieß er hervor.

Er atmete heftig, seine Brust hob und senkte sich. Dann schnippte er mit den Fingern vor Jonnys Nase.

»Ich kann dich fertigmachen. So leicht. Wenn du nicht so bedeutungslos wärst …«

Im nächsten Moment drehte er sich um und lief in schnellem Tempo über das Feld.

Jonny blieb mit hängenden Armen unter der Eiche stehen. Ausgepumpt und mit leerem Kopf. Von dem schwarz gekleideten Läufer war kurze Zeit später nur noch ein Punkt in der Ferne zu sehen. Unten am Wasser hörte er, wie der Junge und das Mädchen weiter mit dem sandigen langen Seil spielten.

***

Die zwei Männer lehnten an einem schwarzen Volvo. Vermutlich hätte Jonny schneller reagiert, wenn er nicht so in seine Gedanken versunken gewesen wäre, als er am orientalischen Lebensmittelgeschäft um die Ecke bog. Vielleicht hätte er es geschafft, umzudrehen und sich davonzumachen, bevor sie ihn entdeckten. Aber er sah das Offensichtliche nicht, bevor es zu spät war: Die Männer passten nicht hier hin. Nicht im Geringsten.

Beide waren groß gewachsen, durchtrainiert und hatten kurz geschorene blonde Haare. Sie trugen große Sonnenbrillen, Jeans, die über den Oberschenkeln spannten, neue Sneaker und kurzärmelige karierte Hemden mit viel Platz für Schulterholster.

Das ließ nur eine mögliche Schlussfolgerung zu: Es waren Polizisten.

Da, wenn überhaupt, außer Jonny nur wenige andere Polizisten in Möllevången und der umliegenden Umgebung wohnten, ging er davon aus, dass sie dienstlich hier waren. Angesichts der hohen Kriminalität im Viertel war das an und für sich auch nicht verwunderlich, doch jetzt standen diese beiden Polizisten in Zivil ausgerechnet vor Jonnys Hauseingang. Daher war es keine an den Haaren herbeigezogene Vermutung, dass er es war, auf den sie warteten.

Als sie aufblickten und einer der beiden in Jonnys Richtung nickte, bestätigte das seinen Verdacht. Ihm wurde flau.

Andrea, dachte er. Waren sie schon oben in der Wohnung gewesen?

Weil es für eine Flucht zu spät war, beschloss er, über die Straße zu ihnen hin zu schlendern und zu versuchen, entspannt zu wirken.

»Hallo, Jungs! Wartet ihr auf mich?«

»Wie kommen Sie denn da drauf?«, erwiderte einer der Männer gereizt.

Jonny grinste freundlich und machte eine ausholende Geste mit den Armen.

»Tja, schaut euch mal im Spiegel an. Ihr könntet euch ebenso gut jeder ein blinkendes Blaulicht auf den Schädel setzen.«

Auf den zweiten Blick sahen sich die beiden Polizisten nicht besonders ähnlich. Der eine war ein Stück größer. Er hatte eine spitze Nase und ein spitzes Kinn und kalte Fischaugen. Der Kleinere war von der Schöpfung mit einem fleischigen Gesicht und einem ausgeprägten Unterbiss versehen worden, was ihm das Aussehen einer Bulldoge verlieh. Jonny konnte sich nicht erinnern, einem von den beiden schon einmal begegnet zu sein.

»Sind Sie Jonny Lilja?«

»Das kann ich nicht abstreiten.«

»Wir haben den Auftrag, Sie zum Verhör zu holen«, sagte die Bulldogge.

»Und wer seid ihr?«

»Olsson. Interne Ermittlungen«, antwortete der Spitzgesichtige mit nasaler Stimme.

Irgendetwas in seinem Auftreten sagte Jonny, dass es keinen Sinn hatte, seinen Ausweis sehen zu wollen.

»Svensson«, murmelte die Bulldoge.

»Aha, Olsson und Svensson, was wird mir vorgeworfen?«, fragte Jonny mit gespielter Unbekümmertheit.

»Darüber reden wir, wenn wir im Polizeipräsidium sind. Wo ist Ihre Dienstwaffe?«

»Wie bitte?«

»Ihre Dienstwaffe. Sie müssen Ihre Dienstwaffe abgeben.«

Verfluchte Scheiße, dachte Jonny. Das Handschuhfach. Ein Verstoß gegen die Dienstvorschrift, dass es nur so krachte.

»Ich glaube, die habe ich aus Versehen im Auto vergessen.«

Die beiden Männer tauschten einen Blick.

»Und wo steht das Auto?«

»Um die Ecke.«

»Geben Sie mir Ihren Autoschlüssel. Sie können es sich so lange auf dem Rücksitz bequem machen.«

Die Bulldogge, die behauptete, ihr Name sei Svensson, deutete auf den Volvo.

»Ein schmutziger Ford Mondeo, achtundneunzig«, sagte Jonny und warf ihm den Schlüssel zu. »Unter der Staubschicht ist er blau. Du kannst ihn nicht verfehlen.«

Der Duftbaum, der am Rückspiegel im Wageninneren des schwarzen Volvo baumelte, verströmte einen süßlichen Geruch. Die Klimaanlage surrte schwach. Die beiden Männer auf den Vordersitzen sagten während der Fahrt kein einziges Wort. Jonny betrachtete unruhig ihre Nacken. Wenn sie mit ihrem Schweigen die Absicht verfolgten, seine Nerven zu strapazieren, dann gelang ihnen das. In seinem Magen rumorte es. Er schloss die Augen, sank in den Sitz zurück und bemühte sich, seine Gedanken zu ordnen.

Erstens: Wer waren die Männer, die ihn zum Verhör holten?

Interne Ermittlungsgruppe, hatten sie gesagt. Jonny bezweifelte das. Vermutlich waren sie von irgendeiner verdeckten Abteilung aus Stockholm hergeschickt worden. Aber das würde sich wohl in Kürze klären.

Die nächste Frage lautete: Wer hatte ihn angezeigt?

Adam Westin?

Jonny hatte zwei Stunden gebraucht, um nach der Konfrontation auf dem Truppenübungsplatz zurück nach Vitemölla zu seinem Auto zu kommen und nach Hause zu fahren. Wenn Westin sofort angerufen hatte, hatten die Kollegen mehr als genügend Zeit gehabt, um ein paar Männer zu schicken, die Jonny in der Kristianstadsgatan erwarteten.

Gleichzeitig war es nicht unbedingt ersichtlich, was der Chirurg davon hatte, Jonny zu verpfeifen. Klar, Jonny hatte ihn beleidigt. Aber wenn Westin Jonnys Verbindung zu Ratko

Jokovic verriet, dann würde sein illegales Pokerspiel ebenfalls auffliegen. Ich verwette mein letztes Hemd, dass er das geheim halten will. Nicht zuletzt vor seiner schönen Frau.

Er überlegte weiter.

Runesson?

Bei ihrer letzten Begegnung im Krankenhaus war er so außer sich vor Wut gewesen, dass es ausgesehen hatte, als würde er jede Sekunde eine Gehirnblutung erleiden. Sven Runesson würde Jonny mit Sicherheit liebend gerne totschlagen, wenn er die Chance dazu bekam. Aber momentan hielt ihn seine Gipsschiene davon ab. Und außerdem hatte er ja von Lennart Myrberg ein wirksames Druckmittel gegen Runesson bekommen. Wenn herauskam, dass er in seiner Eigenschaft als Bewährungshelfer einen ehemaligen Gefängnisinsassen dazu genötigt hatte, Computer zu stehlen, dann würde er gefeuert werden und ein paar Jahre hinter Schloss und Riegel verbringen.

Aber nicht nur Runesson hatte ihn im Verdacht. Auch Georg Svedin hatte aus seiner Vermutung, dass es bei Lina Anderssons Tod nicht mit rechten Dingen zugegangen war, keinen Hehl gemacht. Die Amphetaminhure in Holma, wie sie sie nannten. Jonny erschauerte. Als er die Augen zumachte, sah er sie auf der dreckigen Matratze vor sich. Die mageren, zerstochenen Arme um ihre knochigen Knie geschlungen.

Lieber Gott, bitte lass es nicht mein Fehler sein, dass sie gestorben ist, dachte er. Er hatte seine Schulden tilgen wollen. Deswegen hatte er Jokovic angerufen und ihm den Tipp gegeben, dass die Polizei plante, Lasse Nordin abhören zu lassen. Doch möglicherweise hatte Jonny eine noch viel größere Schuld auf sich geladen. Eine Schuld, die er niemals würde begleichen können.

Er schniefte und blickte unruhig in den Rückspiegel, direkt in Olssons Fischaugen.

Sie beobachten mich, dachte Jonny.

Georg Svedin hatte offensichtlich ausgiebig darüber nachgedacht, warum die Fangschaltung bei Lasse Nordin keine Ergebnisse geliefert hatte. Vielleicht hatte er seinen Verdacht weitergegeben.

Erneut überfiel ihn Panik. Das Gefühl, durchschaut worden zu sein. Bis auf die nackte Haut. Derjenige zu sein, dessen Karten offen auf dem Tisch lagen, sodass alle sie sehen konnten.

Sie können mich weiß Gott wie lange überwacht haben, dachte Jonny. Was ist, wenn sie schon alles über mich und Jokovic wissen!

Wenn sie hinter ihm her sind, was bin ich dann für sie?

Der Lockvogel.

Vor dem Autofenster glitt die Stadt vorüber. Die Straßen waren leer. Es war zu heiß. Die Nachmittagssonne ergoss sich über den Asphalt. Jeder, der konnte, blieb im Haus oder fuhr ans Meer. Freie und glückliche Menschen. Doch dann gab es noch all die anderen, die ständig im Schatten lebten.

***

Der Mann schlägt sich so irritiert auf die Wange, dass seine Haut schmerzt. Er sieht sich unruhig um. Aber niemand scheint von ihm Notiz zu nehmen, dort im Hauseingang gegenüber der Wohnung des Bullen.

Ich muss zu Ende denken!

Sie stören das Bild, diese beiden Männer, die plötzlich aufgetaucht sind und jetzt an ihrem blank polierten Volvo lehnen und warten. Was machen sie hier?

Das sind Polizisten, denkt er. Ganz bestimmt Polizisten. So dämlich, wie die aussehen. Groß und stark, aber kaum intelligent.

Die können sich mit mir nicht messen.

Er lehnt sich im Schatten des Hauseingangs an die Mauer.

Versucht so auszusehen, als würde er auf jemanden warten. Wirft einen Blick zum Fenster im dritten Stock. Ich frage mich, ob sie noch da ist, die kleine rumänische Hure.

Vielleicht hat der Bulle sie allein gelassen?

Ihm wird schwarz vor Augen, dann spürt er das Verlangen in seinem Körper.

Er presst die Kiefer aufeinander.

Schlaf ist wichtig, denkt er. Ich muss ausschlafen, bevor ich wichtige Entscheidungen treffe. Mein Gehirn braucht das. Aber heute Nacht habe ich zu wenig geschlafen. Mama wollte sich so lange unterhalten. Und die Wärme. Das geöffnete Fenster hat kein bisschen geholfen. Es war schon fast drei, als ich eingeschlafen bin.

Aus den Augenwinkeln sieht er wieder zu den beiden Männern auf der anderen Straßenseite hinüber. Er schnaubt. Sie sind eine halbe Stunde nach seiner Rückkehr aufgetaucht. Es ist offensichtlich, dass sie auf jemanden warten.

Rastlos nimmt er sein Kartenspiel aus der Hosentasche, mischt einhändig und zieht dann eine Karte.

Pikdame!

Wer könnte besser den Tod vorhersagen als sie.

Dann geht alles ganz schnell: Die Männer am Volvo erstarren und fixieren das orientalische Lebensmittelgeschäft an der Ecke. Und da kommt er. Jonny, der Bulle, der oben in der Wohnung wohnt.

Unbewusst drückt er sich tiefer in den Hauseingang, versucht zu verstehen, was sie sagen, doch die Entfernung ist zu groß.

Dann sieht er, dass Jonny einem der Männer einen Schlüssel zuwirft und anschließend in den Fond des schwarzen Wagens steigt. Der fremde Polizist verschwindet um die Ecke. Sein Kollege setzt sich hinters Lenkrad und lässt den Motor an.

Als sie außer Sichtweite sind, sieht er wieder zum Fenster

im dritten Stock hinauf. Das Verlangen in seinem Körper wird stärker. Und irgendwo ahnt er diesen eisigen Schrei, der immer in seinem Kopf widerhallt, wenn es Zeit ist.

Wenn sie oben in der Wohnung ist, dann ist sie allein, denkt er.

***

Der Verhörraum lag im vierten Stock des Polizeipräsidiums am Davidshallstorg. Ein Tisch und zwei Stühle. Kahle Wände. Abgestandene Luft. Eine getönte Spiegelscheibe, von der Jonny nur allzu gut wusste, was sie bedeutete: Jemand beobachtete ihn, jemand hörte zu.

Um die Neonröhre an der Decke surrte eine Fliege.

Die beiden schweigsamen Polizisten in Freizeitkleidung hatten Jonny allein gelassen, ohne auch nur mit einem Wort zu verraten, worum es eigentlich ging. »Warten Sie hier, es kommt gleich jemand.« Was zum Teufel hatten sie vor? Die Ungewissheit zerrte an seinen Nerven. Immer wieder versuchte er, seine Unruhe hinunterzuschlucken.

Als er eine Ewigkeit gewartet hatte, zog er sein Handy aus der Hosentasche und sah auf die Uhr. Halb vier nachmittags. Er fuhr sich über seinen schmerzenden Magen. Die Pistole hatten sie beschlagnahmt, aber das Handy hatte er behalten dürfen. Vermutlich wurde es sowieso abgehört.

Und wen sollte er auch anrufen?

Er blickte zur Spiegelscheibe hinüber.

Andrea wartete bestimmt zu Hause in der Wohnung auf ihn. Jonny hatte ihr gesagt, dass er fast den ganzen Tag unterwegs sein würde, doch er war sich ganz und gar nicht sicher, ob sie ihn verstanden hatte. Das Mädchen musste Todesangst haben. Einen Augenblick lang sah er sie vor sich, wie sie eingewickelt in ihre Decke am Küchentisch saß und mit dem Beo redete. Mit zerzausten Haaren und blassem Gesicht. Der Silberschmuck glänzte am Ohrläppchen.

Ihre beste Freundin ist tot, dachte Jonny.

Plötzlich kam ihm siedend heiß ein anderer Gedanke: Was ist, wenn der Mörder nach Andrea sucht?

Im selben Moment wurde die Tür geöffnet, energisch und entschlossen. Der Mann, der den Verhörraum betrat, trug einen diskreten grauen Anzug. Als Erstes hängte er sein Jackett über die Stuhllehne gegenüber Jonny und krempelte die Ärmel seines weißen Hemds hoch. Sein dünnes Haar hatte er an den Schläfen und über der Stirn akkurat nach hinten gekämmt. Auf seiner scharf geschnittenen Nase saß eine runde Brille mit braunen Bügeln. Erst als er sich gesetzt und eine Mappe aufgeschlagen hatte, sah er Jonny an.

»Jonny Lilja?«

»Das wissen Sie …«

»Das ist nur für das Protokoll. Mein Name ist Erik Andersson.«

Er kratzte sich mit dem Stift an der Nase und schrieb etwas in seine Mappe. Der Mann hatte etwas hochgradig Unpersönliches an sich. Er sprach mit einer hellen, leisen Stimme. In seinem Dialekt schwang eine vage Andeutung mit, dass er aus Norrland stammte, aber er musste in der Hauptstadt viele Jahre hart daran gearbeitet haben, ihn abzulegen. Ein typischer Karrierefutzi von der Reichspolizeibehörde, dachte Jonny. Leute wie ihn gab es wie Sand am Meer.

»Sie haben keinen Anwalt verlangt?«

»Niemand hat gefragt. Hätte ich einen bekommen?«

»Nicht in diesem Stadium.«

»Was wird mir vorgeworfen?«

»Dienstvergehen. Hat man Ihnen das nicht mitgeteilt?«

»Nein.«

»Das hier ist lediglich ein vorbereitendes Verhör.«

»Ach so …«

Sie schwiegen beide. Jonnys Frustration wuchs. Am liebsten hätte er aus Leibeskräften geschrien und gebrüllt. Verdammte Gestapo! Was wollt ihr! Raus damit, zum Teufel!

Doch er beherrschte sich. Wenn ich anfange, Fragen zu stellen, lasse ich mir in die Karten gucken, dachte er. Von mir bekommen sie nichts umsonst. Nicht ein Wort. Anwalt? No way! Ich kenne das Spiel, und ich spiele es am besten allein. Ein Anwalt würde ihnen nur dabei helfen, alles aus mir herauszupressen, was sie wissen wollen.

Ohne die Lippen zu bewegen, murmelte Jonny sein Mantra: Schau in sie hinein, aber lass sie niemals in dich hineinschauen.

»Am 16. August«, sagte Andersson schließlich. »Das war vor neun Tagen. Wo waren Sie da?«

Sein Blick war völlig ausdruckslos.

»Das können Sie mir sicher sagen.«

»Am Sankt Knuts torg. In einem Streifenwagen zusammen mit Ihrem Kollegen Runesson. Ist das richtig?«

Da wollten sie also ansetzen. Jonny nickte gleichgültig.

»Vermutlich.«

»Wie ist Ihr Verhältnis zu Runesson?«

Jonny zuckte mit den Schultern.

»Wir arbeiten zusammen. Er liebt mich nicht. Ich liebe ihn nicht.«

»Es heißt, dass er …. unkonventionelle Methoden anwendet, um es einmal so zu formulieren.«

»Wer sagt das?«

»Beantworten Sie nur meine Frage.«

Ohne dass er die Stimme erhob, wurde Anderssons Ton schärfer.

»Unkonventionelle Methoden …«, sagte Jonny vage. »Das wäre mir nicht aufgefallen. Sie müssen schon ein wenig konkreter werden.«

Eine Sekunde lang meinte er, einen Funken von Irritation hinter den runden Brillengläsern aufblitzen zu sehen.

»Sie und Ihr Partner wurden an diesem Abend am Sankt Knuts torg angegriffen?«

»Ja.«

»Genauer gesagt, Runesson wurde angegriffen. Sie haben den Streifenwagen nicht verlassen. Sie haben zu keinem Zeitpunkt eingegriffen. Obwohl er schwer misshandelt wurde. Weshalb?«

Nur eine leichte Krümmung der Lippen verriet das Missfallen des vernehmenden Beamten. Aber es genügte, dass Jonny rot anlief. So gelassen wie möglich wischte er sich einen Schweißtropfen von der Stirn.

»Das habe ich alles schon meinem Vorgesetzten erzählt.«

»Erzählen Sie es noch einmal.«

»Es ging alles so verdammt schnell. Und die Tür muss sich irgendwie von selbst verriegelt haben. Ich habe sie nicht aufbekommen.«

»Sie konnten die Täter nicht identifizieren?«

Gegen seinen Willen blinzelte Jonny. Die Schläge auf das Autodach, die seinen Kopf zum Dröhnen brachten. Das zerbrochene Glas. Die Angst. Die Sirenen in der Ferne. Runesson, der reglos auf dem Bürgersteig lag. Er hatte ausgesehen, als wäre er tot.

Was für ein verdammtes Glück, dass Jokovic Milan in den Urlaub geschickt hat, dachte Jonny. Hör auf, so hektisch zu blinzeln!

»Nein, es hat geregnet. Alles, was ich durch die Windschutzscheibe erkennen konnte, war verschwommen.«

Andersson lehnte sich auf seinem Stuhl zurück und verschränkte die Arme über der Brust. Eine ganze Weile betrachtete er Jonny wie ein Wissenschaftler, der ein Versuchstier beobachtet. Die Klimaanlage lief, ohne dass es im Raum merklich kühler wurde. Jonny gähnte und schüttelte den Kopf, als hätte er sich gestern die Nacht um die Ohren geschlagen.

»Schlafen Sie schlecht?«

»Nicht besonders.«

»Ich dachte, wegen Ihrer Hand. Haben Sie keine Schmerzen?«

Erik Andersson deutete auf den Verband. Jonny legte die Hand in den Schoß, damit er sie nicht sehen konnte.

»Sie hatten offenbar einen Unfall?«

»Ich bin mit dem Küchenmesser an einer Packung tiefgefrorenem Hackfleisch abgerutscht. Aber was zum Teufel hat das mit dem Angriff auf Runesson zu tun?«

Als er das Lächeln in den Mundwinkeln seines Gegenübers sah, bereute Jonny, dass er laut geworden war.

»Spielen Sie?«

»Wie bitte?«

»Wie stehen Sie zu Glücksspielen?«

Verflucht! Wie viel wussten sie eigentlich?

Er beschloss, sich an die goldene Regel zu halten, niemals mehr als nötig zu lügen.

»Da Sie danach fragen, wissen Sie sicher, dass ich hin und wieder spiele. Ich nehme an, dass Sie mit meinen Kollegen gesprochen haben. Sie wollen von mir immer Tipps für Jägersro.«

»Sonst nichts?«

Jonny holte tief Luft.

»Gelegentlich kaufe ich ein Rubbellos«, sagte er beflissen.

Jonny spürte einen gewissen Triumph, als er merkte, dass Andersson seine Antwort störte.

»Und darüber hinaus?«

Es war deutlich, dass Erik Andersson nicht zufrieden war. Er wollte mehr. Und es war auch nicht schwer zu erraten, was es war. Ratko Jokovic, so viel stand fest. Blitzschnell versuchte

Jonny zu rekapitulieren, was sie alles aufgeschnappt haben könnten, falls sie sein Handy in der letzten Zeit abgehört hatten. Aber er konnte sich nicht mehr genau daran erinnern, was er gesagt hatte. Ein paarmal hatte er kurz mit Jokovic telefoniert. Außerdem hatte er mit Eva Ström gesprochen. In dem Fall wussten sie, dass sie sich beide für die toten Frauen am Meer interessiert hatten. Das war an und für sich noch keine Katastrophe. Schließlich hatte er Elenas Leiche gefunden. Warum sollte er sich also nicht näher mit dem Fall befassen, wo er sowieso krankgeschrieben war? Das wäre zumindest eine Erklärung, falls sie eine verlangten. Das Wesentliche waren seine Kontakte mit Jokovic. Wie viel wussten sie?

Jonny blickte in die blassen Augen seines Gegenübers.

Er schleicht wie die Katze um den heißen Brei, dachte er. Das bedeutet, dass er unsicher ist. Sie können gerüchteweise gehört haben, dass ich im Klub Poker spiele. Aber sie sind sich nicht sicher. Zumindest nicht bis ins kleinste Detail.

Er beschloss, es darauf ankommen zu lassen.

»Nichts«, sagte er ruhig. »Die ein oder andere Lottozeile. Aber das Trabrennen ist meine Leidenschaft.«

Es vergingen ein paar Sekunden, bevor er eine Reaktion bekam. Doch als der Blick des vernehmenden Beamten flackerte und er eine Schachtel Läkerol aus seinem Jackett fischte, nahm Jonny das als Zeichen, dass sein Bluff funktioniert hatte. Erik Andersson hustete, steckte sich eine Pastille in den Mund und lutschte eine Weile gedankenverloren, bevor er sich abrupt über den Tisch lehnte.

»Diese ganze Zockerei … Hat Sie das jemals in Schwierigkeiten gebracht?«

Jonny sah ihn kalt an.

»Manchmal gewinnt man, manchmal verliert man.«

Andersson nickte und schlug seine Mappe zu.

Gerade als es so aussah, als wollte er aufstehen, hielt er inne und fixierte Jonny erneut mit seinem Forscherblick.

»Eine Sache noch«, sagte er.

»Ja …?«

»Ist Ihnen das Gerücht zu Ohren gekommen, dass das organisierte Verbrechen in Malmö einen Maulwurf bei der Polizei haben soll?«

Obwohl die Frage nicht unerwartet kam, zuckte Jonny auf seinem Stuhl zusammen. Er spürte, wie sein Puls anstieg und sich auf seiner Stirn neue Schweißperlen bildeten. Sie nennen absichtlich nicht Jokovics Namen, dachte er. Sie wollen, dass ich mich verspreche.

Er antwortete, ohne dass seine Stimme dabei allzu sehr zitterte.

»Das klingt ernst. Aber es wird so viel geredet. Manchmal hat man den Eindruck, dass die schwedische Polizei aus zwanzigtausend Tratschtanten besteht.«

Es hatte nicht den Anschein, als hätte Erik Andersson genügend Karten auf der Hand, um sehen zu lassen. Er schob den Stuhl zurück und stand auf.

»Wir beenden das Verhör an dieser Stelle«, sagte er und verließ den Raum.

Kapitel 26

Als er Elena um die Ecke biegen sieht, traut er seinen Augen nicht. Sein Herz setzt einen Schlag aus. Sie ist doch tot!

Er drückt sich tiefer in den Schatten des Hauseingangs und legt die Hände auf die Ohren. Der Schrei schneidet wie ein scharfes Messer durch seinen Kopf. Dieser eisige Schrei, den er zum ersten Mal gehört hatte, als Mama tot im Wasser lag.

Seit die Polizisten da gewesen waren und diesen Jonny abgeholt hatten, läuft er rastlos die Straße rauf und runter. Diese Unentschlossenheit sieht ihm gar nicht ähnlich. Mittlerweile sind Stunden vergangen, und er hat nach wie vor keinen Entschluss gefasst. Es ist immer noch warm, obwohl sich die Sonne zusehends tiefer neigt und ihr Licht von Weiß in Gelb übergeht. Und genau in dem Moment, in dem er seine Gedanken geordnet hat, taucht sie auf.

Er schlägt sich auf die Wange, um den Schrei zum Verstummen zu bringen. Seine Augen tränen, im Mundwinkel schmeckt er Salz.

Sie muss tot sein!

Aber Augen lügen nicht. Elena geht die Straße entlang, quicklebendig, und sieht völlig unbeschwert aus. Ein bisschen verträumt, als würde sie Musik hören. Sie trägt Shorts und eine geblümte Bluse, ihre Füße stecken in Sandalen. Etwas mehr Farbe hat sie bekommen. Das lässt sie jünger wirken. Sie ist es doch? Als sie die Haustür erreicht, streicht sie sich eine schwarze Haarsträhne hinters Ohr und nimmt die Stöpsel aus den Ohren, bevor sie den Code eintippt und im Hauseingang verschwindet.

Er schüttelt heftig den Kopf und gibt sich wieder eine Ohrfeige.

Sie war tot.

Zum ersten Mal kommen ihm Zweifel. Nicht absichtlich – die kleinen Huren hatten bekommen, was sie verdient hatten –, aber an seinen eigenen Fähigkeiten. Normalerweise hat er alles unter Kontrolle. Er plant jeden seiner Schritte bis ins kleinste Detail. Seine Schärfe, seine Intelligenz machen ihn überlegen. Die Kälte und die Fähigkeit, alle Gefühle abzuschalten, sich auf Fakten und Wahrscheinlichkeiten zu konzentrieren. Doch dieses Mal muss ich etwas übersehen haben, denkt er.

Er schließt die Augen und geht in seinem Kopf alles noch einmal durch, Schritt für Schritt. Sie mussten sich heimlich treffen, das hatte er ihr deutlich zu verstehen gegeben. Jokovic durfte absolut nichts davon erfahren. Warum sollte der widerliche Zuhälter das Geld einstreichen? Elena hatte genickt, und er war sich sicher gewesen, dass sie verstanden hatte.

Natürlich war der Plan gewesen, dass sie am Meer sterben sollte, genau wie die anderen, die Mama und er zur Bestrafung auserwählt hatten.

Ich zeige dir einen schönen Ort, hatte er gesagt und auf diese jungenhafte Art gekichert, die die Huren vergessen ließ, dass sie Huren waren. Zumindest für eine Weile. Bis sie verstanden.

Der Chevrolet schien ihr zu gefallen, so extravagant und ausgefallen, wie er war. Auf dem Weg zum Truppenübungsplatz hatte er ihr Alkohol eingeschenkt. Billigen Whisky, aber sie schüttete ihn anstandslos hinunter. Sie wurde immer betrunkener, lachte und alberte herum. Doch als er die Injektionsspritze hervorholte und sie in den Sitz drückte, verging ihr das Lachen.

Als er daran denkt, was er danach mit ihr gemacht hat, muss er die Augen besonders hart zusammenkneifen. Auch da hatte der Schrei in seinem Kopf gehallt. Alles ging so schnell, wie immer. Sie war benommen und blickte ihn mit halb geschlossenen Augen an, als er sie auf den Armen über die Wiese trug.

Hinunter ans Wasser.

Schließlich sollte sie ertrinken, genau wie Mama.

Auge um Auge, Zahn um Zahn.

Wenn nur nicht dieser Fischkutter aufgetaucht wäre, dann wäre alles weiter nach Plan verlaufen. Das Tuckern des Dieselmotors, das Licht der Scheinwerfer. Das hatte ihn zugegebenermaßen aus der Fassung gebracht.

Plötzlich hatte er überstürzt gehandelt.

An den Strand hatte er sich nicht getraut. Das Brotmesser war eine Notlösung. Er setzte sie bei der Eiche ins Gras und lief zurück zum Auto, um das Messer zu holen. Genug Geistesgegenwart, um seine Fingerabdrücke abzuwischen, hatte er noch besessen. Doch genau in dem Moment, als er ihr die Pulsadern aufschlitzte, war sie aus ihrer Benommenheit erwacht. Sie starrte ihn mit weit aufgerissenen Augen an und schrie so laut und schrill, dass es weit über das Meer hallte.

Er presst die Kiefer fest aufeinander und sieht zum Fenster im dritten Stock hoch. Die Scheibe schimmert leicht, aber er kann keine Bewegungen ausmachen.

Ich habe Panik bekommen, denkt er. Bin davongelaufen und habe wie ein feiger Idiot das Weite gesucht.

Sie muss überlebt haben.

Er schlägt sich wieder auf die Wange.

Nie wieder, schwört er leise. Nie wieder werde ich so die Fassung verlieren, Mama.

Doch dann lächelt er in der Dunkelheit vor sich hin. Eigentlich ist es ja gar kein so großes Problem. Ich muss die Sache einfach zu Ende bringen. Dieses lockende Verlangen macht sich schon wieder bemerkbar, dieser Sog, der gleichzeitig so unglaublich stark und beängstigend ist.

Dann geht die Haustür auf der anderen Straßenseite wieder auf, und sie kommt auf die Straße.

Er kostet ihren Namen: Elena.

Sie sieht aufgebracht aus, nicht mehr so unbekümmert wie eben. Klein und dünn, beinahe zerbrechlich in ihrer geblümten Bluse.

Hure!, denkt er.

Dieses Mal kann er sie natürlich nicht mit seinem jungenhaften Charme dazu bringen, ihn freiwillig zu begleiten. Nicht noch einmal. Doch er hat Glück. Sie geht in die richtige Richtung. Das ist ein gutes Zeichen. Wenn sie auf dem Bürgersteig bleibt und an der nächsten Kreuzung nach links abbiegt, kommt sie genau am Chevrolet vorbei.

Er löst sich aus dem Schatten und folgt ihr. Sein Körper ist nach der ganzen Warterei ein bisschen steif. Als er sieht, dass sie tatsächlich um die Ecke geht, fühlt er Triumph in sich aufsteigen und fängt an zu laufen.

Und in seinem Kopf wird der Schrei immer lauter.

Kapitel 27

Britt war schon in der Morgendämmerung aufgestanden. Als Eva die Augen aufschlug, merkte sie, dass ihre Freundin verschwunden war. Kein Grund, überrascht zu sein, dachte sie. So ist es immer. Die Kühe kommen an erster Stelle.

Sie schob die Decke zur Seite und lief schnell über den Dielenboden, um ein Fenster zu öffnen. Dann kroch sie wieder ins Bett. Britts Geruch hing immer noch zwischen den Laken. Sogar eine kleine Kuhle von ihrem Kopf im Kissen hatte sie zurückgelassen. Eva schnupperte und lächelte. Eine gelockte rote Haarsträhne. Sie rollte sie spielerisch zwischen den Fingern und hielt sie ins Sonnenlicht, das ins Zimmer fiel, um zu sehen, ob sie die Farbe änderte.

Im Apfelbaum draußen auf dem Rasen saß eine Kohlmeise und zwitscherte einsam und verlassen, als hätte sie sich in der Jahreszeit geirrt. Die weißen Baumwollgardinen bewegten sich kein bisschen. Die Luft war trocken und warm.

Eva hatte tief und fest geschlafen. Sie fühlte sich, als wäre sie auf kleinen, leichten Sommerwolken dahingeschwebt. An die Ratten unten im Keller hatte sie keine Sekunde lang gedacht. Sie blieb noch eine ganze Weile im Bett liegen, rekelte sich verschlafen und versuchte das Gefühl festzuhalten, dass die Welt trotz allem gut war.

Sie muss gut sein, dachte sie.

Das Böse ist das Anormale.

Sie holte tief Luft und seufzte, ohne sich dessen bewusst zu sein.

Aber das Böse existiert. Es lässt sich nicht verleugnen.

Irgendwo weit entfernt ahnte sie die schwarzen Gedanken, die sich anschlichen, hinterhältig wie Giftschlangen.

Nicht jetzt, noch nicht, dachte sie. Bitte! Lass mich zwischen den weichen Wolken bleiben, nur noch für einen kurzen Moment. Doch sie spürte bereits, wie es unter den Laken krabbelte und etwas ihren Körper emporkroch.

Gerade als sie kurz davor war, eingeschnürt zu werden, fuhr sie aus dem Bett hoch.

Ich muss fliehen!

In weniger als einer Minute kramte sie Shorts und ein T-Shirt aus dem Schrank und schlüpfte in ihre Turnschuhe. Kein Frühstück, kein Zögern, dem Körper keine Chance geben, zu protestieren, dachte sie, als sie die Vordertreppe hinuntersprang und auf den Schotterweg lief. Ich lebe gesund! Das macht man im Urlaub! Man bringt seinen Körper in Form! Essen, Schlaf und Liebe!

Sie lief in schnellem Tempo den Schotterweg entlang, kam an Britts Hof vorbei, ohne eine Spur von ihrer Freundin zu sehen, und bog dann nach Nordosten auf einen Feldweg ab, der durch Weizenfelder führte. Bereits nach einem Kilometer war sie ziemlich außer Puste. Verdammt, dachte sie. Der Spiegel lügt nicht. Ich habe zugenommen. Doch anstatt ihr Tempo zu drosseln, beschwor sie ihr Laufmantra, um das befreiende Stadium zu erreichen, in dem die Endorphine durch den Körper strömten und jeglichen Schmerz vertrieben: Ich bin leicht. Ich bin stark. Ich bin Polizistin.

Als der Weg ein wenig abfiel, ging es wieder leichter. Sie folgte einem Bach, kaum größer als ein Rinnsal, über eine Weide, auf der sich eine Kuhherde im Schatten von ein paar Haselnusssträuchern zusammengedrängt hatte. Eva warf den Tieren einen eifersüchtigen Blick zu. Dann stieg der Pfad wieder an, und ihre Beine wurden schwer. Als sie den Kamm erreichte, schnappte sie nach Luft. Die Hitze brannte in ihren Lungen, im Mund schmeckte sie Blut, sie blieb aber nicht stehen.

Ich bin stark, ich schaffe das.

Draußen auf dem Feld hörte sie ein lautes Dröhnen, und ein paar Hundert Meter weiter vor sich sah sie einen Mähdrescher, der, von einer gelben Staubwolke umhüllt, seine Arbeit verrichtete. Sie biss die Zähne zusammen. Ich lege einen Spurt ein!

Der Lärm wurde immer lauter, je näher sie kam. Die riesige Erntemaschine schnitt den Weizen direkt am Wegrand und wirbelte eine Staubwolke auf, die bis in den Himmel stieg. Kurz bevor sie in das Inferno eintauchte, zog sie die Schultern zusammen und holte tief Luft. Plötzlich war sie von undurchdringlichem gelbem Dunst umgeben, trockene Weizenspreu klebte an ihren Oberschenkeln und Wangen, und für ein paar Sekunden musste sie die Augen zusammenkneifen und blind weiterlaufen.

Ich fliege durch die Hölle!, dachte sie.

Gerade als sie das Gefühl hatte, ihre Luftröhre würde jeden Augenblick verbrennen, hatte sie sich durch die Staubwolke gekämpft. Plötzlich war der Himmel wieder blau. Und da lag ihr weiß getünchtes altes Haus mit der Kastanie, den Fliedersträuchern und dem großen Apfelbaum, dessen Äste bis über die Trockenmauer reichten.

Mit einer gewaltigen Willensanstrengung lief sie das letzte Stück bis nach Hause und taumelte in den Garten, wo sie sich hustend und keuchend auf den trockenen Rasen fallen ließ.

Erst als ihre Lunge nicht mehr verzweifelt nach Luft rang, war sie in der Lage, sich auf den Rücken zu drehen. Mit einem jubelnden Triumphgefühl in der Brust lag sie da und blickte nach oben in die Baumkrone. Ein dünner Sonnenstrahl fiel durch die Blätter und kitzelte ihre Augenlider. Direkt über ihr hing ein Apfel, reif und schwer. Er sah aus, als würde er jeden Moment herunterfallen.

Ich bin stark, dachte Eva. Ich bin Polizistin.

***

Die eiskalte Dusche brachte Ordnung in ihre Gedanken. Und auf einmal, als sie nackt im Badezimmer stand und sich mit dem Frotteehandtuch abtrocknete, hatte Eva das Gefühl, alles klar zu sehen: Vier tote Frauen in Schonen innerhalb von zwei Jahren, alle hatten Heroin im Blut gehabt. Keine von ihnen war als vermisst gemeldet worden, nur eine konnte identifiziert werden. Wenn man jeden Fall für sich betrachtet, war es eine plausible Annahme, dass es sich bei den Toten um eingereiste Prostituierte aus Osteuropa handelte, die an einer Überdosis gestorben waren. Nahm man hingegen das gesamte Bild näher unter die Lupe, war der Zusammenhang offensichtlich. Alles deutete auf Mord hin.

Wütend warf sie das Handtuch auf die Bettkante und streifte einen Slip über.

Das Problem war, dass ein paar faule und unengagierte Polizisten schlechte Arbeit geleistet hatten, jeder in seinem Kompetenzbereich. Niemand außer Gollum hatte die zusammenlaufenden Fäden gesehen. Vermutlich war den ermittelnden Beamten noch nicht einmal bewusst gewesen, dass es mehrere Todesfälle gab, die Ähnlichkeiten mit dem aufwiesen, den sie selbst vor der Nase hatten.

Je länger Eva über das Desinteresse und die Inkompetenz

ihrer Kollegen nachdachte, desto wütender wurde sie. Im Auto auf dem Weg ins Ystader Polizeipräsidium verfluchte sie alle unfähigen Polizisten und alle Vorgesetzten, die keinen Finger krumm machten, um herauszufinden, warum eine ausgebeutete Frau ums Leben gekommen war, und sich selbst, weil sie trotz allem ins Urlaubskoma gefallen war und nicht zu Ende gedacht hatte.

Bernhardsson und sein verdammter Wagner!

Ich werde ihm seinen Kopfhörer vom Schädel reißen und ihn zwingen, die Kreispolizei einzuschalten, dachte sie.

Die Erste, die sie im Eingangsbereich des Polizeipräsidiums zu Gesicht bekam, war Gunvor, die Empfangsdame. Sie lag mit träumerischem Blick halb in ihrem Stuhl hinter der Glasscheibe, die Brille in ihr blondiertes Haarknäuel geschoben. Eva machte sich nicht die Mühe, ihre Aufmerksamkeit zu erlangen, sondern ging schnurstracks zu Bernhardssons Büro, klopfte hastig an und öffnete die Tür.

Als Bernhardsson sie sah, fuhr er von seinem Drehstuhl hoch, als hätte sie ihn bei einer peinlichen Beschäftigung ertappt. Er nahm seinen Kopfhörer ab und legte ihn vorsichtig auf den Schreibtisch. Die Jalousien waren heruntergelassen, und der Raum lag im Halbdunkel. Sie sah, wie er sich unruhig über die Lippen fuhr und unauffällig zum Kopfhörer blickte. Die Musik klang wie ein Flüstern. Allerdings war es nicht die Art Musik, die Eva erwartet hatte. Grob zog sie das Kabel aus dem Computer, damit der Ton stattdessen aus den Lautsprechern kam. Auf einmal war der ganze Raum von Schlagerklängen erfüllt: *Mach die leeetzten schönen Jahre zu den besten deines Leeebens,* sang eine nasale Stimme.

Bernhardsson verzog das Gesicht.

»Verflucht!«, rief er. »Dem Kerl sitzt die Nase zu. Und falsch singt er auch noch.«

Eva sah ihn fragend an.

»Das habe ich von Gunvor«, sagte Bernhardsson, als würde das alles erklären.

»Ist das Gunvor, die da singt?«

»Nein, zum Teufel! Das ist ein Duo. Lasse und Stefan.«

»Lasse Stefanz?«

»Möglich. Das klingt furchtbar.«

»Warum hörst du es dir dann an?«

Eva ahnte eine leichte Röte auf Bernhardssons Wangen.

»Ach, wir haben gewettet«, murmelte er mürrisch. »Sie hört sich Wagner an und ich mir ihren Mist. Derjenige, der am längsten durchhält, hat gewonnen. Jetzt verliere ich einen Hunderter, nur weil du reingeplatzt bist und mich unterbrochen hast.«

Er stellte die Musik aus.

»Du solltest es mal mit den Ramones versuchen.«

Bernhardsson sah sie an, als hätte er keine Ahnung, wovon sie redete.

»Vergiss es«, sagte Eva.

»Was willst du diesmal?«

Eva setzte sich in den Besucherstuhl und blickte ihn streng an.

»Ich glaube, das weißt du.«

»Die Frau auf dem Truppenübungsplatz?«

»Das Mädchen«, korrigierte Eva. »Sie war fast noch ein Kind.«

Bernhardsson seufzte. Einen Moment lang hatte sie den Eindruck, als sei er kurz davor, einen schlüpfrigen Kommentar abzugeben, sich aber eines Besseren besinnen würde. Weshalb dieser ganze Widerstand, dachte sie. Sie betrachtete den kleinen Anzugträger, der da hinter seinem Schreibtisch saß und ungehalten wirkte. Was ist, wenn er einer von ihnen ist!, fuhr es ihr durch den Kopf. Männer, die Prostituierte ausnutzen, sind äußerlich betrachtet keine Monster. Eher ein Querschnitt der männlichen Bevölkerung. Was, wenn Björn Bernhardsson einer dieser ganz normalen schwedischen Männer war, die die Angewohnheit hatten, für Sex zu bezahlen. Eigentlich wäre das keine besonders große Überraschung. Innerhalb von ein paar Sekunden flimmerten ein paar abstoßende Szenen in Evas Kopf vorüber. Körper und Geschlechtsteile, Macht und Erniedrigung. Sie machte die Augen zu und schluckte.

Konnte das die Erklärung sein? Dass Bernhardsson selbst ein Freier war?!

Plötzlich spürte Eva, wie sie innerlich brodelte.

»Ich weiß, dass sie ermordet wurde!«, fauchte sie.

Der Kommissar lehnte sich in seinem Stuhl zurück und betrachtete sie misstrauisch.

»Und woher weißt du das?«

»Weil sie nicht die Einzige ist.«

Bernhardsson zog eine Augenbraue hoch.

»Interessant …«

»Du hast keinen Grund, so verdammt herablassend zu sein!«

Ohne etwas zu erwidern, stand Bernhardsson auf und ging zur Tür, die Eva offen gelassen hatte. Zuerst glaubte sie, dass er sie rausschmeißen wollte. Doch stattdessen schloss er die Tür, ruhig und vorsichtig. Nachdem er sich wieder gesetzt hatte, faltete er seine schmalen Hände über dem Schreibtisch, als wollte er beten.

»Erzähl mir, was du weißt«, forderte er sie auf.

Auf einmal schien es ihm ernst zu sein. Konnte sie es wagen, sich ihm anzuvertrauen? Deswegen bin ich schließlich hergekommen, dachte sie. Um sie zu zwingen, etwas zu unternehmen. Sie straffte den Rücken.

»Es geht nicht nur um einen Todesfall. Vier Frauen wurden ermordet«, sagte sie.

»Vier?«

Sie nickte.

Dann berichtete sie Bernhardsson alles, was sie über die toten Frauen wusste, und schloss: »Wir haben also nicht nur eine, sondern vier Leichen. Die erste wurde im August 2010 in Furuboda gefunden. Wenn meine Quelle recht hat, hieß das Mädchen Nicoleta. Dann haben wir Barsebäck im April 2011. Die Identität der Frau ist ungeklärt. Der dritte Todesfall ereignete sich dieses Jahr im Mai in Ribersborg bei Malmö. Hier wissen wir, dass das Opfer Viorela Dumitrescu hieß, da in ihrer Kleidung ein Pass eingenäht gewesen war. Und dann haben wir das letzte Opfer. Das Mädchen auf dem Truppenübungsplatz in Ravlunda. Ihre Identität ist ebenfalls nicht geklärt.«

Als Eva geendet hatte, sah Bernhardsson sie eine Weile an, ohne eine Wort zu sagen.

»Das bislang letzte«, murmelte er schließlich.

»Was meinst du?«

»Du hast gesagt, dass die Frau in Ravlunda das letzte Opfer war. Aber wenn es sich so verhält, wie du glaubst, dass wir es tatsächlich mit einem Serienmörder zu tun haben, dann sollten wir von seinem bislang letzten Opfer sprechen. Vielleicht wird es noch weitere geben.«

Die Zurechtweisung verunsicherte Eva.

»Machst du dich über mich lustig?«

»Natürlich nicht.«

Bernhardsson stand auf und ging ans Fenster. Als er die Lamellen anwinkelte, fielen ein paar Sonnenstrahlen auf das Bild des Königspaares an der Wand. Mit dem Rücken zum Raum fragte er: »Wer sind deine Quellen?«

Schwang in der Frage eine Anschuldigung mit?

»Die, die ich genannt habe«, erwiderte Eva.

Aus irgendeinem Grund hatte sie weder Jonny noch Gottfried Lundmark erwähnt.

»Ich habe bei den betreffenden Polizeidienststellen angerufen und mir die Tatorte näher angesehen, allein.«

»Sonst war da niemand?«

Sie schüttelte den Kopf.

»Woher kennst du Jonny Lilja?«

Jetzt hatte sein Tonfall eindeutig eine gewisse Schärfe. Er starrte ihr direkt ins Gesicht.

»Warum interessiert dich das?«

»Ich habe eine Frage aus Malmö bekommen …«

»Von wem?«

»Das kann ich nicht sagen.«

Eva zuckte mit den Schultern.

»Jonny Lilja hat die Leiche auf dem Truppenübungsplatz in Ravlunda gefunden. Das habe ich, glaube ich, erwähnt. Er ist ein Kollege aus Malmö. Drogenfahnder. Das ist eigentlich alles, was ich über ihn weiß.«

Sie zögerte.

»Ich habe mich mit ihm auch einmal in Malmö getroffen«, fügte sie hinzu. »Ich habe ihm noch ein paar abschließende Fragen gestellt, um den Sachverhalt zu klären.«

»Obwohl du Urlaub hast …?«

»Ja.«

Eva sah Bernhardsson trotzig an.

»Du weißt, wie ich bin, Björn. Fenster kitten und Ratten jagen füllt mich nicht aus.«

»Ratten?«

Ihr Chef schnitt eine Grimasse.

»Hast du Ratten im Haus?«

»Das kommt auf dem Land schon mal vor …«

»Igitt, wie widerlich!«

Einen Moment lang schien er nach einem verlorenen Gesprächsfaden zu suchen. Er fuhr sich mit der Zungenspitze über die Lippen.

»Du hast neulich Ratko Jokovic erwähnt. Der Pornofilmproduzent in Lövestad hat ausgesagt, dass es Jokovic war, der ihm diese Nicoleta geschickt hat …«

»Ja?«

»Weißt du mehr über ihn?«

»Nein, eigentlich nicht.«

»Hast du möglicherweise deinen Freund Jonny gefragt?«

Die Frage erstaunte Eva. Sie durchforstete ihr Gedächtnis. Was hatte Jonny eigentlich gesagt, als sie Jokovic zur Sprache gebracht hatte? Das Einzige, woran sie sich erinnerte, war ein ausweichender Kommentar, der sie stutzig gemacht hatte. Das hatte sie Gollum gegenüber bereits angesprochen.

»Ich meine, dass er mir gesagt hat, dass er Jokovic nur vom Hörensagen kennt«, antwortete sie vorsichtig.

»Findest du das nicht ein bisschen merkwürdig?«, fragte Bernhardsson ruhig. »Sollte ein Drogenfahnder aus Malmö nicht ein bisschen mehr über einen der bekanntesten Kriminellen der Stadt wissen?«

»Ja, vielleicht …«

Eva wich seinem Blick aus und beobachtete die brummende Fliege, die am Fenster herumschwirrte. Es irritierte sie, dass sich ihr Chef die gleichen Gedanken über Jonny gemacht hatte wie sie selbst. Bernhardsson schien irgendetwas zu wissen.

Lief womöglich parallel eine heimliche Ermittlung?

Plötzlich stand der Kommissar auf und zupfte seine Krawatte zurecht, als hätte er es mit einem Mal eilig und wollte das Gespräch beenden.

»Du kannst unbesorgt sein, Eva. Ich verspreche, dass ich mich dahinterklemme. Ich werde heute Nachmittag mit den zuständigen Kollegen bei der Kreispolizei sprechen, damit wir eine gemeinsame Voruntersuchung einleiten können.«

»Sicher?«

Er nickte.

»Ich kann meinen Urlaub …«

»Genieß deinen Urlaub, Eva. Du kannst nicht die Schlechtigkeit der ganzen Welt auf deinen Schultern tragen. Ich verspreche, dass ich dich auf dem Laufenden halte.«

Bernhardsson lächelte auf eine Art, die vermutlich väterlich wirken sollte. Mit einem unsicheren Gefühl in der Magengegend stand Eva auf und ging zur Tür. Als sie schon die Hand auf die Türklinke gelegt hatte, hielt er sie zurück.

»Eine Sache frage ich mich, Eva: Warum machst du das hier?«

Sie drehte sich zu ihm um.

»Das ist doch wohl offensichtlich!«, fauchte sie. »Männer, die Frauen ausbeuten und töten. Das macht mich rasend. Und so sollte meiner Meinung nach jeder reagieren.«

»Du hast keine persönlichen Motive?«

Eva sah ihn kalt an.

»Nein«, entgegnete sie und verließ das Büro.

***

Britt hatte ihre Staffelei im Schatten unter dem großen Apfelbaum aufgestellt. Mit gerunzelter Stirn und dem abgekauten Pinselschaft im Mundwinkel betrachtete sie ihr Bild. Ihr einziges Kleidungsstück waren ein paar geblümte Shorts.

Sie ist so schön, dachte Eva. So in sich ruhend. Sie hat mich gar nicht kommen hören.

»Darf ich mal sehen?«

Als sie keine Antwort erhielt, schlich sie sich von hinten an ihre Freundin an und legte ihr Kinn auf ihre Schulter.

»Deine Chinesenaugen sind so schwer zu malen!«, beschwerte sich Britt.

Das Aquarell war in klaren Farben gehalten. Die Pinselstriche hastig, wie in einer Karikatur, aber nicht ohne Talent. Im

Vordergrund war das Gesicht einer Frau mit schwarzen Haaren und asiatischen Zügen zu sehen. In ihren Augen lagen sowohl Angst als auch Wut. Aber zugleich auch eine Art Entschlossenheit. Es war offensichtlich, dass die Frau auf dem Bild nicht vorhatte zu fliehen, trotz der überwältigenden Gefahr, die sich über ihrem weiß getünchten Haus auftürmte. Die Ratte war riesig. Wie eine Echse aus der Urzeit stand sie auf den Hinterbeinen und fletschte ihre enormen Zähne. Es bestand kein Zweifel daran, dass sie das Haus jeden Moment unter ihrem Gewicht begraben und die Frau mit ihren grotesken Klauen zerfleischen würde.

Auf den ersten Blick konnte das Bild komisch wirken. Doch bei Eva weckte es nicht die geringste Lust zu lachen.

»Das Bild ist unheimlich«, murmelte sie.

»Ich weiß«, erwiderte Britt.

Sie sah Eva bekümmert an.

»Verfolgen dich deine Erinnerungen?«

»Vielleicht. Oder die verdammten Ratten haben mein Gehirn kaputt genagt.«

»Ist etwas passiert?«

»Warum sollte etwas passiert sein?«

Britt zuckte mit den Schultern.

»Eine toughe Polizistin wie du lässt sich doch von ein paar Ratten im Keller nicht aus der Ruhe bringen. Außerdem sieht es ja auch ganz danach aus, als hättest du ihnen mit deinem Kobra Rex den Garaus gemacht.«

Eva legte sich auf dem Rücken ins Gras und blickte in die Krone des Apfelbaums empor. Ein Schmetterling flatterte zwischen den Ästen umher, und für einen Moment schien es, als würde er unbeholfen mit den Flugzeugen spielen, die hoch oben ihre weißen Striche über den Himmel zogen.

Das Gespräch mit Bernhardsson hatte ihre Erwartungen übertroffen, nichtsdestotrotz hatte sie das Präsidium mit einem unbehaglichen Gefühl im Magen verlassen. Es war so leicht gewesen. Hatte sie ihn wirklich davon überzeugen können, dass sie es mit einem Serienmörder zu tun hatten? Sein Versprechen, sich eingehend mit den vier Todesfällen zu befassen, hatte sie nicht überzeugt. Aber da war noch etwas anderes, das sie beunruhigte.

Ihre eigenen Gedanken.

»Ich bin in Ystad gewesen und habe mit Bernhardsson gesprochen«, erzählte sie.

»Was für eine Selbstquälerei«, schnaubte Britt.

Sie legte den Pinsel zur Seite und setzte sich ins Gras.

»Erinnerst du dich, dass ich von dem toten Mädchen auf dem Truppenübungsplatz in Ravlunda erzählt habe?«, fragte Eva. »Ich glaube, dass sie ermordet wurde. Sie und noch drei andere Frauen.«

Es kitzelte leicht an ihrer Wange, als Britt sich neben sie legte, den Kopf auf den Arm gestützt.

»Wie furchtbar.«

»So was darf ich dir eigentlich gar nicht erzählen.«

»Heute Nacht hast du es aber getan.«

»Habe ich das?«

»Ja.«

Ihre Erinnerungen an die letzte Nacht waren von Hitze erfüllt. Rot, viel Rot. Pulsierendes Blut. Aber ebenso funkelnde Scherben aus Eis, die tiefe Wunden in ihre Seele schnitten, damit der Schmerz herausströmen konnte. Plötzlich fiel Eva ein, dass sie geweint hatte.

»Was habe ich gesagt?«

»Zuerst hast du im Schlaf geschrien. Hast dich im Bett herumgewälzt und wie eine Wahnsinnige gebrüllt. Als ich dich geweckt habe, hast du mich mit aufgerissenen Augen angestarrt. Aber dann, nachdem ich dich eine Weile im Arm gehalten hatte und du dich beruhigt hattest, hast du geredet. Alles war ein bisschen unzusammenhängend. Du warst verängstigt wie ein kleines Kind. Ich weiß nicht, ob du richtig wach warst.«

»Jetzt erinnere ich mich.«

»Du hast von kranken Menschen gesprochen. Männern. Und von dem Mädchen auf dem Truppenübungsplatz. Jemand hatte sie umgebracht. Du sagtest, dass sie eine von vieren sei. Und du warst dir ganz sicher, dass er wieder töten würde.«

»Er hat mich lange verfolgt.«

Britt drehte den Kopf, und Eva spürte ihren Blick auf ihrer Wange.

»Der Traum, meine ich.«

»Ich weiß«, sagte Britt. »Das habe ich versucht zu malen. Dich und deine Albträume.«

»Ich habe kein wirres Zeug geredet, falls du das glaubst. Das, was ich heute Nacht über die Morde gesagt habe, ist wahr.«

»Was willst du tun?«

»Bernhardsson hat versprochen, sich der Sache anzunehmen. Aber ich vertraue ihm nicht.«

»Kluge Entscheidung.«

Eine Weile lagen sie schweigend nebeneinander. Es duftete nach trockenem Gras. Über ihren Köpfen hingen reife, schwere Äpfel. Das einzige Geräusch war das Summen der Insekten.

»Das ist so krank! Als ich da im Stuhl vor Bernhardssons Schreibtisch saß, habe ich mir lauter widerliches Zeug zusammenfantasiert.«

»Was zum Beispiel?«

»Dass er selbst ein perverses Schwein ist, das Prostituierte ausnutzt. Dass er deswegen so unengagiert ist.«

Britt legte ihre Hand auf Evas Stirn, als wollte sie fühlen, ob sie Fieber hatte.

»Ich weiß, dass er ein Kotzbrocken ist. Aber du kennst ihn jetzt schon ziemlich lange. Meinst du nicht, dass das ein bisschen weit hergeholt ist?«

»Ja, du hast natürlich recht«, seufzte Eva.

Sie blickte zur Staffelei hinüber.

»Also diese Riesenratte ist nicht Bernhardsson?«

Britt antwortete nicht sofort.

»Du kannst selbst entscheiden, wofür sie steht«, sagte sie leise.

Gerade als Eva sie noch etwas fragen wollte, vibrierte ihr Handy in der Hosentasche. Mit einem Ruck setzte sie sich auf.

»Ja?«, meldete sie sich verschlafen.

Die Stimme am anderen Ende klang schrill und rechthaberisch.

»Torkel Wärnblom hier! Sind Sie mit Ihrer Ermittlung vorangekommen?«

Es dauerte ein paar Sekunden, bis Eva den Anrufer einordnen konnte. Vor sich sah sie eine magere Gestalt mit Ziegenbart, die über eine sumpfige Strandwiese trottete. Ein Kernkraftwerk am Horizont.

»Hallo, Torkel ... Ja, wir sind ein Stück weiter.«

Sie stand mit dem Handy am Ohr auf und ging im Garten umher. Aus den Augenwinkeln sah sie, wie Britt neugierig hinter ihr her schaute.

»Ich gehe davon aus, dass Sie mein Ereignisprotokoll genau studiert haben?«, schrie die Stimme am Telefon.

»Natürlich. Sie haben beeindruckende Arbeit geleistet.«

»Wenn die Polizei ihren Job nicht macht, müssen wir freiwilligen Patrioten das Heft in die Hand nehmen. Es geht nur darum, seine Pflicht zu tun.«

»Wir sind für jede Hilfe dankbar, die wir kriegen können.«

Sie hörte, wie er am anderen Ende der Leitung schnaubte.

»Ist etwas passiert?«, fragte sie vorsichtig.

»Hier passieren die ganze Zeit Dinge. Die Gefahrenstufe pendelt zwischen Gelb und Rot. Verdammt viele Ausländer sind in Bewegung. Schwedische Technologien sind auf dem

Weltmarkt gefragt, das kann ich Ihnen versichern. Aber ich behalte sie fest im Auge.«

»Das ist beruhigend zu wissen. Ich vermute, dass Sie wegen der toten Frau anrufen?«

»Richtig, so ist es!«

Er räusperte sich, und auf einmal klang er verlegen.

»Ja, also, ich muss gestehen, dass sich in mein Ereignisprotokoll, das ich Ihnen überlassen habe, ein kleiner Fehler eingeschlichen hat.«

»Ein Fehler?«

»Ja, in Bezug auf das verdächtige Objekt im Tannenwald. Den Chevrolet. Nach meinem Rundgang heute Morgen habe ich mir die Mappe vorgenommen, um alles noch einmal durchzugehen. Da habe ich entdeckt, dass die Nummer des Autokennzeichens nicht korrekt ist. Als ich die Zahlen aus meinem Notizbuch in das Protokoll übertragen habe, muss ich die letzte Ziffer verwechselt haben. Das Autokennzeichen endet mit einer Acht, nicht mit einer Null, wie es im Protokoll steht. Wie gesagt, verdammt ärgerlich. Ich bin sonst immer sehr gewissenhaft.«

»Jeder kann mal einen Fehler machen, glauben Sie mir, Torkel. Es ist gut, dass Sie angerufen haben.«

Plötzlich begann es in ihrem Magen zu kribbeln. Torkel mochte ein verrückter Kauz sein, doch das machte ihn nicht automatisch zu einem nutzlosen Zeugen. So viel hatte Eva während ihrer Polizistenlaufbahn gelernt. Niemals jemanden von vornherein abschreiben. Mehr als einmal hatte sie erlebt, dass ein vermeintlicher Spinner im Endeffekt das entscheidende Puzzleteil in einem komplizierten Fall beigesteuert hatte.

»Geht es Ihrem Hund wieder besser?«, erkundigte sie sich freundlich.

Sie hörte ein unzufriedenes Grunzen.

»Er wird jeden Tag fetter. Lilian mästet ihn wie ein Ferkel.«

»Jedenfalls vielen Dank für Ihre Hilfe. Und grüßen Sie Ihre nette Frau.«

»Over and out.«

Eva steckte das Handy in die Hosentasche und drehte sich um. Britt hatte sich wieder im Gras ausgestreckt. Sie lag ganz still mit geschlossenen Augen da. Dünne Sonnenstrahlen fielen durch den Apfelbaum und brachten ihre Haut zum Glänzen. Ihre roten Haare glühten. Wenn sich ihre Brust nicht auf und ab bewegt hätte, hätte man meinen können, sie sie tot.

Kapitel 28

In der Dämmerung zogen schwarze Wolken über der Stadt auf und vertrieben den letzten Rest des Tages. Als die schwere Tür des Polizeipräsidiums hinter Jonny zufiel, hatte sich die Dunkelheit herabgesenkt. Das Atmen fiel schwer.

Gewitter, dachte er.

Nach einem Blick hinauf zu den Überwachungskameras auf der Ziegelmauer zündete er sich eine Zigarette an und ging langsam nach Hause. Immer wieder sah er sich um.

Verdammt unbehaglicher Typ, dieser Erik Andersson.

Aus dem Verhör hatte er sich herauswinden können. Trotzdem bildete er sich keine Sekunde ein, dass es vorbei war. Er hatte in Erik Anderssons grauen Augen nicht die geringste Andeutung von Resignation entdecken können. Sie verdächtigten ihn immer noch, das war offensichtlich. Erik Andersson, wer immer er auch war, hatte einen Auftrag. Und er wirkte fest entschlossen, ihn zu erfüllen.

Sie sind mir auf der Spur, dachte Jonny. Sie lassen mich keinen Augenblick unbeobachtet.

Obwohl die Straßenlaternen brannten, konnte er die Gesichter der Menschen, die ihm entgegenkamen, kaum erkennen. Schaute ihn der ein oder andere nicht irgendwie merkwürdig an? Verstohlene Blicke, die er gerade so erahnte. Sah man es ihm so deutlich an, dass er gejagt wurde? Doch die meisten wandten sich ab.

Am Triangeln blieb er stehen und tat so, als hätte das Schaufenster eines Herrenausstatters plötzlich sein Interesse geweckt. Die Glasscheibe glänzte und reflektierte dunkle Spiegelbilder, die sich mit den Schaufensterpuppen im Ladeninneren vermischten. Hinter Jonny ging ein älterer Mann vorbei, der sich auf seinen Stock stützte. Danach eine junge Frau mit kurzer Lederjacke, Jeans und einer dunklen Sonnenbrille. Ihre hohen Absätze klapperten auf dem Bürgersteig. Ein unangenehmer Parfümduft stieg ihm in die Nase. Als sie vorbeigegangen war, drehte Jonny sich um und blickte auf die Ampeln an der Kreuzung. Motoren im Leerlauf stießen heiße Abgase in die Luft. Getönte Autoscheiben, verborgene Gesichter. Er folgte der Linie des Wolkenkratzerhotels bis hoch in den Himmel. Die meisten Fenster waren dunkel. Er konnte einen Schatten erkennen, jemand sah aus dem neunten Stock auf die Straße.

Sie sind überall, dachte Jonny.

Dicht über dem Dach hingen lilafarbene Wolken. Durch den Verkehrslärm war ein entferntes Donnern zu hören. Die Atmosphäre schien geradezu mit Elektrizität aufgeladen zu sein. Er hatte das Gefühl, nur die Hand ausstrecken zu müssen, um die Elektronen fassen zu können. Sie hören zu, dachte Jonny. Die Spionagesatelliten schweben dort oben. Der ganze verfluchte Äther ist voll von Signalen, die sie auffangen. Und das Handy, das orten sie natürlich! Er spürte, wie ihm der Schweiß ausbrach. In purer Verzweiflung riss er sein Telefon aus der Hosentasche und wollte es aus einem Impuls heraus so weit wegwerfen, wie er nur konnte, als er sich im letzten Moment besann.

Idiot!

Beruhig dich, Jonny. Beruhig dich, verdammt noch mal!

Als er gerade wieder weitergehen wollte, stieß er mit dem Fuß gegen eine Gestalt, die auf dem Bürgersteig kauerte.

»Shit!«, fluchte er und stolperte zur Seite.

Der Mann lag auf den Knien, die Stirn auf dem Asphalt, als würde er beten. Trotz der Wärme trug er eine schmutzige Thermojacke, auf dem Kopf hatte er eine Wollmütze. In den Händen hielt er einen Pappbecher von *McDonald's*, in dem ein paar Münzen lagen. Jonny betrachtete den abgerissenen Typen. Hatte er sich verkleidet? Die Bartstoppeln, der Dreck und die schwarzen Trauerränder unter den Nägeln, all das wirkte inszeniert, nicht im Geringsten natürlich. Und seine Augen waren weder die eines Bettlers noch die eines Verrückten. Er hatte den Blick eines Menschen, der den Auftrag hatte zu beobachten.

Dann öffnete der Mann einen schwarzen Schlund und entblößte ein paar braungelbe Zahnstummel. Sein krächzendes Lachen ließ Jonny Hals über Kopf davonstürzen. Entsetzt rannte er durch Straßen, an deren Seiten gewaltige Hausfassaden über ihm zusammenzubrechen drohten. Als er endlich in die Kristianstadsgatan einbog, war er schweißgebadet. Sie hatten ihn den ganzen Weg gejagt. Nicht, dass er sie die ganze Zeit gesehen hätte, doch er hatte sie gespürt. Die Dämonen, die wilden Hunde. Die, die Böses wollten. Mit zitternden Fingern tippte er den Türcode ein und lief die Treppe hinauf.

Waren sie in seine Wohnung eingedrungen?

War Andrea noch da?

Ich bin kurz davor, verrückt zu werden, dachte Jonny.

Er fand sie im Bett, eingewickelt in ihre Decke, lediglich ein paar schwarze Haarbüschel schauten hervor. Das Licht war aus und die Jalousien heruntergelassen, nur vom Flur fiel Licht ins Zimmer.

»Andrea«, keuchte er.

Als sie nicht antwortete, stürzte er ans Bett und rüttelte sie.

»Andrea, wach auf, verdammt noch mal!«

Langsam kam Leben in das Bündel. Das Mädchen setzte sich mit der Decke über den Schultern auf die Bettkante, rieb sich die Augen und sah ihn vorwurfsvoll an. Erst jetzt bemerkte er, dass ihre Wangen von verflossener Wimperntusche ganz schwarz waren.

»Ist jemand hier gewesen?«

Sie schniefte leise. Plötzlich schlang sie die Arme um seinen Hals und zog ihn an sich, aber nicht wie eine Frau, die ihren Liebhaber umarmt, sondern wie ein kleines Kind, das sich an seinen Vater klammert.

»Halt mich fest«, flüsterte sie und rollte sich wie ein Embryo zusammen. Jonny kam ihrer Aufforderung nach. Vorsichtig setzte er sich hinter ihren Rücken und legte behutsam einen Arm um ihren Hals. Sie drückte sich an ihn, und er blies ihr sanft in den Nacken. Ihre Haut roch süß und warm, trotzdem zitterte sie am ganzen Körper. Eine feuchte Haarsträhne kitzelte an Jonnys Nasenspitze. An seiner Brust konnte er ihren Herzschlag spüren.

Lange saßen sie so da, ohne ein Wort zu sagen. Jonny schloss die Augen. Er wollte schlafen, einfach vor der ganzen Angst davonschweben. Unten auf der Straße hupte ein Auto, aufgebrachte Stimmen waren zu hören, jemand schrie.

»War die Polizei hier?«, fragte er.

»Die Polizei?«

»Ja?«

»Du bist doch die Polizei?«

»Ja, aber …«

Sie schüttelte heftig den Kopf, wand sich aus seinen Armen und starrte ihm direkt ins Gesicht.

»Ich habe mich so gefreut. Ich dachte, es sei Elena.«

»Wer?«

»Das Mädchen, das an der Tür geklingelt hat.«

Jonny sah sie verständnislos an.

»Als du weg warst. Ich habe geschlafen, doch dann hat es an der Tür geklingelt. Ich wollte nicht aufmachen. Aber ich wurde neugierig. Ich habe durch das kleine Guckloch geschaut. Und es sah wirklich so aus, als wäre es Elena. Ich war so glücklich, dass ich die Tür aufgemacht habe und sie umarmen wollte. Aber sie bekam Angst.«

»Elena ist tot«, murmelte Jonny. »Ich habe es mit eigenen Augen gesehen.«

»Hast du?«

Als er Andreas Zweifel hörte, hatte er das Gefühl, ein zweites Mal in das unendliche Weltenmeer geworfen zu werden, und einen Moment lang schwebte er wieder willenlos – ohne eine feste Materie zu entdecken, an der er sich festhalten konnte, ohne irgendwelche Grenzen zu sehen – und schwerelos in etwas, das weder Luft noch Wasser war, nur Leere. Es war, als könnte er seinen eigenen Sinnen nicht mehr vertrauen.

Und dann begann er langsam zu ahnen.

»Sie hat nichts gesagt. Sie ist einfach die Treppe runtergelaufen«, schniefte Andrea. »Aber sie war jünger. Als ich die Tür aufgemacht habe, habe ich gemerkt, dass es nicht Elena war.«

»Maria …«, flüsterte Jonny.

Er setzte sich im Bett auf.

»Das muss Maria gewesen sein.«

Ihn erfasste eine tiefe Unruhe, ohne dass er genau hätte sagen können, was er befürchtete. Sie muss sich gewundert haben, dachte er. Maria muss geglaubt haben, dass ich eine Prostituierte mit nach Hause genommen habe, die nur halb so alt ist wie ich. Jonny lief vor Scham rot an. Er stand auf, ging zum Fenster und winkelte die Lamellen an, damit Andrea nichts bemerkte.

»Deine Tochter?«

Er nickte.

Seine Beschatter mussten sie gesehen haben. Vielleicht hatten sie sie angesprochen. Obwohl das nicht unbedingt wahrscheinlich war. In diesem Fall hätte er inzwischen etwas hören müssen. Er zog das Handy aus der Hosentasche, um Maria anzurufen, überlegte es sich aber wieder anders.

Sie hören bestimmt zu. Ich will nicht, dass sie zuhören, wenn ich mit meiner Tochter spreche.

Während Jonny am Fenster stand und durch die Jalousien nach unten auf die Straße sah, ergriff ihn eine tiefe Sehnsucht nach Maria. Wenn sie doch nur noch einmal ihre Arme um seinen Hals schlingen würde, so, wie sie es getan hatte, als er von ihrer Geburtstagsfeier geflohen war, benommen von Schmerztabletten. Es war erst wenige Tage her, doch es fühlte sich wie eine Ewigkeit an.

Sie ist das Einzige, was ich habe, dachte er traurig.

Dann verdrängte er seine Unruhe und versuchte, den Faden wieder aufzugreifen, der ihm irgendwie aus den Händen geglitten war. Er konnte sich nur befreien, indem er Elenas Mörder fand. Und er hatte ein Abkommen mit Jokovic getroffen.

Konnte er Westin von der Liste der Verdächtigen streichen?

Ganz sicher war er sich nicht. Aber momentan hatte er das Gefühl, dass er sich auf die anderen konzentrieren sollte. Er machte die Augen zu und versuchte erneut, die Erinnerung an die Männer heraufzubeschwören, die sich vor zwei Monaten um Jokovics Pokertisch versammelt hatten.

Mehmet, der Türke, sitzt auf seiner linken Seite. Der Gemüsehändler mit den hängenden Wangen. Sein Bauch wölbt sich unter dem rosa Seidenhemd. Er murmelt und flucht vor sich hin, man kann in ihm lesen wie in einem Buch. Der nächste Stuhl gehört Westin. Reich, kühl und arrogant. Jonny gegenüber sitzt Jokovic mit seinen Stahlaugen. Der Klubbesitzer liebt es, mit dem Tod zu spielen. Mit dem Tod anderer. Er pafft an seiner Zigarre und bläst eine Rauchwolke in die Luft, die Schleier legen sich über den runden Tisch. Die Metalllampe, die an der Decke hängt, verbreitet ein intensives gelbes Licht. Jonny blinzelt. Der fünfte Spieler ist Per Enström. Was hatten sie noch über ihn gesagt? Irgendein Jurist oder Wirtschaftswissenschaftler. Begeisterter Onlinezocker. Er schwitzt und scheint schnell rot zu werden. Rechts von Jonny sitzt Ahmed Akram, der heuchlerische Hawaladar, der ununterbrochen an seiner Gebetskette nestelt.

Als Jonny sie alle der Reihe nach durchgegangen war, öffnete er die Augen und drehte sich zu Andrea um.

»Deine Freundin Elena, hat sie noch mehr über den Mann gesagt, mit dem sie sich an diesem Abend treffen wollte?«, fragte er.

Andrea schüttelte den Kopf.

»Nein. Sie hat nur erzählt, dass es jemand aus der Pokerrunde sei. Aber Elena war irgendwie anders als sonst. So nervös. Sie schien einen Plan zu haben. Deswegen hatte sie vor, mit diesem Mann zu vögeln. Nicht nur für Geld. Er hatte gesagt, dass er uns helfen könnte. Mehr wollte sie nicht verraten.«

Andrea wischte sich mit der Hand unter den Augen entlang, sodass ihre Wangen noch mehr verschmierten.

»Bist du sicher, dass es einer der Männer war, die am Tisch gesessen haben? Vielleicht hat Elena jemand anderen gemeint. Jemand, der an diesem Abend im Klub war, aber nicht gepokert hat?«

Sie schüttelte den Kopf.

»Ich weiß nicht … Es ist alles so durcheinander.«

Jokovic muss es wissen, dachte Jonny. Er weiß ganz genau, wer an dem Abend im Klub gewesen ist. Ich muss noch einmal zu ihm gehen.

Er zog sein Handy aus der Hosentasche und legte es auf die Fensterbank. Jokovic anzurufen, war ausgeschlossen. Das Telefon konnte selbst dann geortet werden, wenn er es nicht benutzte. Er schloss die Lamellen, schaltete das Deckenlicht an und sah sich im Zimmer um. Er hatte schon alles gründlich durchsucht, und seit Andrea zu ihm gekommen war, hatten sie eigentlich keine Möglichkeit mehr gehabt, versteckte Kameras in seiner Wohnung zu installieren. Wortlos begann er sich auszuziehen. Als er die Jeans von den Füßen getreten hatte, zog er den Gürtel heraus, drehte die Taschen um und tastete mit den Fingern alle Nähte ab. Dann schüttelte er sein Hemd aus, nahm zum Schluss die Innensohlen aus seinen Sneakers und schlug sie hart auf den Boden.

»Was machst du da?«, fragte Andrea verblüfft.

Jonny gab keine Antwort. Stattdessen hielt er den Zeigefinger vor die Lippen. Erst nachdem er sich wieder angezogen hatte, nahm er einen Stift in die Hand und kritzelte ein paar Worte auf eine Zeitung.

We may be bugged. I will find Elena's murderer. Wait here. Don't be afraid.

Dann strich er ihr hastig über die Wange und verließ so leise er konnte die Wohnung.

Vor dem Haus blickte er sich gründlich um. Die Straße war ungewöhnlich leer. Beim orientalischen Lebensmittelgeschäft luden ein paar Männer Gemüsekisten aus einem Lieferwagen. Er hörte, wie sie sich auf Arabisch unterhielten. Ein Mädchen stand unter einer Straßenlaterne und rauchte. Sie schien auf jemanden zu warten. An der gegenüberliegenden Bordsteinkante lief ein schwarzer Mercedes im Leerlauf. Jonny musterte die geparkten Autos, konnte aber nichts Ungewöhnliches entdecken. Seine eigenen Autoschlüssel hatte er in der Wohnung gelassen. Das

Erste, was sie machen würden, wenn sie ihn überwachen wollten, war natürlich, in seinem alten Ford Mondeo Mikrofone und einen Peilsender anzubringen.

Mit dem unbestimmten Gefühl, nicht mehr viel Zeit zu haben, ging er in Richtung Marktplatz, nicht zu schnell, um keinen Verdacht zu erregen. Kurz darauf stand er vor dem grellen Neonschild der Pizzeria *La Gondola*. Nach einem letzten Blick über die Schulter betrat er das Lokal. Erleichtert registrierte er, dass Gollum nicht an seinem Stammtisch saß. Aber Ove, der pferdegesichtige Barmann, stand wie immer hinter den Zapfhähnen. Als er Jonny erblickte, lächelte er düster.

»Du siehst gehetzt aus.«

Jonny fischte einen zerknitterten Hundert-Kronen-Schein aus seiner Hosentasche und schob ihn diskret über den Tresen.

»Falls jemand nach mir fragt, hast du mich nicht gesehen. Verstanden?«

Bevor Ove antworten konnte, durchquerte Jonny das Restaurant und verschwand durch die Schwingtür in die Küche. Ein kleiner Mann mit dreckiger Schürze, vermutlich ein Thailänder, stand vor einem Geschirrberg und kratzte Reste von den Tellern. Um seine Beine strich eine Katze. Mit einem muffigen Geruch durchsetzter warmer Dampf schwebte unter der Decke. Der Mann sah mit einem gleichgültigen Blick auf. Sein Gesicht glänzte vor Schweiß.

Ohne zu zögern, zwängte sich Jonny zwischen der Spülmaschine und einer großen Gefriertruhe durch und entwischte durch die Hintertür.

Als er einen Hof mit Mülltonnen und Gerümpel überquert hatte und auf der anderen Seite des Viertels wieder auf dem Gehweg stand, war er sich einigermaßen sicher, dass er seine unsichtbaren Verfolger abgeschüttelt hatte. Aber sicherheitshalber lief er, so schnell er konnte, quer über die

Straße, bog um die Ecke und rannte noch einige Hundert Meter weiter, bevor er in einem Hauseingang in Deckung ging.

Außer Atem stand er in der Dunkelheit und wartete.

Ein paar Autos fuhren vorbei. Ein alter Mann stand mit seinem Rollator an einem Zebrastreifen. In einem erleuchteten Fenster sah Jonny den Umriss einer Frau, die nichts anderes zu tun zu haben schien, als dazusitzen und aus dem Fenster zu blicken.

Kapitel 29

Der Aufzug war kaputt, die Glasscheibe zerbrochen und die Tür mit breiten Klebebandstreifen versiegelt. Aus dem Keller drang ein säuerlicher Gestank von Abfall, der in der Wärme allmählich verrottete. Auf die Wand neben der Tafel mit den Namen der Mieter hatte jemand mit lila Sprayfarbe *Rassistenschwein* gesprüht.

Eva ließ die Tür hinter sich ins Schloss fallen und holte den Zettel aus der Hosentasche.

Siebter Stock, konstatierte sie.

Als sie die letzte Treppenstufe erklommen hatte, blieb sie stehen und rang nach Atem. Die Luft war stickig. Sie wischte sich mit dem Hemdsärmel über die Stirn und sah sich um. Der Name auf der rechten Tür stimmte. Sie klingelte und hörte ein schepperndes Geräusch im Innern der Wohnung.

Eine ganze Weile stand sie da und lauschte. Die Stille hatte etwas Unheilvolles.

Das Licht im Treppenhaus war schwach, und die schmutzige Lampe flackerte unregelmäßig, als würde sie jeden Moment kaputtgehen. Eva beobachtete eine Fliege, die oben an der Decke brummte.

Plötzlich durchzuckte sie ein Gedanke: Derjenige, der die Tür öffnet, kann ein Mörder sein!

Am Nachmittag, direkt nachdem sie das Telefonat mit Torkel Wärnblom beendet hatte, war sie rastlos geworden. Britt lag friedlich schlafend unter dem Apfelbaum im Gras, hin und wieder schnarchte sie leise, auf ihren Lippen lag ein leises Lächeln. Als sie eine Weile ungeduldig im Garten hin und her gelaufen war, hatte Eva versucht, Björn Bernhardsson anzurufen, konnte ihn aber nicht erreichen, weder im Polizeipräsidium in Ystad noch auf seinem Handy. Der Kommissar war bestimmt schon nach Hause gegangen, hatte das Telefon ausgestellt und die Welt draußen vergessen, um sich Wagners Pauken und Trompeten hinzugeben. Nachdem sie ihren Chef nicht ans Telefon bekommen hatte, erledigte sie stattdessen selbst zwei Anrufe. Zuerst hatte sie die Nummer der Zulassungsstelle gewählt, das neue Autokennzeichen angegeben, das sie von Wärnblom erhalten hatte, und den Namen des Besitzers des weißen Chevrolet erfahren, den der vaterlandsliebende Kernkraftwerkwächter im Tannenwald in der Nähe des Campingplatzes bei Barsebäck gesehen hatte. Anschließend hatte sie beim Finanzamt dessen Meldeadresse erfragt: Hyacintgatan in Holma im südlichen Randbezirk von Malmö.

In dem Moment, als sie sich zu ihrem alten Renault schleichen wollte, war Britt aufgewacht und hatte schlaftrunken geseufzt.

»Ich kann mitkommen …«

»Nein, schlaf ruhig weiter. Ich bin in ein paar Stunden zurück.«

Auf dem Weg nach Malmö hatte Eva es erneut ohne Erfolg bei Bernhardsson probiert. Nach kurzem Zögern hatte sie es mit dem gleichen Ergebnis bei Jonny versucht.

Als sie von der E65 aus Richtung Ystad auf den inneren

Stadtring fuhr und das große Shoppingcenter und die neue Arena passierte, zogen vom Öresund her schwere Regenwolken auf, und die Dunkelheit senkte sich über die Stadt. Der Parkplatz vor den Hochhäusern in der Hyacintgatan war verlassen und machte in der Dämmerung einen etwas unheimlichen Eindruck. Aber erst als Eva vor der ramponierten Tür im siebten Stock stand, wurde ihr bewusst, was sie erwartete: Gleich sehe ich das Gesicht eines Mannes, der womöglich vier Frauen ermordet hat.

Sie zitterte vor Zorn.

Ich sollte mich vielleicht nicht von meiner Ungeduld mitreißen lassen, dachte sie. Aber ich will mir ja nur ein Bild machen. Wärnblom und sein Dackel können sich geirrt haben. Der Typ, der hier wohnt, muss gar nichts mit der Sache zu tun haben. Dann ist es völlig unnötig … Wenn er nur die Tür aufmacht, kann ich mir einen Eindruck verschaffen, was für ein Mensch er ist.

Sie drückte ein zweites Mal auf die scheppernde Klingel.

Bewegte sich jemand dort drinnen?

Nein, das schlurfende Geräusch kam aus der Nachbarwohnung. Sieben Stockwerke tiefer fiel die Haustür ins Schloss, jemand lief mit hallenden Schritten die Treppen hoch und knallte eine Tür zu. Durch die Betonmauern drang ein entfernter Schrei.

Gerade als Eva überlegte, ob sie das Brecheisen aus dem Auto holen oder sich vernünftigerweise zurückziehen sollte, bis sie Verstärkung bekam, erklang hinter ihrem Rücken eine Stimme.

»Er ist nicht zu Hause.«

Blitzschnell fuhr sie herum. In der gegenüberliegenden Wohnungstür stand ein hoch aufgeschossener Mann. Er musste die Tür völlig lautlos geöffnet haben. Aus der Wohnung drang ein blendender weißer Lichtschein, sodass sie nur seine Silhouette und eine kräftige Hand erkennen konnte, die auf der Klinke lag.

»Woher wissen Sie das?«, fragte sie vorsichtig.

»Ich habe mitbekommen, wie er aus dem Haus gegangen ist. Er ist viel unterwegs. Manchmal kriegt man ihn eine ganze Woche lang nicht zu sehen.«

Seine Stimme klang schleppend und ein bisschen auffordernd.

»Was wollen Sie von ihm?«

Eva blinzelte ins Gegenlicht.

»Ich möchte mit ihm reden. Ich heiße Eva Ström. Ich bin Polizistin.«

Sie holte ihr Portemonnaie hervor, nahm ihren Dienstausweis heraus und machte ein paar Schritte auf den Mann zu. Er warf einen flüchtigen Blick auf den Ausweis, dann nickte er.

»Wundert mich nicht«, murmelte er.

»Was wundert Sie nicht?«

Als Eva näher gekommen war, merkte sie, dass der Mann deutlich jünger war, als sie zunächst angenommen hatte. Vermutlich um die dreißig. Die flackernde Lampe an der Decke verlieh seinem Gesicht einen fahlen, fast grünlichen Ton.

»Dass die Polizei ihn sucht. Ich war schon immer der Meinung, dass der Kerl merkwürdig ist.«

»Wohnt er hier schon lange?«

»So lange, wie ich mich erinnern kann. Ich wohne schon mein ganzes Leben hier. Und das tut er wohl auch.«

»Allein?«

Der groß gewachsene Mann verschränkte die Arme über der Brust.

»Wird er wegen irgendetwas gesucht?«

Eva schüttelte ungeduldig den Kopf.

»Nein, es geht nur um eine Sache, die wir gerne mit ihm abgleichen möchten.«

»Und was?«

»Eine Routineangelegenheit.«

Der Mann in der Tür blinzelte unter blassen Wimpern. Es war deutlich zu sehen, dass er seine Neugier kaum im Zaum halten konnte.

»Zuerst hat er hier mit seiner Mutter und seinem Vater gewohnt. Aber dann ist der Alte mit einer Schlampe aus Rumänien abgehauen. Seine Mutter hat das nicht verkraftet und hat sich ertränkt.«

Eva spürte, wie ihre Wangen vor Aufregung zu glühen begannen. Der Hass in seiner Stimme war nicht zu überhören.

»Das passiert, wenn man jeden Kanaken hereinlässt, der in dieses Land kommen will«, schnaubte er.

Eva presste die Kiefer aufeinander.

»Wann war das?«

»Vor zehn, fünfzehn Jahren, würde ich meinen. Und es ist ja kein bisschen besser geworden. Schauen Sie sich das Namensverzeichnis im Erdgeschoss an. Fast alles Araber.«

»Und danach? Wie ging es dann weiter?«, wollte Eva wissen.

Der große Mann warf über die Schulter einen Blick in seine Wohnung.

»Wollen Sie nicht reinkommen?«, fragte er schleppend.

Eva zögerte. Der Typ hatte etwas Bedrohliches an sich. Er strahlte eine unterdrückte Aggressivität aus. Ich hätte nicht alleine herkommen sollen, dachte sie. Ich habe nicht einmal meine Dienstwaffe dabei. Als er sie mit seinen Stieraugen anfunkelte, wich sie seinem Blick aus. Ein Zehennagel lugte aus einem Loch in einem seiner Socken.

»Wer sind Sie eigentlich?«, erkundigte sie sich.

»Ronny Hansson. Hausmeister.«

»Aber Sie wohnen hier?«

»Ja, ist daran etwas ungewöhnlich?«

»Nein, ich dachte nur …«

Eva beendete ihren Satz nicht. Der Mann steckte die Hände

in die Hosentaschen seiner ausgebeulten Hose. Dann fuhr er sich mit der Zunge über die Lippen, als wollte er etwas erzählen.

»Wie gut kennen Sie ihn?«, fragte Eva.

»Als Kinder haben wir zusammen gespielt. Er war ein verdammtes Muttersöhnchen. Verzogen wie sonst was, obwohl die Familie es nicht gerade dicke hatte. Aber nachdem sich seine Mutter ertränkt hatte, wurde er total merkwürdig. Grüßte kaum noch. Kapselte sich komplett ab. Man hat ihn nie mit irgendwem reden sehen.«

»Wovon lebt er?«

»Keine Ahnung. Irgendjemand hat ihn mal im Kasino im Kungspark gesehen. Ansonsten kassiert er wohl Sozialhilfe, wie alle anderen. Obwohl er sich vor ein paar Jahren einen großen Van angeschafft hat, einen Chevrolet. Dafür hat das Geld offenbar gereicht.«

Er hustete und wischte sich mit der Hand unter der Nase entlang.

»Wenn Sie wollen, können wir reingehen und nachsehen.«

»Wie bitte?«

»Ich bin schließlich Hausmeister hier«, grinste er. »Ich kann nach unten ins Büro gehen und einen Hauptschlüssel holen.«

Bevor Eva etwas entgegnen konnte, war er in ein Paar Holzschuhe geschlüpft, hatte die Tür hinter sich zugezogen und war die Treppe hinuntergetrampelt.

Okay, was mache ich jetzt?, dachte sie.

Sie nahm ihr Handy aus der Hosentasche und wählte ein weiteres Mal Björn Bernhardssons Nummer. Dieselbe Mitteilung, begleitet von Wagner-Klängen. Auch Jonny ging nicht ans Telefon. Eva fluchte leise. Außerdem war der Akku ihres Handys fast leer. Kurz darauf hörte sie, wie unten die Haustür wieder ins Schloss fiel. Schwere Schritte auf der Treppe, dann war Ronny Hansson zurück, außer Atem und mit gezücktem Schlüssel.

Als er aufgeschlossen hatte, schaltete er das Licht im Flur an und trat mit einer Handbewegung zur Seite, die wohl einladend wirken sollte. Eva zögerte. Dann betrat sie die Wohnung. Das Erste, was sie sah, war ein Poster mit einer blau-gelben schwedischen Fahne an der Wand. *Schweden den Schweden* hatte jemand ordentlich mit schwarzer Tusche getextet. Auf dem Boden lag ein gestreifter Teppich.

»Dem kann man nur zustimmen«, murmelte der Hausmeister.

Eva drehte sich hastig um. Ronny Hansson stand so dicht neben ihr, dass sie seinen Atem riechen konnte.

»Das ist eine Zweizimmerwohnung«, erklärte er. »Genauso geschnitten wie meine, nur spiegelverkehrt.«

»Ich wäre Ihnen dankbar, wenn Sie mich einen Moment alleine lassen würden«, sagte Eva kühl. »Das hier ist eine polizeiliche Ermittlung. Ich klopfe bei Ihnen, sobald ich fertig bin, dann können Sie abschließen.«

Der Hausmeister starrte sie wütend an. Ohne ein Wort schlurfte er aus der Wohnung und schloss die Tür hinter sich. Eva verriegelte die Tür von innen mit dem Drehknauf.

Direkt hinter der Wohnungstür befand sich eine kleine Küche. Sie war nahezu pedantisch aufgeräumt. Die Spüle glänzte, und auf dem Kieferntisch lag eine frisch gebügelte Decke. Doch die rote Blume auf der Fensterbank war aus Plastik.

Wahllos öffnete Eva ein paar Schränke. Das Geschirr war ordentlich gestapelt. In der Schublade neben dem Besteck fand sie zwei leere Notizblöcke, ein paar Stifte und ein unangebrochenes Kartenspiel. Sie schnupperte, in der Luft lag ein süßlicher Parfümduft.

Sie ging weiter ins Wohnzimmer. Dort waren die Jalousien heruntergelassen. Sie winkelte die Lamellen an und schaute nach unten auf die Straßenlaternen, die den Parkplatz erleuchteten. Einen weißen Van konnte sie nirgendwo entdecken. Vor dem Fernseher stand ein verschlissenes Sofa. Sie überflog die Buchrücken im Regal. Klassiker mit Ledereinband neben juristischer Fachliteratur. Mehrere Titel handelten vom Glücksspiel, von Wahrscheinlichkeiten und Mathematik. Das deckte sich mit Ronny Hanssons Aussage, dass sein Nachbar im Kasino gesehen worden war. An der Wand hingen zwei Bilder. Ein Ölgemälde, das einen Sonnenuntergang über einer Klippe im Schärengarten zeigte, und eine eher abstrakte Lithografie, vielleicht eine Ackerlandschaft in braungrauem Herbstlicht.

Sie sah in einen Kleiderschrank. Über Drahtkörben mit Socken und Unterhosen hingen ein halbes Dutzend Hemden und ein paar Jacketts. Als sie die Oberteile zur Seite schob, entdeckte sie ein blau geblümtes Kleid, dahinter ein braunes Kostüm aus Strickstoff. Ganz hinten im Schrank hingen auf einem Bügel ein karierter Rock und eine Seidenbluse.

Seltsam, dachte Eva. Wohnt er nicht allein?

Als sie die Tür zum Schlafzimmer öffnete, fiel ihr Blick sofort auf die große Fotografie einer Frau. Das Rollo war heruntergelassen, doch das Licht, das vom Flur hereinfiel, brachte den goldenen Bilderrahmen zum Glänzen. Das Foto stand auf dem Schreibtisch vor dem Fenster. Eine Vase mit roten Plastikrosen. Das Bett war sorgfältig gemacht, zwei Kissen lehnten an der Wand unter der Leselampe. Ansonsten gab es nur noch einen Stuhl im Zimmer. Die gesamte Einrichtung schien um die Fotografie als Ausgangspunkt herum arrangiert worden zu sein.

Eva betrachtete die Frau auf dem Bild. Sie sah ganz gewöhnlich aus. Leicht gelockte blonde Haare. Relativ grobe Gesichtszüge, füllige Lippen und blaue Augen.

Das muss die Mutter sein, die sich ertränkt hat, dachte Eva.

Sie erschauerte.

Eine Heilige, fuhr es ihr durch den Kopf. Er betet seine eigene Mutter an.

Vorsichtig zog sie die oberste Schreibtischschublade auf. Darin befand sich ein Notizbuch mit einem braunen Ledereinband. Daneben lagen ein Füllfederhalter und ein Tintenfässchen. Sie schlug das Buch auf. Die Kästchen der karierten Seiten waren mit klitzekleinen handschriftlichen Zeichen gefüllt. Sie setzte sich auf die Bettkante und knipste die Leselampe an. Auf den ersten Blick schien es eine Art Tagebuch zu sein. Doch als sie weiterblätterte, erkannte sie, dass der Text eher aus kurzen Einträgen bestand, ebenso viele Zahlen wie Buchstaben.

Sie las den obersten Vermerk auf einer Seite, die sie zufällig aufgeschlagen hatte: *9. April 2011. Göteborg. Casino Cosmopol. Roulette. +12 300 Kronen.*

In den Zeilen darunter standen ähnliche Notizen aus Spielklubs in Halmstad und Helsingborg und aus einem Kasino in Kopenhagen.

Spieler und Buchhalter, dachte Eva. Er führt Buch über Gewinne und Verluste. Offenbar hat er letztes Jahr im April die Westküste abgeklappert. Vielleicht mit seinem Chevrolet.

Auf jeder Seite das gleiche Bild. An manchen Abenden war er mit einem Plus in der Tasche nach Hause gegangen, an anderen mit einem Minus. Häufig schien er in seinen eigenen vier Wänden gesessen und Onlinepoker gespielt zu haben. Aber jedes Mal hatte er das Endergebnis mit der gleichen mikroskopisch kleinen pedantischen Schrift und mit schwarzer Tinte eingetragen.

Verblüfft blätterte Eva die Seiten durch, bis sie auf seinen letzten Eintrag stieß: *16. August. Malmö. Klub. Texas Hold'em. –8000 Kronen.*

Vor gut einer Woche, dachte Eva. Zwei Tage, bevor wir das Mädchen auf dem Truppenübungsplatz gefunden haben.

Dann fiel ihr ein kleines Symbol am Rand der letzten Eintragung auf. Sie richtete die Leselampe auf die Seite, um besser sehen zu können. Als sie begriff, was das Zeichen darstellte, zuckte sie zusammen, als hätte ihr jemand ein Messer zwischen die Rippen gestoßen.

Er hatte ein kleines schwarzes Kreuz gezeichnet.

Eva schnappte nach Luft.

Wann waren die anderen Frauen gestorben?

Schnell rief sie sich die Datumsangaben von Gollums Zeitungsartikeln in Erinnerung und blätterte zurück. Nicoleta war am 20. August vor zwei Jahren am Strand von Furuboda gefunden worden. Es existierte ein Eintrag, der zwei Tage früher datiert war: *18. August 2010. Malmö. Klub. Poker Five Card Draw. –6300 Kronen.* Am Rand ein weiteres Kreuz, mit schwarzer Tinte gekleckst.

Fieberhaft blätterte Eva wieder vor und las: *24. April 2011. Malmö. Klub. Texas Hold'em. –5200 Kronen.*

Ein paar Tage, bevor Torkel Wärnblom das tote Mädchen bei Barsebäckshamn entdeckt hatte.

Noch weiter vorne: *3. Mai 2012. Malmö. Kasino Black Jack. +6300 Kronen.*

Zwei Tage später war Viorela Dumitrescus Leiche unter dem Badesteg in Ribersborg gefunden worden. Auch die letzten beiden Einträge hatte der Mörder mit schwarzen Kreuzen markiert.

Langsam schlug Eva das Notizbuch zu und lehnte den Kopf gegen die Wand. Sie machte die Augen zu. In ihrem Kopf rauschte es, vielleicht war es der Blutdruck.

Er findet seine Opfer in Klubs und Kasinos, dachte sie. Dort wählt er die aus, die er töten will.

Aber weshalb?

Als sie die Augen wieder öffnete, fiel ihr Blick auf die Fotografie auf dem Schreibtisch. Die Frau auf dem Bild lächelte milde. Sie sah aus, als würde sie ein Geheimnis mit sich herumtragen. Doch ihr Gesicht hatte auch etwas Strenges.

Er rächt seine Mutter, dachte Eva. Und er tut es immer wieder.

Wenn ihn niemand aufhält, wird er weitere Mädchen töten!

In dem Moment, als sie den Gedanken zu Ende gedacht hatte, klopfte es an der Wohnungstür. Sie fuhr vom Bett hoch, das Herz schlug ihr bis zum Hals.

Er kommt!, fuhr es ihr durch den Kopf.

Verzweifelt riss sie ihr Handy aus der Hosentasche. Mausetot.

»Verfluchter Mist!«, murmelte sie.

Ohne die geringste Ahnung, was sie tun sollte, zog sie das Rollo hoch und sah aus dem Schlafzimmerfenster. Eine Sekunde lang erwog sie, das Fenster aufzureißen und um Hilfe zu schreien. Aber auf dem schwach beleuchteten Asphalt war keine Menschenseele zu sehen.

Es hört mich sowieso niemand.

Auf dem Parkplatz standen nach wie vor nur ein paar vereinzelte Autos. Ein Chevrolet war nirgends zu sehen.

Er kann ihn auf der anderen Seite abgestellt haben, dachte Eva. Aber warum klopft er? Ahnt er, dass jemand in seiner Wohnung ist?

Als sie ein Geräusch im Schloss hörte, vielleicht einen Schlüssel, stürzte sie in die Küche und riss die Besteckschublade auf. Ein Brotmesser war das Beste, was sie finden konnte. Sie versteckte es hinter dem Rücken, schaltete überall das Licht aus und machte sich bereit.

Plötzlich, während Eva mit klopfendem Herzen ausharrte, flimmerte die böse Erinnerung aus ihrer Jugend vor ihrem inneren Auge vorbei: Der Mond, der durch das Fenster ihres Zimmers schien. Der fette Buddha, der seinen Schatten an die Tapete warf. Die Türklinke, die quietschte, als sie langsam heruntergedrückt wurde. Diese falsche, schmeichelnde Stimme, die flüsterte: »Eva, mein Schatz. Bist du wach?« Sein schwerer Körper und widerlicher Atem. Dann der befreiende Messerstich, das Stahl direkt in seinen Oberschenkel, und der Schrei, der für immer und ewig irgendwo ganz hinten in ihrem Kopf widerhallen würde.

Als der Drehknauf klickte, keuchte sie auf.

Eva presste den Rücken an die Wand und blinzelte, um ihre Augen an die Dunkelheit zu gewöhnen. Sie hielt das Messer fest umklammert und drückte das in Leder eingebundene Notizbuch an die Brust.

Kapitel 30

Ratko Jokovic saß auf seinem üblichen Platz am Spieltisch. Breitschultrig und stiernackig. Im Licht der kegelförmigen Lampe sah sein Gesicht aus, als wäre es aus Granit gemeißelt. Vor sich auf dem grünen Filz hatte er ein Glas und einige Chipsstapel. Eine schwere Hand lag auf dem Tisch, von seiner Zigarre stiegen Rauchkringel an die Decke.

Die anderen Spieler kannte Jonny nicht. Davon abgesehen wirkte alles wie sonst. Der Barmann mit dem fettigen Pferdeschwanz nickte ihm diskret zu. In der Sitzgruppe vor dem lautlosen Fernseher lagen ein paar gelangweilte Frauen. Am Tresen hingen zwei jüngere Männer, deren Augen an ihrer Bereitschaft zu verletzen, zu quälen und zu töten keinen Zweifel ließen. Aus einem unsichtbaren Lautsprecher klang schwermütige Jazzmusik.

»Warte hier!«, befahl Radovan.

Während der hünenhafte Mann zum Spieltisch hinüberschlurfte und vor seinem Chef in die Hocke ging, ließ Jonny seinen Blick durch das Kellerlokal schweifen. Versuchte sich daran zu erinnern, was er bei seinen vorherigen Besuchen im Klub gesehen und gehört hatte. Einen kurzen Moment schloss er die Augen und horchte auf Geräusche, spürte Gerüchen nach.

Dann kreuzte sein Blick den von Jokovic, und obwohl er darauf gefasst gewesen war, durchzuckte ihn Angst. Etwas schien den Klubbesitzer zu irritieren, er murmelte ungehalten, warf seine Karten auf den Tisch und stand auf. Als er auf dem Weg in sein Büro an Jonny vorbeifegte, zischte er aus dem Mundwinkel: »Komm mit!«

Es klirrte laut, als Jokovic Wodka einschenkte.

»Radovan sagt, dass du mir etwas zu sagen hast. Ich hoffe, dass es wichtig ist. Ich habe deinetwegen niedrig gesetzt, damit dieser verfluchte schwule Autohändler aus Lomma den Pot mit einem mickrigen Drilling einkassieren konnte.«

»Was für ein Blatt hattest du?«, fragte Jonny.

»Zwei Paare. Aber er hätte nie im Leben genügend Eier in der Hose gehabt, um sehen zu lassen.«

Jokovic trank einen Schluck Wodka und bleckte die Zähne zu einem wölfischen Grinsen.

»Also?«

»Ich glaube, ich weiß, wer es war.«

»Der Mörder?«

Der Serbe kippte den Rest Wodka hinunter und schnitt eine Grimasse.

»Ja.«

»Trink!«

Jonny wagte nicht, sich zu widersetzen. Er nahm einen Schluck und spürte, wie der Alkohol in seiner Kehle brannte. Jokovic nickte.

»Erzähl!«

Langsam stellte Jonny das Glas auf den Schreibtisch.

»Bevor ich das tue, müssen wir erst eine andere Sache klären. Ich glaube, dass sie mich verdächtigen. Irgendjemand in der Chefetage ahnt etwas. Heute Nachmittag haben sie mich zum Verhör geholt. Ein unangenehmer Typ, den ich noch nie gesehen habe, hat mich ausgefragt. Vielleicht wurde er aus Stockholm hergeschickt. Aber er hat mich gefragt, ob ich gehört hätte, dass es bei der Polizei einen Maulwurf geben soll. Jemanden, der für das organisierte Verbrechen arbeitet. Ich bin sicher, dass ich beschattet und abgehört werde. Vielleicht gilt für dich das Gleiche.«

Als Jonny sah, wie Jokovics Augen zu glühen begannen, versicherte er schnell: »Du kannst unbesorgt sein. Niemand ist mir hierher gefolgt. Und Auto und Handy habe ich zu Hause gelassen.«

Es klopfte leise an der Tür. Jonny hörte, wie sie hinter seinem Rücken geöffnet wurde.

»Raus!«, brüllte Jokovic und wedelte mit der Hand in der Luft herum.

Eine Sekunde später fiel die Tür mit einem lauten Knall ins Schloss.

Der Klubbesitzer lehnte sich mit der Wodkaflasche in der einen Hand und dem Glas in der anderen in seinem Sessel zurück.

»Wir sollten uns vielleicht eine Weile nicht mehr sehen, Jonny-Boy«, sagte er leise, während er sich Wodka nachschenkte.

»Meine Rede. Es ist für uns beide das Beste, wenn wir unsere Verbindung auflösen, ein für alle Mal.«

Jokovic gluckste mit geröteten Augen vor sich hin.

»Nichts währt ewig, mein Freund …«

Bevor Jonny sich entscheiden konnte, wie er die letzte Bemerkung deuten sollte, wurde Jokovics Tonfall wieder schärfer.

»Du hast gesagt, du wüsstest, wer meine Mädchen getötet hat.«

Jonny nickte und nippte an seinem Wodka.

»Ich glaube, es war einer der Männer, die an dem Abend, als du mich um eine Million betrogen hast, am Pokertisch gesessen haben. Uns beide können wir ausschließen. Es bleiben also nur noch vier.«

Einen kurzen Moment sah es so aus, als wollte Jokovic sich über das Wort »betrogen« ereifern, doch dann ging er nicht weiter darauf ein.

»Du glaubst? Gerade hast du gesagt, dass du es wüsstest.«

»Ich habe gesagt, ich glaube, dass ich es weiß.«

»Wer hat es dir erzählt?«

»Ich habe meine Quellen. Und die lasse ich selbst dann nicht auffliegen, wenn du mir die Eier abschneidest. Du musst dich damit zufriedengeben, dass ich es weiß.«

Seine Kühnheit ließ seinen Puls in die Höhe schnellen und gegen sein Trommelfell hämmern. Es war deutlich, dass Jokovics Gehirn auf Hochtouren lief, während er trank. Reflexmäßig leerte Jonny sein Glas.

»Westin?«, fragte der Serbe und zog eine Augenbraue hoch. Offensichtlich war er zu der gleichen Schlussfolgerung gelangt, die auch Jonny zuerst gezogen hatte.

»Nein, das glaube ich nicht. Ich habe ihn überprüft.«

»Wie das?«

»Ich … ach, scheißegal.«

»Raus damit! Ich habe keine Zeit zum Rätselraten.«

»Was weißt du über die anderen?«

Jokovic zuckte mit den Schultern und starrte ihn ungeduldig an.

»Mehmet kommt in den Klub und spielt. Die Frauen interessieren ihn nicht. Ahmed Akram ist ein kranker Mistkerl. Er steht auf Fesselspiele und will von den Mädchen ausgepeitscht werden.«

»Und Per Enström?«

»War er dabei?«

Jokovic schien sich zunächst nicht richtig erinnern zu können.

»Ach ja, jetzt fällt es mir wieder ein. Er hatte an dem Abend einen Platz am Tisch bekommen. Merkwürdiger Typ. Er hängt ab und zu im Klub rum. Er ist ruhig, ziemlich unscheinbar. Spielt Poker. Jack Vegas. Manchmal nimmt er für eine halbe Stunde ein Mädchen mit aufs Zimmer. Ich glaube, er hat gesagt, dass er Jurist ist. Irgendjemand hat behauptet, er sei ein wahres Onlinepoker-Genie. Oder er bezieht Sozialhilfe, was weiß ich. Er besitzt einen großen Van, einen Chevy, mit dem er durch die Gegend fährt.«

Die Information ließ Jonny nach Luft schnappen. Dann ist es so, wie ich geglaubt habe, dachte er.

»Ein Chevy …«

»Das hat zumindest einer meiner Jungs gesagt.«

Plötzlich beugte sich Jokovic abrupt über den Schreibtisch, packte Jonny am Hemd und zog ihn zu sich herüber. Sein Atem stank nach Alkohol und Rauch, als er zischte: »Also ist er der Mörder?«

Jonny konnte nur nicken.

Im nächsten Augenblick stieß Jokovic ihn so heftig von sich, dass Jonny nach hinten taumelte und den Stuhl umwarf.

»Enström ist ein toter Mann!«, schnaubte der Serbe.

Jonny kam langsam auf die Füße, wankte leicht und fuhr sich mit den Fingern durch die Haare.

»Jetzt ist meine Schuld beglichen«, murmelte er.

Ratko Jokovic grinste betrunken. Er schraubte die Flasche ein weiteres Mal auf und setzte sie an den Hals, ohne sich die Mühe zu machen, den Wodka ins Glas zu gießen. Greller Wahnsinn leuchtete aus seinen Augen. Jonny wagte kaum, ihn anzusehen.

»Jetzt sind wir quitt, Ratko. Okay?«

Ohne Vorwarnung knallte Jokovic die Flasche auf den Tisch.

»Die Ratte war gestern hier! Zur selben Zeit wie du. Saß hier und hat an diesem scheiß Jack-Vegas-Automaten gezockt, als sei alles in bester Ordnung.«

Sie blickten sich lange an.

»Du hättest ihn sehen müssen«, sagte Jokovic. »Die verfluchte Pissratte ist direkt nach dir gegangen.«

***

Eva starrte wie verhext auf die Türklinke, die langsam nach unten gedrückt wurde. Ahnte die Bewegung in der Dunkelheit mehr, als dass sie sie sah. Sie hielt die Luft an, das Messer in der Hand. In ihrem Kopf hämmerte nur ein Gedanke: Er hat vier Frauen getötet!

Vor dem Küchenfenster herrschte pechschwarze Finsternis. Sie hörte, wie auf der Straße sieben Stockwerke tiefer ein Motor angelassen wurde und ein Auto davonfuhr. Irgendwo tickte eine Uhr. Der Kühlschrank brummte leise.

Mit festem Griff umklammerte Eva das Brotmesser.

Ich werfe mich über ihn und steche direkt zu!, dachte sie.

Dann glitt die Wohnungstür auf. Aus dem Treppenhaus fiel ein schmutzig grüner Lichtschein auf den Flickenteppich im Flur.

Die Stimme klang schleppend.

»Sind Sie noch da?«

Ronny Hanssons Gestalt türmte sich im Türrahmen auf. Verblüfft sah er auf das Messer in Evas Hand.

»Ich dachte, dass Sie vielleicht Hilfe brauchen könnten«, sagte er und schaltete das Flurlicht an.

Sie blinzelte verwirrt.

»Sie verdammter Idiot!«, fauchte sie. »Ich habe Ihnen doch gesagt, dass Sie nicht in die Wohnung kommen sollen.«

Widerwillig wich sie rückwärts in die Küche zurück und

legte das Messer auf die Spüle. Der Hausmeister machte die Wohnungstür hinter sich zu.

»Ich trage schließlich die Verantwortung für das Gebäude …«, murmelte er gekränkt und starrte sie an. »Sowohl dem Hauseigentümer als auch den Mietern gegenüber.«

»Daran hätten Sie denken können, bevor Sie mich in die Wohnung gelassen haben!«

Eva funkelte ihn zornig an. Sie hatte den Eindruck, als würde Ronny Hansson ihr vorwerfen, ihre Arbeit zu machen. Mit einer trägen Bewegung nahm der Hausmeister das Brotmesser in die Hand, fuhr mit dem Daumen über die Klinge und stellte sich breitbeinig in die Küchentür, sodass er ihr den Fluchtweg versperrte.

»Was hatten Sie mit dem Messer vor?«

Er sah mit einem seltsamen Blick auf sie herab.

Plötzlich kam Eva ein Gedanke: Was, wenn der groß gewachsene Mann, der da in seinen Holzpantoffeln, seiner ausgebeulten Jeans und seinem Flanellhemd vor ihr stand, überhaupt nicht Ronny Hansson hieß!

Was, wenn es Per Enström war!

Schließlich habe ich kein Foto gesehen, dachte sie. Ich kenne den Namen des Mörders, aber nicht sein Gesicht. Vielleicht ist Enström der Hausmeister, vielleicht hat er gerade in der Wohnung seines Nachbarn herumgeschnüffelt, als ich gekommen bin.

»Was haben Sie noch einmal gesagt? Wie heißen Sie?«

»Ronny Hansson. Sind Sie schwer von Begriff?«

Sie räusperte sich und hörte selbst, wie zittrig ihre Stimme klang.

»Legen Sie bitte das Messer weg.«

Ohne ihrer Aufforderung Folge zu leisten, fuhr er sich mit dem Messer nachdenklich über die Wange, als hätte er vor, sich zu rasieren.

»Die Frage ist wohl eher, wer Sie sind? Verdammt komische Polizistin, die hier so ganz alleine auftaucht, wenn Sie mich fragen. Wenn ich mich nicht irre, müssen Bullen einen Durchsuchungsbefehl vorweisen, bevor sie in die Wohnungen von anderen Leuten eindringen dürfen. Und eine Waffe haben Sie auch nicht, soweit ich das sehen kann.«

Er leckte sich über die Lippen.

»Sie können im Polizeipräsidium anrufen und nachfragen, wenn Sie mir nicht glauben. Eva Ström von der Polizei in Ystad.«

Er betrachtete sie eine Weile.

»Verdammt, Sie haben ja ganz schön Schiss! Als würden Sie sich jeden Augenblick in die Hose machen. Jage ich Ihnen Angst ein?«

Eva schüttelte steif den Kopf.

Der Mann im Türrahmen schniefte und schluckte.

»Als ich in Thailand war, habe ich Schlitzaugen-Muschi probiert. Gar nicht so schlecht. Schade, dass Sie Polizistin sind. Falls Sie das wirklich sind.«

Er lachte und legte das Messer auf die Spüle, allerdings immer noch in Reichweite.

»Wollen Sie das mitnehmen?«

Er deutete auf das Notizbuch in Evas Hand.

»Erkennen Sie es wieder?«

»Nee, wieso?« Sie sah ihn forschend an.

»Ich dachte, es gehört vielleicht Ihnen?«

»Mir?«

Einen Moment lang hatte sie den Eindruck, dass er ihr etwas vorspielte. Aber dann erkannte sie, dass der verblüffte Ausdruck in seinen Stieraugen echt war.

So gelassen, wie sie konnte, ging sie zur Spüle hinüber und legte das Brotmesser in die Besteckschublade.

»Das ist Beweismaterial«, sagte sie ruhig.

Dann schob sie den Hausmeister energisch zur Seite und verließ die Wohnung.

»Verdammter Rassist«, murmelte sie, als sie die Treppen hinunterlief.

***

Auf dem Rückweg von Jokovics Klub wurde Jonny von widerstreitenden Gefühlen hin und her gerissen. Befreit, hoffte er. Gleichzeitig verspürte er eine anhaltende Unruhe, weil er trotz allem immer noch nicht alle Zusammenhänge verstanden hatte. Die Dunkelheit war feucht, beinahe tropisch. Die Straßenlaternen verbreiteten ein schwüles gelbes Licht. Die Scheinwerferkegel der Autos flossen über den Asphalt, und der Alkohol in seinem Gehirn verwandelte die Menschen, denen er begegnete, in Geister.

Wenn Ratko Jokovic sein Versprechen hält, kümmert er sich um Enström und lässt mich aus seinen Fängen, dachte Jonny.

Doch überzeugt war er nicht.

Jedenfalls läuft die heimliche Ermittlung der Polizei gegen mich weiter. Die Frage ist, wie viel sie bereits über meine Kontakte zu Jokovic wissen.

Und was zum Teufel mache ich mit Andrea?

Während er über den Möllevångstorg schlenderte, setzte er sich in den Kopf, dass er ein Bier brauchte, um seine Gedanken ordnen zu können. Vor dem Restaurant *Nyhavn* setzte er sich an einen freien Tisch. Obwohl es mitten in der Woche war, waren die meisten Tische im Freien besetzt. Er bestellte sich ein tschechisches Bier vom Fass und eine Schale Erdnüsse und versuchte, im Stimmengewirr einzelne Stimmen auszumachen.

Als die Bedienung zurückkam, lieh er sich von ihr einen Stift. Auf die Rückseite eines Bierdeckels kritzelte er eine Liste.

Ganz oben schrieb er *Maria*.

Ich muss mit ihr reden, dachte er. Ich muss einen Weg finden, es ihr zu erklären.

Darunter setzte er *Andrea*.

Sie kann nicht bei mir wohnen bleiben, und ich kann sie nicht zurück zu Jokovic schicken.

Der nächste Punkt umfasste zwei Namen: *Eva und Gollum*.

Wie um alles in der Welt soll ich ihnen glaubhaft versichern, dass es mich nicht mehr interessiert, wer Elena umgebracht hat?

Als Letztes schrieb er *Erik Andersson* und versah den Namen mit einem Fragezeichen.

Das schleichende Gefühl, dass dieser farblose interne Ermittler mehr wusste, als er zugab, saß ihm immer noch in den Knochen.

Ich muss mich zurückhalten, dachte Jonny. Das ist das Einzige, was ich tun kann. Wenn ich mich nicht verrate, müssen sie früher oder später die Beschattung einstellen.

Er steckte die Hand in die Hosentasche, um nachzusehen, wie spät es war, als ihm einfiel, dass er sein Handy zu Hause gelassen hatte. Mist! Ich sollte Maria sofort anrufen, damit sie sich nicht irgendwelche Sachen einbildet.

Jonny winkte die Bedienung zu sich, gab ihr seine EC-Karte und hoffte, dass sein Konto gedeckt war. Doch als das Lesegerät zum dritten Mal summte, schüttelte sie resigniert ihren blonden Pony.

»Die Karte funktioniert nicht. Haben Sie noch eine andere? Oder Bargeld?«

Hilflos sah Jonny in seine Brieftasche, obwohl er genau wusste, dass sie leer war.

»Leider nein. Das Gerät muss defekt sein.«

Sie sah ihn streng an.

»Transaktion nicht bewilligt, steht hier.«

»Ach so, na dann … Wollen Sie, dass ich in der Küche spüle?«

Ihrer finsteren Miene nach zu urteilen, fasste sie Jonnys Bemerkung nicht als Scherz auf.

»Sie müssen das mit meinem Chef klären. Warten Sie hier!«, wies sie ihn an und machte auf dem Absatz kehrt.

Einen Augenblick später kam ein muskulöser Mann mit rasiertem Schädel und kurzärmeligem Hemd an Jonnys Tisch.

»Verdammt, deine Visage ist ja ganz schön zugerichtet, Kumpel«, grinste er.

Jonny seufzte erleichtert. Einer von der alten Garde des Restaurants, den er schon seit Langem kannte.

»Der Job«, sagte er und tastete den blauen Fleck auf seiner Wange ab. »Du weißt, wie das Leben so spielt, Micke. Manchmal ist man einfach am Arsch.«

»Hast du Probleme?«

»Irgendwas stimmt mit meiner Karte nicht, und die junge Frau da drüben …«

»Scheiß drauf, Jonny. Eine Sommeraushilfe. Hat keine Ahnung, wie man mit Kunden umgeht. Komm wieder und bezahl, sobald du Zeit hast.«

Er blinzelte verschwörerisch.

»Leistungen und Gegenleistungen zahlen sich auf lange Sicht immer aus. Oder was meinst du, Jonny?«

Dann nahm er das leere Glas vom Tisch und ging. Als er im Restaurant verschwunden war, stand Jonny auf und ging schwankend das letzte Stück nach Hause. Bevor er ins Haus trat, schaute er auf der Straße zu seinem eigenen Fenster hinauf. Die Jalousien waren nach wie vor heruntergelassen. Auf müden Beinen stolperte er die Treppe hoch und steckte den Schlüssel ins Schloss. In dem Moment, in dem er die Tür aufschloss, hörte er das Telefon im Wohnzimmer klingeln.

Andrea saß im Bett, an die Wand gelehnt und mit der Decke um sich, als hätte sie sich während der ganzen Zeit, die er weg gewesen war, nicht bewegt.

»Es hat schon ein paarmal geklingelt«, sagte sie und deutete auf das Handy, das auf der Fensterbank lag und vibrierte. »Ich habe mich nicht getraut dranzugehen.«

Voller böser Vorahnungen nahm Jonny das Handy in die Hand und meldete sich:

»Ja?«

»Hallo, hier ist Eva. Warum gehst du nie ans Telefon?«

Er atmete aus.

»Ich habe das Handy zu Hause vergessen. Bin grade zur Tür reingekommen.«

»Ich versuche schon seit Stunden, dich zu erreichen.«

»Ist etwas passiert?«

»Und ob! Ich weiß, wer der Mörder ist.«

»Was?«

»Der Kerl heißt Per Enström. Sagt dir der Name irgendetwas?«

Jonny dachte fieberhaft nach, täuschte einen Hustenanfall vor und räusperte sich, um Zeit zu gewinnen.«

»Nein, das kann ich nicht behaupten …«

Ihr Schweigen machte ihn unruhig.

»Erzähl!«, forderte er sie auf.

»Erinnerst du dich an den Spinner, der das Kernkraftwerk in Barsebäck bewacht? Der, der das tote Mädchen dort draußen gefunden und einen mysteriösen Van gesehen hat? Er heißt Torkel, und er hat sich noch einmal bei mir gemeldet. Wollte mir erzählen, dass er sich bei einer Ziffer im Autokennzeichen vertan hatte. Und als ich die neue Nummer bei der Zulassungsstelle überprüft habe, gab es einen Treffer, der passt. Das Nummernschild gehört nicht zu einem Volvo aus Linköping, sondern zu einem weißen Chevrolet-Van, der auf einen Per Enström zugelassen ist. Ich habe ihm gerade in Malmö einen Besuch abgestattet.«

»Teufel noch eins! Wurde er festgenommen?«

»Nein, noch nicht. Er war nicht zu Hause. Aber ich habe Björn Bernhardsson informiert, und die Kreispolizei fahndet nach ihm. Hoffentlich dauert es nicht lange, bevor Enström geschnappt wird.«

»Das sind tolle Neuigkeiten …«

Jonny verstummte. Was würde das für seine Vereinbarung mit Jokovic bedeuten, wenn die Polizei Enström zuerst erwischte?

»Ich wollte dich nur anrufen und es dir erzählen«, hörte er Eva sagen.

Auf einmal klang ihre Stimme entfernt, dann beendete sie das Gespräch abrupt.

»Wir hören voneinander.«

Als Jonny sich umdrehte, sah Andrea ihn fragend an. Er setzte sich auf die Bettkante und legte den Arm um sie.

»Ich weiß, wer Elena ermordet hat«, sagte er.

Eine kleine Falte bildete sich zwischen ihren Augenbrauen.

»Wer war es?«

»Einer der Pokerspieler. Sein Name ist Per Enström. Er wird seine Strafe bekommen.«

Sie nickte nachdenklich, als würde sie die Sache letzten Endes doch nicht richtig betreffen. Dann wand sie sich aus seiner Umarmung und kauerte sich mit dem Gesicht zur Wand im Bett zusammen. Unschlüssig sah Jonny auf das Telefon in seiner Hand. Mehrere Anrufe in Abwesenheit. Drei von Eva Ström. Aber auch vier von Lena.

Nach kurzem Zögern rief er an. Es klingelte nur einmal, dann meldete sie sich. Irgendwie kam ihm die Unruhe, die in ihrer Stimme schwang, so vertraut vor.

»Endlich!«, rief sie. »Ist Maria bei dir?«

»Nein, ist etwas passiert?«

»Ich weiß nicht. Aber ich mache mir langsam Sorgen. Sie hat sich den ganzen Tag nicht gemeldet, und jetzt ist es fast elf. Sie hat gesagt, dass sie nach der Schule vielleicht kurz zu dir wollte.«

Jonny stand langsam auf. Seine Beine schienen den Dienst zu versagen. Er hielt sich am Türrahmen fest.

»Ich glaube, dass sie hier war«, murmelte er.

»Wann war das?«

»Ich weiß nicht …«

Als er dort stand und das zusammengekauerte Mädchen im Bett betrachtete, spürte er, wie sich eine eisige Kälte in seinem Körper ausbreitete. Plötzlich verstand er. In seinem Kopf hörte er Jokovics heisere Stimme: »Die verfluchte Pissratte ist direkt nach dir gegangen.«

Enström ist mir gefolgt, dachte Jonny. Und Maria war hier und wollte mich sprechen. Er muss sie gesehen haben.

Bei dieser Erkenntnis wurde ihm schwarz vor Augen. Ein paar eingefrorene Momentaufnahmen wirbelten vor seinem inneren Auge vorbei. Maria, klein und zierlich, sie umarmt ihn mit diesem traurigen Blick in ihrem blassen Gesicht. Und Elena, die leblos an einem Eichenstamm gelehnt dasitzt, direkt über dem Meer.

Sie waren sich so ähnlich.

Lieber Gott, bitte mach, dass das nicht wahr ist!

Kapitel 31

Die Frau auf der Fotografie in dem goldenen Bilderrahmen, den er auf das Armaturenbrett gestellt hat, sagt kein Wort, und das treibt ihn zur Verzweiflung.

Sie lächelt so geheimnisvoll.

Wie die *Mona Lisa*.

Und er versteht nicht, was sie will.

Sie ist blond, hat ziemlich grobe Gesichtszüge und rosige Wangen. Nicht besonders schön, eigentlich. Schweigt sie, um ihn zu bestrafen, wie früher, als er ein kleiner Junge war?

Er nimmt eine Hand vom Lenkrad und schlägt sich hart ins Gesicht. Das hatte immer geholfen, wenn Mama fand, dass er böse gewesen war. Manchmal wünschte er sich, dass sie ihn schlug.

Seine Tränen lassen das Scheinwerferlicht wie Nebel auf der Fahrbahn zerfließen. Er drosselt das Tempo ein wenig. Es scheint windig geworden zu sein. Böen erfassen das Auto. Bevor die Dunkelheit hereingebrochen war, hatte er schwarze Gewitterwolken am Himmel gesehen.

In seinem Kopf herrscht das reinste Chaos. Der Schrei kommt und geht, schwillt an, dass er das Gefühl hat, sein

Trommelfell würde platzen, um im nächsten Augenblick wieder zu verklingen. Dieses lockende Verlangen, dieser Sog im Magen ist verschwunden.

»Sprich zu mir«, flüstert er. »Bitte, Mama, sag mir, was ich tun soll, wie du es sonst immer tust.«

Als die kleine Hure vor der Wohnung des Polizisten aufgetaucht war, dachte er im ersten Moment, er hätte sich getäuscht. Elena musste tot sein. Alles war nach Plan gelaufen. Er war ihr gefolgt und hatte sie in seinen Van gezogen. Es war ein Risiko, doch er hatte keine andere Wahl, er musste es darauf ankommen lassen. Als er sie in den Nacken schlug, verlor sie sofort das Bewusstsein. Schon als Junge war er groß und stark gewesen. Nichts machte ihn glücklicher, als wenn Mama ihn wegen seiner Kraft lobte.

Erst als das Mädchen wieder aufwachte, verlor er die Fassung. Sie schrie wie ein Ferkel auf dem Weg zur Schlachtbank. Ihr Gebrüll hatte ihn so irritiert, dass er sie einfach gefesselt und ihr den Mund zugeklebt hatte! Es dauerte eine Weile, bis er am Fahrbahnrand anhalten konnte. Glücklicherweise war er zu dem Zeitpunkt bereits auf der Landstraße.

Aber ihre Worte.

Sie hallten immer noch in seinem Kopf.

Sie hatte auf Schwedisch geschrien!

Bevor er ihr einen Faustschlag verpasste, sodass sie wieder das Bewusstsein verlor, hatte sie ihn mit ihren schwarzen Zigeuneraugen angestarrt.

»Mein Vater ist Polizist!«

Er schüttelt heftig den Kopf und umklammert das Lenkrad. Die ersten Regentropfen prasseln auf die Windschutzscheibe. Er schaltet die Scheibenwischer an. Sie quietschen leise, bis der Regen stärker wird und das Wasser über das Glas fließt. Weit entfernt am Horizont glaubt er einen Blitz zu sehen, doch der Donner bleibt aus.

Dann nimmt er das Bild in die Hand und presst es an die Wange.

»Bitte, Mama, erklär es mir«, flüstert er. »Ich tue das alles hier nur für dich.«

Seit Stunden fährt er mit dem Mädchen im Auto durch die Gegend. Er hat keine Ahnung, ob sie wach oder immer noch bewusstlos ist. Aber es spielt auch keine Rolle. Die Frage ist, was er mit ihr machen soll.

Das hatte ihm Mama sonst immer gesagt.

Laut und deutlich, jedes Mal, wenn er einer Rumänin begegnet war. Denn das sind die Frauen, die sie hasst, denkt er. Die wir beide hassen. Hätten sie Papa nicht weggelockt, dann hätte Mama sich niemals das Leben nehmen müssen.

Aber warum hatte diese hier auf Schwedisch geschrien?

Ich muss das zu Ende bringen, was ich angefangen habe, denkt er.

Er hatte keine Zeit gehabt, bei dem Dealer in der Rasmusgatan Heroin zu besorgen, es muss ohne gehen.

Derselbe Ort. Ich fahre an dieselbe Stelle. Doch dieses Mal soll sie ertrinken, genau wie Mama.

Als der Wagen am Schlagbaum vorbei auf den Truppenübungsplatz rollt, fällt ein wahrer Sturzregen vom Himmel und prasselt auf das Autodach. Für eine Sekunde fangen die Scheinwerfer ein Schaf ein, das Schutz sucht. Bei den Eichen am Steilhang hält er an.

Ein letzter Blick auf die Fotografie.

Doch Mama sitzt nur lächelnd da und überlässt ihm das ganze Denken. Wie er sich danach sehnt, ihre Stimme zu hören!

Unschlüssig steigt er in den hinteren Teil des Vans. Das Mädchen liegt mit dem Gesicht zum Boden auf dem Bauch. Aber sie bewegt sich. Vorsichtig tritt er ihr in die Seite, damit sie sich auf den Rücken dreht.

Sie hat eine große Schwellung im Gesicht, die schwärzlich gelb schimmert. Ein bisschen getrocknetes Blut. Das Klebeband schneidet in ihre Haut. Er sieht die Angst in ihren Augen, doch es erregt ihn nicht wie sonst.

Plötzlich wird das, was er bereits geahnt hat, zur Gewissheit: Es ist gar nicht Elena!

Diese hier ist jünger.

Ihr Schrei hallt in seinem Kopf: Mein Vater ist Polizist!

Ich muss mich vertan haben, denkt er. Das ist die Tochter von diesem Polizisten.

Immer wieder schlägt er sich auf die Wange. Dann stürzt er nach vorne auf den Fahrersitz und greift nach der Fotografie.

»Mama, soll sie sterben?«, schluchzt er verzweifelt.

Kapitel 32

Der Himmel grollte, als stünde der Weltuntergang bevor. Über Land und Meer hatte sich Dunkelheit gesenkt. Gewaltige Regenböen trieben über die Landschaft. Kein Horizont, kein Ende. Nur ein undurchdringlicher Dunst.

Plötzlich wurde das Himmelsgewölbe von einem Blitz zerrissen, und für eine Sekunde war das Feld bis zum Steilhang taghell erleuchtet.

Und da sah Jonny ihn. Der Chevrolet stand fast ganz unten am Eichenwäldchen.

Vorsichtig machte er die Autotür zu. Die Nässe drang augenblicklich durch sein Hemd, der Stoff klebte klamm an seinem Rücken. Die Temperatur musste um mehrere Grad gefallen sein. Er schlotterte und leckte sich ein paar Regentropfen aus dem Mundwinkel. Dann suchte er nach irgendetwas, das er als Waffe benutzen konnte.

Das Handschuhfach war natürlich leer. Die Pistole hatten sie beschlagnahmt. So leise wie möglich öffnete er den Kofferraum und nahm den Wagenheber heraus. Mit dem Schlagwerkzeug fest in der Hand, bewegte er sich auf die Eichen zu.

Er war wie ein Wahnsinniger von Malmö hergerast. Als ihm

klar geworden war, was passiert sein musste, war er die Treppe hinuntergestürzt und hatte sich mit einem einzigen Gedanken im Kopf hinters Lenkrad geworfen: Ich muss Maria retten!

Es kümmerte ihn nicht, ob sie ihn beschatteten oder abhörten. Er hatte das Gaspedal durchgedrückt und war losgefahren. Flieg, Jonny, flieg! Es gab nur ein mögliches Ziel. Schließlich war er selbst dorthin gefahren, um zu sterben, oder zumindest, um mit dem Teufel Roulette zu spielen. Der Mörder hatte denselben Ort für seine Mission ausgewählt. Auf der Höhe von Sjöbo begann es zu regnen, und als er an Lövestad vorbeifuhr, bekam er Probleme mit Aquaplaning und wäre um Haaresbreite auf einem Acker gelandet. Kurz vor der Abbiegung zum Truppenübungsplatz erhob sich die Kirche von Ravlunda wie ein schwebender Zuckerwürfel über all dem Grau und Schwarz. Als er den Schlagbaum passierte, dröhnte das Prasseln des Platzregens genauso laut auf dem Autodach wie der Puls in seinen Ohren. Ab dem Moment, in dem er den Motor abstellte und die Scheinwerfer ausgingen, umgab ihn völlige Dunkelheit.

Er muss sie hierhergebracht haben!, dachte er.

Doch erst als er aus dem Auto stieg und der Blitz den Himmel wie ein riesiges Stroboskop erleuchtete, war er sich sicher, dass ihn sein Instinkt nicht getäuscht hatte. Per Enströms weißer Van stand unten bei den Eichen, und höchstwahrscheinlich befand sich Maria dort drin. Falls sie noch am Leben war.

Sie muss leben, dachte Jonny. Ich kann sterben, aber niemals sie!

Obwohl ihm klar war, dass er sich vorsichtig heranpirschen sollte, begann er zu laufen. Die Sicht war schlecht, und als das Licht des Blitzes erloschen war, konnte er nur ein paar Meter weit sehen. Der Regen stürzte herab und peitschte einen eiskalten Nebel über den Boden. Jonny musste stehen bleiben, um zu lauschen. Aber alles, was er hören konnte, waren der Wind, der Regen und das Tosen des Meeres. Plötzlich war er sich nicht mehr sicher, wo die Himmelsrichtungen lagen. Er wischte eine Haarsträhne weg, die an seiner Stirn klebte. Zum Eichenwäldchen hin müsste der Boden eigentlich abfallen, doch die vielen Löcher und Senken erschwerten die Orientierung.

Plötzlich sprang etwas direkt neben ihm aus einem Graben und stieß ein beleidigtes Blöken aus.

»Verflucht!«

Das Schaf wich ein Stück zurück und blieb dann nass und unglücklich wie ein grauer Schatten stehen. In dem Augenblick durchzuckte ein neuer Blitz den Himmel. Zwei gelbe Striche leuchteten in den Augen des Schafs auf, dann war es wieder dunkel. Doch der kurze Moment genügte, damit Jonny sich vergewissern konnte, dass er den richtigen Weg eingeschlagen hatte. Der Chevrolet stand dort unten, ein paar Hundert Meter entfernt. Es war kein Licht zu sehen. Vielleicht war er verlassen?

Er begann wieder zu laufen. Stolperte über ein Grasbüschel, konnte den Sturz jedoch abfangen. Das Hemd klebte ihm auf der Haut, seine nasse Hose spannte an den Oberschenkeln. Der Regen schlug ihm ins Gesicht und erschwerte ihm die Sicht. Aber irgendwo meinte er das Tosen des Meeres durch den Wolkenbruch zu hören, und in die Richtung lief er weiter, so gut wie blind. Als sich der weiße Van vor ihm auftürmte, wäre Jonny um ein Haar dagegengeprallt. Erst in letzter Sekunde bremste er. Außer Atem presste er den Rücken gegen das Metall.

Kein Laut drang aus dem Wagen. Es roch nach Regen und Gewitter.

»Maria, was hat er mit dir gemacht?«, flüsterte Jonny verzweifelt.

Er biss die Zähne zusammen. Außer sich vor Wut riss er dir Tür auf.

Im Innern des Vans herrschte kompakte Dunkelheit.

»Maria!«, rief er.

Es polterte, irgendetwas bewegte sich. Jonny warf den Wagenheber weg, der scheppernd zu Boden fiel. Mit steif gefrorenen Fingern fummelte er sein Feuerzeug aus der Hosentasche und versuchte, die Flamme zu zünden. Immer wieder klickte es. Er schüttelte es heftig. Wenn ich doch nur eine Taschenlampe hätte, dachte er.

Dann flammte das Feuerzeug endlich auf.

Das Erste, was er in dem schwachen, flackernden Licht sah, war ein gerahmtes Foto. Es stand auf einem kleinen Regal, direkt über einem an die Wand montierten Sofa. Eine Frau sah ihn an, blond und mit einem zweideutigen Lächeln auf den Lippen. Ihre Gesichtszüge waren grob. Ich habe sie schon einmal gesehen, fuhr es Jonny durch den Kopf. Neben dem Bilderrahmen lag ein roter Turnschuh. Dann merkte er, dass sich etwas auf dem Boden bewegte. Er beugte sich hinunter.

»Maria!«, rief er.

Sie lag auf dem Rücken, stramm gefesselt, und ihre untere Gesichtshälfte war mit braunem Klebeband umwickelt. Am Wangenknochen hatte sie einen großen blauen Fleck. Im Haaransatz saß etwas Klebriges. Aber sie lebte, sie stöhnte, und sie starrte ihn mit einem solchen angsterfüllten Blick an, als hätte sie den Teufel höchstpersönlich gesehen.

In dem Moment, in dem das Feuerzeug erlosch, erhielt Jonny einen harten Schlag auf den Hinterkopf. Alles wurde schwarz.

***

Die Schlinge liegt um seinen Hals. Jonny kann sie spüren, und er weiß, dass er sterben wird. Dieses Mal gibt es keinen Spieleinsatz, niemanden, mit dem er eine Wette hätte abschließen können.

Es gibt nur ihn.

Wenn die Luke geöffnet wird und das Seil sich strafft, wird der Ast halten. Das Einzige, was bricht, ist sein Genick, und dann ist alles vorbei.

Jonny will so laut schreien, dass es die ganze Welt hört, doch er bleibt stumm. Er hat das Gefühl, dass sein Mund zusammengewachsen ist, wie bei den Aalen, die auf dem Weg in die Sargassosee sind.

Warum sieht er niemanden? Jemand sollte doch kommen, um seine Hinrichtung zu bezeugen und Abschied zu nehmen.

Maria, wo bist du?

Aber er sieht niemanden, hört keine Geräusche, und das Einzige, was er spürt, ist das Seil, das an seinem Hals scheuert.

Dann wird die Luke geöffnet, und er fällt.

Ein leises Knacken im Genick ist das Letzte, was er mitbekommt, doch das Licht erlischt nicht, und er fällt immer weiter. Es kommt ihm vor, als falle er direkt durch die Erdkugel hindurch. In Richtung Hölle oder Himmel?

Ganz allein schwebt er dann in der Unendlichkeit, die er so sehr fürchtet. Im Weltenmeer, in dem man weder fliegt noch schwimmt, sondern in einer Zeit herumtreibt, die niemals endet.

Niemand kommt. Niemals wieder wird er einen einzigen Menschen zu Gesicht bekommen. Und Jonny weint eiskalte Tränen.

***

Er wurde durch eine brennende Ohrfeige geweckt. Als er versuchte, durch den Tränenschleier hochzusehen, schnürte sich etwas um seinen Hals.

Jemand stand direkt vor ihm. Jonny erahnte eine große Gestalt. Er blinzelte, damit sein Blick sich klärte. Sein Kopf dröhnte, und er fror in den nassen Sachen. Im Nacken spürte er etwas Raues, es musste ein Baumstamm sein. Und sobald er sich bewegte, schnitt ihm ein Seil in den Hals. Ein scharfer Geruch stieg ihm in die Nase. Parfüm. Die Frau, die ihn eben auf die Wange geschlagen hatte, musste es gerade erst aufgelegt haben.

»Bin ich nicht schön?«

Ihre Stimme klang grob, überschlug sich aber ein wenig.

Vorsichtig, um nicht von dem Seil erdrosselt zu werden, das an seinem Kehlkopf scheuerte, blickte Jonny auf.

Die Frau lächelte auf ihn herab. Sie hatte blonde Haare, dicke rote Lippen und grobe Gesichtszüge. Ihren blauen Lidschatten schien sie in aller Eile aufgetragen zu haben. Sie trug ein graues Kleid, das etwas zu klein war, und braune Schuhe mit flachem Absatz.

Plötzlich erkannte er, wen er da vor sich hatte: Das war Enström!

Der kranke Mistkerl hatte sich als Frau verkleidet.

»Hast du Mamas Foto gesehen? Ich habe es extra für dich dahin gestellt. Sehen wir uns nicht ähnlich?«

Jonny wurde schwindelig, und eine Sekunde lang war er kurz davor, erneut das Bewusstsein zu verlieren.

Die Wolken hatten sich verzogen. Es war heller geworden, aber die Sonne war noch nicht am Horizont zu sehen. Der Wind hatte nachgelassen. Eine magische grauweiße Wolke schwebte dicht über dem Feld, als hätte ein Waldbrand gewütet. Doch der Boden war nicht verbrannt, nur feucht und kalt. Hoch oben am Himmel zogen zwei schwarze Vögel stumm ihre Kreise.

Die Raben?

»Wo ist Maria?«

»Ach, denk jetzt nicht an sie.«

»Sag mir, was du mit ihr gemacht hast!«, schrie Jonny.

Seine Wange brannte, als Enström ihm wieder ins Gesicht schlug.

»Sieh mich an!«

Er ging vor Jonny in die Hocke. Von einer Sekunde auf die nächste wurde seine mürrische Miene von einem grotesken Lächeln abgelöst.

»Als ich jünger war, habe ich Mamas Kleider getragen. Sie hatte ja sowieso keine Verwendung mehr für sie, als sie tot war, musst du wissen. Aber dann habe ich eine Schneiderin neue nähen lassen.«

Verzweifelt versuchte Jonny den Kopf zu drehen, um zu sehen, ob er Maria entdecken konnte. Sie musste irgendwo in der Nähe sein. Er zerrte an seinen gefesselten Armen, mit dem Ergebnis, dass das Seil nur noch tiefer in seine Handgelenke schnitt.

»Hast du sie angefasst? Wenn du Maria etwas angetan hast, bringe ich dich um!«

Enström kicherte verzückt und blickte mit zusammengekniffenen Augen aufs Meer.

»Das ist so merkwürdig. Ich habe sie für Elena gehalten. Deshalb habe ich sie wieder eingefangen. Sie hätte tot sein müssen. Dann habe ich gemerkt, dass es gar nicht Elena ist. Kein Wunder, dass man sich nicht mehr auskennt.«

Als er Jonny wieder ansah, war seine Stimme tiefer, als hätte er plötzlich die Gestalt gewechselt.

»Soweit ich sehen kann, stehen deine Odds ziemlich schlecht. Dafür, dass du deine Drohung wahr machen und mich töten kannst, meine ich.«

Er strich sich eine blonde Haarsträhne aus dem Gesicht, die sich aus seiner Frisur gelöst hatte, und lachte wieder sein kokettes Lachen.

»Mit der Perücke bin ich besonders zufrieden. Mama hätte sie geliebt. Aber sie hat auch ein Vermögen gekostet.«

Dann stand er auf und stampfte ungeduldig auf den Boden, wie ein zu groß geratenes Kind.

»Aber sie wollte heute nicht mit mir sprechen. Ich mag es

nicht, wenn sie so schweigt. Da werde ich unsicher. Woher soll ich wissen, was ich tun soll?«

»Deine Mutter …«

»Ja, normalerweise ist sie immer sehr deutlich. Erst machst du das, dann machst du das. Dieses Mädchen musst du töten …«

»Du musst sie töten …?«

»Ja, wenn Mama es mir sagt.«

»Aber weshalb?«

Enström seufzte schwer, warf einen Blick aufs Meer und ging wieder in die Hocke.

»Tja, eigentlich haben wir es nicht unbedingt eilig. Es ist immer noch früher Morgen. Es dauert sicher noch Stunden, bis jemand kommt. Du bist ziemlich neugierig, oder?«

Jonny widerstand dem Impuls zu nicken.

»Ja.«

Ich muss Zeit gewinnen, dachte er. Ihn ablenken. Solange Enström da sitzt, wo ich ihn sehen kann, kann er Maria nichts tun. Er hat keine Ahnung, dass nach ihm gefahndet wird. Früher oder später wird jemand kommen. Vielleicht ist Eskil mit dem Boot draußen und jagt Seehunde.

»Eigentlich ist es Papas Schuld«, sagte Enström. »Aber er war so schwach. Man kann ihn nicht dafür verantwortlich machen. Er hat bei Pågens gearbeitet, dieser Bäckereikette. Ein kleiner Angestellter. Mama war der Meinung, dass er etwas Besseres machen sollte. Eines Tages ist er dann verschwunden. Er war einfach weg! In der Bäckerei arbeiteten Gastarbeiterinnen aus Rumänien. Und eine dieser kleinen Huren hat ihre Klauen in Papa geschlagen. Er hat uns von einem Tag auf den anderen verlassen.«

Enström schnitt eine Grimasse, rieb sich die Augen und blinzelte.

»Lidschatten ist immer so kompliziert. Wenn man ihn auch nur einen Millimeter falsch aufträgt, brennt das Zeug teuflisch in den Augen.«

Dann fiel ein Schatten über sein Gesicht, und seine Stimme wurde wieder dunkler.

»Mama hat sie so genannt. Huren. Sie, die sonst niemals ordinäre Ausdrücke in den Mund genommen hat. Doch an diesem Morgen hat sie es getan. ›Ich werde jede einzelne rumänische Hure auf der Welt töten!‹, hat sie geschrien. Genau das hat sie gesagt. Sie war völlig außer sich.«

Enström lachte bitter.

»Aber sie hat es nie getan. Der einzige Mensch, den sie getötet hat, war sie selbst. Als ich eines Tages nach Hause kam, war sie weg. Sie haben sie im Fährhafen in Limhamn gefunden. Sie hatte ihre Manteltaschen mit Steinen gefüllt und sich ertränkt.«

Er verstummte, und Jonny bekam Angst, dass er nichts mehr sagen würde.

»Aber warum musst du …«

»Ich fühlte mich so einsam. Ich hatte gerade mit meinem Jurastudium begonnen, saß aber die meiste Zeit zu Hause und lernte. Mathematik und andere Dinge, die mich interessierten. Und ich habe mich getröstet, indem ich mit Mama redete. Zum Schluss erkannte ich, dass sie es dieses Mal ernst gemeint hatte.«

Er lächelte wieder.

»Sie ist ziemlich resolut, meine Mama. Inzwischen sagt sie mir immer ganz genau, was ich tun soll, und das …«

Enström erstarrte mitten im Satz und blickte zu seinem Van hinüber.

»Ich glaube, ich sollte noch einmal versuchen, sie zu fragen.«

Einen Augenblick später war er verschwunden.

Als Jonny alleine zurückgeblieben war, saß er zunächst völlig reglos da und horchte, voller Entsetzen, er könnte Maria schreien hören. Unten am Steilhang rauschte das Meer, das war alles. Doch die Stille war mindestens ebenso unheilvoll.

Mit Tränen in den Augen versuchte er, seine auf den

Rücken gefesselten Arme zu bewegen, und begann an seinen Fesseln zu reißen und zu zerren, sodass ihm das Seil in die Haut schnitt. Nach einer Weile berührten seine Fingerspitzen ein paar nasse Steine neben dem Baumstamm. Drei oder vier Steine lagen dort im Gras. Wenn er seine Finger nur noch ein paar Millimeter weiter strecken könnte, sodass er einen Stein zu fassen bekäme, dann würde es ihm vielleicht gelingen, das Seil durchzuscheuern. Jonny wühlte und scharrte im sandigen Boden, konnte den Stein aber nicht erreichen. Schließlich schnitt ihm das Seil an den Handgelenken schon bis auf die Knochen. Ein brennender Schmerz durchfuhr ihn. Er hatte das Gefühl, als würde der Boden unter ihm schwanken, und plötzlich merkte er, dass er ein weiteres Mal kurz davor war, das Bewusstsein zu verlieren.

In dem Moment, in dem er im Grenzland schwebte, ergriff ihn etwas und schleuderte ihn willenlos in der Zeit zurück.

Jonny hörte die streunenden Hunde jaulen und bellen. Er sah die dreckigen ausgestreckten Hände der Straßenkinder, ihre abgestumpften Blicke. Er spürte, wie die Braunkohleschwaden seine Lunge zerfraßen. Genau wie damals. Und da stand Maria, klein und dünn, mit dem Daumen im Mund. Und sie knickste, obwohl sie erst zwei Jahre alt war. Jonny sah die Traurigkeit in ihren schwarzen Augen, und er wünschte sich so sehnlich, dass sie einfach nur ihre kleinen Ärmchen um seinen Hals schlingen würde, damit sie zusammen fliehen konnten, damit er sie retten konnte.

Plötzlich hörte er, wie die Tür des Vans mit einem Knall zugeschlagen wurde. Kurz darauf tauchte Enström wieder auf. Er trug ein Bündel in den Armen.

»Maria!«, rief Jonny.

»Sei still!«, brüllte Enström und trat ihm mit seinen Damenschuhen feuchten Sand ins Gesicht.

»Mach es nicht kaputt«, sagte er in milderem Tonfall. »Jetzt, wo Mama endlich gesagt hat, wie sie es haben will.«

Marias Kopf hing schlaff über seinem kräftigen Arm, und einen entsetzlichen Moment lang glaubte Jonny, sie sei tot. Doch dann hob sie den Kopf ein wenig an und stöhnte unter dem Klebeband.

»Du bist auch still«, sagte Enström und ließ sie unsanft ins Gras gleiten. »Ich komme gleich wieder.«

Erneut verschwand er aus Jonnys Blickfeld, aber diesmal dauerte es nicht lange, bis er mit einem Hocker in der einen und einem Mora-Messer in der anderen Hand zurück war. »Mal sehen …«, murmelte er halb zu sich selbst. »Mama war der Meinung, dass wir zuerst ein kleines Kartenspiel machen sollten.«

Er sah Jonny an.

»Schließlich haben wir gemeinsame Interessen, du und ich, Jonny. Oder etwa nicht?«

Gelähmt starrte Jonny auf die Messerklinge in Enströms Hand, der mitten in einer Bewegung innehielt und Jonnys Blick folgte. Dann lachte er auf, wie über einen lustigen Zufall, und gestikulierte mit dem Messer.

»Als ich das letzte Mal hier war, musste ich improvisieren. Ich habe draußen auf dem Meer einen Fischkutter gehört, und ich muss zugeben, dass mich das ein wenig gestresst hat. Ich war gezwungen, mein einziges Brotmesser zu Hilfe zu nehmen und es bei Elena zu lassen.«

Er beugte sich ins Gras hinunter und hob ein ordentlich zusammengerolltes Seil auf, das von Sand bedeckt war.

»Aber manchmal hat man Glück. Schau, was ich gefunden habe, während du ohnmächtig warst. Genau das, was ich brauche. Es lag unten am Steilhang. Muss von den Wellen an Land gespült worden sein. Ich habe schon ein Stück abgetrennt und es um deinen Hals gelegt. Jetzt wollen wir mal sehen, ob es auch noch für meine kleine Konstruktion reicht.«

Vielleicht waren es die Angst und die Panik, vielleicht seine totale Erschöpfung oder vielleicht auch einfach nur der völlig unberechenbare Zufall, der Jonny für eine Sekunde in ein freudloses Lachen ausbrechen ließ. Ich habe also zum zweiten Mal dasselbe verfluchte Seil um den Hals, dachte er.

Dasselbe verdammte Seil, das ich selbst hierhingeschleppt habe!

Machtlos sah er dabei zu, wie Enström eine Schlinge knüpfte. Dann verfolgte er, wie der große Mann seine Damenkleidung zurechtrückte und in den Baumkronen nach einem geeigneten Ast suchte. Er entschied sich für die Eiche, die direkt am Steilhang stand, und warf das Seil in das Geäst.

Sogar derselbe gottverdammte Baum, dachte Jonny.

Als Enström seinen Hocker unter den ausgewählten Baum platziert hatte, hob er Maria hoch. Er zerschnitt das Seil an ihren Knöcheln, stellte sie auf den wackeligen Hocker, legte ihr die Schlinge um den Hals und zog sie zu.

Dann nickte er zufrieden.

»Jetzt bleibt zu hoffen, dass du auf deinen Beinen stehen kannst, sonst geht es nicht.«

Jonny sah, wie Maria auf die Knie sackte. Er hatte das Gefühl, sein Herz würde explodieren. Doch dann gelang es ihr, die Muskulatur so weit anzuspannen, dass sie sich auf den Beinen halten konnte. Sie atmete keuchend durch die Nase und starrte wild vor sich hin, als wäre sie kurz davor, den Verstand zu verlieren.

Lieber Gott, bitte lass sie durchhalten, betete Jonny.

Mit betrübter Miene rollte Enström das letzte Stück Seil auseinander und zog prüfend daran, sodass es sich von Marias Hals hoch über die Äste und wieder den Baumstamm hinunter spannte.

»Wir haben Glück!«, rief Enström. »Es reicht genau.«

Er befestigte das Seilende mit einem einfachen Altweiberknoten. Dann angelte er ein Kartenspiel aus seiner Brusttasche und strahlte.

»Zeit für ein kleines Spielchen«, lachte er.

Schnell zerschnitt er das Seil um Jonnys Handgelenke.

»Du musst schließlich die Hände frei haben«, sagte er und setzte sich auf einen Baumstumpf. »Oder die Hand, sollte man in deinem Fall wohl besser sagen. Die einbandagierte wird dir nicht gerade viel nützen.«

Tief konzentriert begann er die Karten zu mischen. Enström schien es ganz offensichtlich ernst zu meinen. Der wahnsinnige Mistkerl wollte tatsächlich Poker spielen! Allmählich ging Jonny auf, was der Einsatz war. Vorsichtig streckte und beugte er die Finger seiner rechten Hand, damit das Blut wieder zirkulierte.

»Fünf Karten«, sagte Enström. »Getauscht wird nicht. Wir decken eine Karte nach der anderen auf. Bist du dabei?«

Sein Gesicht leuchtete erwartungsvoll. Jonny versuchte, den Kopf zu schütteln, hielt aber sofort inne, als das Seil in seinen Hals schnitt. Auf dem Hocker unter der Eiche am Steilhang stand Maria, auf Zehenspitzen. Ihre schmalen Beine zitterten. Ihre geblümte Bluse war schmutzig. Die Schwellung an der Wange. Das Seil um den Hals. Unter ihrem schwarzen Pony waren ihre Augen dunkel vor Angst.

Papa, tu etwas!

Und plötzlich war es, als würde Jonnys Angst über das Meer fortgeblasen. Wie durch ein Wunder lichteten sich die hinterhältigen feuchten Nebelschwaden, die sein Gehirn gelähmt hatten. Auf einen Schlag waren seine Gedanken wieder völlig klar.

Diese Partie darf ich nicht verlieren!

Schau in ihn hinein, aber lass ihn niemals in dich hineinschauen, dachte Jonny. Früher oder später macht er einen Fehler.

»Du spielst gerne …?«, sagte er abwartend.

»Ja, das war das Einzige, was ich während meines Jurastudiums in Lund gelernt habe«, lachte Enström und zog seinen Rock über die Knie. »Die Juristerei war nichts für mich. Aber mein Studienkredit wurde mein Startkapital. Ich habe nächtelang gespielt. Erst nur in Klubs, dann kam Onlinepoker dazu. Seitdem lebe ich davon.«

Er beugte sich vor, legte fünf Karten ins Gras neben Jonny und ebenso viele vor sich selbst.

»Ich habe ein gutes Händchen mit Frau Fortuna, das kannst du mir glauben. Aber das Wichtigste ist natürlich die Logik. Dass man die Kaltblütigkeit besitzt, die Wahrscheinlichkeit zu berechnen. Die Intelligenz, ganz einfach. Das ist meine Stärke.«

»Was hält deine Mutter davon, dass du spielst?«

Auf einmal glätteten sich Enströms Gesichtszüge, unter der Schminke sah er völlig nackt aus. Für einen kurzen Moment bekam Jonny Angst, dass er zu weit gegangen war. Doch dann lächelte der hünenhafte Mann.

»Es war ihre Idee, dass du und ich mit einer Pokerpartie abrechnen. Ich habe ihr erzählt, dass wir das gemeinsam haben, du und ich, Jonny. Aber jetzt konzentrieren wir uns.«

Gerade als er im Begriff war, seine erste Karte aufzudecken, stockte er mitten in der Bewegung und gestikulierte wieder mit dem Messer.

»Dir ist klar, worum es geht, oder? Wenn ich gewinne, trete ich den Hocker unter ihren kleinen Füßen weg. Gewinnst du, schneide ich das Seil durch, und dann darf deine kleine Hurentochter vielleicht am Leben bleiben.«

Enström ließ das Messer ins Gras fallen.

»Vielleicht?«

Jonny sah ihn kalt an.

Doch Enström zuckte nur mit den Schultern.

»Wir werden sehen, was Mama sagt.«

Dann deckte er eine Pikdame auf.

»Schwarz wie der Tod.«

Er riss die Augen auf.

»Du bist dran.«

Jonny konnte die Karten gerade eben mit den Fingern berühren. Er drehte die erste Karte um. Karofünf.

»Meine zweite ist … Ach, sieh mal einer an! Kreuzdame. Da haben wir doch tatsächlich schon ein kleines Paar beisammen.«

Jonny zögerte, so lange er sich traute. Seine zweite Karte war die Karoacht.

Enström blinzelte ein paarmal mit seinen schweren blauen Augenlidern. Dann deckte er eine Herzzwei auf und schnaubte irritiert.

Wo bist du?, dachte Jonny. Lass mich nicht im Stich, wenn ich dich am dringendsten brauche. Ein leichter Windstoß kitzelte ihn im Nacken. Seine dritte Karte war eine Karozehn.

Als Enström seine vierte Karte umdrehte und eine Herzdame zum Vorschein kam, krampfte sich Jonnys Herz zusammen.

»Ein Drilling mit Damen!«

Enströms Wangen wurden rot, und trotz der morgendlichen Frische bildeten sich unter seiner Perücke Schweißtropfen. Er fuhr sich hastig über die Stirn.

Jonny schnupperte unauffällig in der Luft. Enströms verdammtes Parfüm überdeckte alle Gerüche. Aber er konnte ihn trotzdem ahnen. Einen lieblichen Atem direkt an seinem Ohr. Sie flüsterte ihm etwas zu, doch ihre Worte konnte er nicht verstehen.

Er streckte den Arm vor und deckte seine vierte Karte auf: Karobube.

»Ein Soldat!«, kicherte Enström. »Es wird eng!«

Aber Jonny hörte nicht zu. Fieberhaft überschlug er die Odds.

Acht offene Karten. Vierundvierzig verbleibende. Neun davon Karo. Also stehen meine Chancen für einen Flush eins zu fünf, dachte er. Die Möglichkeit, dass Enström einen Vierling bekommt, ist verschwindend gering.

Er blickte auf.

Aber im selben Moment, in dem er glaubte, direkt in das Gehirn seines Widersachers sehen zu können, merkte er, dass seine Mimik genauso leicht zu lesen war.

»Hast du alles ausgerechnet?«, fragte Enström lächelnd. »Die Chancen stehen vier zu fünf, dass sie stirbt. Eins zu fünf, dass sie am Leben bleiben darf.«

Er deckte als Letztes eine niedrige Kreuzkarte auf.

»Ich beende das Spiel mit einem Drilling aus Damen. Irgendwie passend, findest du nicht?«

Über seine Schulter hinweg konnte Jonny sehen, dass Maria die Augen geschlossen hatte. Verstand sie, was gerade passierte? Die Schlinge um den Hals. Ihr Kopf hing schlaff zur Seite. Sie darf nicht bewusstlos werden, dachte er. Dann fällt der Hocker um. Doch dann schlug sie die Augen auf und stellte sich noch ein bisschen höher auf die Zehenspitzen, das Seil hing wieder etwas lockerer.

Mit zitternden Fingern drehte Jonny seine letzte Karte um.

Karozwei.

Er und Enström starrten lange auf den Flush, der dort vor ihnen im Gras lag.

Die fünf Karten, die Leben bedeuten sollten.

Hatte er vor, sein Versprechen einzulösen?

Als Jonny sah, wie Enström zusammensackte und einen enttäuschten Seufzer ausstieß, flammte Hoffnung in ihm auf. Vielleicht doch. Sein grotesk geschminktes schweres Gesicht wirkte müde. Beinahe gleichgültig.

In diesem Augenblick ging die Sonne am Horizont auf und schickte ihre ersten Strahlen über das Land, genau in Jonnys Augen. Auf einmal begann das nasse Gras wie ein Sternenhimmel zu funkeln. Eine Sturmmöwe schrie. Und als eine Windböe vom Meer hereinwehte, prasselte es in den Baumkronen, und ein Schauer aus Regentropfen, die auf den Blättern lagen, fiel auf sie herab. Jenseits des Steilhangs ging die Farbe des Wassers von Grau in Blau über.

Im selben Moment sprang Enström vom Baumstumpf auf, riss sich die blonde Perücke vom Kopf, streckte die Arme zum Himmel, als ob er seine Götter anrufen wollte, und stieß einen lang gezogenen abgrundtiefen Schrei aus, der über das Meer hallte.

»Aaaaaaaaaaaaaaaah …«

Erst als er keine Luft mehr in den Lungen hatte, verstummte er. Lange stand er mit hängenden Armen reglos da.

Dann jammerte er hilflos.

»Mama …«

Aber als Enströms Blick erneut den Jonnys suchte, lag in seinen Augen nur Hass. Ein besinnungsloser Hass, der sich nicht aufhalten ließ. Das konnte nur eines bedeuten. Er hatte keine Gnade zu erwarten.

Verzweifelt zerrte Jonny an dem Seil um seinen zerschundenen Hals und versuchte es zu lockern, aber es saß so fest, dass er kaum die Finger dazwischen bekam. Obwohl er sich wie ein Aal wand, bekam er den Kopf nicht frei. Er griff nach hinten um den Eichenstamm, doch der war so dick, dass er den Knoten nicht erreichen konnte.

Enström sah ihn mit ausdruckslosen Augen an.

»Mama will, dass ich diese kleine Hure ficke«, sagte er tonlos. »Bevor ich sie ertränke.«

Er drehte sich zu Maria um.

»Neeeein!«, schrie Jonny. »Du hast es versprochen! Verflucht noch mal, du hast es versprochen!«

Ohne sich darum zu kümmern, dass er dabei war, sich selbst zu erdrosseln, fuhr er herum und wand seinen Körper so heftig, wie er nur konnte, während er mit der Hand im Gras scharrte.

Plötzlich spürte er den Stein.

Ein faustgroßer Feldstein, immer noch nass vom Regen.

Ich habe nur eine Chance, fuhr es ihm durch den Kopf.

Dann umklammerte er den Stein und betete stumm zu dem einzigen Gott, den er kannte: Wenn du nur ein einziges Mal im Leben in mein Ohr flüstern und mir Kraft geben willst, dann tu es jetzt!

Mit aller Kraft, die er aufbringen konnte, schleuderte er den Stein in Enströms Richtung.

Vielleicht flog er eine Sekunde lang durch die Luft, für Jonny war es wie eine Ewigkeit. Tausendstel für Tausendstel folgte er der Bahn des Steins mit all seinen Sinnen, von dem Moment, als ihn seine Fingerspitzen losgelassen hatten, bis zu dem Augenblick, als er sein Ziel erreichte. Der Stein flog hoch, stieg mit schnellem Tempo immer höher in die Luft, und für eine Zehntelsekunde fürchtete Jonny, dass er zu hoch gezielt hatte und dass der Stein sein Ziel verfehlen und als Meteorit weiter ins Weltall hinaufschweben würde. Doch dann ergriff ihn die Schwerkraft und zog ihn hinab, und gerade als Enström Maria erreicht hatte, gerade als er die Hand nach ihrem Gesicht ausstreckte, traf ihn der Stein am Hinterkopf. Ein dumpfer Aufprall ertönte und ein zweiter, als der Stein zu Boden fiel.

Der große Mann taumelte und stieß einen lang gezogenen Schmerzensschrei aus. Er griff sich in den Nacken und drehte sich mit erstaunter Miene um. Dann fiel er nach vorne und blieb mit dem Gesicht im Gras liegen.

Das Messer, dachte Jonny.

Es lag auf dem Boden neben dem Baumstumpf, auf dem Enström gesessen hatte.

Jonny streckte sein Bein so weit aus, wie er nur konnte, und es gelang ihm, das Mora-Messer mit dem Fuß zu sich herüberzuziehen.

Der kalte Stahl an der Kehle, ein schneller Schnitt, dann war er frei.

Das Herz schlug ihm bis zum Hals, als er zu Maria stürzte, sie festhielt und das Seil über ihrem Kopf durchtrennte. Sie sackte in seine Arme. Vorsichtig setzte er sie ins Gras, warf die verdammte Schlinge weg, die um ihren dünnen Hals gelegen hatte, und entfernte das Klebeband von ihrem Mund.

Dann drückte er sie fest an sich, ohne ein Wort zu sagen. Es gab ganz einfach keine Worte. Maria schniefte leise und legte die Arme um ihn.

Wie lange er dort mit seiner Tochter im Arm am Baumstamm gelehnt dagesessen hatte, wusste Jonny nicht. Die Zeit hatte jegliche Bedeutung verloren. Das Einzige, was er spürte, war Marias Herz, das ganz dicht an seinem schlug. Das Einzige, was er hörte, waren das Meer und der Wind, der durch die Baumkronen raschelte.

Dann ahnte er dort oben ein paar schwarze Schatten.

Die Raben.

Sie waren zurück, und sie krächzten wieder ihren Totengesang.

Dieselbe Eiche, dachte Jonny.

Wir sitzen an derselben Eiche, an der ich mich erhängen wollte, als ich Elena entdeckte.

Als er auf Maria hinunterblickte, sah er, dass sie schlief.

Langsam stand er auf und trug sie zum Auto hoch. So behutsam, wie er konnte, setzte er sie auf den Beifahrersitz und schob ihr eine zusammengefaltete Decke unter den Kopf. Dann nahm er sein Handy aus der Hosentasche.

Es klingelte dreimal. Jonny betrachtete sein malträtiertes Gesicht im Rückspiegel. Die Stimme am anderen Ende war heiser.

»Jonny-Boy?«

Er räusperte sich und versuchte, sein Angebot mit fester Stimme zu überbringen.

»Ich habe Enström. Er hat deine Mädchen umgebracht. Du findest ihn am Eichenwäldchen am Meer auf dem Truppenübungsplatz in Ravlunda. Du bekommst eine Stunde Vorsprung. Dann muss ich die Polizei alarmieren.«

Bevor Jokovic antworten konnte, legte Jonny auf.

Dann lief er zum Steilhang zurück, und als er an der Kante stand, schleuderte er das Handy, so weit er nur konnte, ins Meer hinaus.

Ich will nie wieder die Stimme von diesem Teufel hören, dachte er.

Als er sich hinters Steuer gesetzt hatte, kurbelte er das Seitenfenster herunter. Maria schlief immer noch. Er küsste sie leicht auf die Wange. Dann drehte er den Zündschlüssel und fuhr in Richtung Schlagbaum.

***

Großmutter Hanna stand über ihre Rosen gebeugt im Garten, auf dem Kopf trug sie ihren chinesischen Strohhut. Sie schien die einzige Menschenseele im Fischerdorf zu sein, die schon auf den Beinen war. Das Nachbarhaus sah unbewohnt aus. Unten im Hafen war alles ruhig.

Vorsichtig hob er Maria aus dem Auto. Sie schlief tief und fest.

»Um Gottes willen!«, rief Hanna, als sie das Gesicht des Mädchens sah.

Schnell öffnete sie die Tür und führte sie ins Haus.

»Was ist passiert? Ist sie hingefallen und hat sich gestoßen?«

Jonny schüttelte den Kopf.

»Schlimmer …«

Als seine Großmutter ein paar Kissen aufgestapelt hatte, legte er Maria aufs Küchensofa. Sie stöhnte und jammerte leise. Aber ihr Puls war stabil. Er deckte sie zu.

»Geh ein Stück zur Seite, damit ich die Wunde säubern kann«, sagte Hanna.

Mit einer Schale lauwarmem Wasser und einem weichen Handtuch setzte sie sich auf die Sofakante. Behutsam strich sie Maria eine schwarze Haarsträhne aus dem Gesicht und tupfte ihre Stirn und Wangen ab.

Jonny betrachtete die knochigen Finger seiner Großmutter, die grauen und geschwollenen Venen auf ihrer Hand. Dann fiel sein Blick auf das Bild an der Wand. Großvaters Gemälde von Anna und Hanna. »Die schönsten Mädchen in ganz Schonen.« Der Strand und das Meer. Beide hatten die Arme voller Kornblumen und Margeriten. Doch die Wolken am Himmel waren schwarz umrandet.

Und Jonny sah die Einsamkeit in den Augen seiner Mutter.

»Jetzt musst du aber erzählen, was passiert ist«, forderte Hanna ihn auf.

Er sah auf die Uhr.

»Gleich, Großmutter. Ich erzähle dir gleich, was passiert ist. Aber zuerst muss ich dein Telefon benutzen und die Polizei anrufen.«

Epilog

Der Markt auf dem Möllevångstorg war in vollem Gang. Ein frischer Duft von Obst und Gemüse verdrängte den ranzigen Fettgeruch der Imbissbude. Tauben flatterten um das Denkmal zur Ehre der Arbeit und pickten im Abfall herum. Die Sonne schien von einem blauen Himmel, doch der Wind biss bereits in die Haut und kündigte den bevorstehenden Herbst an. Egal wo Jonny hinsah, überall erblickte er lachende und zufriedene Menschen.

Er selbst fühlte sich frei.

Ich gehe durch meine Stadt und ich habe keine Angst, dachte er.

Unbeschwert schlenderte er über den Marktplatz, überquerte die Bergsgatan und ging dann an der neuen U-Bahn-Station am Triangeln vorbei weiter zum Pildammspark.

Auf den Rasenflächen hatten Grüppchen ihre Decken ausgebreitet, saßen im Schneidersitz neben ihren Picknickkörben, lagen auf den Rücken und lasen oder ruhten sich einfach nur aus. Einige Jugendliche spielten Fußball, johlten und schrien. Auf einer Bank saßen ein paar weißhaarige Damen und lockten die Enten aus dem Teich mit ihren Zimtschnecken an. Ein Vater ließ mit seinem kleinen Sohn einen knallroten Drachen steigen. Und auf den Kieswegen drehten keuchende Jogger ihre Runden.

Als Jonny das Café in dem alten Holzpavillon erreicht hatte, setzte er sich an einen Tisch und schlug seine Zeitung auf.

Das Drama auf dem Truppenübungsplatz in Ravlunda nahm die ganze erste Seite ein. Die Schlagzeile war schwarz: *Polizist rettet seiner Tochter das Leben – Serienmörder tot.*

Ein großes Bild vom Eichenwald am Steilhang thronte in der Mitte. Drei Streifenwagen und ein Gefangenentransporter parkten bei den Bäumen. Im Vordergrund sah man das blau-weiße Absperrband der Polizei. Davor standen ein paar Leute, zwei davon in Uniform. Obwohl das Bild aus größerer Entfernung aufgenommen worden war, konnte man ein Seil erkennen, das von einem Ast eines Baums am Steilhang baumelte.

Der Leitartikel stammte von Gottfried Lundmark. Weder Jonny noch der Tote wurden namentlich genannt. Georg Svedin hatte die Presse inständig gebeten, die Identität seines Drogenfahnders nicht preiszugeben.

Der Hergang war genauso wiedergegeben, wie Jonny ihn im Verhör geschildert hatte, mit ein paar ergänzenden Details, die er Gollum erzählt hatte, als sie sich am Abend zuvor auf die Schnelle getroffen hatten.

Ein der Polizei unbekannter 33-jähriger Mann hatte ein 16-jähriges Mädchen vor der Wohnung ihres Vaters in Malmö entführt und es in seinen Van gezerrt. Der Vater, von Beruf Kriminalkommissar, war dem Täter bis auf den Truppenübungsplatz in Ravlunda gefolgt. Dort war er vom Täter zunächst überwältigt und gefesselt worden. Doch bevor der Entführer sich an dem Mädchen hatte vergreifen können, gelang es dem Vater, sich zu befreien und dem Mann einen Stein an den Kopf zu schleudern.

An dieser Stelle hatte sich Gollum eine Metapher, die auf das ungleiche Kräfteverhältnis zwischen dem Polizisten und dem groß gewachsenen Täter anspielte, nicht verkneifen können: *wie ein David, der Goliath in die Knie zwingt,* hatte er geschrieben.

Jonny lächelte.

Der weitere Verlauf war laut Verfasser nicht eindeutig geklärt. Der Vater sei mit seiner Tochter vom Ort des Geschehens geflohen. Vermutlich habe der Entführer daraufhin die Schlussfolgerung gezogen, dass er enttarnt sei, und habe sich das Leben genommen. Als die Polizei eintraf, hatte er sich in einer der Eichen erhängt.

Jonny zündete sich mit seinem Feuerzeug eine Zigarette an. Jokovic hatte also darauf verzichtet, Enström zu verstümmeln, dachte er.

Bis zu diesem Punkt hatte Gollum lediglich allgemein bekannte Fakten genannt, Dinge, die in sämtlichen Medien publiziert worden waren. Doch der Artikel enthielt auch exklusive Erkenntnisse:

> *Laut Quellen der* Kvällsposten *soll der Täter mehrere Morde verübt haben. Vier Frauen wurden in den letzten zwei Jahren an unterschiedlichen Orten in Schonen tot aufgefunden, unter anderem auf dem Truppenübungsplatz in Ravlunda. In sämtlichen Fällen handelt es sich um Frauen aus Osteuropa. Die Polizei hatte zunächst keinen Zusammenhang zwischen den Taten hergestellt, sondern war davon ausgegangen, dass die Frauen entweder Selbstmord begangen hätten oder an einer Überdosis gestorben seien. Doch jetzt soll der 33-jährige Entführer den Tod aller vier Frauen verschuldet haben. »DNA-Proben wurden sichergestellt, und wir sind überzeugt, dass sich unser Verdacht in Kürze bestätigen wird«, so eine Polizeiquelle.*

Jonny hatte gerade die Zeitung auf den Tisch gelegt, als sein neues Handy klingelte.

»Hallo, hier ist Eva. Ich habe gehört, was passiert ist. Wie geht es dir?«

»Ganz gut. Den Umständen entsprechend …«

»Und Maria, deiner Tochter?«

»Ich weiß nicht. Ich warte gerade auf sie. Sie steht bestimmt noch unter Schock. Aber ich bin froh, dass es jetzt vorbei ist.«

»Wir haben ihn schließlich doch gekriegt, Jonny.«

Er sah ihre katzengleichen Augen vor sich. Ihre Teilnahme löste ein warmes Gefühl in ihm aus.

»Ein krankgeschriebener Bulle und einer, der es nicht erträgt, Urlaub zu haben«, lachte sie. »Ein unschlagbares Team.«

Jonny konnte ein Lächeln nicht unterdrücken. Aber dann hörte er eine Veränderung in ihrem Tonfall.

»Eine Sache frage ich mich allerdings. Kanntest du Enström irgendwoher?«

»Nein, wie kommst du da drauf?«

Er warf die Zigarette auf den Boden und trat die Glut aus.

Mit einem Mal war die nagende Unruhe zurück.

»Also war es purer Zufall, dass er deine Tochter entführt hat?«

»Das nehme ich an.«

»Er war ein notorischer Spieler …«, sagte Eva vage.

»Ich habe aufgehört«, erwiderte Jonny hart. »Das ist schon lange her.«

Ihr Schweigen dauerte einen Moment zu lange, um natürlich zu sein. Doch dann klang ihre Stimme wieder wie immer.

»Ja, was genau in Enströms Kopf vorging, werden wir nie erfahren. Offensichtlich war er schwer gestört. Ich bin froh, dass deiner Tochter nichts passiert ist.«

»Danke«, sagte Jonny.

Plötzlich spürte er einen Klumpen in der Brust.

»Ohne sie … sie ist das Beste, was ich habe«, murmelte er.

»Pass auf sie auf. Sie braucht ihren Vater. Glaub mir, ich weiß, wovon ich spreche.«

Jonny wischte sich über die Augen. Dann sah er Lena und Maria. Sie kamen Hand in Hand den Kiesweg entlang.

»Maria ist da. Ich muss Schluss machen. Ich hoffe, wir sehen uns mal?«

»Drück sie von mir. Bis bald.«

Als er das Handy in die Hosentasche gesteckt hatte, fiel ihm auf, dass Maria ein großes Pflaster auf der Stirn hatte. Der Wind fuhr durch ihre schwarzen Haare. Lena, blond und braun gebrannt, trug einen blauen Schafwollpullover um die Schultern gebunden.

»Hier sitzt der Held des Tages«, begrüßte sie ihn, als sie seinen Tisch erreicht hatten.

Jonny schnitt eine Grimasse, stand auf und umarmte Maria. Lena fühlte sich kühl an.

»Hast du schon bestellt?«

»Nein, ich habe auf euch gewartet.«

»Ich mach das«, sagte Maria und verschwand im Innern des Pavillons.

Lena sah ihr hinterher und setzte sich auf einen Stuhl.

»Ich glaube, dass sie immer noch unter Schock steht. Ich habe einen Termin bei einer Psychologin vereinbart. Wir gehen heute Nachmittag zu ihr. Sie sagen, dass es das Beste ist, wenn alles so normal wie möglich abläuft.«

Jonny nickte.

Ohne mich hätte sie das gar nicht erst durchmachen müssen, dachte er.

»Ich habe über etwas nachgedacht«, sagte Lena und blickte auf die zusammengefaltete Zeitung. »Warum hat sich dieser

Verrückte vor deinem Haus herumgetrieben, und warum hat er ausgerechnet Maria ausgewählt?«

Jonny schaute ihr direkt in die Augen.

»Ich habe nicht die geringste Ahnung. Vermutlich war es purer Zufall.«

Er lächelte falsch.

»Niemand weiß so viel über den Zufall wie ich.«

»Maria hat erzählt, dass eine junge Frau an die Tür gekommen ist, als sie bei dir geklingelt hat …?«

Die misstrauische Falte auf ihrer Stirn war ihm nur allzu vertraut. Er zuckte mit den Schultern.

»Das war jemand, den ich getroffen habe. Du glaubst doch wohl nicht, dass ich wie ein Mönch lebe, nur weil du mich verlassen hast?«

Dann kam Maria mit einem Tablett mit drei Kaffeetassen und drei Plunderteilchen auf einem Teller zurück. Sie setzte sich zwischen sie und lehnte ihren Kopf zuerst an Jonnys, dann an Lenas Schulter.

Wieder einmal musste Jonny daran denken, dass er damals in dem Kinderheim in Bukarest gedacht hatte, sie würde fremd riechen.

Sie unterhielten sich eine Weile, ohne die zurückliegenden Ereignisse zu berühren.

»Chinarestaurant am Freitag?«, fragte Jonny. »Keine gebratenen Bananen, versprochen.«

»Okay.«

Als sie ihren Kaffee ausgetrunken hatte, sah Lena auf die Uhr.

»Wir dürfen unseren Termin bei der Psychologin nicht verpassen.«

Sie stand auf.

»Danke«, sagte sie und sah ihm in die Augen.

»Wofür?«

»Dafür, dass du Maria gerettet hast.«

Nachdem sie sich verabschiedet hatten, ging Jonny langsam in Richtung Möllevången zurück. Unruhige Gedanken gingen ihm durch den Kopf. Andrea hatte sich am Morgen auf den Weg gemacht. Nach Hause, hatte sie gesagt, was auch immer das bedeutete. Angehörige, die ihr helfen konnten, hatte sie schließlich nicht. Jonny hatte ihr von seinem Gehalt, das gerade überwiesen worden war, eine Fahrkarte gekauft. Aber er schämte sich, dass er nicht mehr getan hatte.

Es war eine Erleichterung, endlich frei von Jokovic zu sein. Dass Maria außer Gefahr war. Seine Unruhe rührte von etwas anderem her.

Jonny dachte an Lina Anderssons zerstochene Arme. Ihre knochigen Knie. Die Schuld, es war unmöglich, nicht darüber nachzudenken.

In dem Moment, als er am orientalischen Lebensmittelgeschäft um die Ecke bog, hatte er das Gefühl, dass ihm jemand folgte. Er drehte sich um. Ein dunkles Auto hielt direkt neben ihm an der Bordsteinkante.

Das Seitenfenster glitt nach unten.

Die heisere Stimme kannte er nur zu gut.

»Ich glaube, wir müssen uns unterhalten, du und ich, Jonny-Boy.«

Quellen

Die Bibel, Einheitsübersetzung der Heiligen Schrift, Stuttgart, Katholische Bibelanstalt, 1980.

18746239R00275

Printed in Poland
by Amazon Fulfillment
Poland Sp. z o.o., Wrocław